CUANDO LLORA
EL CIELO

CUANDO LLORA EL CIELO

TED DEKkER

GRUPO NELSON
Una división de Thomas Nelson Publishers
Desde 1798

NASHVILLE   DALLAS   MÉXICO DF.   RÍO DE JANEIRO

Título en inglés: *When Heaven Weeps*
© 2001 por Ted Dekker
Publicado por Thomas Nelson, Inc.

Traducción: *Ricardo y Mirtha Acosta*
Adaptación del diseño al español: *Grupo Nivel Uno, Inc.*

ISBN: 978-1-60255-157-2

Impreso en Estados Unidos de América

10 11 12 13 HCI 9 8 7 6 5 4 3 2 1

NOTA DEL EDITOR

LA HISTORIA que está a punto de leer empieza con algunos de los acontecimientos narrados en la novela *The Martyr's Song*, de Ted, y luego sigue con el increíble relato de traición y amor de Jan, del cual muchos afirman que es, hasta la fecha, la más poderosa historia de Ted.

No hay orden en las novelas de la serie La Canción del Mártir, y usted puede leerlas en cualquier orden. Cada historia es completa y no depende de las demás.

Para LeeAnn, mi esposa, sin cuyo
amor yo solamente sería una sombra
de mí mismo. Nunca olvidaré
el día en que viste el cielo.

LIBRO PRIMERO
EL SACERDOTE

«Los cristianos que se niegan
A mirar directamente el sufrimiento de Cristo
En realidad no son cristianos».
Son una generación de hipócritas,
Que le dan la espalda a la cruz,
Y se avergüenzan de la muerte de Jesús.
No puedes mantener en alto la cruz,
Ni beber de la copa
Sin abrazar la muerte.
Y tampoco puedes entender el amor,
A menos que primero mueras».

La danza de los muertos, 1959

CAPÍTULO UNO

Atlanta, Georgia, 1964

IVENA ESTABA de pie en el pequeño invernadero contiguo a su casa, y frunció el entrecejo al mirar el desfalleciente rosal. Las otras plantas no se habían afectado... crecían bien a su alrededor, centelleando con gotas de rocío. Un lecho de híbridos tulipanes de la especie Darwin florecía en relucientes colores rojo y amarillo a lo largo de la transparente estructura del invernadero. Detrás de la mujer, contra la sólida pared de la casa, una huerta de orquídeas color púrpura llenaba el aire con su agradable aroma. Una docena más de otras especies de rosas crecía en compartimientos bien arreglados; ninguna de esas plantas estaba infectada.

Pero en el transcurso de cinco días este particular rosal había perdido las hojas y se había marchitado, lo cual era un problema porque no se trataba de una planta cualquiera. Era el rosal de Nadia.

Ivena revisó los espinosos tallos secos, buscando señales de enfermedad o de alimañas. Ya había experimentado una cantidad de remedios, desde pesticidas hasta una variedad de agentes de cultivo, todo en vano. La planta era una serbia roja de la familia de las saxifragáceas, cortada de la mata que ella y la hermana Flouta plantaran al pie de la cruz.

Al salir de Bosnia hacia Atlanta, Ivena se empeñó en tener un invernadero, lo cual era el único vínculo irrompible con su pasado. Ella manejaba un pequeño pero excelente negocio vendiendo flores a tiendas locales en Atlanta, pero el verdadero propósito para tener el invernadero era este rosal, ¿verdad? Sí, ella sabía eso con tanta certidumbre como saber que le fluía sangre por las venas.

Y ahora el rosal de Nadia estaba agonizando. O quizás muerto.

Ivena se puso una mano en la cadera y se pasó la otra por la canosa cabellera. En sus sesenta años había cuidado cien especies de rosas y nunca jamás había visto algo parecido. Cada capullo de la planta de Nadia era invalorable. Si hubiera una rama viva injertable, la cortaría y la cuidaría hasta que sanara. Pero todas las ramas parecían aquejadas.

9

—Oh, querida Nadia, ¿qué debo hacer? ¿Qué voy a hacer?

No se pudo contestar por la sencilla razón de que no sabía qué hacer. Nunca había considerado la posibilidad de que esta planta, emblema de su florido jardín, pudiera agonizar en algún momento sin ningún motivo aparente. Era absurdo.

Ivena volvió a revisar las ramas, esperando que se hubiera equivocado. Tierra seca le ensució los dedos, ya no tan jóvenes o tan suaves como fueran una vez; pero años de trabajar delicadamente entre espinas los habían conservado hábiles. Llenos de gracia. La mujer podía pasar la mano por todo un rosal con los ojos cerrados sin llegar a tocar una espina, pero hoy se sentía torpe y envejecida.

De repente se quebró la rama que tenía entre los dedos. La mujer pestañeó. El tallo estaba tan seco como una mecha. ¿Cómo se pudo arruinar tan rápido? Se preguntó esto moviendo la cabeza de lado a lado. Pero al instante algo le llamó la atención y se quedó helada.

Inmediatamente, y debajo de la rama que se había roto, un pequeño retoño verde salía del tronco principal. Eso era extraño. Ivena inclinó la cabeza para mirar más de cerca.

El retoño sobresalía solo un centímetro, casi como un tallo de pasto. Ivena lo tocó con delicadeza, temerosa de destrozarlo. Y al hacerlo vio la diminuta rajadura en la corteza a lo largo de la base de ese brote.

Ella contuvo el aliento. ¡Extraño! ¡Parecía un pequeño injerto!

Pero Ivena no había injertado nada en la planta, ¿correcto? No, desde luego que no. Recordaba cada paso de los cuidados que le había prodigado a este rosal durante los últimos cinco años, y ninguno incluía un injerto.

Parecía como si alguien hubiera abierto un corte en la base del rosal e injertado este cogollo verde, el cual tampoco parecía un injerto de rosa. El tallo tenía una coloración verde más clara. Así que quizás ni siquiera se trataba de un injerto. Tal vez era alguna clase de parásito.

Ivena exhaló lentamente y volvió a tocar el retoño, que estaba sano en el punto de inserción.

—Um.

Se irguió y fue hasta la mesa redonda donde una taza blanca de porcelana aún humeaba con té; se la llevó a los labios. El delicioso aroma le calentó las fosas nasales, y ella hizo una pausa, observando entre los espirales de humo.

Desde esta distancia de tres metros el rosal de Nadia parecía la zarza ardiente de Moisés, pero consumida por el fuego y totalmente negra. Ramas muertas surgían de la tierra como garras desde una tumba. Muertas.

Excepto por ese diminuto retoño verde en la base.

En realidad era muy extraño.

Ivena se dejó caer en la vetusta silla de madera al lado de la mesa, mirando aún el rosal por sobre la taza de té. Se sentaba aquí cada mañana a tararear, sorber el té, y susurrarle palabras al Padre. Pero hoy la escena ante ella estaba poniendo las cosas patas arriba.

—¿Qué estás haciendo aquí, Padre? —preguntó en voz baja, bajando un poco la taza sin haber bebido.

No necesariamente que Dios estuviera haciendo algo. Los rosales morían, después de todo. Quizás con menos estímulos que otras plantas. Pero sobre Ivena se había arraigado una sensación de efectos resultantes, a la que no podía hacerle caso omiso.

Al otro lado de los lechos de exuberantes flores ante ella estaba esta zarza muerta… una horrible marca negra sobre un paisaje de relucientes colores. Sin embargo, en el ennegrecido tallo ese injerto imposible.

—¿Qué estás señalando aquí, Padre?

Ivena no oyó la respuesta del Señor, pero eso no significaba que él no estuviera indicando algo. Hasta donde ella sabía, él podría estar gritando, lo cual aquí en la tierra podría venir a través de un lejano susurro, fácilmente confundido con el sonido de una suave brisa. En realidad el invernadero estaba sumido en un silencio mortal. Ivena sentía algo más, y podía simplemente tratarse de una corriente que le produjo picazón en el cabello, o de una ligera emoción del pasado, como la voz de Dios.

Sin embargo, la escena ante ella comenzó a friccionarle el corazón con indicios de significado. Solo que ella aún no estaba consciente de ese significado.

Ivena canturreó y un manto de paz se asentó sobre ella.

—Amor de mi alma, te rindo adoración —susurró—. Te beso los pies. Nunca permitas que me olvide.

Las palabras resonaron suavemente por el silencioso invernadero, e Ivena sonrió. *El Creador era un travieso*, pensaba ella a menudo. Al menos juguetón y alguien que fácilmente se llenaba de alegría. Y se estaba trayendo algo entre manos, ¿verdad?

Le captó la atención un resplandor rojo cerca del codo. Era la copia del libro *La danza de los muertos*. La portada surrealista mostraba el rostro de un hombre con una amplia sonrisa, y a quien le corrían lágrimas por las mejillas.

Aún sonriendo, Ivena bajó la taza de té y levantó el libro de la mesa. Pasó una mano sobre la destrozada portada. Lo había leído un centenar de veces, por supuesto. Pero el libro no había perdido su encanto; las páginas estaban llenas de amor, risas y del corazón del Creador.

La mujer abrió el tomo y revisó unas pocas docenas de páginas con bordes doblados. El autor había escrito una obra maestra, y en cierta manera las palabras eran tanto de él como de Dios. Ella podía comenzar en el medio, el inicio o el final, y eso apenas importaría. El significado no se perdería. Abrió en el medio y leyó algunas frases.

Era extraño cómo esa historia le producía esta calidez en el corazón. Pero lo hacía, y de veras, y eso se debía a que a ella también se le habían abierto un poco los ojos. Había visto unas pocas cosas a través de los ojos de Dios.

Ivena levantó la mirada al moribundo rosal con el sorprendente injerto. Algo nuevo estaba comenzando hoy. Pero en realidad todo había empezado con la historia que tenía en las manos, ¿verdad que sí?

Un chispazo de gozo le recorrió los huesos. Se alisó el vestido, cruzó las piernas y bajó la mirada hacia la página.

Sí, así fue como empezó todo.

Veinte años antes en Bosnia. Al final de la guerra con los nazis.

Ella leyó.

LOS SOLDADOS estaban quietos en lo alto de la colina, apoyados en maltrechos rifles, cinco sombrías siluetas contra un blanco cielo bosnio, como una fila de árboles devastados por la guerra. Observaban hacia abajo la pequeña aldea, haciendo caso omiso del sudor que los cubría bajo los andrajosos uniformes del ejército, inconscientes del polvo que les surcaba los rostros como largas garras negras.

La condición de ellos no era única. Cualquier soldado que intentara sobrevivir a la lucha brutal que asoló a Yugoslavia durante su liberación de los nazis se veía igual. O peor. Quizás un brazo herido. O tal vez rastros de sangre debajo de la cintura. Por toda la nación se esparcían moribundos heridos... evidencias de la derrota de Bosnia a manos del enemigo.

Pero la escena en el valle debajo de ellos sí era única. La aldea no parecía perturbada por la guerra. Si había caído una bala en alguna parte cercana durante los años del implacable conflicto, ahora no había señal alguna de ello.

Varias docenas de casas con empinados techos de tejas de cedro, y humo blanco de chimeneas se agrupaban nítidamente alrededor del centro de la aldea. Senderos de adoquín recorrían como rayos de una rueda por entre las casas y la enorme estructura central. Allí, con una amplia plazoleta, se hallaba una antigua iglesia con un campanario que se elevaba hacia el cielo como un dedo que señalaba el camino hacia Dios.

—¿Cómo se llama esta aldea? —preguntó Karadzic a alguien, ninguno en particular.

Janjic dejó de mirar la villa y fijó la mirada en su comandante. Los labios del hombre se habían fruncido. Miró a los otros, quienes aún estaban cautivados por el escenario de perfecta tarjeta postal que se veía abajo.

—No sé —respondió Molosov a la derecha de Janjic—. Estamos a menos de cincuenta kilómetros de Sarajevo. Me crié en Sarajevo.

—¿Y qué pretendes indicar?

—Pretendo indicar que me crié en Sarajevo y que no recuerdo esta aldea.

Karadzic era un tipo alto, un metro ochenta por lo menos, y parecía una caja de la cintura hacia arriba. El corpulento torso le descansaba sobre piernas largas y delgadas, como un buldog parado en zancos. Tenía el rostro cuadrado y curtido, marcado por una serie de pequeñas cicatrices, cada una señalando otro capítulo de un pasado violento. Ojos grises y vidriosos escudriñaban tras tupidas cejas.

Janjic se apoyó en el otro pie y miró valle arriba. A lo que quedaba del ejército de resistencia le esperaba una dura marcha de un día hacia el norte. Pero nadie parecía ansioso por moverse. El graznido de un ave se oyó en el aire, seguido por otro. Dos cuervos sobrevolaban lentamente el pueblo en círculos.

—No recuerdo haber visto antes una iglesia como esta. Me parece algo malo —comentó Karadzic.

Un leve cosquilleo le subió a Janjic por la columna. ¿Algo malo?

—Tenemos una larga marcha por delante, señor. Si salimos ahora, podríamos estar al anochecer en el regimiento.

—Puzup, ¿habías visto una iglesia ortodoxa como esta? —inquirió Karadzic haciendo caso omiso por completo a la recomendación de Janjic.

—No, creo que no— dijo Puzup exhalando humo por la nariz y aspirando el cigarrillo

—¿Molosov?

—Está de pie, si eso es lo que usted quiere decir —contestó el aludido, y sonrió—. Desde hace mucho tiempo no había visto una iglesia erguida. No parece ortodoxa.

—Si no es ortodoxa, ¿qué es entonces?

—No es judía —opinó Puzup—. ¿Verdad que no, Paul?

—No, a menos que los judíos hayan empezado a poner cruces en sus templos durante mi ausencia.

Puzup se rió burlonamente en tono alto, hallando humor donde parecía que nadie más lo encontraba. Molosov alargó la mano y le dio una palmada al joven soldado en la parte posterior de la cabeza. La risa se le atoró en la garganta a Puzup y el hombre lanzó un gruñido en protesta. Los demás no les pusieron atención. Puzup cerró los labios alrededor del cigarrillo. El tabaco chisporroteó suavemente en el silencio. El hombre se pellizcó distraídamente una costra sangrante en el antebrazo derecho.

—Si vamos a seguir hacia las colinas deberíamos mantenernos en tierras altas a fin de localizar la columna para el anochecer —comentó Janjic escupiendo a un lado, ansioso por reincorporarse al ejército principal.

—Parece abandonada —opinó Molosov, como si no hubiera oído a Janjic.

—Hay humo. Y hay gente en el patio —declaró Paul.

—Desde luego que hay humo. No estoy hablando de humo sino de personas. No se puede ver si hay un grupo en la plazoleta. Estamos a tres kilómetros de distancia.

—Busquemos movimiento. Si uno busca…

—Silencio —manifestó bruscamente Karadzic—. Es franciscana.

El caudillo pasó su rifle Kalashnikov de unos dedos gruesos y retorcidos a otros.

Una salpicadura de baba reposaba en el labio inferior del comandante, quien no hizo ningún intento de quitársela. *Karadzic no habría sabido la diferencia entre un monasterio franciscano y una iglesia ortodoxa si estuvieran contiguos*, pensó Janjic. Pero eso no venía al caso. Todos ellos sabían del odio de Karadzic por los franciscanos.

—Nuestras órdenes son alcanzar la columna lo más pronto posible —expuso Janjic—. No registrar las pocas iglesias que quedan por si hay monjes agarrotados de miedo en los rincones. Tenemos que acabar una guerra, y esta no es contra ellos.

El soldado se dio la vuelta para divisar el pueblo, sorprendido por su propia insolencia. *Es la guerra. He perdido la sensibilidad.*

Aún surgía humo de una docena de chimeneas; los cuervos todavía sobrevolaban en círculos. Una inquietante calma se cernía en la mañana. Janjic podía sentir en el rostro la mirada del comandante… más de un hombre había muerto por menos.

Molosov miró a Janjic y luego le habló en voz baja a Karadzic.

—Señor, Janjic tiene razón…

—¡Silencio! Vamos a bajar —decidió Karadzic al tiempo que levantaba el rifle y lo agarraba hábilmente en el aire; miró a Janjic—. No enrolamos mujeres en esta guerra, pero tú, Janjic, eres como una mujer.

Se dirigió colina abajo.

Uno por uno los soldados bajaron de la cima y lo hicieron a grandes zancadas hacia la pacífica aldea. Janjic se ubicó en la retaguardia, lleno de intranquilidad. Había presionado al comandante hasta el límite.

Los dos cuervos volvieron a graznar en lo alto. Ese era el único sonido además del crujido de las botas.

EL PADRE Michael vio los soldados cuando estos entraban al cementerio en las afueras de la aldea. Sus pequeñas figuras sobresalían en la verde pradera como una fila de espantapájaros maltrechos. Se paró en lo alto de los escalones de piedra tallada de la iglesia, y un escalofrío le recorrió la columna. Por un momento disminuyó la risa de los niños cerca de él.

Amado Dios, protégenos. Oró como lo había hecho antes un centenar de veces, pero no logró aplacar los temblores que se le apoderaron de los dedos.

El aroma de pan recién horneado le entró a las fosas nasales. Una risita aguda resonó en la plazoleta; agua borboteaba de la fuente natural a la izquierda. El padre Michael se irguió, luego se agachó, y miró más allá de la plazoleta en que niños y mujeres celebraban el cumpleaños de Nadia, más allá de la elevada cruz de piedra que marcaba el ingreso al cementerio, más allá de los rosales rojos que Claudis Flouta había plantado con tanto esmero cerca de la casa de ella, y hacia la exuberante ladera en el sur.

A los cuatro, no cinco, a los cinco soldados que se acercaban.

Miró alrededor de la plazoleta, en que todos reían y jugaban. Nadie más había visto aún a los soldados. Cuervos en lo alto graznaban, y Michael levantó la mirada para ver a cuatro de ellos revoloteando en círculos.

Padre, protege a tus hijos. Un aleteo a la derecha le atrajo la atención. Giró y vio una paloma blanca alistándose para posarse sobre el techo de la entrada. El ave ladeó la cabeza y lo miró haciendo pequeños y cortos movimientos.

—¿Padre Michael? —llamó la voz de una niña.

Michael volvió la mirada hacia Nadia, la criatura que cumplía años. Ella usaba un vestido rosado reservado para ocasiones especiales. Los labios y la nariz eran abultados, y tenía manchas de pecas en ambas mejillas. Una muchachita común y corriente incluso con el bonito vestido rosado. Algunos hasta la tildarían de fea. La madre de la niña, Ivena, era muy hermosa. El tosco parecer en la niña era por parte del padre.

Para empeorarle todo a la pobre criatura, la pierna izquierda era cinco centímetros más corta que la derecha gracias a la polio… una maligna enfermedad que le diera cuando solo tenía tres años de edad. Quizás los impedimentos físicos la unían con Michael en maneras que otros no lograban entender. Ella con su pierna corta; él con la giba en la espalda.

Pero Nadia se comportaba con un valor que desafiaba la falta de belleza física. A veces Michael sentía terrible tristeza hacia la pobre niña, por el solo hecho de que ella no comprendía que su fealdad la podría incapacitar en la vida. En otras ocasiones el corazón del clérigo se llenaba de orgullo hacia la niña, por la forma en que el amor y el gozo le refulgían con un brillo que le limpiaba la piel de la más leve imperfección.

Él contuvo la urgencia de levantarla en vilo y hacerla girar tomándola de los brazos. *Vengan a mí como niños pequeños*, había dicho el Maestro. Si el mundo entero estuviera lleno tan solo de la inocencia de los niños.

—¿Sí?

NADIA MIRÓ dentro de los ojos del padre Michael y vio el destello de lástima antes de que él hablara. Esa mirada era más una pregunta que una afirmación. Más un «¿Segura que estás bien?» que un «te ves preciosa en tu vestido nuevo».

Nadie más sabía lo bien que ella podía leer los pensamientos de la gente, quizás porque desde hacía mucho tiempo la niña había aceptado la lástima como parte de su vida. Sin embargo, la comprensión de que ella cojeaba y pareciera un poco más ordinaria que la mayoría de niñas, a pesar de lo que mamá le decía, poco a poco le roía la conciencia la mayor parte del tiempo.

—Petrus dice que como yo ya tengo trece años todos los muchachos querrán casarse conmigo. Le dije que él estaba siendo un niño tonto, pero él insiste en andar por ahí haciendo una estúpida burla de eso. ¿Podría decirle por favor que deje de hacerlo?

Petrus corría rápidamente, mirando con desdén. Si alguno de los cuarenta y tres niños del pueblo fuera bravucón, era este ignorante mocoso de diez años. Ah, el muchacho tenía su lado tierno, le había asegurado la mamá de ella. Y el padre Michael decía lo mismo una y otra vez, tanto como lo hacía la madre del chico, que era conocida por andar de un lado al otro de la aldea con el delantal ondeando, dejando ráfagas de harina a su paso, y agitando el rodillo mientras le exigía al alfeñique que metiera en casa el pequeño trasero.

—¡Nadia ama a Milus! ¡Nadia ama a Milus! —canturreaba Petrus mientras brincaba, mirando hacia atrás, incitando a Nadia a perseguirlo.

—Eres un torpe polluelo, Petrus —expresó Nadia, cruzando los brazos—. Un pajarraco tonto y muy chillón. ¿Por qué no buscas tus gusanos en otra parte?

Petrus se paró en seco, rojo de la ira.

—Ah, ¡tú y tus complicadas palabras! Tú eres la que come gusanos. Con Milus. Nadia y Milus sentados en un árbol, ¡comiéndose todos los gusanos que logran ver! —exclamó él, volviendo a entonar el verso y saliendo a la carrera con un chillido, obviamente encantado con su victoria.

—Ve usted, padre —se quejó Nadia poniendo las manos en las caderas, dando toquecitos con el pie de su pierna más corta, y suspirando disgustada—. Dígale que se calle, por favor.

—Por supuesto, cariño. Pero sabes que él solo está jugando —la consoló el padre Michael sonriendo y sentándose en el escalón más alto.

El clérigo observó por sobre la plazoleta, y Nadia le siguió la mirada. De las más o menos setenta personas del pueblo, casi todas, menos diez o doce, habían venido al cumpleaños de la muchacha. Los únicos que no estaban eran los hombres, convocados a combatir contra los nazis. Los ancianos se sentaban en grupos alrededor de mesas de piedra, sonriendo y charlando mientras veían a los niños participar en el juego de balancear huevos cocidos en cucharas mientras corrían en un círculo.

La madre de Nadia, Ivena, dirigía a los niños agitando las manos, esforzándose para que la oyeran por sobre los gritos de alegría. Tres de las madres estaban atareadas en una larga mesa en que habían dispuesto empanaditas y el pastel en que Ivena se había ocupado durante más de dos días. Este era tal vez el pastel más grande que Nadia había visto, de treinta centímetros de alto, blanco y con rosas rosadas hechas de masa.

Todo por su hija. Todo para cubrir cualquier lástima que ellos sintieran por ella y para hacerla sentir especial.

La mirada del padre Michael se posó más allá de la plazoleta. Nadia también miró, y vio un pequeño grupo de soldados acercándose. La escena le paralizó el corazón por un momento.

—Ven acá, Nadia.

El padre Michael levantó un brazo para que Nadia se sentara a su lado, y ella subió cojeando los peldaños. Se le sentó al lado y él la estrechó.

Él parecía nervioso. Los militares.

Ella puso un brazo alrededor de él, frotándole la espalda gibada.

—No le hagas caso a Petrus —manifestó el padre Michael tragando grueso y besándole la parte superior de la cabeza—. Pero él tiene razón, un día los hombres se pondrán en fila para casarse con una chica tan hermosa como tú.

Nadia hizo caso omiso al comentario y volvió a mirar a los soldados que ahora estaban en el cementerio a menos de cien metros de distancia. Vio con alivio que se trataba de miembros de la resistencia. Estos quizás eran amigables.

En lo alto graznaban aves. Nadia siguió otra vez la mirada del sacerdote que se dirigió a lo alto. Cinco cuervos sobrevolaban en círculos contra el blanco cielo. Michael miró a la derecha, hacia el techo de la entrada. Nadia observó la solitaria paloma que miraba fijamente la plaza mientras emitía suaves sonidos.

—Nadia, ve a decirle a tu madre que venga —decidió el padre Michael volviendo a mirar a los soldados.

Nadia deseó que estos militares no le echaran a perder la fiesta de cumpleaños.

JANJIC JOVIC, el escritor de diecinueve años convertido en soldado, siguió a los otros dentro de la aldea, a paso cansino y con el mismo compás rítmico de marcha que había mantenido en los interminables meses que condujeran a este día: Simplemente un pie tras otro. Adelante y a la derecha, Karadzic marchaba a ritmo pausado. Los otros tres hombres se abrieron en abanico a la izquierda del jefe.

La guerra del comandante tenía menos que ver con derrotar a los nazis que con restaurar Serbia, y eso incluía purgar la tierra de cualquiera que no fuera un buen serbio. Especialmente franciscanos.

O así lo declaraba. Todos ellos sabían que Karadzic mataba a buenos serbios con tanta facilidad como a franciscanos. A su propia madre, por ejemplo, le había fanfarroneado con un cuchillo, sin importarle que ella fuera serbia hasta la médula. Aunque seguro de algunas cosas, Janjic tenía la certeza de que el comandante no descansaría hasta tratar de matarlo algún día. Janjic era un filósofo, un escritor —no un asesino— y el estúpido individuo lo odiaba por eso. De ahí que el soldado decidiera seguir obedientemente a Karadzic a pesar de la locura de este tipo; cualquier malentendido le podría salir caro.

Janjic estudió con cuidado la escena solo cuando ya se hallaban muy cerca del pueblo. Se acercaban por el sur, a través de un cementerio que contenía cincuenta o sesenta cruces de concreto. Muy pocas tumbas. En la mayoría de aldeas por toda Bosnia esperarían encontrar cientos, si no miles, de tumbas frescas adentrándose en lotes que nunca se proyectaron para albergar muertos; estas tumbas eran evidencia de una guerra que se había vuelto irrazonable.

Pero en este pueblo, oculto aquí en este exuberante valle verde, contó menos de diez tumbas que parecían recientes.

Janjic analizó las bien dispuestas filas de casas, menos de cincuenta, también sin marcas de guerra. La elevada torre de la iglesia resaltaba por sobre las casas, adornada con una cruz blanca, brillante contra el nublado cielo. El resto de la estructura era de piedra gris elegantemente cortada y esculpida como la mayoría de iglesias. Pequeños castillos hechos para Dios.

A ninguno en el escuadrón le importaba mucho Dios, ni siquiera al judío, Paul. Pero en Bosnia la religión tenía poco que ver con Dios. Tenía que ver con quién tenía la razón y quién se equivocaba, no con quién amaba a Dios. Si no se era ortodoxo o al menos un buen serbio, no se tenía razón. Si se era cristiano pero no cristiano ortodoxo, no se tenía razón. Si se era franciscano, sin duda alguna no se tenía razón. Janjic no estaba seguro si discrepaba con Karadzic en este punto… la afiliación religiosa era más una línea definitoria de esta guerra que la misma ocupación nazi.

La Ustacha, versión yugoslava de la Gestapo alemana, había asesinado a cientos de miles de serbios usando técnicas que horrorizaban hasta a los nazis. Peor aún, lo habían hecho con la bendición tanto del arzobispo católico de Sarajevo como de los franciscanos, ninguno de los cuales entendía obviamente el amor de Dios. Pero entonces, *nadie* en esta guerra sabía mucho acerca del amor de Dios. Esta era una guerra con la ausencia de Dios, si es que en realidad existía un ser como ese.

Un niño pasó corriendo los muros que rodeaban la plaza, y salió hacia la elevada cruz, ahora a menos de quince metros de los soldados. Un muchacho, vestido con camisa blanca y negros pantalones cortos, con tirantes y corbata de lazo. El niño se paró en seco, con ojos que se le salían de las órbitas.

Janjic sonrió ante el espectáculo. El aroma de pan caliente le llegó a las fosas nasales.

—¡Petrus! ¡Vuelve acá!

Una mujer, quizás la madre del muchacho, corrió hacia el muchacho, lo agarró del brazo y lo jaló de vuelta hacia la plazoleta de la iglesia. El chico se las arregló para zafarse y comenzó a marchar imitando a un soldado. *¡Un, dos! ¡Un, dos!*

—¡Detente, Petrus! —gritó la madre agarrándolo de la camisa y jalándolo otra vez hacia la plazoleta.

Karadzic no hizo caso del muchacho y mantuvo los vidriosos ojos grises fijos al frente. Janjic fue el último en entrar a la plaza, tras los fuertes taconazos de las botas de sus compañeros. Karadzic se detuvo y ellos hicieron lo mismo detrás de él.

Un sacerdote se hallaba en las gradas de la antigua iglesia, ataviado con una larga y suelta sotana negra. Cabello oscuro le caía sobre los hombros, y una barba le sobresalía a varios centímetros de la barbilla. Exhibía una curvatura en la espalda.

Una joroba.

A la izquierda del clérigo y sobre los peldaños había un grupo de niños cargados por sus madres, quienes les alisaban el cabello o les acariciaban las mejillas. Sonreían. Todos ellos parecían sonreír.

Al mismo tiempo sesenta o setenta pares de ojos los miraron.

—Bienvenidos a Vares —saludó el sacerdote, haciendo una cortés reverencia.

Los soldados habían interrumpido alguna clase de fiesta. Casi todos los niños tenían vestidos, trajes y corbatas. Una larga mesa adornada con pastelillos y una torta se hallaba intacta. La escena era surrealista: una celebración de vida en esta campiña de muerte.

—¿Qué iglesia es esta? —preguntó Karadzic.

—Anglicana —contestó el cura.

—Nunca había oído hablar de esta iglesia —comentó el comandante mirando a sus hombres, y luego a la iglesia.

Una niña aparentemente común, y vestida de rosado salió de pronto de los brazos de su madre y caminó con torpeza hacia la mesa adornada con pastelillos. Cojeaba.

Karadzic le hizo caso omiso y enroscó los dedos alrededor del cañón de su rifle, haciendo reposar luego la culata sobre la piedra.

—¿Por qué esta iglesia aún está de pie?

Nadie respondió. Janjic observó a la muchacha poner en una servilleta un pastel marrón con dorado.

—¿No saben hablar? —exigió saber el comandante—. Todas las iglesias en cien kilómetros a la redonda han sido arrasadas y quemadas, pero la de ustedes está intacta. Y eso me hace creer que quizás ustedes han estado en tratos con la Ustacha.

—Dios nos ha favorecido —contestó el sacerdote.

El comandante hizo una pausa. Los labios se le retorcieron en una tenue sonrisa. Una gota de sudor le brotó de la amplia frente y luego le bajó por la plana mejilla.

—¿Los ha favorecido Dios? Ha salido él del cielo y ha levantado un escudo invisible sobre este valle para mantener fuera las balas, ¿ha sido así? —expresó el hombre, y aplanó los labios—. Dios ha permitido que sea arrasada y quemada toda iglesia ortodoxa en Yugoslavia. Y sin embargo la de ustedes está intacta.

Janjic vio a la niña cojear hacia una fuente que gorgoteaba en el rincón y meter un tazón en las aguas. Nadie parecía prestarle atención excepto la mujer sobre los escalones a quien la muchacha había dejado allí, probablemente la madre.

—Ellos son anglicanos, no franciscanos ni católicos —razonó Paul en voz baja—. Conozco a los anglicanos. Buenos serbios.

—¿Qué sabe un judío respecto de buenos serbios?

—Solo estoy diciendo lo que he oído —se defendió Paul encogiendo los hombros.

La jovencita vestida de rosado se acercó, llevando en una mano el tazón con agua fría y en la otra el pastel. Se detuvo a un metro de Karadzic y levantó la comida hacia él. Ninguno de los aldeanos se movió.

El comandante le hizo caso omiso.

—Y si el Dios de ustedes es mi Dios, ¿por qué no protege a mi iglesia? ¿La Iglesia Ortodoxa?

El sacerdote sonrió cortésmente, mirando aún sin pestañear, encorvado sobre las gradas.

—Te estoy haciendo una pregunta, sacerdote —añadió Karadzic.

—No puedo hablar por Dios —expuso el clérigo—. Tal vez usted deba preguntarle. Somos gente que ama a Dios y que no pelea. Pero no puedo hablar en lugar de Dios acerca de todos los asuntos.

La chica levantó aun más el pastel y el agua. La mirada de Karadzic adquirió ese tono amenazador que Janjic había visto muchas veces antes.

Janjic se movió por impulso. Dio un paso hacia la muchacha y sonrió.

—Eres muy amable. Solo un buen serbio ofrece pan y agua a un hambriento miembro de la resistencia —expresó, alargando la mano hacia el pastel y agarrándolo—. Gracias.

Una docena de niños salió de las gradas y corrió hacia la mesa, discutiendo respecto de quién llegaría primero. Rápidamente recogieron alimentos siguiendo el ejemplo de la muchachita y corrieron hacia los soldados, pasteles en mano. Janjic quedó impresionado por la inocencia de los niños. Esto para ellos solo se trataba de otro juego. El súbito giro en los acontecimientos había acallado con eficacia a Karadzic, pero Janjic no podía mirar al comandante. Si Molosov y los otros no le seguían el ejemplo, más tarde habría un precio que pagar… él sabía esto con toda certeza.

—Me llamo Nadia —informó la muchacha, levantando la mirada hacia Janjic—. Hoy es mi cumpleaños. Cumplo trece años.

Normalmente Janjic habría contestado a la chica, le habría dicho que era una muchacha valiente de trece años, pero hoy él estaba concentrado en sus compañeros. Varios niños se aglomeraban ahora alrededor de Paul y Puzup, y Janjic vio con alivio que estos aceptaron los pasteles. Es más, con sonrisas.

—Podríamos beneficiarnos de la comida, señor —manifestó Molosov.

Karadzic levantó bruscamente la mano para silenciar al segundo al mando. Nadia mantenía el tazón en la mano dirigida hacia él. Una vez más todas las miradas se volvieron hacia el comandante, implorándole que mostrara un poco de compasión. De pronto Karadzic puso mala cara y le dio una palmada al tazón, que en un chorro de agua rodó ruidosamente por el suelo de piedra. Los niños se quedaron paralizados.

Iracundo, Karadzic pasó casi rozando a Nadia; ella cayó de nalgas al retroceder. El comandante se acercó a la mesa de cumpleaños, y con la bota pateó el borde de la mesa. Toda la exhibición de cumpleaños se elevó por los aires y se estrelló en el piso.

Nadia se levantó a toda prisa y se fue cojeando hacia su madre, quien la estrechó en los brazos. Los demás niños corrieron hacia las gradas.

—¿Tengo ahora la atención de ustedes? —gritó Karadzic volviéndose hacia ellos, furioso.

CAPÍTULO DOS

IVENA HIZO una pausa en la lectura y tragó grueso ante los recuerdos. *Querido Padre, dame fortaleza.*

Ella pudo oír la voz del comandante como si estuviera aquí hoy día en el invernadero; de repente frunció iracunda los labios, remedándolo.

—¿Tengo ahora la atención de ustedes?

Ivena calmó el rostro y cerró los ojos. ¿Tengo ahora la atención de ustedes? Bueno, ¿tenemos ahora la suya, Sr. Comandante Importantísimo?

Por años ella se había dicho que en ese entonces debieron haberles dicho a los niños que se fueran. Que volvieran a las casas. Pero no lo hicieron. Y al final ella sabía que hubo una razón para eso.

Detrás de Ivena el reloj hacía tictac en la pared, un sonido por cada sacudida del segundero. A no ser por la respiración de la mujer, ningún otro sonido rompía el silencio. Revivir ese día no siempre era lo más agradable, pero cada vez le provocaba una asombrosa fortaleza y una paz profunda. Y más importante, no recordar —en realidad no participar una vez tras otra— haría una mofa de ello. *Hagan esto en memoria de mí*, había dicho Cristo. *Participen del sufrimiento de Cristo*, había dicho Pablo.

Y sin embargo los estadounidenses se habían transformado en cierta clase de insignia espiritual al negarse a mirar el sufrimiento por temor a contagiarse como con una enfermedad. Convirtieron la muerte de Cristo en imágenes borrosas de Escuela Dominical a las que no dejaban salir de las páginas ni entrar ensangrentadas en sus mentes. Despojaron a Cristo de su dignidad, pasando por alto la brutalidad de su muerte. Esto no era diferente a alejarse horrorizados de un leproso con rostro hinchado. La personificación del rechazo.

Algunos con desagrado hasta cerrarían el libro aquí y volverían a sus tejidos de punto. De pronto tejerían agradables y endebles imágenes de una cruz.

Ivena se dio cuenta que se le habían tensado todos los músculos del cuerpo.

Se relajó y esbozó una pequeña sonrisa.

—¿Qué eres tú, Ivena, el mesías para Estados Unidos? —susurró—. Hablas del amor de Cristo; ¿dónde está el tuyo?

Movió la cabeza de un lado al otro y abrió nuevamente el libro.

—Dame gracia, Padre.

La mujer volvió a leer.

—¿TENGO AHORA la atención de ustedes?

El corazón del padre Michael pareció detenerse a mitad de latido. Ahora susurró su oración, en voz suficientemente alta para que lo pudieran oír las mujeres más cerca de él.

—Padre, protege a tus hijos.

El líder del escuadrón estaba poseído del demonio. Michael lo había sabido desde el momento en que el hombrón entrara a la plaza. *Sí, aun si voy por valles tenebrosos, no temo peligro alguno.*

Débilmente oyó el revoloteo de alas a la derecha. La paloma había tomado vuelo. El comandante miró al sacerdote. *¿Tengo ahora su atención?*

Las alas de la paloma se agitaban por el aire. *Sí, usted tiene mi atención, comandante. Tuvo mi atención desde antes que usted iniciara esta locura.* Pero no lo dijo porque la paloma se había detenido encima de él y batía las alas ruidosamente. La mirada del cabecilla del ejército subió hacia el ave. Michael se inclinó hacia atrás para compensar la espalda corcovada y miró hacia lo alto.

En ese momento el mundo entró en silenciosa cámara lenta.

Michael pudo ver al comandante parado, con las piernas extendidas. La blanca paloma volaba con gracia encima de él, abanicándole un poco de aire, como un ángel respirándole a dos metros sobre la cabeza.

La respiración le pasó por el cabello, por la barba, fría al principio y luego repentinamente cálida. Por encima del ave aparecía un hoyo en las nubes que permitía al sol enviar sus rayos de calidez. Michael pudo ver que los cuervos aún sobrevolaban en círculos, ahora había más de ellos… siete u ocho.

Vio esto en esa primera mirada, mientras el mundo avanzaba muy lentamente. Luego sintió la música en el viento; al menos así fue como pensó de ella, porque la música no le sonaba en los oídos sino en la mente y en el pecho.

Aunque solo eran algunas notas, extendían una extraña exaltación. Un susurro que parecía decir:

—Amado mío.

Solamente eso. Solamente: *Amado mío.* De pronto la exaltación se precipitó a través de él como agua, le pasó por los lomos, directamente hasta las plantas de los pies.

El padre Michael respiró de modo entrecortado.

La paloma tomó vuelo.

Un escalofrío placentero le ascendió por la espalda. ¡Santo Cielo! Nada ni siquiera remotamente parecido le había acontecido en toda la vida. *Amado mío.* Como el ungimiento de Jesús en el bautismo. *Este es mi Hijo amado; estoy muy complacido con él.*

Él siempre había enseñado que el poder de Cristo era tan real para el creyente de hoy como lo había sido hace dos mil años.

Ahora Michael había oído esas palabras de amor. *¡Amado mío!* Dios los iba a proteger.

Comprendió que aún se hallaba incómodamente echado hacia atrás y que la boca se le había abierto, como un hombre a quien le habían disparado. Cerró la boca y se enderezó hacia delante.

Los demás no habían oído la voz. Tenían las miradas fijas en él, no en la paloma, que se había posado en el techo más cercano, en la casa de la hermana Flouta rodeada por aquellos rosales rojos. La fuerte y agradable fragancia de las flores le llegó hasta los senos nasales. Lo cual era extraño. Exactamente ahora debería estar combatiendo con el pánico, aterrado por estos hombres armados. En vez de eso la mente se tomaba su tiempo con el fin de oler los rosales de la hermana Flouta, y de hacer una pausa para oír el acuoso gorgoteo de la fuente a la izquierda.

Una burlesca sonrisa le surgió en las comisuras de los labios. Supo que era burlesca porque no le correspondía enfrentar a este monstruo ante él con una débil y refinada sonrisa; pero apenas logró controlarla, y rápidamente levantó una mano para taparse la boca. El gesto debió parecerse a un niño ocultando un ataque de risa. Esto enfurecería al hombre.

Y así fue.

—¡Quítate esa estúpida sonrisa de la cara!

El comandante caminó hacia Michael a grandes zancadas. A excepción de los cuervos que sobrevolaban en lo alto, y del insistente gorgoteo de la fuente, el clérigo solo podía oírse el corazón, latiéndole como una bota contra un tambor hueco. La cabeza aún le zumbaba por las palabras de la paloma, pero otro pensamiento se formó lentamente en la mente del sacerdote: comprender que había oído la música por un motivo. No era una ocurrencia de todos los días, ni siquiera de todos los años, que el cielo se extendiera de manera tan adrede hacia un hombre.

Karadzic se detuvo y miró a las mujeres y los niños.

—¿Así que ustedes afirman ser personas de fe?

Hizo la pregunta como si esperara una respuesta. Ivena miró al padre Michael.

—¿Son mudos todos ustedes? —inquirió Karadzic, con el rostro rojo por la ira.

Nadie contestaba aún.

—No, no creo que ustedes *sean* personas de fe —continuó Karadzic plantándose firme con las piernas separadas—. Creo que su Dios los abandonó, tal vez cuando ustedes y sus párrocos asesinos quemaron la iglesia ortodoxa en Glina después de meter en ella a mil mujeres y niños.

Los labios del comandante se le curvaban al formar las palabras.

—Quizás el olor de los cuerpos carbonizados de esas personas subió a los cielos y envió al infierno al Dios de ustedes.

—Esa fue una horrible masacre —el padre Michael oyó decirse—. Pero no lo hicimos nosotros, amigo mío. Aborrecemos la brutalidad de la Ustacha. Lo más probable es que ningún ser que tema a Dios podría tomar la vida de otro con tanta crueldad.

—Le disparé a un hombre en las rodillas exactamente una semana antes de matarlo. Eso fue bastante brutal. ¿Estás insinuando que *yo* no soy un hombre con temor de Dios?

—Creo que Dios ama a todos los seres humanos, comandante. A mí no más que a usted.

—¡Silencio! Tú cruzas los brazos en tu engalanada iglesia entonando lindas canciones de amor, mientras tus hombres deambulan por la campiña, buscando un serbio a quién tajar.

—Si usted fuera a buscar en los campos de batalla hallaría a nuestros hombres suturándoles las heridas a los soldados, no matándolos.

Karadzic entrecerró brevemente los ojos ante la afirmación. Por un instante solo se quedó mirando. De repente sonrió, pero no con una sonrisa amable.

—Entonces seguramente se puede probar la verdadera fe —expresó, luego giró hacia uno de los soldados—. Molosov, tráeme una de las cruces del cementerio.

El soldado miró a su comandante con una ceja arqueada.

—¿Estás sordo? Tráeme una lápida.

—Están enterradas, señor.

—¡Pues *desentiérrala*!

—Sí, señor —respondió Molosov, quien salió corriendo por la plaza y entró al cementerio adyacente.

El padre Michael observó al soldado patear la lápida más cercana, una cruz como todas las demás, de sesenta centímetros de alto, hecha de concreto. Conocía muy bien el nombre del finado. Se trataba del viejo Haris Zecavic, enterrado hace más de veinte años.

—¿Cuál es la enseñanza de tu Cristo?

Michael volvió a mirar a Karadzic, quien aún conservaba la sonrisa retorcida.

—¿Um? ¿Cargar su cruz? —declaró el comandante—. ¿No es eso lo que tu Dios te ordena hacer? «¿Toma tu cruz y sígueme?»

—Sí.

Molosov jalaba la cruz que había despegado del cementerio. Los aldeanos observaban, asombrados.

—Exactamente —concordó Karadzic gesticulando hacia ellos con el rifle—. Como ves, no soy tan estúpido en asuntos de fe como crees. Mi propia madre era una cristiana devota. Pero entonces también era una ramera, y por eso sé que no necesariamente todos los cristianos están bien de la cabeza.

El soldado dejó caer la cruz a los pies de Karadzic, la cual aterrizó con un fuerte *golpazo* y cayó de plano. Una de las mujeres lanzó un agudo sonido: Marie Zecavic, hija de treinta años del hombre, posiblemente lamentando la destrucción de la tumba de su padre. El comandante miró a Marie.

—Hoy día estamos de suerte —declaró el jefe de los soldados, aún mirando a la mujer—. Hoy tenemos una cruz verdadera para que la cargues. Te daremos una oportunidad de probar tu fe. Ven acá.

A Marie se le hizo un nudo en la garganta, lo que le impidió llorar. Levantó la mirada con ojos temerosos.

—Sí, tú. Ven acá, por favor.

—Por favor… —empezó a suplicar el padre Michael dando un paso hacia el comandante.

—¡Quieto!

Michael se detuvo. Garras de muerte le produjeron cosquilleos en la columna vertebral. El sacerdote asintió e intentó sonreír con calidez.

Marie caminó hacia el comandante con pasos vacilantes.

—Pongan la cruz en la espalda de la mujer —ordenó Karadzic.

El padre Michael dio un paso al frente, levantando instintivamente la mano derecha en señal de protesta.

—¡Quieto! —exclamó el comandante girando hacia él, con una mueca en los labios.

La voz del caudillo resonó en toda la plaza.

Molosov se inclinó hacia la cruz, la cual debía pesar no menos de treinta kilos. El rostro de Marie se contrajo de miedo. Silenciosamente le corrieron lágrimas por las mejillas.

—No llores, hija —enunció el soldado con desdén—. Solo vas a cargar una cruz para tu Cristo. Eso es algo noble, ¿no es cierto?

Karadzic asintió con la cabeza a su subordinado, quien alzó la cruz hasta la espalda de Marie. El cuerpo de la mujer empezó a temblar, y Michael sintió que se le hinchaba el corazón.

—No te quedes allí no más, mujer, ¡sujeta la cruz! —ordenó el cabecilla con brusquedad.

Marie se inclinó hacia el frente y echó las manos atrás para agarrar la losa. Molosov soltó el peso. La espalda de la mujer se combó por un momento, mientras un pie le tambaleó hacia adelante antes de afirmarse.

—Muy bien. ¿Ves? No es tan malo —formuló Karadzic dando un paso atrás, complacido consigo mismo. Entonces se volvió hacia el padre Michael—. No está tan mal. Pero te diré, sacerdote… si ella deja caer la cruz tendremos un problema.

El corazón de Michael se aceleró. Por el cuello le subió un calor que luego le detonó en las orejas. *Oh, Dios, ¡fortalécenos!*

—Sí, por supuesto. Si ella deja caer la cruz significa que eres un impostor, y que tu iglesia es malvada. Nos veremos obligados a sacarte a golpes un poco de piel —previno el comandante mientras se le ensanchaba la retorcida sonrisa.

El padre Michael miró a Marie y trató de calmar el corazón que le latía con fuerza. Asintió, reuniendo todas las reservas de valor.

No temas, Marie. El amor de Dios nos salvará —le dijo.

Karadzic dio un paso al frente e hizo oscilar una mano. Un fuerte chasquido resonó en las paredes, y la cabeza de Michael rebotó bruscamente. El golpe le sacó ardientes lágrimas en los ojos y sangre en los labios. Miró hacia arriba al techo de la hermana Flouta; la paloma aún se hallaba posada en lo alto, inclinando la cabeza para ver la escena abajo. *Paz, hijo mío.* ¿Había él oído en realidad esa música? Sí. Sí, la había oído. Dios le había hablado realmente. Dios los protegería.

Padre, protégenos. Te lo ruego, ¡protégenos!

—¡Marcha, mujer! —ordenó Karadzic señalando hacia el extremo de la plaza.

Marie caminó al frente. Los niños observaban con ojos desorbitados. Gritos ahogados se extendían por la plaza.

Todos vieron cómo con gran esfuerzo Marie llevaba la carga a través del concreto, con cada pisada forzaba los pies de los que le sobresalían venas. Ella no era la más fuerte. Oh, Dios, ¿por qué no pudo haber sido otra… Ivena o incluso uno de los muchachos mayores? ¿Pero Marie? ¡Ella tropezaría en cualquier momento!

—¿Por qué la pone a prueba precisamente a ella? —preguntó Michael sin poder contenerse—. Yo soy…

¡Plas!

La mano del caudillo le dio al sacerdote de lleno y con tanta fuerza que esta vez lo hizo retroceder un paso tambaleándose. Una dolorosa hinchazón se le extendió en la mejilla derecha.

—La próxima vez será con la culata de un rifle —amenazó el comandante.

Marie llegó a la pared extrema y regresó. Se tambaleaba, buscando ayuda en los ojos del padre Michael. Todos la observaban en silencio, primero al ir y luego al volver, inclinada bajo la carga, con los ojos alterados por el miedo, recorriendo penosamente el camino de ida y vuelta. Casi todos los soldados parecían divertirse. Sin duda habían visto atrocidades que hacían parecer esto como un juego en comparación. *Sigue adelante, prueba tu fe en Cristo. Síguele las enseñanzas. Carga esta cruz. Y si la dejas caer antes de que nos cansemos de observar, golpearemos a tu sacerdote hasta convertirlo en una pulpa sangrienta.*

Michael oró. *Padre, te lo suplico. Te ruego realmente que nos protejas. ¡Te lo imploro!*

CAPÍTULO TRES

FUE NADIA quien se negó a permanecer en silencio.

La sencilla cumpleañera con trenzas y dorados ganchos de cabello se puso de pie, bajó cojeando los escalones y, con los brazos extendidos a los costados, enfrentó a los soldados. El clérigo tragó grueso. *Padre, ¡por favor!* Él no podía hablar, pero gritaba con el corazón. *Padre, ¡por favor!*

—¡Nadia! —susurró Ivena con mucha dureza.

Pero Nadia ni siquiera volteó a mirar en dirección a su madre. La voz de la cumpleañera se oyó clara, suave y tierna a través de la plaza.

—El padre Michael nos ha dicho que quienes están llenos del amor de Cristo no hacen daño a otras personas. ¿Por qué están ustedes lastimando a Marie? Ella no ha hecho nada malo.

En ese momento el padre Michael deseó no haberles enseñado tan bien.

Karadzic la miró, con los ojos grises bien abiertos, un tanto boquiabierto, obviamente sorprendido.

—¡Nadia! —clamó Ivena con un grito acallado—. ¡Siéntate!

—¡Silencio! —reaccionó el comandante, dirigiéndose a la muchacha, lívido y sonrojado—. ¡Silencio! ¡Silencio!

El hombre movió el rifle hacia Nadia.

—Siéntate, ¡pequeña y fea majadera!

Nadia se sentó.

Karadzic pasó frente los escalones yendo y volviendo, con los nudillos blancos en el rifle, y los labios salpicados de baba.

—Te sientes mal por tu afligida Marie, ¿no es así? ¿Porque ella está cargando esta diminuta cruz en la espalda? —preguntó el jefe, deteniéndose frente a un grupo de tres mujeres acurrucadas en las gradas, e inclinándose hacia ellas—. ¡Lo que le está sucediendo a Marie no es nada! ¡Díganlo! ¡Nada!

Ninguna contestó.

Karadzic se puso el rifle en el hombro y apuntó el cañón a la hermana Flouta.

—¡Dilo!

Un nudo ciego se le albergó en la garganta del padre Michael. La visión se le hizo borrosa por las lágrimas. Dios, ¡esto no puede estar sucediendo! Ellos eran gente pacífica que servía al Dios resucitado. *Padre, ¡no nos abandones! ¡No! ¡No!*

El comandante amartilló el rifle hacia el cielo con la mano derecha. Los labios presionados se le emblanquecieron.

—¡Al cementerio entonces! ¡Todas ustedes! Todas las mujeres.

Ellas se quedaron mirándolo, incrédulas.

El hombre dirigió un dedo grueso y sucio hacia la enorme cruz en la entrada del cementerio y lo apuntó al aire.

—¡Vayan!

Ellas fueron. Como una bandada de gansos bajaron las gradas y atravesaron la plazoleta, algunas gimoteando, otras apretando las mandíbulas. Marie seguía caminando penosamente a través del patio de piedra. Ahora con más lentitud, pensó Michael.

—Carguen una cruz sobre cada mujer y tráiganlas de vuelta —ordenó Karadzic volviéndose hacia sus hombres.

El soldado más delgado y con ojos color avellana dio un paso adelante en protesta.

—Señor...

—¡Silencio!

Los soldados salieron corriendo hacia el cementerio. Al padre Michael se le volvió imprecisa la vista. *Padre, ¡nos estás abandonando! ¡Ellos se están divirtiendo con tus hijas!*

Varios niños se le acercaron, jalándole la sotana y abrazándole la pierna. Figuras borrosas en uniforme patearon las lápidas de cruces y las alzaron hasta las espaldas de las mujeres, quienes volvieron tambaleándose a la plaza, soportando sus pesadas cargas. ¡Era inaudito!

El padre Michael observaba su rebaño reducido a animales de carga, inclinándose bajo el peso de cruces de concreto. Hizo rechinar los dientes. Estas eran mujeres, iguales a María y Marta, con tiernos corazones colmados de amor. Mujeres sensibles, muy sensibles, que habían sufrido dando a luz y habían amamantado a sus bebés durante gélidos inviernos. ¡Él debía correr hacia el comandante y aplastarle la cabeza contra la roca! ¡Debía proteger a sus ovejas!

Michael vio en su visión periférica que la paloma en el techo hacía su sonido de arrullo, apoyándose de una pata a la otra. Las palabras consoladoras parecían lejanas ahora, y por tanto muy abstractas. *Paz, hijo mío.* ¡Pero esto no era paz! ¡Esto era brutalidad extrema!

La contraída sonrisa apareció de nuevo en los labios temblorosos de Karadzic.

—Marchen —ordenó—. ¡Marchen, babosas patéticas! Veremos cómo les gusta la cruz de Cristo. ¡Y la primera que deje caer la cruz será azotada junto con el cura!

Las mujeres caminaron con Marie, veintitrés de ellas, encorvadas bajo sus cargas, en silencio excepto por las entrecortadas respiraciones y la marcha atribulada y tambaleante.

Ahora cada hueso en el cuerpo de Michael gritaba en protesta. *¡Detengan esto! ¡Detengan esto inmediatamente! ¡Es una locura! ¡Tómenme a mí, cobardes insensibles! Yo cargaré las cruces. Cargaré todas las cruces de ellas. Me podrán enterrar debajo de esas cruces si quieren, ¡pero dejen tranquilas a esas mujeres! ¡Por el amor de Dios!* Todo el cuerpo le temblaba mientras las palabras le daban vueltas en la cabeza.

Pero las palabras no le llegaron a los labios. No podían hacerlo porque la garganta se le paralizó por la angustia. Y de cualquier modo, si Michael hablaba, el comandante muy bien podría golpear a alguna de ellas con la culata del rifle.

Un niño lloriqueaba en la rodilla de Michael, quien se mordió el labio inferior. El sacerdote cerró los ojos y puso una mano en la cabeza del muchacho. *Padre, por favor.* Los huesos se le estremecieron con el gemido interior. Ahora le corrían lágrimas por las mejillas, y sintió una que le caía en la mano, húmeda y cálida. Los encorvados hombros le comenzaron a temblar, a sollozar, a gritar en busca de alivio, pero él se negó a desintegrarse ante todos ellos. Él era el pastor, ¡por amor de Dios! No era una de las mujeres o uno de los niños, él era un hombre. La vasija escogida de Dios para este pueblito en una tierra devastada por la guerra.

Respiró hondo y cerró los ojos. *Queridísimo Jesús... Mi queridísimo Jesús...*

Entonces el mundo cambió, por segunda vez ese día. Un brillante resplandor se le encendió en la mente, como si alguien hubiera tomado una fotografía con una de esas bombillas que se prenden y se apagan. El cuerpo del padre Michael se estremeció, y abrió de repente los ojos. Pudo haber lanzado un grito ahogado... no estaba seguro, porque este mundo con todos sus soldados y mujeres que caminaban con dificultad estaba demasiado lejos para que él juzgara con exactitud.

En su lugar se extendió un horizonte blanco, inundado con torrentes de luz.

Y música.

Débil, pero clara. Notas prolongadas y puras, las mismas que había oído antes. *Amado mío.* Un cántico de amor.

Michael cambió la mirada hacia el horizonte y entrecerró los ojos. El paisaje era interminable y llano como un desierto extendido, pero cubierto con flores blancas. La luz irradiaba en varios cientos de metros por sobre la tierra y hacia él desde el distante horizonte.

Un imperceptible sobresalto de pavor sacudió a Michael. Se hallaba solo en este campo blanco. Excepto por la luz, desde luego. La luz y la música.

De pronto pudo oír más la música. Al principio creyó que podría tratarse de la fuente que borboteaba cerca de la plazoleta. Pero no era agua. Era un sonido ejecutado por un niño. Era la risa de un chiquillo, distante, pero corriendo velozmente hacia él desde el horizonte lejano, transportada sobre las notas cada vez más fuertes de la música.

Michael sintió escalofrío en la piel, como si de pronto estuviera flotando, levantado en vilo por una profunda nota musical que le resonaba en los huesos.

La música se hacía más fuerte, y con ella la risa infantil. Carcajadas y risitas suaves, no de un niño sino de centenares de chiquillos. Quizás mil niños, o un millón, revoloteaban ahora alrededor de Michael desde todas las direcciones. Risas de alegría, como de un niñito a quien su padre le hace cosquillas sin piedad. Luego treguas seguidas por suspiros de contentamiento mientras otros niños empezaban a reír.

Michael no pudo contener la risa que le bullía del pecho y que le brotaba en cortos estallidos. El sonido era de lo más embriagador. Sin embargo, ¿dónde estaban los niños?

A través de la música se extendió una melodía única. Una voz varonil, pura y clara, con el poder de derretir todo lo que tocara. Michael miró hacia el campo de donde provenía el sonido.

Un hombre caminaba en dirección a él, una figura resplandeciente, sin embargo solo de unos tres centímetros de alto sobre el horizonte. La voz era de él. Tarareaba una melodía sencilla, pero que fluía con cautivante poder. La canción empezaba en tono bajo, subía por la escala, y luego se detenía. De inmediato las risas infantiles subieron el volumen, respondiendo directamente al cántico del hombre. Este comenzaba otra vez, y las risitas se acallaban un poco y luego se hacían más fuertes al final de este sencillo estribillo. Era como un juego.

Michael no pudo contener su propia risa. *Oh, Dios mío, ¿qué me está pasando? Me estoy volviendo loco.* ¿Quién era este trovador que caminaba hacia él? ¿Y qué clase de tonada era esta que lo hacía querer volar con todos esos niños que no lograba ver?

El sacerdote levantó la cabeza y escudriñó los cielos. Salgan, salgan donde quiera que estén, hijos míos. ¿Eran estos sus hijos? Él no tenía hijos.

Pero ahora los ansiaba. *A estos* niños, riendo histéricamente alrededor de él. Michael quería estos niños... cargarlos, besarlos, pasarles los dedos por el cabello y rodar por tierra, riendo con ellos. Cantarles esta canción. Salgan, mis queridos…

La bombilla volvió a centellear. *¡Plop!*

La risa se evaporó. El cántico desapareció.

El padre Michael tardó solo un instante en registrar la sencilla e innegable realidad de estar una vez más de pie en las gradas de su iglesia, frente a una plazoleta llena de mujeres a punto de desplomarse bajo pesadas cruces sobre concreto plano y frío. La boca se le había abierto, y parecía haber olvidado cómo usar los músculos de la mandíbula.

Los soldados estaban apoyados en la pared más lejana, y todos menos el flacuchento alto se reían de las mujeres. Este parecía incómodo con la situación. El comandante miraba con un brillo en los ojos. Y Michael se dio cuenta entonces que ellos no habían presenciado la demostración de risa que él acababa de hacer.

Sobre ellos la paloma posada en el techo de la hermana Flouta observaba aún la escena que se desenvolvía abajo. A la derecha de Michael los ancianos aún se hallaban sentados, como muertos en sus asientos, incrédulos por esta pesadilla que estaban experimentando. Y en las yemas de los dedos del sacerdote, una cabellera. El clérigo cerró rápidamente la boca y bajó la mirada. Niños. Sus niños.

Pero estos no reían. Estaban sentados, o apoyados en las piernas del sacerdote, algunos mirando en silencio a sus madres, otros lloriqueando. La cumpleañera Nadia se hallaba estoicamente al final, con la mandíbula apretada y las manos en las rodillas.

Cuando el padre Michael levantó la mirada se topó con la de Ivena mientras esta caminaba con dificultad bajo la cruz. Había a la vez brillo y tristeza en esos ojos. Ella parecía entender algo, pero él no lograba saber qué. Quizás ella también había oído el cántico. Fuera como fuera, él sonrió, de alguna manera menos asustado de lo que había estado solo un minuto antes.

Porque ahora sabía algo.

Sabía que aquí estaban dos mundos en acción.

Sabía que detrás de la piel de este mundo había otro. Y en ese mundo un hombre cantaba y unos niños reían.

JANJIC MIRÓ a las mujeres que caminaban por el patio arrastrando los pies, y volvió a contener la creciente ira por esta enloquecida travesura de Karadzic.

Diligentemente había pateado tres lápidas y las había puesto en las espaldas de aterradas mujeres. Una de ellas era la madre de la cumpleañera. Ivena, había oído que alguien la llamaba por ese nombre.

Janjic pudo ver que Ivena había cuidado de vestirse para el día especial de su hija. Perlas de imitación le colgaban alrededor del cuello. Usaba el cabello en un meticuloso moño, y el vestido que había elegido estaba nítidamente planchado; un vestido rosado claro con diminutas florecitas amarillas, de tal modo que hacía juego con el de su hija.

¿Durante cuánto tiempo habían planeado esta fiesta? ¿Una semana? ¿Un mes? El pensamiento le produjo desazón en el estómago. Estas almas eran inocentes de cualquier cosa que mereciera tal humillación. Había algo espantoso respecto de obligar a madres a arrastrar los símbolos religiosos ante las miradas de sus hijos.

Ivena fácilmente podría ser la propia madre de Janjic, sosteniéndolo después de la muerte de su padre diez años atrás. Madre, querida madre... la muerte de papá casi la mató también. A los diez años de edad Janjic se convirtió en el hombre de la casa. Ese fue un llamado difícil; su madre murió tres días después de que él cumpliera dieciocho años, dejándolo sin nada más que la guerra a la cual unirse.

Los atuendos de las mujeres estaban ahora oscurecidos por el sudor, los rostros arrugados de dolor, los ojos lanzando miradas furtivas a sus aterrados niños en las gradas. A pesar de todo, caminaban lentamente, de ida y vuelta como mulas viejas. Sí, era algo espantoso.

No obstante, toda guerra era espantosa.

El sacerdote aún se hallaba de pie con la larga sotana negra, encorvado. Una perdida mirada de asombro le había atrapado el rostro por un momento, luego esta desapareció. Tal vez él ya había caído en el abismo, observando a las mujeres caminar trabajosamente en su paso ante él. *Ora a tu Dios, sacerdote. Dile que detenga esta locura antes de que una de tus mujeres deje caer la cruz. Tenemos una marcha por delante.*

El sonido provino de la derecha de Janjic, como el escalofriante crujido de huesos, sacando a Janjic de sus pensamientos. Este giró la cabeza. Una de las mujeres estaba de rodillas, temblando, las manos débiles en el suelo, el rostro contraído de angustia alrededor de ojos fuertemente apretados.

Marie había dejado caer su cruz.

Se detuvo el movimiento en la plazoleta. Las mujeres se pararon en seco al mismo tiempo. Todas las miradas se dirigieron a la cruz de cemento que yacía bocabajo en el suelo de piedra al lado de la mujer. El rostro de Karadzic se iluminó como si el contacto de la cruz contra el suelo completara un circuito que le inundara el cerebro con electricidad. Un temblor en el labio inferior le apareció al hombre.

Janjic tragó saliva. El comandante resopló una vez y dio tres zancadas hacia Marie. El sacerdote también dio un paso hacia su oveja caída pero se detuvo en el momento en que Karadzic giró hacia él.

—Cuando te das de narices contra la pared no puedes seguir las enseñanzas de Cristo más que cualquiera de nosotros. Tal vez por eso los judíos mataron al hombre, ¿o no, Paul? Tal vez esas enseñanzas de él solo eran las peroratas de un lunático, imposibles de cumplir para cualquier individuo cuerdo.

—¡Es a *Dios* a quien usted se está refiriendo! —exclamó el clérigo levantando de repente la cabeza.

—¿Dices *Dios*? —objetó Karadzic volviéndose lentamente a Michael—. ¿Mataron entonces los judíos a *Dios* en una cruz? Quizás no seas franciscano, pero eres igual de estúpido.

El rostro del padre Michael enrojeció. Los ojos le brillaron de la impresión.

—Fue por *amor* que Cristo fue hacia su propia muerte—expresó.

Janjic se apoyó en el otro pie y sintió que el pulso se le aceleraba. El clérigo había encontrado su fuerza de carácter.

—Cristo fue un tonto. Ahora es un tonto muerto —insultó Karadzic.

Las palabras resonaron por la plaza. Con el rostro petrificado y con el ceño fruncido, el hombre se colocó delante del padre Michael.

—Cristo vive. Él no está muerto —refutó el sacerdote.

—Permítele entonces que te salve.

El corpulento comandante miró fijamente al clérigo, quien permanecía parado, absorbiendo los insultos hacia su Dios. La escena enervó a Janjic.

—Cristo vive en mí, señor —aseguró el padre Michael respirando hondo—. El espíritu del Señor ruge a través de mi cuerpo. Ahora lo siento. Lo puedo oír. El único motivo por el que usted no puede oírlo y sentirlo es porque sus ojos y sus oídos están obstruidos por este mundo. Pero aquí hay otro mundo en acción. Se trata del reino de Cristo, el cual está repleto con el poder de Dios.

Karadzic dio un paso atrás, parpadeando ante la audacia del clérigo. De repente corrió hacia Marie, quien aún estaba derribada en el piso. Un seco golpe resonaba con cada paso de la bota. Llegó hasta ella en siete largas zancadas. Hizo oscilar el rifle como un bate, golpeando la culata de madera contra el hombro de la mujer. Ella gimió y se desplomó de bruces.

Agudos gritos ahogados atiborraron el aire. Karadzic preparó el rifle para dar otro golpe y contrajo el rostro hacia el cura.

—¿Dices que tienes poder? ¡Muéstramelo entonces! —exclamó asentándole otro golpe a la mujer, quien gimió.

—¡Por favor! —suplicó Michael dando dos pasos al frente y cayendo de rodillas con el rostro contraído de dolor; de los ojos le brotaban lágrimas—. Por favor, ¡es a mí a quien usted prometió golpear!

Puso las manos juntas como en una oración.

—Déjela, se lo ruego. Ella es inocente.

La culata del rifle fue a parar dos veces en la cabeza de la mujer, cuyo cuerpo se desmadejó. Varios niños comenzaron a gritar. Gimió un coro de mujeres aterradas, aún inclinadas bajo sus propias y pesadas cargas. El sonido chirrió en los oídos de Janjic.

—Por favor… por favor —seguía implorando el padre Michael.

—¡Silencio! ¡Golpéalo Janjic!

Janjic apenas oyó las palabras. Tenía los ojos fijos en el clérigo.

—¡Janjic! Golpéalo —volvió a ordenar Karadzic señalando con un brazo extendido—. ¡Diez golpes!

Janjic se volvió hacia el comandante, sin captar aún del todo la orden. Esta pelea no era suya, sino el juego de Karadzic.

—¿Golpearlo? ¿Yo? Yo…

—¿Me cuestionas? —objetó el comandante dando un amenazador paso hacia Janjic—. Harás lo que digo. Ahora agarra tu rifle y asiéntalo en la espalda de este traidor, ¡o *te* dispararé!

Janjic sintió que se le abría la boca.

—¡Ahora!

Dos emociones se agolparon en el pecho de Janjic. La primera era simple repugnancia ante la posibilidad de asestar un rifle de siete kilos contra la deformada espalda del sacerdote. La segunda fue el temor al comprender que no sintió ninguna repugnancia en absoluto. Él era un soldado que había jurado seguir órdenes. Y siempre había seguido órdenes. Esta era su única forma de sobrevivir a la guerra. Sin embargo, esto…

El soldado tragó saliva y dio un paso hacia el hombre, inclinado ahora en actitud de oración. Los niños lo miraban… treinta pares de ojos bien abiertos y bordeados de blanco, inundados de lágrimas, todos gritando una sola pregunta. *¿Por qué?*

Janjic miró el rostro rojo de Karadzic. El cuello del comandante estaba brotado como el de una rana toro. El jefe lo taladraba con la mirada. *Porque él me lo ordena*, contestó Janjic. *Porque este hombre es mi superior y me lo ordena.*

Janjic levantó el rifle y miró la espalda jorobada del hombre, y ahora vio que el sacerdote temblaba. Un golpe fuerte podría romper esa espalda. Un nudo le surgió a Janjic en la garganta. ¿Cómo podía hacer esto? ¡Era una locura! Bajó el rifle, con la mente revolviéndosele por hallar una razón.

—Señor, ¿debo hacer que él se ponga de pie?

—¿Deberías hacer *qué*?

—¿Debo hacer que se pare? Puedo manejar mejor el rifle si él se pusiera de pie. Esto me daría una mejor posición para dar en el blanco…

—¡Haz entonces que se ponga de pie!

—Sí, señor. Solo que yo creía…

—¡Muévete!

—Sí, señor.

Un ligero temblor se había apoderado de las manos de Janjic. Le dolieron los brazos bajo el peso del rifle. Dio un toquecito con la bota al arrodillado sacerdote.

—Párese, por favor.

El sacerdote se paró lentamente y se volvió hasta enfrentarlo; entonces lanzó una mirada de costado hacia la apaleada figura cerca del comandante. Janjic comprendió que las lágrimas del hombre eran por la mujer. Él no mostraba temor en los ojos, solo pesar ante el maltrato a uno de los suyos.

¡No podía golpear a este hombre! ¡Hacerlo significaría la muerte de su propia alma!

—¡Golpéalo!

Janjic se estremeció.

—Vuélvase, por favor —ordenó.

El padre Michael se volvió de refilón.

Janjic no tenía alternativa. Al menos eso fue lo que se dijo mientras echaba el rifle hacia atrás. *Es una orden. Esta es una guerra. Juré obedecer todas las órdenes. Esta es una orden. Soy un soldado en guerra. Tengo una obligación.*

Agarró el rifle por el cañón y lo hizo oscilar, apuntando hacia la parte baja de la espalda del hombre. El sonido de aire cortándose precedió a un *golpazo* sobre carne y a un gemido del sacerdote, que se tambaleó hacia adelante y apenas logró impedir caerse.

Por la espalda de Janjic le subió calor que le hormigueó en la base de la cabeza. Sintió náuseas en el estómago.

El clérigo se volvió a erguir. Parecía bastante fuerte, pero Janjic sabía muy bien que el hombre pudo haber perdido un riñón con ese golpe. Una lágrima le ardía en el rabillo del ojo al soldado. Buen Dios, ¡él estaba a punto de *llorar*! Janjic se llenó de pánico.

¡Soy un soldado, por el amor del país! ¡Soy miembro de la resistencia! ¡No soy un cobarde!

Hizo oscilar de nuevo, con furia esta vez. El porrazo salió con violencia y golpeó al cura en el hombro. Algo se rompió con un fuerte sonido… la culata del rifle. Janjic hizo retroceder el arma, sorprendido de que la madera de la culata pudiera romperse tan fácilmente.

Pero el rifle no estaba roto.

Movió los ojos hacia el hombro del padre Michael. Le colgaba inerte. Janjic sintió que la cabeza se le vaciaba de sangre. Entonces le vio el rostro al mártir. Era inexpresivo, como si el hombre hubiera perdido el conocimiento aunque seguía estando de pie.

Janjic perdió entonces la sensibilidad. Asestó otro golpe tanto para acallar las voces que le gritaban obscenidades en el cerebro como para acatar las órdenes. Volvió a golpear, como un tipo poseído por el demonio, aporreando frenético a la figura negra y silenciosa ante él. No estuvo consciente del fuerte gemido que salía de la garganta del hombre hasta que asestó seis de los golpes. Falló el séptimo, no porque hubiera perdido la puntería sino porque el sacerdote había caído.

Janjic se dio la vuelta, llevado por la oscilación del movimiento. Entonces recuperó el control de sí mismo. Sus compañeros se hallaban cerca de la pared con los ojos desorbitados de asombro; las mujeres aún inclinadas sobre cruces de piedra; los niños llorando, gritando y ocultando las cabezas en los regazos de otros.

El sacerdote se arrodilló en el concreto, exhalando, aún inexpresivo. Comenzó a encharcarse sangre en el suelo debajo del rostro de él. Algunos huesos se habían hecho añicos allí.

Janjic sintió que el rifle se le deslizaba de las manos y caía en el concreto haciendo ruido.

—¡Acaba la tarea! —exclamó Karadzic con voz que le resonó a Janjic en la parte posterior de la cabeza, pero este no consideró el asunto; las piernas le temblaban y retrocedió vacilante de la negra figura acurrucada a sus pies.

A la derecha sonaron botas sobre el cemento, y Janjic se volvió justo a tiempo para ver a su comandante yendo hacia él con un rifle levantado. Instintivamente alzó los brazos para cubrirse el rostro. Pero los golpes no llegaron. Al menos no para él. Se asentaron en la espalda del sacerdote con escalofriante propósito. Tres golpazos en rápida sucesión, acompañados por otro chasquido. Por la mente de Janjic pasó el pensamiento de que una de las mujeres pudo haber pisado una ramita. Pero sabía que el chasquido había venido de las costillas del cura, que retrocedió hasta la pared y chocó contra esta.

—Pagarás por esto, Janjic —susurró Molosov.

La mente de Janjic le dio vueltas, desesperada por corregirle el mundo que giraba. *¡Contrólate, Janjic! ¡Eres un soldado! Sí, de veras, un soldado que desacató las órdenes de su superior. ¿Qué clase de locura ha caído sobre ti?*

Se irguió. Sus camaradas se habían apartado de él, y observaban a Karadzic, quien tiraba al sacerdote a sus pies. Janjic miró a los soldados y vio que una línea de sudor bajaba por la mejilla del judío. Puzup parpadeaba una y otra vez.

De pronto el sacerdote lanzó un grito ahogado. *¡Uhhh!* El sonido resonó en el silencio.

—¡A marchar! —bramó Karadzic, quien apenas pareció notar el extraño sonido—. La siguiente en dejar caer una cruz recibirá veinte golpes junto con el cura. Veremos qué clase de fe les ha enseñado.

Las mujeres se tambalearon… jadeando, combándose.

El comandante empuñó las manos. Músculos brotados le sobresalían del cuello.

—¡Marrrchen!

Ellas marcharon.

IVENA BAJÓ lentamente el libro con un temblor en las manos. Cada vez se le hacía más fuerte un dolor en la garganta que amenazaba quemarla. Después de tantos años el dolor no parecía aminorar. Ella se echó hacia atrás y respiró hondo. *Querida Nadia, perdóname.*

De repente Ivena saltó de la silla.

—¡Marchen! —remedó, y se paseó ufana por el piso de cemento, con el libro agitándosele en la mano derecha—. ¡Maaarchen! Un, dos. Un, dos.

Lo hizo con indignación y furia, y casi sin pensar en lo que estaba haciendo. Si alguna pobre alma la viera marchando por el invernadero como un pavo real exageradamente relleno y en un vestido, podría creerla loca.

El pensamiento la detuvo a media marcha. Pero ella no estaba loca. Solo iluminada. Tenía derecho a marchar; después de todo, estuvo allí. Se había tambaleado bajo su propia cruz de concreto junto con las otras mujeres, y al final esto la había liberado. Y ahora había una clase de redención en recordar; había un poder en participar, que pocos podrían entender.

—¡Maaarchen! —gritó, y se puso a caminar por el pasillo cerca de los tulipanes.

Regresó a la silla, se alisó el vestido para recuperar compostura, una vez más volvió a mirar alrededor solo para estar segura que nadie estuviera observando a través del vidrio, y se sentó nuevamente.

Bueno, ¿dónde me encontraba?

Estabas marchando por tu invernadero como una idiota, pensó.

—No, estaba volviendo a poner en su lugar al poder de las tinieblas. Conozco el final.

Abrió el libro, hojeó algunas páginas hasta encontrar donde se había quedado, y comenzó a leer.

CAPÍTULO CUATRO

EL PADRE Michael recordaba la discusión con el comandante; recordaba la culata del rifle de Karadzic destrozándole el cráneo a la hermana Marie; recordaba al otro soldado, el flacucho, ordenándole que se pusiera de pie y luego levantando el rifle para golpearlo. Incluso recordaba haber cerrado los ojos ante ese primer golpe en los riñones. Pero ese golpazo le inició el intermitente fulgor en la mente.

¡Puf!

La plazoleta desapareció en un destello de luz.

El blanco desierto se le estrelló dentro de su mundo. Rayos de luz surcaron desde el horizonte. La tierra se cubrió con las flores blancas. ¡Y con la música!

Oh, la música. La risa de los niños recorría los cielos, representando el cántico del hombre. El volumen había aumentado, intensificándose, obligando a Michael a unírseles en las risas. El mismo tono sencillo, pero ahora parecía que otros se habían unido para formar un coro. O quizás solo parecía un coro pero en realidad solamente era risa.

Canta oh hijo de Sion; canta oh hijo de mi amor
Regocíjate con todo el corazón, el alma y la mente

Michael estaba vagamente consciente de un estrellón al borde de su mundo. Era como si viviera en un adorno navideño y un niño lo hubiera golpeado con un bate. Pero él sabía que no era un bate; que tampoco era un niño, sino el soldado con un rifle, azotándole los huesos.

Oyó un fuerte chasquido. *¡Debo apresurarme antes de que el techo se derrumbe encima de mí! ¡Tengo que apurarme! Se me están rompiendo los huesos.*

¿Apresurarse? ¿Apurarse a dónde?

Apresurarse a reunirse con este hombre. Apurarse para encontrar a los niños, por supuesto. El problema era que aún no lograba verlos. Podía oírlos, correcto. Las risas de ellos ondeaban sobre el campo en largas e incontrolables sartas que le forzaron una sonrisa en la boca.

El personaje aún se hallaba lejos, ahora a treinta centímetros de altura en el horizonte, caminando directo hacia Michael, entonando el increíble cántico. El sacerdote habría esperado que le llegara música a través de los oídos, pero esta canción no se molestó con el desvío; pareció extendérsele directamente por el pecho y oprimirle el corazón. Amor, esperanza, tristeza y risa, todo enroscado totalmente en uno.

Abrió la boca sin pensar y entonó uno de los versos. *Oh hijo mío...* una ridícula sonrisa le hizo extender las mejillas. ¿Qué creía él estar haciendo? Pero sintió una creciente desesperación por cantar con el hombre, por hacer que el coro correspondiera con la melodía del hombre. *¡La da da, da la!* ¡Mozart! Un ángel con la melodía más pura conocida por el hombre. ¡Conocida por Dios!

¡Y él quiso reír! Casi lo hace. Casi tira la cabeza hacia atrás y ríe. Sintió como si el pecho fuera a explotarle con el deseo. Pero no lograba ver a los niños. Y ese bate le golpeaba de manera horrible en los huesos.

Sin ceremonia, le fue arrebatado el mundo con todo el color, la luz y la música. Se halló de vuelta en la aldea.

Se oyó lanzar un grito ahogado. *¡Uhhh!* Fue como si le lanzaran un balde de agua fría mientras tomaba una ducha caliente. Ahora se hallaba de pie, frente al cuerpo caído de Marie. La fuente gorgoteaba como si nada en absoluto hubiera pasado. Las mujeres estaban clavadas allí en el lugar. Los niños lloraban.

La angustia se extendía por la carne del clérigo como ácido filtrándose.

Oh, Dios. ¿Qué está sucediendo? ¿Qué les estás haciendo a tus hijos?

No sentía bien el hombro. Tampoco la mejilla.

Deseó volver a estar en el mundo de risas con los niños. Marie se agitaba en el suelo. El comandante gritaba ahora y las mujeres empezaron a moverse, como fantasmas en un sueño.

No. Los colores del mundo del padre Michael resplandecieron. *No, no pertenezco a los niños que ríen. Pertenezco aquí con mis propios niños. Estos que Dios me ha encargado. Ellos me necesitan.*

Pero no supo qué debía hacer. Ni siquiera estaba seguro de poder hablar. Así que oró. Clamó a Dios para salvarlos de este hombre malvado.

LA PLAZOLETA *se había convertido en tierra yerma*, pensó Janjic. Una tierra yerma llena de guardias paralizados, niños sollozando y mujeres gimiendo. Los cuervos planeaban ahora en un círculo cerrado, toda una docena. Una paloma solitaria observaba la escena desde su posición en la casa a la derecha del soldado.

Janjic tragó grueso, pensando que podría llorar. Pero se tragaría la lengua antes de permitirse lágrimas. Ya se había humillado bastante.

Molosov y los otros estaban de pie inexpresivos, respirando de manera superficial, esperando la próxima jugada de Karadzic en este absurdo juego. Una hora antes Janjic se había aburrido con la distracción del pueblo. Hace diez minutos él mismo se había horrorizado al golpear al cura. Y ahora… ahora estaba entrando en un estado de ira y apatía estimulado por las lentas pisadas cerca de él.

La muchacha con rostro aplanado y pecas, la cumpleañera con vestido rosado, se levantó de pronto. De pie en el tercer escalón miró al comandante por unos momentos, como para hacer acopio de resolución; iba a hacer algo. ¿Qué le había picado a esta chica? Ella era una *niña*, por amor de Dios. Una niña en guerra, no tan inocente como la mayoría a tan tierna edad, pero de todos modos una niña. Janjic nunca había visto una jovencita tan valiente como esta se veía ahora, parada con los brazos a los costados, mirando al comandante a través de la plaza.

—¡Nadia! —gritó jadeando una mujer; la madre de la muchacha, Ivena, quien se había detenido debajo de su pesada cruz.

Sin quitar la mirada del comandante, la joven bajó los peldaños y caminó renqueando hacia Karadzic.

—¡Nadia! ¡Regresa! ¡Vuelve a las gradas en este mismo instante! —gritó Ivena.

La muchacha hizo caso omiso a la orden de su madre y siguió caminando directo hacia el cabecilla. Se detuvo a dos metros de él y lo miró al rostro. Karadzic no le devolvió la amplia mirada, sino que se mantuvo contemplando algún punto invisible directamente adelante. Janjic vio que los ojos de Nadia estaban húmedos, pero no lloraba.

Janjic pensó que él había dejado de respirar. Como si en la plazoleta un vacío hubiera succionado el sonido y el movimiento. Se acallaron los lloriqueos de los niños. Las mujeres se pararon en seco. Ni un solo ojo parpadeaba.

—El padre Michael nos ha enseñado que lo único que importa al final es el amor. Amor es dar, no quitar —expuso la muchacha—. Hoy día mis amigos me estuvieron dando regalos porque me aman. Ahora usted está tomándolo todo. ¿Nos odia usted?

El comandante la escupió.

—¡Cállate, horrible mocita! ¿No tienes respeto?

—No tengo intención de irrespetar. Pero no me puedo quedar parada viéndolo acabar con nuestra aldea.

—Por favor, Nadia —suplicó Ivena.

El sacerdote se paró tambaleándose, la mitad del rostro triturado, los hombros desplomados de manera monstruosa, mirando a Nadia con su ojo sano.

Karadzic pestañeó.

—Lo siento, madre —habló Nadia muy quedamente volviendo el rostro hacia Ivena; luego miró a Karadzic directo a los ojos—. Si usted es bueno, señor, ¿por qué nos está haciendo daño? El padre Michael nos ha enseñado que la religión sin Dios es una insensatez. Y Dios es amor. ¿Pero cómo puede esto ser amor? Amor es...

—¡Cierra el pico! —exclamó Karadzic levantando una mano para golpearla—. Cierra tu pequeño pico, insolente...

—¡Deténgase! ¡Deténgase, por favor! —imploró Ivena tambaleándose tres pasos al frente desde el extremo opuesto, profiriendo cortos sonidos guturales llenos de pánico.

Karadzic miró a Nadia, pero no le asentó la mano.

Nadia no quitó sus abiertos ojos azules del comandante. El labio inferior le tembló por un momento. Por las mejillas le bajaron lágrimas en largos y silenciosos torrentes.

—Pero señor, ¿cómo me puedo callar si usted hace que mi madre lleve esa carga en la espalda? Ella no tiene tanta fortaleza. Dejará caer la cruz y entonces usted la golpeará. No me puedo quedar tranquila observando esto.

Karadzic hizo caso omiso a la chica y miró alrededor a las dispersas mujeres, agachadas, inmóviles, mirándolo.

—¡Marchen! ¡Les dije que se detuvieran? ¡A marchar!

Pero ellas no lo hicieron. *Algo había cambiado*, pensó Janjic. Ellas se quedaron mirando fijamente a Karadzic. Menos Ivena, quien seguía inclinada como una mula estacionada, temblando. Entonces lenta, pero muy lentamente, comenzó a enderezarse con la cruz en la espalda.

Janjic tuvo deseos de gritar. *¡Deténgase, mujer! ¡Deténgase, necia! ¡Inclínese!*

—Se lo ruego, señor —habló Nadia, ahora en tono vacilante—. Deje por favor que estas madres bajen sus cruces. Déjenos tranquilos por favor. Esto no le agradaría a nuestro Señor Jesús. Esto no es el amor de él.

—¡Silencio! —bramó Karadzic, quien a continuación dio un paso hacia Nadia, le agarró una de las trenzas y la jaló.

La jovencita hizo un gesto de dolor, perdió el equilibrio detrás del hombre, y no cayó porque él la tenía asida. Karadzic la arrastró hasta el sacerdote, quien solo miraba, con lágrimas corriéndole ahora por las mejillas.

La cruz de Ivena se deslizó entonces de la espalda.

Solo Janjic volteó a mirar, y sintió el impacto a través de la bota cuando la cruz cayó al suelo.

La madre de Nadia corrió hacia el comandante. Había logrado dar tres largas zancadas cuando el sordo sonido hizo girar bruscamente la cabeza del comandante hacia ella. Ivena dio dos pasos más, a mitad de distancia de Karadzic, con la cabeza agachada y los ojos fijos, antes de pronunciar un sonido. Entonces la boca se le abrió por entero y chilló furiosa. Fue un rugido a plena garganta que llegó a la mente de Janjic como taladro de dentista al chocar con un nervio en vivo.

Karadzic azotó a la joven detrás de él como a una muñeca de trapo. Dando un paso adelante asentó un puño en el rostro de la mujer. El golpe la arrojó tambaleándose y sangrando abundantemente por la nariz. Ella se desplomó de rodillas, gimiendo.

Y entonces cayó otra cruz.

Y otra, y otra hasta que las cruces dieron contra el concreto en una lluvia de piedra. Las mujeres se esforzaron por enderezarse, todas ellas.

Un relámpago de miedo cruzó por los ojos grises de Karadzic, se dio cuenta Janjic. Pero precisamente ahora este no estaba pensando con mucha claridad. Se hallaba temblando bajo el peso de la situación. Una espesa atmósfera de demencia reforzada por la loca idea de que *él* debía detener esto. De que debía gritar en protesta, o quizás meterle una bala a Karadzic en la cabeza… lo que sea con tal de terminar esta chifladura.

El comandante sacó violentamente la pistola de la cintura y la colocó en la cabeza del sacerdote.

—¿Crees que tu Cristo muerto salvará ahora a tu cura? —le preguntó a la muchacha haciéndola girar hacia el sacerdote y soltándola.

—Señor…

La objeción salió de la garganta de Janjic antes de que este pudiera detenerla.

¡Alto, Janjic! ¡Cállate! ¡Retrocede!

Pero no lo hizo. Dio un solo paso al frente.

—Señor, por favor. Ya ha sido suficiente. Por favor, deberíamos dejar tranquilas a estas personas.

Karadzic le lanzó una mirada furiosa, y Janjic vio odio en esos ojos hundidos. El comandante regresó a mirar a la muchacha, quien a través de las lágrimas que le brotaban de los ojos observaba al clérigo.

—Creo que le dispararé a tu sacerdote. ¿Sí?

El padre Michael miró muy dentro de los ojos de la joven. Había una conexión entre las dos miradas: rayos de energía invisible. *El sacerdote y la niña estaban hablando*, pensó Janjic. Hablando con esa mirada de amor. Lágrimas les bajaban por las mejillas.

—Por favor, señor —volvió a implorar Janjic, sintiendo que un gran trozo de pánico le subía por la garganta—. Por favor, muéstreles bondad. Ellos no han hecho nada.

—A veces el amor se expresa mejor con una bala —decretó Karadzic.

La muchacha miraba dentro de los ojos del sacerdote, y esa mirada llenó de terror a Janjic. Deseó quitarla del rostro de la chica, pero no podía. Janjic sabía que se trataba de una mirada de amor en su más pura forma, un amor que él nunca antes había visto.

Nadia habló suavemente, mirando aún al cura.

—No mate a mi sacerdote —expuso con un susurro que se alcanzó a oír en toda la plazoleta—. Si tiene que matar a alguien, entonces máteme a mí en vez de él.

Un murmullo recorrió la multitud. La madre de la chica se levantó con piernas temblorosas, jadeando. Tenía el rostro contraído por la angustia.

—¡Oh, Dios! ¡Nadia! ¡Nadia!

Nadia levantó una mano para detener a su madre.

—No, mamá. Todo saldrá bien. Lo verás. Eso es lo que nos ha enseñado el padre Michael. Shh. Está bien. No llores.

¡Cielos, qué palabras! ¡De una niña! Janjic sintió lágrimas ardientes en las mejillas.

—Por favor, señor, ¡se lo suplico! —volvió a rogar el soldado dando un paso adelante. Lo que dijo le salió como un sollozo, pero ya no le importaba.

Los labios de Karadzic se retorcieron una vez, luego otra, hasta convertirse en una sonrisa. Entonces bajó la pistola apuntada hacia el sacerdote. Se la colgó en la cintura.

De repente la volvió a levantar y presionó el cañón contra la cabeza de la muchacha.

Se acabó la compostura de la madre, quien se lanzó contra el comandante, brazos al frente y uñas extendidas como garras, chillando. Esta vez el segundo al mando, Molosov, se anticipó al movimiento de la mujer. Corrió desde su posición detrás de Janjic tan pronto como Ivena se movió, y le asentó a la mujer una patada en la sección media antes de que alcanzara a Karadzic. Ella se dobló. Molosov le agarró los brazos por detrás y la hizo retroceder.

Nadia cerró los ojos y los hombros le empezaron a temblar en silencio.

—Puesto que tu rebaño no demostró su fe, tú renunciarás a la tuya, sacerdote. Hazlo y dejaré viva a esta pequeña —declaró Karadzic con voz que se abrió paso en medio del pánico; miró a las mujeres—. Renuncia a tu Cristo muerto y los dejaré vivos a todos.

Ivena comenzó a gimotear con cortos sonidos chillones que se obligaban a pasar por labios pálidos. Por un momento los demás parecieron no haber oído. El padre Michael se puso tenso; su rostro no denotó nada por varios y prolongados segundos.

Luego denotó todo: los destrozados pómulos se le habían hinchado de manera inconcebible, su enorme cuerpo comenzó a temblarle con sollozos, y el brazo inerte oscilaba suelto.

—¡Habla, sacerdote! ¡Renuncia a Cristo!

EL TELÉFONO sonó, e Ivena se levantó sobresaltada. El corazón le palpitaba en el pecho. *¡Oh, Nadia! ¡Oh, querida Nadia!* Una lágrima ensombreció la página cerca del pulgar. Cerró los ojos y dejó que el libro se le cerrara sobre un dedo

El teléfono volvió a sonar, desde la cocina.

Oh, Nadia, te amo tanto. Fuiste muy valiente. ¡Muy, pero muy valiente!

Ivena comenzó entonces a llorar; no lo pudo evitar. Ni quiso evitarlo. Inclinó la cabeza y sollozó.

Había hecho esto un centenar de veces; un millar de veces, y cada vez que llegaba a este punto pasaba lo mismo. La parte más difícil de recordar. Pero era también la parte más gratificante. Puesto que en momentos como este ella sabía que el corazón se le conmovía con el del Padre celestial, mirando la miseria humana; al leproso; a la prostituta; al transeúnte común en Atlanta; a Nadia. El dolor actual que Ivena sentía en el corazón no era distinto del dolor en el corazón de Dios por su creación descarriada, y estaba allí solo por amor.

Y ella amó a Nadia. Realmente lo hizo.

El teléfono sonaba de manera incesante.

Ivena sollozó, giró para levantarse, pero entonces se arrepintió. Fuera quien fuera podía esperar. Solo eran las diez y hoy no tenía entregas por hacer. Podrían llamar más tarde. De todos modos aquí ella ya casi había terminado, y no acostumbraba salir corriendo antes de tiempo. Nada importaba tanto como recordar. Excepto para seguir adelante.

La mujer tomó un sorbo de té helado y dejó que el teléfono sonara. Después se acomodó en la silla, volvió a sollozar, y entonces comenzó a leer.

EL MUNDO del padre Michael se mantuvo titilando, prendiéndose y apagándose, alternando como estática intermitente entre esta espantosa escena aquí y el campo florido allá. Él iba y venía bruscamente con tal intensidad que apenas comprendía cuál escena era real y cuál era producto de su imaginación.

Pero así eran las cosas. Ningún mundo provenía de su imaginación. Ahora lo sabía con toda seguridad. Simplemente se le estaba permitiendo ver y oír ambos mundos. Los ojos y los oídos espirituales se le estaban abriendo de manera creciente, y él apenas lograba soportar el contraste. En un segundo esta aterradora maldad en la plazoleta, y al siguiente la música.

¡Ah la música! Imposible de describir. Energía viva que lo despojaba de todo menos del placer. El hombre estaba ahora a solo un centenar de metros de distancia, con brazos extendidos que dejaban que la túnica le colgara ampliamente. Una imagen de San Francisco, pero más. Sí, mucho más. Michael imaginó una amplia y traviesa sonrisa en el hombre, pero no lograba verla a la distancia. El individuo caminaba hacia él de manera firme y resuelta, cantando aún. Los sonrientes niños cantaban con él ahora en perfecta armonía. Una sinfonía que crecía poco a poco. La melodía le rogaba unírsele. Saltar dentro del campo, levantar los brazos y danzar riendo junto a los niños escondidos.

A través de la plaza, la elevada cruz que llevaba al cementerio se levantaba claramente contra el cielo gris del otro mundo. Él había señalado mil veces hacia esa misma cruz, enseñando a sus niños la verdad de Dios. Y les había enseñado bien.

—Ustedes podrían mirar esa cruz y creer que es una decoración gótica, grabada con rosas y esculpida con estilo, pero nunca olviden que representa la vida y la muerte. Representa las balanzas en que serán pesadas nuestras vidas. Es un instrumento de tortura y muerte... el símbolo de nuestra fe. Masacraron a Dios en una cruz. Y Cristo no resaltó ninguna de sus enseñanzas con tanta firmeza como nuestra necesidad de tomar nuestras propias cruces y seguirlo.

Nadia había levantado la mirada hacia él, entrecerrando los ojos debido al sol... él veía ahora aquello con gran claridad en los ojos de la mente.

—¿Significa esto que deberíamos morir por él?

—Sí es necesario, desde luego, Nadia. Todos moriremos, ¿de acuerdo? De modo entonces que si desgastamos nuestros cuerpos en servicio a Cristo estaremos muriendo por él, ¿correcto? Como una batería que gasta su energía.

—¿Pero y si la batería aún es joven cuando muere?

Eso había acallado a todos los presentes.

Él se agachó y le acarició el rostro.

—Entonces serías muy afortunada de pasar rápidamente este simple mundo. Lo que espera más allá es el premio, Nadia. Esto —y diciéndolo levantó la mirada y estiró una mano a través del horizonte—, este mundo fugaz nos podría parecer el jardín del Edén, pero no es más que un anticipo. Dime...

Y miró a los adultos reunidos allí.

—...en una fiesta de bodas recibes regalos, ¿verdad? Hermosos y adorables regalos... jarrones, perfumes y bufandas... todos agradables a nuestros ojos. Nos reunimos alrededor de los regalos y demostramos nuestro agrado. *Qué maravillosa bufanda, Ivena.*

Una carcajada recorrió la multitud.

—¿Pero crees que la mente de Ivena está en la bufanda? —otra serie de risitas—. No, creo que no. La mente de Ivena está en su novio, quien espera entrecortadamente en el salón contiguo. El hombre con el que se casará en una encantadora unión. ¿Verdad que sí?

—No recuerdo haber visto una cruz en la última boda —había expuesto Ivena.

—No, no en nuestras bodas. Pero la muerte es como una boda —la multitud calló—. Y la crucifixión de Cristo fue un grandioso anuncio de bodas. Este mundo en que ahora vivimos podría intentar ser un hermoso regalo de Dios, pero no olviden que esperamos con gran expectativa nuestra unión con él más allá de esta vida.

Él dejó que la verdad se asimilara por un momento en las mentes de ellos.

—¿Y cómo supones ahora que llegaremos a la boda?

—Morimos —contestó Nadia.

—Sí, hija —contestó él bajando la mirada hacia esos sonrientes ojos azules—. Morimos.

—¿Por qué entonces no deberíamos simplemente morir ahora? —preguntó Nadia.

—El cielo lo prohíbe, ¡niña! ¿Qué novia conoces que se quitaría la vida antes de la boda? ¡Nadie que comprenda lo hermosa que es la novia podría quitarle la vida antes de la boda! Esa es tal vez la más horrible de todas las cosas. Todos atravesaremos el umbral cuando el novio llame. Hasta entonces esperamos con ansiosa expectativa.

Una de las mujeres había suspirado en aprobación.

De algún modo, mirar ahora la enorme cruz de concreto no engendraba tal clase de regocijo. Miró abajo hacia la niña y sintió como si un dardo le hubiera atravesado el corazón.

Nadia, oh, mi querida Nadia, ¿qué estás haciendo? Te amo de tal modo, jovencita. Te amo como si fueras mía. Y eres mía. Lo sabes, ¿no es así, Nadia?

Ella lo miró con profundos ojos azules. *Le amo, padre.* Los ojos de ella le estaban hablando tan claramente como con palabras. Y él lloró.

—No mate a mi sacerdote. Si tiene que matar a alguien, entonces máteme a mí en vez de él —anunció una voz.

Él oyó las palabras como un eco lejano... ¡palabras! ¿Había dicho ella realmente eso? *No seas tonta, Nadia.*

Un destello de luz cobró vida alrededor de él. ¡Otra vez el campo blanco!

La música le inundó la mente y de pronto sintió deseos de reír con la melodía. La sintió tan... importante aquí, y tan... insignificante el ridículo juego otra vez en la plaza. Como un juego de canicas con todos los niños del vecindario reunidos, luciendo rostros severos como si el resultado muy bien pudiera decidir el destino del mundo. Si tan solo ellos supieran que el jueguito en que participaban se sentía tan intrascendente aquí, en este inmenso paisaje blanco que se mecía con risas. ¡Ja! ¡Si tan solo supieran! ¡Mátenos a todos! ¡Mátenos a todos! Ponga final a este tonto juego de canicas y déjenos continuar con vida, con risas y música en el campo blanco.

El mundo blanco titiló. Pero ahora el comandante tenía la pistola apoyada en la frente de Nadia.

—Renuncia a tu fe, sacerdote, ¡y dejaré vivir a esta pequeña! Renuncia a tu Cristo muerto y los dejaré vivir a todos.

El clérigo tardó un momento en cambiar de mundos… para que las palabras le presentaran su significado.

Y entonces las palabras cobraron significado, con la fuerza de un gran mazo en la cabeza.

¿Renunciar a Cristo?

¡Nunca! ¡Él no podía renunciar a Cristo!

Entonces Nadia moriría.

Comprender esto le atravesó los huesos como un puñal. ¡Ella moriría debido a él! El rostro de Michael le palpitaba de dolor; los músculos allí se le habían tensado como cuerdas de arcos. ¡Pero no! ¡No podría renunciar a su amor por Cristo!

El padre Michael nunca antes había sentido el tormento que descendió sobre él en ese momento. Fue como si una mano de lava líquida le hubiera entrado hasta el pecho y lo hubiera agarrado, cauterizándole nervios desgastados de modo que no pudiera respirar. La garganta intentó agarrar aire pero fue en vano.

¡Nadia! ¡Nadia! ¡No puedo!

—¡Habla, sacerdote! ¡Renuncia a Cristo!

Ella estaba llorando. Oh, ¡la pequeñita estaba llorando! La plazoleta esperaba.

La música le llenó la mente al cura.

Aire fresco le inundó los pulmones. Alivio, ¡qué dulce alivio! El campo blanco corría hasta el horizonte; los niños reían sin cesar.

—¡Contaré hasta tres, sacerdote!

La voz del comandante devolvió bruscamente al clérigo a la plaza.

Nadia lo estaba mirando. Había dejado de llorar. Tristeza volvió a caer sobre él.

—¡Uno! —espetó Karadzic.

—Nadia —manifestó el padre Michael con voz ronca—. Nadia, yo…

—No, padre —objetó ella en voz baja.

Los pequeños labios de la niña claramente formaron las palabras. *No, padre.* ¿No qué? ¡Esto de parte de una niña! Nadia, ¡querida Nadia!

—¡Dos!

Un gemido se levantó entre la multitud. Era Ivena. Pobre Ivena. Ella ejercía presión contra el enorme soldado que le sostenía las manos en la espalda. La mujer apretó los ojos, dejó caer la mandíbula, y ahora gritó su protesta desde la parte posterior de la garganta. El soldado le colocó una mano sobre el rostro, sofocándole el grito.

Oh Dios, ¡ten misericordia del alma de ella! Oh Dios…

—Nadia…

El padre Michael apenas lograba balbucear, tan colosal le resultaba la presión en el pecho. Las piernas le temblaban debajo de él y de repente se le desmoronaron. Cayó de rodillas y levantó el brazo bueno hacia la muchacha.

—Nadia…

—Oí el cántico, padre.

Ella pronunció esto calmadamente. Le resplandecía luz por los ojos. Una débil sonrisa le suavizó los rasgos. La chica había perdido el miedo. ¡Por completo!

Nadia tarareaba con la boca cerrada, de manera apenas perceptible, en tono agudo, tan claro que todos pudieron oír.

—*Um um um ummm…*

¡La melodía! Amado Dios, ¡ella también la había oído!

—¡Tres! —gritó Karadzic.

—Lo vi allí a usted —expresó ella; y le hizo un guiño.

Los ojos de Nadia estaban totalmente abiertos, con un azul de otro mundo que penetraron los ojos del clérigo. De pronto la pistola se sacudió en la gruesa y nudosa mano del jefe.

¡Bum!

La cabeza de Nadia se echó bruscamente hacia atrás. Ella permaneció en el resonante silencio por un momento interminable, la barbilla señalando el cielo, mostrando ese frágil y pálido cuello. Entonces cayó a tierra como un saco de papas. Un saco pequeño, envuelto en un vestido rosado.

La mente del padre Michael comenzó a explotar. Su propia voz se unió a otras cien en un prolongado epitafio de angustia.

—Aaaahhhhhhh… —gritó a través de la garganta hasta que el último susurro de aliento le había salido de los pulmones.

Luego el grito comenzó otra vez, y con desesperación Michael deseó morir. Absolutamente nada quería más que morir.

La boca de Ivena se le abrió del todo, pero no emanó ningún sonido. Solo una respiración de terror que pareció golpear a Michael en el pecho.

El mundo del sacerdote empezó a girar y él perdió la orientación. Cayó de bruces, primero el rostro, consumido por el horror del momento. La cabeza golpeó el concreto y la mente comenzó a apagársele. Quizás estaba en el infierno.

CAPÍTULO CINCO

IVENA LEÍA ahora en medio de lágrimas, secándose los ojos con el dorso de la mano, gimoteando y tratando de mantener la página con suficiente claridad para poder leer. La tristeza se sentía como un profundo bálsamo sanador mientras le bañaba el pecho en incesantes olas.

¡Lo sintió de ese modo porque ella sabía lo que venía a continuación y apenas podía esperar para llegar allí! Los dedos mantenían un ligero temblor mientras pasaba esas pocas páginas, cuyas esquinas estaban desgastadas. El libro establecía por todas partes que no se podía hallar montañas sin pasar por valles. Con toda sinceridad ella no sabía si la muerte de Nadia fue una montaña o un valle. En realidad dependía de la perspectiva.

Y realmente la perspectiva estaba a punto de cambiar.

JANJIC MIRÓ fijamente, con ojos desorbitados y que le ardían. Por todo su ser le gritaban voces de tormento; una salvaje confusión estalló en el piso de la plazoleta. El padre Michael se halla boca abajo, con la cabeza a menos de quince centímetros de los blancos y brillantes zapatos de cumpleaños de la niña.

Karadzic estiró la mano y agarró a otro niño por el cuello. La madre del chico gimió en protesta, empezando a caminar hacia el frente y luego deteniéndose cuando el comandante apuntó la pistola hacia ella.

—¡Silencio! ¡Silencio! ¡Todo el mundo! —gritó el hombre.

Janjic ya estaba corriendo antes de que la mente le procesara la orden de correr. Directo hacia el sacerdote. O tal vez directo hacia Karadzic, no supo hacia cuál de los dos hasta el último segundo posible. Era necesario detener al hombre.

Janjic no supo cómo el cabecilla se las arregló para girar la pistola tan rápido, pero la negra Luger dio allí la vuelta y le asentó un enervante golpe en la mejilla.

El dolor se le extendió por todo el cráneo. Sintió como si hubiera chocado contra un bate impulsado hacia él. La cabeza se le echó bruscamente hacia atrás y las piernas le volaron por delante, levantándolo en vilo. Janjic aterrizó pesadamente sobre la espalda y rodó, gimiendo. ¿Qué estaba haciendo él? Deteniendo a Karadzic... eso es lo que estaba haciendo.

Arrastrándose, Janjic se alejó del comandante, estimulado por la patada de una bota en el muslo. La mente le dio vueltas. El mundo pareció bajar la velocidad. A metro y medio de distancia se hallaba en el piso una niña que acababa de dar la vida por su sacerdote. Por el Dios de ella. Por el amor de Cristo. Y Janjic había visto en los ojos de la muchacha una mirada de absoluta seguridad. La había visto sonreír al sacerdote. Había visto el guiño. Un *guiño*, ¡por amor de Dios! Algo había cambiado con ese guiño. Él no estaba seguro qué significaba, excepto que algo había cambiado.

Querido Dios, ¡ella había tarareado! ¡Había *guiñado*!

—Puzup, levántalo —ordenó Karadzic por sobre el barullo.

Puzup pasó como un vendaval y de un jalón levantó al sacerdote. Paul miraba boquiabierto la escena, con expresión imposible de descifrar. Janjic se puso de pie con mucho esfuerzo, haciendo caso omiso al dolor que le trepidaba en el cráneo. Sangre caía al concreto desde una herida detrás de la oreja. Se volvió otra vez hacia el comandante y se quedó temblando. Ahora los separaban tres metros.

El clérigo se puso en pie tambaleándose, enfrentando a Karadzic. Si el padre Michael había perdido el conocimiento en la caída, ellas lo habían despertado. El niñito que el jefe había jalado de los escalones estaba de pie temblando y gritando. Karadzic presionó la pistola contra la oreja del pequeño.

—¿Qué dices, sacerdote? ¿Cuál es el valor de este amor tuyo? ¿Debo sacar del sufrimiento a otro de tus niños? —inquirió el comandante con ojos como rocas detrás de cejas pobladas, como lápidas grises opacas; estaba sonriendo—. ¿O renunciarás a tu estúpida fe?

—Máteme —pidió el padre Michael con voz temblorosa.

Janjic ya no trató de entender la demencia que se había apoderado de este sacerdote y su rebaño de ovejas. Eso estaba más allá de los alcances de la mente. Pero se extendía hacia él con largos dedos de deseo.

—Tome mi vida, señor. Por favor, deje al niño.

La sonrisa se desvaneció del rostro del comandante.

—Renuncia entonces a tu fe, ¡imbécil! ¡Son palabras! ¡Solo palabras! Dilas. ¡Dilas!

—Son palabras de Cristo. Él es mi Redentor. Él es mi Salvador. Él es mi Creador. ¿Cómo puedo negar a mi propio Creador? Por favor, señor...

—¿Es él tu Redentor? ¿Es también el redentor de ella? —preguntó Karadzic señalando a la niña en el suelo—. Ella está muerta, idiota.

El clérigo permaneció temblando por unos momentos antes de responder.

TED DEKKER

—Ella ahora lo ve a usted. Está riendo.

Karadzic miró al padre Michael.

Las mujeres habían dejado de llorar y los niños estaban callados, con los rostros hundidos en las faldas de sus madres.

—Si usted debe cobrar otra muerte, que sea la mía —añadió el sacerdote.

Entonces las reglas del juego cambiaron una vez más.

La madre de la niña, Ivena, quien se había calmado de manera inquietante, luchó de repente por soltarse de Molosov pero no para volver a correr hacia el comandante. Molosov la agarró de un brazo, pero dejó que se apartara.

—No —manifestó Ivena en tono bajo—. Deje que sea yo. Máteme en vez del niño.

Ella permaneció imperturbable, como una estatua de piedra.

Ahora Karadzic tenía la pistola contra la oreja del lloroso niño, entre un hombre y una mujer que le pedían que los matara en lugar del muchacho. El jefe se apoyó en el otro pie, inseguro de cuánto poder tenía en realidad sobre esta escena.

Otra mujer dio un paso adelante, con el rostro contraído de pena.

—No. No, máteme a mí en lugar de él. Moriré por el niño. El sacerdote ya ha sufrido demasiado. E Ivena ha perdido a su única hija. No tengo hijos. Tome mi vida. Me uniré a Nadia.

—No, que sea yo —afirmó otra mujer, dando dos pasos al frente—. Tú eres joven, Kota. Yo soy vieja. Por favor, este mundo no presenta ningún atractivo para mí. Me sería bueno pasar a estar con nuestro Señor.

La mujer parecía estar en sus cincuenta.

—¡Silencio! —gritó Karadzic tajando el aire con la pistola—. ¡Tal vez debería matarlos a *todos* ustedes! Estoy matando aquí, no jugando. ¿Quieren que los mate a todos?

Janjic había conocido al hombre por suficiente tiempo como para reconocerle el titubeo, pero también había algo más. Un atisbo de turbación que le destellaba en esos ojos grises. Como una perra en celo.

—Pero en realidad debería ser yo —expuso una voz; Janjic miró hacia las gradas donde otra niña estaba parada enfrentándolos con los talones juntos—. Nadia era mi mejor amiga. Yo debería unirme a ella. ¿Hay realmente música allá, padre?

El sacerdote no podía contestar. Lloraba de modo incontrolable. Destrozado por esta muestra de amor.

La pistola tronó y Janjic se estremeció.

Karadzic sostenía el arma sobre la cabeza. Había disparado al aire.

—¡Basta! ¡Basta!

Empujó al niño que cayó sentado en mala manera. Los gruesos labios del caudillo le brillaban con baba. La pistola le temblaba en los regordetes dedos, y por encima de todo, los ojos le resplandecían con creciente agitación.

Retrocedió y volvió la pistola hacia la madre de Nadia. Ella simplemente cerró los ojos. Janjic comprendió hasta cierto grado la motivación de la mujer: Su única hija yacía a los pies. Ella buscaba la muerte con la mente devastada por el dolor.

Janjic contuvo el aliento ante la posibilidad de un disparo.

Karadzic se lamió los húmedos labios y giró bruscamente la pistola hacia la mujer más joven que había dado un paso adelante. Ella también cerró los ojos. Pero el comandante no disparó; giró hacia la mujer mayor. Mirándolas a todas ahora, Janjic pensó que cualquiera de ellas podría dar la vida por el niño. Este era un momento que no se podía entender en el contexto de la experiencia humana normal. Un gran amor espiritual se había posado sobre todas ellas. Karadzic era más que capaz de matar; en realidad estaba ansioso de hacerlo. Y sin embargo las mujeres permanecían ahora con los hombros erguidos, animándolo a jalar el gatillo.

Janjic se balanceó en débiles piernas, embargado por la demostración de sacrificio personal. Los cuervos graznaban en lo alto y él miró hacia el cielo, tanto por un indulto como en respuesta al llamado de las aves. Al principio creyó que los cuervos se habían ido; que una nube negra se había asentado sobre el valle en lugar de ellos. Pero entonces vio ir y venir a la nube, y comprendió que se trataba de un círculo singular de aves: cien o más, deslizándose en lo alto y haciendo su extraño llamado. ¿Qué estaba sucediendo aquí? El soldado bajó la mirada hacia la plazoleta y parpadeó a causa del zumbido que había superado al martilleo en el cráneo.

Karadzic sopesó su decisión durante un prolongado y silencioso minuto, los músculos se le estiraron hasta casi desgarrarse, sudando profusamente y respirando con dificultad.

Los aldeanos no se movieron; lo traspasaban con fijas miradas. El sacerdote parecía flotar dentro y fuera de la conciencia, balanceándose sobre los pies, abriendo y cerrando los ojos de manera periódica. El rostro le pasaba por una gama de expresiones: en un instante los ojos abiertos y la boca combada de dolor, al siguiente los ojos cerrados y la boca abierta en asombro. Janjic lo analizó, y el corazón se le conmovió por el hombre. Deseó llevar al pacífico cura a una cama y vendarle las heridas. Bañarlo en agua caliente y aliviarle el hombro apaleado. El rostro del religioso nunca volvería a ser igual; el daño parecía demasiado grave. Probablemente quedaría ciego del ojo derecho, y por algún tiempo le sería muy difícil comer. Pobre sacerdote. *Mi pobre, pobre sacerdote. Juro que te cuidaré, mi sacerdote. Vendré y te serviré...*

¿Qué era esto? ¿Qué estaba pensando? Janjic se contuvo. Pero era verdad. Lo supo entonces como jamás había sabido algo. Amaba a este hombre. Apreciaba a este individuo. El corazón se le mareó por este ser.

Vendré y te serviré, mi sacerdote. Un nudo se le hizo a Janjic en la garganta, sofocándolo. *En ti he visto amor, sacerdote. En ti, en tus niños y en tus mujeres he visto a Dios. Vendré…*

Una risita le interrumpió los pensamientos. El comandante estaba riendo. Mirando alrededor y riéndose. El sonido engendraba terror. ¡El hombre había enloquecido por completo! De pronto bajó la pistola y analizó a la multitud, asintiendo ligeramente, saboreando un nuevo plan en su gruesa lengua.

—Lleven a este sacerdote a la cruz grande —ordenó; nadie se movió, ni siquiera Molosov, quien estaba detrás de Ivena—. ¿Estás sordo, Molosov? Llévalo. Puzup, Paul, ayuden a Molosov.

Miró entonces la enorme cruz de piedra frente al cementerio.

—Les daremos lo que desean.

EL PADRE Michael recordaba el golpe contra el concreto, el empujón por detrás. Recordaba haber tropezado y caído de rodillas una vez, y que lo levantaron por debajo de los brazos. Recordaba el dolor que le atravesaba el hombro y haber creído que alguien le había desgajado el brazo. Pero este aún le colgaba suelto al costado.

Recordaba los gritos de protesta de las mujeres.

—¡Deje al padre! Le suplico… Él es un buen hombre… Tómenos a una de nosotras. ¡Se lo imploramos!

El mundo giró patas arriba a medida que se aproximaban a la cruz. Levantaron a la niña que yacía en el concreto en un charco de sangre. *Nadia… Nadia, dulce niña.* Ivena se arrodilló al lado de su hija, llorando otra vez con gran desasosiego, pero un soldado la pinchó con el rifle, obligándola a seguir a la multitud hacia el cementerio.

Gris y marcada con figuras, la elevada cruz de piedra resaltaba contra un blanco cielo. La habían erigido cien años atrás. Decían que era de piedra, pero la cruz de cuatro metros en realidad fue fundida en concreto, con grabados de capullos de rosas en lo alto y en la intersección de las vigas. Cada extremo brillaba como una hoja de trébol, dando al instrumento de muerte una rara sensación de delicadeza.

El dolor en el costado derecho del religioso le penetraba hasta los huesos; algunos se habían roto. *Oh, Padre. Querido Padre, fortaléceme.* La paloma aún se hallaba posada en el alero del techo y los miraba con mucha atención. La fuente gorgoteaba sin cesar, totalmente ajena a esta traición.

Llegaron a la cruz, y un repentino y brutal dolor le recorrió a Michael por la columna. El mundo se le desvaneció.

Cuando la mente volvió a ingresarlo a la conciencia lo saludó un llanto. La cabeza le colgaba, inclinada sobre los hombros, de cara al suelo. Las costillas le sobresalían como palos debajo de piel estirada. Estaba desnudo excepto por blancos calzoncillos bóxer, ahora manchados de sudor y sangre.

Michael pestañeó y se esforzó por orientarse. Intentó levantar la cabeza, pero el dolor le recorría por los músculos. Las mujeres estaban cantando, prolongados gemidos de congoja sin tono. ¿Llorando la pérdida de quién? *Por ti. ¡Están llorando por ti!*

¿Pero por qué? Recordó entonces. Lo habían llevado hasta la cruz y lo habían amarrado a ella con una cuerda de cáñamo alrededor de la sección media y los hombros, dejando que los pies le colgaran libremente.

Levantó poco a poco la barbilla y se estiró para ver, haciendo caso omiso a las punzadas de dolor que le bajaban por el costado derecho. El comandante se hallaba a la derecha, con el cañón de la pistola frente a Michael como un pequeño túnel oscuro. El hombre miraba a las mujeres, la mayoría de las cuales había caído de rodillas, suplicando.

—Él es nuestro sacerdote —hasta Michael llegaron las palabras de una mujer—. Es un siervo de Dios. ¡Usted no puede matarlo! No puede.

Era Ivena.

Oh, ¡querida Ivena! ¡Tu corazón está hilado de oro!

El sacerdote sintió un estremecimiento en el cuerpo mientras lentamente enderezaba la pesada cabeza. Logró levantarla hasta que quedó erguida y luego la dejó caer hacia atrás. Entonces se dio contra la cruz de concreto con un amortiguado golpe.

Los gemidos cesaron. Ellas habían oído. Pero ahora él miraba hacia el ennegrecido cielo arriba. Un cielo blanco y nublado, cubierto con aves negras. *Dios mío, debe haber cientos de aves volando en círculos allá arriba.* Inclinó la cabeza hacia la izquierda y la dejó colgar para que reposara sobre el hombro bueno.

Ahora los vio a todos. Las mujeres arrodilladas, los niños observando con ojos desorbitados, los soldados. El cabecilla levantó la mirada y sonrió. Respiraba con dificultad, y tenía los ojos grises inyectados de sangre. Un largo hilillo de baba le bajaba por la húmeda barbilla hasta quedar colgándole. Este tipo estaba extremadamente loco. Loco o endemoniado.

—Una de ustedes —informó el lunático volviéndose a las mujeres—. ¡Eso es todo! ¡Una, una, una! Una sola oveja descarriada. Si *una* de ustedes renuncia a Cristo, ¡los dejaré vivos a todos!

El padre Michael sintió que el corazón se le hinchaba en el pecho. Miró a las mujeres y en silencio rogó que permanecieran calladas, pero dudó que ellas le vieran la consternación... los músculos habían perdido la mayor parte del control.

¡No renuncien a nuestro Señor! ¡No se atrevan a hablar por mí! ¡Ustedes no pueden quitarme esto!

Trató de hablar, pero solo salió un débil gemido. Eso y un hilo de saliva, que le cayó en el pecho. Movió la mirada hacia Ivena. *No se los permitas, Ivena. ¡Te lo ruego!*

—¿Qué pasa con ustedes? ¿No pueden oír? ¡Dije *una* de ustedes! Sin duda ustedes tienen una pecadora en su hermoso pueblecito, ¡con deseos de hablar para salvarle el miserable cuello a su precioso sacerdote! ¡Hablen!

Luz brillante llenó la mente de Michael, enegueciéndolo hacia el cementerio.

¡El campo! Pero algo había cambiado. ¡Silencio!

Absoluto silencio.

El hombre se había detenido, a treinta metros de distancia, las piernas clavadas en las flores, las manos en las caderas, vestido con una túnica como un monje. Por sobre la cabeza la luz del horizonte aún se reflejaba. Y silencio.

Michael parpadeó. ¿Qué...?

Canta oh hijo de Sion; canta oh hijo de mi amor
Regocíjate con todo el corazón, el alma y la mente.

Las palabras del hombre resonaban sobre el campo.

¡Hijo de mi amor! Los labios de Michael se contrajeron en una ligera sonrisa. Regocíjate con todo...

Súbitamente el hombre extendió los brazos a cada lado, levantó la cabeza hacia el cielo, y cantó.

Cada lágrima que derramaste se ha enjugado en la palma de mi mano
Cada hora solitaria la pasaste a mi lado
Cada ser amado perdido, cada río cruzado
Cada momento, cada hora estaba señalando hacia este día
Anhelando este día...
                    Porque finalmente estás en casa

Michael sintió como si pudiera desmayarse por el puro poder de la melodía. Deseó correr hacia el hombre. Quiso estirar sus propios brazos e inclinar la cabeza hacia atrás, y también ulular el mismo cántico desde lo más profundo del pecho. Unas pocas notas lograron atravesarle los labios, incontroladas. La da da da la...

A la izquierda oyó el débil sonido de una risita. Se dio la vuelta.

Ella saltaba hacia él en largos brincos. Michael contuvo la respiración. No lograba verle el rostro porque la barbilla de la niña estaba echada hacia atrás de modo que miraba al cielo. Saltaba por el aire, aterrizando descalza sobre blancos pétalos cada diez metros, bombeando los puños cada vez que aterrizaba sobre los pies. El vestido rosado le ondeaba en el viento.

Ella repetía ahora la melodía del hombre, no como lo había hecho Michael, sino de modo perfecto en tono y luego en armonía.

El padre Michael supo entonces que esta muchacha que se lanzaba hacia él era Nadia. Y a su paso la seguían otros mil niños, soltando una carcajada que crecía con la música.

La canción lo envolvió ahora por completo. Todos ellos cantaban, guiados por el hombre. Era imposible discernir las risas de la música… todos eran una y la misma melodía.

Nadia bajó la cabeza y le lanzó una penetrante mirada mientras se le acercaba a través del viento. Los ojos azules le centelleaban con picardía, como invitándolo a ir tras ella.

Pero había una diferencia respecto de Nadia. Algo tan asombroso que el corazón de Michael le dio un vuelco.

¡Nadia era hermosa!

Se veía exactamente como era antes de morir. Las mismas pecas, iguales trenzas, similares rasgos faciales regordetes. Pero en esta realidad él descubrió que esas pecas, ese rostro regordete, y todo lo que antes la había hecho poco atractiva, ahora la hacía ver…

Hermosa. Casi tonificante. ¡La propia perspectiva de Michael había cambiado!

Él dio un paso involuntario al frente, anonadado. Y en ese instante supo que había interpretado en forma errada la lástima que sentía tanto por el aspecto de Nadia como por la muerte de ella.

Nadia era hermosa desde el principio. Físicamente hermosa. Y la muerte también le conservaba la propia belleza.

¿Dónde está, oh muerte, tu aguijón?

Por primera vez los ojos de él la veían como ella realmente era. Antes la vista se le había velado con una preocupación por la realidad que ahora parecía ridícula y lejana en comparación. Como pasteles de lodo al lado de deliciosos montones de helado.

Corrió un viento, lleno con la risa de mil almas. Los blancos pétalos de flores remolineaban al paso de estos seres. Michael no logró ahora contener las carcajadas. Le sacudieron el pecho.

—¡Nadia! —llamó—. ¡Nadia!

Ella desapareció en el horizonte. Él miró hacia el hombre.

¡Desapareció!

Pero la voz aún llenaba el cielo. Michael sentía los huesos como de masilla. Nada más importaba ahora. Nada.

De repente todos volvieron a él, como un rayo por la izquierda, guiados por esta hermosa niña que él una vez creyó que era fea. Esta vez ella tenía la cabeza inclinada. Lo traspasó luego con una mirada centelleante y pícara mientras aún estaba lejos.

Esta vez él anheló unírsele en el séquito. Entrar de un salto en ese festejo y volar con Nadia. Él estaba planeando exactamente hacer eso. Todo el cuerpo se le estremecía por este viaje lleno de júbilo al que ella se atrevía a invitarlo. El deseo le inundó las venas, y se tambaleó dando un paso al frente.

¡Se tambaleó! ¡No voló como ella volaba!

Nadia corrió hacia él, luego viró hacia el cielo con un solo salto. La boca del sacerdote se abrió. Ella se dirigía hacia la luz brillante en lo alto. Las risitas de esos seres crecieron hasta convertirse en una escandalosa carcajada y él oyó que la niña lo llamaba, tan claro como el cristal.

—¡Ven, padre Michael! ¡Ven! ¿Crees que esto es bueno? ¡Esto no es *nada*!

El sonido retumbó a través del desierto. *¡Esto no es nada!*

¡Nada!

La desesperación llenó a Michael. Dio otro paso adelante, pero el pie parecía lleno de plomo. El corazón le golpeaba en el pecho, inundándole las venas con temor.

¡Nadia! ¡Nadia!

El blanco campo se apagó como si alguien hubiera halado un enchufe.

Michael comprendió que estaba llorando. Se hallaba otra vez en la aldea, colgando de una cruz ante sus parroquianos… llorando como un bebé.

CAPÍTULO SEIS

JANJIC OBSERVÓ el cuerpo sollozante del sacerdote en esa cruz, y de modo vacilante se puso de pie. Nada le importaba ahora excepto que el sacerdote fuera liberado. Si había necesidad, él mismo moriría, mataría o renunciaría a Cristo.

Pero con una simple mirada a los ojos de Michael, Janjic supo que el sacerdote quería morir ahora. El mártir había encontrado algo de mayor valor que la vida. Había hallado este amor por Cristo.

Karadzic zarandeaba la pistola hacia el cura, mirando a los aldeanos, tratando de obligarlos a apostatar y continuando con su plan como si creyera que todo el asunto fuera una agradable broma. Pero el sacerdote había dirigido bien a su rebaño. Ellos no parecían capaces de negar a su Cristo, a pesar de lo que esto significara para el sacerdote.

—¡Hablen ahora o lo mataré! —gritó Karadzic.

—Yo hablaré.

Janjic levantó la cabeza. ¿Quién había dicho eso? Un hombre. ¿El clérigo? No, el clérigo ya no tenía la fuerzas.

—Yo hablaré por mis niños.

¡*Era* el sacerdote! Era el sacerdote, levantando la cabeza y mirando de lleno a Karadzic, como si hubiera recibido una inyección de energía.

—Su amenaza de muerte no nos asusta, soldado —pronunció en tono bajo, sin ira, a través de lágrimas que aún le recorrían el rostro—. Hemos sido comprados por sangre, vivimos por el poder de esa sangre, moriremos por esa sangre. Y nunca, nunca, renunciaremos a nuestro amado Cristo.

La voz se le hizo ronca.

—Él es nuestro Creador, señor.

El padre Michael volvió la mirada hacia las mujeres, y lentamente se le formó una sonrisa en los labios.

—Hijas mías, por favor. Por favor...

El rostro se le contrajo con desesperación. La sangre se le enmarañaba en la barba y apenas podía hablar ahora debido a todas las lágrimas.

60

—Por favor —logró expresar ahora en voz baja—. Déjenme ir. No me retengan… Amen a todos aquellos que se les crucen por el camino, todos son hermosos. Muy… muy hermosos.

Ni un alma se movió.

Una torcida y lejana sonrisa surcó los labios del sacerdote, quien exhausto bajó la cabeza. Un aleteo batió el aire. Era la paloma blanca, volando hacia ellos. El ave se mantuvo por encima del padre Michael, luego se posó suavemente en la cruz, mirando al hombre sangrante a un metro debajo de sus delgadas patitas.

El sonido llegó suave al principio, como un tren lejano esforzándose por trepar una colina. Pero no era una locomotora; era el sacerdote, y estaba riendo. La cabeza le colgaba y el cuerpo se le estremecía.

Janjic retrocedió instintivamente un paso.

El sonido se hizo más fuerte. Tal vez el hombre había enloquecido. Pero Janjic sabía que nada podía estar más lejos de la verdad. El sacerdote era quizás el hombre más cuerdo que alguna vez había conocido.

De pronto el cura levantó la cabeza y habló… no, no habló, cantó. Con moco saliéndole por las fosas nasales y lágrimas humedeciéndole las mejillas ensangrentadas, y además portando una alegría sobrenatural en el rostro, echó la cabeza hacia atrás y cantó con voz áspera y forzada.

—Canta oh hijo de mi amor…

Entonces comenzó a reír.

El panorama de contrastes conmovió el pecho de Janjic y le quitó el aliento. El calor le estalló en el cráneo y se le extendió por la columna.

La risa resonó ahora en la plazoleta. Karadzic tembló, paralizado en el suelo. Ivena miraba al sacerdote, llorando con las demás mujeres. Pero no era terror o ni siquiera tristeza lo que se había apoderado de ella sino algo más, algo totalmente distinto, similar a anhelo. Algo…

Un disparo le resonó a Janjic en los oídos, y él se sobresaltó. Un espiral de humo surgió de la amenazadora pistola de Karadzic.

El resonante estallido dejó absoluto silencio a su paso, sofocando la risa. El padre Michael se desplomó en la cruz. Si no estaba muerto, lo estaría pronto.

Entonces Janjic corrió, moviéndose de un lado a otro, consciente solo del calor que se le filtraba por el cuerpo. No pensó en correr, solamente corrió. Sobre piernas no más firmes que motas de algodón, huyó del pueblo.

Cuando finalmente lo alcanzó la mente, esta le dijo que él también había muerto.

JANJIC NO supo cuánto tiempo corrió, solo que el horizonte ya había oscurecido cuando cayó él al suelo, acabado, casi muerto. Cuando le llegaron momentos de claridad él mismo se recordó que su huida de la aldea le significaría la muerte. Los miembros de la resistencia no trataban con amabilidad a los desertores, y Karadzic se complacería en resaltar el punto. Allá atrás había trazado una línea en la arena con el comandante. No había manera de evitar la ira de Karadzic.

Pero entonces recordó que ya estaba muerto... un fantasma que camina. Eso fue lo que había aprendido en la aldea al ver reír al sacerdote en la cruz.

¿Y qué con respecto al hecho de que el corazón le bombeaba sangre por las venas? ¿Qué acerca de estos pensamientos que le daban vueltas en el cerebro como perdigones rebotadores? ¿No revelaban vida? Quizás en una realidad mundana y banal. Pero no en la misma forma en que la acababa de presenciar. No como esa vida que pertenecía a los aldeanos. A pesar de la niña cuya vida había sido cegada a sangre fría; a pesar del martirio del clérigo, los pueblerinos poseían vida. Tal vez debido a eso mismo. ¡Y qué vida! Reír frente a la muerte. ¡Él nunca había siquiera oído de esa clase de fe! ¡Nunca!

Por eso tenía que volver allá.

Janjic pasó la noche acurrucado en el frío y sin una fogata. El cuello le dolía donde la pistola de Karadzic le había hecho un profundo corte exactamente detrás de la oreja, que le recorría hasta el hombro. Imágenes de la aldea le venían de la oscuridad, como susurros del otro lado. Una jovencita vestida de rosado cayendo al concreto, con horquillas amarillas y un pequeño agujero en la sien. Un sacerdote suspendido de una cruz de cemento, riendo. La niña le había preguntado al cura: ¿Me oíste reír? Risas. Esas risas parecían haber embrujado a ambos. Difusión de vida en el más allá; y fue la risa la que había hecho de la matanza un suceso realmente aterrador. *Enfréntalo, Jan, antes has visto peores cosas y has salido encogiéndote de hombros.* Pero esto. ¡Esto le había ingresado al pecho y había hecho que le explotara una granada!

Había tenido un sueño al caminar sin rumbo. Se hallaba en un calabozo oscuro, atado a una viga. Quizás una cruz. No logró ver nada, pero su propia respiración resonaba sobre él, increíblemente fuerte en el sombrío espacio. Esto lo aterró. Entonces el mundo se le iluminó con un relámpago y vio un fabuloso campo blanco.

Entonces había despertado, sudando y jadeando.

En algún momento después de la medianoche Janjic se levantó y regresó por el camino en que había venido. No tenía idea qué iría a hacer una vez allá, pero sabía que al huir se había comprometido a regresar.

Llegó a la aldea al amanecer, pasando por la misma colina desde donde divisaran por primera vez este apacible valle. Se detuvo, respirando firmemente por las fosas nasales. En lo alto, y como un manto perfecto, nubes grises marchaban hacia el horizonte. El ambiente estaba tranquilo y silencioso excepto por el gorjeo de un gorrión cercano. La iglesia se levantaba allá abajo como una enorme lápida, rodeada por viviendas cuidadosamente ubicadas. Una delgada niebla se movía por el perímetro norte. De las chimeneas de varias casas salían espirales de humo. En cualquier otro día Janjic podría haberse topado con la escena y haberse imaginado el calor de fogones crepitando en el interior de esas casas.

Pero hoy Janjic no podía imaginar fogones. Hoy solo pensaba en la fría muerte. Un nudo se le hizo en la garganta. El cementerio estaba envuelto por una docena de enormes álamos. Detrás de esas mustias hojas había una cruz elevada. Y en esa cruz...

Janjic descendió la colina, con el corazón golpeándole como un gato. Ahora las fuerzas invisibles que lo habían expulsado de la aldea le penetraron a los huesos, poniéndole la carne de gallina a lo largo de los brazos. Una vez había oído a un sacerdote ortodoxo orar pidiendo protección. «Aun si voy por valles tenebrosos, no temo peligro alguno porque tú estás a mi lado». Janjic susurró tres veces la oración mientras se acercaba a los altos árboles.

Luego se encontró detrás de estos, y se detuvo.

La gris cruz permanecía elevada más allá de docenas de cruces más pequeñas. Un perro negro olisqueaba la tierra en la base. Pero el cuerpo... el cuerpo ya no estaba. Por supuesto. ¿Qué había esperado él? Sin duda no irían a dejar el cuerpo para las aves de rapiña. No obstante, ¿dónde habían dejado el cuerpo? ¿Y el de la niña?

Janjic siguió a tropezones, de repente con ansias por encontrar al sacerdote. Lágrimas le hacían borrosa la visión, y se pasó las muñecas por los ojos. *¿Dónde estás, sacerdote? ¿Dónde estás, mi sacerdote?*

Habían revuelto la tierra al pie de la cruz; amontonada en un suave montículo exactamente del tamaño de un cuerpo. Un cuerpo grande. Y a continuación un montículo más pequeño. Habían enterrado al sacerdote y a Nadia al pie de la cruz.

Janjic corrió hacia las tumbas, de repente conmovido por todo. Por la guerra y los monstruos que esta había engendrado; por imágenes de mujeres pacíficas y niños alegres; por una escena de la niñita desplomándose y el sacerdote colgando. ¡Por los ecos de esa risa y el atronador estruendo final!

Las lágrimas eran tan profusas en los ojos del soldado que en los últimos metros solo pudo ver vagas figuras. El perro huyó y Janjic dejó caer el cuerpo al instante en que los pies sintieron la tierra recién removida. Cayó bocabajo sobre la tumba del cura, sollozando ahora desde el estómago, agarrando firmemente la tierra.

Quería implorar perdón. Quería deshacer de algún modo lo que había hecho al visitar este pacífico pueblo. Pero no logró formar las palabras. Jadeó hondo, apenas consciente ahora de la tierra en la boca. Cada músculo en el cuerpo se le contrajo, y creyó que las rodillas se le levantaban debajo de él. Sintió algo como la muerte y la recibió con agrado, totalmente ajeno ahora al mundo. Golpeó el suelo con el puño y sollozó.

Perdóname, ¡perdóname! Oh, Dios, ¡perdóname!

Janjic se quedó allí por prolongados minutos, los ojos apretados debido a un ataque de imágenes. Y suplicaba. Suplicaba que Dios lo perdonara.

—Janjic.

¿Su nombre? Alguien estaba pronunciando su nombre.

—Janjic.

Levantó la cabeza. Ellos se habían reunido en un semicírculo a la entrada de la plaza, a diez metros de distancia, las mujeres y los niños. Todos ellos.

La madre de Nadia estaba ante él.

—Hola, Janjic —saludó ella con una lívida sonrisa en los labios.

Él se puso de rodillas, y luego se levantó sobre temblorosas piernas. El mundo aún le daba vueltas.

—Así que has vuelto —expresó Ivena; su sonrisa había desaparecido—. ¿Por qué?

Janjic miró alrededor de los aldeanos. Los niños agarraban las manos de sus madres, mirándolo con ojos bien abiertos. Las mujeres miraban fijamente sin moverse.

—Yo… —titubeó Janjic, y carraspeó—. Yo…

Estiró las manos, con las palmas hacia arriba.

—Por favor…

—El sacerdote no murió enseguida —comunicó Ivena dando un paso al frente—. Vivió un buen rato después de que se fueron los otros soldados. Y nos dijo algunas cosas que nos ayudaron a comprender.

Una profunda tristeza le trepó a Janjic por la garganta.

—No podemos condenarte —expresó ella, pero empezó a llorar.

Janjic creyó que el pecho se le podría explotar.

—Perdónenme. Perdónenme. Perdónenme por favor —imploró.

Ivena abrió los brazos y Janjic se metió entre ellos, sollozando ahora como un bebé. La madre de Nadia lo abrazó y le palmeó la espalda, consolándolo y llorándole sobre el hombro. Unas doce mujeres más se acercaron y les pusieron las manos encima, hablando quedamente en compasión y orando con armoniosas voces.

—Señor Jesús, sana a tus hijos. Consuélanos en este momento de oscuridad. Báñanos con tu amor.

Y el Señor Jesús de esta gente los bañó en su amor, pensó Janjic, quien siguió temblando y sollozando, un hombre alto rodeado por un grupo de mujeres, pero ahora las lágrimas de él estaban mezcladas con afabilidad.

Cuando estuvieron juntos lo suficiente como para dejar de llorar, ellas hablaron en cortas y dispersas frases, condenando lo que había ocurrido, y consolándose entre sí con palabras de amor. El amor de Nadia; el amor del padre Michael; el amor de Cristo.

Cuando dejaron de hablar, Janjic caminó hasta la cruz. Manchas de sangre ensombrecían el concreto gris. Se agarró a la cruz con ambas manos y la besó.

—Juro en este día seguir al Cristo de ustedes —enunció y volvió a besar la cruz—. Lo juro con mi propia vida.

—Entonces él tendrá que ser tu Cristo —expresó Ivena.

Ella agarró de manos de Marie una botellita del tamaño de un puño. Una botella de perfume, quizás, con la parte superior puntiaguda y la base plana.

—Sí. Él será mi Cristo —confesó Janjic.

Ella le pasó la botellita. Era de color rojo oscuro, sellada con cera. Janjic la agarró con cuidado y la analizó.

—Tómala en recuerdo de la sangre de Cristo, la cual compró tu alma —dijo ella.

—¿Qué es?

—Es la sangre del sacerdote.

—¡La sangre del sacerdote! —exclamó Janjic, y casi deja caer el envase.

—No te preocupes —anunció alguien más—. Está sellada; no te picará. Solo tiene valor para hacernos recordar. Piensa en ella como una cruz: un símbolo de muerte. Acéptala por favor y recuerda bien.

Janjic cerró los dedos alrededor del cristal.

—Lo haré. Nunca olvidaré. Lo juro —prometió, y un gran consuelo le recorrió el cuerpo; levantó las manos y miró al cielo—. ¡Lo juro! Y también entregaré mi vida por ti. Recordaré tu amor demostrado este día por medio de estos, tus hijos. Y retornaré ese amor mientras viva.

La oración del soldado resonó por toda la plazoleta como una campana sonando desde las torres. Los aldeanos miraron en silencio.

Entonces en alguna parte, detrás de las faldas de una de las madres o debajo de los rosales de la hermana Flouta, un niño pequeño rió. Era un sonido absurdo y extraño en el cargado momento. Era un sonido inocente que danzaba sobre cuerdas desde el cielo. Era un sonido hermoso, encantador y divino que produjo en los huesos del soldado un placentero estremecimiento.

Era un sonido que Janjic nunca, pero nunca, olvidaría.

IVENA CERRÓ el libro y sonrió. ¡Gloria a Dios!

El teléfono sonó en la cocina por tercera ocasión en esa hora, y esta vez ella corrió a contestar. Agarró de la pared el auricular al quinto timbrazo.

—¿Sí?

—Ivena. ¿Estás bien?

—Desde luego que estoy bien.

—Llevo una hora llamándote.

—¿Crees que me he muerto porque no contesto el teléfono, Janjic?

—No. Pero me preocupa. ¿Te gustaría que pase por ti?

—¿Por qué pasarías por mí?

—La recepción —contestó Janjic—. No me digas que la olvidaste.

—¿Es esta noche? —preguntó ella.

—A las cinco y media.

—Y vuélveme a decir por qué debo asistir. Sabes que no me entusiasma...

—Es tanto en tu honor como en el mío, Ivena. También es tu historia. Y tengo una sorpresa. Me gustaría compartirla contigo.

—¿Una sorpresa? ¿No me la puedes contar?

—Entonces ya no sería sorpresa.

Ella no insistió.

—Y por favor, Ivena, saca lo mejor de esto. Algunas de las personas allá serán muy importantes.

—Sí. Ya me has dicho. No te preocupes, Janjic; ¿qué podría decir una vieja como yo que contraríe a hombres importantes?

—Incluso el hecho de que hagas la pregunta debería ser suficiente.

—Pasa por mí entonces.

—¿Estás segura?

—Por supuesto.

—¿A las cinco?

—A las cinco está bien. Adiós, Janjic.

—Adiós.

Ella colgó.

Sí, de veras, Janjic Jovic había escrito un libro brillante.

LIBRO SEGUNDO
EL PECADOR

«Les digo que así es también
en el cielo habrá más alegría por
un solo pecador que se arrepienta,
que por noventa y nueve
justos
que no necesitan
arrepentirse».

LUCAS 15.7 NVI

CAPÍTULO SIETE

«Qué horrible es que los niños vean muerte, dices tú. Nos hemos equivocado del todo. Si haces que a un niño le aterre la muerte, no la aceptará con mucha facilidad. Y es necesario aceptar la muerte si deseas seguir a Cristo. Oye las enseñanzas de él: "A menos que te vuelvas como un niño… y a menos que tomes tu cruz todos los días, no puedes entrar al reino de los cielos". Lo uno no es valioso sin lo otro».

LA DANZA DE LOS MUERTOS, 1959

JAN PASÓ a las cinco por Ivena en la limosina, y rápidamente se hizo obvio que ella estaba de mal humor.

—No estoy segura de estar con el ánimo para sorpresas ridículas, Janjic.

—¿Ridículas? Espero que no te sientas de ese modo cuando la sepas.

Ella lanzó una mirada de inspección al traje negro de él, sin aprobar totalmente.

—Así que vuelven a honrar al famoso autor.

—No del todo. Tienes que esperar —objetó él, sonriendo al pensar en lo que había planeado.

En realidad el acontecimiento era más como dos eventos en uno. Idea de Roald. Los directores deseaban honrarlos, y él les tenía esta sorpresa. Sería perfecto.

—Esta mañana volví a leer la parte de la muerte de Nadia —comentó Ivena con la mirada al frente.

No había nada que decir. Janjic movió la cabeza de lado a lado.

—Todavía es difícil imaginar mi parte en…

—Tonterías. Tu parte ahora es el libro.

Luego viajaron en silencio.

La guerra había terminado a los dos meses de esa fecha tan aleccionadora. Los libros de historia afirmaban que las fuerzas revolucionarias de Tito liberaron a Sarajevo de la ocupación nazi en abril de 1945, pero la guerra dejó a Yugoslavia más ensangrentada que a cualquier otra nación involucrada en la brutal contienda. Un millón setecientos mil ciudadanos murieron; un millón de esos a manos de otros yugoslavos, yugoslavos como Karadzic y Molosov y, sí, yugoslavos como el mismo Janjic.

Él pasó cinco tortuosos años en prisión por su acto de rebeldía contra Karadzic. El encarcelamiento resultó ser más amenazador para la vida que la guerra. Pero sobrevivió, y había emergido como un hombre transformado de adentro hacia fuera.

Fue entonces cuando comenzó a escribir. Siempre había sido escritor, pero ahora las palabras le salían con asombrosa claridad. Tres años después tenía al lado de la máquina de escribir un montón de hojas de ocho centímetros de alto, y en confianza le había dicho a Ivena que nadie las publicaría. Sencillamente eran muy espirituales para la mayoría de editoriales. Y si no muy espirituales sin duda muy cristianas. Para aquellas editoriales que sí publicaban material cristiano, las páginas eran demasiado sangrientas. Pero contenían la verdad, aunque la verdad no fuera terriblemente popular en muchos círculos religiosos. Al menos no esta parte de la verdad. La parte que sugería que debemos morir si queremos vivir. Él dudaba que alguien publicara alguna vez la obra.

Pero siguió escribiendo. Y eso fue bueno porque estaba equivocado.

Terminó la obra en junio de 1956.

Fue publicada en 1959.

Encabezó la lista de éxitos de librería del *New York Times* en abril de 1960.

—Hay tiempos para olvidar, Ivena. Tiempos como hoy. Tiempos en que el amor nos dice que vale incluso la muerte.

—¿Así que tu sorpresa de hoy tiene que ver con el amor? —preguntó ella, volviéndose hacia él—. No me digas que vas a invitarla.

—No estoy diciendo tal cosa —respondió Janjic sonriendo, avergonzado de repente—. Entonces no sería una sorpresa, ¿de acuerdo?

—De modo que el amor está en el aire, ¿no es así? —objetó Ivena en tono burlesco, pero los labios se le curvaron en una pequeña sonrisa—. Caramba, caramba. Parece que no podemos escapar del amor.

—El amor siempre ha estado en el aire, Ivena. Desde ese primer día. Hoy empiezo un nuevo viaje de amor.

—Tienes mucho que aprender acerca del amor, Janjic —aseguró ella riendo ahora—. Todos debemos hacerlo.

UNA HORA más tarde el fabuloso salón del hotel estaba abarrotado de personas augurando buenos deseos, sorbiendo refrescos de fruta y sonriendo en pequeños círculos. Siete mesas con manteles blancos bordados y elevados cirios rojos ofrecían suficientes camarones y corazones de alcachofa para alimentar una convención. Tres enormes arañas de cristal colgaban del techo color vino tinto en forma de cúpula, pero era Karen quien resplandecía intensamente esta noche, pensó Janjic. Si no todavía, entonces en pocos minutos.

La observó relacionarse con los invitados como solo podrían hacerlo los mejores publicistas: de forma cortés y tierna, pero muy persuasiva. Ella usaba un elegante vestido rojo que le favorecía la esbelta figura. Los labios de Karen esbozaban una sonrisa por algo que Barney Givens había dicho. Ella estaba con los líderes en el grupo... siempre tendía a acercarse a personajes con poder, deslumbrándolos con su inteligencia. El brillo en los femeninos ojos pardos no lastimaba, desde luego; la delicada curva del suave cuello, alargado ahora por una carcajada, tampoco le dificultaba la influencia. Para nada.

Trabajando como publicista para una de las firmas editoriales más grandes de Nueva York, Karen había llegado a una de las presentaciones de Janjic en los estudios ABC, más por curiosidad que por cualquier otra cosa, había dicho ella. La imagen de la hermosa morena sentada en primera fila permaneció con él por semanas, quizás porque esa noche las preguntas de ella fueron las más inteligentes. Era obvio que la experiencia la impactó profundamente, y hasta muy tarde esa noche Karen había leído todo el libro. Se habían vuelto a encontrar exactamente un mes después, en una conferencia en el norte, ocasión en que entraron en juego las maquinaciones de Roald. Tres meses más tarde ella había dejado Nueva York para ir a Atlanta, decidida a encender un nuevo fuego bajo *La danza de los muertos*. La habían contratado como agente y publicista, trabajando por cuenta propia. La genial publicista cinco años más joven que Jan había brindado nueva energía a un decadente mensaje que lanzó al libro a su tercera edición. Luego a la cuarta, y la quinta y la sexta edición, cada una en expansión a fin de suplir la demanda que casi sin ayuda de nadie ella había creado para la historia de Jan.

Ivena tal vez tenía razón al sugerir que Karen era una *mujer intelectual*, según la había llamado, pero en muchos sentidos Jan debía su carrera a la brillantez *intelectual* de la joven.

Karen se volvió súbitamente y captó la mirada de él, quien se ruborizó y sonrió. Ella guiñó un ojo y se dirigió a Barney sin inmutarse. Esta vez tanto Barney como Frank a su lado echaron las cabezas hacia atrás en una carcajada.

Jan se apoyó en la cabecera de la mesa, admirando a Karen. En ocasiones como esta ella podría debilitarle las piernas, pensó él.

Ivena se hallaba al otro lado del salón hablando con la contadora del ministerio, Lorna, y usando un vestido sencillo con flores amarillas que le acentuaba el aire de abuela. Pero a Jan no lo engañaban el cabello blanco ni la sonrisa gentil de ella. Allá las mujeres no hablaban de bordado cruzado... Ivena nunca hablaba de esas insignificancias. *Saboréale las palabras, Lorna.*

A la derecha de él un equipo de cámara exploraba la audiencia; Roald los había invitado cuando Jan le confesó su idea. Su sorpresa.

—Es publicidad perfecta. Les encantará —había expresado.

—¿*Eres* ahora el publicista?

—No, ¡pero cómo no pudimos consultar con Karen!

—Todo el mundo lo sabrá —protestó Jan.

—Exactamente. De eso se trata. Tú eres la voz del amor. Muestra ahora algo de amor de tu parte. ¡Es perfecto!

—¿Quién entonces?

—ABC. Puedo hablar con John Mathews acerca de ponerlo en las noticias.

Jan no pudo haber convencido a Roald aunque hubiera querido hacerlo. El equipo de ABC estaba filmando, y añadiendo libremente sus comentarios. Era ahora o nunca.

Jan levantó un tenedor, respiró hondo, y tintineó el costado del vaso. El repique se abrió camino entre las dispersas conversaciones. Volvió a tintinear, y se acalló el barullo.

La cámara ya había girado hacia él.

—Gracias. Es un placer ver aquí esta noche a todos ustedes. Gracias por venir —empezó Jan; el corazón se le quería salir del pecho; Roald tenía razón: Los ojos del mundo estaban puestos en él.

Se volvió para mirar a Karen, quien sonreía sin sospechar nada al lado de Frank y Roald.

—Probablemente la mayoría de ustedes cree que mi libro, *La danza de los muertos*, ha cambiado mi vida para siempre. Y tendrían razón. Podrían creer que es la culminación de una vida, pero en eso estarían equivocados. Es solo un comienzo. Después de todo, aún soy un hombre joven.

Se oyeron risas en el auditorio. Jan captó la mirada de Ivena.

—Ivena me dice que tengo mucho que aprender del amor —expresó, guiñándole un ojo, y ella hizo una gentil reverencia—. Y ella tiene razón. Me paro ante ustedes, ante todos mis amigos, ante el mundo, con la esperanza de empezar esta noche un nuevo viaje al interior del amor. Un viaje que me hará completo.

Betty, la administradora de correspondencia, sonrió de manera maternal y lanzó una mirada hacia Karen. Algunos de ellos ya lo habían imaginado, por supuesto. Difícilmente eran secretos los sentimientos de Jan por su publicista.

—Karen vino a nosotros hace tres años. Es brillante y amable. Impresionante y sensacional. Pero más que cualquiera de esos atributos, ella me hace un hombre, creo. Y yo la hago una mujer.

Todos los compañeros de trabajo de Jan habían rogado por este momento durante más de un año. Con la periferia de la visión él les veía el brillo en los ojos. Entonces alargó una mano de invitación hacia Karen, quien se movió entre la multitud sin apartar de él la mirada. Ahora los ojos de la joven estaban nublados, pensó Jan. Ella estiró la mano hacia él, y él la agarró, luego se inclinó y se la besó ligeramente en el dorso.

Por sobre el hombro de Karen, Jan vio que hasta Ivena sonreía ampliamente.

—No puedo creer que estés haciendo esto —manifestó Karen en voz baja.

—Créelo —le contestó él tranquilamente.

Al erguirse, en la mano del serbio reposaba el pequeño estuche negro, sacado del bolsillo mientras se inclinaba. Lo abrió de un jalón. Un solitario diamante de tres quilates brillaba sobre el terciopelo negro. Alguien lanzó un gritito de asombro, quizás Lorna, quien se hallaba a menos de dos metros de la pareja. Sí, esto era más bien extravagante. Pero así también era Karen.

Ella sonreía ahora sin inmutarse.

—Karen, ¿harás un viaje conmigo? —le preguntó él sosteniendo el estuche y mirándola a los ojos—. ¿Me darás tu mano en matrimonio?

Un pesado silencio se apoderó del salón. El sonido de la cámara de ABC zumbaba firmemente.

—¿Me estás pidiendo que me case contigo? —inquirió ella con un centelleo iluminándole el rostro.

—Sí.

—¿Quieres pasar tu vida conmigo?

—Sí —contestó él, y tragó grueso.

Ella bajó la mirada al estuche y estiró la mano para agarrarlo. Jan vio que esa mano tenía un ligero temblor. *Ella iba a…*

De pronto él no supo *lo que* Karen iba a hacer. Nunca se sabía con ella, quien hizo caso omiso del anillo, emitió un pequeño chillido, y se lanzó hacia él. Le rodeó el cuello con los brazos y lo atrajo fuertemente hacia sí.

—¡Sí! Sí, sí quiero.

Él casi deja caer el estuche, pero se las arregló para encerrarlo en la palma de la mano. Karen besó deliberadamente a Jan en los labios… más como muestra ceremoniosa que como expresión de pasión. Ella retrocedió y le guiñó un ojo. De inmediato agarró el estuche del anillo, se volvió hacia la cámara y lo sostuvo de manera orgullosa. El salón estalló en aplausos, amablemente acentuados con silbidos y gritos de aprobación.

La siguiente media hora transcurrió en un confuso sueño para Jan. Todos los felicitaron, uno por uno. Se sostuvieron entrevistas y resplandecieron focos de cámaras. Karen estaba radiante.

Roald se les acercó, sonriendo de oreja a oreja a medida que se calmaban los turnos de felicitaciones.

—Yo no podría ofrecer más alegría, mis amigos —les dijo, poniendo una mano en los hombros de cada uno—. Es un día perfecto para la pareja perfecta.

—Gracias, Roald —dijo Karen, haciendo una reverencia con la cabeza; luego miró a Jan con un brillo en la mirada—. Yo misma no podría imaginarme más.

Roald rió.

—Bueno, si no te importa entretener a los invitados por unos minutos, Karen, a los líderes les gustaría hablar con Jan. No te lo quitaremos por mucho tiempo, lo prometo.

—No me abandones por mucho rato.

—¿Tú? ¿Abandonada? Las cámaras aún están aquí, Karen. Estoy seguro que hallarás una manera de usarlas.

—Enseguida estaré contigo, Roald —expresó Jan.

El presidente de la Asociación Evangélica titubeó y luego retrocedió.

—Tómense su tiempo —manifestó, y luego se alejó de ellos.

—Así que realmente estamos haciendo esto, ¿no es así? —inquirió Karen.

—Evidentemente —contestó Jan mirándola, sonriente—. ¿Cómo te sientes?

—Me siento como debería, creo. Tener las cámaras aquí fue un toque perfecto. ¿Idea tuya?

—De Roald.

—Así lo pensé. Buen tipo.

—Sí —asintió él mirando alrededor y viendo que la gente de la compañía estaba ocupada en su mayor parte; entonces se inclinó hacia delante y besó suavemente en los labios a la joven—. Felicitaciones.

Se quedaron en silencio por un momento. Ella alargó la mano y le enderezó la corbata, un pequeño hábito que realizaba de manera muy rutinaria.

—Eres un hombre muy atractivo. Estoy muy orgullosa de ti.

—Fue en serio lo que dije, ¿sabes? Cada palabra.

—Sí, lo sé, Sr. Jovic —contestó ella besándolo en la mejilla—. Y fue en serio lo que yo dije.

—¿Qué dijiste?

—Dije sí.

—Es verdad, lo dijiste —reconoció él sonriendo y asintiendo—. ¿Quieres ahora disculparme por unos minutos mientras me encargo de Roald y sus amigos?

—Tómate tu tiempo —asintió ella.

Jan la dejó y se dirigió al salón de reuniones al otro lado del pasillo. Roald lo interceptó. Ambos hombres pasaron frente a una docena de invitados, asintiendo con gentileza.

—Ya están esperando —le comunicó Roald—. No quise interrumpir el momento, pero Barney tiene un vuelo en dos horas, y Bob prometió a su nieto que esta noche lo llevaría al teatro.

—¿Ivena?

—Ella también está esperando —informó Roald con una sonrisa.

—Qué bueno —contestó Jan.

Entraron a la sala de reuniones y cerraron la puerta que daba al ruidoso pasillo.

IVENA ESTABA sentada al lado de Janjic, escuchando la escena que con un tumulto de monotonía se desarrollaba ante ella. Se hallaban alrededor de la mesa ovalada, siete íconos evangélicos canosos de todos los rincones del país, sobrios pero alegres a la vez, mirando a Janjic, el premio de ellos, quien se hallaba incómodo en la cabecera. Habían pasado la primera parte felicitándolo por el compromiso y ahora se estaban dedicando a lo realmente básico. Al menos así era como Ivena veía el ambiente.

Janjic conservaba un comportamiento distinguido… sabía introducirse en el perfecto lustre profesional cuando lo exigía la ocasión. Pero debajo de su nueva piel estadounidense difícilmente lograba esconder al serbio que ella había conocido. Al menos él no podía esconderse de ella. Ivena observó la forma en que con toda calma él se alisaba la ceja derecha cuando se hallaba impaciente, como ahora. Y el modo en que la boca se le curvaba en una sonrisa ligera pero decidida cuando discrepaba educadamente. Como sucedía ahora.

Había engordado con los años y siempre había sido mucho más alto que ella, pero bajo la dominante fachada aún era un hombre joven buscando escapar. El rostro estaba envejecido por treinta y ocho años… la guerra y cinco años en prisión eran los principales responsables. No importaba, aún era sorprendentemente bien parecido. Patas de gallo ya le arrugaban la piel alrededor de los ojos por la constante sonrisa. Tenía el cabello rubio oscuro peinado hacia atrás, con canas sobre las orejas y rizado en el cuello. Ivena pensó que las blancas camisas estadounidenses con sus corbatas siempre se veían un poco ridículas en Jan. Ella se preocupaba por nimiedades respecto a su amigo escritor, y era obvio que Karen discrepaba con esto.

Ivena observó a Janjic mover los ojos color avellana alrededor de la mesa, asimilando las miradas de todos. Roald Barns, presidente de la Asociación Evangélica Estadounidense, y el hombre que los había traído a esta nación cinco años atrás, se hallaba frente a él.

—Creo que lo que Frank quiere decir —enunció Roald, señalando al hombre de rostro cuadrado a su lado—, es que tenemos una obligación con la excelencia. *La danza de los muertos* se ha vendido más que cualquier libro religioso en este siglo. Excluyendo la Biblia, desde luego. Y eso significa que se ha convertido en una extensión del cristianismo, por así decirlo. En una voz hacia el mundo perdido. Es importante mantener pura esa voz. Estoy seguro que Jan estaría de acuerdo con eso.

—Sí, por supuesto —asintió Jan.

Estos líderes evangélicos habían venido para honrarlo y juzgarlo de un tirón, pensó Ivena… todos vestidos con camisas blancas almidonadas y corbatas negras. Dios prohibió a Janjic convertirse alguna vez en una copia al carbón de estos sujetos.

Ivena se había contenido suficiente tiempo mientras estos hombres disertaban durante sus rondas de sabiduría. Ella decidió que era hora de hablar.

—En realidad depende de qué voz están ustedes tratando de mantener pura, ¿no es así, Frank? —inquirió ella.

Todas las cabezas se volvieron hacia Ivena.

—El mensaje del libro —explicó Frank—. El mensaje del libro debe permanecer puro. Y las vidas de quienes proclamamos ese mensaje, desde luego.

—¿Y cuál es el mensaje del libro? —volvió a preguntar Ivena.

—Bueno, creo que ya conocemos el mensaje del libro.

—Sí, pero satisfágame. Janjic me dice que es tanto mi historia como la de él. Por tanto, ¿qué les dice esta historia acerca de la relación de Dios con el hombre?

Los líderes intercambiaron miradas, desprevenidos por el repentino desafío de la dama.

—Es la historia de un derramamiento de sangre inocente —opinó Bob Story a la izquierda de Ivena; el rechoncho y pequeño líder evangélico se movió en el asiento—. La muerte de mártires, que prefieren morir en vez de renunciar a Cristo. ¿No dirían eso?

—En parte sí, eso resume algo de lo que aconteció. Sin embargo, ¿qué les *enseña* la historia, caballeros? ¿Um? Quiero saberlo porque, a menos que me esté perdiendo el tono de los últimos diez minutos, ustedes están más preocupados por proteger la imagen de la iglesia que por extender el mensaje de los mártires. Pienso que ustedes creen tener un defectuoso portavoz en Janjic, y eso les aterra.

El salón se sintió súbitamente sin aire. Janjic la miró como si se hubiera vuelto loca. Pero ella tenía razón, y todos lo sabían. Les encantaba el éxito del libro, pero de vez en cuando ofendían al escritor.

—Verdad, ¿no es así? Janjic ha escrito un magnífico libro titulado *La danza de los muertos* y él ha sido aceptado por un mundo hambriento de la verdad no adulterada. Pero Janjic solo es un hombre común y corriente. Un excelente escritor, obviamente, pero un hombre con su parte de imperfecciones. Quizás un hombre con *más* que su parte de imperfecciones, considerando las cicatrices que la guerra le ha dejado en el corazón. Y ahora que ha sido elegido por el mundo como vocero del cristianismo de ustedes, están un poco nerviosos. ¿Me equivoco?

La miraron sin pestañear.

Un mesero del hotel entró a la sala de conferencias, tal vez para ofrecer postres, pero al mirar alrededor de la mesa lo pensó mejor y dio media vuelta. El aire acondicionado zumbaba detrás de Ivena, lanzándole aire frío por el cuello.

Roald fue el primero en recuperarse.

—Creo que puedo hablar por el grupo cuando afirmo que tenemos plena confianza en Jan. Pero tienes razón, Ivena. Él ha sido escogido por el mundo, como dices. Aunque no sin nuestra ayuda, podría agregar yo —manifestó, y todos rieron—. Y él es un portavoz para la iglesia. Frank está en lo cierto, por virtud de su propio éxito Jan tiene una serie única de normas, diría yo. No diferente de cualquier otro modelo de conducta… un héroe deportivo, por ejemplo. A todo el que se le ha dado mucho, se le exigirá mucho.

—Creo que Roald tiene razón —añadió Barney Givens después de aclarar la garganta—. No estamos cuestionando la obra de Dios en ninguna de las vidas de ustedes. Eso es algo maravilloso, más de lo que cualquiera de nosotros podría pedir. Tu libro, Jan, ha hecho tanto por la salud espiritual de esta nación como lo están haciendo las cruzadas de Billy Graham. No nos malinterpretes. Pero tienes que recordar que representas a la iglesia, hijo. Los ojos del mundo están puestos en ti. Tienes nuestra honra, pero también tienes nuestra advertencia.

—No pedí representar a la iglesia —objetó Janjic—. Tenía a Dios en mente cuando escribí el libro. ¿He ocasionado una ofensa específica, o solo estamos jugando con palabras? Estoy sintiendo que aquí me están disciplinando.

—Absurdo —refutó Frank—. Simplemente estamos advirtiéndote que cuides tus pasos, Jan. Tienes una maravillosa personalidad, jovencito, pero a veces tiendes a perder los estribos. Comprendo cuán difícil debe ser vivir con los recuerdos de la guerra; yo mismo sobreviví a los campos de batalla de la

Primera Guerra Mundial. Pero eso no cambia mi responsabilidad de mantener las más elevadas normas. Ahora es el momento de considerar peligros... no después de que hayas caído en ellos.

—¿Y cuántas mujeres y cuántos niños viste masacrados en tu guerra? ¿Cuántos años pasaste en prisión?

—No me estoy refiriendo al estrés de la guerra, y lo sabes. Estoy hablando de peligros morales, Jan. Cualquier apariencia cuestionable se reflejaría muy mal en la iglesia.

—Te estamos advirtiendo —agregó Ted Rund—. Se te ha conocido más bien como poco ortodoxo. A mí, por lo pronto, no me podría cautivar más lo que ha sucedido, amigo mío. Pero ahora estás hablando a nombre de la iglesia. Has estado prácticamente en todo programa de televisión en el país. Vivimos una época de cambios violentos. El estado moral de nuestra nación está bajo ataque de estrangulamiento total, y se empieza a escudriñar a la iglesia bajo una nueva luz. Eres uno de nuestros voceros más eficaces. Simplemente te estamos pidiendo cuentas.

Jan se echó hacia atrás en la silla y tamborileó los dedos en la mesa. Era obvio que no le estaban diciendo todo.

—¿Qué hice? Díganme cómo los ofendí —exigió saber.

Roald y Frank se miraron, pero fue Frank quien contestó.

—Lo que hiciste fue cuestionar nuestro carácter la semana pasada frente a dos millones de televidentes.

—¿El carácter de *ustedes*? ¿Quieres decir cuando estuve con Walter Cronkite? —inquirió Jan con incredulidad—. Él me preguntó si la iglesia de hoy entiende el amor de Cristo. Le dije que no. ¿Encuentran ustedes ofensivo eso?

—Creo que «no en absoluto» fueron las palabras que escogiste. Y sí, *nuestro* carácter. Nosotros representamos a la iglesia; la iglesia representa el amor de Cristo, y tú tienes la desfachatez de opinar en un programa nacional que nosotros no entendemos ese amor. ¿No crees que eso socave el liderazgo?

—Todavía no han respondido mi pregunta, caballeros —interrumpió Ivena tranquilamente—. ¿Cuál es el verdadero mensaje del libro de Janjic?

La miraron asombrados, como si la mente de ella no le funcionara de manera adecuada.

—Yo se los diré entonces —continuó la mujer—. El mensaje es que Dios ama de forma apasionada a la humanidad. Que un momento con Dios vale la pena la muerte. Él dio su propia vida por nada menos. No estoy segura que alguno de ustedes haya conocido aún la naturaleza del amor de Dios.

A no ser por el sonido de la cuchara de Bob Story tintineando en el café, se hizo silencio en la sala. Ellos habían venido de todo el país a una conferencia en Atlanta y apartado unas horas en honor a Janjic. Sin duda no habían esperado esto. Jan miró a Roald y le brindó esa sonrisa personal, como si dijera: *«Ella tiene razón… sabes que así es»*. Roald le sostuvo la mirada a Jan por un segundo completo y luego miró a Ivena.

—Creo que Ivena tiene razón —manifestó—. Todos estamos aprendiendo acerca del amor de Dios. Ivena simplemente ha expresado esta verdad en una forma tan única como la historia de Janjic. Y por favor no nos malinterpreten; estamos emocionados por la obra que Dios ha hecho con *La danza de los muertos*. Creo que mi propio esfuerzo habla por sí solo. Simplemente te pedimos que tengas prudencia, Jan. Ahora estás entre los rangos superiores, por así decirlo. Muchas personas ven tu ejemplo. Solo cuida tus pasos, eso es todo. ¿Qué reza el dicho? «¿No muerdas la mano que te da de comer?»

Varios rieron. Ivena pensó en decirles que Janjic no necesitaba de las manos de ellos, pero se contuvo.

—Muy bien —contestó Jan asintiendo—. Se toma en cuenta el punto.

Eso pareció satisfacerlos.

—Propongo un brindis —planteó Roald subiéndose los anteojos—. Por *La danza de los muertos*. Que viva eternamente.

Bebieron a un coro de «amenes». Sin duda ellos debían saber que en realidad la vida de la famosa novela de Janjic se acercaba al final. Esta se había remontado alto y rápido, pero la historia había seguido su curso en los últimos cinco años, un hecho que dio a Ivena una pausa a la luz de la conversación que allí tenía lugar. ¿Por qué ahora les preocupaba tanto la imagen de Jan a Roald y a este grupo conservador?

La reunión se desintegró diez minutos después con firmes apretones de mano y una última serie de afirmaciones. Los líderes se fueron, dejando solos a Janjic e Ivena en la sala vacía. Los sonidos de carcajadas llegaban aún a través de la puerta abierta; la fiesta se iba apagando poco a poco.

—Me debo ir ahora, Janjic.

—¿Tan pronto? Si ni siquiera me has felicitado.

—Felicitaciones, mi querido serbio —expresó ella sonriendo y acariciándole la mejilla—. Estoy segura que Karen te hará muy feliz.

—Gracias. ¿Te gustaría que Steve te llevara a casa?

—Tomaré un taxi.

—Entonces te acompañaré.

JAN ESQUIVÓ la fiesta y acompañó a Ivena hasta la calle. Solo una vez afuera la confrontó respecto del intercambio en el salón.

—¿Crees de veras que fue el mejor momento para cuestionarles las sensibilidades espirituales, Ivena?

—Tal vez ese era el *único* momento. No ando con ellos todos los días.

—Por supuesto, pero fuiste muy directa. En realidad no me debería quejar… creo que eso jugó a mi favor.

—¿Cómo así, Janjic?

—Comparado contigo me ven como una suave brisa. Quizás yo tenga breves períodos de desorientación y agarre el teléfono más cercano ante las ruidosas detonaciones del tubo de escape de un vehículo, pero al menos no me pongo a la altura de los máximos líderes religiosos de la nación para instruirlos en el amor de Cristo —expresó riendo y luego carraspeó.

—Ellos serán un recuerdo lejano cuando regresemos a Bosnia —opinó ella.

—Estoy feliz en Estados Unidos. Tú eres feliz en Estados Unidos. ¿Por qué te aferras a la ridícula idea de volver a la tierra que casi nos mata a los dos?

—Es una idea que no se disipará. Veremos, Janjic.

Ella no estaba segura si el presentimiento de que ellos alguna vez volverían a ver por última ocasión la tumba de su hija venía de sus propios deseos latentes, o si había algo más obrando allí, algo que tres años atrás ella había renunciado a tratar de discernir.

—No estoy seguro que Karadzic tome mi regreso con mucha amabilidad. Lo he convertido en un monstruo infame.

—Una reputación bien merecida —asintió ella.

Caminaron por la acera.

—Anoche volví a tener el sueño —comunicó él—. Y fue muy vívido.

Ivena lo miró. Él ya había tenido durante veinte años el mismo sueño cada ciertas noches hasta ahora… la pesadilla que los psiquiatras solían culpar a la guerra. Pero Ivena tenía sus propias ideas. Entonces se detuvo y se volvió hacia él.

—Cuéntamelo.

—Lo sabes. No hay nada nuevo.

—Cuéntamelo otra vez. Te ayudará.

—Está bien —asintió él tragando saliva—. Estoy en un salón muy oscuro, atado a una viga de madera detrás de mí. Es lo mismo: No logro ver nada, pero puedo sentirlo todo… las cuerdas enterrándoseme, el sudor bajándome por el cuerpo desnudo. Creo que me están crucificando.

Jan se detuvo y respiró hondo. Luego continuó.

—Puedo oír mi respiración, en jadeos largos e irregulares, resonando como si yo estuviera en una cámara. Eso es todo lo que logro oír, y me aterra. La situación perdura así por bastante tiempo, como si yo estuviera suspendido entre la vida y la muerte —dijo él, y parpadeó—. Entonces se encienden las luces. Y no estoy en una mazmorra; estoy mirando un campo blanco.

Se detuvo y bajó la mirada hacia Ivena.

—Y así es como siempre termina —declaró ella más como una afirmación que como una pregunta.

—Sí. Y no significa nada para mí.

Ella levantó la mano y le frotó el brazo. Él se pasó nerviosamente la mano por el cabello.

—Los médicos podrían tener razón; quizás solo sea que la mente me esté jugando bromas, fingiendo ser el padre Michael en la cruz.

—Esos médicos están llenos de tonterías. Hazme caso; el sueño tiene significado más allá de este mundo. Siento mucho que no pueda decirte de qué se trata, pero un día lo sabremos. Estoy segura de eso.

—Podrías tener razón.

—Quizás el sueño hable más de lo que *no* has experimentado que de lo que sí has vivido, ¿um?

—¿Queriendo decir qué?

—Queriendo decir que hay más que aprender acerca del amor, Janjic. Que *La danza de los muertos* solo cuenta parte de la historia. Dios sabe que tienes más que aprender del amor.

—Igual que todos —objetó él mirándola con leve asombro—. Sin embargo, ¿estás sugiriendo ahora que no he aprendido la lección del clérigo, ahora mismo al lado de Roald?

—No necesariamente. Pero sí me preocupo por ti a veces, Janjic. En ocasiones me pregunto si te has vuelto más como quienes te rodean que lo que ellos se han vuelto como tú. Defiendes la verdad con palabras enérgicas, pero tu vida está cambiando.

Ahora el leve asombro en él estaba acompañado de un parpadeo.

—¿Crees eso de veras?

—Vamos, Janjic. ¿Es en realidad tan secreto?

—No sé. Pero cambiar algunas cosas aparentemente no rehace a un individuo.

—No. No me estaba refiriendo a tu piel sino a tu corazón. ¿Dónde yacen tus sentimientos, Janjic?

—Mis sentimientos están con Dios. ¡Y también con Karen! Tal vez no lo apruebes, pero soy yo, no tú, quien se está casando con ella.

—¡Lo que estoy diciendo no tiene nada que ver con Karen! Estoy hablando de Cristo.

—Eres demasiado fuerte, Ivena. He escrito un libro sobre los sentimientos de Cristo, ¡por amor de Dios! Dame algo de crédito.

—Presenciaste una dramática expresión de afecto entre Dios y el hombre, y has consignado tus observaciones en un libro. Solo porque viste el amor del sacerdote no significa que hayas aprendido cómo vivir del mismo modo

—expresó ella e hizo una pausa—. Quizás nos diga algo el hecho de que no hayas podido escribir después del libro.

Ella nunca había hablado tan claramente del asunto, y él la miró sorprendido.

—¡Dices eso con tal convicción! También pasé cinco años en prisión por oponerme a Karadzic. ¿Cuestionas sin embargo mi amor por Dios? ¿Y dices que eso me ha puesto un bloqueo como escritor?

—Tú comprendes el amor en maneras que la mayoría no entiende. No obstante, ¿lo has amado de ese modo? ¿Has amado a Cristo? O en realidad, ¿lo he amado yo? Te diré algo más: A menos que lo hagamos, no hallaremos paz. Has visto demasiado, mi querido serbio.

El tráfico zumbaba en la calle. Janjic agitó la mano a un taxi que viró hacia ellos.

—Sí, tal vez he visto demasiado. Y tú también —comentó él mirándola—. Tienes razón, un día encontraremos nuestro camino a través de esto. Mientras tanto, por favor, no me prives del amor que tengo por Karen.

Él sonrió y le abrió la puerta.

—Dame al menos eso.

—No estés tan seguro de que no lo apruebo. No debes confundir prudencia con desaprobación, mi querido serbio —enunció ella, y subió al taxi—. Llámame pronto, Janjic. Ven a cenar cuando puedas.

—Lo haré. Gracias por venir.

—Para mí fue un placer —dijo ella, y cerró la puerta.

Ivena lo dejó allí parado solo, viéndola irse. Totalmente vestido con la ropa equivocada, pero de todos modos apuesto. Famoso y ahora comprometido para casarse. Tan sabio y tan tierno, pero a su manera perdido sin saberlo.

Su Janjic.

CAPÍTULO OCHO

LAS PALABRAS de Ivena quemaron esa noche el alma de Janjic. Él estaba recién comprometido, por Dios, cantando el cántico del verdadero amor, e Ivena tuvo la audacia de sugerir que las palabras de él hablaban más fuerte que su vida misma. Lo irritaba la resonante verdad de esa sugerencia.

El día siguiente no empezó mejor, y Jan decidió sacar una hora en el parque para poner en orden la mente antes de que Karen volviera a la oficina después de la reunión matutina. Ella estaba evidentemente absorta en discusiones con el editor respecto de la próxima edición, y como siempre prefería conducir personalmente los detalles. Esta vez el editor había venido a Atlanta y Jan ni siquiera se molestó en sugerir que asistiría a la reunión. Jan era escritor, no hombre de negocios.

Fue entonces, sentado en un banco en el parque Piedmont, que la vio por primera vez. Ella era aún una figura que brillaba débilmente en el perímetro del parque, un fantasma anónimo en el calor del mediodía. Se veía pequeña y delicada bajo los enormes sauces llorones que se balanceaban con el viento. Él no sabía por qué ella le atrajo la mirada, pues sin duda no ocurrió así con la mente; esta estaba ocupada lidiando con los crecientes dilemas que parecían haberle contagiado el alma desde que Ivena lo honrara con sus palabras. Tal vez fue la directa resolución de la mujer lo que lo atrajo; o quizás la energía con la que ella caminaba, apenas haciendo oscilar los brazos, pero sin embargo a un buen ritmo.

Jan volvió a recordar las palabras de Ivena.

Las personas habían comprado *La danza de los muertos* como pirañas al ataque, desesperadas por encontrar significado en un mundo cambiante. Era como si una generación hubiera decidido en masa meditar en sus pecados pasados, y hubiera escogido este libro en el cual buscar absolución. La historia del joven soldado serbio que había hallado significado por medio de la brutalidad de la guerra y de su encarcelamiento después de esa guerra. Había una sensibilidad en la historia de Jan que atraía a las personas. Como curiosos espectadores en una exhibición de Pie Grande.

En términos audaces él había manifestado en todo recinto universitario, en toda firma de autógrafos en libros, y en todo programa radial que *La danza de los muertos* era en primer lugar, y por sobre todo, una historia acerca del amor desesperado de los mártires por Cristo, no de la redención de Jan Jovic. Ellos principalmente asentían con miradas vidriosas y preguntaban por la niña o por la terrible experiencia de él en la prisión a causa de los crímenes de guerra, después de ese fatídico día. Él contaba lo que pedían, y eso provocaba lágrimas en los ojos de la gente. Pero no caían de rodillas ni imploraban perdón como él había hecho. No renunciaban a sus vidas por Cristo como Nadia había hecho. No trepaban a sus cruces ni reían con alegría como había hecho el sacerdote.

Allí yacía parte del problema, pensó Janjic. Su vida se había convertido en un espectáculo. Una exhibición. Pero al final todos se alejaban de la exhibición, meneando la cabeza por el asombro, sin deseos de trepar para unirse a Pie Grande en su búsqueda solitaria de identidad.

Y ahora la pequeña exquisitez de autenticidad expresada por Ivena: Quizás él mismo había atisbado la exhibición sin trepar. Tal vez él mismo no había aprendido tan bien como esperaba que su audiencia aprendiera.

La mujer seguía acercándose a paso firme. Una mujer estadounidense moviéndose aprisa por un parque, vestida con pantalones oscuros y camiseta blanca, apurándose hacia ninguna parte, como aseguraba el cliché. Él se inclinó hacia atrás y la observó distraídamente.

La danza de los muertos. En la aldea del clérigo había sido una danza de éxtasis, que suplicaba a los presentes que se le unieran. Un gran despertar hacia el otro lado. Pero aquí en Estados Unidos eso era inevitablemente distinto. Les interesaba más tener comezón de oídos que cambiar el corazón. Quizás después de todo él podría escribir otro libro, uno que caracterizara estos nuevos pasos enseñados aquí en las iglesias. Lo llamaría *La muerte de la danza*. Produciría una rebatiña entre los editores.

Jan se inclinó y apoyó los codos en las rodillas. La mente le regresó a ese día. Fue el amor de Cristo lo que le había perforado el alma en la aldea. El sentimiento le creció en el pecho y se le subió a la garganta. Querida y preciosa Nadia. ¡E *Ivena*! Él aún no podía imaginar el dolor de la pérdida que ella sufriera. Fue en parte debido a la insistencia de él que ella vino también a Estados Unidos, y él supuso que eso era algo bueno. Solo ella entendía realmente.

—Oiga, usted.

Jan se irguió de súbito, asombrado por la voz. ¡Era la mujer! En medio de la perplejidad de la situación, ella había ido derechito hacia él y ahora se hallaba a menos de dos metros, intentando sonreír.

—¿Sí?

Ella miró por detrás del hombro y él le siguió la mirada. Nada más que parque vacío y una pareja de ancianos que caminaban con un perro. Ella aspiró profundamente y se volvió otra vez hacia él. Un leve estremecimiento pareció abrirse paso por el cuerpo de la mujer, e intentó sonreír de nuevo. Una plana sonrisa se le formó en los pálidos labios. Los ojos centelleaban un azul brillante, pero por lo demás el rostro parecía sin vida. Oscuras ojeras le colgaban debajo de cada ojo, y las mejillas parecían empolvadas de blanco aunque él pudo ver que ella no llevaba maquillaje. El cabello rubio le caía en cortas y grasientas marañas.

Lo menos que Jan pudo hacer fue mirar lentamente a la mujer. La sencilla camiseta blanca estaba arremangada en los brazos, demasiado pequeña incluso para la delicada estructura de ella. Los jeans azules le colgaban por sobre las sandalias hasta el suelo donde se deshilachaban.

Ella se llevó una mano a los labios y se mordió una uña raída. Ahora, medio oculta por la mano, la sonrisa cobró vida en la mujer.

—Lo siento. Espero no haberlo asustado mucho —expresó—. De ser así, me podría ir. ¿Quiere usted que me vaya?

Lo dijo con tono de burla en la voz. Si él no estaba totalmente confundido, ella era una drogadicta, nerviosa o afligida, o haciendo cualquier cosa que hacían los adictos. Casi le dice entonces que lo dejara tranquilo. Que saliera de allí. Que encontrara al proxeneta, jíbaro o quien sea que ella estuviera buscando en algún lugar. Él era escritor, no jíbaro. Casi le dice eso.

Casi.

—Ah... No. No, hay problema. ¿Está usted bien?

—¿Por qué? ¿Parezco bien hoy?

—En realidad no. Usted parece... nerviosa.

—Y usted tiene un lindo acento. ¿Cuántos años tiene?

Él miró alrededor. El parque aún estaba vacío.

—Tengo treinta y ocho.

—Me alegra conocerlo, treinta y ocho —expresó ella, alargándole una mano—. Yo tengo veintinueve.

—En realidad, me llamo Jan —explicó él riendo—. Jan Jovic.

—Y yo soy Helen.

—Es un placer conocerla.

—Lo mismo digo, Jan Jovic —manifestó la mujer, lanzando una rápida ojeada hacia atrás. Jan vio un destello de preocupación en esos ojos.

Pero entonces ella se recuperó al instante y lo miró, otra vez con esa lánguida sonrisa en los labios. Echó la cabeza hacia atrás, cerró los ojos, y se pasó los dedos por el cabello. Entonces, mientras la barbilla femenina señalaba al cielo, a él le impactó el hecho de que Helen era una mujer hermosa. Incluso en este anémico estado ella tenía una débil cualidad angelical. La joven dio unos pasos a la izquierda y luego regresó al claro directamente delante de él, como si cavilara en alguna profunda inquietud.

—¿Seguro que está bien?

Ella lo miró, aún con esa misteriosa sonrisa.

—A usted se la ve como si tuviera algo en mente —dijo Jan encogiendo los hombros—. Y se la pasa mirando hacia atrás.

—Bueno, para ser sincera, estoy pasando dificultades. Pero no tiene nada que ver con usted. Problemas de novios —confesó ella y encogió los hombros como disculpándose—. Usted sabe cómo es el amor... un día encendido, al siguiente apagado. Así que hoy está apagado.

Ella aspiró profundamente y volvió a mirar hacia atrás.

—Yo no estaba consciente de que el amor se prendiera y se apagara con tanta facilidad —comentó él—. ¿Por qué se me acercó usted?

—Entonces usted no ha tenido amante últimamente. Y me le acerqué porque me pareció un hombre decente. ¿Tiene algún problema con eso?

—No. Pero mujeres como usted no se acercan a hombres como yo porque parezcamos decentes.

—¿Mujeres como yo? ¿Y qué clase de mujer soy?

Ella tenía un juicio rápido... las drogas aún no se lo habían arruinado.

—Mujeres que tienen problemas de novios —contestó él.

—Um. Usted no tiene, ¿verdad?

—¿Qué no tengo?

—No ha tenido una amante últimamente.

Él sintió un calor que le inundaba el rostro y esperó que no le asomara como un sonrojo.

—En realidad no me he casado. Pero estoy...

—¿Y sin amantes?

—Soy algo así como un ministro. De modo que no ando tras amantes. Si hay un amor en mi vida, es Cristo.

—¿Oh? Un ministro —se asombró ella, arqueando una ceja—. Un reverendo, ¿eh?

—No. En realidad soy escritor y conferencista que habla del amor de Dios.

—Santo Cristo. ¡El papa mismo!

—No soy católico —afirmó Jan riendo—. ¿Y qué hace *usted*, Helen? Supongo que no es monja.

—Muy observador, Reverendo.

—No soy reverendo. Se lo dije, soy escritor.

—Como sea, Reverendo, usted es un hombre que busca salvar almas perdidas, ¿no es así?

—Supongo que sí. Sí. O al menos las llevo a un lugar seguro. ¿Qué hace usted?

Ella respiró hondo.

—Soy… soy una amante —confesó la joven con una amplia sonrisa.

—Usted es una amante. ¿Una amante que enciende amor con un interruptor y huye de novios? ¿Es usted una… cómo lo diría usted? Una ca…

—No, ¡*no* soy una prostituta! Nunca he caído tan bajo —expuso, y los ojos le centellearon—. ¿Le parezco una prostituta?

Él no respondió.

—Es probable que usted no reconocería una prostituta aunque se le sentara en las rodillas, ¿verdad? No, porque es un hombre que hace proselitismo del amor de Dios. Desde luego, qué tonta soy.

—Lo siento. No quise ofenderla.

—No me ha ofendido, Reverendo —afirmó la joven, quien usaba el título de manera deliberada, con una ligera sonrisa, y Jan pensó que si ella se había ofendido, ya lo había superado—. Usted es puro y virginal, ¿no es cierto? Probablemente nunca tuvo tanta mugre debajo de las uñas.

—Si usted conociera la historia de mi vida no diría eso —expuso él.

La mujer pestañeó, no muy segura de qué hacer ante ese comentario. El aire de defensa desapareció en Helen. Él observó más allá de ella. Dos sujetos entraban al parque desde la dirección en que ella había venido, caminando de prisa. Helen vio la mirada de él y se volvió. Giró hacia atrás y apretó la mandíbula.

—¿Sabe? Tal vez usted podría ayudarme —pidió mordiéndose el labio, y una sombra de temor le pasó por los ojos.

Jan volvió a mirar a los hombres. Andaban juntos a grandes zancadas, vestidos en trajes oscuros, con claras intenciones de atravesar el parque.

—¿Qué pasa? ¿Quiénes son esos tipos?

—Nada. Nadie. Quiero decir, no quiero involucrarlo —contestó ella mirando otra vez rápidamente hacia los hombres; el temor le aumentaba en la joven, pensó él.

Jan miró hacia la banca del frente del parque. Ellos venían tras Helen. Lo pudo ver en la actitud de las cabezas y en la longitud de las zancadas. En su patria él había visto miles de veces individuos plagados de malas intenciones; había llegado a reconocerlos de una sola mirada. Estos dos que ahora se acercaban a grandes zancadas querían hacer daño a Helen.

Ella volvió a enfrentarlo y esta vez la valentía la había abandonado. Cayó sobre una rodilla, en posición de propuesta; con ojos arrugados, suplicantes. Le agarró la mano derecha entre las suyas.

—¡Lo siento! ¡Usted tiene que ayudarme! Glenn juró matarme la próxima vez que lo abandonara. Me han estado siguiendo todo el día. ¡Juro que me matarán! ¿Tiene usted auto?

Las manos de la mujer estaban frías sobre la de él y le imploraba con el rostro. Tenía la expresión de una víctima… él había visto cien mil de esos rostros en la guerra, los que aún lo perseguían.

—¿Glenn? —musitó él, levantándose.

Pero la mente de Jan no preguntaba por el Glenn de ella; estaba sopesando el mundo en las balanzas de la justicia, equilibrando el contacto con estos delincuentes contra un sombrío sentido de corrección que se le había alojado en la mente.

Podía oír ahora a Karen en la oficina. *¿Que hiciste qué?*

Él parpadeó. *Hoy rescaté a una drogadicta de manos de dos matones.*

—Glenn Lutz —informó Helen—. ¡Por favor! No tengo adónde ir.

Ella giró la cabeza para ver a los hombres que se aproximaban. La vivaz y confiada mujer se había deshecho en desesperación.

Ahora los tipos se hallaban a menos de treinta metros, dirigiéndose directamente hacia ellos.

¿Que hiciste qué?

Hoy rescaté a una drogadicta de manos de dos matones, y eso me hizo sentir vivo.

Jan salió disparado de la banca, halando a tropezones a Helen tras él.

—¡Vamos! ¿Están armados?

—¿Tiene usted un auto?

Él miró hacia atrás. Los hombres habían prescindido de sus fachadas profesionales y se apresuraban tras ellos. Ambos tenían pistolas que movían bruscamente mientras corrían.

—¡Rápido! ¡Por la esquina! —gritó Jan asombrado.

Los hombres se acercaban y de pronto Jan pensó que había cometido una equivocación. El corazón se le aceleró tanto por la embestida de adrenalina como por la carrera.

Ella corría ahora al lado de Jan, dando dos pasos por cada uno de él, pero no obstante igual de rápido.

Sin embargo los hombres ganaban terreno. Y el auto aún no se veía.

La próxima vez que viera a Karen muy bien podría ser desde una cama de hospital, hablándole detrás de un rostro vendado.

¿Que hiciste qué?

Él parpadeó. *Hoy traté de rescatar a esta drogadicta...*

—¿Dónde está el auto? —quiso saber Helen jadeando casi con pánico.

Ahora se hallaban en la acera. Jan movió una mano al frente, señalando. Detrás se oía el taconeo de zapatos sobre el concreto. Entonces uno se detuvo. ¿Arrodillándose para disparar?

—¿Dónde está?

De repente un Cadillac blanco arrancó desde el bordillo y rugió a toda máquina hacia ellos, centelleando las luces. Helen se paró al lado de Jan y él la jaló de la mano.

—¡Vamos!

El Cadillac rechinó al detenerse al lado de ellos.

Jan abrió la puerta, dio la vuelta alrededor de Helen y la empujó al asiento trasero. Lanzó una última mirada al costado y vio que ambos hombres se habían detenido y ocultaban las pistolas. Subió tras Helen.

—¿Es este su auto? —preguntó ella mirando a sus perseguidores por la ventanilla ahumada, jadeando y eufórica.

—Sí. Gracias a Dios, ¡Steve!

—¡Vaya, Jan! ¿Qué diablos fue *eso*? —inquirió Steve haciendo un rechinante giro en U y empujando el acelerador hasta el piso.

Jan no contestó directamente.

—¿Está usted bien? —le preguntó a Helen.

—Sí.

—¿Qué fue eso, Jan? —volvió a preguntar el chofer, mirando una y otra vez por el espejo retrovisor—. ¿Qué *diantres* fue eso?

Jan empuñó la mano para calmar el temblor y rió tontamente.

Fue una risita corta de alegría, pero era la primera vez que había reído en mucho tiempo.

—¡Uuupaaa! —aulló—. ¡Lo logramos!

Steve sonrió de oreja a oreja, contagiado por el alivio de Jan.

—¡Yiiiijaaa! ¡Qué bien, lo logramos! —exclamó Helen en victoria, dándole a Jan una palmada en el muslo—, ¡Vaya! ¡Lo hicimos!

Dieron la vuelta en una esquina.

—Jan, ¿*qué* diablos fue eso? —volvió a preguntar Steve.

—No sé, Steve —contestó Jan mirando a Helen con una ceja arqueada—. De veras que no lo sé.

CAPÍTULO NUEVE

GLENN LUTZ bajó la mirada a través del cristal ahumado en el piso treinta de las Torres Gemelas de Atlanta hacia la ciudad que se movía lentamente, haciendo caso omiso del sudor que le descendía por la nariz.

Allá abajo se veía verde y gris, cien mil árboles tupidos asegurados al concreto en una lenta batalla sobre el territorio. El gris ganaba poco a poco. A lo largo de las calles se arrastraban transeúntes, como hormigas correteando de arriba abajo en su prisa sin sentido. Si uno de ellos levantara la mirada y viera a través del reflejante vidrio que rodeaba a Glenn podría ver al famoso concejal de la ciudad con ceño fruncido, manos en las caderas, pies plantados abiertos, vestido con pantalones blancos y una camisa hawaiana, y pensaría que este sujeto se regodeaba con su poder.

Pero ahora mismo Glenn Lutz no apreciaba ninguno de los placeres de la riqueza. En realidad se sentía totalmente desnudo, destituido de su poder, despojado de su corazón. Como un hombre que acababa de enterarse que su contador había cometido una equivocación; que después de todo no era el individuo más rico de la ciudad; que en realidad estaba evidentemente quebrado; que ya no podía pagar el considerable arrendamiento de los tres últimos pisos de las torres más prestigiosas de Atlanta, y que debía salir en las próximas veinticuatro horas.

Glenn encajó los labios en sus torcidos dientes, los mordió y cerró los ojos por un momento. Se llevó los gruesos dedos al mentón y sacó la hirsuta mandíbula. El sudor le oscurecía la camisa en grandes manchas debajo de cada brazo... no se había bañado en dos días y esta vana búsqueda de Helen lo había dejado como un energúmeno. Tampoco se había lavado los dientes, y una ráfaga de su propio aliento le recordaba este hecho. Dos días de alcohol no habían debilitado del todo los fuertes olores a caries.

Glenn se volvió de la ventana y miró la pared opuesta. Era un espejo sólido desde la baldosa negra hasta el techo, y ahora la imagen de él le devolvió la mirada. Mostraba un tipo alto, de un metro noventa y dos centímetros y fornido como un toro. Tenía firme la carne; bastante blanca, velluda y con capas de celulitis quizás, pero sólida. Se le podría quitar un poco de estómago. Helen le había dicho eso solo tres días atrás, y él le había golpeado el rostro con la palma abierta. El recuerdo le hizo correr un escalofrío por los brazos. No importaba que ella hubiera estado abrazándolo *alrededor* de la cintura cuando hiciera el comentario.

La mente masculina se suavizó. *Helen, querida Helen. ¿Cómo me pudiste hacer esto? ¿Cómo te pudiste ir dejándome tan vacío? Teníamos un trato, nena. Somos de la misma clase, tú y yo. ¿En qué pudiste estar pensando?*

Glenn rechinó los molares. Luz indirecta irradiaba un suave tono etéreo sobre las paredes con espejos. Volvió a mirarse con sus propios ojos, ausentes, como dos huecos taladrados en la cabeza. Ese era el rasgo más extraordinario que él tenía, pensó. La licencia de conducir decía que sus ojos eran castaños, pero a más de tres metros cualquier alma razonable que se cruzara juraría que eran negros. De color negro azabache. Una semana después de graduarse del colegio había empezado a teñirse el pelo de un ligero rubio para resaltar los ojos. Ahora el cabello le colgaba casi blanco alrededor de cachetes con barba de tres días.

Levantó el mentón y frunció el ceño. La verdad es que si le pusieran una túnica negra sobre los hombros se parecería más a un brujo que a un magnate comercial. Obviamente *eso* haría maravillas con las mujeres. Por otra parte, olvidándose del abrigo, la imagen en el espejo bastaba para aterrar a la mayoría de mujeres como en realidad sucedía.

A la mayoría. No a Helen. Ella era especial. Era su diosa.

El hombre miró alrededor de la oficina. Aquí arriba en la torre comercial no había nada que mostrar sino un sencillo escritorio de roble sobre la negra baldosa brillante. La idea de la decoradora había sido crear una austera impresión, pero él la había despedido antes de concluir el trabajo. Menos mal que la malhablada muchacha había terminado la suite en la torre adyacente; él la llamaba el palacio. Eso había ocurrido tres meses atrás, exactamente antes de conocer a Helen, y sería quedarse absurdamente corto decir que el palacio era adecuado. Allí era o placer hasta la médula o dolor punzante. Éxtasis o agonía. Las cámaras de exóticos deleites. Lo cual era apropiado considerando el hecho de que fuera de la suite él dirigía una de las más grandes redes de drogas en la nación.

El teléfono sobre el escritorio sonó, y Glenn se sobresaltó. Lanzó una maldición y corrió hacia el negro objeto. Descolgó el auricular.

—¿Qué?

—Señor, en realidad tenemos que hablar. Usted tiene llamadas amontonadas y...

—¡Y te dije que no me molestaras con esta basura!

—Algunas parecen importantes.

—¿Y qué podría ser tan importante? Estoy ocupado aquí, si es que no lo has notado.

—Sí, por supuesto que lo noté. ¿Quién no lo notaría? Y mientras tanto usted tiene un montón de asuntos legales acumulados a su alrededor.

Glenn sintió un calor ardiéndole en la nuca. Solo ella podía decir algo así. Respiró hondo.

—Ven acá —convino, y encajó el auricular en la base.

Beatrice entró pavoneándose y con la barbilla levantada. Usaba el cabello negro amontonado en un moño y los labios curvados hacia abajo, correspondiendo con el arco de su enorme nariz. Tenía cincuenta libras de sobrepeso, y el cinturón le exageraba los pliegues de gordura en el estómago. La relación con ella era de simbiosis. Si ella no supiera tanto la habría despedido mucho tiempo atrás.

—¿Qué es tan importante?

Ella se dejó caer en una silla color vino tinto para visitantes y levantó una libreta amarilla de taquigrafía.

—Para empezar, usted no asistió anoche a la reunión del consejo.

—Irrelevante. Dame algo que importe.

—Está bien. Las renovaciones de los pisos bajos del edificio Bancroft están teniendo problemas. El contratista está reclamando debido a…

—¿Qué tiene eso que ver conmigo?

—Usted es el *dueño* del edificio.

—Es verdad. Soy el *dueño*. No los construyo, los compro.

—Están afirmando que el presupuesto se ha sobrepasado en más de un millón de dólares.

—No me importa si se sobrepasa en dos millones. ¡Ahora mismo no importa si supera los cinco millones!

—Bien —contestó ella parpadeando ante al arrebato de ira—. Entonces imagino que tampoco estará interesado en los demás asuntos. ¿Qué son unos cuantos millones?

Ella estaba tratando de acosarlo.

—Así es, Beatrice. Y si alguien hace algo estúpido, trataré con ese individuo más tarde. Pero no ahora.

—Sí, ahora no —concordó ella desdoblando las piernas como si fuera a pararse—. Ahora está encargándose de asuntos más importantes.

—No pases sobre esa línea, Beatrice.

—Ella lo arruinará, Glenn.

—Ella es mi vida.

—Y será su muerte. ¿Qué le ha pasado con esta mujer?

Glenn no respondió. Esa era una buena pregunta.

Beatrice lo miró y meneó la cabeza.

—Las he visto ir y venir, Glenn, pero nunca como esta. Ella lo está controlando.

¡Cállate, bruja! Él se quedó en silencio mientras las palabras de Beatrice le daban vueltas en la mente. En cierto sentido ella tenía razón. Ni él podía entender su obsesión con Helen; ella había entrado con gran facilidad en su vida solo pocos meses antes, un fantasma del pasado, y ahora lo había poseído. Pero Helen… a Helen no se le poseía tan fácilmente, pues tenía ese poder sobre él, y el deseo de Glenn por ella le corría por la sangre como fuego, a pesar de (o quizás a causa de) que ella no se dejara poseer.

—La quiere solo porque no puede tenerla —osó decir Beatrice—. Helen no es nada más que un pedazo de basura, y usted está baboseando por ella como un perro. Vamos, Glenn. Está descuidando sus propios intereses. Mírese; parece un cerdo.

—Vete —gruñó él, temblando ahora.

Ella se puso de pie con una exclamación de desdén y se dirigió a la puerta. Era el único ser en el planeta que se atrevía a hacer tales comentarios. Glenn le observó el sobresaliente perfil y luchó con el deseo de saltar tras ella y lanzarla contra el piso.

—¿Cuándo fue la última vez que se bañó? —cuestionó ella volviéndose en la puerta.

—¡Vete! ¡Vete, fuera! —gritó él.

Ella lo fulminó con una aguda mirada y salió pavoneándose con la barbilla erguida y orgullosa, como si de algún modo lo hubiera enderezado.

Glenn asentó un puño en el escritorio y se fue furioso hacia la pared opuesta. Golpeó el cristal con ambas palmas y se estremeció bajo el porrazo. Uno de estos días el vidrio se rompería y lo haría caer revolcándose hacia la muerte. Presionó la frente contra el vidrio y contempló Atlanta, extendida como una ciudad de juguete. Nada allá abajo parecía haber cambiado en los últimos minutos. La ciudad aún era gris y tenía sus hormigas correteando.

—¿Dónde estás, Helen? —susurró—. ¿Dónde estás?

EL CADILLAC rodó por el distrito comercial oeste de Atlanta, silencioso excepto por la helada ráfaga del aire acondicionado. Pasaron una enorme y brillante fachada de un almacén Woolworth a la derecha; transeúntes andaban aprisa por la acera ataviados con oscuros trajes y atuendos de negocios. Jan pensó por un momento antes de volverse hacia Helen.

—Pues bien, ¿quiénes eran esos tipos?

Ella miró por la ventanilla.

—¿Conducen siempre autos tan costosos los predicadores?

—No soy predicador. Soy escritor. Escribí un libro que resultó bueno.

—Supongo que usted lo toma de cualquier modo que pueda conseguirlo. No es que no lo apruebe; lo hago. Solo que no esperaba que su brillante vehículo blanco apareciera volando como lo hizo, eso es todo.

—Me alegra haber podido servirle. Lo cual nos lleva de vuelta a mi primera pregunta. ¿Quiénes eran esos dos hombres?

Ella volvió a enfocar la mirada en la calle por la que pasaban.

—¿Adónde vamos?

—A casa de una amiga. Si no me equivoco, acabo de arriesgar allá el pellejo por usted. Lo menos que puede hacer es decirme por qué.

—Ellos eran dos de los hombres de Glenn.

—¿Y Glenn? Hábleme de él.

—Usted no querrá saber nada acerca de Glenn, Reverendo.

—Por favor, ya no me llame más Reverendo. Y repito, creo que me he ganado el derecho de saber acerca de Glenn.

—Sí, supongo que se lo ha ganado, ¿no es así? —asintió ella sonriéndole, un poco condescendiente—. Pero créame, usted no *querrá* saber acerca de Glenn. Él es como una prisión... solo porque se haya ganado una estadía allí no significa que *quiera* ir. Pero entonces es probable que usted nunca haya estado en prisión, ¿de acuerdo?

A Jan le vino a la mente la idea de golpearla en la cabeza con uno de sus libros. Luego le vino otro pensamiento: que un año antes el impulso ni siquiera le habría venido a la mente. Miró la copia de tapa dura de su libro alojado en el bolsillo del asiento frente a ellos. La imagen surrealista del rostro ensangrentado de un hombre extendiéndose sonriente contra un cielo rojo brillante incluso ahora parecía burlarse de él. Ivena tenía razón, él había visto demasiado.

—En realidad, he pasado tiempo en la prisión —confesó Jan sin quitar la mirada del libro—. Cinco años.

La sonrisa de ella se atenuó lentamente. Jan hablaría mientras tuviera la ventaja.

—Y sí, sí quiero saber acerca de cualquier hombre que me amenace la vida, sea cual sea la situación.

—¿Qué prisión?

—Contésteme.

—Se lo dije —expresó ella alejando la mirada—. Glenn Lutz.

Ahora estaban llegando a alguna parte.

—Sí, pero usted no me dijo *quién* es Glenn Lutz.

—No puedo creer que nunca haya oído hablar de Glenn Lutz —manifestó ella mirándolo con una ceja arqueada—. ¿El promotor inmobiliario? Hasta está en el consejo de la ciudad, aunque Dios sabe que no tiene nada que hacer allí.

—¿Y es la clase de individuo que tendría secuaces?

—Tiene dinero, ¿no es así? Cuando se ha conseguido dinero siempre se está manejando algo turbio. En el caso de Glenn él tiene todo un montón de dinero. Y si la gente supiera el lado sucio que controla... —comunicó ella, e hizo una pausa para que la declaración se asimilara—. Créame, predicador, usted *nunca* querrá conocer a ese tipo.

Helen se echó para atrás las grasientas marañas y se pasó los dedos entre el cabello en un vano intento de peinarlo. La suave piel de la joven era clara; el contorno de la mandíbula se le inclinaba hasta un hermoso cuello, como un delicado hueso de la suerte. Cerró los ojos, repentinamente seria por la explicación que diera de Glenn Lutz.

Si esta mujer era drogadicta, lo que seguramente era, no deseaba serlo, pensó Jan.

—¿Y qué tiene que ver este hombre con usted? —inquirió él.

—En realidad no quiero hablar de él, si a usted no le importa. Él quiere matarme, ¿no es eso suficiente?

La voz de ella titubeó, y de pronto Jan sintió remordimiento por haber hecho la pregunta.

—¿Es su novio? —indagó Jan.

—No.

Él asintió y miró a través del parabrisas. Ahora serpenteaban por una sección industrial de la ciudad, no muy lejos de la casa de Ivena. A cada lado pasaban edificios de ladrillo rojo. El reflejo de Steve le sonrió en el espejo. Él asintió y devolvió el gesto de apoyo del chofer.

¿Que hiciste qué?

Rescaté en el parque a una drogadicta de manos de dos matones, pero ella en realidad no parece ser drogadicta. Realmente es bastante ingeniosa.

Y si no es drogadicta, ¿qué debería ser?

No sé.

Jan volvió a mirar a Helen.

—Usted dijo que Glenn quería...

—De veras, creí haber dicho que no quería hablar del cerdo ese —interrumpió ella con una mirada de disculpa—. ¿No dije eso? Es decir, no hace ni dos minutos, y podría jurar que le pedí que no habláramos del hombre.

Jan miró al frente. Steve había perdido la sonrisa.

—Mire, Reverendo. Sé que no se topa con gente de mi clase todos los días. Estoy segura que para usted esto es un horror... viajar en su Cadillac blanco al lado de una delincuente que huye para salvar la vida. Pero en mi mundo sencillamente no se puede andar conversando de todo lo que ocurre, o uno podría sufrir la parte mala de esas ocurrencias —advirtió ella, luego se le suavizó la voz—. Si usted supiera lo que he pasado en las últimas veinticuatro horas quizás no sería tan crítico.

—¿Y si usted supiera lo que yo he pasado en los últimos veinticuatro años quizás no sería tan defensiva —contraatacó él volviéndose hacia ella.

Se observaron por un prolongado momento, cada uno atrapado en la mirada directa del otro. Los ojos de la joven estaban llenos de lágrimas y ella apartó la mirada. *Tranquilo, Jan. Ella está herida. Tú sabes de heridas, ¿no es verdad? Tal vez ella no sea muy distinta a ti*. El escritor aclaró la garganta y se acomodó en el asiento.

Continuaron en un incómodo silencio por unos cuantos minutos.

—Bueno —dijo finalmente él—. Ahora que le he salvado el pellejo, ¿hay algún lugar en particular al que le gustaría ir?

Los edificios de ladrillo quedaron atrás y ahora estaban en un barrio suburbano lleno de árboles.

—Él tiene ojos en todas partes.

—¿Glenn?

Ella asintió.

—Quizás entonces mi amiga pueda ayudar hasta que usted decida qué hacer.

—¿Es ella tan amable como usted?

—Sí, es muy amable.

—¿Su novia?

—No —contestó Jan riendo—. Cielos, no. Solo somos muy amigos.

—Entonces creo que estaría bien.

—Perfecto.

Ivena sabría qué hacer. Jan dejaría a Helen en casa de Ivena y le pediría que le diera a la chica un rumbo que la alejara de cualquier peligro inmediato. Tal vez que llamara a las autoridades si Helen lo permitía. Respiró hondo. Esto era algo que ponía a pensar, este extraño encuentro. En realidad algo en qué pensar.

CAPÍTULO DIEZ

P: Algunos lo han criticado por su atención a los detalles en el sufrimiento de los mártires. Aseguran que no es decente que un escritor cristiano haga tanto hincapié en tal dolor. ¿Cruza usted la línea entre la descripción realista y el voyerismo?

R: Por supuesto que no. El realismo nos permite participar en el sufrimiento de alguien, y del voyerismo se extrae placer. Ambas cosas son como el blanco y el negro. No obstante, muchos cristianos cerrarían las mentes al sufrimiento de los santos; esa no fue la intención de Cristo. Él sabía que sus discípulos querrían olvidar, por eso les pidió que bebieran la sangre y comieran el cuerpo en memoria de él. El escritor de Hebreos nos dice que imaginemos que estamos allí, con aquellos en sufrimiento. Pregunto: ¿Por qué la iglesia está tan ansiosa de huir de ello?

JAN JOVIC, AUTOR DEL ÉXITO
DE LIBRERÍA *La danza de los muertos*
ENTREVISTA CON WALTER CRONKITE, 1961

EL DIMINUTO brote verde en la base del rosal moribundo de Nadia había crecido cinco centímetros durante la noche. Cinco centímetros de crecimiento era demasiado para una noche. A menos que el recuerdo que Ivena tenía de la mañana anterior fuera confuso, y el brote ya hubiera tenido entonces cinco centímetros.

Ivena se inclinó sobre la marchita planta y pestañeó ante la extraña escena. El pequeño cogollo se curvaba ligeramente hacia arriba, como un dedo relajado. La textura del tallo era diferente al de cualquier otro tallo de rosa que ella había visto. Tampoco era tan oscuro.

Acarició con suavidad la base del retoño. Todo parecía indicar que se trataba de un injerto, lo cual solo podía significar una cosa: Que ella hubiera injertado este cogollo en el rosal de Nadia.

Y que luego lo hubiera olvidado.

Era posible, ¿verdad? Ella pudo haber estado tan consternada por la posibilidad de que el rosal de Nadia muriera, que la mente le eliminó toda una secuencia de acontecimientos. Pudo haber sido una semana antes, en realidad, y al considerar el desarrollo había sido una semana atrás. Por lo menos.

El timbre sonó, e Ivena se sobresaltó. Tal vez sería una entrega. Los bulbos que había pedido la semana pasada. Se quitó los guantes, se limpió las manos en el delantal y atravesó la pequeña casa hacia la puerta principal.

Observó por el ojo mágico y vio dos personas en el porche, una de las cuales era… *¡Janjic! ¡Qué agradable sorpresa!* Abrió la puerta.

—¡Janjic! ¡Entra, entra!

Ivena se inclinó y dejó que Jan la besara en cada mejilla. Él vestía una camisa beige muy gastada y sin cuello, estilo bosnio, y la colonia le olía muy fragante cuando se inclinó para besarla.

—Ivena, quiero presentarte a Helen.

Las líneas oscuras alrededor de los ojos de Janjic se arrugaron con una nerviosa sonrisa. Se pasó la mano por el cabello. Ivena miró a la joven mujer al lado de Janjic. Cualquier amiga de Jan sería amiga suya, pero sin duda esta era extraña. Para empezar, la chica de ojos azules parecía como si alguien le hubiera drenado la sangre del rostro; ella sonrió muy amablemente, pero hasta los labios estaban pálidos. Y el cabello no había sido lavado al menos en días. La camiseta y los jeans le daban una apariencia muy juvenil. ¡Santo cielo! ¿En qué andaba Janjic?

—Hola, querida. Mi nombre es Ivena. Entra. Por favor, entra. ¿Y Steve? —preguntó, mirando el Cadillac—. ¿Se unirá a nosotros?

—No, no me puedo quedar mucho tiempo —informó Janjic, alisándose la ceja.

Entraron a la casa y siguieron a Ivena hasta el pequeño comedor. Ella tenía pan en el horno y el reciente aroma flotaba por toda la casa. Ivena no comprendía por qué los estadounidenses compraban pan cuando lo podían hacer tan fácilmente. El pan era para olerlo y sentirlo; era para hacerlo, no solo para comerlo.

—¿Te gustaría beber algo, Janjic?

—No estoy seguro…

—Por supuesto que te gustaría. Debemos beber algo juntos mientras me hablas de tu nueva amiga —anunció ella volviéndose y guiñándole un ojo a Jan.

—Sí. Sí, está bien —asintió Jan al tiempo que sacaba una silla de la mesa, e Ivena pudo ver que las mejillas del serbio se habían sonrojado un poco.

Helen no respondió. Los ojos recorrían nerviosamente la casa. Parecía como un ave salvaje recién enjaulada. Una paloma, quizás, con piel suave y blanca, pero al mismo tiempo asustada e incómoda.

—Siéntate, querida. Todo está bien. Nos serviremos un poco de té.

Cinco minutos después se hallaban alrededor de una pequeña tetera azul y tres tazas de porcelana con té humeante, sorbiendo el líquido caliente. Pero en realidad solo Ivena y Janjic sorbían. La muchacha levantó la suya y se la llevó a los labios, pero la volvió a poner en el platillo sin beber. Ivena sonrió con educación y esperó, asombrada ante la presencia de esta extraña mujer sentada entre ellos.

Jan parecía como si no estuviera muy seguro de cómo empezar, así que Ivena le ayudó.

—Bueno, simplemente dime Jan. ¿Qué te gustaría que yo supiera respecto de Helen?

—Sí. Bueno, aquí tenemos una dificultad. Helen se halla en cierto problema. Necesita ayuda.

Ivena miró a Helen y sonrió.

—Pero por supuesto, cariño. Pude ver esto en el momento en que abrí la puerta.

—Así de mal, ¿eh?

—Me temo que sí —asintió Ivena—. ¿Cuál es el problema, niña? Estás pasándola mal, lo veo.

Helen pestañeó.

—No es por ofenderte, cariño. Pero parece como si acabaras de salir arrastrándote de una alcantarilla —expresó Ivena.

La piel alrededor de los ojos color avellana de Jan se arrugaron en una sonrisa de disculpa.

—Tendrá que perdonar a Ivena, en realidad a ella no le gusta andar con rodeos.

—¿Y *preferirías* que ande con rodeos, Janjic?

—Desde luego que no. Pero Helen podría preferir un poco de discreción.

Ivena inclinó la cabeza.

—Tal vez yo ya tenga más de cincuenta años, pero sinceramente eso no me ha afectado la vista —declaró, luego miró a Helen—. Y mi vista me dice que lo que menos necesita tu apreciada Helen es que se ande con rodeos. Ella muy bien podría necesitar un baño y un poco de comida caliente, pero estoy segura que ya ha visto suficiente uso habilidoso de palabras.

Helen los observaba con ojos bien abiertos, cambiando la mirada de él a ella.

—¿Qué dices, querida? —preguntó Ivena.

—¿Qué... acerca de qué?

—¿Te gustaría hablar directamente o andar con rodeos?

—Hablar directamente —contestó, después de mirar a Jan y de hacer acopio de fuerzas.

—Sí. Pensé eso mismo. ¿Dónde entonces te encontró mi famoso escritor?

—En realidad, Jan tal vez me salvó la vida —confesó Helen.

—¿Te salvó la vida? —cuestionó Ivena arqueando las cejas—. ¿Hiciste esto, Janjic?

—La estaban persiguiendo en el parque y yo tenía el Cadillac. Era lo menos que podía hacer.

—Por consiguiente la trajiste aquí para ponerla a buen recaudo, ¿no es así?

—No fue idea mía, lo juro —se disculpó Helen rápidamente—. Él me pudo haber dejado en cualquier esquina. De veras.

Ivena miró cuidadosamente a la muchacha. A pesar de la roña y la suciedad que la cubrían, la joven tenía una mirada fresca en el rostro. Cierta ausencia de presunción.

—Bueno, sin duda yo estaría de acuerdo con él, querida mía. Puedo ver que la esquina no es un lugar para ti. Él hizo bien en traerte aquí, creo. ¿Te contó Janjic cómo se convirtió en amigo mío?

—No. Él dijo que usted era tan amable como él.

—¿De veras? ¿Y encuentras que él es un hombre amable?

—Sin duda. Sí, estoy segura —respondió Helen, mirando a Jan, quien sonrió torpemente.

—Entonces supongo que hay esperanza para todos —bromeó Ivena—. Eso te incluye a ti, querida.

—¿Está sugiriendo que necesito ayuda? Como dije, la esquina habría estado bien. No estoy aquí pidiendo ayuda.

—Tal vez no, pero te gustaría recibirla, ¿verdad?

Helen sostuvo la mirada de Ivena por un instante y luego miró hacia otro lado y encogió los hombros.

—Me las puedo arreglar.

—¿Arreglar qué?

—Arreglármelas como siempre lo he hecho.

Ivena arqueó una ceja, pero contuvo la lengua. Quizás esta pequeña y andrajosa drogadicta les había sido enviada. Tal vez Helen jugaba una parte.

—¿Qué crees, Janjic?

—No sé —contestó él.

Helen miraba del uno al otro.

—¿Quieres que la tenga aquí?

—Tal vez.

—Esperen un minuto —terció Helen, mirando entre ellos—. No creo que...

—Bueno, seguramente no se puede quedar en la oficina —interrumpió Ivena—. Karen tendría reparos, te puedo asegurar eso.

—¿Karen? —inquirió Helen.

—La representante de Janjic —explicó Ivena con una sonrisita—. Su novia.

—¿Ha considerado usted la posibilidad de que quizás yo no quiera quedarme aquí? —objetó Helen mirándolo con una ceja arqueada.

—¿Y adónde irías? —preguntó Ivena—. ¿Otra vez donde quienquiera que te haya hecho ese moretón en el cuello?

—No —respondió Helen parpadeando; sin duda la muchacha no había esperado eso.

—¿Adónde más entonces?

—No sé. ¡Pero no me puedo quedar aquí! Ustedes no tienen idea cómo es mi vida.

—No pienses eso. En realidad, parece muy claro. Nunca has comprendido el amor y por tanto en tu búsqueda te las has arreglado para mezclarte con las personas equivocadas. Has maltratado tu cuerpo con drogas y con conducta indecorosa, y ahora estás huyendo de esa vida. Y tal vez lo más importante es que ahora estás sentada entre dos almas que entienden el sufrimiento.

Helen miró a Ivena como si acabara de estirar una mano a través de la mesa y la hubiera abofeteado.

—Estás huyendo, ¿no es verdad? —indagó Ivena en voz baja.

—No sé —contestó Helen.

—Desprecias tu pasado, ¿no es así? En momentos de claridad, Helen, odias lo que te ha sucedido y ahora harías cualquier cosa por salirte de eso, ¿verdad? Arriesgarías tu propia vida para escapar de este monstruo que te respira en la espalda.

Un pesado manto pareció caer sobre ellos. La respiración se les dificultó. Esta era la manera sencilla en que Ivena trataba con la verdad. Sí, por supuesto que durante su vida se las había arreglado para ofender a algunos. Pero quienes buscaban la verdad siempre recibían de ella el planteamiento directo como podrían recibir una fuente de agua en el caluroso desierto. Y sin duda *ella* no era de las que trataba la verdad con guante de seda; esto más bien parecía irreverente al compararlo con la educación que recibiera en Bosnia. Cuando resistió la muerte de Nadia.

—Te han hecho mucho daño, querida niña. Lo veo en tus ojos. Lo siento en mi espíritu. Eso es algo que tenemos en común, tú y yo. A las dos nos han arrancado el corazón.

Una neblina cubrió los ojos de Helen. Ella pestañeó, obviamente incómoda, quizás llena de pánico ante la emoción que la invadía.

Un nudo se le formó a Ivena en la garganta y tragó grueso. En ese momento supo que frente a ella una criatura pedía a gritos que la liberaran. Muy profundo detrás de esos ojos azules gemía un alma, confundida y aterrada.

Ella inspeccionó a Janjic. Él miraba a Helen, con la boca levemente abierta. Jan también había visto algo dentro de la joven, pues se le movía la manzana de Adán. Ivena se dirigió otra vez a la muchacha. Una lágrima se le deslizó por la mejilla derecha.

—Estarás a salvo conmigo, Helen.

La joven miró rápidamente alrededor, luchando ahora por controlarse. No estaba acostumbrada a mostrar sus emociones, eso era evidente. Entonces carraspeó.

—Todo estará bien. Aquí puedes llorar —expresó Ivena.

Esto demostró ser la gota que derramó el vaso. Helen hundió la cabeza entre las manos, sofocando un suave sollozo. Ivena le puso una mano en el hombro y se lo frotó suavemente.

—Shhh… Todo está bien, querida.

Helen lloró y meneó la cabeza. Le sobresalían las venas del cuello, y batalló por respirar.

—Jesús, amor de nuestras almas, ama a esta muchacha —susurró Ivena, y dejó que sus propias emociones surgieran con el momento; esta dulce y tierna tristeza que le salía del fondo del estómago y le florecía en la garganta.

Miró a Janjic.

Los ojos de él miraban abiertos de asombro.

A Ivena le vino a la mente que Jan no necesariamente estaba viendo o sintiendo lo que ella veía y sentía. Ivena preguntó con las cejas arqueadas. *¿Qué es, Janjic? ¿Qué pasa?*

Janjic tragó saliva y carraspeó. Echó la silla hacia atrás y se levantó vacilante, conteniéndose.

—Quizás debería irme —manifestó—. Tengo una reunión con Karen a la que debo asistir.

Asintió hacia Ivena.

—Te llamaré más tarde —informó él.

Helen no levantó la cabeza. Ivena siguió frotándole los hombros, asombrada de la extraña conducta de Janjic. O tal vez ella estaba interpretando más de lo que era justo. A menudo los hombres se sienten incómodos junto a mujeres que lloran. Pero por lo general Janjic no era esa clase de hombre.

—Gracias, Janjic. Estaremos bien.

Él le dio una mirada más a Helen y luego salió.

Ivena oyó abrirse la puerta principal, y luego cerrarse. Se olvidó por el momento de la rara conducta de Janjic y se enfocó en la joven mujer inclinada sobre la mesa.

—No hay nada que temer, querida niña. ¿Um? —declaró acariciándole a Helen la mejilla con un dedo—. Hablaremos. Te diré algunas cosas que te harán sentir mejor, te lo prometo. Luego podrás contarme lo que desees.

Helen sollozó profundamente.

Una fugaz imagen de su rosal muerto con su extraño y nuevo injerto pasó por la mente de Ivena, pero lo desechó rápidamente. Quizás más tarde le mostraría el jardín a Helen.

GLENN LUTZ caminaba de un lado al otro por el piso de baldosa negra, pasándose los dedos por la barba, sintiéndose como si le hubieran hecho un nudo en el estómago. Esperaba alguna clase de noticia. Debería llamar a Charlie a fin de que pusiera a sus patrulleros policiales en la calle para buscarla; eso es lo que debería hacer. Pero nunca antes había pedido al detective y a sus amigos que llegaran tan lejos, no por una muchacha. Charlie nunca entendería. Nadie entendería... no esto.

Pero hombres habían muerto antes por amor. Glenn pensó que ahora comprendía por qué Shakespeare había escrito *Romeo y Julieta*. Él sintió la misma clase de amor. Este sentimiento de que nada en el mundo importaba si no lograba poseer al amor deseado.

Y cuando recobrara a Helen tendría que enseñarle un poco de agradecimiento. Sí, Helen debía entender cuán destructivo era en realidad este insensato juego de ella. Si era verdad lo que Beatrice dijo respecto a que se estaban perjudicando los intereses comerciales de él, y por supuesto que era verdad, entonces en realidad era culpa de Helen, no de él. Era culpa de Helen porque ella lo había poseído. Y si ella no lo había poseído, entonces lo había hecho el mismísimo Satanás.

Oyó que llamaron a la puerta. Glenn giró la cabeza hacia las puertas dobles.

—Adelante —dijo, y respiró hondo, se agarró las manos detrás de la espalda, y extendió las piernas.

Buck y Sparks entraron. Ya habían vuelto... solos. Lo cual solo podría significar una cosa. Glenn se tragó las ansias de gritarles, ahora, antes de que hablaran; ya sabía lo que iban a decir. Frescas gotas de sudor le aparecieron en la frente.

Los hombres daban pasos cortos sobre la baldosa, aunque caminar a pasos cortos no era algo común para hombres con más de ciento veinte kilos de peso. Ellos le recordaron a dos búfalos vestidos con ridículos trajes negros, andando en puntillas por un lecho de tulipanes, y suprimió otra vez la creciente furia. Por supuesto que estos tipos no eran de esta clase, y él lo sabía bien. Él solo empleaba a los mejores, y estos dos eran eso y más. Cualquiera de estos dos podía triturarlo con unos cuantos golpes macizos, y él no era un tipo pequeño. Sin embargo, pensaría de ellos como le diera la gana. Así era como rechazaba la intimidación, y el asunto funcionaba bien.

Ellos se detuvieron a través del salón y lo miraron, aún con los anteojos de sol puestos.

—Quítense esas ridículas cosas del rostro. Parecen dos colegiales atrapados fumando en el baño.

Ellos lo obligaban, pero aún no le ofrecían una razón para esa aparición no solicitada. Glenn solamente los miró por unos momentos, pensando en que en realidad debería acercárseles y golpear la cabeza del uno contra la del otro. Giró lentamente la cabeza hacia el costado, manteniendo la mirada fija en ellos. Carraspeó y escupió en el piso. Un escupitajo salpicó el suelo. Ellos aún no decían nada.

—Ustedes temen decirme que ella escapó, ¿no es así? —les dijo; claro que eso había pasado, y el silencio de los hombres le produjo calor en la nuca—. Están parados allí petrificados porque dejaron que una simple chica, que no pesa más que una de las piernas de ustedes, se les escape, ¿es así?

Los miró con ojos entrecerrados.

Pero ellos siguieron sin hablar.

—¡Hablen! —gritó Glenn—. ¡Digan algo!

—Sí —contestó Buck.

—¿Sí? ¿Sí?

Un pensamiento le interrumpió toscamente la deliberada descarga que sentía: *Ella ha desaparecido, Glenn.*

Contuvo la lengua, respirando con dificultad. Ellos la habían dejado ir y tendrían que pagarlo. No obstante, ¿qué significaba eso? *Significa que Helen ha desaparecido. ¡Desapareció!* Una descarga de pánico le desgarró la columna. Un profundo terror que le produjo un temblor en las manos, que fue seguido inmediatamente por otro temor de que estos dos cerdos le hubieran visto el pavor.

—¿Dónde? —preguntó bruscamente.

—En el parque, señor. Un hombre se la llevó en su auto.

Ahora el calor le envolvió el cerebro. Dejó caer los brazos a los costados. ¿Un hombre?

—¿Qué quieres decir con un hombre? —inquirió sin poder evitar el temblor en la voz—. ¿*Qué* hombre?

—No lo sabemos, señor.

—Conducía un Cadillac blanco —agregó Sparks.

—¿Me están diciendo que ella se fue en el auto de otro hombre?

—Sí.

Glenn luchó contra una oleada de náuseas. El salón se le desenfocó por un breve momento.

—¿Y ustedes los siguieron? Díganme que los siguieron.

Sparks miró a Buck. Eso era todo lo que Glenn necesitaba saber.

—Sin embargo, ¿obtuvieron ustedes un número de placa? —preguntó, con voz que parecía desesperada, pero por el momento ya no le importaba.

—Bueno, señor, lo intentamos, pero todo sucedió con mucha rapidez.

—¿Lo intentaron? —rugió Glenn burlonamente, frunciendo el ceño de modo profundo—. ¡Lo intentaron ustedes!

El hombre se estaba deslizando por un tenebroso abismo en la mente... se dio cuenta de eso aun cuando estaba arremetiendo.

—No les pagué para *intentarlo*. ¡Les pagué para que la trajeran de vuelta! En vez de eso ella se les ha escapado tres veces en dos días. ¿Y tienen el descaro de entrar a mi oficina y decirme que ni siquiera tuvieron la sensatez de apuntar un número de placa?

Ellos lo miraron, paralizados.

El hombre había matado algunos individuos y era siempre en este estado mental que jalaba el gatillo. Esta clase de furia ciega que hacía flotar al mundo en una niebla sombría. Glenn cerró los ojos y se quedó allí parado temblando, sin saber qué decir, sin poder pensar excepto para reconocer que todo esto era una equivocación. Una pesadilla increíble. No solo acababa de tropezarse con Helen... él había sido guiado hacia ella. La mano del destino lo había premiado con este regalo exclusivo, este bocado especial de felicidad. Él la había rescatado del foso del infierno y no estaba dispuesto a perderla. ¡Nunca!

Hay personas aquí, Glenn. Estos dos búfalos están viendo que te pones como un loco. Contrólate.

Respiró una vez muy hondo y abrió los ojos. El sudor le hizo arder los globos oculares. Dio un paso hacia ellos. Quizás una pruebita de locura les vendría bien. Pondría temor de Dios en ellos, al menos. Caminó con brío hacia el escritorio, sacó del cajón superior una pistola semiautomática, y corrió aprisa hacia los hombres. Los ojos de ellos se abrieron de par en par.

Levantó la pistola y disparó velozmente, a cada uno en el brazo, *pum, pum*, aun antes de haber tenido oportunidad de considerar detenidamente el asunto. Las detonaciones resonaron en el salón. En realidad le disparó a Sparks en el brazo; el disparo para Buck salió un poco más alto y le pegó en el hombro. Sparks se quejó y emitió una larga sarta de maldiciones, pero Buck solo se puso una mano sobre el agujero abierto en la camisa; los ojos se le humedecieron, pero se negó a mostrar dolor. Por un breve momento Glenn creyó que ellos se le vendrían encima y reaccionó rápidamente.

—¡Cállate! ¡Cállate!

Sparks se calmó, rechinando los dientes.

Glenn dirigió la pistola hacia ellos.

—Si ella no está en mi oficina dentro de tres días, ustedes dos estarán muertos. ¡Ahora salgan de mi piso!

Ellos lo miraron con rostros enrojecidos.

—¡Váyanse! —exclamó apretando los ojos y respirando lentamente.

Ellos se volvieron y salieron corriendo del salón.

Glenn fue hasta el escritorio y se dejó caer pesadamente. Si esto no resultaba podría muy bien utilizar la pistola en sí mismo, pensó. Desde luego que había otras maneras de rastrearla. Emplearía todo recurso a su disposición para hallarla. Un Cadillac blanco. ¿Cuántos Cadillac blancos podrían estar registrados en esta ciudad? ¿Veinte? ¿Cincuenta? El idiota que se la había llevado acababa de cometer la equivocación más grande de la vida. *Oh, sí, más te vale que te empieces a calentar, nena, porque Lutz anda de cacería tras ti.*

Dejó caer la cabeza en el escritorio y gimió.

CAPÍTULO ONCE

LA IMAGEN de Helen inclinada y llorando sobre la mesa se había serenado mientras Steve llevaba a Jan a través de la ciudad, pero aún dejaba la marca, y él no lograba eliminar de la mente la aterradora tristeza que había acompañado esa imagen.

—Por tanto, Steve —inquirió con una delgada sonrisa—. ¿Qué te parece nuestro audaz rescate?

—Ella es luchadora, señor —contestó riendo el chofer—. De eso no hay duda.

—¿Crees que es sincera?

—Creo que está lastimada. Las personas lastimadas tienden a ser sinceras. Fue bueno para usted, señor.

—No me llames señor, Steve. Eres mayor que yo; tal vez yo debería *llamarte señor*.

—Sí, señor.

Jan sonrió y dejó allí la declaración. Era un pequeño juego en que participaban y él dudaba que esto cambiara alguna vez. El chofer llegó al ministerio y se estacionó.

Jan bajó del Cadillac y se dirigió al enorme complejo de oficinas, tratando de liberarse del molesto zumbidito en el cerebro. La atmósfera de la ciudad era caliente y pesada. Se oyó pasar rugiendo un viejo Ford con franja blanca en las llantas. El sonido de batir de alas obligó a Jan a mirar hacia la línea de techos donde dos palomas grises aleteaban ruidosamente para equilibrarse. A mitad de camino se dio cuenta que no había cerrado la puerta. Se volvió y corrió hacia el auto, ofreciéndole una sonrisa de disculpas a Steve, quien ya había abierto la puerta del conductor y daba la vuelta para cerrarla.

—Lo siento, Steve. Yo lo haré.

—No hay problema, Sr. Jovic.

—*Jan*, Steve. Soy Jan.

Cerró la puerta y recorrió de nuevo el camino. A veces le avergonzaba tener chofer. Cierto, al principio no podía conducir en un país donde todos manejaban al doble de velocidad, pero eso había sido cinco años atrás. De algún modo lo del chofer se había estancado. Venía con la posición, supuso.

Sobre la entrada de ladrillo había un enorme letrero iluminado que mostraba una paloma blanca. *Sobre alas de palomas*, se leía en letras doradas. El nombre de su ministerio. ¿Y cuál era su ministerio? Apresurar en el corazón del mundo el profundo amor de Dios… el mismo amor mostrado por una niñita llamada Nadia, el mismo amor del padre Michael. El mismo amor del que Ivena sugería que Jan no poseía en absoluto. Ivena, bueno, ella había perdido a su hija y el amor le manaba a raudales. Él ya no estaba seguro exactamente cómo debía mostrar el amor del sacerdote.

Padre, vuélveme a mostrar tu amor, oró. *No permitas que este mundo se trague el fuego de tu amor. Nunca. Enséñame a amar.*

Una imagen de la mujer, Helen, yendo a su lado en el auto, le centelleó en la mente. Ella había preguntado: «*¿Conducen siempre autos tan costosos los predicadores?*»

Jan ingresó al edificio de oficinas y llegó hasta los ascensores. Betty, la coordinadora de correspondencia, estaba en el ascensor, dirigiéndose al departamento de correspondencia para «aclararle las cosas a John», solía decir ella.

—¿Y qué estamos aclarándole hoy día a John? —preguntó él.

Betty sonrió tiernamente, lo que le redondeó en gran manera las ya regordetas mejillas. Ella ya casi cumplía sesenta años y John tenía la mitad de esa edad; ese era un ritual: algo maternal en Betty, pensaba Jan a menudo. Betty había adoptado como hijo al director del departamento de correspondencia. Ella, la dama sabia pequeña, voluminosa y canosa, y John, el alto y fortachón joven de cabello negro azabache… madre e hijo.

—Se le ha ocurrido la insensata idea de que realmente no podemos contestar trescientas cartas diarias, y por tanto le está diciendo a su gente que no envíe más de doscientas cartas a nuestro departamento en cualquier día determinado.

Entonces Betty agitó la mano en el aire.

—¡Tonterías! —exclamó ella inclinándose como para contarle un secreto a Jan—. Creo que a él le gusta mostrar su poder, si sabes lo que quiero decir.

—Sí, John hace bastante de eso, ¿verdad que sí? Pero no seas severa con él, Betty. Es muy joven, lo sabes.

—Supongo que tienes razón —expuso ella suspirando mientras sonaba el timbre para el piso sexto—. Pero estos jóvenes necesitan algo de guía.

—Sí, Betty. Guíalo bien.

—Y felicitaciones de nuevo, Jan —dijo ella con una pequeña sonrisa.

—Gracias, Betty.

Ella salió y Jan continuó, sonriendo de oreja a oreja. Por la mente le corrió la idea de que todas esas cartas en disputa eran peticiones en lugar de cheques. Estas misivas estaban escurriendo lentamente el ministerio. ¡Caramba! ¡Caramba!... ¿Adónde se había ido todo el dinero?

Alquilaban a arrendatarios los cinco primeros pisos, y dirigían el ministerio desde los últimos tres, una disposición que les daba espacio de oficinas prácticamente a ningún costo. Este había sido otro de los brillantes manejos de Roald. Por supuesto, en realidad no necesitaban todos los tres pisos, pero el espacio permitía a Jan y Karen ocupar todo el último piso y también proveer un espacio a Roald como oficinas temporales para las frecuentes visitas que hacía. El departamento de correspondencia ocupaba el sexto piso y las oficinas administrativas el séptimo.

Jan entró y sonrió a la secretaria de la oficina, Nicki, quien estaba llenando una taza con café fresco.

—Buenas tardes, Nicki. Dicen que mucho de eso te matará, ¿sabes?

Ella se volvió, irradiando una amplia sonrisa.

—Por supuesto, y también las hamburguesas, los refrescos y todo lo demás que hace grande a este país.

—Buena respuesta. ¿Algún mensaje?

—Sobre tu escritorio. Roald y Karen están esperando en la sala de conferencias.

Ella le lanzó un guiño, y él supo que era debido a Karen. El compromiso entre ellos causaría un impacto en la oficina al menos durante otra semana. La idea de volver a ver a Karen le liberó de repente algunas mariposas en el estómago. Sonrió tímidamente y entró a su oficina.

Jan miró sobre el enorme escritorio de roble, vacío a no ser por el montón de mensajes a los que Nicki se había referido, y luego volvió a salir. La administración del ministerio estaba manejada ahora casi totalmente por el personal. Y con Karen al timón de las relaciones públicas él estaba relegado a aparecer y deslumbrar a las multitudes, dando sus conferencias, pero no mucho más. Eso y preocuparse de cómo sustentar este monstruo que había creado.

Abrió la puerta de la sala de conferencias.

—Hola, mis amigos. ¿Les importa si me uno?

Karen se paró de la mesa de conferencias y fue hacia él, ojos cafés centelleaban por encima de una débil sonrisa. El cabello le reposaba delicadamente sobre un vestido de color azul vivo. Santo Dios, ella era hermosa.

—Hola, Jan.

—Hola, Karen. Me alegro que hayas vuelto.

Ella llegó hasta Jan y él la besó en la mejilla. El pensamiento de una abierta relación romántica en la oficina aún lo hacía sentir incómodo. Aunque pareciera difícil; ella iba a ser su esposa.

—Te extrañé —le dijo él.

—Yo también te extrañé —contestó ella en voz suave, mirándole la elección de ropa y sonriendo; un poco insincero, pensó él—. Así que por lo que veo has estado jugando hoy.

—Imagino que podrías llamarlo así. Estuve en el parque.

Karen articuló un silencioso, *ahhh*, como si eso resolviera el misterio para ella.

Roald Barnes mostró una sonrisa de satisfacción, con toda la madurez y la gracia que se esperaban de un estadista maduro y canoso. Usaba apretada una corbata negra, enganchada alrededor de un cuello almidonado.

—Hola, Jan —saludó.

—¿Cómo resultó la reunión esta mañana? —preguntó Jan mirando a Karen—. ¿Negociando aún condiciones con nuestra editorial?

—Las reuniones, en plural, fueron… ¿cómo debería expresarlo? Interesantes —respondió Karen.

Ahora ella estaba poniéndose su forro profesional. Podía hacerlo de un momento a otro: un segundo la hermosa mujer, al siguiente una astuta negociadora con una extraña autoridad. A veces era amedrentadora.

—Bracken and Holmes rechazó la séptima impresión.

—¿Eso hicieron, eh? Caramba, caramba. ¿Y qué significa eso? —indagó él cruzando las piernas y echándose recostándose en la silla.

—Significa que debemos enfrentar algunas realidades —contestó ella aspirando prolongadamente y exhalando poco a poco—. Las ventas han caído en picada.

Jan miró a Roald. La sonrisa del hombre mayor había desaparecido.

—Ella tiene razón, Jan. Las cosas se han puesto bastante lentas.

—¿Crees que no estoy enterado? ¿Qué están ustedes señalando?

—Estamos diciendo que *La danza de los muertos* está casi muerta.

—¿Muerta?

La palabra pareció encender un interruptor en algún sitio de la mente de Jan; ocultó unas ansias de hablarle bruscamente al tipo, y al instante se extrañó por el enojo que sentía. La elección de palabras del hombre pudo haber sido mejor, pero solo estaba expresando la misma verdad que había merodeado en estos pasillos por semanas enteras.

—¿Qué pasó con *Ojalá ella viva eternamente*? Las cosas de esta naturaleza no mueren simplemente, Roald. Tienen vida propia.

—No en esta nación, no aquí. Si la gente no está comprando…

—No es un simple asunto de que la gente compre. He dicho eso mil veces. Lo digo en toda entrevista.

Súbitamente Jan se sintió acalorado en este pequeño salón, sin saber realmente la razón. Roald conocía bien la indignación básica de Jan por calificar el éxito del libro solo en cantidades. Después de todo, el libro trataba acerca de Dios. Entre cada página estaba la voz de Dios, gritándole al lector; insistiendo en que él era real, y en que estaba interesado y desesperado porque lo conocieran. ¿Cómo podía ese mensaje reducirse a cantidades?

—Creo que lo que Roald intenta decir —terció Karen lanzando una firme mirada a Roald—, es que nuestros ingresos se están agotando en el proceso de operacional. Otra impresión habría ayudado.

—Sabes muy bien, Jan, que lo que un año es ardiente podría ser frío al siguiente —explicó Roald—. Hemos disfrutado cinco años de luminosidad. Pero la luminosidad no cancela hipotecas. Y la última vez que revisé, tu hipoteca era más bien significativa.

—Estoy consciente de los costos, amigo mío. Tal vez olvidas que esta historia fue comprada con sangre. Con sangre y cinco años en prisión que podrían haberte matado en una semana. Podrás decir lo que quieras, ¡pero cuidado con cómo lo dices! El ardor le inundó el cuello. *Tranquilo, Jan. No tienes derecho a ser tan defensivo.*

Roald se mostró muy tranquilo.

—Reconozco mi error. Pero tú también deberías recordar que este mundo está lleno de personas que no están de acuerdo con tus sentimientos hacia Dios. Personas que *cometieron* las mismas atrocidades de las que has escrito. Y no olvides que fui yo quien en primer lugar hizo posible este libro. No soy tu enemigo aquí. Es más, me he desviado de la ruta para ayudarte a triunfar. Fui yo quien te convenció de que publicaras el libro en Estados Unidos. Fui yo el primero que persuadió a la editorial a poner esfuerzo mercantil detrás del libro. Fui yo incluso quien trajo a Karen a bordo.

—En realidad sí, lo hiciste. Pero no fuiste solo tú, Roald. Fue el libro. Fue la sangre del sacerdote. Fue mi tortura. Fue Dios, ¡y nunca deberías olvidar eso!

—Por supuesto que fue Dios. Pero no puedes lanzar tu propia responsabilidad sobre Dios. Todos nosotros hicimos nuestra parte.

—Sí, y mi parte fue pudrirme cinco años en una prisión, rogando a Dios que me perdonara por golpear a un sacerdote. ¿Cuál fue tu parte?

—En realidad no oigo ninguna queja respecto de la casa. O el auto, o todo lo demás. Ahora pareces muy cómodo, Jan, y por todo eso podrías agradecernos a Karen y a mí.

—Y yo renunciaría al instante al libro si burlara las vidas que lo inspiraron —*¿Lo harías, Jan?*, pensó—. Si no entiendes eso, entonces no me conoces tan bien como una vez creíste. Esta montaña de metal y cemento es una idea abstracta para mí. Es el amor de Dios lo que busco, no la venta de mis libros.

Al menos en la mayor parte.

—Si te diriges hacia la oscuridad, ¿cuál se vuelve entonces tu mensaje? Vivimos en un mundo real, amigo mío, con gente real que lee libros reales y que necesita amor real.

Ambos hombres se miraron, en silencio tras sus arrebatos. En realidad esto no era poco común, aunque casi nunca con esta intensidad. Jan quería decirle a Roald que no conocería el verdadero amor aunque este le mordiera el corazón, pero estaba consciente que habían ido muy lejos. Tal vez demasiado lejos.

—Bueno, bueno —expresó Karen en voz baja—. La última vez que comprobé, todos aquí estábamos del mismo lado.

Ella tenía una débil sonrisa, y Jan creyó que Karen podría estar realmente orgullosa de él por pararse con tanta firmeza. *Era* inspirador, ¿verdad? En una pequeña forma la situación era como Nadia parada frente el rostro de Karadzic. En una forma muy débil.

El calor del momento desapareció como vapor en la noche.

—Bueno, como yo estaba diciendo antes de que este tren se descarrilara —continuó Karen—, las reuniones fueron *interesantes*. No dije que fueran desastrosas. Quizás debí haber sido un poco más clara; podríamos haber evitado este fuerte intercambio filosófico.

Ella miró directamente a Jan con esos hermosos ojos cafés y le guiñó.

—Bracken and Holmes pudo habernos rechazado, pero hay otros jugadores en este malo y perverso mundo en que vivimos. Y en consecuencia, después de todo es posible que yo haya encontrado nueva vida para *La danza de los muertos*. Sin juegos de palabras, desde luego.

—¿Cuál sería? —inquirió Jan.

Ella miró a Roald, quien ahora sonreía. Así que él también lo sabía. Jan la miró.

—¿Qué? La editorial los ha rechazado, por tanto ¿cuál fue esa otra reunión? ¿Han convocado ustedes otra gira de entrevistas?

—¿Gira de entrevistas? Ah, creo que habrá giras de entrevistas, cariño.

Ella estaba explotando la situación, lo cual representaba una rima en los ecos del intercambio de Jan con Roald.

—Habla entonces. Es obvio que lo sabes muy bien, Roald, así que deja esta tontería y dime.

—Bueno, ¿cuál supondrías que es la manera más ambiciosa de presentar tu libro a las masas?

—¿Televisión? Tienes otra aparición televisiva.

—Sí, sin duda también habrá algunas más —informó ella reclinándose en la silla y sonriendo—. Piensa en grande, Jan. Piensa lo más grande que puedas.

Él pensó. Estaba a punto de decirles que continuaran cuando se le ocurrió.

—¿Un film?

—No solo un film, Janjic. Un largometraje. Una película de Hollywood.

—¿Una película?

La idea le dio vueltas en la cabeza, sin conectar aún. ¿Qué sabía él de películas?

—Y si jugamos correctamente las cartas —añadió Roald—, el acuerdo será nuestro dentro de una semana.

—¿Y cuál es el acuerdo?

—Me reuní con Delmont Pictures esta mañana... en realidad la cuarta reunión —expresó Karen levantando el lápiz hasta la boca y dándose golpecitos en la barbilla—. Han ofrecido comprar los derechos de la película para el libro por cinco millones de dólares.

—¿Delmont Pictures?

—Una subsidiaria de Paramount. Muy emprendedora y cargada de dinero en efectivo.

Jan se reclinó en la silla y pasó la mirada del uno al otro. Si no se equivocaba aquí, le estaban diciendo que Delmont Pictures estaba ofreciendo cinco millones de dólares para hacer del libro una película.

—¿Cuándo?

—Primero el acuerdo, Jan —apaciguó Roald sonriendo—. Los programas vendrán después de hecho el trato. En realidad es una maravilla que aún tengamos los derechos de la película. La mayoría de editoriales agarran los derechos al firmar el primer contrato. Hubo una parte de intervención divina.

—¿Cuándo negociaron esto?

—En las últimas semanas.

—¿Así que ustedes me están diciendo que ellos quieren hacer una película de *La danza de los muertos*? —preguntó Jan asintiendo, aún perplejo.

Karen intercambió una rápida mirada con Roald.

—En cuanto a las conversaciones. Quieren hacer una película acerca de *ti* —informó ella mordisqueando el lápiz mientras hablaba—. Acerca de toda tu vida. Desde la época de niño en Sarajevo hasta la publicación de tu libro. Una historia tipo «de la pobreza a la riqueza». ¡Es perfecta! ¡Imagínatela! ¡No podrías llevar esto a la ficción aunque lo intentaras!

Hasta cierto punto *La danza de los muertos* contenía la historia de su vida, por supuesto. Pero era mucho más una historia de despertar espiritual.

—¿De pobreza a riqueza? Mi historia no es un relato «de la pobreza a la riqueza».

Roald carraspeó y ahora Jan comprendió por qué el hombre mayor le había llamado la atención anteriormente. Él había sabido que esto iba a ser un escollo, esta forma de tomar la vida de Jan *de pobreza a riqueza*, y ahora el hombre ya había sostenido agresivamente su posición en un golpe anticipado. El tipo no era idiota.

—Escucha ahora, Jan. Escucha cuidadosamente. Este es un trato que deseas hacer. Es un acuerdo que pondrá tu historia en los corazones de incalculables millones que nunca soñarían con leer tu libro. La clase de personas que tal vez podrían sacar el mayor provecho a la historia: seres tan ocupados con sus propias vidas que no pueden sacar tiempo para leer; individuos tan totalmente inmersos en la mediocridad que ni siquiera han pensado en vivir por una causa, mucho menos morir por alguna. Ahora —Roald hizo una pausa y puso las dos manos sobre la mesa ante él—. Comprendo que ellos quieran este giro en la historia, pero debes aceptar esta propuesta. Salvará tu ministerio.

—Yo no estaba consciente de que mi ministerio necesitara salvación, Roald.

—Pues así es. Está condenado.

Son las almas de hombres las que están condenadas, no edificios y ministerios, quiso exponer Jan, pero decidió callar. Ya había desafiado suficiente a Roald para una jornada. Además, había algo de verdad en lo que el anciano estadista decía.

—Él tiene razón, Jan —apoyó Karen—. Sabes que tiene razón.

Eso fue medio declaración, medio pregunta.

Él la miró y vio que ella le imploraba. *Por favor, Jan, sabes que hay momentos para hacerse el machito y momentos para confiar y aceptar. Y puedes confiar en mí, porque eres más que un socio comercial para mí. Eres un hombre para mí. Di que sí.*

Entonces le vino una idea al mirarla. La idea de que ella estaba desesperada por este acuerdo. Quizás tan desesperada por el acuerdo como por él.

—Sí —dijo mirando en lo profundo de los ojos de la mujer. Ella era hermosa; era sorprendente, dulce y brillante—. Tal vez ustedes tengan razón.

Karen sonrió, y un momento transcurrió entre ellos.

—Eres asombrosa —reconoció él, moviendo la cabeza de lado a lado.

Ella sonrió y los ojos le centellearon con otra declaración. *Somos perfectos juntos, Jan Jovic.*

—Bueno entonces —expresó Roald levantando la taza de café para un brindis—, lo volveré a decir, y esta vez comprenderás. Que viva para siempre *La danza de los muertos*.

Jan sonrió al hombre y levantó su propia taza. Ahora tenía sentido toda la reunión con los líderes.

—Que viva para siempre —repitió.

Luego rieron. Llamaron a Nicki y le hablaron del acuerdo con Delmont Pictures, y durante la tarde charlaron de las nuevas posibilidades que esto abriría para el ministerio. Hasta enviaron a Steve por sidra espumante de manzana, y le pidieron a Betty, John y Lorna que reunieran a todos los empleados en el departamento de correspondencia, donde anunciaron el acuerdo. Se hicieron un centenar de brindis y el doble de felicitaciones, a pesar de la advertencia de Karen de que el asunto no se había finiquitado. No todavía. *¿Pero se finiquitaría?* Bueno, sí. *¡Adelante entonces! ¡Felicitaciones! ¡Y también felicitaciones por el compromiso! Ustedes dos nacieron el uno para el otro.*

Betty abrazó a John, quien casi la doblaba en tamaño; Steve lanzó al aire la gorra de chofer dando un grito; hasta Lorna, la flacuchenta y conservadora directora de finanzas, los sorprendió a todos al fingir que danzaba con la taza de té, antes de sonrojarse por las risas de sus compañeros.

Se determinó que la ejecución del contrato avanzara a velocidad vertiginosa. Firmarían los documentos el viernes en la Gran Manzana, suponiendo que convinieran en la factibilidad del proyecto, siempre y cuando se relacionara con la vida de Jan. El primer pago vendría al momento de firmar: un refrescante millón de dólares.

—Tenemos que celebrar con una cena —le dijo Jan a Karen en un reservado momento a solas.

—Sí, celebraremos. Y tenemos mucho para celebrar —añadió ella guiñando un ojo; cada mirada entre ellos parecía que destilaba miel, pensó él—. Por desgracia tengo una conferencia telefónica con el estudio de Nueva York a las seis y media de nuestro horario. ¿Qué tal una cena nocturna o un postre?

—Me conformaré con el postre. ¿Ocho en punto?

—A las ocho está bien —convino ella acariciándole la mejilla con el dorso del dedo—. Te amo, Jan Jovic.

—Yo también te amo, Karen.

CAPÍTULO DOCE

NO FUE sino hasta las cinco que Jan recordó a la joven rubia que había dejado al cuidado de Ivena. Llamó por teléfono a su amiga serbia.

—Aló.

El sonido de la voz de barítono de ella le recordó los tremendos sucesos de la mañana.

—Hola, Ivena. Soy Janjic.

—¡Vaya, Janjic! Qué bueno que llamas.

—Tengo una noticia —informó, pero de repente no estaba pensando en la noticia sino en la muchacha—. ¿Cómo está ella?

—¿Helen? ¿Quieres saber cómo está Helen? Tal vez debas unirte a nosotras para cenar y ver por ti mismo. Después de todo fuiste tú quien la pescaste.

—No estaba consciente de que estuviera de pesca. Pero no puede ser en la cena. Tengo una reunión con Karen a las ocho —comunicó él, e hizo una pausa—. ¿Está bien ella?

—Tendrás que verlo por ti mismo, Janjic. ¿Cuál es la noticia?

—Quieren hacer una película de la historia.

El teléfono se quedó en silencio.

—No se hará sin tu consentimiento, desde luego. Pero sería una maravillosa oportunidad para llevar nuestra historia a muchos que nunca la leerían. Y será bien pagada.

—El dinero no es nada. Recuerda eso, Janjic. Nunca pienses en el dinero.

—Desde luego.

—Cuando saliste esta tarde, Janjic. Había algo extraño en tu mirada.

De pronto el teléfono se sintió pesado en la mano de Jan.

—¿Viste algo? —preguntó ella.

—Realmente no, no —contestó él después de tragar saliva—. Yo... no sé lo que era.

—Entonces tal vez deberías venir a una cena temprana, Janjic —aseveró ella como una orden.

Qué extraño, precisamente ahora eso era lo que él deseaba hacer. Podía comer con Ivena y encontrarse con Karen a las ocho para el postre.

—Ven, Janjic. Esperaremos.

—Está bien. Estaré allí a las seis.

—Tendremos listos los vegetales.

Y no había más que hablar.

JAN DIO la noche libre a Steve y él mismo condujo el Cadillac. Quizás era hora de dejar totalmente que lo estuvieran transportando. Por supuesto, tendría que hallar otro puesto para Steve; no podía dejar ir al hombre así no más. Pero que lo anduvieran acarreando por ahí lo hacía sentir ridículo hoy.

Condujo hasta el distrito Sandy Springs donde tanto Ivena como él vivían ahora, aunque en extremos opuestos. Este era un vecindario de clase media alta, nítidamente diseñado en cuadras perfectas, cada una cargada de grandes árboles y arbustos en floración cuidadosamente recortados. Roald había recomendado el barrio cuando ellos llegaron por primera vez, y a Jan le pareció demasiado extravagante. Pero en esos primeros días casi todo en Estados Unidos le había parecido extravagante. Ahora apenas se impresionaba por las casas tradicionales con entradas en que se alineaban costosos vehículos y botes.

Por segunda vez ese día Jan subió el sendero hacia la pequeña casa de Ivena, rodeada por rosales de agradable aroma y llenos de rosas rojas de abiertos capullos. Presionó el timbre y dio un paso atrás. De repente sintió húmedas las palmas de los manos. Algo había sucedido esta mañana cuando Helen se quebrantó sobre la mesa de Ivena: un shock emotivo le había recorrido por todo el ser. Casi no lograba explicarlo, pero le había tocado una fibra en la mente. Como un diapasón al que tocaran demasiado fuerte y que dejaran vibrando. La nota lo había llenado de tristeza.

Jan volvió a pulsar el timbre y la puerta osciló hacia adentro. Ivena se hizo a un lado y lo invitó a seguir con un brazo extendido.

—Entra, Jan. Qué bueno que hayas venido.

Él entró. Una tetera silbaba en la cocina; en el acogedor espacio se cernía el olor a salchicha y vegetales. Cena bosniana. Jan sonrió y besó a Ivena en cada mejilla.

—Por supuesto que vendría —enunció, se irguió y miró alrededor de la sala—. ¿Y dónde está Helen?

—En la cocina.

Entonces súbitamente ella apareció en la entrada que llevaba a la cocina, y Jan parpadeó al verla. Lo primero que vio fue que Helen estaba parada en pies descalzos. Lo segundo fueron los vivaces ojos azules, traspasándolo; esos no habían cambiado. Pero todo lo demás sí. Para empezar, ella usaba vestido, uno de los de Ivena; Jan lo reconoció de inmediato. Era el azul con flores amarillas, un vestido que Ivena no había usado por algún tiempo, quejándose que era demasiado pequeño. Este se adaptaba de modo sorprendente al delgado cuerpo de Helen, tal vez un poquitín grande, pero sin que se viera ridículo.

Ese no era el único cambio; Helen también se había duchado. El cabello le caía ligeramente despeinado, corto y muy rubio. Jan no podía decir si ella usaba maquillaje; el rostro le brillaba con resplandor propio.

Él sonrió de oreja a oreja, incapaz de ocultar el asombro. Helen e Ivena sonrieron al unísono, como si hubieran compartido con él este secreto y esperaran que él se alegrara.

Helen levantó ambos brazos e hizo una reverencia.

—¿Le gusta? —preguntó ella girando lentamente, sin inmutarse, posando con un brazo levantado hasta el nacimiento del cabello, como si estuviera sobre una pasarela de modas y no sobre el piso de vinil a cuadros de la cocina. Ivena se balanceó hacia atrás y rió. La frivolidad era contagiosa. Jan las observó, asombrado, preguntándose a qué se habían dedicado ellas durante la tarde.

—Contesta Janjic, ¿te gusta? —inquirió Ivena.

¿Te gusta? ¿Desde cuándo Ivena usaba tales palabras?

—Sí, me gusta —respondió él.

—Este es el primer vestido que he usado en diez años —expresó Helen girando y haciendo que el vestido se elevara hasta mostrar unos muslos bien bronceados—. Creo que debo conseguirme algunos de estos.

Jan rió.

—Como ve, me aseé muy bien, ¿no cree usted? Desde luego, recibí un poco de ayuda de Ivena.

Él no supo qué decir.

Helen caminó ahora hacia él, con una mano en la cadera, luciéndose, y con la barbilla levantada exactamente como… santo cielo, ella era muy hermosa. Se movía sin el más mínimo engreimiento, como si él e Ivena fueran niños, y Helen quien los cuidara y les mostrara cómo se hacían realmente las cosas en el mundo de los mayores. La muchacha llegó hasta Jan y le ofreció la mano.

—Entonces permítame mostrarle su asiento, buen señor —le indicó ella con brillo en los ojos y una sonrisa en los labios.

Jan miró sobre Ivena, esperando ser rescatado, pero ella solo rió, bastante feliz de observar la escena, parecía. Él sintió que se le abría un poco la boca, pero no lograba cerrarla. *No seas tonto, Jan. ¡Es un juego inofensivo!*

Él alargó la mano y asió la de ella.

Bueno, hasta este momento en el día Jan había tomado todo con mucha calma. Sin duda no era el día más común y corriente. No con el rescate de Helen y las extrañas emociones que había sentido al verla llorar. No con haber visto otra vez a Karen o con el anuncio que ella hiciera de que estaban a punto de vender el libro a Delmont Pictures por una irrazonable cantidad de dinero. Para nada era un día común. Pero él lo había tomado con calma, por ningún otro motivo de que su vida estaba repleta de días poco comunes.

Pero en este instante la calma de él flaqueaba; porque ahora, cuando sus dedos hicieron contacto con los de Helen, el mundo le entró en erupción.

Le surgió dolor dentro del pecho, encendiéndole un rayo de luz en la mente. Sucedió de manera tan repentina y con tanta fuerza que no logró contener un resoplido. La visión se le llenó con un campo blanco, florecido hasta donde podía ver; un desierto florecido. Un sonido se transportaba por el desierto: el sonido de un grito. El sonido de un llanto. Un coro de voces gritando y llorando en espantosa tristeza.

Jan permaneció allí, sosteniéndole la mano, y respiró entrecortadamente, sin poder dar un paso al frente. Al instante una parte de él comenzó a retroceder, instándole a serenarse. Pero esa parte solo era un llanto lejano, suavizado por la cruda emoción que pareció metérsele al pecho y estrujarle el corazón. Fue un *dolor* que le surgió dentro del pecho ante la vivencia. Una profunda tristeza. Como la emoción que había sentido al verla llorar, amplificada diez veces.

Y luego la escena desapareció, tan rápido como había venido.

Se inclinó y tosió, golpeándose el pecho mientras lo hacía.

—¡Vaya! Algo se me atoró en el pecho.

—¿Está usted bien? —preguntó Helen con el ceño fruncido.

—Sí —contestó él enderezándose—. Sí.

—Entonces sígame —indicó ella girando hacia el comedor.

Él la siguió, jalado por la manita de ella. ¿Le habían visto el rostro? Él debió haber palidecido. No pudo mirar a Ivena; sin duda ella había visto.

La mesa estaba dispuesta con porcelana de Ivena y tres vasos de cristal. Una larga vela roja irradiaba titilante luz sobre los cubiertos; un ramo de rosas del jardín de Ivena se hallaba como centro de mesa; de las salchichas se elevaba perezosamente vapor. Helen lo condujo al asiento en la cabecera de la mesa y luego se dirigió con garbo hacia el suyo a la izquierda de él.

—Ivena y yo decidimos que lo menos que podíamos hacer era prepararle su plato favorito —anunció Helen—. Viendo cómo usted me rescató con toda esa valentía.

Ella sonrió.

El corazón de Jan aún le martilleaba en el pecho. Había tenido un sueño despierto o una escena retrospectiva de la guerra, pero no de algún ambiente que pudiera recordar. Sin embargo, sentía algo vagamente conocido al respecto.

—¿Janjic? —llegó la lejana voz de Ivena.

—Lo siento. Sí, gracias. Me recuerda el hogar —expresó él.

La tensión que él sentía estaba en su propia mente, pensó. Al menos Helen parecía totalmente ajena a eso.

Ivena le pidió que bendijera los alimentos, lo cual él hizo. Luego se sirvieron la comida en los platos. En gran manera para alivio de Jan, Ivena se puso a hablar de flores; de cuán bien se estaban dando los rosales este año, todos menos uno. Según parecía, se estaba muriendo el rosal que ella había traído a Estados Unidos.

Jan asentía durante la conversación, pero tenía la mente ocupada con la electricidad que aún se hallaba suspendida en el aire, con el excepcionalmente fuerte tintineo de los tenedores en la porcelana, con el parpadeo de la llama. Con ese desierto blanco y lleno de llanto que lo paralizara ante el toque de ella. Ante el toque de Helen.

¿Y qué pensaría Karen de esta pequeña cena en casa de Ivena? Qué pensaría *él*, en realidad. Pero él ya estaba pensando, y pensaba que Helen era un enigma. Un hermoso misterio. Lo cual era algo que a él no le correspondía pensar.

Jan comió lentamente las salchichas, tratando de enfocarse en la discusión y participando en ella cuando lo creía apropiado. Las manos de Helen sostenían los utensilios con delicadeza; sus uñas cortadas ya no tenían bordes mugrientos. Ella era una drogadicta, eso podía él ver ahora por una pequeña marca en el brazo. Heroína, lo más probable. Asombraba que no fuera flacuchenta. La joven masticaba la comida en pequeños bocados, a menudo sonriendo y carcajeando ante las payasadas de Ivena por las diferencias entre Estados Unidos y Bosnia. En alguna forma ellas eran como dos guisantes en una vaina, estas dos. Esta extraña pareja. La madre de Bosnia y la drogadicta de Atlanta.

Lentamente sobre Jan se asentó una profunda sensación de que él ya había vivido esto. Lo había visto en alguna parte; todo, esta madre, esta hija, y esta tristeza… lo había visto en Bosnia. Esta era en parte la razón detrás de ese relámpago. Tenía que ser. Dios le estaba abriendo la mente.

—¿…esta película suya, Janjic?

Él había perdido la pregunta.

—Lo siento, ¿qué?

—Ivena dice que van a hacer una película de la vida suya —explicó Helen—. Así que, ¿cuándo la harán?

—Así es, bueno, aún no lo sabemos.

—¿Y cómo pueden mostrar una película de una vida que aún no se ha vivido? —discutió Ivena—. Tu vida aún no ha terminado, Janjic.

Jan miró a su amiga, tratando de hacer caso omiso del comentario.

—Por supuesto que mi vida no ha acabado, pero la historia está terminada. Tenemos un libro de ella.

—No, el libro explica algunos acontecimientos, no toda tu vida. Has visto el dedo de Dios en tu juventud, pero eso difícilmente significa que este ya se haya apartado.

—Ivena parece creer que a pesar de todo soy Moisés —expuso Jan—. No basta con que yo vea la zarza ardiendo; aún hay un mar Rojo por cruzar.

—¿Moisés? —inquirió Helen con una risa nerviosa.

Jan miró a Ivena.

—Moisés. Fue un hombre en la Biblia —explicó, y se limpió la boca con la servilleta—. Fue también un nombre que me dieron en la prisión. ¿Le habló Ivena de la aldea?

—Algo —contestó ella mirándolo con ojos bien abiertos, y él se dio cuenta que Ivena sí le había contado algunas cosas.

—Sí —ratificó Jan—. Y cuando regresé a Sarajevo me arrestaron por crímenes de guerra. ¿Se lo dijo ella?

—No.

—Um. Karadzic persuadió al consejo que me pusieran en prisión por cinco años. El guardián era un pariente de Karadzic. Me llamó Moisés. El libertador —reveló Jan; luego le dio otra mordida a la salchicha, tratando ahora de hacer caso omiso al peso del momento—. Estoy sorprendido de haber sobrevivido a la experiencia. Pero fue allí que leí por primera vez las palabras de Dios en un Nuevo Testamento contrabandeado por uno de los otros prisioneros. Fue después de la prisión que comencé a escribir mi historia, la que ahora Ivena parece creer que no ha terminado.

Se puso otro bocado de salchicha en la boca.

—Sí, todos tuvimos vidas difíciles, Janjic —manifestó Ivena—. Tú no posees los derechos del sufrimiento. Hasta la querida Helen ha visitado su propio dolor.

Jan miró a Helen. Veintinueve, había dicho ella.

—¿Es así? ¿Cuál es su historia? —preguntó él.

Helen lo miró y los ojos se le entrecerraron brevemente. Alejó la mirada y tomó un bocado de salchicha.

—¿Mi historia? Usted quiere decir que se está preguntando cómo una persona acaba como yo, ¿de acuerdo?

—No, no dije eso.

—Pero lo quiso decir.

—No te pongas a la defensiva, hija —terció Ivena en voz baja—. Solo cuéntale lo que me dijiste. Todos tenemos nuestras historias. Créeme, la de Jan no es más bonita que la tuya.

Ella pareció pensar por un momento.

—Bueno, mi papá era un idiota y mamá era una incapacitada mental, y yo me convertí en drogadicta. ¿Qué le parece?

Jan dejó que ella se impregnara de su sufrimiento.

—Nací aquí, en la ciudad —siguió diciendo la muchacha después de unos segundos—. Papá desapareció antes de que yo lo conociera realmente. Pero fue bastante bueno y nos dejó algo de dinero; suficiente para que nos durara el resto de nuestras vidas, a mi madre y a mí. Estábamos bien, ¿sabe? Fui a un colegio normal y éramos simplemente… personas normales.

Ella sonrió al recordar.

—Hasta gané un concurso de belleza en octavo grado en el colegio O'Keefe… allí es donde fui.

Sorbió un poco de té y la sonrisa desapareció.

—Había este muchacho en mi colegio dos años delante de mí, basura blanca solíamos llamarlos, pobre y de la parte más inmunda de la ciudad en ese entonces, en el área del antiguo distrito industrial. Al menos todos aseguraban que él era de allí, pero no creo que nadie estuviera realmente seguro. Se llamaba Peter. Solía mirarme mucho. Horrible chico además. Malo, gordo y feo. Solía simplemente mirarme a través del patio del colegio con esos enormes ojos negros. Es decir, yo era hermosa, supongo, pero este pervertido tenía una obsesión. Todo el mundo odiaba a Peter.

Helen se estremeció.

—Ahora me dan náuseas tan solo de pensar en eso. Él solía seguirme a casa, andando a hurtadillas detrás de mí, pero yo sabía que él estaba allí. Algunos de los otros muchachos decían que Peter acostumbraba matar animales solo por divertirse. No me consta, pero entonces eso me producía mucho miedo.

Jan solo asentía y la escuchaba, preguntándose qué tenía que ver este miedo de la infancia con la mujer sentada ahora ante él.

—Fue entonces cuando mamá enfermó. Los médicos no lograban descubrir qué le pasaba, pero un día simplemente cayó enferma. Al principio solo vomitaba y estaba débil, por lo que debí cuidarla. Luego empezó a actuar de manera realmente extraña. Yo no lo sabía entonces, pero ella había empezado a usar ácido. Ácido y heroína. En esa época la sustancia no estaba en todas partes. ¿Sabe de dónde la conseguía? ¡De Peter! ¡El asqueroso de mi colegio! ¡Peter le estaba suministrando drogas a mi madre!

—Peter. El que la seguía a su casa —dijo Jan—. ¿Cómo se dio cuenta usted que se trataba de él?

—Llegué una tarde, había salido a comprar comestibles, y él estaba allí, en la casa, vendiéndole droga.

—¿Qué hizo el sujeto?

—Nada. Creo que deseaba que lo atraparan. Lo eché, desde luego. Pero para entonces mamá era una zombi. Si no tenía drogas en el organismo, vomitaba por la enfermedad, y si tenía drogas, salía a comer. El muchacho no se iba.

Siempre estaba allí, supliendo a mamá de drogas y mirándome. Unos meses más tarde empecé a usar, después de retirarme del colegio. Nos quedamos sin dinero como un año más tarde. Todo por culpa de las drogas.

—¿Lo perdieron todo? ¿Sencillamente así?

Ella también había cuidado de su madre, pensó Janjic. Exactamente como él había cuidado de su propia madre antes de la guerra en Sarajevo.

—Peter nos estaba robando sin que nos diéramos cuenta. Nunca cedí a él; quiero que usted sepa eso. Todo el asunto era su enloquecida obsesión por hacerme su chica —confesó Helen, cambiando la mirada hacia la pared—. Mamá murió de una sobredosis. Del modo que lo creo, Peter la mató con sus drogas. Al día siguiente del entierro de mamá él y yo tuvimos un tremendo encontronazo. Le golpeé la cabeza con un madero y se largó. Nunca regresó. De todos modos estábamos en la quiebra. Sinceramente, creo que pude haberlo matado.

Ella sonrió y encogió los hombros.

—¿Matarlo? —objetó Jan—. ¿Nunca lo volvió a ver?

—Nunca. Ese mismo día me fui a dedo para Nueva York. Nunca supe nada. De cualquier modo, si lo maté, imagino que él veía venir eso. De un modo u otro él había matado a mamá y destrozado mi vida.

Helen los miró con sus profundos ojos azules, en busca de una señal de aprobación. Pero no era aprobación lo que Jan sentía que le bañaba los huesos. Era piedad. Era una penetrante empatía por esta pobre muchacha. Él no lograba entender las emociones en su totalidad, pero tampoco podía negarlas.

—¿Cuántos años tenías? —le preguntó, tuteándola por primera vez.

—Quince.

—¿Ves, Janjic? —respaldó Ivena—. Ella también es una niña de la guerra.

—Tienes razón. Lo siento mucho, Helen. No tenía idea.

—Tranquilo —contestó Helen moviéndose en el asiento—. La situación no es tan mala. Podría ser muchísimo peor.

—Pobre niña —expresó Ivena—. Nunca te han amado de modo apropiado.

—Sin duda que sí —objetó Helen enderezándose—. Amor es de lo único que estoy harta. Me aman y me dejan. O los dejo. Sinceramente, *no* necesito la compasión de ustedes.

Ella levantó una mano.

—Por favor, no me llevo bien con la compasión.

Ni Jan ni Ivena respondieron. Los dos habían visto bastante gente herida para saber que todos ellos necesitaban compasión. En especial aquellos que se habían convencido que *no* la necesitaban. Pero esto no era un regalo que se pudiera obligar a recibir.

—¿Entonces, cómo regresaste a Atlanta? —preguntó Jan.

—Vine hace seis meses. Pero esa es otra historia. Las drogas y el amor no siempre se mezclan bien, créeme —contestó ella, tuteándolo también—. Pero digamos sencillamente que debí salir de Nueva York, y Atlanta parecía una decisión tan buena como cualquiera.

—¿Y Glenn? —quiso saber Jan.

Helen bajó el vaso y lo hizo girar lentamente.

—Glenn. Sí, bueno, lo conocí cuando volví a una fiesta. Le gusta lanzar estos grandes golpes. Glenn es... malo —reconoció ella, y tragó grueso—. Quiero decir que es realmente malo. La gente piensa de él como el poderoso concejero de la ciudad, que el dinero que tiene viene de bienes raíces...

Helen movió la cabeza de un lado al otro.

—En realidad no. Viene de drogas. El problema es que quien se le cruce termina lastimado. O muerto.

—¿Y yo ya me le crucé? —inquirió Jan.

—No. No lo creo. Esta fue decisión mía. Yo lo dejé. Eso no tuvo nada que ver contigo —respondió ella; además, él no tiene idea de quién eres.

—Excepto que entraste en mi auto. Excepto que ahora estás en la casa de Ivena.

Ella lo miró pero sin brindar una opinión.

—Y él es tu... novio, ¿correcto?

Los ojos de Helen se abrieron brevemente.

—No, yo no lo pondría de ese modo. Me puso en ese lugar. Pero no. Quiero decir no, ya no. Absolutamente no. Nadie va a golpearme y a creer que se saldrá con la suya.

—No —opinó Jan—. Desde luego que tienes razón.

Calor le recrudeció a él en la espalda. ¿Quién podría golpear a una persona así?

Karadzic podría hacerlo, relinchó una vocecita, Jan sacudió la cabeza ante el pensamiento.

—A Helen le gustaría quedarse conmigo mientras tanto —comunicó Ivena, luego miró a Jan—. Le he dicho que no aceptaría una negativa. Si hay algún peligro, entonces Dios nos socorrerá. Además no somos extraños al peligro.

—Por supuesto. Sí, te deberías quedar aquí donde es seguro. Y tal vez Ivena pueda comprarte mañana alguna ropa nueva. Yo pagaré, desde luego. Es lo menos que puedo hacer. Le daremos buen uso a los fondos de nuestro ministerio.

—¿Le confiarías a dos mujeres tu cuenta bancaria? —indagó Ivena con una ceja arqueada.

—Te confiaría mi vida, Ivena.

—Sí, claro está. Pero, ¿tu dinero?

—El dinero no es nada. Me has dicho eso mil veces, señora mía.

Ivena se volvió hacia Helen con una pícara sonrisa.

—He ahí mi primera apreciación, jovencita. Rebaja siempre el valor del dinero; así se facilitará mucho que este se pueda transferir de un lugar a otro.

Ellos rieron, alegres por el indulto.

Jan salió de la casa una hora después, la cabeza le zumbaba por los sucesos del día.

Concluyó que Dios le había tocado el corazón por el bien de Helen. Quizás porque ella era una marginada social como él mismo lo fuera una vez. Sin duda no podía ser natural el extraño encantamiento que él sentía con ella.

Había sido Dios, aunque Dios nunca antes lo había tocado en manera tan específica. Ojalá todo su ministerio estuviera lleno con expresiones tan directas. Él podría tocar un contrato, digamos, y esperar que una fuente de electricidad le llenara los brazos. Si esto no pasaba, no firmarla ¡Ja! Podría levantar un teléfono y saber si la persona en el otro extremo auguraba bien para el ministerio. Podría agarrarle la mano a Karen y... Santo cielo, ahora se le ocurrió un pensamiento.

Tal vez había imaginado todo el asunto. Quizás sus emociones habían tomado lo mejor de él causándole cierta clase de reacción alucinógena, enviándolo de regreso al llanto en Bosnia; otra clase de escena retrospectiva de trauma debido a la guerra.

Pero no, eso había sido demasiado claro. Demasiado real.

Condujo el Cadillac hacia Antoine's donde había acordado reunirse con Karen para el postre. ¿Y qué debería decirle a ella acerca de este día? ¿De Helen? Nada. No aún. Consultaría con la almohada este asunto de Helen. Había mucho para hablar sin enlodar las aguas con una drogadicta extraña y hermosa llamada Helen. Estaba lo del compromiso y la fecha de la boda. Hablar de amor y de hijos; de la película, el libro, las apariciones en televisión... todo aquello era suficiente para llenar horas de plática bajo las tenues luces de Antoine's.

CAPÍTULO TRECE

«¿Qué es el amor? El amor es amable, paciente y siempre
perdurable. El amor es besos y sonrisas; es calidez y éxtasis. El
amor es risas y alegría. Pero la parte más fabulosa del amor se
halla en la muerte. Ningún ser humano tuvo amor más grande».

LA DANZA DE LOS MUERTOS, 1959

IVENA ANDABA sin rumbo fijo por la cocina a las nueve de la mañana del
día siguiente, tarareando la tonada de «Jesús, amor de mi alma». Helen aún
dormía en el cuartito de costura al fondo del pasillo. La pobre muchacha debió
haber estado agotada. Sin embargo, qué dulce tesoro era. Sin duda maltratada
y arrastrada hacia los senderos más escabrosos de la vida, pero aun así muy
tierna. Hoy Ivena agarraría los cheques firmados de Janjic (le había dado cinco)
y empaparía a Helen con un poco de amor.

Ivena hizo girar uno de los cuatro grifos en la entrada al invernadero y los
rociadores aéreos silbaron adentro. Ella abrió la puerta. El olor a tierra húmeda
mezclado con aroma de flores siempre parecía fortalecerla con el primer riego.

Ayer en la tarde le había mostrado el jardín a Helen, y las flores parecieron
calmarla. Ivena se había enterado entonces, al ver los altos y débiles tallos grises
del rosal de su hija, que a efectos prácticos el rosal estaba muerto, a pesar del
extraño retoño verde en la base. Aún tenía dificultad en recordar si había...

—¿Eh? —exclamó Ivena, conteniendo el aliento y mirando la planta
muerta.

¡Pero no estaba muerta! ¿O sí? Verde serpenteaba por las ramas; ramas
flexibles se enredaban alrededor de los tallos de rosa y se extendían por la
planta.

Ivena dio un paso adelante, apenas respirando. ¡Parecía como si de la noche
a la mañana una mala hierba literalmente hubiera brotado y tomado el rosal!
¡Pero eso era imposible! El arbusto tenía siete ramas principales, cada una tan
negra y sin vida como había estado ayer. Pero ahora las enredaderas verdes

recorrían cada rama en espeluznante simetría. Y todas venían de la base de la planta; del brote que ella había injertado.

Pero tú no injertaste ese renuevo, Ivena.

Sí, debí hacerlo. Solo que no lo recuerdo.

Ivena extendió la mano hacia la extraña planta nueva y pasó un dedo a lo largo del tallo. ¿Cómo había crecido tan rápido? Había aparecido ayer, de no más de diez centímetros de largo, ¡y ahora tenía el alto de la planta! La superficie era muy parecida a la de un tallo sano de rosal, pero sin espinas. Una liana leñosa.

—Dios mío, ¿qué demonios tenemos aquí? —susurró Ivena para sí misma.

Tal vez fue esta enredadera la que mató su rosal. Un parásito. Quizás debería cortarlo con la esperanza de salvar la planta.

No, el rosal ya estaba muerto.

—Ivena.

Ella dio media vuelta rápidamente. Helen se hallaba en la entrada, con el cabello enredado y aún en pijama.

—Buenos días, querida —saludó Ivena yendo hacia ella, ocultando el rosal—. Te preguntaría cómo dormiste, pero creo que ya tengo mi respuesta.

—Muy bien, gracias.

—Fantástico —expresó, ambas entraron a la cocina e Ivena cerró la puerta del invernadero detrás de ella—. Ahora necesitarás un poco de alimento. No se pueden hacer compras adecuadas con el estómago vacío.

HELEN OBSERVABA a Ivena con una extraña mezcla de regocijo y admiración. La mujer bosnia tenía el cabello canoso bastante enmarañado. Llevaba la frente en alto con seguridad pero también con delicadeza, de igual manera en que expresaba las palabras. Tanto ella como Janjic compartían un trato asombroso, pensó Helen. Los dos tenían miradas que sonreían sin descanso, lo que les producía prematuras arrugas alrededor de las cuencas. Si había otros seres humanos con la mezcla única de Ivena, tanto de peculiaridad como de sinceridad, Helen nunca los había conocido. Era imposible que no le cayera bien. En la presencia de la mujer parecía muy débil la vocecita que invitaba a Helen a volver a las drogas. Aunque esa vocecita aún estaba allí… sí estaba allí, como un susurro en una cámara hueca.

Desayunaron con huevos, y después se alistaron para unas pocas horas de complacencia estadounidense, como Ivena lo denominaba. Ella parecía divertida por los cinco cheques que agitaba. Cuando Helen le preguntó la razón, ella simplemente sonrió.

—Es dinero de Janjic —contestó—. Él tiene demasiado.

Helen insistió en que Ivena la llevara lejos del centro de la ciudad... con los hombres de Glenn al acecho era absurdo hacer cualquier cosa dentro de un radio de ocho kilómetros de las Torres Gemelas. Aun aquí le tomó una buena hora convencerse que Glenn casi no tenía ninguna posibilidad de hallarla por estos lares.

Ivena la llevó a una pintoresca zona de compras en el lado este, donde la mayoría de comerciantes hablaba con fuerte acento europeo. Estacionaron el Volkswagen escarabajo de Ivena en un extremo de la zona y recorrieron las tiendas en cada lado de la calle.

—Sinceramente, Ivena, en realidad me gusta la camisola de tirantes. Es tan... cómoda, ¿no crees?

A Glenn le encantaría.

—Sí, Helen, tal vez —contestó Ivena con una ceja arqueada—. Pero una dama preferiría la blusa roja.

—No sé, parece un poco anticuada para mí, ¿no crees?

¡Él me mataría si uso ese trapo!

—Tonterías, querida, ¡Es fabulosa!

Consideraron las preferencias hasta en el escote de Helen, cada una apoyando su caso; tratando de no ser demasiado contundentes. Un momento de silencio terminó la discusión. Fue entonces que Ivena, la juez final, emitió su veredicto.

—Bueno, llevaremos ambas.

—Gracias, Ivena. Juro que usaré las dos.

Glen...

Cálmate, Helen. Glenn es historia.

—Sí, estoy segura que lo harás, querida.

Así transcurrió el día, de tienda en tienda. Con blusas y camisolas; con jeans y faldas; con camisetas y vestidos; con zapatos deportivos y de vestir; con todo menos con ropa interior. Al final gastaron mil dólares. Pero eso solo era dinero, dijo Ivena, y Jan tenía mucho de eso. Caminaron y rieron, y luego gastaron otros cien dólares en accesorios.

El salón de belleza planteó un desafío porque sencillamente no se podían tomar dos alternativas sin recurrir a pelucas, y Helen no tendría nada que ver con pelucas, a pesar de la insistencia de Ivena. Helen prefería la apariencia corta y deportiva.

—Es sexy —opinó.

—¿Sexy? ¿Y crees que la apariencia corpulenta de una mujer no es sexy? —rebatió Ivena.

La esteticista trataba de expresar su opinión, pero Ivena la cortaba en seco.

—Es el cabello de Helen —anunció finalmente—. Cúmplale los deseos.

Se retiró a una silla de espera. Helen salió con una gran sonrisa y el cabello exactamente debajo de las orejas en un estilo muy corto que hasta Ivena debió admitir que era «muy atractivo».

Por tres veces Helen pensó en la vida que había dejado, y en cada ocasión concluyó que esta vez permanecería derecha aunque esto la matara. No podía hacer caso omiso de la sensación de nerviosismo que acompañaba los breves recuerdos: ansias de la fuente de placer de las drogas, pero al ver a Ivena preocupada con detalles de un vestido, no se podía imaginar a sí misma arrastrándose otra vez a su antigua vida.

Eran las tres cuando regresaron a la casa de Ivena repleta de flores. Eran las cuatro cuando Helen había dado fin a su desfile de modas, exhibiendo toda combinación posible que las compras permitían hacer. Ivena observaba, sorbiendo su té helado y proclamando valientemente cuán hermosa se veía Helen con cada nuevo atuendo.

Eran las cinco cuando Helen empezó a desmoronarse emocionalmente.

Ivena había ido a entregar un lote de orquídeas a una floristería.

—Siéntete en casa… olfatea algunas flores, caliéntate una salchicha —le había dicho—. Estaré de regreso a las seis.

Helen se retiró a su cuartito, en realidad el cuarto de costura de Ivena, y se sentó en la cama, pasando la mano por la ropa amontonada a su lado. Tenía puesto un vestido, el que Ivena había proclamado como ganador del montón antes de salir… un vestido rosado, muy parecido al que Ivena le había prestado ayer, pero sin todos los adornos.

Se hallaba sobre la colcha amarilla en un repentino silencio, con las piernas oscilándole encima del piso como una niñita, y palpando la tela con los dedos, cuando la mirada se le posó en la vena azul que le recorría por el pliegue en el brazo derecho. El cuarto estaba oscuro pero ella no pudo dejar de notar la pequeña marca que se hallaba allí. Retiró la mano de la tela, abriéndola y cerrándola lentamente. Los músculos a lo largo del antebrazo se le flexionaban como una serpiente retorciéndose. Había pasado algún tiempo desde que ella usara la vena. La heroína era demasiado fuerte, Glenn insistía. La arruinaba. Él no soportaría una muñeca de trapo vaciada de pasión. Con Glenn todo era la nueva droga del hombre rico. Cocaína.

Glenn.

Helen pestañeó en la tenue luz y volvió a sentir nerviosismo en el estómago. Dejó entrar a la mente imágenes conocidas. Imágenes del palacio, como Glenn lo llamaba, donde ella había vivido los últimos tres meses, dentro y fuera, pero principalmente dentro. Imágenes de las fiestas, atiborradas de gente bajo luces de colores; imágenes de montones de cocaína en espejos y jeringuillas en platos; imágenes de cuerpos desparramados por el suelo, debilitados a las horas de la mañana. Eran imágenes que parecían ridículas estando ella sentada aquí en el cuarto de costura de la dama. Ella había oído de cuartos de costura, pero nunca había esperado realmente ver uno. Y ahora se hallaba aquí, *sentada* en uno, rodeada de un montón de ropa que supuestamente le pertenecía. *¿Qué esperas hacer, Helen? ¿Utilizar a esta gente de igual modo que usaste al resto?*

De repente sintió todo el asunto no solo grotesco sino totalmente ridículo; y también de pronto le recorrieron por el cuerpo ansias por el montón de polvo blanco. Se le hizo un nudo en la garganta y tragó grueso. Cerró los ojos y meneó la cabeza. ¿Qué estaba haciendo?

Helen se llevó una mano al cuello y se frotó los magullados músculos cerca de la columna vertebral. Sin duda allí había soportado su parte del abuso, y podía renunciar a él o agarrarlo. Una palmadita aquí y un pequeño pinchacito allí; todo como de costumbre. Pero esto de haberla tratado de asfixiar… ¡Glenn casi la había matado! A ella no le quedó más remedio que huir.

Aquí en medio de la soledad dejó que los ojos se le llenaran de lágrimas. ¿Y ahora qué? Ahora ella era una niñita sentada en la cama, meciendo las piernas, esperando ser rescatada.

Deseando un golpe…

Pero la habían rescatado, ¿no era así? Un predicador, precisamente… con su loca y vieja amiga.

No, Helen, no pienses así de ellos. Estas son buenas personas. Admirables.

—¿*Admirables*? ¿Y qué sabes *tú* de personas admirables? —rezongó ella.

Las lágrimas empezaron a deslizársele por las mejillas y se las secó iracunda con la muñeca.

Se puso de pie, y el repentino movimiento la dejó mareada. Rechazó las lágrimas parpadeando y caminó de un lado al otro por el espacio. Enfréntalo, querida, este no es tu mundo. Esta vida así con las flores, las salchichas, los acentos extraños y el loco parloteo de la vieja sobre el amor, era algo de lo que Helen no sabía nada. Todos los abrazos y las lágrimas…

…y Jan.

…creerías que el mundo se estaba volviendo loco o algo así. Helen se aclaró la garganta. La verdad es que no lograba ver por qué la muerte de la hija de Ivena era de todos modos algo tan dramático. Sin duda aquello fue algo tan malo, pero al verlo detenidamente, una bala en la cabeza no era algo tan desequilibrado. No del modo que Ivena parecía tomarlo. Como si esto fuera una nueva revelación de amor o algo así. Estos dos… extraños… estos dos extraños eran sencillamente distintos, eso era todo. Ella era un pez; ellos eran aves. Y de pronto sintió que le faltaba la respiración aquí con las extrañas aves. Debía volver al estanque. Después de todo, un pez no podía vivir para siempre en la playa.

Él es lo que llaman un caballero, Helen. Un hombre de veras. De la clase que nunca habías visto. Y no finjas que no sabes de qué estoy hablando, niña.

¡Cállate!

¡Dios mío, él era un predicador! Ella sintió que el calor le llameaba las mejillas. *Él ni siquiera es estadounidense.*

No, pero es sumamente apuesto y su acento es muy agradable.

—¡Estás portándote como una idiota! —exclamó Helen golpeándose la frente con la palma de la mano.

La verdad de sus propias palabras la zarandeó y le detuvo la caminata a media marcha. Las imágenes del palacio con los montones de droga de Glenn se le deslizaron a la mente, susurrándole la promesa del placer. Del cielo aquí en la tierra. El sonido de su propia respiración llenó el pequeño cuarto. Como ese pez boqueando en la playa. Ella no tenía nada que hacer aquí. Esto era una equivocación, un estúpido error.

Lo cual significaba que debía irse. Y *deseó* irse, porque ahora que permitía que prevaleciera el sentido común comprendió que debía conseguir una dosis. Es más, quería ansiosamente una dosis como nunca antes podía recordar haber tenido deseos de conseguir una.

Le llegó otra vez rugiendo; la urgencia le surgió por el pecho con tanta fuerza que por un instante perdió la orientación. De entre todos los lugares que había, se hallaba en el cuarto de costura de Ivena, un lugar de locura dónde estar. Ella no pertenecía aquí. ¡Se había vuelto loca!

Helen agarró un par de Nikes, se los puso en los pies desnudos, y salió a la sala. Sería mejor salir por detrás, por si la vieja…

…Ivena, Helen. Ella se llama Ivena y no es vieja…

…llegaba por el frente. Helen corrió al invernadero anexo, de repente ansiosa por ser libre. Desesperada por volver a entrar al agua. Corrió hacia el patio. Pero no había puertas en la elevada cerca que rodeaba al jardín. Cambió de opinión, atravesó corriendo la casa y salió por la puerta principal. Solo entonces se le vino la idea de que no tenía en qué irse. Debería llamar a Glenn. Él enviaría un auto. Él estaría nervioso… el pensamiento la hizo estremecer. Paga tus deudas, nena. Todos pagamos nuestras deudas. Era uno de los dichos favoritos de Glenn. La idea que él tenía de *deudas* era bastante extrema.

Ella volvió a entrar corriendo a la casa, agarró el teléfono de Ivena y llamó al número privado de Glenn. La secretaria, la vieja bruja nariz de loro Beatrice, contestó y exigió saber dónde se hallaba Helen. Ella le dio el cruce de calles más cercano y colgó. *Sal volando desde el último piso, Beatrice. Y no olvides tu escoba.*

Ahora corrió con el nerviosismo que le revoloteaba en el estómago. Giró en la acera y no se detuvo durante dos cuadras, pensando solo una vez que se debió haber deshecho del vestido… en ese ridículo atuendo debía parecer alguna clase de mariposa rosada. Pero las ansias por el palacio le alejaron el pensamiento.

Helen aspiró el cálido aire sureño y fijó el paso. Iba a ser una buena noche. No al principio, por supuesto. Al principio quizás no fuera nada bueno, pero eso pasaría. Siempre pasaba. Una imagen de esa ropa amontonada en esa cama le volvió a centellear en la mente. *Lo siento, Ivena. Al menos dejé la ropa. Al menos no me la robé.*

Lo siento, Jan.

No seas estúpida.

Una enorme limosina blanca ya la esperaba en la esquina de Grand y Mason, atrayendo las miradas de curiosos transeúntes en toda dirección. En realidad sí, iba a ser una buena noche.

BEATRICE ESTABA esperando a Helen cuando las puertas del ascensor se abrieron en lo alto de la torre oeste, con la nariz de pico y la barbilla levantada como una maestra con aires de superioridad.

—Así que la babosa se ha arrastrado a casa usando un vestido —comentó con los labios retorcidos y el ceño fruncido, mirando la indumentaria de Helen—. ¿Crees que se supone que eso lo impresionará?

—Cállate, bruja. No estoy tratando de impresionar a nadie.

Los ojos de Beatrice se abrieron de par en par y luego los entrecerró por completo.

—Él te va a curtir a golpes cuando te vea en esa ridícula indumentaria —opinó, dio media vuelta y se dirigió a las puertas dobles que llevaban al palacio.

Helen titubeó, mirando esas anchas puertas negras. Parecía que el estómago se le hubiera encaramado a la garganta. Glenn estaba allí adentro, haciendo solo Dios sabe qué, pero en realidad haciendo solo una cosa: esperándola. Sí, y en verdad ella también estaba esperándolo, ¿correcto? O al menos esperando lo que él le brindaría. Lo cual era felicidad. Sí, en realidad, Glenn definitivamente podía ofrecerle felicidad.

Ella tragó saliva y caminó sobre la gruesa alfombra negra tras la bruja, ahora con un escalofrío recorriéndole por todas las vértebras. *Eres una tonta, Helen. ¿Deseas la muerte?* Pensó en esto, y el escalofrío fue reemplazado por un hormigueo. *No, cariño, no la muerte. La dulce vida. ¡Dulce, dulce vida tan intensa que evita todo pensamiento!*

Beatrice entró sin tocar; ella era la única que podía sobrevivir a tal osadía. Helen la siguió, dando pequeños pasos, como si al hacerlo hiciera de algún modo menos obvia su entrada. El enorme salón le recordó un casino en el que una vez estuviera; muchos espejos, muchas luces coloridas, nada de eso natural. Ninguna señal de Glenn.

Beatrice se retiró con un respingo y cerró las puertas detrás de ella. Helen miró alrededor del salón, con el corazón ahora latiéndole aprisa en el silencio. A la derecha, una de esas grandes bolas reflejantes rodaba encima de una pista de baile, haciendo girar poco a poco mil diminutos puntos blancos en el salón. Por lo demás el palacio estaba absolutamente tranquilo. Cuando ella había salido de la fiesta tres noches atrás, una docena de cuerpos se retorcían lentamente sobre el piso de mármol de la pista. Directamente adelante una enorme cabeza de león le rugía a un rojo sofá de cuero abajo. Una pareja había estado extendida en ese sofá, perdida al mundo esa noche. Otros invitados habían perdido el conocimiento sobre una docena de sofás parecidos, cada uno bajo bestias que los fulminaban con la mirada. Había una hiena, rinocerontes y un búfalo… todos a la vista de ella. Los otros se hallaban por toda la suite. A la izquierda un largo bar brillaba con cien botellas coloridas, cada una albergando su propia bebida alcohólica.

La última vez que ella había visto a Glenn, este se hallaba inclinado sobre ese bar, conversando de espaldas a ella con un formido tipo negro. Ahora no se hallaba allí.

—De modo que…

El corazón se le paralizó y giró hacia la voz de Glenn, quien estaba a tres metros a la derecha con los brazos a los costados, a la sombra de un pilar griego, enorme y ancho como la mampostería de piedra al lado de él. Una guayabera hawaiana roja con amarillo le colgaba floja sobre el torso; pantalones blancos le llegaban hasta el suelo donde se topaban con pies desnudos. El hombre dio un paso al frente y se detuvo, con las piernas extendidas y las manos agarradas como un soldado en posición de descanso. Desde esta distancia los ojos de él parecían hoyos taladrados a través del cráneo; tan negros como la medianoche. El mentón presentaba una barba de tres días y tenía el cabello despeinado.

Helen tragó saliva y combatió la abrumadora urgencia de huir. Esto había sido una equivocación. Un terrible error de parte de ella: venir aquí, de regreso a este monstruo, quien solía decir que le gustaban las cosas sucias porque él *podía*. Los hombres más débiles tenían que permanecer limpios para impresionar a aquellos en poder. Pero no él. En varias ocasiones ella sospechó que él había pasado una semana o más sin asearse. La situación tenía de algún modo su propio atractivo cuando ella estaba drogada, pero ahora con una mente clara el solo hecho de verlo le produjo irritación en el estómago.

—De modo que, ¿dónde has estado? —preguntó él.

—Hola, Glenn —contestó ella de inmediato, pero la voz le vaciló un poco—. He estado por ahí.

—¿Por ahí, eh? ¿Por qué me dejaste?

Ella sonrió lo mejor que pudo. *No puedes ser débil, Helen. Él desprecia a los débiles.*

—No te dejé, Glenn. Estoy aquí, ¿no es así? Nadie me obligó a venir.

Ella quiso decir: *¿Crees que soy posesión tuya, cerdo?*, pero se contuvo.

Glenn fue hacia ella. No se detuvo hasta casi estar sobre ella, al alcance de los brazos, taladrándola con esos ojos negros. Levantó una mano y le tocó la mejilla con un dedo nudoso, moviéndolo de atrás para adelante, intentando sentirle la piel.

—Te pareces mucho a tu madre, ¿sabes?

¿Su madre? ¿Conocía Glenn a su madre?

—¿Conociste a mi madre? —inquirió ella, pestañeando.

—Solo es una expresión, querida —respondió él, mirando con la cabeza ladeada y acariciándola con un dedo. El olor del cuerpo de él le entró por las fosas nasales y entonces ella ladeó la cabeza, tratando de no mostrar el asco que esto le producía.

—¿Qué pasa, querida? —manifestó él en voz baja y forzada—. ¿Te asusto?

El aliento del hombre olía a carne podrida. Helen sintió que la presión de las lágrimas le inundaba los senos nasales.

—¿*Intentas* asustarme? —indagó ella.

Sé fuerte, Helen. Sabes cómo a él le gusta eso.

Un suave suspiro pasó a través de los labios del hombre.

—¿Tienes idea de cuánto te he extrañado? Estaba muerto de preocupación —declaró, e hizo temblar el dedo en la mejilla femenina—. Me siento perdido sin ti, sabes eso, ¿no es verdad? Mírame.

Ella contuvo el aliento, apretó la mandíbula y lo miró al rostro. El maxilar sin afeitar estaba caído, y entonces recorrió la regordeta lengua por esos dientes torcidos.

—¿Me amas? —preguntó.

Mil sirenas de protesta rugieron con furia en la mente de Helen.

—Sí. Claro que te quiero —contestó ella, pues debía meterle un poco de droga a su sistema, y debería hacerlo antes de vomitar sobre la apestosa guayabera del tipo—. ¿Tienes una inhalación para mí, cariño?

Los labios del hombre se despegaron sobre dientes amarillentos en una especie de sonrisa, y un hilillo de baba le quedó entre los labios abiertos. Estaba disfrutando su poder sobre ella.

—¿Dónde conseguiste el vestido, Helen?

—¿El vestido? —contestó ella bajando la mirada hacia el vestido rosado, deseando haber tenido la sensatez de dejarlo en casa de Ivena; rió—. Ah, ¿este? Santo cielo, en ninguna parte. Lo robé. Yo…

¡Plas! Un manotazo la golpeó en la mejilla y la hizo girar hacia la puerta. Ella jadeó e instintivamente se llevó una mano a la boca, que enrojeció y se humedeció. Lágrimas le ardieron en los ojos. Detrás de ella sentía la fuerte respiración de Glenn. Ahora debía caminar con cuidado por la línea... la línea entre la furia y el deseo de jugar en el tipo. Se volvió hacia él.

—¿Qué pasa, Glenn? —preguntó ella, forzando una sonrisa—. Tu pequeño tesoro desaparece por tres días y te alteras, ¿es eso?

Él parpadeó, inseguro de cómo tomar la acusación.

—Pareces una colegiala —expresó—. Tu cabello está diferente.

—Sí, y tú prefieres el aspecto de chica callejera. Entonces dame lo que quiero y te daré tu chica callejera.

—¿Y qué es lo que quieres, Helen? —quiso saber él dando un paso completo adelante.

Ella quería droga, por supuesto. Los dos lo sabían. Pero ahora él la estaba animando a decirle que quería cualquier cosa excepto él mismo.

—Te quiero a ti, desde luego —contestó ella.

Helen esperaba que él se apaciguara con esto. No fue así. La mano del sujeto le relampagueó desde la cadera y le cruzó la cara antes de que ella pudiera reaccionar. El golpe la envió tambaleándose a la derecha. Esta vez Helen gritó y cayó al suelo. Se sintió como si el golpe le hubiera hecho explotar el oído, pero ella debió saberlo mejor. Apretó los dientes y se puso de rodillas. ¡Podía matar al monstruo! Si tuviera un cuchillo ahora correría hacia él y se lo hundiría en el abdomen.

—Me quieres a mí, ¿verdad? ¿Y por eso te fuiste con otro hombre? —bramó él, ahora con el rostro rojo de ira.

—Eso no fue nada —respondió ella, parándose de modo inseguro—. Enviaste dos hombres tras de mí, ¿qué esperas?

—Espero que estés en casa, ¡es lo que espero! Espero que al menos trates de permanecer viva, lo cual significa alejarte de otros hombres —amenazó con las manos empuñadas en los costados.

—Bien, ¡podría querer quedarme en casa si dejas de golpearme!

Él gruñó como un toro y volvió a oscilar el brazo, pero esta vez ella evadió el golpe saltando hacia atrás.

—¡Cerdo grasiento! —exclamó ella; ahora participaba en el juego de él—. ¡Regresé! ¿No es así?

Eso fue todo. Ese era el as de ella. El hecho de que los hombres del tipo no la hubieran agarrado, y que después de todo ella estuviera allí por voluntad propia.

Ella se hizo a un lado y corrió por el salón. *Vamos, bebé. Participa en el juego. Solo participa en el juego y estaré bien.*

Glenn avanzó pesadamente tras ella.

—Te juro que si alguna vez, y quiero decir si *alguna vez* me vuelves a dejar, ¡te mataré! —gritó él.

Ella pensó que algún día él podría de veras hacer valer esa promesa. Entonces saltó detrás de un sofá grande y lo enfrentó.

—¡A menos que te mueras primero de un *ataque cardíaco*! —exclamó ella con una sonrisa, y salió como un bólido del camino del hombre exactamente cuando este se estrellaba en el sofá—. Dame un poco de droga, Glenn.

Glenn se paró en el centro del salón, lanzó el puño a lado y lado, y rugió hacia el techo. Ella giró alrededor, dilatando en la boca la primera sonrisa verdadera. *Ahora* él estaba jugando. Ahora definitivamente estaba jugando. Y eso era bueno. Eso era bueno de verdad. Por las venas de ella le corría adrenalina.

—Dame una inhalación, Glenn. Seré tu chica.

Él se rasgó la guayabera, haciendo saltar los botones de un solo jalón. Le sobresalió el fofo y blanco abdomen. Ella no podía soportar tocarlo sin drogas en su sistema.

—¡Dame las drogas, Glenn! —gritó ella frenéticamente ahora—. ¿Dónde las escondes?

—¿Drogas? —se burló él con una sonrisa de oreja a oreja—. Las drogas son ilegales, querida. ¿Quieres ser ilegal en mi palacio? ¿Quieres doparte?

—Sí. Sí quiero.

—Entonces ruega. Ponte de rodillas y suplica, chancha inmunda.

Ella lo hizo. Cayó de rodillas, juntó las manos e imploró.

—¡Por favor! Por favor, dime...

—En tu cuarto —interrumpió él sonriendo como un niño.

¡Por supuesto! Helen giró hacia la puerta que llevaba al apartamento al que él se refiriera como de ella. Se puso de pie y corrió hacia la puerta. Glenn salió tras ella avanzando pesadamente. Helen se lanzó contra la puerta y buscó la droga en el cuarto. Su cama estaba exactamente como la había dejado: un edredón desparramado encima y tres almohadas amontonadas en la cabecera. La primera vez que él le había mostrado el apartamento oculto, la psicodélica decoración amarilla la había dejado sin habla. Ahora hacía que la cabeza le diera vueltas. Ella solo quería la sustancia.

Entonces la vio; un montoncito de polvo blanco sobre el extremo de vidrio de la mesa a través del cuarto. El aliento cálido de Glenn se le acercó por detrás y ella se desbocó hacia la droga. Tropezó de frente y cayó de rodillas justamente fuera del alcance del lugar.

—Ven acá, preciosa —pidió Glenn asentándole la enorme mano en el hombro. Ella se abrió paso como pudo hacia la mesa, desesperada ahora. Debía tener la sustancia en el sistema. Ansiaba tenerla. Hizo oscilar con fuerza el codo hacia atrás, haciéndolo aterrizar sobre el desnudo pecho de Glenn, quien gimió.

El golpe lo paralizó el tiempo suficiente para que Helen llegara hasta el polvo, metiera la nariz en el montículo e inhalara con fuerza. Las fosas nasales se le llenaron con la asfixiante droga, y ella se esforzó por no toser. Un penetrante dolor le quemó la parte posterior de la garganta y los pulmones.

Entonces ciento cuarenta kilos le cayeron en la espalda y la hicieron rodar por el suelo, chillando como un cerdo atacado. Glenn se retorcía sobre la alfombra y reía. *Eres un tipo morboso*, pensó Helen. *Un tipo muy morboso.* Pero la droga ya había empezado a entumecerle la mente y pensó en aquello con un poco de ironía. Como: *Estoy con un tipo morboso. Con un cerdo asqueroso y me estoy sintiendo bien. Y eso se debe a que yo también soy morbosa. Solo somos dos cerdos morbosos sobre una cobija. Glenn y yo.*

Ella se zambulló sobre el hombre, dándole cachetadas en la grasa y chillando junto con él. De repente él no era para nada un cerdo. A menos que los cerdos pudieran volar. Porque los dos estaban volando y Helen creyó que quizás se hallaba en el cielo y que él era su ángel. Tal vez.

Entonces Helen simplemente se abandonó a sí misma y se aferró duro de su ángel. Sí, concluyó, ella estaba en el cielo. Definitivamente estaba en el cielo.

CAPÍTULO CATORCE

LA MANSIÓN de Jan, como le decía Ivena, se hallaba al final de la calle; la entrada en forma de arco la bordeaban altos abetos, la puerta del frente portaba un simple saludo grabado sobre una cruz. *Al vivir morimos; al morir vivimos.* Detrás de la casa dispersas hojas de arce se movían empujadas por el viento a lo largo de una piscina enclavada en un césped bien cuidado... una absoluta necesidad en este calor, le había dicho Roald. Jan aún tenía que usarla. La decoración de la casa era suroccidental, por dentro y por fuera, desde las tejas rectangulares de cerámica en el techo hasta las baldosas rústicas que cubrían el piso de la cocina.

Con toda sinceridad, Jan se sentía incómodo en la enorme casa. Usaba la alcoba principal, la cocina y la sala, lo cual dejaba sin tocar otras cuatro habitaciones. El salón de ejercicios al fondo del pasillo estaba acumulando polvo y el comedor se había usado solo una ocasión, la primera vez que Karen y Roald vinieran a la inauguración de la vivienda. Todo el asunto había sido idea de Karen: dar a Jan una casa elegante que completara la imagen «de pobreza a riqueza» que ella estaba edificando alrededor de él. Roald había captado la idea, y halló la casa.

Jan e Ivena estaban en la sala bajo la iluminación indirecta de dos lámparas amarillas de piso, viendo tarde esa noche, y a través de una inmensa ventana, la piscina que brillaba tenuemente.

—Así que entonces ella se fue —comentó Jan—. ¿Qué puedo decir?

—Tenemos que encontrarla. ¿No lo ves? Ella está destinada a la perdición.

—Quizás, Ivena, pero también lo están un millón más de mujeres en esta nación.

—Sí, pero eso no significa que puedas pasar por alto a la que llegó suplicando ayuda. ¿Dónde está tu corazón, Janjic?

—Mi corazón está donde debería estar: con Karen.

—No es eso lo que quiero decir. Esto no tiene nada que ver con ella. Estoy hablando de Helen.

—Y Helen es adulta. Fue decisión de ella irse.

Jan había batallado con emociones conflictivas desde el momento en que oyó hablar de la desaparición de Helen. Al llegar a casa se había topado con una contestadora repleta de mensajes de una angustiada Ivena. Helen había desaparecido. Al principio un escalofrío de desasosiego se le había extendido por los huesos, pero después de controlarse comprendió que difícilmente debieron esperar algo distinto. La muchacha había entrado a las vidas de ellos como un torbellino y los había puesto a meditar. Y ahora se había ido muy rápido, y eso era bueno, pensó él.

¿Y la visión que él había tenido cuando se tocaron? Él ya había respondido. Solo porque los ojos se le hubieran abierto para Helen no significaba que ahora él tuviera una responsabilidad por ella. Además, el día con Karen no había logrado vaciarle del todo la visión de la mente.

—¿Qué esperabas? —continuó él—. No la puedes adoptar.

—¿Y por qué no? —respondió Ivena poniéndose tensa al lado de él—. ¿Es insensato hacerse cargo de un alma herida?

—Ella tiene veintinueve años, Ivena. Una mujer hecha y derecha, no una niña. Sencillamente no gastas mil dólares en una mujer adulta y esperas que cambie.

La referencia al dinero cayó en oídos sordos.

—Veintinueve. Nadia habría cumplido veintinueve este año, Janjic. ¿Sabías eso? —objetó ella con los ojos húmedos.

—No. Lo siento, Ivena, lo había olvidado.

—Bueno, *yo* no he olvidado a mi hija.

—Eso no es lo que quise decir.

—Helen podría ser ella —declaró Ivena volviendo el rostro hacia la piscina en el exterior—. Cabello rubio, ojos azules, tan frágil. Como una niña.

Entonces Ivena había visto en Helen a su propia hija.

—Lo siento muchísimo, Ivena. No estaba pensando respecto a…

—No estás recordando muy bien estos días, Janjic. Hablas de ello todo el tiempo, a tantos hombres hinchados en sus camisas blancas, sintiéndose muy importantes. ¿Pero *recuerdas*? —lo desafió, mirándolo—. ¿Recuerdas cómo te *sentiste* al ver morir a Nadia?

—Pero Helen no es Nadia —refutó él mirándola también, y parpadeando.

—No, no lo es. Pero después sí lo es, ¿o no? Es por eso que escribiste tu libro, ¿no es verdad? ¿Para que otros pudieran sentir el amor del padre Michael y de Nadia del modo en que lo sentiste hace veinte años? Para que ellos pudieran mostrar ese amor, no a Nadia ni al padre Michael, sino a otros. A personas que necesitan desesperadamente un toque de Dios. A chicas de la calle como Helen. ¿No es por eso que escribiste tu libro? ¿O también has olvidado eso?

—No me mires con aires de superioridad, Ivena. Tal vez yo no haya perdido una hija, pero perdí mi inocencia y cinco años de mi vida. También estuve allí.

—Entonces quizás tu memoria no es tan buena. ¿Es realmente Helen tan diferente de mi Nadia?

—¡Por supuesto que lo es! Nadia sacrificó su vida, como un cordero. Ella era pura y santa, y aceptó la muerte por amor a Cristo. Helen… Helen no conoce el *significado* del sacrificio.

—No. ¿Pero y qué acerca de ti, Janjic? No pudiste detener el asesinato de mi hija; sin embargo, ¿puedes detener la destrucción de esta chica?

—Traté de detener el asesinato de Nadia —se defendió él poniéndose de pie—. ¡No deberías restregarme eso en el rostro! No tienes derecho a acumularme esta carga en la cabeza. Una cosa es sugerir que busque el amor de Cristo dentro de mi corazón, pero otra es sugerir que deje de lado mi vida por cada vagabunda que atraviese mi puerta.

—Y no tienes el derecho de suponer que solo porque sea yo quien *diga* la verdad, también sea yo quien *haga* esa verdad. No puedo cambiar la realidad de que estuvieras en la aldea cuando mi hija fue asesinada, no más de lo que puedo cambiar el hecho de que fuiste *tú* quien se apareció ayer en el umbral de mi puerta con una chica descarriada en extrema necesidad. Por tanto, simplemente te lo estoy diciendo: todos sabemos del amor de Nadia… el mundo entero sabe del amor de Nadia; lo has narrado muy bien. ¿Pero qué del amor de Jan?

Deseó arremeter contra ella; decirle que se callara. Ivena estaba consumida con este revivido enfoque en el amor. Y ahora, debido a que él había cometido la equivocación de llevarle a Helen, Ivena tenía en las manos un ejemplo tangible de ese amor. Jan se dejó caer en el mullido mueble y miró hacia fuera la piscina sin verla.

—¿Opinas tan mal de mi capacidad de amar?

—No sé lo que opino, Janjic —respondió ella suspirando—. Simplemente me remueve un profundo deseo de ayudar a Helen. ¿Porque me recuerda a Nadia? Tal vez. ¿Porque pasamos juntas un día y una noche y llegué a querer a la muchacha? Sí. Pero también porque ella está anhelando amor, pero ni siquiera lo sabe. ¿Cuán bueno es nuestro amor si no lo *utilizamos*?

Ella tenía razón. ¡Muchísima razón! Esta no era cualquier vagabunda que había atravesado muy campante el umbral de su puerta. Helen era una mujer; una Nadia adulta, sufriendo y perdida.

—Tú sentiste algo, Janjic —manifestó ahora Ivena en voz baja—. Las dos veces en mi casa sentiste algunas cosas con ella. Dime lo que viste.

La petición lo agarró desprevenido. Pensándolo ahora, las objeciones de él durante las horas anteriores parecían absurdas. Él había sentido el corazón de Dios para con Helen, ¿no era así? Y si Ivena supiera cuán claramente…

—Te lo dije —contestó él después de suspirar—, fue extraño.

—Sí, me lo dijiste. Dime entonces cómo es lo extraño.

—Tristeza. La miraba y sentía el dolor de la tristeza. Y oí un lloro. Luz blanca y llanto —confesó él; en realidad sí, ella se lo diría sin rodeos ahora; y él lo merecía, así que movió la cabeza de un lado al otro—. Fue muy vívido en ese momento. Bondad.

Se quedaron en silencio por un instante.

—¿Así que sentiste este aliento de Dios en el corazón y aún discutes conmigo en cuanto a si Helen necesita nuestra ayuda?

Él cerró los ojos y suspiró. Sí, ella también tenía razón al respecto, ¿verdad? Y sin embargo él no necesariamente *quería* sentir el aliento de Dios cuando se trataba de Helen.

—¿Por qué te resistes? —preguntó ella.

—Quizás me aterra la idea de jugar a la niñera con esta chica de la calle.

—¿Te aterra? ¿Y no te asusta lo que viste en presencia de ella?

—Sí, Ivena. ¡Me asusta por completo! No estoy afirmando que eso esté bien. Simplemente te estoy diciendo cómo me siento. Ya tengo demasiadas cosas y no necesito ahora una vagabunda acampando afuera del umbral de mi puerta. Tengo un viaje a Nueva York en un par de días, debo resolver con Karen los detalles de la boda; tengo la película…

—Ah, sí, la película. La había olvidado. ¡Qué tonta soy! Tienes que hacer una película acerca de cómo realmente es el amor. Que Dios te libre de sacar tiempo para tratar de amar a una pobre alma.

Ella tiene razón, lo sabes.

—¡Ivena!

—No, tienes razón. Ahora todo tiene perfecto sentido para mí. Cristo ya ha muerto por el sufrimiento del mundo; no es necesario que el resto de nosotros suframos injustamente. Una niñita aquí, tal vez. Un sacerdote allá. Pero sin duda no quienes vivimos en nuestros lujosos palacios aquí en el jardín de Dios.

¡Ella tiene razón! Ella tiene razón.

—Ivena, ¡basta!

Se volvieron a quedar en silencio. Esto era algo común entre ellos; o hablaban con sentido o no hablaban.

—Tú sabes, Janjic, existen muy pocos que han presenciado el amor incondicional que el padre Michael nos enseñó durante los años anteriores a su muerte. Él hablaba a menudo de ese amor, de la esperanza de gloria como si eso fuera algo que realmente pudiéramos saborear —declaró la serbia, y sonrió de manera reflexiva—. Él hablaba y nosotros escuchábamos, imaginando cómo podría ser aquello, anhelando ir allá. Los cristianos estadounidenses quizás no tengan esperanza de nada más allá de lo que pueden agarrar con los dedos en esta vida, pero te aseguro que nosotros esperamos *vida después de la muerte.* «*Cuando tienes un amor desesperado por Dios*, diría el padre Michael, *las comodidades de este mundo se sienten como flores de papel. Fácilmente se pueden dejar de lado si de veras tienes el amor de Dios*».

Ivena hizo una pausa.

—Janjic, ¿has pensado en la discusión que tuvimos el otro día?

—Sí —contestó él—. Lo he hecho.

—Tal vez para enseñarnos algo de su amor es que Dios trae a nuestras vidas a personas como la joven Helen.

—Tienes razón —aceptó Jan reclinándose en la silla y cerrando los ojos.

El hombre se frotó la cara con las manos. *¿Cómo pudo haber sido tan insensible? ¿Se ha vuelto mi corazón así de cruel? Dios, ten misericordia de mí.*

—Anoche volví a tener el sueño. Siempre lo mismo. Si tienes razón y de algún modo el sueño es de Dios, no me disgustaría si él acelerara su reloj solo un poco.

Pero Ivena no estaba escuchando.

—El padre Michael enseñó bien a Nadia, ¿sabes? —expresó ella con voz distante—. A veces creo que le enseñó demasiado bien.

La boca de Ivena le tembló hasta fruncir el ceño, a pesar de sus mejores esfuerzos por permanecer fuerte. Jan se levantó de la silla y se arrodilló al lado de Ivena. Ella comenzó a llorar y él le puso el brazo alrededor de los hombros.

—No, Ivena. No demasiado bien.

Este flujo libre de dolor ocurría rara vez, y ninguno intentaba detenerlo. De los apretados ojos de Ivena brotaron lágrimas que rápidamente corrieron a raudales. Jan la apretujó contra el pecho y la dejó llorar, ahogando las propias emociones de él.

—Shhh, está bien. Ella espera por ti, Ivena —la consoló—. Shhh.

Permanecieron así abrazados por varios y prolongados minutos; luego Jan le trajo un vaso de agua y se volvió a sentar en su propia silla. Ella aspiró profundamente y comentó cuán blanda se estaba haciendo en la vejez, y él insistió en que el corazón tierno de ella nada tenía que ver con la edad.

—Por tanto entonces —reflexionó Jan al poco rato—. Si es cierto que Dios ha traído a Helen a nuestras vidas para enseñarnos de su amor, ¿quién la ha *sacado* de nuestras vidas?

—Ella misma se salió —respondió Ivena.

—¿Y cómo propones que la hallemos?

—No lo haremos. Si en realidad es la voluntad de Dios, él la volverá a dirigir hacia nosotros.

—¿Sabes? —asintió Jan—. A pesar de todas mis quejas acerca de Helen, debo decir que disfruté su compañía. Ella tenía algo, ¿no crees?

—Sí. Solo que cuídate, mi joven serbio. Después de todo estás comprometido para casarte.

—¡No seas ridícula! —exclamó Jan sonrojado.

—Si *yo* sospeché una *lucha* en tu corazón, ¿crees que ella no se dio cuenta?

—Por favor. ¡No todo el mundo es tan romántico como tú!

—¿Yo, romántica? ¡Ja! No muchos me acusarían de eso.

—Es porque pocos te conocen tan bien como yo, querida.

—No estoy juzgando, Janjic. Solo te estoy diciendo lo que veo.

—Y tal vez por eso es que no estoy tan ansioso de que Helen vuelva a entrar en nuestras vidas —confesó él claramente—. Estoy en una etapa delicada de mi vida, tú lo sabes. Tengo responsabilidades; tengo un ministerio; me voy a casar. Toda esta charla del amor me está haciendo marear.

—No te preocupes por las responsabilidades que Roald y los demás líderes de la iglesia pongan sobre ti. Solo guarda tu amor por Cristo y tus demás afectos resultarán.

Jan asintió.

—En el fondo en realidad eres romántica, ¿no es así, Ivena? Y toda esta conversación del amor es tu taza de té favorita.

—Y la tuya, querido. Y la tuya.

JAN ESTACIONÓ el Cadillac y subió por el ascensor al octavo piso a las nueve de la mañana del día siguiente. Otra vez estaba en su forma impecable: camisa blanca planchada, elegante pantalón negro, y delgada corbata negra satinada.

Con ojos vivarachos Nicki pió alegremente un *Buenos días* y le trajo café. Él pensó que debería servirse su propio café. Conducir su propio auto, servirse su propio café, y amar como Cristo había amado. ¿Qué diría Karen a eso?

Ella llegó media hora más tarde, usando un reluciente vestido azul y con una sonrisa resplandeciente.

—Buenos días, Jan —saludó recostada en el marco de la puerta con los brazos cruzados—. ¿Dormiste bien?

—Dormí bien.

El brillo en los ojos de ella le llenó la sangre de una avidez por adrenalina.

—Qué bueno. Yo también. He oído que estos días has estado conduciendo tú mismo.

—Sí.

—¿Crees de verdad que sea buena idea?

—Sí.

—Está bien —asintió ella sonriendo.

Pero él sabía que Karen no quería realmente expresar que eso estaba bien.

Se sostuvieron la mirada durante todo un segundo antes de que ella saliera hacia su propia oficina.

¿Qué pasaba con el corazón? ¿Qué locura significaba que una simple mirada de una mujer pudiera probar tanta perplejidad? Jan carraspeó. Tenía una buena cantidad de llamadas por devolver, pero de repente al pensar en hacerlas le pareció tan totalmente trivial que las puso de lado y se paró del escritorio. Más tarde podría volver a ellas. Debía hablar con Karen.

Jan entró a la oficina de la joven y se sentó frente a ella.

—Y ahora —expresó ella arqueando una ceja—. ¿Qué es lo que te preocupa?

Lo volvió a envolver esa sensación. Unas pocas palabras de Karen y el estómago le flotaba.

—Bueno, salimos mañana para Nueva York. ¿Está todo listo?

—Todo está listo. Pero sabes eso desde nuestra reunión de ayer.

—Sí. También sé que contigo suceden cosas tan rápido que no me puedo basar en las noticias de ayer —enunció él con una amable sonrisa.

—Nada ha cambiado. Volamos a las nueve, nos reunimos con Roald a la una, y firmamos el contrato al día siguiente. Dios mediante.

—Sí, Dios mediante.

Hablaron entonces de detalles ya cubiertos, pero dignos de otra revisión, considerando la gravedad del trato que estaba a punto de firmarse. También hablaron de planes de boda. La boda sería en Navidad... habían decidido ese punto anoche. Una gran boda con mil invitados. Ella la planificaría, por supuesto; había nacido para planificar esta boda. Tendría que ser en un parque, una bella aventura, con suficiente encanto para atraer cobertura nacional. Ella creía poder lograr que Billy Graham hiciera los honores.

Finalmente Jan se excusó para hacer algunas llamadas, había dicho él. Por el montón de mensajes sobre el propio escritorio de ella, Karen debía hacer más llamadas que él.

Más tarde esa mañana Karen entró a la oficina de Jan con algunas novedades. Informó que Delmont Pictures estaba definitivamente encaminado. Dentro del mes deseaban lanzar una ronda fresca de entrevistas del libro, con una audiencia más numerosa.

—¿Y cómo se siente eso, Jan? —inquirió ella con una sonrisa.

—¿Cómo se siente qué?

—Por favor, no finjas que no lo sabes. Te vas convertir en una estrella, querido.

—¿Oh? —exclamó sonriendo levemente—. Y yo que creía que ya era una estrella aquí.

—No de este modo, no lo eres. Recuérdalo, Jan, porque vas a ser muy famoso. No olvides que tu encantadora esposa jugó un papel en eso cuando se estén peleando por tu autógrafo.

—¡Ja! —rió él—. ¿*Mi* autógrafo? Nunca. Aunque ellos lo quisieran, tendría que firmar con el nombre del padre Michael. O el de Nadia.

—Um —masculló ella—. Ya verás. Aquí estamos entrando a un territorio nuevo. No creo que tengas idea.

—Quizás. Pero nunca podemos olvidar el precio pagado.

¿Y pagado por qué, Jan? ¿Tu riqueza y honor?

Él alejó la mirada de ella, serio por el pensamiento.

—¿Qué pasa, Jan?

—¿Te has preguntado alguna vez si la historia ha cambiado personas, Karen? Quiero decir, ¿qué las haya *cambiado* realmente?

—¡Por supuesto que sí! No seas ridículo, ha cambiado miles de vidas.

—¿Cómo?

Ella hizo una pausa.

—Jan, sé lo que estás pensando, y todo artista está en su derecho de querer saber que su obra ha influido de alguna manera en el mundo. Pero créeme, tu obra, como ninguna otra que yo haya conocido, ha hecho un impacto en los corazones de los hombres. Vine aquí porque creí en el libro, y he sabido desde el principio que fue la decisión correcta.

—Sí —asintió Jan—. Y no estoy diciendo que estés equivocada, pero dime cómo este libro ha cambiado el corazón de una persona. Háblame de *una* sola.

Karen se calmó rodeando el escritorio y se sentó en la silla para visitantes al lado de él.

—Jan, mírame —dijo, poniéndole una mano en el hombro.

Él lo hizo y ella miró con ojos bien abiertos y afables.

Karen levantó un dedo hasta la mejilla de Jan y la acarició muy levemente.

—No tienes motivos para sentirte de este modo —manifestó—. Estamos impactando a cientos de miles con este ministerio. No puedes llegar a los corazones de los hombres y cambiarlos personalmente, pero puedes hablarles la verdad. Y lo has hecho. Lo has hecho bien. Y créeme, Jan, la película hará aun más.

¿Qué papel estaba ella representando ahora? ¿El del agente consolador, hablándole al cliente, protegiendo la inversión de ella? ¿O el de la novia amorosa? Tal vez ambos. Sí, ambos. Sin embargo, ¿por qué cuestionaba él aún las motivaciones de ella?

—Mírame —continuó ella—. Yo no tenía intención de amar a Dios antes de conocerte. ¿Crees que no he cambiado?

Karen sonrió y guiñó un ojo.

—Y el libro también ha tocado mi corazón en otras maneras.

—¿Sí?

—Sí. No todos los días descubrirás mi mano en la mejilla de un hombre.

El rostro de Jan enrojeció bajo el toque femenino... no podía verlo, pero podía sentir el calor que le recorría la piel. Entonces levantó la mano y agarró la de ella.

—Y no todos los días me descubrirás sosteniendo una mano tan delicada como la tuya.

Karen se sonrojó. Por un momento ambos permanecieron sentados en silencio debido a sus propias admisiones.

—Y tú... no podemos olvidarte, Jan. La historia te ha transformado la vida.

—¿De veras? A veces me pregunto si mi amor por mí mismo no es más grande que mi amor por los demás —objetó él, haciendo una pausa y mirando hacia la distante ventana que mostraba un cielo azul—. Hace solo dos días, por ejemplo, conocí a esta mujer... realmente una vagabunda. Una drogadicta. Su nombre era Helen.

Súbitamente le saltó a la mente el recuerdo de la visión que había tenido al tocarla. *Elige tus palabras con mucho cuidado, Janjic.*

—¿Sí?

Jan le contó a Karen cómo rescató a Helen y que la llevó a casa de Ivena. Y luego le dijo cómo ella había desaparecido. Dejó fuera las extrañas emociones que había sentido en presencia de la muchacha, pero explicó su temor de preocuparse por un alma tan rebelde. Cómo esto podría contaminar el mundo perfecto de él. En alguna parte allí Karen quitó la mano de la de Jan y se dedicó a escuchar.

—Como ves, si he cambiado tanto, ¿por qué me asusta la idea de mostrarle compasión a esta simple muchacha desesperada? ¿Y por qué esto hasta me repele?

—No lo sé. Dímelo tú.

A Jan le sacudió que el tono de ella no fuera totalmente amigable.

—No estoy hablando de alguna clase de atracción romántica, Karen. Helen es una pobre alma perdida. ¿Qué diría el padre Michael? Diría que yo debería darle lo que es mío. Que si ella me pidiera la camisa yo debería darle también el abrigo; que si ella quisiera que le llevara la carga por un kilómetro, debería ofrecerme a llevársela por dos.

—Sí, él podría decirte esto. Y lo has hecho, ¿verdad? ¿Mil dólares en ropa? ¿Qué creía necesitar la mujer?

—Bueno, en realidad esas fueron acciones de Ivena. Ellas tenían ideas distintas de qué comprar, por tanto compraron a gusto de ambas, solo para estar seguras.

Ante eso normalmente Karen habría reído, pero ahora tan solo sonrió, y muy poco.

—Así que entonces has hecho lo que debiste hacer y ella ha desaparecido. Si te preocupas por no haber hecho lo suficiente, yo pensaría que has ido un poco más lejos —expuso ella y esperó un momento antes de agregar—. ¿No lo crees?

—Quizás —asintió él; Karen parecía impaciente con la conversación, y Jan pudo ver que ella no era con quien debía hablar acerca de Helen—. Sí, tal vez tengas razón.

Él sonrió y volvió a hablar del viaje venidero. Karen necesitó algunos minutos pero luego pareció olvidarse de Helen, y poco después le volvió el brillo a los ojos.

O así lo creyó Jan, hasta que se puso de pie para salir por la noche.

—Jan.

—¿Sí? —dijo él devolviéndose.

—Creo que tenías razón respecto a Helen —expresó ella poniéndose de pie y colocándole una mano en el brazo—. ¿Está bien? En estos días es fácil perder de vista lo que significa el amor, pero mi intención no fue desanimarte.

—No, no lo hiciste. Pero gracias, Karen. Gracias.

—Así que, ¿Nueva York mañana?

—Nueva York mañana —contestó él levantándole la mano y besándosela con dulzura.

CAPÍTULO QUINCE

GLENN LUTZ estaba otra vez en su juego. Conducía negocios mientras almorzaba: un envío de drogas desde Jamaica; y por sus cuentas aproximadas el reparto le colocaría más de quinientos mil dólares en su banco el próximo mes. Tendría que poner ese bocado en la nariz de Beatrice.

La limusina lo volvió a llevar a las Torres Gemelas donde subió en el ascensor a la posición privilegiada que él tenía en lo alto de la torre este. Recuerdos de su reunión con Helen le produjeron una sonrisita de suficiencia en la cara. Ellos estaban hechos el uno para el otro, pensó. Esculpidos de la misma piedra cuando niños y apenas ahora presentados uno al otro, siendo ya bastante adultos para jugar de modo apropiado. Anoche Helen había subido a un nivel más grandioso y él se le había unido allí. La había dejado a las dos de la mañana acurrucada en estado semi-comatoso sobre la cama, había ido a casa, se había duchado, y había recuperado el deseo por ella.

Esta había sido una buena mañana, pensó. Todo había vuelto a su lugar. Él hasta había visto a la esposa y los hijos, aunque no había hablado con los chicos, pues al salir de la ducha ya se habían ido a la escuela. Por otra parte su esposa estaba enfurecida en la cocina, haciendo cualquier cantidad de preguntas menos la única que le resonaba en la mente: *¿Dónde has estado en los tres últimos días, Glenn?*

No importa dónde haya estado, cerebro de carne. Soy dueño de esta casa, ¿no es así? Ocúpate de tus asuntos o estarás en la calle antes de que tengas tiempo de pestañear. Tú y tus chicos. De todos modos ella ya no era realmente una esposa. Una madre puertas adentro, cuidada bastante bien, y los dos lo sabían.

Glenn pasó el resto de la tarde haciendo llamadas telefónicas, acrecentando lentamente el apetito por la mujer. No se trataba de la clase de deseo como cuando ella lo dejara… no, nada podría ser tan fuerte. Era un deseo que venía y se iba con el paso del día, y ahora estaba viniendo.

Salió de su oficina vacía y llena de espejos a las seis de la tarde y entró al puente adjunto que se extendía sobre la brecha de tres metros hacia la torre oeste. Solamente él usaba este pasaje privado. Era una de las características de las torres que le habían atraído en primera instancia. No poseía todo el edificio, pero tenía un contrato de arrendamiento por veinte años sobre los pisos que le importaban, incluyendo el pasaje que separaba convenientemente las dos vidas que llevaba.

Entró al palacio.

—¿Helen? —llamó; el cuarto se hallaba en la tenue luz del final de la tarde—. ¿Helen?

Ella estaba aquí, desde luego. Él había llamado solo una hora antes, no había recibido respuesta, por lo que envió a Beatrice a chequear. La secretaria había vuelto al teléfono para informarle que Helen aún se hallaba tumbada en la cama, muerta para el mundo.

—¡Helen! —gritó, corriendo hacia la puerta de ella y abriéndola de sopetón.

Al principio creyó que ella estaba en la ducha porque la cama se hallaba vacía; un enredo de sábanas medio salidas del colchón. Sonrió y se fue en puntillas hacia el baño. También estaba vacío. Vapor de una ducha reciente, pero nadie allí. La cocina, tal vez.

A menos que... Entonces le cruzó por la mente el pensamiento de que ella hubiera vuelto a huir. Un destello de pánico le subió por la columna. Retrongó, dio media vuelta en el baño y atravesó torpemente el piso hasta la tercera habitación en el pequeño apartamento. Llegó a la esquina y giró hacia el piso de la cocina. ¡Estaba vacía!

¡Imposible! ¡La bruja había acabado de revisar!

Glenn regresó al dormitorio principal y fijó la mirada en el basurero en que él había lanzado el vestido rosado, mascullando obscenidades. Pero el basurero estaba abierto y vacío. El vestido había desaparecido. Entonces lo supo con seguridad. Helen había huido.

A menos que en realidad no hubiera huido sino que estuviera escondida en alguna parte, para jugar.

—¡Helen! —llamó, y volvió al cuarto principal, gritando el nombre de ella—. ¡Helen! Escucha imbécil, ¡esto *no* es gracioso! Vienes inmediatamente aquí o te voy a curtir a golpes, ¿oyes?

El silencio de la habitación pareció espesarse alrededor de él; resolló, inhalando aire como si se fuera a acabar en cualquier momento.

—¡Helen! —volvió a gritar mientras corría hacia las puertas dobles y halaba las manijas, solo para descubrir que estaban cerradas según las instrucciones que él había dado. ¿Cómo entonces? Saltó hacia el cajón debajo del bar, lo abrió y agarró el contenido.

¡Pero la llave no estaba! ¡La moza había agarrado la llave y había huido!

Una nube roja llenó la visión de Glenn. ¡La mataría! ¡La próxima vez que pusiera las manos encima a ese vómito la despellejaría viva! Nadie... *nadie* le hacía esto y sobrevivía. Los brazos le estaban temblando y se agarró del bar para afirmarse.

Tranquilo, muchacho, te vas a reventar el corcho aquí.

Como si hubiera oído, el corazón pareció tartamudear. Un pequeño pinchazo de dolor le recorrió el pecho, y se agarró firmemente el pectoral izquierdo. *Tranquilo, muchacho.* Respiró a un ritmo constante y trató de calmarse. No se repitió el dolor.

Glenn se tambaleó hacia el teléfono de pared, limpiándose el sudor de la frente. Pulsó el número de la bruja. Ella levantó la línea interna de la oficina al décimo timbrazo.

—El señor Lutz ya se fue hoy a casa. Por favor, llame de nuevo…

—Beatrice, soy yo, ¡idiota! ¿Y qué estabas haciendo mientras nuestra palomita se dedicaba a volar por el gallinero?

—¿Se ha… se ha ido? —balbuceó ella en respuesta.

—Ahora óyeme, bruja gorda. Consígueme a Buck en este instante. No en cinco minutos, ni en tres minutos, ¡sino ahora mismo! ¿Oíste? Y dime que rastreaste la llamada que te ordené ayer.

—Tengo la dirección.

—Más te valdría esperar que ella aparezca allí. ¡Ahora ven acá y abre esta maldita puerta!

Glenn puso violentamente el auricular en la horquilla. Esta vez se aseguraría que las cosas fueran bien, aunque tuviera que hacerlas él mismo.

Levantó las manos y se cubrió el rostro. *Helen, Helen. ¿Qué has hecho?* La malagradecida imbécil aprendería esta vez la lección. Él no iba a soportar más esta tontería.

No *podía* hacerlo.

LA EXTRAÑA enredadera en el invernadero había crecido mucho, añadiendo treinta centímetros de longitud en cada uno de los dos últimos días. Ivena seguía creyendo que podría tratarse de alguna clase de mala hierba que se apoderaba del rosal a la manera amazónica. Pero hoy comprendió que algo había cambiado.

Fue el olor lo que la recibió al abrir la puerta del invernadero. El acre aroma de botones de rosas, pero más fragante que cualquiera de los olores que las flores de ella brindaran alguna vez.

Abrió la puerta y la cerró. A la derecha, las altas orquídeas brillaban de amarillo después del rociado. Tres filas de rosas rosadas se alineaban en la pared opuesta. Tulipanes rojos se acercaban a la madurez a lo largo de la pared de la cocina. Pero todo esto registraba la imprecisión de un telón gris de fondo.

Fue la planta en el centro de la pared izquierda la que atrajo la atención de Ivena. El rosal de Nadia, el cual ahora difícilmente era un rosal. Una sola flor posada sobre las enredaderas verdes. Una flor del tamaño de una toronja, e Ivena se dio cuenta que el dulce aroma venía de esta única flor.

Entró al invernadero y recorrió medio camino hacia la planta antes de detenerse.

—¡Caramba, caramba!

La vista ante ella era una imposibilidad. Tragó grueso e indagó en su memoria una flor que se pareciera a esta. Una flor blanca con cada pétalo bordeado de rojo, redonda como una rosa pero grande como una azucena belladona.

—¡Caramba, caramba!

Querido Dios, ¿qué tenemos aquí?

El aroma era demasiado fuerte para haber sido destilado de las flores, como en un perfume. Demasiado fuerte para ser natural. Ivena siguió caminando con paso menudo y se inclinó para ver las lianas debajo de las flores. No habían crecido tanto desde ayer, pero habían producido esta asombrosa flor.

Ivena dio media vuelta y salió corriendo del espacio, agarró un grueso libro de horticultura de la sala y regresó, hojeando a través de las mismas páginas que ya había estudiado tres veces en igual cantidad de días. Sencillamente debía identificar esta planta de vertiginoso crecimiento. Y ahora que había florecido no sería tan difícil. Una flor era la más extraordinaria firma de una planta.

Había repasado las páginas de rosas sin que coincidiera ninguna. Dio vuelta a la última página de rosas sin hallar ninguna parecida. Entonces sería una liliácea. Quizás incluso una orquídea, o un tulipán, de algún modo polinizado por los de ella, lo cual era imposible. Sin embargo, ella estaba fuera de su reino de conocimiento.

Le llevó tres cuartos de hora revisar todo el libro de referencia. Al final no logró encontrar algo que se asemejara remotamente a la extraña flor.

Cerró el libro y se inclinó sobre la estructura que alojaba la planta.

—¿Qué eres tú, mi querida flor? —susurró.

Tendría que pedirle a Joey que viniera a echar un vistazo. Él tendría una explicación. No te conviertes en maestro de jardines botánicos sin conocer tus flores.

Ivena bajó la nariz hasta los pétalos. El aroma se le fue directo a los pulmones; pensó que realmente podía sentirlo. Era más que una fragancia... era como si los pétalos estuvieran despidiendo aliento, algo tan dulce y agradable que ya no deseaba salir del invernadero.

—¡Caramba! ¡Caramba!

Se quedó otros diez minutos, cautivada por la increíble invasión a su mundo.

HELEN SE acercó a la casa de Ivena por el norte, corriendo a toda velocidad por la acera con el vestido puesto, totalmente ajena a su apariencia. Tenía que llegar a esa casa; era lo único que importaba ahora. Ivena y Jan sabrían qué hacer; ella había pasado las últimas horas convenciéndose de eso.

El plan, si podía llamarlo así, había marchado como mecanismo de relojería. Por supuesto que el plan solo tenía una hora de antigüedad y terminaría en menos de treinta segundos cuando tocara a la puerta de Ivena. Más allá de eso no sabía qué hacer. Lo que sí sabía era que a la una de la tarde había despertado de su noche de complacencia con el absoluto discernimiento de que debía salir de la pocilga de Glenn.

Se había sentido de igual forma antes, desde luego, y se había ido. Pero esta vez… quizás esta vez fuera para bien. Imágenes de Jan e Ivena le vagaban por la mente, llamándola. Eso había sido bueno, ¿verdad? Sentada como una verdadera dama, comiendo salchichas y vegetales, y conversando con un hombre así de real. Un hombre tan sofisticado y amable. ¿Y cuándo había pasado ella un día con una persona tan sabia como Ivena? A pesar de los gustos anticuados de la mujer, ella tenía un intelecto de libros escritos.

Helen había pasado cuatro horas tendida en cama sintiéndose mareada, sola e increíblemente inútil. Se había levantado dos veces a vomitar, una después de ponerse a recordar la manera en que Glenn la había baboseado durante la noche, y otra por las drogas. Se hallaba en cama cuando la bruja llegó a revisar a las cinco, y Helen decidió quedarse inmóvil. Fue entonces, cuando Beatrice salió, que concibió el plan. El ardid era actuar de prisa, salir usando la llave de Glenn, y poner tanta distancia como fuera posible entre ella y el palacio antes del regreso del cerdo. Imaginó que tenía una hora; él no habría enviado a Beatrice si estuviera en camino.

Helen había cruzado la calle y abordado un autobús antes de pensar en la posibilidad de que Ivena no la recibiera con los brazos abiertos. Ivena no le pareció la clase de persona que brindaría fácilmente una segunda oportunidad. Por otra parte, ella y Jan serían de los que perdonan y olvidan. O al menos de los que perdonan.

Una vez más echó una rápida mirada hacia atrás en la calle, no vio autos, y corrió hacia la puerta. Respirando tan firmemente como podía levantó una temblorosa mano hasta el timbre y lo pulsó. El débil sonido de la campanilla se oyó al otro lado de la puerta. Se alisó el vestido, el que Ivena había insistido en que ella comprara, y esperó, anhelando con todo el corazón entrar a la cálida seguridad de esta casa.

La puerta osciló e Ivena apareció allí, usando un vestido azul claro.

—Hola, Helen —saludó la dama como si nada en absoluto fuera extraño acerca de esta reaparición.

Podría haber continuado con una pregunta como: *¿Conseguiste la leche que te pedí?* En vez de eso se hizo a un lado.

—Entra, cariño.

Helen pasó al lado de Ivena.

—Entra a la cocina; estoy preparando la cena —anunció Ivena siguiendo adelante—. Puedes ayudarme, si quieres.

—Ivena. Lo siento. Yo solo…

—Tonterías, Helen. Podemos hablar de eso más tarde. ¿No estás herida?

—No —negó Helen meneando la cabeza—. Estoy bien.

—Tienes una fea contusión en la mejilla. Te la hizo este tipo Glenn, ¿verdad?

—Sí.

—Deberíamos ponerle encima un poco de crema.

Helen miró a la dama mayor y sintió un placer que casi nunca había experimentado, una extraña aceptación incondicional. Esto le inundó el pecho y le asió el corazón por un momento. No pudo impedir que se le abriera la boca.

—¿No estás enojada entonces?

—Lo estuve, hija. Pero anoche solté la ira. ¿Estabas esperando enojo?

—¡No! ¡Por supuesto que no! Solo que yo… no estoy acostumbrada a ser…

La voz se le apagó, ante una pérdida de palabras.

—¿No estás acostumbrada a ser amada? Sí, lo sé. Bueno, por qué no vas a ver cómo está el estofado mientras hago una rápida llamada telefónica.

—Claro.

Ivena simplemente le dio la bienvenida otra vez como si Helen solo *hubiera* ido a la esquina por un poco de leche.

—¿Te gusta? —preguntó Helen, haciendo una reverencia con el vestido.

—Veo que usaste el mejor para tu pequeño viaje —contestó Ivena sonriendo—. Sí, me gusta.

Helen dejó que Ivena hiciera la llamada telefónica mientras daba un vistazo a la olla de estofado hirviendo. El aroma le hizo sonar el estómago; no había comido desde que saliera ayer. Ivena hablaba ahora en tono exaltado. ¡Con Jan! ¿Qué significaba eso? ¿Significaba que estaban celebrando los rendimientos del pequeño proyecto que tenían? ¿O significaba que Jan desaprobaba que Ivena…?

—¿Helen? —llamó Ivena.

—¿Sí?

—¿Usaste ayer el teléfono?

Para llamar a Glenn; lo había olvidado.

—Sí —contestó ella.

Hubo otro momento de conversación antes de que Ivena colgara y entrara aprisa a la cocina, apagando el hornillo y volviendo a poner la olla caliente en la refrigeradora.

—Vamos, querida. Debemos irnos —expresó Ivena.

—¿Irnos? ¿Por qué?

—Jan afirma que es demasiado arriesgado. Si Glenn es tan poderoso como dices, pudo haber rastreado tu llamada. ¿Sabes si él haría algo así?

—Sí —respondió ella tragando saliva.

—¿Y sería un problema que viniera a buscarte?

—Sí. ¡Por Dios, sí! —exclamó Helen dando la vuelta, asustada al pensar en eso; cierto, ¡es probable que en este mismo instante él esté en camino!—. ¡Tenemos que salir, Ivena! Si Glenn me encuentra aquí...

Ivena ya la estaba empujando hacia el frente.

—Entra rápido a mi auto —ordenó Ivena mientras agarraba un manojo de llaves de la pared y suavemente empujaba con el codo a Helen hacia la puerta.

Se detuvieron y miraron en ambas direcciones antes de atravesar corriendo el césped y meterse al viejo Volkswagen Escarabajo gris con paneles laterales oxidados. Ivena no subía rápido y Helen la animó.

—¡Apúrate, Ivena!

—Me estoy apurando. No soy ninguna niña.

Ivena encendió el auto y arrancó con un chirrido.

—Gracias a Dios que manejo más rápido de lo que corro —expresó y salió rugiendo por la calle.

—Presiona el pedal a fondo, mamá —bromeó Helen, aliviada—. ¿Adónde vamos?

—A casa de Janjic —contestó Ivena—. Iremos a la mansión de Janjic.

GLENN ESTABA en la parte trasera de la limusina, preocupado, furioso y gritando largas sartas de obscenidades mientras Buck piloteaba el vehículo con el brazo bueno y usaba el otro como guía. Sparks no había resultado tan afortunado; pasaría un mes antes de que pudiera usar el brazo otra vez. Pero la bala de Buck no había hecho nada más que hundírsele en el hombro. Unos centímetros más abajo y le habría perforado un hoyo en el corazón; el hecho no se le había escapado al matón.

—Un poco más adelante, señor —informó Buck.

—¿Dónde? —preguntó Glenn inclinándose al frente; la luz ya era débil.

—Debería ser una de esas casas allá a la izquierda.

Un auto arrancaba de una entrada adelante; un antiguo Escarabajo gris. Algún adolescente bandido luciendo su juguete nuevo. Disminuyeron la velocidad y siguieron la numeración. 115 Benedict, había dicho Beatrice. 111... 113... 115.

—¡Para!

Era una casita rodeada por un centenar de plantas con flores blancas. Y sí él tenía razón, en esa casa habría una flor a punto de ser erradicada. O aplastada, dependiendo de cómo resultara todo esto.

—¿No es esa la entrada de donde salió ese Escarabajo? —inquirió Buck.

¿Escarabajo? ¡El Escarabajo gris! Glenn volteó a ver hacia la calle.

—¡Sí!

No podría estar lejos. ¿Había girado a la izquierda o la derecha en el extremo?

—¡Muévete, idiota! No te quedes allí sentado, ¡tras él!

Salieron chirriando en persecución y alcanzaron el auto treinta segundos después, desplazándose al oeste. Glenn se inclinó sobre el asiento, respirando con dificultad al oído de Buck y escudriñando en medio del anochecer. Al instante reconoció la cabeza... esa cabeza rubia clara que anoche mismo él había acariciado. Si pudiera estirar la mano ahora agarraría un mechón de ese cabello y sacudiría a la tipa como muñeca de trapo, pensó. Y pronto haría eso, ¡porque la había *encontrado*! Había encontrado a la vagabunda. Dulce, dulce Helen. Ahora no importaba si ella intentara esconderse otra vez en la casa de flores o en el actual destino del Escarabajo. Esta vez él se encargaría de corregir las cosas. Tendría que ser un plan que perdurara. Uno que la tomara totalmente desprevenida y la convenciera por completo de quedarse en su jaula. O mejor aún, un plan que la atrajera otra vez por decisión propia. Porque ella lo amaba. Sí, ella lo amaba. *Ven acá, gatita, ven gatita.*

Glenn se dio cuenta que la boca se le había abierto sobre el asiento de cuero delante de él. Un hilillo de baba había caído al respaldo del asiento. Tragó saliva y se sentó derecho.

—¡Retrocede! —ordenó bruscamente—. Retrocede y sigue ese auto hasta que se detenga. Si lo pierdes te juro que te meteré una bala en el otro brazo.

CAPÍTULO DIECISÉIS

P: ¿Cómo se siente esta clase de amor?

R: ¿El amor del sacerdote? Imagine desesperación extrema. Imagine un profundo anhelo que arde en la garganta. Imagine rogar para estar con su amado en la muerte. En sus cánticos el rey Salomón caracterizó la sensación como una enfermedad. Shakespeare la previó como la muerte de Romeo. Pero Cristo... Cristo murió de verdad por su amor. Y el sacerdote lo siguió gustoso.

P: ¿Y por qué tan pocos cristianos asocian amor con muerte?

R: El solo hecho de ser cristianos no necesariamente significa ser seguidores de Cristo. Los seguidores de Cristo caracterizarían de este modo al amor porque Cristo mismo lo hizo.

Jan Jovic, autor del éxito
de librería *La danza de los muertos*
Entrevista con el Times de Nueva York, 1960

JAN ANDABA en medias de un lado al otro en la entrada caminando sobre la brillante baldosa color ladrillo, sintiéndose atornillado dentro de un nudo sin saber exactamente por qué. Ivena iba hacia allá, llevando consigo a Helen. Así que la mujer había regresado después de todo. Ivena tenía razón; deberían mostrarle el amor cristiano. Cristo había comido con los vagabundos de la época; se había hecho amigo de los personajes más indecorosos; hasta había animado a la prostituta a que le lavara los pies.

¿Por qué entonces Jan estaba tan renuente a adoptar a Helen?

Padre, ¿qué está sucediendo aquí? Tú me tocas con esta mujer; me pones este absurdo pesar por ella, ¿pero por qué razón? A menos que no fueras tú sino yo quien hace aparecer esos sentimientos en mi propia mente.

Quizás para nada era renuencia lo que él sentía, sino temor. Temor por lo que la mujer le hiciera las dos veces que la había visto. El rostro de Karen le resplandeció en la mente, sonriendo cálidamente. Hasta ella había concluido que él debería mostrarle amistad a Helen, aunque la conclusión no había llegado tan fácil.

Jan dejó su caminar y respiró profundamente por la nariz. El fuerte olor de vainilla proveniente de tres velas encendidas le inundó las fosas nasales. Había apagado las luces, un hábito arraigado durante el sitio de Sarajevo. Apagar las luces y mantenerse agachado. Por supuesto, esto no era Sarajevo y no había ningún sitio. Pero esta era Helen, y él no había imaginado a esos dos hombres persiguiéndola en el parque. Ella estaba en más peligro del que dejaba saber.

El timbre de la puerta sonó y él se sobresaltó. ¡Ya están aquí!

Jan se paró ante la puerta y la abrió.

—¿Estás bastante seguro que esto sea necesario, Janjic? —preguntó Ivena, entrando con Helen a la zaga.

Jan cerró la puerta, puso el pasador, y se volvió hacia ellas.

—Quizás no, pero no podemos tomar el riesgo de equivocarnos —explicó, y en seguida se volvió a Helen, quien se hallaba en la penumbra—. Hola, Helen. ¿Qué crees tú? ¿Es necesario esto?

Ella dio un paso adelante hacia la luz amarilla; la menuda mujer con corto cabello rubio y profundos ojos azules, vestida en un arrugado vestido rosado. Era difícil imaginar que ella fuera la causa de toda esta conmoción. Solo era una drogadicta. No tenía zapatos y tenía los pies sucios... eso la descubría. Una inspección más de cerca mostraba la redonda contusión en la mejilla izquierda. La habían golpeado allí con mucha fuerza. El corazón de Jan le saltó de repente en el pecho.

—Podría ser —respondió ella.

—¿Y de qué clase de peligro estamos hablando? —inquirió él tragando saliva, plenamente consciente de que ella ya lo estaba afectando, y temeroso de que pudiera ahogarlo con la propia compasión de él.

Padre, por favor.

—No sé... nada. Tú viste a los hombres que nos perseguían.

—¿Debemos entonces llamar a la policía?

—No.

—¿Por qué no? Este tipo te ha maltratado. Estás en peligro.

—No. Nada de policía.

—Estar parados aquí no nos hará bien —terció Ivena girando hacia la sala—. Ven, Helen, y dinos qué ocurrió.

La joven mantuvo por un momento la mirada en Jan antes de volverse y seguir a Ivena. Jan las vio irse. Pensó que Ivena había adoptado realmente a Helen. Se sentaron en triángulo, Helen en el sofá grande, Ivena en el diván de dos puestos, y Jan en su tradicional sillón de cuero, y por un instante ninguno habló. Entonces Helen se retorció las manos, las acercó hacia sí como si se fuera a abrazar, y sonrió.

—Vaya, huele rico aquí. ¿Es vainilla eso, Jan?

La voz de ella se le movió a Jan en la mente como si tuviera vida. ¡Santo cielo! ¡Estaba sucediendo otra vez! ¿Y qué había dicho ella? *¿Es vainilla eso, Jan?* Pero esas palabras, el simple sonido de la voz de la muchacha, y la imagen de ella acurrucada en el sofá eran como dedos que le tocaban los acordes de la mente.

—Sí —contestó él—. De las velas.

—Así que esta es la mansión de la que Ivena se la pasa hablando —manifestó ella mirando alrededor—. Es bonita.

—Es demasiado grande —afirmó Jan.

—¿Vives solo aquí?

—Sí.

—Entonces tienes razón; es demasiado grande.

—Siempre le he dicho lo mismo —intervino Ivena con una ligera exclamación de desdén—. Él necesita una buena mujer para hacer un hogar de esto. Ahora dinos, Helen. ¿Por qué te fuiste ayer?

Llegó el momento; Ivena había optado por el enfoque directo, como una buena madre.

Y a Helen pareció no importarle esta vez.

—No lo sé. Estaba triste, imagino —contestó.

—¿Triste? ¿Triste por este tipo que te hizo ese moretón en la mejilla?

Ella encogió los hombros y se mordió el labio.

—¿Y por qué regresaste? —preguntó Ivena después de mirar a Jan.

Helen volvió a encogerse de hombros. Miró una de las lámparas de piso, y Jan vio que los ojos de la mujer brillaban ante la luz ámbar. Él pensó que ella estaba tan confundida y desesperada como cuando vino la primera vez. Una chica tan categóricamente perdida que ni siquiera sabía que estaba perdida. Una mujer en tensión por una dolorosa infancia y colgando de un solo hilo. En su caso podría ser un hilo de placer. Dale placer, en cualquier forma, y ella se aferraría a ti. Pero dale amor y podría huir, confundida por las extrañas ideas de confianza y lealtad. El ir y venir de la mujer era asunto tanto de hábito como de anhelo.

Jan la miró y se le oprimió el corazón. *Helen, Helen. Tierna Helen.* Se secó un pequeño resplandor de sudor en las palmas de las manos.

—No debes temer, Helen. Estarás segura aquí. Lo prometo.

—Eso espero —respondió ella alzando sus ojos azules.

—Pero debemos saber más acerca de Glenn, creo. Ahora estamos involucrados; deberíamos saber más.

Helen asintió lentamente y entonces les habló de Glenn. La pura verdad, en su propia opinión, por supuesto, pero con sinceridad en la voz. Poco a poco reveló la horrible verdad acerca de su relación con el enloquecido traficante de drogas. Y también poco a poco, mientras ella hablaba, Jan sentía que se acrecentaba el pesar por ella. Él se levantó una vez para revisar la calle, pero volvió sin reportar nada extraño.

Glenn era un individuo que vivía para controlar, y bajo las capas de la ciudad halaba un montón de cuerdas... creía Helen de él. Lo había oído y visto manipular a hombres mucho más poderosos en la opinión pública. Pero en realidad era Glenn quien halaba las cuerdas con sus enormes puñados de dinero. Era un poder tan asfixiante como las drogas. Era una relación de «toma y dame»... ambas partes daban y ambas tomaban.

La voz de Helen zumbaba con dulzura por la mente de Jan, como una droga que se movía en el aire... afectándole las emociones como ninguna otra voz lo había hecho. La escuchaba, y parecía hinchársele físicamente el corazón; le crecía y le dolía con cada nueva frase que ella pronunciaba. Tanto que para el final de la historia, él dejó de oírla por completo.

No era la manera en que Helen miraba; era más, mucho más. Era la voz de la muchacha; la mirada en lo más profundo de los ojos. Un fuego intenso en las pupilas femeninas que lo cautivaban. Era el desaliñado inglés con que ella hablaba, la risita nerviosa, y su claro enfoque en la verdad. No había una sola fibra de falsedad en Helen.

Pero aun más. Era el hecho de que el corazón de ella estaba latiendo. Estar sentada allá sobre el sofá y con el corazón latiéndole, hacía que al mismo tiempo también le latiera el corazón a Jan. El pensamiento le puso a sudar las palmas.

Se imaginó hablando con Karen al respecto. *Oh, Karen. Esta mujer está muy herida. Tiene tanta necesidad de amor. Del amor de Dios. Del amor de Cristo.*

Ahora él sabía que Helen, la dulce Helen, no era una mujer común y corriente. Y darse cuenta de esto hizo que empezara a empapársele la espalda de la camisa con sudor.

—¿...me quedaré? —estaba preguntando Helen.

Ella le había preguntado a él.

—¿Perdón? Lo siento, ¿qué?

—¿Qué hacemos ahora? ¿Has estado escuchando, Jan? Porque pareces distraído. ¿No parece él distraído, Ivena?

—Desde luego, he estado escuchando —declaró él y se sonrojó.

Helen le estaba sonriendo pícaramente como si lo hubiera atrapado, y de pronto él se sintió inhibido. *Ella es hermosa*, pensó. *Vestido rosado arrugado, cabello rubio despeinado y todo. Hermosísima. En realidad despampanante. Hasta con los pies descalzos. Son pies tiernos.*

¡Basta, Jan! ¡Basta! ¡Esto es absurdo! Casi estás casado y he aquí comiéndote con los ojos a una jovencita.

—¿Qué dirías tú, Ivena? —investigó él mirando a Ivena y oyéndose la voz como a la distancia.

Ella había bajado la cabeza y lo estaba mirando por detrás de sus propias pestañas.

—Yo diría que detecto una *corazonada*, Janjic.

¡Ella se estaba refiriendo al corazón de él! Santo cielo, ¡lo estaba acusando exactamente aquí delante de Helen!

—Muy bien. Te quedarás entonces la noche. Sería peligroso que regresaras sola a tu casa. Usa el apartamento.

—¿Apartamento?

—Hay una suite equipada en el sótano. Antiguos cuartos de huéspedes. En realidad nadie lo ha usado desde que Ivena lo ocupara por algunas semanas mientras encontraba casa. Tiene su propia entrada pero es muy seguro. Ivena está al tanto de todo.

Jan miró a Ivena y vio que ella había arqueado una ceja.

El agudo timbre del teléfono evitó que Jan hiciera algún otro comentario. Se paró rápidamente y corrió a la cocina. Ivena había ido demasiado lejos esta vez. Hablaría con ella acerca de esta tontería de la *corazonada*.

Pero ella tiene razón, Janjic.

—Aló —contestó después de agarrar el auricular de la pared.

Ella no podría tener razón.

—¿Jan Jovic? —preguntó una voz áspera.

—¿Sí?

El hombre en el teléfono respiró hondo, pero no habló. El corazón de Jan le latió con fuerza.

—¿A la orden?

—Escúchame, pequeño fanfarrón. ¿Crees que te puedes quedar con ella?

Unos cuantos jadeos de respiración dificultosa llenaron el auricular, y Jan dio media vuelta alejándose de las mujeres. Un pequeño destello se le encendió en la mente, y de pronto se volvió a ver allí. Enfrentando la ponzoñosa mirada de Karadzic en un lejano paisaje.

—Ella es una perra en celo —continuó la voz—. ¿Sabes cómo mantener a otros perros lejos de una perra en celo?

¡Era Karadzic! ¡Era él!

—Los matas —añadió la voz—. Ahora estás advertido, predicador proxeneta. Si ella no regresa a la perrera en cuarenta y ocho horas le suplicarás a Dios nunca haber puesto los ojos en ella.

Otra vez respiración pesada.

La mente de Jan dio vueltas, agarrado por el pánico.

Sonó un suave clic. Y un tono de dial.

Jan no pudo moverse por un momento. ¿Lo estaban amenazando? ¡Por supuesto que sí! Pero no se trataba de Karadzic, ¿verdad que no? Era Glenn Lutz.

Jan respiró pausadamente y pestañeó varias veces para recuperar la claridad en la visión. Las mujeres habían dejado de charlar. Devolvió el auricular a la horquilla.

—¿Hay algún problema, Janjic? —preguntó Ivena.

—No —contestó él, y al instante pensó: *Eso fue una mentira*.

¿Pero qué más podía decir? *No me hagan caso. Solo me estoy volviendo loco aquí. Lo hago una vez al mes. Me ayuda a permanecer en contacto con mi pasado.*

Jan consideró excusarse e ir a la alcoba. En vez de eso abrió la refrigeradora y por unos momentos observó lo que contenía. Alargó una mano temblorosa hacia la jarra de té, cambió de opinión y en vez de eso asió una pequeña botella de refresco. Poco a poco el temblor se le abrió paso hacia los miembros.

Esto era demasiado. Él tenía una vida a la cual prestar atención, por amor de Dios. En la mañana viajaría para Nueva York. ¡Con Karen! ¡Su novia! En realidad debería entrar allí y decirle a Ivena que debía llevarse a Helen al refugio femenino de una iglesia o a otro lugar dotado apropiadamente de personal para ayudar a mujeres necesitadas. Esta era la casa de él, no una iglesia. ¡Y ahora el maniático amante de ella le estaba amenazando la vida!

Pero cuando entró a la sala y vio a Helen sentada en el sofá se le volvió a hinchar el corazón, a pesar de la extraña mirada que ella le lanzó al paso. El estómago se le paralizó por un momento.

¡Querido Dios, esto era una locura!

Tal vez, pero Jan supo por primera vez, al ver a la muchacha en el sofá, que él no *quería* que ella se fuera. Es más, la idea de que ella se fuera le produjo en el pecho una sensación muy parecida al pánico.

Lo cual representaba un problema, ¿no era cierto? Un problema muy grande.

JAN APENAS durmió esa noche. Susurró oraciones a su Padre en que le suplicaba entendimiento, pero este no llegaba. Si Dios le había encendido de veras el corazón por esta mujer, ¿qué clase de interruptor había disparado? ¿Y por qué? ¿Y qué haría Karen de la *corazonada* de Ivena? La cual tal vez era más que una *corazonada*.

Ella nunca entendería. Tampoco Roald. ¿Cómo podrían hacerlo? ¡Ni siquiera *Jan* entendía!

Se levantó una docena de veces buscando a través de las ventanas alguna señal de intrusos, pero finalmente se adormeció como a las tres de la mañana.

Salió de la casa a las seis, antes de que Ivena o Helen emergieran de sus habitaciones. Ellas habían concordado en que si alguien debía dejar la casa sería Ivena, sola. Helen no saldría por ningún motivo. Y bajo ninguna condición le abrirían la puerta a algún extraño. Había alimentos de sobra en la refrigeradora para que se las arreglaran. Él pensaría detenidamente el asunto y volvería de Nueva York con un plan, lo prometió.

Karen le lanzó varias miradas extrañas durante el viaje al aeropuerto.

—¿Qué pasa? —preguntó él una vez.

—Nada. Solo que pareces distraído —contestó ella.

Casi le habla de la excéntrica amenaza, pero decidió que no era necesario lanzarle preocupaciones encima.

—Tengo muchas cosas en la mente —explicó él con una sonrisa, lo que pareció satisfacerla.

Una hora después el jet se elevaba a diez mil kilómetros. Lentamente empezaron a borrarse las imágenes que lo habían mantenido despierto durante la noche.

Estaban sentados juntos en la cabina de primera clase, con los dedos entrelazados, hablando de todo y de nada, volando alto en el propio mundo privado de ellos. El almizclado perfume que ella usaba olía delicado y femenino, como la misma Karen, pensó él. Sirvieron la comida: colas de langosta, papas con mantequilla, y una salsa de vino tinto que él nunca antes había probado... al menos no con langosta. Estaba estupenda. Sin embargo, Karen le advirtió a la azafata que no habían preparado correctamente los fríjoles, y Jan se sintió incómodo porque ella manifestara eso.

Roald había dispuesto reunírseles con un séquito de líderes cristianos y activistas de derechos humanos que apoyaban fuertemente la realización de la película. También estarían algunas personalidades de Delmont, le había dicho Karen. Deseaban hacer de la ocasión un acontecimiento. Confiaban en que Roald y Karen idearan cualquier excusa para promocionar. Él se lo había dicho a Karen y ella soltó una risita nerviosa, mordiéndose la lengua entre los dientes frontales. Ella no rió... eso se habría esperado; sino que sonrió como una niñita, se mordió la lengua, y entrecerró los ojos como si hubiera hecho algo especialmente peliagudo, aunque ambos sabían que no había sido nada extraordinario. Ella hacía eso porque estaba con él. Lo hacía porque estaba enamorada.

Jan se reclinó en el asiento y sonrió. *Aquí es adonde perteneces, Janjic.*

—¿Sabes? Es asombroso pensar en la fidelidad de Dios —comentó él.

—¿Cómo así?

—Mírame. ¿Qué ves?

—Veo un hombre fuerte en la cima del mundo.

Él trató de no sonrojarse.

—Soy un muchacho que se crió en los barrios bajos de Sarajevo y que se quedó sin familia por la guerra y la enfermedad. Un joven que deambuló por Bosnia, matando junto con los demás. Y entonces una vez, en un pueblito, hice algo decente; algo correcto. Defendí la verdad. Defendí a uno de los hijos de Dios e inmediatamente me encarcelaron durante cinco años. Pero ahora mírame, Karen. Ahora Dios me ha concedido esta increíble bendición de vivir —entonces sonrió con ella—. Ahora estoy volando en primera clase, comiendo langosta con quien será mi esposa. ¿No dirías que Dios es fiel?

—Sí. Y que esa fidelidad está ahora a mi favor —asintió ella sonriendo—. Porque estoy sentada a tu lado.

Ella le agarró la mano y la besó tiernamente. Él la miró y le surgió deseo. Era un momento demencial; uno en que él pensó que debían adelantar la boda. Diciembre parecía otra vida. *Fuguémonos, Karen.*

¿Y por qué no?

—¿Me amas, Jan?

La pregunta le hizo bajar una bola de calor por la columna.

—¿Cómo no podría amarte, Karen? Eres brillante, eres encantadora y, sí, te amo.

—Excelente —contestó ella sonriendo ante las palabras—. Me conformaré con eso.

Jan la besó y selló las palabras. Pensó que necesitaba la reafirmación más que ella.

Cuando aterrizaron en Nueva York una larga limusina blanca los llevó al Hilton del centro de la ciudad, donde los condujeron al salón principal de recepción. Treinta o más personas esperaban bajo una enorme araña de cristal, con Roald en el medio. Frank y Barney estaban junto a él, los dos sonriendo de oreja a oreja… debieron haber venido de Dallas con Roald.

Karen hizo girar a Jan hacia ella exactamente en la entrada y con rapidez le apretó la corbata.

—¿Qué harías sin mí, eh? Recuerda sonreír a las cámaras. No demasiado. Ten confianza. Recuerda, ellos valoran la seguridad personal.

Él se sintió incómodo como para responder, así que solo aclaró la garganta.

Los aplausos resonaron por el pasillo, y por un momento el ajetreo del hotel pareció estancarse. Al instante Jan se dio cuenta que todas las miradas se enfocaban en él.

Asintió con cortesía y dejó que amainaran los aplausos. Roald levantó la mano.

—Damas y caballeros, estoy orgulloso de anunciar que estamos llegando a un acuerdo con Delmont Pictures para producir una película de *La danza de los muertos* para estreno teatral.

De inmediato el salón prorrumpió en aplausos. Todo eso era innecesario, por supuesto, pero Roald tenía sus maneras.

Él no había terminado.

—Esta es la historia de Jan Jovic; un relato que alcanza a todos aquellos que sufren por causa de la cruz; una película que llevará un mensaje de esperanza a millones que necesitan oír del amor de Dios y de quienes aún sufren en todo el mundo.

Otra oleada de aplausos. Una cámara de televisión captaba la ocasión en video. Jan inclinó la cabeza y volvieron a aplaudir, sonriéndole orgullosamente. Todos ellos se habían reunido por sus propias causas; algunos por una película rentable, otros por grupos de amnistía, tal vez esperando aprovechar esta película con el fin de levantar sus propios fondos. Algunos para los fondos de la iglesia.

Querían unas palabras de Jan, y él las pronunció brevemente, agradeciendo en público a Roald y Karen por su imperecedero apoyo y servicio, a lo cual todos ellos debían esta oportunidad. Luego Jan se mezcló en la reunión con todos los presentes que esperaban saludarlo y discutir sus apreciaciones o inquietudes particulares. Él respondió una docena de preguntas a periodistas con micrófonos extendidos. Tenía experiencia con los medios de comunicación, desde luego, y los atendía mientras los demás hablaban en grupos pequeños, comiendo queso y camarones y sorbiendo bebidas. Karen daba vueltas por todas partes, lanzando la operación como solo ella sabía hacerlo. Varias veces las miradas de ambos se encontraron. Una vez ella le guiñó y él se enredó con la pregunta que un periodista acababa de hacerle.

Ya era de noche cuando salió el último invitado. Roald y Karen insistieron en salir a cenar, a lo más exclusivo. Una hora después estaban sentados alrededor de una mesa de Delmonico's en Broadway, analizando el día. Todo estaba dispuesto para la reunión con Delmont en la mañana. Solo sería una formalidad… eso y recoger un cheque, desde luego. Un millón al legalizar el contrato, cuatro millones dentro de treinta días. Levantaron las copas y brindaron por el éxito. Parecía apropiado.

—Karen me comentó que el otro día te topaste con una adicta a las drogas —dijo Roald mientras cortaban sus churrascos—. Que ella pasó la noche en casa de Ivena y que luego se fue con mil dólares de los fondos del ministerio.

—Bueno no, en realidad no se llevó mil dólares —objetó Jan mirando a Karen—. Ivena le compró algunas prendas por sugerencia mía.

—Qué bueno, Jan —manifestó él, y Jan no pudo medir la sinceridad del hombre—. Así que en alguna parte hay una drogadicta vagando por ahí con un abrigo de visón y riéndose por cómo se lo esquilmó a un desafortunado imbécil.

—No —negó Jan retrocediendo ante el cinismo—. No fue un abrigo de visión. Y ella dejó la ropa, menos un vestido rosado.

—¿Un vestido rosado? —preguntó Karen.

—Uno que Ivena le hizo comprar —respondió Jan con una sonrisa.

Ella no le devolvió la sonrisa.

—Bueno, la tipa desapareció —comentó Roald poniéndose otro bocado en la boca—. Pasado mañana mil dólares parecerán dinero suelto.

—En realidad ella no desapareció —confesó Jan bajando la mirada y cortando su churrasco—. Volvió anoche.

—¿Regresó? —inquirió Karen después de quedarse helada por un momento.

—Sí. Apareció en casa de Ivena y las hice venir a la mía.

—¿Estás diciendo que esta mujer está en *tu* casa? —exclamó Roald mirando a Karen y luego otra vez a Jan—. ¿Ahora?

—Sí, con Ivena. ¿Es eso algún problema?

—¿Por qué tu casa? —quiso saber Karen.

Un trozo de bistec permaneció en el tenedor de ella, quien tenía los ojos bien abiertos.

—La están persiguiendo. No creí que estuviera segura en casa de Ivena.

—A ver si nos entendemos —volvió a intervenir Roald; Jan pensó que ellos no estaban tomando esto muy bien—. Una drogadicta viene huyendo hacia ti, sale corriendo con mil dólares, regresa al día siguiente con una banda de gángsteres tras ella, ¿y la metes en tu propia casa? ¿No la llevaste a la policía o al refugio, sino que la dejaste en tu casa mientras tú sales para Nueva York? ¿Es así?

—Tal vez debí haber llamado a la policía, pero…

—¿Ni siquiera *llamaste* a la policía?

—Ella insistió en que no lo hiciera. Mira, ella estaba en peligro, ¿bueno? Quizás debí llamar a la policía. Pero no podía simplemente decirle a la muchacha que se fuera al diablo, ¿verdad? Olvidas que dirijo un ministerio que aboga por socorrer a quienes sufren. No solo en Bosnia sufre la gente.

El intercambio los dejó en silencio por un momento.

—Deberíamos ver *a quién* socorremos —cuestionó Roald—. Esta es la clase exacta de asuntos del que hablamos en…

—¿Por qué te preocupa eso? —retó Jan—. Ayudé a una mujer desesperada por su vida, y ¿es eso un problema?

—No, Jan. Pero tienes que entender… ahora estamos en un momento muy delicado. Este asunto de la película depende de tu reputación. ¿Comprendes eso?

—¿Y qué tiene que ver con mi reputación que ayude a una drogadicta?

—Ella está en *tu* casa, Jan. Tienes a una joven drogadicta en tu casa y eso definitivamente podría estar mal para algunas personas.

—No puedes hablar en serio. ¿Crees de veras que alguien cuestionaría eso?

—¡Eso es exactamente lo que estoy sugiriendo! Ahora estás en una nueva posición, amigo mío. Cualquier indicio de desliz y los muros se podrían venir abajo. A quien mucho se le da, mucho se le exige. ¿Recuerdas? ¿O has olvidado por completo nuestra conversación? Frank se ahorcaría si supiera que estuviste entreteniendo a una joven. Especialmente ahora que estás comprometido.

—¡Basta! —exclamó Karen—. Ya diste tu opinión, Roald. No seas necio en cuanto a eso. Es *mi* compromiso, no solo es acerca de Jan que estás hablando con tanta ligereza. Tengamos un poco de decencia.

Roald y Jan miraron sus platos y se volvieron a dedicar a sus churrascos.

—Bueno, aunque es verdad que se podría ver mal que una joven se esté quedando con Jan, aquí estamos hablando de una situación variable. Dudo incluso que tus compañeros más conservadores lleguen a disgustarse porque Jan ayude durante unos días a un adicto a las drogas, mujer o no. No hagamos de esto más de lo que es.

—Gracias, Karen —enunció Jan—. No pude haberlo dicho mejor.

Roald no respondió inmediatamente.

—Y no te preocupes, Roald —continuó Jan mirando a Karen y guiñándole un ojo—. Ella no se quedará allá mucho tiempo. Tan pronto como regrese le daré la ayuda que necesita.

—Lo siento. Quizás hablé demasiado rápido —reconoció Roald con una sonrisa—. Tienes razón.

Entonces levantó la copa para brindar.

—Solo salí en defensa tuya, amigo. No tuve ninguna intención de ofender.

—Disculpas aceptadas —contestó Jan levantando su copa y haciéndola tintinear contra la de Roald.

Bebieron.

—Así está mejor —comentó Karen con una sonrisa—. Haces lo que se debe hacer, Jan. Solo recuerda que tu enorme mansión allí, como la llama Ivena, solo tiene espacio para una mujer.

Ella guiñó un ojo y se les unió en el brindis.

—Asegúrate que la muchacha se vaya cuando regresemos.

—Por supuesto.

—Envíala al refugio presbiteriano en la avenida Crescent, o entrégala al Ejército de Salvación, escoge lo que quieras. Pero ella no se puede quedar en la casa —estableció Karen.

—No. No, desde luego que no.

Se miraron en silencio por unos momentos.

—Bien, entonces —cortó Roald—. Eso está solucionado.

Todos los tres se llevaron bocados a la boca al mismo tiempo, y la comida se reanudó. Esa fue una pequeña advertencia en un viaje de otro modo perfecto, pensó Jan. Y Karen tenía razón. Él tendría que solucionar el asunto en cuanto regresaran. En realidad debía hacerlo.

CAPÍTULO DIECISIETE

MIENTRAS JAN se hallaba en el costoso ambiente de Delmonico's en Nueva York el viernes por la noche, Glenn Lutz estaba solo en el bar de su propio palacio, consumiéndose. El salón estaba oscuro casi en su totalidad, excepto en la parte posterior del mismo bar. Una botella medio vacía de ron se hallaba al lado del vaso de Glenn. Esta era la segunda del día y quizás no sería la última. El bar había sido tallado en madera de caoba y teñido de un café muy oscuro. De entre todos los colores, la decoradora había querido pintarlo de amarillo brillante. Pero eso había sido antes de que él la despidiera. Sí señor, él había despedido a ese pequeño monstruo, exactamente después de haberle mordido el labio. Bueno, *eso* había sido una noche.

Glenn recordó la ocasión y trató de sonreír, pero el rostro no le cooperó. El plan que había ideado era bueno, pero exactamente ahora no lo sentía así. Se había vuelto evidente que él podía enjaular a *cualquier* mujer. Mujeres tan hermosas como Helen, mujeres a quienes él no extrañaría. Enjaular a Helen no era lo que en realidad deseaba, ¿no es así? No, era el espíritu libre de ella lo que más le atraía. El mismo hecho de que ella lo resistiera con una tenacidad que la mayoría ni siquiera soñaría tener. Incluso el hecho de que hasta ahora ella había huido media docena de veces. Cada vez su deseo por ella había aumentado hasta que ahora casi no podía resistirlo.

De modo que, aunque le entusiasmaba la idea de enjaularla u obligarla a volver, había concluido que le iba a permitir regresar por sí misma. Él necesitaba que ella lo deseara a él. Este era el siguiente paso en esta demencia a la que Glenn se había entregado.

Entre las decisiones que había tomado en la vida, la de dejarla en libertad de escoger era quizás de la que ahora más dudaba. Porque siempre había la posibilidad de que ella *no* regresara, ¿de acuerdo? De pasar eso, él saldría con una ametralladora y, en una larga ráfaga entrecortada, destrozaría a ella y a cualquiera que estuviera cerca. O tal vez volvería al método de la jaula.

El plan no le prohibía quitar obstáculos que surgieran en el camino entre ella y él, desde luego. El predicador, por ejemplo. Buen Dios, precisamente un *predicador*. Esa misma noche Charlie le había informado desde la comisaría que la casa a la que Helen había entrado pertenecía a un tal Jan Jovic. Y Charlie había oído hablar del hombre. Un tiempo atrás había visto en las noticias una historia acerca de un hombre… un predicador que había escapado de la prisión o algo así. ¿Un predicador? ¿Estaba un *predicador* tratando de robarle a su Helen? Glenn había arrojado el teléfono a través del salón cuando Charlie se lo contó.

El tipo resultó ser uno de esos extranjeros que había escrito un libro acerca de la guerra y que había ganado un dineral. *La danza de los muertos*. El primer impulso de Glenn fue matar *al hombre*. Él había sabido todo esto a los treinta minutos de regresar. Fue entonces, después de concluir que un predicador no podía representarle una amenaza, que había ideado el plan. Había hecho una llamada telefónica al predicador, y luego él mismo se había ahogado en varias botellas de ron.

Había pasado todo el día andando de un lado a otro, sudando y gritando, totalmente inmovilizado para realizar cualquier asunto. Él mismo se había obligado a tener una cita para almorzar con Dan Burkhouse, su banquero y amigo por diez años. Fue Dan quien le prestara su primer millón, a cambio de un poco de presión en un préstamo no cancelado. Bueno, Glenn había matado al incumplido, implicando así a Dan, y haciéndolo confidente por necesidad. Además de Beatrice, solo Dan conocía los sucios secretos que convertían a Glenn Lutz en el individuo que era. Por supuesto, ni siquiera ellos sabían la verdad acerca de la juventud de Glenn.

Había ido vestido en su guayabera hawaiana, y entre bocados de pargo rojo en el Florentine le había contado a Dan acerca de su decisión de dejar que Helen viniera y se fuera. De no haber estado en el comedor privado, sin duda el agitado tono del desesperado hombre habría ocasionado asombro en algunas personas. El banquero había movido la cabeza de lado a lado.

—Estás perdiendo la perspectiva, Glenn. Esto es una locura.

—Ella me ha poseído, Dan. Siento que me desmorono cuando no está conmigo.

—Entonces deberías conseguir ayuda. La mujer equivocada puede derribar a un hombre, ¿sabes? Estás yendo demasiado lejos con esto.

Glenn no había respondido.

—¿Cómo puede una mujer hacerte esto —presionó su amigo—. Hay cien mujeres esperándote allá afuera.

Glenn había mirado al hombre y de manera eficaz le había cortado la charla.

Ahora levantó la botella y se la llevó a la boca. El líquido bajó ardiéndole por la garganta pero él se aguantó. Pensó que iría a vaciar la botella por completo. Inclinarla hacia arriba y chuparla hasta hacerla implosionar. O simplemente metérsela toda en la garganta. Sin dolor no hay ganancia. ¿Y qué le estaba doliendo ahora? El pecho le dolía porque Helen le había clavado una estaca en el corazón, y pesar de lo que la vieja bruja Beatrice le había dicho, él aún tenía un corazón. Este era tan grande como el cielo y quemaba como el infierno.

Se sacó la botella de la boca y la arrojó contra la pared reflejante. Se destrozó astillándose. *No seas un borrachín tan melodramático, Lutz.*

El teléfono chilló en el mortal silencio y él se sobresaltó. Se levantó y corrió hacia el aparato, aferrándose a la más diminuta esperanza de que fuera Helen.

—Lutz.

—Glenn.

Era la bruja. Glenn se dejó caer en el bar.

—Tengo una llamada para ti. Tal vez quieras contestarla.

—No estoy recibiendo llamadas telefónicas.

El teléfono le hizo clic en el oído antes de que el hombre pudiera colgarlo en la oreja de la bruja. Ella había colgado primero. ¡Eso era! Ahora mismo él iría allá y...

—¿Aló?

La voz habló suavemente en el auricular y el corazón de Glenn le subió hasta la garganta. Se levantó bruscamente.

—¿Aló?

—¿Helen? —contestó con voz temblorosa.

—Hola, Glenn.

¡Helen! El corazón de Glenn le pateaba ahora las paredes del corazón. Los ojos se le inundaron de lágrimas. Oh, Dios, ¡era Helen! Quiso gritarle. Quiso suplicarle.

—¿Estás enojado conmigo? —preguntó ella tranquilamente.

—¿Enojado? —objetó Glenn apretando los ojos e intentando esforzarse—. ¿Por qué te fuiste? ¿Por qué te la pasas yéndote?

—No sé, Glenn —contestó ella e hizo una pausa; por el sonido de la voz la mujer estaba a punto de llorar—. Escucha, quiero un poco de sustancia.

—¿Con quién estás?

—Con nadie. Me estoy quedando en la casa de este hombre con la dama de la que te hablé, pero ella se fue a casa a regar algunas flores o algo así. Se ha ido por algunas horas.

—¿Crees que no lo sé? ¡Crees que soy un inútil aquí, esperando que vengas arrastrándote a casa!

Tranquilo, muchacho. Juega con ella. Atráela.

—Te extraño, Helen —declaró él en voz baja después de respirar hondo—. Te extraño de veras.

Ella permaneció en silencio.

—¿Qué te hice para que te fueras de aquí? Simplemente dímelo —le rogó él.

—Me golpeaste.

—¿No te gusta eso? ¿No te gusta ser golpeada de ese modo? Lo siento. Juro que lo siento. Creí que te gustaba, Helen. ¿Te gusta?

—No —contestó ella ahora en voz suave.

—Entonces, lo siento. Juro que no lo volveré a hacer. Por favor, Helen, me estás matando aquí. Te extraño, cariño.

—Yo también te extraño, Glenn.

¿De veras? Querida Helen, ¿de veras? Le bajaron lágrimas por la mejilla.

—Quiero ir, Glenn. Pero deseo que me prometas algunas cosas, ¿está bien?

—Sí, lo que sea. Te prometeré cualquier cosa, Helen. Solamente vuelve a casa, por favor.

—Tendrás que prometerme que me dejarás volver siempre que desee.

—Sí. Sí, lo juro.

—Y tendrás que prometerme que puedo salir siempre que quiera. Promete eso, Glenn. No me puedes obligar a que me quede. Quiero quedarme, pero no si me obligas.

Él titubeó, con dificultad para encontrar las palabras. Por otra parte, ella ya tenía el poder. ¿Y qué era una promesa sino palabras?

—Te prometo. Juro que puedes salir siempre que quieras.

—Y no quiero que me golpees, Glenn. Lo que sea, pero no golpes.

Esta vez todo en el interior de él rugió contra lo absurdo de la petición. Una cosa era dejarla ir, ¿pero también castrarlo? Él pensó que iba cuesta abajo.

—Te lo prometo, Helen.

—Promete todas esas cosas, Glenn. De otro modo no creo que pueda ir.

—¡Dije que lo prometo! ¿Qué más quieres? ¿Quieres que me corte los dedos?

Tranquilo, tranquilo.

El individuo bajó la voz.

—Sí, te lo prometo, Helen.

Ella titubeó y él se preguntó si la había perdido en esa última reacción. Sintió que el pánico hacía que el pecho se le hinchara.

—¿Puedes enviar un auto? —pidió ella.

—Tendré un auto allí en dos minutos. Ahora mismo tengo uno en la calle —expresó él; ella no contestó—. ¿Está bien, Helen?

—Está bien.

—Qué bueno. No te pesará, Helen. Te juro que no te pesará.

—Está bien. Nos vemos —concluyó ella, y colgó.

Con mano temblorosa, Glenn puso el auricular en la horquilla. Euforia le corrió por las venas, y respiró con dificultad. Profirió un corto sonido chillón, fue hasta la mitad del salón y regresó. Cuando agarró el teléfono para llamar a Buck le temblaban las manos de tal modo que apenas logró marcar el número.

¡Ella estaría aquí en quince minutos! Ah, tantos preparativos por hacer. Tantos, tantos que él apenas podía esperar.

HABÍA TRES flores ahora, cada una del tamaño de melones pequeños, de color blanco brillante y bordeadas en rojo, del doble de tamaño que cualquier otra flor en el invernadero. Con delicados dedos, Joey inspeccionó cada parte de la planta. Ivena siempre lo había recordado como un jinete de carreras, muy delgado y pequeño, del tipo que difícilmente podría catalogarse de afamado horticultor. Con sus pantalones anticuados y camisa de algodón, parecía más un jardinero común que científico.

—¿Qué opinas de ellas? —preguntó Ivena.

El hombrecito curioseó entre los pétalos y refunfuñó.

—Vaya, sin duda que tienen su fragancia, ¿no crees?

—Sí. ¿Has visto algo así?

—¿Y afirmas que no hiciste este injerto? Porque definitivamente se trata de un injerto.

—No que yo recuerde. Cielos, no soy tan desmemoriada.

—No, por supuesto que no. ¿Ha tenido alguien más acceso a este invernadero?

—No.

—Entonces supondremos que tú hiciste este injerto.

—Te estoy diciendo…

—Hagamos de cuenta, Ivena. Esto seguramente no apareció así no más. De cualquier modo, nunca había visto un injerto como este. Estamos observando varias semanas de valioso crecimiento aquí y…

—No. Menos de una semana.

—¿Dice esto una mujer que ni siquiera recuerda haber injertado la planta? —objetó el hombre con la cabeza inclinada y mirando a Ivena por sobre los lentes de montura metálica—. Yo solo te estoy indicando lo que ven mis ojos, Ivena. Tú decides qué quieres creer.

Ella asintió. Él estaba equivocado, desde luego, pero dejó pasar el asunto.

—Aun con pocas semanas de crecimiento, estas flores son extraordinarias. Los estambres que puedes ver allí se parecen a los de los lirios, pero estos pétalos blancos bordeados de rojo… nunca los he visto.

—¿Podrían ser tropicales?

—Estamos en Atlanta, no en el trópico. Hice mi tesis sobre anomalías tropicales en zonas subtropicales, y nunca me había topado con algo como esto.

Joey palpó, apretó y lanzó exclamaciones de insatisfacción por algunos minutos, sin brindar ningún otro comentario. Ivena dejó que el hombre examinara la planta a su ritmo, y volvió a analizarse la memoria porque el tipo insistía en que ella debió haber hecho el injerto. Pero ella aún opinaba que él estaba equivocado. No había injertado esa enredadera en el rosal más de lo que había ganado recientemente el Pulitzer.

Al final el hombre se irguió y se quitó los lentes.

—Um. Increíble. ¿Te importaría que me llevara una de estas flores al laboratorio del jardín botánico? Tiene que existir. Simplemente no logro identificarla aquí. Pero creo que lo lograremos con algunos análisis. Podría tomar un par de semanas.

El hombre meneó.

—Nunca ni siquiera había oído de una enredadera como ésta saliendo de un rosal.

—¿Quieres cortar una?

—Solo una. Tienes muchas más que vienen tras estas. Son flores, no niños.

—No, por supuesto que no lo son. Sí, puedes cortarla. Solo una —aceptó ella.

CAPÍTULO DIECIOCHO

LA DEPRESIÓN había afectado a Helen después de dos horas con Glenn, mientras Ivena se había ido a cuidar las flores. La situación era que ella aún se hallaba elevada en ese momento, pero la emoción todavía le recorría por los huesos como una marea insaciable. Tristeza.

De alguna manera las cosas se le habían virado en la mente. Este no era el palacio como a Glenn le gustaba llamarlo. Lo sintió como una mazmorra comparada con la casa de Jan. Ella había dejado el blanco palacio por el sucio calabozo... así es como lo sentía, y eso le estaba produciendo náuseas. Peor aún, ella había dejado un príncipe por este monstruo.

Helen la había pasado en la cama y pensado al respecto. El predicador no era su príncipe. No podía serlo. Ellos eran como la suciedad y el postre de vainilla; sencillamente los dos no se mezclan. Y estaba claro quién era quién.

No que Jan no fuera un príncipe... lo era; pero no el príncipe de ella. Nunca podría ser su amante. Ni siquiera se podía imaginar eso. ¿Qué dirían al respecto? Helen ganándose el corazón de un famoso escritor que conducía un Cadillac blanco. Un tipo tímido y apuesto con ojos color avellana, cabello ondulado, y un verdadero cerebro debajo de esos rizos. Un hombre de verdad.

Si fueran solo ellos dos sin toda esta confusión alrededor, ella podría incluso intentarlo con él. Quizás no fuera la Señorita Cosmopolita, pero era una mujer, y una que no tenía problema para leer la mirada en los ojos de un hombre. Las de Jan no eran de esas miradas vagas, como a las que Helen estaba acostumbrada, sino que allí había luz, ¿verdad? A veces ella pensaba que podría tratarse de pesar. Empatía. Pero en otras ocasiones eso le hacía palpitar el corazón un poco más rápido. Fuera como fuera, cada vez que habían estado juntos las miradas de él se habían vuelto frecuentes y prolongadas. Eso bastaba, ¿correcto?

Le gustas, Helen.

Él está casado.

No, no lo está. Está comprometido.

Santo cielo, ¡simplemente imaginarse tener del brazo a un hombre como ese! O imaginarse a alguien así amándole a uno de veras. Ese último pensamiento parecía absurdo, como si las drogas estuvieran haciéndole efecto, por eso se sacó la estupidez de la mente.

Pero la tristeza no saldría, y los pensamientos regresaron cinco minutos después. *¿Pero y si... Helen?*

¿Y si...? ¡Yo moriría por un hombre como ese! Estaría feliz de solo sentarme con él, agarrarle la mano, y llorarle en el hombro. Y lo amaría hasta el día de mi muerte, así sería y si... Y no solo a un hombre como ese, sino a Jan.

Pero vino de nuevo, ella era la mugre y él la vainilla. Nunca merecería un hombre como ese. Esos dos elementos no se mezclaban.

Helen se había quedado otra hora y luego había dejado al enorme cerdo boca abajo sobre el suelo, inconsciente al lado de un pequeño charco de su propio vómito.

Había vuelto todavía intoxicada, y para su alivio Ivena aún no llegaba; se había acostado debajo de sábanas limpias, quedándose dormida sin quitarse la ropa.

Ivena estaba arriba preparando el desayuno cuando Helen despertó. Eso le dio tiempo de ducharse y cambiarse antes de presentarse con tanta confianza como le fue posible reunir. Si Ivena sabía algo acerca de la escapadita al calabozo, no lo mostró.

Helen pasó la mayor parte del día andando aturdida por la casa, e Ivena le permitió que lo hiciera. La casa de Jan se sentía en realidad como un palacio, y en una manera extraña ella se sentía sucia sobre ese suelo. Pero podría limpiarse, ¿no era cierto? La idea le produjo un zumbido en la mente. *¿Y si...?*

Y Jan venía a casa esta noche.

DOS DÍAS después, el domingo en la noche, Jan estacionó el Cadillac en la calle y subió el caminito hacia su casa. La oscuridad había tranquilizado la ciudad, trayendo con ella una refrescante brisa. Las cigarras estaban en pleno coro, chirriando sin cesar, siempre presentes pero invisibles en la noche. La cruz de roble colgaba tranquila encima de la puerta. *Al vivir morimos; al morir vivimos.*

El viaje a Nueva York había resultado en la mayoría de aspectos tan bien como lo planearon; y en otros, mejor de lo que imaginaron. El sábado firmaron el trato, depositaron el millón de dólares con un poco de fanfarria, y decidieron quedarse en la Gran Manzana hasta el domingo. Jan había llamado a Ivena, informándose que no había pasado nada malo. Al menos nada de lo que él debiera preocuparse. Ivena no se había complicado. El viernes en la tarde había hecho algunas entregas de flores, unos cuantos clientes de última hora aprovisionándose antes del fin de semana; pero por lo demás ella y Helen se habían sentado por ahí a hablar, aburriéndose de no estar en una casa que no era la suya.

Janjic sacó la llave y abrió la puerta principal. Tenue luz brillaba desde el fondo del pasillo que llevaba a las habitaciones, pero el resto de la casa estaba a oscuras. Pulsó el interruptor que controlaba las luces de la entrada, y estas se encendieron.

—Hola.

Silencio.

—¡Ivena!

Jan entró a la sala, cargando aún el bolso de viaje. ¿Habrían salido ellas? Pulsó otro interruptor y la sala se inundó de luz. Ninguna señal de las mujeres.

—¡Ivena!

—Hola, Jan.

Él giró hacia la voz. Helen estaba parada e inclinada sobre la pared en la suave luz del pasillo, con los brazos cruzados y una pierna levantada como una cigüeña. Al instante él sintió débiles las rodillas, como si ella le hubiera inyectado una droga que se le hubiera ido hacia las articulaciones.

—¡Buenas noches! Me asustaste —notificó él.

—Lo siento —respondió Helen; pero estaba sonriendo.

—¿Dónde... dónde está Ivena?

—Se fue hace una hora. Dijo que no podía pasar el resto de la vida aquí mientras las plantas se le mueren en casa. Está tan emocionada por algunas de esas flores que dice que por allí se están chiflando con ellas. No hemos oído ni pío de nadie, por tanto creímos que sería bastante seguro que Ivena saliera.

—¿Acaba de salir? ¿Va a regresar?

Helen bajó los brazos y caminó hacia la luz. Él vio inmediatamente la diferencia y el corazón le palpitó con fuerza. La joven usaba un blanco vestido de noche, sin tirantes y con brillo, el que le caía sobre el pequeño cuerpo como una crema fluida. Usaba sandalias y un collar de perlas que resplandecía en la luz de la cocina. Pero fue el rostro de ella lo que le había hecho arder el corazón. Sonreía y lo miraba. Los moretones habían desaparecido, ya fuera bajo la mano de Dios o por la cuidadosa aplicación de maquillaje, y sinceramente él creyó que había sido la mano de Dios, porque el cutis se le veía tan suave como marfil nuevo. El cabello le caía justo bajo las orejas, curvado en delicados rizos.

La mano de Jan soltó el bolso de viaje que llevaba, el cual aterrizó con un golpe lejano. Dios mío, se había olvidado totalmente de la locura.

Helen lo miraba con esos increíbles ojos azules, sonriendo; giró hacia la cocina pero siguió mirándolo por un momento. Se bamboleaba naturalmente como si hubiera nacido para usar ese vestido. La mente de Jan comenzó a agitarse. *Dejaste caer la maleta, zoquete. Te quedaste aquí como un idiota, boquiabierto ante ella, ¡y dejaste caer la bolsa de viaje!*

—Sí, se fue —indicó Helen—. Quiere que la llames cuando regreses, lo cual imagino que es ahora.

La muchacha agarró una manzana de la frutera y le dio un pequeño mordisco.

—¿Así que no dijo nada de que fuera a regresar? —preguntó Jan, abriendo la nevera.

—Explicó que no creía que fuera necesario.

—¿No?

—No —repitió Helen, luego lo miró por detrás de la manzana y guiñó un ojo—. Señaló que deberías llevarnos a comer afuera.

—¿Dijo eso? ¿Llevarlas a ti y a Ivena?

—Sí. ¿Qué dices, Jan? ¿Quieres llevarme a comer afuera? No me vestí así para nada, ¿sabes? —expresó ella, y dio otro mordisco, los dientes crujieron al atravesar la frágil fruta.

Ahora él estaba allí acorralado. Acorralado con el corazón latiéndole y las rodillas debilitadas, como un adolescente en su primera cita. La refrigeradora estaba abierta y él no había sacado nada de ahí. Cerró la puerta.

—Bueno, creo que eso sería...

—¡Maravilloso!

Ella lanzó la manzana al lavaplatos y corrió hacia Jan. Antes de que él pudiera moverse le tomó la mano entre las suyas, llevándolo de vuelta al pasillo.

—Quiero mostrarte algo —le anunció.

Jan caminó a tropezones tras ella, demasiado aturdido para hablar, y muy consciente de las manos de ella sobre la de él.

—¿E Ivena?

—La llamaré mientras te alistas.

Ella lo condujo a la habitación de él.

—Espero que no te enfades, pero sencillamente no me pude resistir —declaró Helen, volviéndose para mirarlo con una sonrisa en los labios.

La puerta estaba abierta y ella lo jaló. Sobre la cama yacía el mejor traje negro de él; una camisa blanca y su corbata roja estaban arregladas nítidamente con la chaqueta. Los pantalones colgaban hasta el suelo y los dobladillos caían sobre los zapatos.

—¿Usarás esto?

Ella había estado aquí. Helen había hecho esto.

—Hallé esta ropa en tu clóset. Es perfecta.

—¿Hallaste esto en mi clóset?

—Sí. Es tuya. ¿No la reconoces?

—Sí, desde luego que sí. Solo que... —titubeó él, luego rió entre dientes—. Es que no todos los días tengo mi ropa dispuesta para mí.

—¿Estás enojado?

—No. No. Así que quieres que yo use este traje y te lleve a comer, ¿correcto?

Ella lo miró sin responder.

Él rió.

—Está bien, señora —asintió él haciendo una reverencia con la cabeza—. Tus deseos son órdenes. Si tienes la bondad de salir, me vestiré y saldremos. ¿Sugirió Ivena dónde cenaremos?

—En La Orquídea.

—La Orquídea, entonces.

Ella inclinó la cabeza, como sorprendida de que él hubiera aceptado tan de repente. El rostro de Helen se iluminó con una pícara sonrisa, la que acompañó de una reverencia.

—Estaré esperando —dijo, saliendo y cerrando la puerta detrás de ella.

Jan se duchó a toda velocidad, con la mente ocupada en reprenderlo por seguir el juego. No era que no quisiera llevarla a cenar, o ni siquiera que no debería hacerlo. Era que las rodillas se le habían debilitado al verla; que él *sí* quería llevarla a comer. Era la locura de todo eso; era la voz que empezara a hablarle mientras el agua caliente le caía en la cabeza. *Ella te gusta, Jan. Te gusta de verdad, ¿no es así?*

Sí, me gusta Helen. Ella es una persona tratable, con encanto y...

No, te gusta realmente, ¿verdad que sí? Te gusta tanto que apenas puedes soportarlo.

¡No seas ridículo! Estoy comprometido con Karen. ¿Y qué de Karen? Oh, ¡querida Karen!

Obligó a la mente a una nueva línea de pensamiento. Iban a ir a La Orquídea, el restaurante más fino de la ciudad. Un romántico...

¡Basta! Se sacudió la cabeza y salió de la ducha. Santo cielo, él no era un escolar indisciplinado. Estos asuntos del corazón era mejor pensarlos con mucho cuidado.

Jan rezongó y se vistió rápidamente.

No estás casado. Ivena estará allí, por supuesto. Solo es una cena. Una cena de despedida... durante la comida le dirás que debe irse.

Un temblor se le había apoderado de los dedos y tuvo algunos problemas con los botones, pero se las arregló después de unas cuantas reprimendas más. Se examinó en el espejo por última vez. El cabello ondulado estaba peinado hacia atrás y húmedo, más oscuro que el de Helen pero aún rubio. Los ojos eran casi tan brillantes, color avellana no azules, pero igual de centelleantes. Él tenía cuadrada y fuerte la mandíbula, mientras la de ella era tan... delicada. Se cacheteó ligeramente la mejilla con la mano derecha. *¡Basta!*

Helen estaba esperando en la silla de él, una pierna cruzada sobre la otra, una copia de *La danza de los muertos* abierta entre las manos. Levantó la mirada y cerró el libro.

—Vaya, qué guapo —exclamó ella poniendo el libro en la mesa de centro y yendo hacia él con una mano extendida, deslizándose con garbo en ese vestido.

—¿Qué pasó con Ivena?

—Nos encontrará allá. ¿Nos vamos, entonces?

—Sí —contestó él, la agarró del codo y la sacó de la casa.

Querido Dios, ayúdame, oró.

JAN EMPUJÓ la puerta del baño de caballeros y entró. ¡Ivena se había atrasado! Y su ausencia se estaba convirtiendo en un problema muy grande.

El baño estaba vacío. Se recostó contra el lavabo y se apoyó en las manos. La mente le giraba en círculos atolondrados, confusa, zumbándole. La respiración le brotaba en breves resuellos. Era como si hubiera ingerido alguna droga alucinógena que ahora le ardía furiosamente en la corriente sanguínea. Pero no había hecho eso, estaba seguro. Lo único que había hecho era traerla aquí, pedir la comida, y entablarle una pequeña conversación. *Contrólate, Janjic. Domínate.*

Dio vuelta al grifo y se lanzó agua a la cara. Era la chica. Era Helen. Ella lo había cautivado. La voz de ella era la droga, su aliento era un estupefaciente que le hacía enderezar la columna y que se le extendía como fuego por los huesos. Por eso Jan se había disculpado y había venido aquí ni a los cinco minutos de la comida... porque allá estaba perdiendo la razón, viéndola morder el salmón y beberse el agua. Observándola mover la mandíbula con cada palabra.

Jan se palpó el rostro con una toalla y se irguió para mirarse la imagen en el espejo.

—Dios mío, ¿qué me estás haciendo? —susurró, y lo dijo como una oración—. ¿Cuál es el significado de esto?

Te estás enamorando de ella, Janjic.

No contestó la acusación. Esta simplemente se le alojó en la mente, torpe y desencajada, como un eructo en medio de un cuidadoso discurso.

Si no tienes cuidado, te enamorarás de esta chica.

Pero ¿por qué, por qué, por qué? ¡No me quiero enamorar de ella! No hay motivos para eso.

Debía encontrar algo de dominio propio en alguna parte, porque sencillamente no podía darse el lujo de entregar el corazón a alguien tan improbable como esta mujer sentada allí con los ojos bien abiertos, tan delicada y tan...

Oh, Dios... esto era lo más ridículo que Jan podía imaginar. Si le hubieran pedido que contara una historia absurda, la imaginación no le habría vagado hasta tan lejos. Solo unos días atrás había prometido matrimonio a Karen ante todo el mundo. Ahora estaba en el restaurante más extravagante de Atlanta, cenando con otra mujer. Con Helen.

Con una mujer tan hermosa, tierna y genuina que parecía tener el poder de derretirle el corazón con una sola e inocente mirada.

El rostro de Karen le deambuló por la mente, y Jan se quejó. Volvió a recostarse en el lavabo. *Karen, ¡querida Karen! ¿Qué estoy haciendo? ¡Rescátame!* Si ella tan solo pudiera verlo ahora, jugando al adolescente con la pequeña y sexy hippie. El hombre hizo crujir los dientes y se golpeó el costado de la cabeza con la palma de la mano.

—¡Basta, Janjic! ¡Deja esta tontería! —exclamó en voz alta; y luego se dijo para sí: *Venir aquí fue una terrible equivocación, y ahora vas a tener que salir allá y arreglar este desorden. Has llevado esto al extremo.*

—Discúlpeme.

Jan dio la vuelta. Un extraño estaba en la puerta mirándolo con curiosidad.

—¿Está usted bien?

—Sí —contestó parpadeando; ¿cuánto tiempo había estado observándolo este hombre?—. Sí, estoy bien.

Se enderezó la chaqueta y salió aprisa del baño. *Estás perdiendo el juego, Jan.*

Regresó a la mesa sobre piernas endebles. La vio cuando aún estaba a veinte pasos de distancia, delicadamente sentada y sola con la vista del horizonte de Atlanta desde el piso veinte de La Orquídea. Una elevada vela blanca proyectaba un tono amarillento en el cuello de ella, que miraba lejos de él, hacia las luces de la ciudad abajo. Tenía la mano izquierda ligeramente montada sobre la copa, trazando con el índice círculos alrededor del borde. El cabello le reposaba delicadamente sobre la mejilla, acariciándole la sedosa piel.

Detalles como estos eran los que le llamaban la atención a Jan; y no los veía porque fueran excepcionales, sino porque *Helen* era excepcional. Ella podría estar rascándose el barro de las suelas allá arriba, y las rodillas de él se le amortiguarían.

Un hormigueo le subió a Jan por la columna y le reventó en la base del cuello. El aire se enrareció alrededor, obligándolo a boquear para respirar. Se detuvo detrás del mostrador de ensaladas.

Estás actuando como un colegial, Jan. ¡Contrólate!

Se enderezó la corbata y siguió caminando. Al llegar allí se deslizó en la silla. En realidad intentó deslizarse en la silla; resultó más como una caída. *Contrólate, zoquete.*

—Ah, hola. Regresaste.

—Sí.

Bueno, Janjic. Debes decirle ahora que todo esto ha sido un terrible error y que ustedes deben irse inmediatamente.

—He estado pensando en lo maravilloso que has sido conmigo —expresó Helen.

Jan levantó la mirada y vio cómo ella se metía de manera inocente un pedazo de salmón en la boca. Inocente porque no parecía que a propósito estuviera tentándolo, haciéndole perder el control, o algo por el estilo. La chica solo estaba comiendo un pedazo de tierno salmón. Esto lo inundó con una vertiginosa lluvia de imágenes... imágenes que le provocaron enloquecedoras vibraciones en los huesos.

—No logro recordar alguien más que haya sido tan amable conmigo —continuó ella alzando la mirada; la llama de la vela le resplandeció en las pupilas.

—Realmente no es nada —declaró él—. Eres alguien a quien se debería... con quien es bueno ser amable.

—¿Por qué?

—¿Por qué?

—¿Por qué soy una persona a quien se debería amar? Eso es lo que quieres decir, ¿no es verdad?

¡Buen Dios! ¡Santo cielo ayúdame!

—Sí. Todo el mundo debería ser amado.

—Eres muy amable.

—Gracias. Trato de serlo.

—Leí algo en tu libro esta tarde. Experimentaste muchas dificultades en tu juventud.

—No muy distintas de las tuyas.

Estás dilatando, Janjic. Entonces cortó su propio salmón y mordió un bocado. La carne estaba tierna y agradable.

—¿Leíste respecto de la aldea? —quiso saber él.

—Sí.

—¿Y qué creíste?

Helen encogió los hombros.

—Me pareció... —titubeó ella.

—Di lo que desees. Te pareció, ¿qué?

—Bueno, simplemente pareció un poco, no estoy segura… tal vez ilógica. Que la hija de Ivena… ¿cómo se llamaba?

—Nadia.

—Fue una locura. No me puedo imaginar a alguien muriendo así. Tampoco al sacerdote. En realidad, yo nunca podría hacer algo tan tonto. No me malinterpretes, estoy segura que para Ivena fue difícil ver que mataran a su hija. Solo que no entiendo del todo cómo la niña pudo hacer algo tan insensato. ¿Tiene sentido eso?

—¿Y qué habrías hecho tú?

—Les habría dicho cualquier cosa que ellos quisieran oír. ¿Por qué morir por unas cuantas palabras?

Jan la miró, asombrado por la falta de comprensión que mostraba en el asunto. ¿En verdad ella no comprendía el amor? *¿Y tú, Jan?* Más que ella. Mucho más que ella.

—¿Entonces nunca has sentido la clase de amor que sentían Nadia o el sacerdote? —objetó Jan.

—Imagino que no. ¿Y tú?

—Sí —contestó él—. Así creo.

Jan comió otro bocado. *Allá vas, Romeo. ¿Cuántas veces te has hecho la misma pregunta? ¿Cuántas veces te la ha hecho Ivena? Y ahora la pregunta viene de Helen.*

Ella no dijo nada. El tenedor tintineaba en la porcelana; los labios de la muchacha hicieron un ligero estallido mientras engullían otro bocado.

—Escribes muy bien, Jan —comentó en voz melodiosa.

Él alzó la mirada. Ella estaba lanzándole otra vez su magia; los ojos, la voz, el cabello, la mirada… todo lo sofocó y le hizo sentir como si el corazón le palpitara en melaza.

—Gracias. Empecé a escribir cuando era muchacho.

—Tus palabras son muy hermosas. La forma en que describes las cosas.

—Y tú eres muy hermosa —enunció él.

¡Dios mío! ¿Qué acabo de decir?

El primer instinto de Jan fue retirar las palabras. Disculparse y decirle que debían irse ahora porque él acaba de volar desde Nueva York y estaba muy cansado. Tan cansado como para decir que ella era hermosa, lo cual, aunque tan cierto… tan, pero *tan* cierto… no tenía por qué salirle de la boca, pues estaba comprometido con otra mujer. ¿Sabía ella eso? Por supuesto que lo sabía.

Él hizo totalmente caso omiso al impulso.

—Sabes eso, ¿no es así? Eres muy hermosa, Helen. No solo en tu apariencia sino también en tu espíritu. Tú, Helen. Eres una bella persona.

Ella pestañeó lentamente, como si hubiera sido atrapada en un sueño surrealista. Los ojos le vagaron por un momento, como protegiéndose de algo, y luego lo miró.

—Gracias, Jan. Y yo creo que eres muy apuesto.

Jan sintió que se le entumecían las manos. Ellos se estaban mirando, trabados en un abrazo visual. Todo en el interior de él quería extenderse por la mesa y acariciarle la barbilla. Saltar del asiento, tomarla en los brazos, estrecharla y besarla en los labios. Se las arregló para encontrar alguna profunda reserva de dominio propio y permanecer sentado.

¡Por favor, Padre! ¿Por qué siento tan fuerte atracción? Estos son sentimientos nuevos.

Se le acaloraron las orejas. Pero esto era una locura. Sin embargo, mientras abrazaba la locura le rugía por el cuerpo como un feroz león. *Esto no puede ser obra mía*, pensó. *Está más allá de mí.* Ahora entre ellos había un vínculo físico, como un cordón eléctrico.

—Hace calor aquí, ¿o solo soy yo? —expuso ella en voz baja.

—Quizás solo seamos nosotros —corrigió él, y supo que más tarde se arrepentiría de haberlo dicho.

Una cosa era halagarle la belleza a alguien. Otra totalmente distinta era decirle a una mujer que le producía calor a uno. Pero el momento lo exigía, pensó. Lo exigía absolutamente.

—Sí, tal vez —asintió ella, y sonrió.

Jan no contestó nada y levantó el vaso de agua. Bebió rápidamente, sintiendo de pronto que el pánico le calaba la mente. ¿Qué estaba él haciendo? ¿Qué estaba haciendo en el nombre de Dios?

—Debo hacerte una confesión —expuso Helen—. Mentí. Ivena no dijo nada acerca de que nos llevaras a comer. Lo inventé yo.

—¿Lo hiciste? —preguntó él bajando el vaso.

—Quería estar a solas contigo.

—¿No va a venir ella?

—No. No la llamé.

Jan comenzó a ponerse ensalada en la boca, muy consciente del calor que le sonrojaba el rostro. Pero no era ira.

Ella siguió el ejemplo y comió de su propia ensalada. Comieron en silencio por todo un minuto, reflexionando en el intercambio de palabras. Esto hizo poco bien a Jan; la mente le había dejado de funcionar sin ningún significado. Algo le había ocurrido, y no lograba abordarlo con alguna comprensión. Primero la visión y ahora esto.

—¿Y qué pasa con Glenn? —inquirió él.

La pregunta pareció como la que podría hacer un adolescente llevado por los celos. Jan engulló ensalada rápidamente.

—Te lo dije, terminamos —contestó ella apartando la mirada.

—Sí, pero volviste a él después de decir eso. Y él es bastante obsesivo, ¿no es verdad? Tal vez él no haya terminado *contigo*.

—Sí, bueno. *Yo* terminé con él. Y podrá ser obsesivo, pero eso está cerrado en ambas vías. Si salí, el asunto se acabó. Fue una insensatez de mi parte regresar, pero entonces apenas te conocía, lo sabes.

Jan dejó de enfocarse en cuestionamientos y volvió a su ensalada. Ya había dicho suficiente.

Helen volvió a dirigir la conversación hacia el libro, preguntando cómo era la prisión serbia. Esta fue una desviación bienvenida, en la que Jan se metió de lleno; cualquier cosa que lo distrajera de la locura. Pero desde ese momento hubo un brillo en los ojos de Helen... el cual le comunicaba que ella había mirado en las profundidades del corazón de Jan. Brillo que él temió que reflejara su propia mirada. No importaba, él no podía cambiar eso.

Siguieron sentados a la mesa durante otra hora, hablando de sus pasados y alejándose del presente. Después de todo, el presente ya había hecho un buen trabajo presentándose.

Jan llevó a Helen a casa, a la de Ivena. Se quedaría con Ivena al menos durante la noche, hasta que desarrollaran un plan más adecuado. ¿Cuál?, preguntó ella. Él no tenía idea cuál. Tal vez a Ivena se le ocurrieran algunas. Pero él no podía ir y hablar ahora con su amiga. No, ¡para nada! Era demasiado tarde. Él realmente debería irse a dormir.

Jan dejó a Helen en la acera, la vio ir hacia la puerta, y partió sin mirar hacia atrás para ver cómo podría reaccionar Ivena. Él tenía húmedas las palmas de las manos y pegajosa la camisa, y sentía la mente como si lo hubiera intentado besar una licuadora mientras él se esforzaba por quitarse de encima los nervios con Helen.

Entonces clamó a Dios, en el silencio del auto. *Padre, tú me creaste, ¿pero lo hiciste para que sintiera esto? ¿Qué clase de emociones son estas que me circulan por el corazón? ¿Y por quién? ¿Por esta mujer que apenas conozco? Por favor, te lo ruego, ¡apodérate de mi espíritu! Me estoy sintiendo deshecho.*

¿Y Karen? Oh, amado Dios, ¿qué de Karen?

Jan ya no tuvo más presencia de ánimo para orar. Sencillamente condujo a casa y poco a poco se desconectó por completo.

CAPÍTULO DIECINUEVE

KAREN SE había programado para volar a Hollywood a las diez de la mañana del lunes. Jan llegó a la oficina a la diez y media. Para empezar, la visión le había vuelto a interrumpir el sueño. El encuentro con Helen tampoco le había ayudado a dormir. Pero con toda sinceridad, la llegada tarde era motivada tanto por el horario de Karen como por los propios hábitos de dormir que él tenía. Sin duda Jan no se encontraba en condiciones de mirar a Karen a los ojos, mucho menos de explicarle las ojeras bajo sus propios ojos. Para alivio de él ella se apartaría a tiempo. Citas con una docena de contactos la mantendrían ocupada por tres días. No la vería hasta el jueves, lo cual le venía bien. Debía aclarar las voces que le circulaban en la cabeza.

Jan entró, decidido a hacer que la mente volviera a tener una apariencia de razón. Billy Jenkins, un flacucho empleado en el departamento de correspondencia, lo felicitó en el ascensor.

—Vaya, Sr. Jovic. Qué fantástico lo de la película, ¿eh?

—Ajá —soltó incómodo Jan, sonriendo lo mejor que pudo.

Pero el corazón de él no estaba nada bien.

Toda esperanza de despejar la mente desapareció a las once, mientras se hallaba con los pies sobre el escritorio; porque allí fue cuando Ivena lo llamó y le contó la idea que se le había ocurrido. Ella había visto a un auto merodeando en la calle y no creía que Helen estuviera segura en la casita. Así que ella y Helen se quedarían unos días más en el sótano de Janjic. Esa era la idea de Ivena. No había otra alternativa. Estarían seguras en el enorme apartamento debajo de la casa de Janjic; Dios sabía que el sistema de seguridad que Jan había adquirido sería útil para algo.

—¿Cómo?

—Es eso o enviarla a un refugio, y sabes muy bien que enviarla a un refugio no sería mejor que dejarla abandonada en la calle. Al anochecer habría vuelto a las manos de esa bestia. Y no podemos permitir eso.

Jan no respondió.

—¿Janjic? ¿Me oíste?

—Ella no se puede quedar en mi casa, Ivena.

—Tonterías, cariño, Yo estaré allí —objetó ella, e hizo una pausa—. Además algo extraño está pasando en mi casa, Janjic.

—¿Está actuando Helen de modo extraño?

—No, no. Se ha muerto el rosal de Nadia.

—Por favor, Ivena. Perdóname por parecer indiferente, pero aquí hay en juego más que tu huerto. Ella no se puede quedar en mi casa.

—Janjic, oye por favor —pidió Ivena después de exhalar en el teléfono—. Piensa más allá de ti mismo. Esta vez no se trata solo de ti. Ni siquiera sabrás de nosotras.

Él quiso decirle algunas cosas. Como el hecho de que estaba bastante seguro de que no estaría consciente de nada, *a excepción* de ellas. Como el hecho de que la *corazonada* que Ivena detectara se había convertido ahora en un *latido* constante.

Pero no dijo nada. Y ella tenía razón, pensó; esto estaba por sobre él. Le brotó sudor en la frente. Se dio cuenta que Ivena ya le había sentido el corazón. ¿Y sin embargo ella sugería esto? ¿Qué estaba conspirando?

—De todos modos, no te preocupes por nosotras. Ahora me debo ir; debemos hacer algunas compras.

—¿Más compras?

—Comida. Tu surtido es muy espantoso. Adiós, Janjic.

—Adiós, Ivena.

Ella no le preguntó nada acerca de la noche anterior, y Jan no le brindó detalles. Pero a ciencia cierta ella sabía que había brotado algo.

¿Y qué *había* brotado? El corazón le había brotado. A menos que se equivocara por completo, el corazón se le había adherido al de ella. A Helen. Cada célula de materia gris en Jan objetaba con vigor, por supuesto, pero esto parecía influir poco en las emociones que le corrían por las venas.

Pasó buena parte del día discutiendo consigo mismo. Diciéndose que había sido un tonto al llevar a Helen a comer. Por permitirse incluso mirar a tal jovencita.

Por otra parte, ella solo era nueve años menor que él. Y era una mujer. Una mujer soltera. Y él era un hombre soltero.

¡Pero estás comprometido, Janjic! ¡Hiciste una promesa!

Pero no estoy casado. Y no he hecho nada que traicione a Karen. ¿Puedo remediar esta locura? ¿La solicité?

Jan, estás enamorado de Helen.

Ya no daba razones tan enérgicas contra esa voz. Se lo había repetido una docena de veces, y no había logrado convencerse de algo distinto. Solo podía repetir las razones de por qué no debería amarla… al menos no amarla de *ese* modo. Razones tales como el hecho de que ella era una drogadicta, ¡por Dios!

O como el hecho de que ella era amante de otro hombre. Amante de ese desquiciado de Glenn. O que lo había sido. Santo cielo, ¿en qué estaba pensando él? Karen era perfecta en todo sentido, y también le hacía palpitar el corazón a un ritmo constante.

Sí, pero no como Helen, Jan. Estás enamorado de Helen.

¡Tonterías! ¿Y qué respecto de Roald y *La danza de los muertos*? ¿De Frank Malter, Barney Givens y Bob Story? Sin duda las orejas de los líderes de la iglesia echarían humo si supieran lo que se estaba cocinando aquí. Ellos le advirtieron contra la aparición del mal, y esta locura con Helen no sería nada menos.

Y el asunto de la película, ¿qué le importaría a Hollywood lo que él hiciera? Esa gente del cine no era la más moral. No tendrían ningún problema.

Pues bien, ¡el hecho de que él ahora pensara en la falta de moral de Hollywood con relación a este asunto de Helen demostraba que ella debía irse!

Era Karen a quien se estaba pisoteando con esta insensatez. Con esta traición en el corazón de él.

Al finalizar ese primer día Jan tal vez había logrado realizar el trabajo de una hora. Ivena lo llamó a las cuatro y le informó que ella y Helen estaban preparando la cena. En casa de él.

—¿Q-qué? —tartamudeó él, poniéndose de pie.

—¿Hay algún problema, Janjic? —preguntó ella titubeando—. Yo pagaré por los comestibles si…

—No, no, no.

¿Pagar por los comestibles? ¿De qué estaba hablando ella? Él pasó a insistir en que con lo de la película debía trabajar hasta tarde. Que cenaran sin él. Ella convino de mala gana, y Jan lanzó un suspiro de alivio. No que no deseara ver a Helen. No que no quisiera sentarse frente a ella y mirar dentro de esos profundos charcos de amor. Es más, el mismo pensamiento de sentarse bajo el encanto de ella le provocó sudor en las palmas de las manos. ¡Pero no podía hacerlo! ¡No con Ivena allí! ¡No *sin* Ivena allí! No hasta que él hallara algún sentido en esta locura.

Cuando Jan manejó hasta la casa a las diez, el Escarabajo de Ivena se hallaba en la calle; estacionó el Cadillac frente a este, cuidando de no despertarlas al abrir la puerta del garaje. Miró por la ranura del correo y vio que las luces estaban apagadas. Si Helen estaba allí, se habría retirado a la suite del sótano. A menos que estuviera esperándolo otra vez en el pasillo. Él pasaría a su lado. El pensamiento le envió un escalofrío por la columna y de repente deseó con desesperación que ella hubiera hecho precisamente eso. Con movimientos torpes buscó la llave y entró sin hacer ruido.

Pero esta noche Helen no estaba en el pasillo. Es más, él ni siquiera podía estar seguro de que ella estuviera en la casa. Y no pensaba ir a golpearle la puerta. Anduvo en puntillas por el corredor, puso el despertador a las cinco de la mañana, y se metió a la cama.

El martes resultó ser un día variado; por una parte fue ocupado, lo cual era bueno. Por otra, Jan descubrió que su pequeño secreto no era tan secreto.

Tanto Lorna como John entraron a la oficina y le preguntaron si todo estaba en orden, a lo cual él contestó que desde luego que sí, y de inmediato llevó la conversación a detalles operacionales.

Pero Betty no era tan fácil de disuadir.

—Jan, no eres el mismo en estos días —le comentó preocupada.

—Tonterías.

—No tendrá esto algo que ver con la muchacha, ¿o sí?

—¿Qué muchacha?

—La que rescataste en el parque.

Jan sintió que la sangre se le escurría del rostro.

—Ah, vamos, Jan, todos están susurrando al respecto. Dicen que esta chica se quedó en tu apartamento algunos días.

—¿Quién te dijo eso?

—Se lo oí a John. ¿Es cierto entonces?

—Sí. Solo por unos días. Con Ivena, por supuesto.

—¿Y qué de ti, Jan? ¿Qué piensas de esta muchacha?

—Qu... nada. ¿Qué quieres decir? Sencillamente le brindé un lugar dónde quedarse mientras esto pasa. ¿Qué quieres decir? —cuestionó él, y pensó en que pudo haberse revelado algo al decir esto.

—No puedes ocultar de mí tus sentimientos, Jan —contraatacó ella con la cabeza inclinada y los ojos fijos en los de él—. ¿Y qué pensaría Karen de esto?

—Karen lo sabe. Helen es un desastre, ¡por amor de Dios! No podemos echarla a la calle por el bien de las apariencias.

—Quizás. No te estoy juzgando; solo estoy preguntando. Alguien debe mantenerte a raya. De todos modos, solo quería que supieras que hay algunos comentarios... tú sabes cómo circulan esas cosas.

—Bueno, diles amablemente a todas las cotorras que no me hacen ninguna gracias sus indiscreciones.

—Nadie te ha acusado de nada —se defendió Betty con una ceja arqueada—. Karen es una dama muy amorosa, y puedes entender que ella cuenta con la solidaridad de los empleados.

—¡Eso es absurdo! ¡No hay nada con qué solidarizarse!

—No dije que yo te desaprobara, Jan. Solo te estoy advirtiendo que otros sí podrían hacerlo.

—¿Qué están haciendo allá abajo? ¿Haciendo sus apuestas sobre el asunto? Esto es ridículo. Helen es simplemente una mujer, por Dios. Solo porque esté usando mi apartamento no significa que yo tenga sentimientos por ella.

—¿Los tienes?

—Por supuesto que no. Como persona, sí, pero… Por favor, Betty. Este ha sido un día muy difícil.

—Entonces oraré por ti, Jan. Seguramente no podemos dejar que nuestra estrella de cine se nos desmorone ahora, ¿verdad? —manifestó ella guiñando un ojo y saliendo luego.

Jan pasó la media hora siguiente tratando desesperadamente de rechazar la revelación de que él se había convertido en objeto de apuestas. ¿Era así de evidente su locura?

Roald llamó a las diez y quiso que Jan se reuniera con el director de Amnistía Internacional, Tom Jameson, quien volaba a Atlanta al mediodía. Jan pasó tres horas con el hombre y con entusiasmo concordó cenar con él a las siete. Pensó que para las cuatro de la tarde habría recuperado una apariencia de razón.

Llamó a Ivena a las cinco y le informó que esta vez tampoco cenaría con ellas. Ella no puso objeción. En realidad parecía distraída.

—¿Está todo bien, Ivena?

—Sí, desde luego. Nada podría estar mejor.

—Me oíste entonces; esta noche llegaré tarde a casa. No me esperes despierta.

—Algo está sucediendo, Janjic —comunicó ella, quien parecía ansiosa, e incluso exaltada.

—¿Qué quieres decir? ¿Hizo algo Helen?

—No. Pero lo siento en los huesos. Algo muy único está pasando, ¿no lo sientes? El cielo parece más brillante, siento más ligeros los pies. Mi jardín está en plena floración.

—Creí que el rosal de Nadia estaba muerto.

—Sí.

—Um. Bien, pareces estar animada. Eso es bueno. Pero no la dejes sola mucho tiempo.

—¿A Helen? Ella está bien, Janjic.

—Sí, pero todavía está en mi casa. No podemos tener una extraña andando por ahí sola.

—Ella no es una extraña. Relájate, Janjic.

¿Relájate?

No estaba seguro de lo que había oído.

—¿Qué?

—Debes calmarte, Janjic. Algo está ocurriendo.

—Claro que algo está ocurriendo. Me estoy casando. Estamos haciendo una película.

—Mucho más, creo.

—Y no tengo idea de qué estás hablando.

Se hizo silencio entre ellos por unos instantes. Ella no le estaba contando todo, pero no estaba seguro de querer oír todo ahora.

—¿Vio ella a un consejero? —quiso saber Jan.

—Vio al padre Stevens esta tarde. Le gustó.

—Bien. Eso es bueno. Tal vez podamos hallarle nuevo alojamiento.

—Tal vez.

Así lo dejaron, y Jan pasó las dos horas siguientes sacudiéndose la charla de la cabeza.

Relájate. Algo está pasando, Janjic.

La cena con Tom Jameson fue una grata distracción. El entusiasmo del hombre por el proyecto de la película, y sus posibilidades, eclipsaron el asunto de Helen. Para las once de la noche Jan se había recuperado lo suficiente como para silbar alegremente mientras conducía a casa. La locura lo había dejado.

Pero todo eso cambió el miércoles.

Se levantó a las cinco y se duchó, pensando en la conferencia telefónica que Nicki había arreglado entre Roald, Karen y él a las nueve. Karen tenía algunas noticias que deseaba informarles.

Solo cuando salió del dormitorio vestido y listo para la oficina volvió a pensar en Helen, durmiendo abajo en la suite. Le surgieron nervios en el estómago. Dio la vuelta hacia la cocina y se detuvo a media zancada.

De repente esos nervios se hicieron formidables, monstruosos y convulsivos al máximo porque de pronto ella estaba allí, inclinada sobre la cafetera, vestida con una descomunal camisa blanca que le llegaba hasta las rodillas.

Jan dio un paso atrás ante la posibilidad de que ella no lo hubiera visto.

—Buenos días, Jan.

Él tragó grueso, volvió a dar el paso al frente y entró.

—Buenos días, Helen —contestó él; ella aún no había alzado la cabeza para mirarlo—. ¿Dónde está Ivena?

—Todavía está en cama. ¿Dormiste bien? —preguntó ella haciendo ahora girar la cabeza, manipulando aún la cafetera.

—Sí —creyó él haber dicho, pero no podía estar seguro con toda la conmoción que le corría por la cabeza; lo volvió a decir, solo para estar seguro—. Sí.

Ella lo estaba mirando con esos ojos azules, sonriendo de modo inocente. Nada más; él pudo ver eso. Pero *vio* más. Ella le lanzaba su encanto. Jan sintió endebles las rodillas y se le paralizó la respiración. Oleadas de calor le empapaban toda la espalda. De modo instintivo alargó una mano hacia la refrigeradora para afirmarse.

Estás enamorado de ella.

—Parece que no logro que el agua… ¿Sabes cómo funciona esto?

—Sí.

Ella esperó que Jan dijera más, pero él solo se quedó allí tontamente; no estaba pensando con mucha agilidad.

—¿Me puedes mostrar cómo? —pidió Helen.

—Claro.

Él se acercó y se inclinó sobre la cafetera, sin ninguna idea de lo que ella quería que hiciera. Helen se alejó no más de treinta centímetros, seguramente no más. No más allá del alcance del codo masculino, el cual chocó contra el estómago de ella. El toque envió una ola de aire caliente por la mente de Jan, quien perdió la poca concentración que había logrado tener.

Estás enamorado de ella, Jan.

Él casi se endereza y le ordena callarse a la voz. Pero hasta el pensamiento de hacerlo se alejó con el resto de su razón. En vez de eso toqueteó con torpeza los botones, la cafetera y el enchufe, preguntándose aún qué se suponía que él estaba haciendo aquí.

Helen se irguió al lado de Jan, mirando por sobre el hombro de él, con el cálido y dulce aliento femenino jugando con los cabellos del hombre en la nuca. O quizás no; quizás era una brisa de la ventana. Pero igual a él se le levantaban los cabellos del cuello, y le sacudió un repentino pánico de que ella pudiera notar el efecto que producía en él.

Jan se enderezó, pero demasiado rápido y sin dirección, golpeándose la cabeza contra el mueble encima del mesón. *Tas.*

—¿Estás bien? —inquirió Helen riendo—. En realidad solo necesito que se prenda.

—¿Prenderla?

Jan se inclinó sobre la máquina. Tal vez ella no le había notado la rigidez. El botón de encender apareció allí de pronto, grande y llamativo a la derecha, y él se preguntó cómo ella no pudo haberlo visto. Entonces lo presionó, oyó un suave silbido, y se salió del lugar de trabajo.

—Ya está.

—Gracias, Jan.

—De nada. No hay problema —declaró él retrocediendo y agarrando un banano de la canasta de frutas—. ¿Así que todo está funcionando para ti allá abajo?

—Perfecto. La televisión no funciona pero al menos la cafetera es un asunto sencillo —contestó ella sonriendo; él rió como si el comentario fuera realmente cómico.

—Bueno, si necesitas algo, házmelo saber.

—¿Jan?

—Sí —respondió él mordiendo el banano.

—¿Cuánto tiempo me puedo quedar aquí?

—Bueno, ¿cuánto tiempo necesitas quedarte?

—Creo que eso depende de ti.

¡Esos ojos! Querido Dios, ¡los ojos de ella lo estaban sofocando! *Aleja la mirada. ¡Aleja la mirada, Jan!*

—¿Crees eso?

—Esta es *tu* casa —asintió ella, sin dejar de mirarlo a los ojos.

—Sí, imagino que así es —concordó él y le dio otro mordisco a la fruta—. Bien, digamos que te puedes quedar aquí hasta que te debas ir.

—¿De veras?

—¿En cuánto tiempo estás pensando? —preguntó él.

—No lo sé —respondió ella sonriendo, y él creyó que ella le pudo haber guiñado un ojo, pero rápidamente concluyó que no había sido así—. Como dije, eso depende de ti.

—Está bien —convino Jan; por un increíble momento ambos continuaron con contacto visual, y luego él se volvió—. Bueno, debo irme a la oficina para una conferencia telefónica que han convocado.

Empezó a ir hacia la puerta principal, sosteniendo aún el banano en la mano derecha.

—Jan.

Él alargó la mano hacia la puerta con la palma sudorosa y se volvió hacia ella.

—Quizás podríamos cenar esta noche —anunció ella.

Las rodillas de Jan no se quedaban quietas. Helen estaba parada ahí sonriéndole, y cada fibra en el cuerpo de él le gritaba que corriera allá, cayera de rodillas, y le suplicara que lo perdonara por incluso pensar que ella era cualquier cosa menos que un ángel.

Estás enamorado de ella, Jan. Estás perdidamente enamorado de ella.

Esta vez no se molestó en ofrecer una defensa.

—Sí. Me gustaría —contestó; la voz le temblaba pero no trató de afirmarla—. Me gustaría mucho.

Jan abrió la puerta y salió al aire fresco de la mañana, por poco sin poder respirar. Casi había doblado por la acera que corría paralela a la calzada cuando recordó el auto, y regresó. Se dio cuenta que tenía un banano medio comido en la mano al intentar abrir la puerta del vehículo. Odiaba en gran manera los bananos. Ivena debió haberlos comprado. Resopló y lo lanzó al lecho de flores, pensando en agarrarlo cuando regresara.

Cuando regresara para llevar a cenar a Helen.

GLENN LUTZ estaba sentado detrás del escritorio esa misma tarde a las cuatro, sudando profusamente. Había tomado los últimos cinco increíbles días sin Helen en tan buena forma como cualquier hombre cuerdo. Pero esa cordura que aún tenía lo estaba deteriorando de manera insoportable.

Helen había venido el último viernes por la noche, había aspirado un puñado de droga y luego lo había incitado de la manera en que solo ella sabía hacerlo. Había jugado con él al gato y el ratón durante una hora, corriendo y huyendo histéricamente, antes de que al fin él ya no pudiera aguantar más y rompiera la promesa de no pegarle. Había sido un golpe con el puño, en la parte superior de la cabeza, y la había lanzado como un saco de papas. Cuando ella volvió en sí quince minutos después se había comportado mucho más colaboradora.

Glenn la había dejado ir como prometiera, jurando que el golpe había sido una equivocación. ¿Cuándo volvería ella? Pronto, había contestado. ¿Al día siguiente? Quizás. Pero solo si él prometía no golpearla.

Pero ella no había regresado al día siguiente. Ni al próximo, ni al otro, o al subsiguiente. Y ahora Glenn comprendió que no podría mantener la promesa de darle la libertad que ella exigía. Al principio se había convencido que estar sin ella solo aumentaría el placer cuando llegara el momento. Como cruzar un desierto sin agua y luego sumergirse en una laguna dentro de un oasis. Bueno, eso estaba bien por uno o dos días, pero ahora el desierto lo estaba matando y era hora de llamar al ejército. Eso o desfallecer y morir.

Miró el reloj en la oficina. Ahora eran las cinco de la tarde. No había ido a casa en cuatro días. Esa era una nueva promesa que había hecho: Solo iría a casa a bañarse en días posteriores a ver a Helen. El resto del tiempo realizaría sus actividades bajo sus condiciones, poniéndose desodorante si una reunión lo requería, pero por lo demás manteniéndose puro hasta el regreso de ella. En momentos de claridad se le ocurrió que con el tiempo se había vuelto un tipo demente; que cualquier hombre en la calle que supiera cómo vivía Glenn Lutz palidecería como una sábana. Pero los demás no eran él, ¿verdad? No poseían el poder ni el dominio propio que él exhibía. No tenían su pasado con Helen. Y por lo que a él concernía, también ellos podrían ahogarse en sus propias aguas santas. Había un tiempo para conquistar el mundo y un tiempo para conquistar a una mujer. Ya estaba harto de conquistar el mundo; ahora había una mujer que suplicaba ser conquistada. La verdad es que esa era una tarea muchísimo más noble.

Era hora de ir a traer a Helen. No irrumpiría en la casa del predicador, por supuesto. Irrumpir y entrar involucraría vecinos, alarmas y evidencia física que resultaría riesgoso. Siempre era mejor raptar una persona fuera de su casa.

Glenn se puso de pie, se secó el sudor de la cara y extendió los dedos, salpicando el escritorio con gotitas de humedad. Esta vez… esta vez tendría una mayor reserva de motivación para depositar en Helen. Si ella esperaba que él se sentara a esperar agonizando, entonces tendría que darle a él un poco de su propia vida para sustentarlo. Él sonrió ante el pensamiento. Claro. Muy claro.

Sonó un toque en la puerta y él se sobresaltó. Sería Buck o Beatrice. Nadie más se atrevería, aunque pudieran llegar al último piso.

—Adelante.

Beatrice entró. Se había amontonado el cabello a treinta centímetros de alto y se veía absurdo, exagerándole la inclinada frente. Estaba claro que ella era una bruja.

—¿Qué pasa? —preguntó él.

—Le tengo una sorpresa —dijo ella.

Los dientes de la mujer parecían grandes para la boca, pero también eso podía ser una ilusión producida por el peinado.

—¿Qué?

—Ella está en el palacio.

—¿Ella…?

El significado de las palabras de Beatrice lo impactó y el hombre se quedó sin habla.

—Helen está en el palacio —repitió la mujer.

—¿Helen?

La voz le salió áspera. ¡Increíble! Giró hacia la puerta que llevaba a la torre oeste.

—¿Ella…? ¿Helen?

—Está esperando —asintió la bruja conteniendo la risa.

El alivio lo cubrió como una oleada de agua caliente. Inmediatamente todo el cuerpo le tembló. *¡Helen!* ¡Su flor había regresado!

Glenn ya respiraba con dificultad. El rostro le palideció y le temblaban los labios. Salió de su sitio y avanzó pesadamente hacia la puerta que lo llevaría hacia ella.

HELEN ESTABA sentada en el borde de la pista de baile en el palacio, jugueteando con las manos, aterrada de haber venido. Había vuelto después de casi cinco días sin él, impotente para detenerse, parecía. E impotente porque las piernas le temblaban y el cuerpo se le convulsionaba por la abstinencia. Esto hacía que el estómago se le revolviera y le salivara la boca. Si físicamente no era adicta, entonces lo era en peor manera: a partir del alma.

Pero debía volver para las cinco y media. Sí, tenía que regresar para Jan, no podía enloquecerse aquí… esto la arruinaría. Había pasado el día con los nervios destrozados, luchando desesperadamente por controlarse, hasta que finalmente decidió que una dosis no le haría daño. Un chapuzón de vuelta a las aguas. Después de todo ella aún era un pez, y los peces no podían permanecer para siempre sobre la playa. Una probadita de… esto.

Ese sacerdote al que Ivena la enviara le había hablado de estabilidad en términos de lealtad y confianza. Sin embargo, ¿qué podría él saber de ella? *Esta* era la lealtad y la confianza de Helen: las drogas. Y Glenn. La bestia. La bella y la bestia.

La puerta de la derecha se abrió y de un brinco Helen se puso de pie. Él estaba parado allí con las manos extendidas como un pistolero, jadeando y sudando.

—Glenn —expresó ella, pensando que ahora debería irse; o que debería correr hacia él y rodearlo con los brazos.

Helen sonrió, en parte con seducción y en parte divirtiéndose consigo misma.

—Te extrañé, Glenn.

—Oh, yo también te extrañé, nena —declaró él poniéndose de rodillas y empezando a llorar—. Te extrañé muchísimo.

Ella sintió una extraña mezcla de empatía y disgusto, pero eso no la detuvo. Fue hacia él, y al llegar se puso de rodillas y lo besó en la frente. Él olía a carne en descomposición, pero ella se estaba acostumbrando a las peculiaridades del canalla.

Entonces Helen colocó los brazos alrededor de la enorme estructura del hombre y juntos cayeron hacia atrás.

CAPÍTULO VEINTE

«El amor que vi en el sacerdote y en Nadia era un sentimiento
que acababa con el deseo por cualquier cosa que no fuera la unión
con Cristo. Si aseveras amar a Cristo, pero no estás motivado
a deshacerte de todo por esa perla de gran precio, te estás
engañando. Esto es lo que Cristo dijo».

LA DANZA DE LOS MUERTOS, 1959

JAN SE lanzó de lleno al viento y su auto rugió hacia la casa de Ivena. Ponga detrás del volante a un hombre que ha confiado excesivamente en un chofer durante la mayor parte de su carrera de conducción, y acelérele el corazón con pánico, y lo mejor es que advierta al público. Un auto en la derecha hizo sonar la bocina, y Jan presionó el acelerador. El Cadillac salió disparado e ileso por la intersección. Acababa de pasarse una señal de pare. Frenó con fuerza y oyó un chirrido; ¡esas eran las llantas *de su* auto! *¡Cálmate, Janjic!* La casa de Ivena estaba exactamente en la esquina.

Eran celos lo que le rugía en la sangre, pensó. Y en realidad no le correspondía cortejar con los celos. Especialmente por Helen. No tan pronto. ¡Nunca! Santo cielo, escúchalo.

Pero ahí estaban: celos. Un temor irracional de pérdida que lo había enviado en picada. Porque Helen había desaparecido. Se había ido.

Había sido un buen día, además. La conferencia telefónica con Karen pudo haber sido difícil, pero la sonora voz de Roald siempre presente se había adelantado a cualquier oportunidad de una charla privada. Karen anunció la noticia: A la luz del trato de la película, la editorial Bracken y Holmes había aprobado publicar otra edición de *La danza de los muertos* con actualizaciones que coincidieran con la película. ¡Y estaban financiando una gira por veinte ciudades! Jan quiso saber qué significaba eso. «Significa, querido Jan, más dinero, diría yo», había resonado la voz de Roald. Karen les comunicó entonces que la editorial había concertado una cena con Delmont Pictures el sábado en la noche.

Querían allí a Jan. ¿Dónde? Nueva York, por supuesto. ¿Otra vez Nueva York? Sí, otra vez Nueva York. Sería algo gigantesco, mejor que cualquier cosa que ella podía haber deseado.

Jan se les había unido en el entusiasmo y luego colgó, sintiéndose a punto de estallar. La mente se le había convertido en una cuerda, jalada por dos mujeres. Karen la adorable, mereciendo el amor de él; Helen la inconveniente, sofocándolo con sus encantos de pasión. La locura era suficiente para enviar a cualquier hombre al sofá del psiquiatra, pensó Jan.

Pero eso habría sido lo de menos.

Jan había corrido a la casa a las cinco y media, descubrió que Helen no estaba y una nota de Ivena en la refrigeradora. Ella volvería en un par de horas. Pero no había ninguna señal de Helen. Rápidamente se duchó mientras esperaba que ella regresara.

Él se había vestido con el mismo traje negro que usara en la última salida de los dos, pero esta vez con una corbata amarilla. Había pasado una hora. Luego dos, mientras él caminaba de un lado al otro. Y entonces supo que ella no regresaría, y el mundo empezó a derrumbársele. Había llamado a Ivena, tragándose las lágrimas para que ella no pudiera oír.

Helen había desaparecido. Helen se había ido.

Paró en seco el Cadillac frente a la casa de Ivena y se bajó. Aún usaba el traje negro, pero sin corbata. Los brillantes zapatos de cuero crujieron en la acera de Ivena, fuerte en la noche. Tendría que contarle todo a ella... ya no podía andar por ahí cargando solo estas absurdas emociones.

—Hola, Jan —lo saludó ella en voz baja—. Entra por favor.

Él pasó a un lado de ella, se sentó en el sofá, cruzó las piernas y bajó la cabeza entre las manos. Un fuerte aroma de flores llenaba el espacio... perfume o tal vez popurrí. Casi era sofocante.

—Ivena...

—Deja que prepare un poco de té, Janjic. Ponte cómodo.

Ivena se fue directo a la cocina y regresó con dos tazas de té humeante. Puso el de él en la mesita de lámpara a la mano y se sentó en su sillón favorito.

El rostro del hombre estaba lívido e hizo caso omiso del té.

—Gracias, Ivena, hay algo que debo decirte. En realidad...

—Así que, Janjic, ¿no me equivoqué acerca de la *corazonada*?

—No, no te equivocaste —confesó él sorprendido, y luego levantó la mirada; entonces se puso de pie, recorrió tres pasos y volvió a la silla—. No sé que me está pasando. Esta absurda idea de que Helen se quedara en mi casa no fue la mejor.

—Estás trastornado, puedo verlo. Pero no lances sobre mí tu frustración. Y si debes saber, estoy de acuerdo.

—¿Estás de acuerdo?

—Sí, lo apruebo. Al principio no, desde luego, al verte la primera vez mirándola, pensé que debías estar loco, estando comprometido con Karen como estás.

Él la miró, incrédulo.

—Pero no, no estabas loco. Sencillamente te estabas enamorando de una mujer y haciéndolo bastante difícil —declaró Ivena, sorbió su té y puso el platillo en la mesa—. De modo que ahora estás enamorado de Helen.

—Me cuesta creer que estés hablando de este modo. No es tan sencillo, Ivena. No estoy simplemente *enamorado* de Helen. ¿Cómo puedo estar de repente *enamorado* de una mujer? Mucho menos de esta… esta…

—¿Esta mujer indecente? ¿Esta vagabunda?

—¿Cómo es posible que me suceda esto? ¡Estoy comprometido con Karen!

—Me he estado haciendo la misma pregunta, Janjic. Llevo tres días haciéndomela. Pero creo que esto está más allá de ti. No del todo, desde luego. Pero está por sobre lo que hagas. Te preocupas por Karen, ¿pero la amas?

—¡Sí! Sí, ¡amo a Karen!

—¿Pero la amas de la manera que amas a Helen?

—Ni siquiera estoy seguro de que *sí* amo a Helen. ¿Y qué quieres decir con «la manera»? ¿Existen ahora diferentes maneras de amar? —objetó él, y de inmediato levantó una mano—. No te molestes en contestar. Sí, por supuesto que existen. Pero no estoy para juzgar entre ellas dos.

Ivena se quedó en silencio.

—Deberías estar indignada —continuó, y *él* se sintió indignado de veras; indignado por sentirse confuso y enojado ante la desaparición de Helen—. ¿Y cómo supones que amo a Helen?

—Con pasión, Janjic. Ella te deja sin habla, ¿no es cierto?

Las palabras parecían absurdas, expresadas en voz alta de este modo. Era la primera vez que se presentaba el tema de forma tan clara; pero no había duda en el asunto.

—Sí. Sí, eso es correcto. ¿Y qué clase de amor es ese?

—Bueno, ella es una mujer bastante sensacional, debajo de toda la inmundicia —respondió Ivena sonriendo—. Eso en realidad no es tan desconcertante.

—Estoy diciendo cosas que no debería sacar a la luz, y tú me estás aconsejando como si esto fuera un enamoramiento de colegial —manifestó él mirándola por un prolongado minuto.

Ivena no respondió.

—Desde el principio ella tuvo un inesperado control sobre mi corazón, ¿sabes? —declaró él—. Yo no lo busqué.

Ella solo asintió con la cabeza, como si dijera: *Lo sé, Janjic. Lo sé.*

—Y hay algo más que deberías saber. Salí con ella. Antes de traerla aquí el sábado por la noche fuimos a cenar a La Orquídea. No se lo pedí, desde luego. ¡Ella *me* lo pidió! Ella preparó mi traje... este traje —confesó Jan y se presionó el pecho, sonriendo de pronto ante el recuerdo—. Fue increíble. Apenas pude comer.

—Lo sé.

—¿Lo sabes?

—Ella me lo contó —contestó Ivena con una ligera sonrisa.

—¿Te lo contó? ¿Te contó que apenas pude comer?

Ella asintió.

—Y me contó que te excusaste para ir al baño a fin de controlarte porque estabas, cómo lo expuso ella, desmoronándote, creo.

—¿Te dijo *eso*?

—¿Es verdad? —preguntó Ivena con una ceja arqueada.

—Tal vez, pero no puedo creer que Helen te dijera eso. ¿Se dio ella cuenta de eso?

—Ella es una mujer. Tú eres un hombre. El amor entre ustedes conlleva su propio lenguaje. Es imposible ocultar el amor, Janjic. Y Helen es mucho más perspicaz de lo que pareces darte cuenta.

—Tienes razón en que es perspicaz —concordó Jan echándose atrás en el sillón y sosteniéndose el rostro con las dos manos—. Por tanto tú lo sabes todo. Sabes que estoy locamente enamorado de ella.

Lo dijo y se sintió bien al hacerlo. Bajó las manos y se inclinó hacia delante.

—Que nunca he amado a otra criatura con tanta pasión. Que apenas logro pensar en algo más que en ella. Que cada vez que la miro a los ojos se me debilitan las rodillas y siento pesada la lengua. Me cuesta respirar de manera adecuada cuando ella está presente, Ivena —siguió manifestando él, y sintió que ahora mismo sentía eso—. El corazón me duele y se me infla el pecho. Estoy...

—Creo entender, mi joven serbio.

—Y ahora ella ha vuelto a él.

Ivena levantó la taza de porcelana y bebió sorbo a sorbo, como si apenas ahora saboreara el té.

—Sí. Y no es la primera vez —expuso ella, bajando la taza hasta el regazo.

—¿Qué quieres decir?

—Regresó allá la noche en que saliste para Nueva York. Solo por unas cuantas horas, pero se lo vi en los ojos.

¿Qué estaba ella afirmando?

—¿*Qué* pudiste ver en los ojos de ella?

—Pude *olerlo*. Y ella se agarraba apenada la cabeza el día siguiente. No soy idiota, Janjic.

La ira se le extendió por el cerebro al serbio. Se levantó del sillón.

—Juro que si alguna vez… ¡Mataré a ese demonio!

—Siéntate, Janjic.

—El canalla la está golpeando, ¿verdad que sí? —inquirió él con el rostro rojo de indignación—. ¡La está maltratando! ¿Cómo pudo ella volver a él?

—Siéntate, Janjic. Siéntate por favor. No soy el enemigo.

Jan se sentó y hundió la cabeza entre las manos. Era una locura. Ahora esto era más que locura. Era horror.

—¿Y quién *es* el enemigo? —cuestionó él.

—El ladrón que viene a robar y destruir —respondió ella.

Sí, desde luego. Él sabía eso, pero no facilitaba nada.

—¿Crees que el amor del padre Michael salía de su propio corazón? —preguntó Ivena.

—No.

—Claro que no, Janjic. Le has dicho lo mismo a todo el mundo. ¿Olvidas tus propias palabras?

—No olvido mis propias palabras —objetó él mirándola—. Aquí estamos hablando de Helen, no del sacerdote. Esto no se trata de luchar por nuestras vidas contra algún demente llamado Karadzic. ¡Estoy frente a emociones ridículas que *me* están volviendo loco!

—Y estas emociones que te están enloqueciendo son los mismos sentimientos que llevaron al padre Michael a la cruz. Son los que mostró Cristo mismo. Porque Dios amó en gran manera al mundo, Janjic. ¿Es este el amor con el que amas a Helen? —desafió ella; él la miró tontamente—. Te juro, Janjic, que a veces puedes ser un zoquete. Estás sintiendo el amor del sacerdote; el amor de Cristo. Este no viene del corazón de uno. ¿Has pensado alguna vez en la posibilidad de que no se supone que te debas casar con Karen? Entonces te lo diré ahora: no te puedes casar con Karen.

—¿Debido a esta pequeña contradicción con Helen? No seas…

—¡No! Porque Dios no querría que te casaras con Karen. Es mejor romper ahora antes de que hagas un pacto con ella. ¿O consideras un compromiso igual que un pacto matrimonial?

—No.

—Bien entonces. Debes seguir este amor que Dios te ha puesto en el corazón por Helen. Y debes hacerlo sin ninguna ofensa hacia Karen.

—¿Cómo diablos puedo ir tras una relación con una incrédula?

—¿Le ordenó Dios a Oseas que se casara con Gómer? De todos modos no estoy sugiriendo que te cases con la chica. Pero aquí hay más que contactos visuales, Janjic. Considéralo un mensaje de Dios.

Esto lo impactó tan claramente en ese momento como la montaña de aire. ¿Podría ser? Jan había visto esa breve visión del campo florido y había oído el llanto. Tal vez fue más que un acto casual de la gracia de Dios con fin de revelar esa gracia. ¡Quizás era el *deseo* de Dios que él amara a Helen! Y no solo como una pobre alma perdida, sino como alguien por quien el corazón de él suspirara.

La idea inundó a Jan con una repentina sensación de calma, pues retiró la locura de la confusión que sentía, otorgándole validez. Ivena debió haber visto el cambio en él porque sonrió.

—Según tú, *se supone* que yo ame a Helen —declaró—. Por eso es que lo apruebas.

—Tanto como Cristo ama a la iglesia, creo.

—¿Y ama Cristo a la iglesia con esta emoción loca y apasionada?

—¿Te gustaría ver algo? —preguntó Ivena parándose y yendo al librero en la pared opuesta.

Un florero azul que contenía una sola flor se hallaba en el tercer estante. Una brillante flor blanca con pétalos bordeados de rojo, del tamaño de la mano de Jan. Ivena la sacó del florero y la puso frente a él como una colegiala presentando su clavel.

—¿Hueles?

Era la fuerte fragancia que Jan había percibido al entrar.

—Huelo algo. Creí que era tu perfume.

—Pero no estoy usando ningún perfume, Janjic.

Jan se puso de pie y fue hacia la flor. Al instante el aroma se le hizo más fuerte en las fosas nasales.

—Ahora lo hueles —afirmó ella sonriendo.

—Es fortísimo.

—Pues sí. Es un aroma agradable, ¿verdad?

—¿Y viene todo de esa sola flor? ¿Naturalmente?

—Sí.

Jan analizó los pétalos. Le parecían extrañamente conocidos. Ella le pasó la flor y él la sostuvo a la luz.

—¿Dónde la hallaste?

—Las estoy cultivando, en realidad. ¿Te gusta?

—Es asombrosa.

—Sí. Creo que tal vez me haya topado con una nueva especie. Ya le di una a Joey para analizarla.

—¿No sabes el nombre? —inquirió él, haciendo girar la flor en la mano.

Los pétalos eran como satín. La fragancia le recordó a una rosa de olor muy fuerte.

—No. Son el resultado de un injerto de rosa.

—Asombroso.

—Sí —asintió Ivena sonriendo de oreja a oreja, como una niña henchida de orgullo—. El aroma es como el amor, Janjic. Una semilla no puede dar fruto a menos que muera y caiga a la tierra. Pero mira adónde lleva todo. Es una agradable fragancia que implora ser asimilada. No algo que simplemente puedas pasar por alto, ¿no es así?

Jan puso la nariz cerca de un pétalo y volvió a oler. La fragancia de la flor era tan fuerte que le trajo lágrimas a los ojos. La devolvió al florero y él volvió al sillón.

—¿Crees por tanto que yo debería amar a Helen? —preguntó moviendo la cabeza de un lado al otro—. Ellos se pondrán como una furia.

—¿Quiénes?

—Karen, para empezar. Roald, los líderes, los empleados... todo el mundo.

—Pero no puedes fingir. Eso sería peor.

Entonces él recordó por qué había venido aquí en primera instancia.

—Ella ha desaparecido.

—Volverá —afirmó Ivena dándose la vuelta.

—¿Estás segura? ¿Cómo puedes saber eso?

—No lo sé. Pero ella es mujer y te lo estoy diciendo, regresará.

Se sentaron y hablaron de lo que deberían hacer entonces. ¿Deberían llamar a la policía? ¿Y decirles qué?, dijo Jan. Que esta muchacha llamada Helen había vuelto a su amante, lo cual no era bueno porque Jan Jovic... sí, el famoso escritor Jan Jovic, estaba chiflado por ella. Pero no era chifladura porque se trataba del amor de Dios, el cual era chifladura y no lo era. Lo mismo pero distinto. Quizás. Sí, eso quedaría bien.

Al final acordaron que no podían hacer nada. No esta noche al menos. Orarían para que Dios protegiera a Helen y le revelara su amor. Y para que Jan oyera la voz de Dios y no se comportara como un enajenado en sus propias emociones. En realidad esa última oración fue de Ivena, pero Jan se descubrió a sí mismo estando de acuerdo. Dios sabía que Jan caminaba aquí sobre terreno nuevo. El terreno del amor.

JAN CASI se enferma el jueves por la mañana. Helen no había vuelto y él solo había dormido tres horas, la mitad del tiempo sobre el sofá. Con toda sinceridad, él estaba enfermo, pero no de la clase de enfermedad que Karen comprendería. Al menos no mientras esta condición estuviera dirigida a otra mujer. Finalmente se arrastró a la diez, aunque por ninguna otra razón que evitar la agonía de esperar.

Los empleados lo estaban mirando con ojos inquisidores, pensó él. Lo sabían, todos lo sabían. Las indulgentes sonrisas y los ceños ligeramente fruncidos lo revelaban. Pudo haber imaginado los ceños fruncidos, pero tal vez no. Según la admisión de Betty, que él aún trataba de descartar, ellos prácticamente estaban haciendo apuestas acerca de la sensatez de él.

Karen entró a la oficina de Jan a los cinco minutos de que él llegara, tarareando y meneándose con el tono. Gracias a Dios que ella no estaba muy relacionada con el chisme en los pisos más bajos. Jan le sonrió lo mejor que pudo, y escuchó con paciencia mientras ella hablaba del viaje.

Había sido todo un éxito, por lo que Karen contaba; éxito para poner en el portafolio de ella. No solo era el acuerdo de reimpresión con la editorial, sino que eran ocho —cuéntalas, ocho— apariciones en televisión en los próximos dos meses, y eso sin incluir el lanzamiento de la nueva edición. Jan estaba feliz por ella, y las noticias lo distrajeron un poco. Creyó haber encontrado bastante resolución para mantener a Karen en un estado de ambivalencia general res pecto de él.

Pero su opinión demostró estar equivocada.

—Todo está arreglado, Jan —anunció ella agitando dos tiquetes aéreos en la mano—. Tenemos pasajes en primera clase para Nueva York en el vuelo de las cinco y media de mañana.

¡Nueva York! Lo había olvidado.

—Yo creía que la cena era el sábado.

—Así es, pero creí que podíamos convertir el acontecimiento en un fin de semana. Roald no estará allá, ¿sabes?

De repente todo era demasiado. Jan sonrió; lo hizo, pero evidentemente no con tanta convicción como para engañarla. Es más, él no podía estar seguro de no haber dado la impresión de haber fruncido el ceño, si es que su corazón era algún juez. Karen bajó la mano con los pasajes, y Jan supo que su fachada no la había engañado.

Ella cerró la puerta y se sentó en una de las sillas para visitantes.

—Muy bien, Jan Jovic. ¿Qué pasa?

—¿Qué quieres decir?

Ella quiere saber por qué tienes el rostro decaído, zoquete.

—Algo está sucediendo —declaró ella mirándolo directo a los ojos—. Todo el tiempo has estado con esa sonrisa plástica. Yo podría entrar aquí y decirte que los marcianos acaban de aterrizar en la calle Peachtree y tú sonreirías y me dirías cuán buena es esa noticia. Estás tan distraído como nunca te había visto. Por consiguiente, ¿qué pasa?

Jan miró por fuera de la ventana y suspiró. *Padre, ¿qué estoy haciendo? No quiero esto.* La volvió a mirar. Ella lo miró con la cabeza ladeada, hermosa en los rayos matutinos que entraban por la ventana. Karen era un tesoro. Él no podía imaginar una mujer tan adorable como ella. Excepto Helen. ¡Pero eso era absurdo! ¡Helen estaba con otro hombre! En realidad es posible que ni siquiera regrese. Y aunque regresara, ¿cómo podría albergar pensamientos de amor para tal clase de mujer?

Padre, ¡te lo suplico! Libérame de esta locura.

—Dime, Jan —exigió Karen ahora con una voz de mujer que sabía.

Ella ya sabía algo, por intuición.

Él la miró a los ojos, y repentinamente quiso llorar. Por ella, por él, por el amor. Por todo lo que se debía decir, el amor lo había convertido en un gusano esta semana. Los ojos le ardían, pero no quiso llorar delante de ella. No ahora.

—Helen se ha vuelto a ir —informó él.

—Por supuesto, acordamos en que se iría —expuso ella reclinándose en la silla y cruzando las piernas—. ¿Y es eso un problema?

—Sí. En realidad lo es.

Él no pudo mirarla directamente.

—Jan... Ella es solo una muchacha —manifestó Karen en voz dulce y tranquila—. Perdida, errante, lastimada, seguro que así es. Puedo entender eso. Pero nuestro ministerio va más allá de esta sola persona.

Karen se inclinó hacia delante y puso la palma abierta sobre el escritorio para que él le estrechara la mano. Él la tomó.

—Todo saldrá bien, lo prometo.

Jan no podía seguir con esto. No podía.

—Ella no es tan solo una muchacha, Karen.

Se hizo un terrible silencio en la oficina.

—¿Y qué significa eso?

Él la miró a los ojos y trató de decirle.

—Ella significa más para mí. Ella...

Karen retiró la mano y se sentó erguida.

—Te enamoraste de ella, ¿no es así? —lo confrontó, con ojos humedecidos.

—Yo... sí.

—¡Lo sabía!

—Karen, yo...

Ahora ella estaba roja de ira.

—¿Cómo te *atreves*? —desafió con voz temblorosa, y Jan retrocedió—. ¿Cómo pudiste babearte por una vagabunda como esa?

—No estoy bab...

—¡Cómo te atreves a hacerme esto!

—Karen, yo...

—Yo te *amo*, ¡pedazo de zoquete! ¡Te he amado por tres años! —lo interrumpió; ahora estaba furiosa, y Jan supo que había cometido una equivocación garrafal al decírselo—. Estamos comprometidos, ¡por Dios! Salimos en televisión y prometimos amarnos frente a medio mundo, ¿y ahora me estás diciendo que te enamoraste de la primera joven tonta que se pavoneó delante de ti? ¿Es así?

—¡No, Karen! ¡No es así! Esto es algo que no puedo controlar.

—Oh, sí, desde luego. Qué tonta soy. No lo pudiste evitar, ¿verdad? ¿Se te arrastró al pie de tu cama para hacerte compañía en la noche? —expresó ella, ahora con lágrimas en los ojos—. ¿Y qué supones que signifique esto para nuestro compromiso?

—Yo tenía que decirte la verdad.

—¿Y qué se supone que yo le diga al estudio? ¿Pensaste alguna vez en eso antes de invitar a tu casa a esta patética y tonta joven? ¿Qué debería decirles yo, Jan? Oh, sí, bueno, Jan ya no está hablando sobre los mártires. Está escribiendo un nuevo libro; una guía personal para cohabitar con jovencitas guapas y superficiales. Es más, ahora mismo está viviendo con una de ellas. *Se* armará un escándalo, ¡te lo aseguro! ¡Roald te electrocutará!

Jan estaba demasiado aturdido para pensar con claridad, con mayor razón para hablar. Solo sentía que la tierra se lo tragaba. *¡Yo no quería lastimarte, Karen! Lo siento muchísimo. Karen, por favor...*

—¿Crees que puedes hacer esta película sin mí? ¡Eres un tonto al echar todo a perder!

La joven se paró de pronto; la mano atravesó el escritorio y fue a parar con un fuerte chasquido en la mejilla de Jan. La cabeza de él se zarandeó bruscamente a un lado. Karen dio media vuelta sin decir nada más, haló la puerta, y salió de la oficina.

—¡Karen! Por favor, yo...

No le salió nada más. *La amas, dile eso. ¡De verdad la amas! ¿No es así?*

Jan oyó el fuerte portazo en la suite del frente.

Por diez segundos completos el hombre no se pudo mover. Nicki entró corriendo, lo miró, y luego salió tras Karen. Para contarle al mundo entero.

El rostro de Jan le ardía, pero él apenas lo sintió. Simplemente se quedó allí aturdido, con una mirada acuosa y en blanco. Luego bajó la cabeza hasta el escritorio y dejó que le corrieran lágrimas. Pensó en que estaba agonizando. La vida no podía ser peor. Nada, absolutamente nada se podía sentir tan repulsivo.

Pero estaba equivocado.

CAPÍTULO VEINTIUNO

«Todos tenemos un poco de Karadzic flotando bajo la superficie. Todos hemos escupido en el rostro de nuestro Creador. Creer que no lo hemos hecho es arrogancia con pretensión de superioridad moral... lo cual en sí es una manera de escupir».

LA DANZA DE LOS MUERTOS, 1959

JAN SE estacionó en la entrada de su casa a las siete, exactamente cuando el anochecer oscurecía el cielo sobre Atlanta. Había pasado un día desde que Helen se fuera, y el mundo de Jan se había derrumbado sobre él.

Acababa de cerrar la puerta del auto cuando se dio cuenta que debía meterlo al garaje. Ahora no tenía quién le impidiera el paso. Se volvió y se dirigió a la puerta principal.

Al doblar la esquina vio el papel blanco pegado en la puerta y esto lo hizo detenerse en seco. ¿Una nota? El corazón le brincó en el pecho. ¡Una nota!

Jan soltó el maletín, y de un salto arrancó de la tachuela el papel que habían pegado en la columna. Era una hoja entera de las que se hallan en cualquier cuaderno de tamaño normal, con algunas líneas apenas visibles. Inclinó el papel a la luz de la luna y llevó la mirada hacia abajo.

Helen.

¡Estaba firmada por Helen! Los dedos le temblaron.

Ayúdame por favor.
Lo siento. Ven por favor. Te necesito.
El último piso de la torre oeste. Apúrate, por favor.

Helen.

El pecho de Jan le resonó como un tambor. ¡Bendito Dios! ¡Helen! Corrió hacia el auto, abrió la puerta, y encendió el motor.

Tardó diez minutos en llegar a las torres… tiempo suficiente para empapar de sudor el volante y pensar en las razones de por qué venir aquí era una mala idea, la peor de esas razones era Glenn Lutz. El hombre lo había amenazado directamente por teléfono, y no había garantía de que la nota no la hubiera escrito ese tipo en vez de Helen.

Pero era casi seguro que ella estaba en peligro. Él pudo haber llevado la nota a la policía, pero aún no había perdido del todo la desconfianza en las autoridades; no desde Bosnia. Además, ir a las autoridades convertiría esto en un asunto público; estaba seguro de no estar listo para eso. No con Helen.

Al final fue el corazón el que le mantuvo el pie en el acelerador. *Deseaba* ir. Tenía que ir. Helen estaba allí, y el pensamiento le hizo tirar al viento las razones.

Jan llevó el auto por debajo del primer edificio elevado, la torre oeste, y avanzó hasta detenerse en un espacio adyacente a los ascensores. La estructura subterránea estaba casi vacía en las horas nocturnas.

Un hombre vestido de negro estaba cerca del ascensor con las manos entrelazadas, a espaldas de Jan, quien se quedó quieto por un momento. Quizás después de todo habría sido una mejor idea acudir a la policía. Se apeó y se dirigió al extraño.

El hombre hizo caso omiso a Jan hasta que las puertas se abrieron y Jan entró a la cabina del ascensor. Entonces el prototipo de mafioso bajó los brazos, ingresó, dio media vuelta y pulsó un código en un pequeño panel. Las puertas se cerraron.

Jan buscó el botón del último piso y estaba a punto de presionar el número más alto en el panel cuando el hombre le agarró la mano. Mensaje claro. El tipo era su escolta.

Un rastro de sudor le corrió a Jan por la sien. Helen no había arreglado esto. Él no se pudo quitar de encima la idea de que se acababa de lanzar por un precipicio. El ascensor llegó hasta el último número iluminado y se paró en seco. Luego se abrió en un pasillo por el que, después de titubear unos instantes, Jan siguió al hombre hasta un par de enormes puertas de bronce. Su anfitrión hizo un movimiento con la cabeza, y Jan las atravesó, tragándose un nudo que se le había hecho en la garganta.

Entró a lo que parecía ser una lujosa suite en lo alto, completa con un bar y una pista de baile a la izquierda, pero lo que llamó la atención de Jan fue el obeso individuo de pie al lado de una columna en el centro del salón.

Las puertas se cerraron detrás de Jan.

El tipo era enorme y blanco, casi albino en la tenue luz. Tenía el cabello rubio, casi platino, y los ojos negros. Usaba una guayabera hawaiana y pies que se dejaban ver por debajo de pantalones blancos de algodón. Los labios del hombre se retorcieron en una sonrisa y Jan supo que este bicho raro ante él era Glenn Lutz.

—Bien, bien, bien. El amante muchacho ha venido a torcerme la mano —comentó Glenn, bajando la cabeza y mirando a Jan tras las cejas—. Comprendes que estás entrando sin autorización en mi propiedad, ¿no es así? Entiendes lo que eso significa, ¿verdad?

Jan revisó rápidamente el salón en busca de Helen. No estaba allí. Esto no era bueno. De modo involuntario dio un paso atrás.

—Te gustaría matarme, ¿no es así, predicador? —inquirió Glenn riendo entre dientes—. Por eso viniste. Pero no podemos permitir eso. Te tengo una sorpresa.

De repente una sombra se movió a la derecha de Jan. Apenas había empezado a girar cuando le explotó el costado de la cabeza.

Un fogonazo.

Pero no lo sintió como un fogonazo. El mundo se le sumergió en tinieblas. Se tambaleó hacia la derecha e instintivamente extendió las manos para estabilizarse. Después de lograrlo, se agarró la cabeza, casi esperando sentir allí un gran hueco. Los dedos palparon toda la cabellera, húmeda por sobre la oreja izquierda, pero intacta.

El dolor lo sacudió mientras intentaba enderezarse, una profunda dolencia que le detonó en el cerebro. Le habían dado en la cabeza. Entonces recibió un golpe en el otro costado.

Treinta años de vivir en Bosnia salieron a flote. Él era escritor y conferencista, pero antes que nada era un sobreviviente que por mucho tiempo no se había ejercitado en sobrevivencia. Sea como sea, la mente reconoció muy bien la perforación.

Retrocedió dos pasos tambaleándose, tratando de no perder el conocimiento, ciego para el mundo desde ese último golpe. Casi se desmaya en ese instante. Si no se hubiera movido rápidamente quizás no se volvería a mover. Jan hizo acopio de sus últimas reservas de fortaleza y salió corriendo hacia el frente, pasando a sus atacantes. Resoplidos de protesta sonaron detrás de él, quien avanzó pesadamente hacia delante, como un toro golpeado por un trineo.

No podía pelear, no en este estado; eso le pasó a gritos por la mente. Pero fue lo único que le pasó a gritos por la mente, porque lo demás se había cerrado, encogido de miedo por esos dos estallidos en la cabeza. No podía ver; solo podía correr. La condición demostraba ser lamentable.

Jan había cubierto menos de diez metros cuando las rodillas le chocaron contra un mueble. Gritó y cayó de frente contra un objeto acolchonado. Un canapé. La cabeza le dio vueltas y él rodó, aterrizando de costado con un golpe sordo que lo dejó sin aliento.

Se lanzaron sobre él, como dos hienas abalanzándose para devorarlo. Unas manos lo pusieron de rodillas y lo inmovilizaron. Era como si prepararan el golpe definitivo; *uno, dos, tres... ¡tas!* Este le cayó en la coronilla, y la víctima se derrumbó en un mar de oscuridad.

PENUMBRAS BORDEARON la mente de Jan, invitándolo a despertarse, pero él pensó en dormir un poco más. Una fastidiosa campanilla le retumbaba ya muchas veces en los oídos, como un mazo golpeando un gong.

El sonido le invadía despiadadamente el profundo sueño y rodó...

Pero fue allí donde terminó el espectáculo de la campana. Porque no pudo rodar.

Abrió un ojo y lo único que vio fue oscuridad. Un monstruo le retumbaba en el cráneo, enviándole punzadas de dolor por la columna. Trató de levantar la cabeza, pero esta no quiso moverse. Poco a poco le volvió la conciencia.

Supo entonces que no se hallaba en su cama. Yacía de costado en un rincón, con la espalda contra una pared. Estaba desnudo excepto por su ropa interior. Manchas oscuras le recorrían el abdomen y le teñían de rojo los calzoncillos blancos. Sangre.

Esas dos sombras lo habían golpeado en mala manera. Jan volvió a tratar de levantar la cabeza, y esta vez lo consiguió por todo un segundo antes de caer hacia atrás en la alfombra con un golpe seco. Pagó el esfuerzo con un pinchazo en el cerebro, y apretó los ojos por el dolor.

Aún estaba en el club nocturno, logró captar eso. Paredes con espejos y una pista negra de baile. Luces de colores proyectaban tonos rojos, verdes y amarillos a través de la negra alfombra.

—Está despertando, señor —informó una voz a la izquierda.

Manos le agarraron el brazo y lo jalaron hasta sentarlo. Se tambaleó allí por un momento y luego levantó la cabeza. Esta vez logró erguirla del todo y reposarla contra la pared detrás de él. Una figura se hallaba en el bar a la derecha, poniendo un teléfono en la horquilla. El hombre tenía una venda alrededor del hombro. Jan no había hecho eso, ¿o sí? No que pudiera recordar.

El tipo vestido de negro estaba sentado en una silla plegable y lo miraba inexpresivamente. El reflejo de Jan le devolvió la mirada desde la pared con espejos. Hilillos de sangre le bajaban por el cuello y el pecho desde el cabello enmarañado de rojo. *¿Qué estás haciendo aquí, Jan? ¿Y dónde demonios estás?*

Se respondió sus propias preguntas. *Estás en un lugar de propiedad de Glenn Helen te pidió que vinieras.*

una puerta a la izquierda y Jan solamente pudo girar los ojos, la dolorida cabeza. Era Glenn. El hombre parecía deslizarse en vez de caminar. Las enormes manos le colgaban con gruesos dedos que se torcían como raíces regordetas. Jan lo miró a los ojos. Estos no eran más que huecos negros, pensó. Un escalofrío le pinchó la columna. El hombre sonreía, y los dientes torcidos parecían demasiado grandes para la boca.

—Vaya, vaya. Así que el predicador ha decidido unírsenos de nuevo. Has estado aquí casi todo un día y finalmente tienes la cortesía de mostrar el rostro —expresó mirando a Jan; era obvio que saboreaba el momento—. Pido disculpas por la sangre, pero no estaba seguro de que quisieras cooperar sin la persuasión adecuada. Y por desnudarte… detesto humillarte, pero…

Hizo una pausa.

—En realidad eso no es verdad. Nada de eso es cierto. Me encanta la sangre. Aunque hubieras convenido en todo, te habría golpeado hasta dejarte ensangrentado.

Helen tenía razón. Este tipo era el diablo. Poseído tal vez. Jan pronunció una silenciosa oración. *Padre celestial, sálvame por favor.*

—Pero ya sabes eso, ¿no es así, predicador? —preguntó Glenn inclinando la cabeza hacia delante y sonriendo como calabaza iluminada de Halloween—. Has tocado a nuestra tierna flor, ¿verdad que sí? ¿Um? ¿Palpaste los moretones de ella?

—No —respondió Jan con voz ronca.

Glenn dio un paso al frente e hizo oscilar el brazo en un amplio arco. La mano chocó como un garrote en la cabeza de Jan. Si no hubiera estado sentado, el golpe lo habría derribado. En la posición que se hallaba, casi le rompe el cuello. Un asalto de dolor lo engulló y lo lanzó por un precipicio de oscuridad.

JAN NI siquiera supo que se había desmayado hasta que volvió a lidiar con su conciencia. Debió haber pasado algún tiempo, porque Glenn estaba inclinado sobre el bar con una bebida en la mano. La panza le colgaba, desnuda como una sandía albina debajo de la guayabera hawaiana que se le levantaba debido al mueble del bar. El tipo regresó a mirar, vio que Jan se había movido, se irguió, y atravesó el piso a grandes zancadas.

—¿Consciente otra vez? ¡Qué amabilidad!

Manos levantaron a Jan hasta sentarlo; él dejó caer la cabeza y cerró los ojos. Un dedo se le posó debajo de la nariz y se la alzó.

—Mírame cuando te estoy hablando —declaró Lutz dando un paso atrás, y Jan enderezó la cabeza—. Así está mejor. Ahora vamos a hacer esto una vez, predicador. Solo una vez. Porque sabes que no tengo todo el día, ¿de acuerdo? Sabes que soy Satanás, ¿no es verdad? Soy Satanás para ti. Te cortaría simplemente la lengua si te oigo hablar. Pero me agarraste en un buen día. Tengo otra vez mi preciosa flor, y eso me hace sentir generoso, así que vamos a hacerlo de manera diferente. Pero solamente lo haremos una vez; quiero que tengas mucha claridad al respecto. ¿Estás entendiendo esto?

El cerebro de Jan se aclaró. Asintió al hombre con un leve movimiento de cabeza.

—Háblame cuando te haga una pregunta, predicador.

—Ssí —respondió Jan con la lengua hinchada; ese último golpe le había provocado algún daño a la boca.

—Está bien —expresó Glenn girando y asintiendo hacia el individuo sentado en la silla plegable cerca del bar—. Tráela.

El hombre caminó hasta una puerta y tocó. Dos más salieron del otro cuarto; primero otro matón, y luego una mujer.

Helen.

Fue un momento extraño. Jan no estaba totalmente consciente; aún se hallaba en una niebla; la vida le colgaba sobre un precipicio, parecía suspendida de un hilo delgado. Y todo esto *a causa* de Helen.

Pero cuando los ojos se le enfocaron y él tuvo la certeza de que era ella, todo lo demás se volvió información inútil. Porque ella estaba aquí y él estaba aquí, y él le observaba esos ojos azules saliendo de las sombras, flores de delicada belleza. El pulso se le aceleró y de repente sintió endebles las rodillas. Quiso rogarle que lo perdonara y eso lo aterró. Ella debería estar implorándole perdón a *él*. ¿Y cómo podían estas rodillas sentir debilidad al verla? Ellos ya las habían herido debajo de él.

Tenía el cuerpo demasiado débil para mostrar algo de esto… demasiado débil para moverse. Estaba sentado como media res contra la pared, inmóvil, pero el corazón le empezó a hacer piruetas cuando Helen lo miró.

—Gracias, mi amor, por unirte a nosotros —declaró Glenn—. Ven, ponte frente a él.

Ella caminó hasta un punto a metro y medio de Jan, mirándolo desde el principio con esos ojos claros. *Escúchame, Helen. Escúchame, todo está bien. Te amo, querida. Te amo con locura.* Hablaba con la mente, pero sabía que ella tal vez no podía deducir nada de eso en el combado rostro de él.

—¡Levántenlo! —ordenó Glenn.

Los dos hombres se acercaron a Jan, cada uno lo agarró de un brazo, y lo levantaron hasta ponerlo de pie. Él sintió un dolor punzante en la cabeza y no podía soportar su propio peso. Lo sostuvieron por debajo de los brazos.

—Ahora tenemos juntos a los dos amantes —expresó Glenn poniéndose a un lado, como un ministro casando a un novio y una novia—. Es una escena encantadora, ¿verdad? ¿Qué te parece él, querida?

Esto se lo dijo a Helen.

Ella se quedó helada y con la boca ligeramente abierta. Tal vez él la había drogado. O quizás ella misma lo había hecho.

—¿Helen? —exclamó Glenn.

—¿Sí? —contestó ella con respiración entrecortada y en voz baja.

—Te pregunté qué pensabas de él.

—Se ve lastimado.

—Bien —dijo Glenn riendo—. Eso está bien. ¿No te dan ganas de escupirlo?

Ella no respondió.

—Helen, ¿recuerdas nuestra charlita anterior? ¿Um? ¿La recuerdas, cariño?

—Sí.

—Bien. Ahora, sé que quizás no se sienta natural al principio, pero lo será más tarde. Por tanto, quiero que hagas aquello que hablamos, ¿de acuerdo?

El salón pareció quedarse sin aire. Ninguno se movió. Jan colgaba sin fuerzas. Helen miraba como si estuviera por completo en otro mundo. Un momento de juicio. Pero Jan no sabía qué se estaba juzgando.

—Helen —pronunció ahora Glenn en voz muy baja.

Nada.

—Helen, si no haces aquello de lo que hablamos te romperé algunos de tus huesos. ¿Me oyes, princesa?

Helen titubeó y luego dio un paso al frente. Tragó grueso y cerró los ojos. El sonido de su respiración superficial se oía en oleadas en el salón. Pero ella no hizo ningún otro movimiento.

—Helen, juro que te romperé algunos huesos, querida —amenazó Glenn con mucha calma.

Las fosas nasales de ella resoplaron y frunció los labios. Luego se inclinó hacia delante y escupió a la cara a Jan.

Jan parpadeó, horrorizado, mirando la expresión dolida en Helen, apenas consciente de la baba que le caía en su propia mejilla.

—Bien —susurró Glenn—. Bien. Ahora golpéalo, Helen. Golpéalo y dile que te produce náuseas.

Helen cambió el apoyo en los pies, y Jan le vio el terror en los ojos. Se quedó quieta.

Glenn dio una larga zancada hacia Jan e hizo oscilar el puño como un mazo desde la cadera.

—¡Golpéalo! —gritó.

Los nudillos golpearon el costado izquierdo del pecho de Jan, quien sintió un dolor intenso en el corazón. El salón le dio vueltas, y por un momento creyó que se volvería a desmayar.

Glenn dio un paso atrás y miró a Helen. La cara le brillaba por el sudor.

—Lo golpeas tú o lo hago yo —determinó sonriendo—. Ese es el juego, Helen.

Jan comprendió entonces que Glenn deseaba arruinarlo. Todo esto se trataba de Helen, no de él. Él solo era un objeto. Jan sintió las primeras oleadas de terror atravesándole la mente.

¡No lo hagas, Helen! ¡No lo hagas! ¡Esto es una locura!

Esto no podía estar sucediendo. La policía irrumpiría en cualquier momento con las pistolas extendidas. Él era un hombre muy conocido; estaba a punto de convertirse en una celebridad, y se hallaba aquí en una pelea absurda de amantes entre dos almas anormales. ¡Él no tenía nada que hacer aquí!

El rostro de Karen le resplandeció en la mente. *¡Amado Dios! ¡Qué he hecho!*

El cuerpo de Helen empezó a temblar, Jan lo vio y se preguntó si Glenn también lo había visto. Ella se veía pequeña y enclenque parada al lado de él. Fea. Jan parpadeó.

Ella es mi enemiga, pensó él. Una pequeña oleada de repulsión le cubrió el estómago a Jan. Se sintió inhumano en ese momento. Como un montón de basura en medio de un desfile; no como el escritor famoso en absoluto.

Oh Karen, querida Karen, ¿qué he hecho?

El rostro de Helen comenzó a contraerse. Le bajaban lágrimas por las mejillas. Las manos le temblaban en mala manera, y Jan pensó que ella estaba expresando su ira. Pero el rostro de Glenn palideció súbitamente; había visto algo más en ella.

—¡Hazlo, puerca! —rezongó—. Lo haces o te haré papilla, ¿me oyes?

La boca de Helen se frunció de pronto, y de la garganta le salió un sonido fuerte y chillón. Los ojos se le cerraron y se le empuñó la mano. Su llanto no era un gemido de ira sino un grito de angustia. Estaba a punto de hacerse trizas.

De pronto ella gimió en alta voz e hizo oscilar la mano en un amplio círculo.

Jan no supo si el golpe llegó a asestarse, porque en ese momento desapareció el club nocturno.

Se esfumó con un brillante resplandor de luz.

Él no se hallaba en la luz de colores, sostenido como un pedazo de res, sino parado en el borde de un campo interminablemente florido. El mismo desierto blanco que viera antes una vez, al tocar por primera vez a Helen.

Y de repente supo que había visto esta escena más de una vez. ¡La había visto mil veces! ¡Esta era la escena de sus sueños! ¡El campo blanco que le relucía en los sueños! ¿Cómo no lo había reconocido?

Allí había un silencio absoluto.

Silencio absoluto a no ser por el llanto.

La notó entonces. Había ante él más que el campo de flores; había una figura con un vestido rosado, parada sobre los pétalos a menos de cinco metros de él, mirándolo. Era Helen.

¡Helen!

Solo que Helen apenas lucía como Helen porque tenía el rostro tan blanco como el algodón y los ojos eran grises. Parecía como si hubiera estado en una tumba por un tiempo antes de que la hubieran desenterrado y colocado aquí, sobre el lecho de extrañas flores.

El pecho de la muchacha subía y bajaba lentamente, y miraba a Jan. Pero si lo reconocía no lo revelaba con esa mirada carente de expresión.

El llanto era por ella.

Él supo eso porque el lamento venía del cielo, de labios de invisibles dolientes. Como una misa de réquiem por los muertos. Tal tristeza, tal angustia a causa de Helen.

Ella aún lo miraba con labios pálidos y rectos, y ojos sin vida, respirando poco a poco mientras el cielo se llenaba con un millón de voces que aullaban. Entonces las voces descendieron súbitamente sobre él, anegándolo en la tristeza que traían.

Él se puso a llorar al instante. Sin previo aviso. La presión del sufrimiento le cayó con tanta fuerza en el pecho que le impedía respirar. Solamente logró exhalar un prolongado gemido. Comenzó a entrar en pánico bajo el dolor. ¡Estaba agonizando! Sin ninguna duda esta era la muerte que le fluía por las venas. Cayó hacia delante, sin poder estar de pie.

Jan se hundió entre los blancos pétalos, boca abajo a los pies de ella. A los pies de Helen. Lanzó un grito ahogado y rodó de espaldas. El cielo sustentó un prolongado aullido; el dolor de eternos deudos. Y Jan lloró amargamente con ellos. Se agarró fuertemente para no desmoronarse, y lloró.

Los ojos de Jan estaban cerrados cuando el cielo se puso negro y en silencio. Solo se oía el llanto de él. De súbito abrió los ojos. Estaba otra vez en el club nocturno, colgando sin fuerzas entre los dos hombres y lloriqueando como un niño.

—¿…me oyes, pedazo de basura? —estaba diciendo Glenn por encima de Helen, quien había caído de rodillas, encogida de miedo y sollozando—. ¡Me produces náuseas!

Glenn la escupió.

—¡Me enfermas! —exclamó él.

Jan ejerció presión sobre las manos que lo sujetaban, pero lo único que consiguió fue invitar una nueva oleada de dolor en la cabeza. *¡Helen, querida Helen!* El rostro se le contrajo con empatía. *Oh, Dios, ¡sálvala, por favor! La amo.*

Dile eso, Jan. ¡Díselo!

Ella se dobló en el suelo, sollozando, el rostro pálido y los labios despegados en desesperación. Jan le habló.

—Helen.

Le salió más como un gemido, pero a él no le importó ahora.

—Helen, te amo.

Ella lo oyó y abrió los ojos. Eran azules. Un azul profundo. Bañados en lágrimas, rojos en los bordes, y repletos de sufrimiento, pero azules.

—Helen.

Ahora los dos lloraban a mares. Mirándose con rostros contraídos y llorando en silencio.

Glenn retrocedió un paso y miró entre ellos. Por un momento se le abrieron los ojos en gran manera. Luego el rostro se le puso rojo de la ira y se le contrajo. Saltó hacia delante y balanceó el pie hacia Jan como un futbolista al balón. La negra bota lo golpeó en las costillas. Algo crujió y el mundo del escritor comenzó a desvanecerse.

Helen había estirado los brazos hacia él; los dedos extendidos y tensos, como garras desesperadas. Glenn giró y bamboleó el pie hacia ella. La patada la golpeó en el costado y la dejó como un bulto tembloroso, pero ella no quitó la mirada de la de Jan.

Las bestias soltaron a Jan, quien cayó de bruces. Recibió otro golpe en la espalda. Y otro.

Perdió entonces el conocimiento, pensando que se acababa el mundo.

DEJARON A Jan atado en el rincón un día más, solo y sin agua. Durante este tiempo no vio a nadie. Iba y venía a través de campos de blancas flores y lugares que resonaban con sonidos de llanto. El cielo estaba llorando. El cielo lloraba por Helen.

Jan solo podía imaginar lo que la bestia le había hecho a ella. Pero no soportaba imaginarlo, por lo que casi no lo hacía. Nuevas heridas en el pecho habían empapado de sangre la alfombra a sus pies antes de coagularse finalmente. Glenn lo había pateado dos veces; Jan recordaba eso. Pero los dolores y los moretones estaban por todas partes. Lo habían golpeado después de desmayarse.

En la noche vinieron por él, dos matones y Glenn. El monstruo reía y parecía recién bañado. Si Jan hubiera estado en buen estado se habría lanzado contra el hombre y lo habría estrangulado.

—Aviéntenlo en su propio patio —ordenó Glenn con satisfacción—. Y díganle que la próxima vez que se meta con mi mujer no tendrá tanta suerte.

El tipo rió entre dientes y los hombres pusieron de pie a Jan, quien perdió el conocimiento por el dolor.

Cuando volvió en sí estaba en su patio cerca de la piscina, de cara a las estrellas.

CAPÍTULO VEINTIDÓS

«Si se pudiera poner todo el sufrimiento del mundo en un barril
de cincuenta y cinco galones, este se vería ridículo frente a las
montañas de oro y plata que se hallan en cada momento con Dios.
Nuestro problema es que rara vez vemos más allá del barril».

LA DANZA DE LOS MUERTOS, 1959

JAN SE arrastró el domingo a lo largo de un confuso sendero en que despertó con convulsiones y sobresaltos.

Era obvio que él mismo se había arrastrado hasta la casa, desmayándose sobre la alfombra cerca del sofá. Había luz afuera cuando lo despertó un incesante sonido. Recordaba haber pensado que debía agarrar el teléfono; necesitaba ayuda. Se logró poner de pie y contestó. Era Ivena. El sonido de la conocida voz le trajo lágrimas a los ojos. Ella había estado tratando de localizarlo durante dos días, ¿y qué diablos creía él que estaba haciendo al no contestar el teléfono?

—No me importa si tienes o no problemas con una mujer, ¡no me hagas a un lado!

—Me golpearon, Ivena —le había contestado Jan.

Y cinco minutos después ella estaba en la puerta de él.

Ivena le dio una ojeada, horrorizada, con toda esa sangre seca de la cabeza a los pies, y de inmediato se convirtió en madre de guerra. No había tiempo de lamentarse por la injusticia de todo esto; este hombre necesitaba atención. Él creyó de veras que se sentía mucho mejor, e insistió en que se podía duchar y comer, y en que todo estaría bien. Pero ella no hizo caso a nada de eso. Irían al hospital y eso era definitivo.

Al final, él consintió. Cojeó hacia el Cadillac, el brazo sobre el hombro de Ivena, quien lo llevó al Hospital St. Joseph. Al girar en la primera esquina todo comenzó otra vez a hacérsele borroso.

Cuando despertó otra vez le salía del brazo una manguera intravenosa que le llegaba hasta el hombro. Un médico se hallaba sobre él y le jalaba el

216

pecho con cables. Le estaban suturando algunas cortadas. Esta vez la conciencia regresó para quedarse; el médico le había dicho que la solución hidratante intravenosa era de importancia primordial. Él estaba tan seco como el lecho de un río resquebrajado. Otro día y habría muerto. ¿Y, de todos modos, cómo sucedió esto?

Jan se lo dijo, y una hora después había un policía junto a la cama del hospital, haciendo preguntas y tomando notas. Ivena también oyó todo por primera vez, sentada en el rincón, como madre preocupada; una vez le pidieron que saliera pero ella no hizo caso y Jan insistió en que se quedara. El policía pareció apurar un poco la entrevista cuando se enteró que supuestamente todo esto lo habían hecho las manos de Glenn Lutz. El gendarme había preguntado: ¿*El* Glenn Lutz? Jan supuso que sí, aunque no había conocido antes *al* Glenn Lutz. La descripción correspondía indudablemente. El poli salió poco después, asegurándole a Jan que autoridades adecuadas proseguirían con el caso.

Dicho todo, Jan tenía una ligera conmoción cerebral; dos cortadas profundas, una encima de la oreja derecha y otra en el pecho; dos costillas rotas; media docena de cortadas y moretones menores; y un caso grave de deshidratación. Para principios de la tarde lo habían hidratado de nuevo, suturado, y medicado adecuadamente para salir. Él había pedido que lo dieran de alta, y el médico aceptó solo después de que Ivena le asegurara en la más enérgica forma que cuidaría de Jan. Ella se había ocupado de casos peores. De todas maneras, la conmoción ya tenía tres días, las cortadas estaban vendadas, y las venas fluían bien; ¿qué más podrían hacer sino observar? Ella podría hacerlo.

Una vez en casa, Ivena tardó una hora en acomodarlo sobre el sofá y quedar satisfecha de que él estuviera cómodo. Anunció que prepararía la cena. No importaba que fueran solo las cuatro, Jan necesitaba en su sistema algo más de verdadera comida, no gelatina de hospital con sabor a frutas. Así que consumieron una sopa de repollo con carne y pan fresco, y hablaron de lo que había sucedido.

—Sé lo que le contaste al policía, Janjic; pero, ¿qué más sucedió? —quiso saber Ivena.

Él permaneció callado por algunos momentos, mirando ahora por fuera de la ventana. Sí, de veras, ¿qué había sucedido en realidad? ¿Y dónde estaba Helen ahora?

—Esto está más allá de mí, Ivena.

—Por supuesto que es así.

—Le conté a Karen.

—Um.

—No se puso feliz.

—¿Rompiste tu compromiso?

—No.

Se quedaron en silencio por un instante.

—Tuve otra visión.

—¿De veras?

Él observó el bamboleante sauce más allá de la piscina.

—Me tenían dominado allí esperando que Helen me golpeara. Él la obligó a golpearme, ¿sabes? No le dije eso al policía, pero así fue. Hizo que ella me escupiera...

Se le formó un nudo en la garganta, y carraspeó.

—Ella no quería hacerlo, sé que no quería. Y cuando se dispuso a hacerlo, entré en una visión.

Por el momento habían dejado de comer.

—Cuéntame —pidió Ivena—. Cuéntame la visión.

Jan le contó lo que recordaba, cada detalle. Y mientras lo hacía le volvieron las emociones vividas. El cielo estaba llorando por Helen. Él también estaba allí a causa de Helen, llorando a los pies de ella. ¡Fue muy real! Muy vívido, haciendo palidecer la golpiza en comparación. Al final, Ivena había puesto a un lado el tazón y le brotaban lágrimas de los ojos.

—Describe otra vez las flores en el campo.

Él lo hizo.

—Y hay algo más, Ivena. Es el mismo campo que he visto en mis sueños durante los últimos veinte años. Lo vi.

—¿Estás seguro? ¿El mismo campo?

—Sí, sin duda alguna. No el calabozo, solamente el mismísimo final del sueño. El campo blanco.

—Um. Dios mío. ¿Y dónde está Helen ahora, Janjic?

—Está con Glenn —contestó Jan irguiéndose, poniendo a un lado los almohadones, y haciendo un gesto de dolor—. Amado Dios, ¡ella está con él y no puedo soportarlo! ¡Deberíamos ir allá y arrojar de allí al canalla ese!

—No estás en condición de jugar al soldado. Además, le contaste todo a la policía. Estos son los Estados Unidos, no Bosnia. Aquí no toleran tan fácilmente el secuestro y las palizas. Arrestarán al hombre.

—Tal vez, pero fui allá por mi cuenta. El individuo se encargó de mencionar eso. Dijo que entré sin autorización en propiedad privada —informó Jan, poniéndose de pie y yendo hasta la ventana—. Te lo estoy diciendo, Ivena, hay más aquí; puedo sentirlo.

—Y estoy de acuerdo, cariño. Pero no te corresponde continuar esta batalla. Es una contienda para recibir.

—¿Y qué exactamente significa eso? ¿Dejar que las cosas ocurran así no más? No me sorprendería que ella ya estuviera muerta.

—¡No debes hablar de esa manera! ¡No hables así!

—Y sin embargo, ¿estás sugiriendo que nos quedemos sentados y dejemos que la policía trate con Glenn? Cuando emprendan la investigación, ¿crees que un tipo poderoso como este no tendrá nada qué decir en su defensa? Te estoy diciendo que él declarará que yo fui allá a amenazarlo. Por lo menos pasarán días o semanas antes de que se haga algo.

—No estoy diciendo que no debamos hacer algo —objetó ella frunciendo la frente—. Simplemente que la policía hará algo, y deberíamos esperar hasta ver eso. También estoy diciendo que no estás en condiciones de andar correteando por ahí.

Ivena levantó el tazón y volvió a sorber de él, pero la sopa debió haber estado fría porque bajó el tazón otra vez.

—Y además es posible que yo esté equivocada. Fácilmente podría estarlo. Yo no habría sugerido que Nadia hiciera lo que hizo, y no obstante eso fue lo correcto. El asunto estaba más allá de ella.

—*Fue* lo correcto. Y si este demente fuera a matar a Helen, creo que yo lo mataría.

Ivena se sentó en su sillón, con ojos vidriosos. Jan pensó que ninguno de los dos estaba viendo claras las cosas. Sí, él había visto la visión con bastante claridad, pero esta no le daba claves de cómo salvar a Helen. Y eso era lo único que los dos veían: Debían rescatar a Helen. No solo del monstruo, sino de la propia prisión en que ella se hallaba.

—Yo quise hacerlo, ¿sabes? —informó Ivena.

—¿Qué quisiste hacer?

—Quise matar a Karadzic — expresó ella; una lágrima dejó su rastro húmedo en la mejilla—. Lo intenté, creo.

—Y yo también lo intenté.

—Pero no Nadia. Ella ni siquiera *quería* matarlo. Y tampoco el sacerdote. En vez de eso decidieron morir.

Jan se volvió otra vez hacia la tenue luz. ¿Qué podría decir ante eso? Le dolió la cabeza.

—Sí, eso hicieron —concordó y regresó al sofá, cansado de repente.

Ivena se paró y llevó los platos a la cocina y de ese modo acabó la conversación. No volvieron a tratar el tema hasta tarde esa noche.

—¿Imagino por tanto que por ahora debemos aguardar y ver qué hace la policía? —preguntó Jan después de que Ivena anunciara sus intenciones de retirarse.

—Sí, creo que sí.

—Y mañana trataremos con el ministerio. Los empleados estarán preocupados por mi ausencia.

—Está bien.

Y eso fue todo. Ella se aseguró que él estuviera en buenas condiciones, le dio un analgésico, y lo dejó para que durmiera.

JAN NO se durmió rápidamente. Había pasado durmiendo la mitad del día y ahora no le llegaba el sueño con facilidad. En vez de eso empezó a pensar en lo que los demás dirían a esto. O al menos en lo que dirían a lo que *él* les diría acerca de esto, porque no estaba seguro de poder contar todos los detalles a Roald y a Karen.

Es más, no estaba seguro de que pronto le diría *alguna cosa* a Karen. Ni siquiera estaba seguro de que ella aún trabajara para él. ¿Sabía ella lo que le ocurrió? Él no había aparecido el viernes a trabajar, y no se había sabido nada de antemano. ¡Y la cena! ¡No había ido a la cena en Nueva York!

De repente Jan despertó del todo. Intentó sacar las preocupaciones de la mente. Mañana era lunes; lo averiguaría entonces. Pero los pensamientos lo acosaban como rata en rueda giratoria. El rostro de Karen, ese dulce y sonriente rostro, y luego la iracunda bofetada. Quizás había sido un tonto al hablarle de Helen. Difícilmente él podía imaginar en qué se convertiría la relación con Helen. Ellos...

No sabía qué sería de ellos. Si es que Helen lograba salir sana y salva de esto. Y sin embargo él ya había sacrificado su relación con Karen. ¿Lo había hecho?

Finalmente se quitó las cobijas de los pies en un ataque de frustración y se dirigió al teléfono.

Llamó a Roald.

—Aló —sonó la voz ronca del hombre al décimo timbrazo—. Aló.

—Roald, soy Jan.

—Jan. ¿Qué hora es?

—Es tarde, lo sé. Siento mucho...

—¿Está todo bien?

De modo que el hombre no había sabido.

—Sí. ¿Has hablado con Karen?

—No desde nuestra conferencia telefónica. ¿Por qué? ¿No estuviste con ella ayer en Nueva York?

—No, tuvimos un problema con eso. Escucha, tengo que hablar algo contigo. ¿Puedes venir mañana a mi casa?

—¿A *tu* casa? Supongo que puedo. ¿Qué pasa?

—Nada, de veras. Solo algo en que me gustaría tu opinión.

Acordaron reunirse a las diez.

Jan necesitó otra hora para sacudirse los ratones mentales y volver a dormir.

LA MAÑANA llegó rápidamente, al sonido de Ivena cantando en la cocina: «Jesús, amor de mi alma». Ella estaba cocinando algo que inundaba la casa con un delicioso aroma. «Permíteme volar hasta tu regazo», le trinaba la voz.

Jan se irguió con los codos y cayó hacia atrás por los dolores de un sueño rígido. Cuando se hubo relajado lo suficiente para ir a la cocina, Ivena ya estaba poniendo la mesa.

—Caramba, caramba, mírate —exclamó Ivena sonriendo al verlo en pijamas.

Jan miró su reflejo en la tapa cromada del horno y vio que ella se refería al cabello, el cual se le alzaba por sobre las blancas vendas.

—Soy un tipo enfermo, Ivena —objetó él aplanándose el cabello—. No me irrites.

—No tan enfermo como para quedarte en cama, veo.

—¿Y esperabas menos? —preguntó él señalando los dos puestos servidos.

—No. He dormido maravillosamente, Janjic.

—Eso es más de lo que yo pueda decir —contestó él cojeando hacia el asiento—. Me siento como si una aplanadora me hubiera pasado por encima.

Entonces le contó a Ivena de la llamada que hiciera a Roald.

—Ellos no lo saben. Karen no lo sabe. Ni siquiera sé si ella aún está abordo.

—¿No?

—¿Cómo puede ella trabajar para mí? Esto no es bueno.

—Estarás bien.

—Ella es el eje del ministerio.

—No, el testimonio es el eje, Janjic. *La danza de los muertos*. El cántico del mártir. El testimonio que has estado ondeando como una bandera durante cinco años; *ese* es el eje del ministerio.

—Sí, y ha sido Karen quien ha ondeado más. Yo no soy más que el asta. Sin ella… no puedo imaginar cómo sería todo.

—Entonces escoge tus mujeres con mucho cuidado —declaró ella riendo—. Todas quieren a mi apuesto serbio. Muchas mujeres…

—Deja de decir tonterías. Esto es más serio de lo que crees —la interrumpió; normalmente habría sonreído, pero tenía enfermo el corazón—. ¿Sabes que el sábado por la noche me perdí una cena de negocios en Nueva York?

—¿Estoy detectando algo de enojo en esta voz tuya, Janjic? —inquirió Ivena lanzándole una mirada de reojo.

—Quizás —respondió él dando un sorbo al humeante té—. No estoy seguro de haber hecho lo correcto con Karen. Siento como si me hubiera cortado una pierna para salvar la otra y como si ahora pudiera perder las dos.

—No te preocupes, hallarás tu senda. Y estoy seguro que perderte una cena con Karen no tendrá ninguna importancia en el sendero que acabas de tomar.

—La cena era con la gente de la película.

—Sí, de todos modos no estoy muy segura con lo de la película.

—Bueno, es demasiado tarde. Eso ya está concluido.

—¿Qué está concluido? Tu vida está concluida, ¿así que ahora harán una película de esa vida? No lo creo. Veremos qué le pasa al acuerdo de tu película, Janjic.

—Eso es ridículo.

—Sin embargo lo veremos —declaró ella con una sonrisa—. Roald estará aquí pronto. Ya son las nueve y media.

¡Las nueve y media! Jan no había pensado que fuera tan tarde. Se disculpó y salió corriendo a vestirse.

Roald llegó quince minutos después mientras Jan aún estaba en el dormitorio lidiando por ponerse las medias sin arrancarse los puntos.

—¿Dónde está él? —tronó la voz del anciano estadista.

—Cálmate, amigo mío —manifestó Ivena—. ¿Te puedo traer algo de beber?

Jan meneó la cabeza ante el tono condescendiente de Ivena. Entró a la sala por detrás de Roald, quien se había sentado. El tipo usaba un traje cruzado negro estilo sastre conocido por Jan.

—Buenos días, Roald.

—Jan, espero que tengas más sensatez de la que creo que tienes, compañero —expresó Roald sin volverse—. ¿Qué demonios le hiciste a Karen? Entonces Roald se volvió, vio la cabeza de Jan y se paró de la silla.

—¿Qué diablos te pasó?

—Nada —contestó Jan sentándose; usaba una camisa celeste que le cubría las heridas del pecho—. Siéntate. Doy por sentado que hablaste con Karen.

—Eso no se ve como que haya sido nada. Dios mío, ¿qué ocurrió? ¿Estás bien? Parece que te hubiera pisado una recua —opinó Roald, y se sentó.

—No tanto. Antes que nada cuéntame de Karen.

—¿Karen? Bueno, ella está en Nueva York, ¿sabías eso?

—Teníamos allí una cena de negocios el sábado por la noche. No pude asistir.

—¿Y no tuviste al menos la decencia de llamar? Debes saber que tuvieron la cena sin ti.

—Sinceramente, Roald, me hallaba atado —dijo Jan sin humor—. ¿Así que Karen asistió?

—No. Y francamente eso es un problema. ¿Qué te pasó? —quiso saber Roald por tercera vez.

Ivena los interrumpió para traerles bebidas, y luego se disculpó. Anunció que debía encargarse de algunas flores. Ellos tendrían que conquistar el mundo por sí mismos. Ella le guiñó un ojo a Jan y salió.

—¿Entonces *nadie* del ministerio asistió a la cena? —inquirió Jan.

—Nadie. Se trataba de algunos ejecutivos de Delmont Pictures y de la editorial.

—Santo cielo, qué desastre. Estoy seguro que Karen estará disgustada por eso.

—En realidad a ella parece importarle un comino el asunto —informó Roald reclinándose y levantando la taza que Ivena había colocado cerca de la silla—. Ella está enfocando la furia hacia ti, mi amigo.

—¿Hacia mí?

—Hacia ti. Parece que Karen cree que podría haber un problema. Ahora hay mayores preocupaciones a la mano, y yo se lo dije. Estamos a punto de irrumpir en un nuevo terreno; comprendes eso, ¿no es así? Nadie ha hecho lo que haremos con esta película. No tiene precedentes. Toda la comunidad evangélica ya está hablando al respecto. Yo estoy allá afuera llevándolos a ustedes dos a la cima del mundo, hablando de cómo el «show de Jan y Karen» cambiará la manera en que se ve al cristianismo en las esferas más amplias de las artes y el espectáculo, sin el más mínimo conocimiento de que ustedes dos están sosteniendo en casa una bronca de primer orden. Lo menos que puedo decir es que esto es desconcertante.

—Y no deberías estar desconcertado. Te equivocas... no nos hemos peleado. Tuvimos una conversación. Karen la tomó a mal. Eso es todo.

Eso no era todo, por supuesto, y Jan lo sabía muy bien.

—Entonces quizás tú me puedas explicar por qué ella está hablando de sacar las cosas de la oficina.

—¿Se está yendo?

—Aún no. Pero parece creer que el compromiso está en alguna clase de peligro, y yo le dije que esas eran tonterías. Hay mucho en riesgo.

—No rompí el compromiso —objetó Jan avergonzado.

Roald asintió con la cabeza.

—Le dije que tú te preocupabas por ella, ¿sabes? Karen se refirió a esa tipa Helen que tú ayudaste, y le dije que no había forma en esta tierra verde de Dios que tú, después de todo lo que has pasado y con todo lo que yace por delante de ti, hicieras algo tan estúpido como enamorarte de una prostituta. ¡La iglesia te lo arrojaría en la cara! Creo que de alguna manera Karen captó la idea de que realmente estabas perdiendo el interés en ella, Jan. Tienes que cuidar tus palabras, amigo mío. Las mujeres llevan lo que dices más allá de lo que quieres decir.

—Helen no es una prostituta —cuestionó Jan, y pudo ver que un destello se cruzó en los ojos del hombre.

—Prostituta, drogadicta, vagabunda… ¿cuál es la diferencia? Ella no es la clase de mujer con la que se te puede ver. Sería un problema. Especialmente con Karen en tu vida. Logras ver eso, ¿no es así? Te lo advertimos bastante.

Jan asintió. Esto no estaba yendo como se planeó. De alguna manera Roald lo estaba llevando por una senda de razonamiento que él no quería recorrer.

—¿Sabes lo excepcional que es una mujer como Karen? —continuó Roald—. Sí, desde luego que lo sabes. Eso es lo que le dije a ella hace como una hora. ¿Y sabes qué me dijo?

—No.

—Me dijo que esos asuntos del corazón no tienen nada que ver con qué sea excepcional o común, correcto o equivocado. El corazón sigue su propia dirección. Y sabes que ella tiene razón. Así que supongo que debo preguntarte: ¿adónde te está dirigiendo tu corazón?

—No lo sé —contestó Jan tragando saliva—. Quiero decir que sí sé. Pero la dirección parece cambiar.

—¿De veras? —objetó Roald parpadeando algunas veces—. En caso de que no lo hayas comprendido, Jan, mi muchacho, no eres ningún adolescente; eres un hombre adulto y con la confianza de la iglesia. Y estás comprometido para casarte, ¡por Dios! ¿No crees que sea bastante ridículo en un hombre en tu posición levantar la nariz al aire en cualquier día particular para olisquear de dónde soplan los vientos del amor?

—No me sermonees, Roald. ¿Dije que estaba levantando la nariz al aire? No que recuerde. Me preguntaste acerca del corazón, no de la voluntad. Si quieres que sea correcto contigo, entonces respétame un poco.

—Bien —concordó Roald respirando hondo—. Solo espero que tu voluntad no se mueva al son de tu corazón. Sabes que si no encuentras una manera de reconciliarte con Karen nos exponemos a perderlo todo. Millones.

—¿Millones? —cuestionó Jan mirándolo, ahora enojado—. ¡Esto no se trata de dinero!

—No, pero se trata de toda una cantidad de asuntos básicos que últimamente parecen haberse escapado a tu razón de modo más frecuente. ¡Con esto estamos cambiando el mundo, Jan! Estamos llevando la iglesia hacia delante —advirtió, empuñando una mano mientras lo hacía—. ¿Y quieres tirar todo eso por una mujer?

Roald se inclinó en el borde de la silla.

—¡Nunca! Si fueras a poner en peligro este proyecto tomando a esa vagabunda, sin duda alguna la junta directiva te quitaría la aprobación. Apenas me puedo imaginar la reacción de Bob o Barney. Frank Malter haría piruetas en el aire. Yo mismo tendría que pensar en salir.

Jan se echó hacia atrás, aturdido por la declaración. No sabía qué decir.

Roald inclinó la cabeza.

—Sé que esto no sucederá, porque sé que no eres tan estúpido. Pero quiero ser absolutamente claro aquí: no relacionaré ni mi nombre ni mi buena voluntad con un individuo que traiciona la confianza de la iglesia, juntándose con un bicho raro.

—Ella no es…

—¡Me importa un bledo lo que ella sea, ¡se va! —interrumpió él con un grito—. ¿Lo oyes? Se va ella, ¡o me voy yo! Y sin Karen y sin mí, tu mundo se te desmoronará alrededor de las orejas, amigo mío. Te puedo prometer eso.

¡Esto no podría estar ocurriendo! Roald estaba apostando, por supuesto, segurísimo de que Jan no tenía verdaderas intenciones de seguir alguna relación con Helen.

—Bueno, no estoy diciendo que tendrás que resolver todo esto para el final del día —continuó Roald reclinándose, cruzando las piernas, y respirando lentamente—. No estoy diciendo que tengas que sacarla a la calle, sino que hay lugares que se encargan de mujeres como ella. A propósito, ¿dónde está la tipa?

—No está aquí.

—Qué bueno. Eso es un inicio —declaró e hizo una pausa—. Jan, sé que esto podría parecerte duro, pero debes entender que estoy protegiendo un interés mucho más grande. Un interés que no solo tiene que ver con Karen y conmigo, sino con toda la iglesia. *La danza de los muertos* ha impactado y tiene que seguir impactando a la iglesia en general.

—Pero no a costa de su propio mensaje.

—No, claro que no.

—Y sin embargo te estás metiendo con el amor de Dios.

—El amor de Dios. ¿Qué es el amor de Dios sin pureza? Te estoy salvando de que te hundas en el engaño, amigo mío.

Se quedaron en silencio por un momento: Jan porque no tenía nada que decir; Roald probablemente por la impresión.

—¿Estás de acuerdo entonces? —averiguó Roald.

—Lo pensaré —contestó Jan.

—¿Y le darás una llamada a Karen?

Jan no respondió a esto. La cabeza aún le daba vueltas. Le daba vueltas y le dolía.

—Ahora —continuó Roald tomando evidentemente el silencio como una señal positiva—, dime cómo te golpeaste la cabeza. Santo Dios, se ve horrible.

Jan no estaba dispuesto a contarle ahora a Roald los fatales detalles.

—No fue nada. En realidad más bien algo embarazoso. Me atacó un par de matones.

—¿Matones? ¿Te robaron? ¡Vaya! ¿Pusiste una demanda?

—Sí.

—Bueno. ¿Cuándo te quitarán las vendas?

—En algunos días, supongo. Sucedió el viernes, y fui a parar a un hospital. Por eso me perdí el viaje a Nueva York.

—¿Estuviste en el hospital? ¡Yo no tenía idea! Bien, eso me explica mucho. Karen debe regresar hoy —anunció Roald, palmeando la rodilla de su socio y guiñándole un ojo—. Déjame manejar esto, Jan. La llamaré por ti. Sabes cómo a las mujeres les encanta cuidar de los heridos. Estará mimándote antes de que te des cuenta.

Jan quiso golpearlo entonces. Era la primera vez que se había sentido tan ofendido por el atrevimiento del hombre, y esto lo cubrió con venganza.

Roald se puso de pie y bajó la taza.

—Estoy saliendo en tu defensa, compañero —expuso alargándole la mano, la cual Jan tomó—. Te veré pronto. Llámame cuando las cosas se hayan enderezado.

Empezó a ir hacia la puerta y se detuvo.

—A propósito, Betty quiso que te dijera que llamará esta tarde. Ellos están preocupados, naturalmente. Y ella dijo que está orando. Y que todas las apuestas están suspendidas… declaró que tú sabrías lo que eso significa —concluyó el hombre arqueando una ceja.

Jan asintió.

Roald salió entonces y Jan anduvo por toda la casa, ocupándose de sus asuntos, los cuales no resultaron nada más que prepararse otro té y terminar el frío desayuno. Pensó que la visita había convertido un mal día en intolerable. No solo que estaba enfermo debido a Helen sino que ahora estaba obligado a sentirse enfermo por estar enfermo. Roald estaba robándole el verdadero propósito que tenía. El tipo ese era un ladrón. Alguien que halaba muchas cuerdas en la iglesia evangélica, y que había dado algunos argumentos muy convincentes, pero seguía siendo un ladrón.

¿Y Helen? *Padre, rescátame de este hoyo*, oró. Indícame cómo *salir*.

CAPÍTULO VEINTITRÉS

IVENA SE hallaba en el invernadero, pestañeando ante lo que veía, respirando, pero escasamente. Había una nueva sensación en el aire.

A su izquierda el rosal de Nadia había muerto, pero eso no se podría saber sin profundizar entre las entrelazadas enredaderas verdes hacia los troncos secos abajo. No menos de cincuentas ramas flexibles trepaban ahora de la planta a lo largo de la pared, extendiéndose al menos siete metros hacia los lechos de rosas adyacentes a esa pared. Relucientes hojas verdes dominaban el abundante follaje, pero palidecían bajo las docenas de grandes flores que se abrían en cada rama, cada flor tan firme y blanca como el día en que brotaran por primera vez.

Y todo esto en dos semanas.

Joey no había terminado su análisis, lo que casi ni le importaba a Ivena. Ella sabía ahora que él no había hallado nada. Esta era una especie nueva.

La serbia dio un paso adelante y se detuvo. El fuerte y dulce aroma le inundó los pulmones como un bálsamo medicinal. Las orquídeas a la derecha se veían endebles debido a la falta de cuidado. Así era; ella había perdido el interés en todas las demás flores, menos en estas nuevas. Y hoy había algo nuevo aquí; solo que la mujer no lograba identificarlo.

Un mechón de cabello le hizo cosquillas en la mejilla, e Ivena se lo apartó. Miró hacia la ventana, esperando verla abierta. Pero no lo estaba. Entonces la puerta. No. ¿La puerta de la cocina? Tampoco. Pero aquí había movimiento de aire, ¿o no?

El aroma de las flores pareció entrarle a las fosas nasales, y el cabello le susurró con mucha delicadeza a lo largo del cuello. Dos años antes había puesto un extractor de aire debido a la falta total de ventilación en el cobertizo, pero este yacía quieto en la pared opuesta.

Ivena fue hasta las enredaderas y acarició algunas de las flores. *¿Qué estás haciendo, Padre? ¿Me estoy enloqueciendo? Janjic lo sabe, ¿verdad? Tú le mostraste esa visión.* Pero no estaba segura de que Jan lo supiera.

Ella esperó, aletargada en el silencio. Pero bastante llena de vitalidad; con estas flores se sentía siempre totalmente despejada. Un sonido apenas perceptible se le desplazó con suavidad por los oídos. El sonido de un repique en la distancia. Los vecinos, tal vez.

Ivena se quedó quieta por otros veinte minutos, especulando en la irrazonable idea de que algo importante había cambiado en el lugar, pero sin poder entender de qué se trataba, o incluso de verificar si había algo distinto. Este sería su secreto. Ivena había decidido que, a excepción de Joey, nadie más disfrutaría del invernadero en sí hasta que ella misma entendiera por completo lo que estaba sucediendo aquí. Y definitivamente algo estaba ocurriendo.

HELEN SE levantó de la cama a altas horas de la tarde del martes. Había estado en el palacio desde el jueves por la noche, cuando vino para la rápida visita antes de su gran cita con Jan. Qué curioso, no sentía que hubieran pasado cinco días. Y en su mayor parte, cinco días por decisión propia. Ella había salido la primera vez que Glenn le contara sus planes con Jan. Ah sí, en ese entonces debió volar de la jaula, pero el gordinflón la había drogado y juró romperle todos los dedos en ambas manos si no hacía exactamente lo que le ordenaba. Después la habían sacado y vio allí a Jan, tirado en el suelo, hecho papilla. En esa ocasión ella podría haber salido disparada, pero aún se encontraba parcialmente drogada. En vez de eso había obedecido. Había obedecido de veras.

En el primer momento en que la mano de Helen tocó la piel de Jan, ella supo que no podía continuar. No podía hacerlo porque *amaba* a este hombre al que acababa de escupir. Y aunque no había atacado a Jan como Glenn insistiera, técnicamente *había* cumplido las exigencias del monstruo: había escupido y golpeado a Jan. Glenn se abstuvo entonces de romperle los dedos, y ella se había quedado allí con él, encubriéndose en las drogas, sintiéndose mal consigo misma. Pudo haberse ido en cualquier momento, pero ¿adónde? Definitivamente no de vuelta a Jan.

Nunca podría volver a Jan.

Lágrimas le venían a los ojos cada vez que pensaba en él. Helen nunca antes había conocido como ahora el significado de la vergüenza. Pensar en Jan la hacía sentir insignificante y débil de carácter… él era demasiado bueno para ella. Y no solo demasiado bueno, sino hermoso y adorable, y ella se veía enferma y fea frente a él, inclinada para escupirle el rostro.

Helen se duchó lentamente, quitándose de la piel tres días de mugre, dejando que el agua caliente le penetrara en los huesos. Se puso ese vestido, el blanco que una vez usara para Jan cuando salieron a comer, el que la hacía ver hermosa. Ella lloró cuando la prenda le reposó en los hombros. Sencillamente no pudo detener esas lágrimas.

TED DEKKER

Se quitó el vestido, lo aventó al rincón, y se dejó caer en la cama, llorando. Era una tonta. Esa era una realidad inevitable. Un inútil trozo de carne que andaba por ahí fingiendo estar vivo. Carne muerta. Las lágrimas de la joven empaparon las sábanas. Y así se suponía que fuera, porque ella era un pez que pertenecía al agua. Este charco de lágrimas era su hogar. No importaba que no pudiera aguantar más de unos pocos días en el ambiente antes de que el asco se apoderara de ella… la situación no era mejor en tierra seca. Allí ella solo era un pez *fuera* del agua.

Treinta minutos después se obligó a salir de la cama, caminó con dificultad hacia el rincón, y recogió el vestido. Se lo puso ahora sin pensar, temiendo que si pensaba volvería a terminar anegada en lágrimas. ¿Y si Glenn atravesara esas puertas exactamente ahora? Él le podría romper los dedos de todos modos, solo por usar esta cosa. Ella se había puesto el vestido deseando cambiar en su interior para su gran cita con Jan esa noche…

¡Basta, Helen! Por favor. Sencillamente vete.

No perdió tiempo maquillándose. Se peinó el cabello y salió del palacio por detrás, pensando que parecía una vagabunda vestida muy formalmente. Pero no sabía qué más usar. No para esto.

Diez minutos después el autobús que iba en dirección oeste llegó moviéndose pesadamente y ella lo abordó, evitando hacer contacto visual con los demás pasajeros que sin duda la miraban boquiabiertos. Sin duda.

El autobús avanzó por la ciudad, parando en cada cuadra para intercambiar pasajeros en la calle, y Helen viajaba mirando inexpresivamente por la ventanilla. No podía ponerse a llorar aquí frente a extraños. Fue solo al bajarse en la calle Blaylock, y empezar a recorrer la cuadra hacia la casa, que empezó otra vez a batallar con la duda.

Siguió adelante, sintiéndose ahora definitivamente más como un pez fuera del agua. No tenía por qué estar haciendo esto. Para nada. Por una parte, Glenn *le* rompería los dedos a pesar de garantizarle que podía irse cuando quisiera. Por otra parte, ella había golpeado a Jan; le había escupido en el rostro.

Entonces Helen estuvo allí, parada ante la puerta. Leyó el letrero en lo alto: *Al vivir morimos; al morir vivimos. Estoy muriendo*, pensó. Se quedó balanceándose sobre los pies por un minuto completo antes de continuar. Tocó suavemente y dio un paso atrás.

La puerta se abrió. Allí estaba Jan, con un vendaje blanco alrededor de la cabeza. La miró, anonadado, con los ojos cada vez más abiertos. Se quedó mudo. Era un momento terrible, pensó Helen. A ella se le estaba retorciendo el estómago y sintió que el pecho le podría explotar; quiso dar media vuelta y huir. No tenía nada que hacer aquí. ¡Nada en absoluto! Los dedos le temblaban a los costados.

—¿Helen?

La joven habló, pero no le surgieron palabras. Quiso decir: «Sí», pero lo único que salió fue un ruido áspero.

—¡Oh, amado Dios! —exclamó Jan moviéndose rápidamente y señalándole que pasara adelante—. ¡Entra! ¡Entra!

Helen titubeó y luego atravesó el umbral, obligada por la mano de él. A ella le quemaba la piel; bajó la cabeza y miró al suelo mientras Jan cerraba y trancaba la puerta. Desde su visión periférica ella lo vio correr hacia la ventana, hacer a un lado la cortina, y mirar hacia fuera. Satisfecho, rápidamente atravesó la sala, miró por fuera en otra ventana y ajustó la cortina. Entonces volvió corriendo y se detuvo frente a Helen. Ella podía oírle la respiración, lo oía tragando saliva. Casi esperó que la mano de él la abofeteara; ya había decidido esperar alguna clase de enojo. Al menos algunas palabras ásperas.

—Helen —expresó él con voz vacilante—. Helen.

Él estiró la mano hasta alcanzar el rostro de ella. Le acarició la barbilla. La muchacha cerró los ojos y levantó lentamente la cabeza, pensando que debía huir ahora, antes de que fuera demasiado tarde. Entonces abrió los ojos.

La piel alrededor de los ojos empañados de Jan estaba contraída de dolor.

—Helen.

Él levantó la otra mano y le agarró la cabeza con ambas manos. Ah, ¡qué sufrimiento en esos ojos! Lágrimas corrían por las mejillas del hombre mientras acariciaba tiernamente las mejillas de Helen.

Entonces de repente y sin previo aviso los brazos de Jan rodearon el cuello de la muchacha, dio un paso adelante, la atrajo hacia sí y le puso la mano detrás de la cabeza.

—¡Oh, gracias, Padre! Oh, cariño, ¡estás a salvo! —expresó sollozando.

La joven presionó la nariz contra el hombro de Jan y se quedó allí, asombrada.

El osciló hacia atrás y hacia adelante, suspirando con sollozos y lloriqueando porque ella había vuelto a casa. ¿No estaba enojado? A gritos, la mente de ella la hizo ver inmunda. ¡No podía ser! ¡Ella debía ser castigada! Esto era un truco… en cualquier momento él la arrojaría contra la pared y la fulminaría con la mirada.

Pero Jan no hizo eso. Simplemente la mantuvo apretada, perdido en sus propias lágrimas, y le dijo que la amaba. Ahora con gemidos le expresaba que era hermosa y que la amaba.

Helen levantó las manos y las colocó lentamente alrededor de la cintura de él. El dolor y el alivio llegaron como una inundación, subiéndole exactamente por el pecho y saliéndole a toda prisa por los ojos.

—¡Lo siento! —clamó—. ¡Lo siento, Jan!

Se mantuvo repitiendo eso mientras se le aferraba a la cintura.

Ambos se estrecharon por bastante tiempo allí sobre el azulejo de la entrada.

Luego retrocedieron y los ojos de ella se abrieron de par en par al verle la camiseta.

—¡Oh, Dios mío! —exclamó, llevándose una mano a los labios—. ¡Estás sangrando!

Jan abrió los ojos y se miró la camiseta blanca, ahora con manchas rojas.

—Así es —declaró él, entonces rió entre dientes y extendió las manos como si estuvieran húmedas, mirando aún al suelo—. Me estaba cambiando las vendas cuando llegaste.

Helen no vio el humor pero también sonrió. Esto pareció avivar el propio humor de Jan, quien soltó la carcajada. Entonces rieron juntos. Llegó el dulce y puro alivio al ver la camiseta manchada de sangre y reír juntos.

Helen miró el rostro de Jan: piel morena arrugada alrededor de risueños ojos color avellana, blanca dentadura llena de encanto, cabello peinado hacia atrás; y supo que no lo merecía. No merecía este apuestísimo hombre henchido de gozo por el regreso de ella. Se tragó un nudo que se le había formado en la garganta.

Lo ayudó a entrar al baño donde juntos terminaron de cambiar los vendajes. Se estremeció al ver las cortadas y sintió que nuevamente le brotaban lágrimas que le bajaban por las mejillas como un aceite limpiador. Jan dejó que ella llorara suavemente.

Esa noche no hablaron acerca de Glenn; tampoco de lo que había sucedido ni de lo que iban a hacer. No era necesario expresar que cada uno tenía sus propios problemas. En vez de eso hablaron de que la piscina necesitaba limpieza, de las rosas de Ivena, y de por qué los Cadillac en realidad no eran mejores que los Ford, tema del que sin duda ninguno de los dos tenía la menor idea.

Y rieron. Rieron hasta que Jan insistió en que se le descosería un punto si no se controlaban.

LA MAÑANA siguiente transcurrió como un sueño para Helen. Había dormido en la suite en el sótano y la había despertado el olor a tocino. Ivena se hallaba atareada sobre la estufa, sonriendo y tarareando su canción. La canción que según ella era la favorita del sacerdote. La mujer mayor había puesto en la mesa cubiertos para tres.

—Hola, Ivena —saludó Helen, llegando por detrás.

Ivena dio la vuelta, salpicando casualmente grasa en la cocina.

—¡Helen! Oh, ven acá, ¡chiquilla! —exclamó, señalándole que se acercara—. Qué alegría tenerte en casa.

—Qué bueno estar aquí —contestó Helen dando un paso adelante, sin poder contener una amplia sonrisa.

Se abrazaron y Helen ayudó preparando jugo de naranja. Desayunaron los tres juntos y se rieron de situaciones que Helen no podía recordar, pero que seguramente fueron cómicas en el momento.

Ella deambuló por ahí la mayor parte de la mañana, desconectándose lentamente del pasado, pasando tiempo con Jan e Ivena, pellizcándose de vez en cuando para asegurarse que esto no era un prolongado viaje alucinógeno que hubiera tomado. No era así. Todo era real. La rosa que Ivena había traído olía como una verdadera rosa, el hielo tintineaba en la quietud de la tarde, el té le sabía dulce en la lengua, los muebles de cuero se sentían fríos al tacto, y luz brillaba en los ojos color avellana de Jan siempre que la miraban, lo cual era en cada oportunidad posible. Desde todo punto de vista, esta demostraba ser una mañana perfecta.

Almorzaron juntos, los tres, revolcados en un aire de incredulidad por el hecho de estar juntos. Y parecía que Jan no lograba quitarle a Helen los ojos de encima. Cuando ella se excusó finalmente para tomar una siesta, una sombra cruzó el rostro de él, como si esto fuera una gran desilusión. Ella pensó que se estaba enamorando de él. No solo con afecto, sino con amor. No recordaba haber tenido sentimientos tan fuertes por ningún hombre. Esta era una emoción agradable.

EL REGRESO de Helen llegó como aliento de vida para Jan, quien pensó en esto como la vuelta a casa de la joven, aunque esta obviamente no era la casa de ella; en realidad sentía como que debería serlo. Jan había pasado la noche en un sueño tranquilo, asombrado ante el efecto que esta mujer tenía en él. Ella había regresado a Lutz, sí; y le había escupido a Jan, pero nada de eso parecía tener algún peso en la mente del serbio. En vez de eso lo aturdía la decisión de ella de volver aquí. ¡Helen había decidido regresar!

Ahora ella estaba en casa de *él*, deambulando en aquellos pies descalzos, tímida, pero curiosa, esparciendo un ambiente de expectativa dondequiera que pisaba. Y él se estaba preguntando por qué debía gozar de tanta suerte al tenerla en casa. *Padre, Padre ¿qué estás haciendo? ¿Qué demonios has hecho con este entremetimiento tuyo?*

Solo una vez hablaron de Glenn Lutz, y tan solo en el contexto del peligro que pudiera representar. Jan quiso llamar por protección a la policía, pero Helen no quiso saber nada de eso, pues insistió en que Glenn no sería problema. Ella había llorado cuando Jan le presionó ese argumento, por lo que él decidió dejar así el asunto. ¡Pobre Helen! ¡Pobre, pobre, querida! Ivena la había abrazado por unos minutos, lo que le produjo consuelo. Todo saldría bien... la policía ya sabía acerca del ataque, y ni siquiera Lutz sería tan insensato en tratar de repetirlo. Jan se dijo eso; sin embargo, revisaba la ventana cada hora para estar seguro.

A Jan le llegaban pensamientos esporádicos acerca de la película. Había hablado con Roald al mediodía, y el hombre pareció agradado consigo mismo. Todo había vuelto a la normalidad. Simplemente mejórate, Jan. Te extrañamos.

Después del almuerzo Helen se excusó para ir a tomarse una siesta al apartamento. Ivena anunció que también debía salir por algunas horas. Las flores necesitaban su toque. Jan se encontró solo en la casa, leyendo partes de *La danza de los muertos*, intentando imaginar qué pensaba Helen cuando lo leía.

De repente el timbre de la puerta resonó por toda la casa, sorprendiéndolo. Tal vez un vendedor. Bajó el libro, se dirigió a la puerta, y la abrió. Karen estaba allí. ¡Karen! Vestida con una blusa nítidamente blanca y una falda color azul marino, sensacional y más hermosa que nunca.

Jan dejó caer la mandíbula y no tuvo aplomo para cerrar la boca antes de hablar.

—¡Karen!

—Hola, Jan. ¿Puedo entrar?

¿Entrar? Jan miró instintivamente hacia el interior de la casa.

—¿Estás bien? ¿Hay algún problema? —preguntó ella.

—No. No, por supuesto que puedes entrar —expresó él, y se hizo a un lado—. Solo que tú... solo que yo... Entra, por favor.

Karen le sostuvo la mirada por un momento, luego atravesó el umbral y entró a la sala. Jan cerró la puerta.

—Roald me contó lo sucedido. Lo siento. ¿Estás bien?

—Estoy bien, de veras.

Ella alargó la mano y le acarició suavemente el vendaje en la cabeza.

—¿Cuán mal está eso? ¿No deberías estar recostado?

—Solo es una herida superficial. Estaré bien, créeme.

—¿Estás seguro? —quiso saber ella, revisándole la mirada, realmente preocupada, pensó él.

—Sí. ¿Te gustaría beber algo?

—Sí, eso sería bueno.

Sí, eso sería bueno, dijo ella, y la voz se oía dulce, cariñosa y terrible para Jan, quien fue a la cocina y sacó un vaso. *Sí eso sería bueno.* Cuatro años de afecto cargaban con esa voz. Él le sirvió un vaso de té helado y volvió a la sala.

—Aquí tienes —le dijo, tendiéndole el vaso.

Se sentaron: él en su sillón y Karen en el sofá adyacente. El cabello castaño de ella le caía sobre los hombros, rizándosele delicadamente alrededor de las tersas mejillas. La joven quitó los ojos de él en el silencio, pero esos ojos ya estaban hablando, estaban diciendo que ella deseaba corregir las cosas; que estaba apenada por el arrebato de ira, y que la vida sin él era deplorable.

Se quedaron mirándose, paralizados en medio de la pesadez. *Ella está creyendo que estoy cautivado por su belleza*, pensó Jan. *Está creyendo que me quedé sin habla debido a mi profundo amor por ella.* El perfume de Karen era fuerte y almizclado.

—Jan —manifestó ella con ojos húmedos—. Jan, lo siento. Lo siento muchísimo.

—No, Karen. Soy yo quien debe estar apenado. Yo no tenía derecho. No sé qué decir...

—Shh —lo acalló ella poniéndose un dedo en el labio y sonriendo—. No ahora. Y solo entiende que si mi imaginación enloqueció fue debido a mi amor por ti. Nunca te haría daño. Mi deseo no es lastimarte.

Jan se quedó mudo e inmóvil por las palabras de Karen. ¿Qué le había dicho Roald? ¿Que Jan ya había despachado a Helen? Sí, eso es lo que le habría dicho. Cualquier cosa menos, y Karen estaría exigiendo saber dónde estaba Helen. Ella no era una mujer débil.

Pero Jan pudo ver que Karen había vuelto a engañarse. Ella merecía más explicaciones. Él tenía que decírselo ahora. Pero las palabras no le fluían con mucha facilidad.

—Te estaban atracando y yo me estaba imaginando aquí que andabas con esta mujer —declaró ella, y rió—. Debí haberte conocido mejor... perdóname. Estabas en el hospital y yo andaba gritando como una colegiala tonta.

Roald había hecho intolerable la situación. Ahora ella la estaba haciendo insoportable. Y para empeorar las cosas, Jan solo sonreía. Debió haber fruncido el ceño y contarle algunas cosas. En vez de eso se quedó sentado allí como un monigote. *¡Puf! ¡Puf! Qué tonta eres, Karen.*

—Llamé al estudio y expliqué lo que te sucedió. Ellos te desearon una pronta mejoría.

—Gracias... Gracias —contestó él asintiendo.

¡Ahora, Jan! Ahora.

—Tal vez deberías decirle eso a Roald. No estoy seguro que él sea tan comprensible.

—Ah, no lo sé. Él sencillamente se preocupa por ti. Es lógico, ¿sabes? Para él esto es un simple asunto de matemáticas. Acuerdos como este vienen a la iglesia solo una vez cada década más o menos... no puedes culparlo por reaccionar en forma exagerada cuando parece que algo pudiera interferir.

—Amenazó con retirar su apoyo —comentó Jan.

—¿De veras? ¿Lo hizo? Mira, él está reaccionando de modo exagerado. Y tal vez yo tuve algo que ver con eso. Creo haberlo convencido de que te habías metido con esa mujer —confesó ella sonriendo a manera de excusa—. Fui una tonta de remate.

Ahora, Jan. ¡Tienes que decírselo ahora!

—Sí, pero eso aún me preocupa. ¿Se supone que yo piense que Roald me amenazará con retirarme su apoyo cada vez que no esté de acuerdo con algo?

—No.

—¿Por qué entonces haría una declaración como esa?

—Hablaré con él al respecto —aseguró ella, e hizo una pausa—. Sin embargo, él *estaba* frente a esta tontería con que lo azucé. No deberías ser tan duro con él.

—Quizás. Pero no veo que tenga derecho de amenazarme. ¿Y si fuera verdad? ¿Y si yo me hubiera enamorado… bueno, de una mujer como Helen, por ejemplo? ¿Debo suponer que si me paro sobre la línea equivocada seré castigado como un niño?

—No —negó Karen un poco tensa; o tal vez era solo imaginación de él—. No. Tienes razón. Como dije, hablaré con él.

Karen levantó el vaso y dejó pasar el líquido por los labios. Estaba adorable; él no podía negar esa realidad. Además era una mujer fuerte, aunque no tanto como para dejar pasar el comentario acerca de Helen, hipotéticamente o no.

—Eso no es verdad, ¿no es así, Jan? —cuestionó ella alisándose la falda y bajando la mirada.

—¿Qué no es verdad? —inquirió Jan.

Él lo sabía, desde luego, y el corazón le martilló en el pecho.

—No estás enamorado de esta mujer —declaró mirándolo—. De esa tal Helen.

Él habría contestado. Sin duda que lo habría hecho. Pero nunca supo qué habría dicho, porque de repente no fue la voz de él ni la de Karen la que se oyó en la quietud. Era otra.

—Hola.

Los dos miraron al mismo tiempo hacia la entrada del sótano. Allí estaba ella con el cabello rubio enmarañado, sonriendo de manera inocente. Helen.

¡Helen! La espalda de Jan se comprimió de ardor. Lanzó una rápida mirada a Karen, quien miraba asombrada; ella no había conocido a Helen así que no podía saber…

Entonces Helen también cambió eso. Caminó hacia adelante y le extendió una mano a Karen.

—Hola, soy Helen.

Karen se puso de pie y mecánicamente alargó la mano.

—Esta es Karen —la presentó Jan.

—Hola, Karen.

—Hola, Helen —correspondió Karen; pero no estaba sonriendo.

Jan se levantó de su sillón y se quedó allí parado torpemente: Karen a su derecha y Helen a su izquierda, mirándose una a la otra en maneras muy distintas. Helen como si se preguntara cuál era el aspaviento, y Karen como si la acabaran de apuñalar en la espalda con una espada de veinticinco centímetros y con doble filo. Fue un momento insoportable, pero Jan supo que no había manera de evitarlo.

Entonces supo algo más, mirando a estas dos mujeres a lado y lado. Supo que amaba a la de la izquierda. Amaba a Helen. De algún modo al verlas lado a lado, no le cupo ninguna duda. Esta era la primera vez que las tenía a la mano en la mente, y que había visto en qué sitio se hallaban en el corazón de él. Incluso ahora le estaba entregando su amor a Helen, y a Karen su empatía.

—Helen se está quedando conmigo por unos días mientras se recupera —anunció él después de carraspear—. Siento mucho; debí habértelo dicho.

—¿Recuperarse? —objetó Karen mirándolo—. Creí que aquí eras tú quien estaba recibiendo toda la atención. ¿O este vendaje es algo que compraste en la tienda de baratijas?

—Karen... —titubeó él meneando la cabeza—. No, no es así...

—¿Cómo es entonces, Jan? ¿Crees que soy tonta?

Los puñales en los ojos de Karen le traspasaron el corazón a Jan. *¡No, Karen! ¡No es algo así! ¡Me importas!*

Pero amo a Helen.

—Por favor...

—No gastes saliva —enunció ella caminando ya hacia la puerta—. Si me necesitas, haznos un favor a los dos y llama a Roald.

Entonces Karen desapareció dando un portazo.

Jan y Helen simplemente se miraron en silencio por un prolongado momento.

—Tal vez deba irme —expresó finalmente ella.

—¡No! No, no me dejes por favor.

—La chica parecía muy... dolida.

—Pero no es por ti. Es por mí. Es por el amor que te tengo.

Helen pensó en eso por unos instantes, y luego se le acercó y asentó la cabeza en el pecho de él.

—Lo lamento —declaró.

—No, no lo lamentes —contestó él acariciándole el cabello—. No lo lamentes.

HELEN NUNCA antes se había sentido tan elegida. Fue el modo en que presenció la reunión con Karen. Jan la había escogido. No necesariamente escogida como su chica, o ni siquiera como la mujer que perteneciera a tan trastornado escenario. Simplemente… escogida. Pensar más allá de eso solamente llevaba a confusión. ¿Y a quién había escogido *ella*? ¿A Glenn o a Jan?

Jan.

El jueves Jan salió sin el vendaje de la cabeza. Había pasado una semana desde el ataque; cuatro días desde la visita al hospital; tres días desde el regreso de Helen. La herida de cinco centímetros sobre la oreja derecha estaba sanando asombrosamente bien. Él se comportaba como alguien que había descubierto un fabuloso secreto, y en una ocasión Helen lo sorprendió mirándola de manera extraña, como si en los ojos de ella hubiera un cordón que lo halara. A veces a él le costaba mucho quitarle la mirada de encima. No es que a ella le preocupara. ¡Santo cielo, no! Ella no sabía qué hacer con eso, pero sin duda no le preocupaba.

Jan había mencionado algunas veces a un hombre llamado Roald, un tipo relacionado con el trabajo. Algo acerca de la realidad que Roald tendría que normalizar. Ese día ellos parecieron más ocupados, ansiosos porque el día siguiera su curso. Helen oyó varias veces a Jan e Ivena conversando en voz baja, y dejó que tuvieran su espacio. Si la conversación era respecto de ella, no le importaba. En realidad era probable que se relacionara con ella… ¿sobre qué más estarían discutiendo con relación a la policía y a Glenn? Pero al oír esto ella quiso interferir aun menos.

Helen continuó con la lectura de *La danza de los muertos*, y le impactó que el héroe principal del libro fuera quizás el ser más intenso del que hubiera oído o leído. Era difícil creer que el nombre de ese personaje fuera Jan Jovic y que estuviera en la habitación contigua hablando con Ivena, la madre de la chica, Nadia, la hija de la mujer. Era impactante que él le hubiera guiñado un ojo no menos de tres veces ese día. Ella le había devuelto los guiños, por supuesto, y cada vez él se había sonrojado.

Ivena partió a las cinco, después de una larga plática con Jan en el patio. Esos dos no andaban en nada bueno.

—Hasta mañana, Helen —anunció Ivena con una gran sonrisa—. Pórtate bien y no dejes de vigilar a Jan. Él tiene propensión a los problemas, ¿sabes?

Ivena le guiñó un ojo.

—Yo no me imaginaría eso, Ivena.

Jan apareció detrás de ella.

—No somos niños, Ivena.

—Lo sé. ¿Y se supone que esto me consuele?

Rieron e Ivena salió en su pequeño escarabajo gris.

No habían pasado ni diez minutos desde que Ivena se fuera antes de que Jan entrara a la sala e hiciera su gran anuncio.

—Helen, creo que me debes una salida. ¿Tengo razón?

—Supongo —contestó ella riendo nerviosamente.

—¿Supones? ¿Que tengo o que no tengo razón, cariño? ¿Cuál de las dos?

—Tienes razón. No te rechacé, ¿verdad?

—Bien entonces, ¿salimos?

—¿Ahora?

—Sí, ahora.

—¿Adónde?

—Ah, pero eso arruinaría mi sorpresa.

—¿Con esto que llevo puesto? —preguntó ella, mostrándole los jeans y la camiseta.

—Te ves preciosa.

—¿Me estás diciendo que quieres llevarme a una cita ahora? —inquirió ella, parándose y sonriendo nerviosamente—. ¿Ahora mismo?

—Sí. Eso es lo que estoy diciendo.

—¿Estás seguro?

—Insisto. ¿Te he dado alguna otra impresión desde la primera vez que volviste?

—No.

—Muy bien, entonces —expresó él sonriendo de oreja a oreja y alargándole la mano.

Helen la tocó... luego la tomó.

—Bueno, entonces.

CAPÍTULO VEINTICUATRO

HABÍA SIDO una semana pésima para Glenn Lutz. Una semana realmente pésima.

El detective de homicidios Charlie Wilks y otro poli, Parsons, estaban sentados frente a él en negras sillas de gamuza para visitantes, los únicos muebles en la oficina a excepción del escritorio de él. Tenían cruzadas las piernas, las manos en el regazo, tratando de no mirarlo directamente, aislados en el último piso de la torre oeste. Ellos, al igual que el cielo de Atlanta más allá de la enorme pared de cristal a la izquierda, mostraban una palidez de muerte.

Glenn estaba perdiendo la paciencia con los agentes; es más, la había perdido mucho antes de que llegaran, cuando Beatrice le informara en primer lugar que Charlie deseaba verlo. Esto significaba que el baboso predicador había lloriqueado como una insignificante ramera.

—¿Así que ustedes reciben una llamada de un predicador delincuente y vienen llorando ante mí? ¿Es para lo único que sirve en estos días la estimada fuerza policial de Atlanta? ¿No pueden encontrar un gato al cual rescatar de un árbol, o algo por el estilo?

—Si estuviéramos hablando de la llamada de algún predicador delincuente no estaríamos aquí, y tú lo sabes, Glenn —respondió Charlie—. Interrogamos y examinamos al tipo en el hospital. Es uno de los personajes religiosos más populares en Estados Unidos.

El detective asintió con la cabeza hacia una copia de *La danza de los muertos* que se hallaba en el escritorio de Glenn.

—Una realidad que según parece ya conoces —concluyó.

—Sí, de modo que el tipo es escritor. ¿Hace eso la palabra de él mejor que la mía? Creí que teníamos un arreglo.

—Claro que tenemos un arreglo. Mantienes tus costumbres fuera del público, y yo no lanzo ningún ataque. Este tipo Jan es definitivamente una personalidad pública.

—En realidad, según recuerdo, el arreglo fue que me dejas en paz y hago que te elijan.

Wilks sonrió intranquilo y se puso rojo alrededor del cuello.

—Vamos, Glenn. No soy mago. No puedes esperar que mantenga las manos en los bolsillos cada vez que agarras a un ciudadano cabal y lo mueles a golpes. ¿Quién es el próximo, el alcalde?

—Este vándalo no es el alcalde, y no estoy diciendo que yo lo moliera a golpes. Y en lo que respecta al alcalde Burkhouse, podrá ser hoy día el alcalde, pero solo recuérdale que *es* candidato a la reelección en nueve meses.

Charlie frunció ligeramente el ceño.

—Vamos, Glenn. Vamos, hombre, todos tomamos el camino de regreso. Lo único que estoy diciendo es que hay maneras y maneras, ¿sabes lo que quiero decir? La mejor manera de atraer la atención de cada quien no es con un garrotazo en la cabeza. No necesito que desbarates el equilibrio que tenemos poniendo en sitial público a individuos como este tipo Jan.

Glenn miró al detective y pensó en echar mano al revólver en el cajón del escritorio. En hacerle un hoyo en esa frente. Eso era absurdo, por supuesto. Él podría tener a esta ciudad por los pelos, pero eso era así *debido a*, no a pesar de, hombres como Charlie aquí.

Miró el libro sobre el escritorio. Jan Jovic no era un canalla. Había pasado por más que la mayoría; tenía que reconocerle un mérito en eso. No había evidencia concluyente de que Helen hubiera regresado al predicador, pero de ser así, Glenn sabía con toda seguridad que tendría que matarlo. Una cosa era que alguien se encuentre por casualidad lo ajeno y que por un tiempo piense erróneamente que es de él. Otra cosa era que a ese tipo se le aleccione en el asunto por un par de días y que aun así tenga la desfachatez de tomar lo que no le pertenece.

Glenn puso la mano en el libro y palmeó ligeramente la portada.

—Este hombre no me está haciendo ningún favor, Charlie. Si toca mi chica, voy a tener que matarlo. Ella ya ha estado fuera durante dos días, y si resulta que se fue aunque sea cerca de él, voy a tener que meterle una bala en la cabeza al tipo. Sabes eso, ¿no es así?

—No, no sé eso, Glenn —contestó Charlie levantando una mano en aceptación—. Este tipo presentó una queja, ¡por el amor de Dios! ¿Qué debo decir si aparece muerto? ¿«Ah, bueno, no se preocupen por ese sujeto»?

—Él vino aquí a amenazarme. Me defendí. Esa es la historia. ¡Y tú cuida el tono en mi oficina! Haz algo útil… ve a localizar a Helen. Deberías estar poniendo patas arriba la casa de ese vándalo en vez de estar aquí diciéndome cómo manejar mis asuntos.

—No puedo encubrirlo todo —expresó Charlie moviendo lentamente la cabeza de lado a lado—. Algunas cosas tienen vida propia, y te estoy advirtiendo que esta es una de ellas.

El hombre necesitaba una lección en cuanto a respeto, pensó Glenn con amargura.

—¿Supiste que Delmont Pictures acaba de anunciar el acuerdo para una película con este tipo? —preguntó Charlie—. Ese libro allí es candidato a estar pronto en la pantalla plateada, y tú estás sentado aquí hablando de eliminar a su personaje principal. ¿Crees que puedo encubrir eso?

—¿Delmont Pictures? —inquirió Glenn entrecerrando los ojos—. ¿Va Delmont Pictures a hacer una película acerca de *este* sujeto?

—Así es. Noticias para ti, tómalas. Tal vez si te bañaras y sacaras de vez en cuando la cabeza de ese polvo sabrías que...

—¡Cállate! —gritó Glenn, y señaló la puerta con una enorme mano—. ¡Fuera!

Los agentes se pusieron de pie. El detective Parsons tenía los ojos desorbitados, pero a Charlie no se le influía tan fácilmente como antaño. Había visto esto antes... muchísimas veces, parecía.

—¡Fuera, fuera, fuera! —exclamó Glenn señalando la puerta con el dedo índice.

—Nos estamos yendo, Glenn. Pero recuerda lo que dije. No puedo hacer mucho. No te cortes tu propia garganta.

—¡Fuera! —retumbó Glenn.

Los hombres salieron.

Había sido una semana pésima. Una semana realmente pésima.

JAN CONDUJO el Cadillac en silencio, con el estómago revolviéndosele por anticipado, intercambiando divertidas miradas con Helen y en general haciendo caso omiso a las preguntas de la muchacha en cuanto a dónde se dirigían.

Ella le había traído magia a la casa con esos ojos azules, pensó Jan. Había aparecido en el umbral ataviada con el vestido arrugado, esforzándose en gran manera por encontrar aceptación, sintiéndose abatida e insignificante, cuando desde el principio era *ella* quien tenía el poder. *¡Ella!* Era ese poder de estimular con una simple mirada. La magia para derribarlo, para dejarlo con las rodillas debilitadas, con una mirada casual. La capacidad de estrujarle el corazón con el simple desplazamiento de la mano. Ella podía mover la barbilla, así de sencillo, para pedir un poco más de tocino u otro vaso de té, y allí mismo en la mesa la respiración de Jan podría hacérsele pesada. Era un poder salvaje, enloquecedor y estimulante a la vez. Y era ella quien lo tenía. *Helen*.

Si ella solo supiera esto —si solo pudiera captar el control que tenía en los pensamientos de él, si también pudiera sentir, realmente *sentir* este mismo amor por él— podrían gobernar juntos el mundo. No importaba que ella fuera de la calle, eso no era nada frente a estas emociones que lo recorrían a él.

Pero ella no conocía su propio poder, pensó Jan. No del modo en que él lo conocía. Bueno, esta noche eso podría cambiar. Y el pensamiento hizo que el estómago se le trepara al pecho del hombre mientras sacaba el Cadillac por la desierta entrada, hacia la calle ciega.

—¿Es aquí? —preguntó Helen.

—¿Qué hora es?

—Casi las siete.

—Esperemos no estar retrasados.

Una blanca y redonda luna proyectaba penumbras perdurables sobre una pared directamente adelante, quizás de cuatro metros de alta, extendiéndose a lado y lado tan lejos como Jan podía ver. Enredaderas cubrían el muro, gruesas y oscuras pero aún verdes al brillo de la luz de la luna. No había a la vista ninguna otra estructura, solo esta valla elevada. Jan detuvo el auto y apagó el motor.

—¿Es aquí?

—Sígueme, cariño —enunció él mirándola y guiñando un ojo.

Se apearon.

—Por aquí.

Él la guió hasta una pequeña puerta oculta entre enredaderas, recortada en la pared, de no más de metro y medio de alto. Jan miró hacia atrás y vio que Helen caminaba ligeramente, con ojos bien abiertos e irradiando su encanto sin siquiera mirarlo. El corazón de él ya se estaba acelerando. *Padre, esto es lo que quieres. ¿Verdad?*

Jan tocó en una sección de madera que no tenía enredaderas. Volteó a mirar y guiñó.

—Jan Jovic no es un hombre sin amigos, querida.

Una voz ahogada contestó, y se abrió la puerta. Jan se agachó y cruzó la entrada, seguido por una indecisa Helen. El hombre que había abierto se puso hombro a hombro con Jan con una sonrisa tan amplia que podía haber sido robada de una calcomanía de carita feliz.

—Gracias, mi amigo. No olvidaré esto —expresó Jan, y luego se volvió hacia la joven—. Helen, te presento a Joey. Experto de primer rango en botánica. Es el jardinero aquí. Amigo mío.

Ella le extendió la mano al hombre y miró alrededor.

—¿Dónde *estamos*?

Se hallaban al borde de un extenso jardín… un jardín botánico con floridos árboles y rosales, y setos perfectamente arreglados hasta donde lograban ver. Losas de piedra rodeadas por diminutas flores blancas conducían a lo más profundo y luego se abrían en tres direcciones a veinte pasos. Elevados árboles a los que les habían dado diversas formas se hallaban como guardianes sobre el perfecto suelo debajo de ellos; miradores adornaban los senderos, cada uno repleto de flores rojas, azules y amarillas que fulguraban a la luz de la luna. Era un paraíso.

—¿Oyeron hablar alguna vez del Jardín del Edén? —preguntó Joey—. Esto es lo más parecido que hallarán hoy día en la tierra. Bienvenidos al Jardín Botánico Doce Robles, mis amigos. Un regalo de Dios con un poco de ayuda de los impuestos de los ciudadanos.

Miraron el paisaje sin responder. Jan pensó que no podían responder. Esta era una impresionante escena bajo el tono surrealista de la luna.

—Disfruten muchachos —declaró Joey con un guiño—. Cierren al salir.

Joey se fue por el sendero, giró en un arbusto y desapareció de la vista.

Jan permaneció allí en el silencio, y de repente el corazón le palpitó con fuerza en los oídos. Aquí estaba. Hizo una oración silenciosa: *Padre, si es tu voluntad, haz que se realice.*

Entonces le agarró una mano a Helen y corrió por el sendero.

—¡Vamos! —gritó entrecortadamente.

Riendo, la joven corrió detrás de él, quien sintió fría y tersa la mano de ella en la suya. Jan estaba apreciándolo todo. La brisa contra el rostro, el piso enlosado debajo de los pies, el agradable aroma de flores surcándole las fosas nasales. Entonces soltó la mano de ella y corrió entre dos altos árboles con forma de cohetes preparados para el lanzamiento. Un espeso césped se abrió ante él, y viró a la derecha.

Helen lo persiguió, gritando ahora de alegría.

—¡Jan! No te pierdas de vista. ¿Adónde estamos yendo?

—¡Vamos! —exclamó él—. ¡Date prisa!

Corrieron por el jardín; él sin dirección, solo plenamente consciente de la respiración de ella detrás y a la izquierda; Helen acortó la distancia y eso era bueno. *Agárrame, cariño. Agárrame y tócame.*

Entonces ella lo hizo. Alargó la mano y le tocó el costado, aún riendo. El dedo femenino le envió escalofrío por la piel. Él se detuvo y se volvió hacia ella. Helen corrió hacia los brazos de Jan, quien la agarró y le hizo dar vueltas como si estuvieran en una pista de baile y este fuera un abrazo en acción. La joven rió y echó la cabeza hacia atrás.

Esta era la primera vez que él la sujetaba sin lágrimas, y pensó que el corazón se le reventaría de gozo por eso. Quiso decir algo, algo inteligente o romántico, pero en ese momento no supo qué decir. La luna brillaba en el cuello femenino, y la pequeña manzana de Adán en ella se le movía al reír; esto fue lo que Jan vio y no pudo resistir el poder que eso tenía en él.

Solo es un susurro de lo que siento, Jan.

La voz le habló en la mente, y Jan casi tropieza a mitad de vuelta. Así que Ivena tenía razón. Esto estaba más allá de él. Pero entonces él ya lo sabía. *Te amo, Padre.*

Jan se desprendió, riendo ahora con Helen, sintiéndose más vivo de lo que creía posible. Saltó en el aire como un chiquillo. *¡Te amo, Padre! Te amo, te amo, ¡te amo!* Luego enfrentó a Helen, y el amor por ella y por el Padre casi era lo mismo.

Le guiñó un ojo a Helen y entró corriendo al jardín.

Ella voló tras él; eran como dos aves jugueteando en medio del vuelo. Se lanzaron por el jardín, cayendo en una clase de juego a las escondidillas corriendo. Encontrarse era lo que los atraía, y lo hacían con tanta frecuencia como era posible, casi en cada arbusto suficientemente grande para ocultar a quien fuera el perseguido hasta que el otro lo agarraba y lo abrazaba.

Jan arrancó una flor amarilla y la colocó en el cabello de Helen por encima de la oreja. Ella encontró divertido esto y agarró otra flor para el cabello de él. El tiempo se detuvo. El ser humano había sido creado para esto; era aquello por lo que alguien podría vender todo lo que poseyera, pensó Jan. Pero esto no se podía comprar.

Perdóname, Padre, o moriré mirándola. Me has puesto un fuego en el corazón y no puedo dominarlo. Pero no, ¡no lo apagues! Avívalo. Avívalo hasta que me consuma.

Sin aliento por la carrera, y por primera vez consciente de que sus heridas le enviaban un leve dolor por el pecho, Jan entró a un mirador y se sentó en una banca. Helen saltó al asiento opuesto y se quedaron así, resollando, riendo y mirándose.

Esto es, pensó Jan. *Esto es lo por lo que he esperado toda la vida. Esta locura llamada amor.* Colocó la parte trasera de la cabeza en el enrejado, miró al cielo, y suspiró:

—Oh, mi amado Dios, esto es demasiado.

Regresó a ver a Helen. Ella lo miraba con una amplia sonrisa, conteniendo el aliento.

—A esto es lo que llamo tener una cita, Jan Jovic.

—¿Te gusta? —preguntó él, imitando la verborrea acostumbrada en ella.

—Me gusta. Definitivamente me encanta.

—No podría imaginar un lugar más apropiado para ti.

—¿Qué quieres decir, experto en lingüística? —inquirió ella, sentándose y apoyándose en ambos brazos.

—Las flores, el aroma de deliciosa miel, la abundante hierba verde, la luna… todo casi tan perfecto como tú.

Ella se sonrojó y volteó la mirada hacia el césped. Santo Dios, eso había sido más bien atrevido, ¿o no? Él le siguió la mirada; no lo había observado antes, pero el pasto se inclinaba hacia una fuente, rodeada por una laguna que fulguraba con tenue luz. Era una noche cálida, y una brisa flotaba sobre el agua para refrescarlos. El aire estaba lleno del rico perfume almizclado de miles de flores que bordeaban el mirador. Habían hallado un lugar secreto en este mismísimo jardín privado, escondido de la mirada directa de la refulgente luna pero bañado en su luz.

—No somos muy distintos, tú y yo —declaró Jan.

—Somos muy distintos. Nunca podría darte la talla.

Ella se había puesto seria.

—Tampoco yo.

—No seas tonto. Tú eres un hombre rico —objetó ella—. Un hombre bueno.

—Y tu gracia no se podría comprar con la riqueza de reyes.

Ella se volvió hacia él, sonriendo.

—Vaya, *somos* expertos en lingüística, ¿no es así?

—No existen palabras para ti, Helen. Ninguna expresa con claridad lo que se debería formular.

Ahora Helen estaba mirándolo, con sus ojos azules dando vueltas a la luz de la luna. Permaneció mirándolo por largo rato antes de pararse e ir hasta el arco en la entrada del mirador para mirar la luna de espaldas a Jan.

—Esto no puede suceder —manifestó ella en voz baja—. Somos de mundos diferentes, Jan. No tienes idea de quién soy yo.

—Claro que sí. Eres una mujer. Una mujer preciosa por quien todos en el cielo lloran. Y mi corazón se les ha unido.

—¡No seas loco! Esto es demasiado. No tengo por qué estar aquí contigo —anunció ella; la presión de las lágrimas le había forzado la voz—. Soy una drogadicta.

—Y yo estoy desesperado por ti —confesó Jan parándose y acercándosele por detrás.

Él no se podía contener. No soportaba oírla hablar de este modo. El corazón le golpeaba en el pecho, y Jan solo deseaba abrazarla. La locura era demasiado fuerte.

—Estoy enferma —objetó, llena de amargura—. Yo…

Entonces salió corriendo. Huyó del mirador rodeando una fila de pinos cortos, llorando en la noche.

Oh, querido Padre, ¡no! ¡Esto no puede suceder! Jan salió disparado tras ella.

—¡Helen! —llamó él; la voz resonó en medio de la noche, con desesperación, como clamor de moribundo—. ¡Helen, por favor!

Logró verla al rodear un arbusto adelante, y corrió tras ella.

—Helen, te lo suplico, ¡detente! Debes detenerte, te lo imploro, ¡Por favor!

El pánico estaba a punto de atraparlo. ¿Cómo pudo ella en un momento haber estado meciéndose en brazos de él y ahora huir con tanta rapidez?

La vio adelante, corriendo velozmente a la luz de la luna, y luego esfumándose tras tupidas hortensias.

—¡Helen!

Jan llegó hasta los arbustos, pero ya no vio a Helen. Siguió corriendo, buscándola en toda dirección, pero ella había desaparecido.

—¡Helen! ¡Por favor, Helen!

La noche hizo resonar el llamado de Jan y luego se hizo silencio. Se detuvo, jadeando. Se agarró el estómago porque un dolor agudo le había pinchado allí.

—Oh, Dios, Dios mío, Dios mío, Dios mío, ¿qué has hecho? —farfulló; el hombre tenía la vista borrosa por las lágrimas.

El sonido de un llanto sofocado llegó hasta Jan, quien se volvió hacia una fila de plantas de gardenia. Aflojó el estómago, olvidándose del dolor, y salió a tropezones hacia adelante. El sonido continuó en la noche, un suave gimoteo con sollozos.

Jan rodeó las flores y se detuvo. Helen se hallaba en una banca, con la cabeza entre las manos, llorando. Él se acercó sobre piernas enclenques; se sentó y tragó grueso.

—Siento mucho que estés sufriendo, Helen. Lo siento muchísimo.

—Tú no comprendes. No soy buena para ti —expresó ella en voz baja.

—Yo decidiré lo que es bueno para mí. *Tú* eres buena para mí. ¡Eres perfecta para mí! —exclamó él, y le colocó una mano en el hombro.

—Yo estoy sucia —cuestionó ella retrocediendo—. Soy…

—¡Estás limpia y me has robado el corazón! —expresó él con voz entrecortada—. Helen, mírame por favor. Mírame a los ojos.

Jan cambió de posición y levantó una mano hasta la barbilla de Helen. Ella alzó la mirada, con el rostro lleno de vergüenza, y los ojos inundados en lágrimas.

—¿Qué ves, Helen?

Ella no dijo nada por un momento.

—¿Qué ves?

—Veo tus ojos —respondió en tono muy bajo.

—¿Y qué te expresan?

—Expresan que estás dolido —contestó ella secándose el rostro con la mano, respirando entrecortadamente, y conteniendo luego el aliento.

—¿Y por qué? ¿Por qué estoy dolido?

—Porque tu corazón sufre —anunció ella después de titubear.

Jan le sostuvo la mirada, suplicándole que dijera más. Que viera más. Se le hizo un nudo en la garganta. *Mi pobre Helen, te han hecho mucho daño.*

Ella se había calmado, y pestañeó.

—Tu corazón sufre por mí —añadió Helen.

Jan asintió.

—Pon tu mano sobre la mía —pidió él estirando la mano derecha con la palma hacia arriba.

Ella lo hizo con delicadeza, sin quitar la mirada de la de él. El toque femenino pareció subirle por los huesos y encerrársele alrededor del corazón.

—¿Sientes eso?

Ella no respondió, pero movió ligeramente la mano. La respiración de ellos se oía fuerte en la noche.

—¿Qué sientes?

Helen tragó saliva, y Jan notó que las manos de ambos temblaban por el toque. Los ojos de ella se volvieron a encharcar de lágrimas.

—¿Cómo se siente?

—Se siente agradable.

—Y cuando te hablo, cuando te digo: *Estoy loco por ti*, ¿qué sientes, Helen?

Jan estaba teniendo dificultad para hablar debido a las fuertes palpitaciones del corazón.

—Me siento enloquecida por ti —respondió ella.

Él no podía estar seguro, pero creyó que ella se había movido un poco hacia adelante, y eso le produjo mareo. Alargó la mano libre hasta la mejilla de Helen y se la acarició con dulzura. Ahora llevó la otra mano hasta el brazo de la muchacha, y cada nervio en el cuerpo de él gemía de amor por ella. ¡Helen se *estaba* inclinando hacia delante! Se estaba inclinando hacia delante y las lágrimas se le deslizaban en silencio por las mejillas.

Jan no se pudo contener más. Le deslizó los brazos por los hombros y la acercó hacia sí. Entonces los ojos de él se le anegaron de lágrimas. Helen lo empujó hacia atrás y por un terrible momento él se preguntó qué estaba haciendo ella. Pero los labios de la muchacha encontraron los de él y se besaron. Se abrazaron con ternura y se besaron intensamente.

Fue como si él hubiera sido creado para este instante, pensó. Como si fuera un hombre completamente seco en un desierto, y ahora hubiera caído sobre una represa de agua dulce. Bebía de esa represa, desde los labios de ella. Desde este profundo embalse de amor. Los momentos se alargaron, pero el tiempo se había perdido en la pasión que los consumía.

Este solo es un susurro de cómo me siento, Jan.

Otra vez la voz. Suave. Dulce.

Jan soltó a Helen, y juguetearon cada uno con los dedos del otro, mareados, tímidos.

—Se siente demasiado bueno para ser cierto —comentó Helen—. Nunca había sentido esta clase de amor.

Él no respondió sino que se le acercó y la volvió a besar suavemente en los labios. El corazón le pateaba salvajemente en el pecho; si no tenía cuidado podría caer muerto aquí en el Jardín del Edén de Joey.

—Ven —indicó él levantándose y halándola.

Caminaron entre los setos, tomados de la mano, amantes entumecidos por el toque mutuo. Todo lo que veían ahora tenía un brillo celestial. Las flores parecían resplandecer de manera anormal por la luz de la luna. Las sensaciones que experimentaban recorrían afilados bordes, sintiendo, saboreando y olfateando el aire como si estuviera cargado con una pócima preparada para oprimirles el corazón.

Caminaron riendo y soltando risitas nerviosas, atónitos de que se les hubiera prestado tal atención para el beneficio de ellos. Cualquiera que los observara muy bien podría verlos y creer que estaban borrachos. Y en realidad *estaban* borrachos. Cada uno había sorbido de los labios del otro y se hallaban embriagados más allá de su razonamiento. Era un amor consumidor que los avivaba por el jardín. Si se les hubiera ocurrido habrían tratado de caminar sobre el lago.

Pero esto para Jan solo era el principio. No la había llevado al jardín solo para esto. En absoluto. Llegaron a una columna metálica blanca al final de un largo arco florido, y él supo que era el momento. Si no era ahora quizás no lo sería nunca, y definitivamente no podría ser nunca.

Se asió del poste y giró hasta quedar frente a Helen. Ella se paró en seco, sorprendida a menos de tres centímetros entre los dos. El almizclado aliento de la joven cubrió las fosas nasales de Jan. Los ojos de Helen resplandecían azules, y sus labios se extendieron impulsivamente hacia adelante y tocaron los de Jan.

—Te amo, Jan Jovic —susurró ella—. Te amo.

—Entonces cásate conmigo —pidió él.

Helen se quedó paralizada y retrocedió. Se miraron uno al otro, con ojos bien abiertos y vidriosos. Con el pulgar Jan retiró un mechón de cabello de la mejilla de ella.

—Cásate conmigo, Helen. Estamos hechos para ser uno.

La boca de ella se abrió impactada, pero no pudo disimular una sonrisa.

—¿Hablas en serio?

—Estoy locamente enamorado de ti. He estado locamente enamorado de ti desde el momento en que te acercaste a mí en el parque. No imagino poder pasar mis días sin ti. Nací para estar contigo. Cualquier cosa menos que esto me destrozaría.

—Yo… yo no sé qué decir —titubeó ella pestañeando y mirándolo a los ojos.

—Di sí.

—Sí.

Él la besó. Entonces el mundo de Jan comenzó a explotar, y supo que no podía contener la pasión que le estremecía los huesos. Tenía que hacer algo, así que retrocedió y saltó al aire. Gritó y lanzó el puño al aire. Helen rió y saltó sobre la espalda de Jan. Él gritó de sorpresa y no de ningún dolor, y entonces cayeron al césped. Permanecieron allí jadeando, sonriendo a las estrellas y luego uno al otro.

Jan pensó que este era el fin de un largo viaje. Un viaje muy largo que comenzó con la partida del sacerdote hacia el cielo y que ahora ponía a Jan aquí, en un cielo de su propiedad.

Sin embargo, esto solo era el principio. Él también sabía eso, y un terror fugaz se le escurrió en la mente. Pero los embriagadores labios de su futura esposa ahogaron a Jan con un beso, y el terror desapareció.

Por ahora el terror se había ido.

EL TELÉFONO sonó cinco veces antes de que Ivena contestara.

—Aló.

—Buenos días, Ivena.

—Buenos días, Joey.

—¿Cómo está el jardín?

—Bien. Muy bien.

—¿Y las flores?

—Creciendo.

—Hoy llegaron las pruebas, Ivena.

Ella no respondió.

—Es una especie desconocida.

—Sí.

—Son flores… extraordinarias, ¿sabes? —titubeó Joey, y aclaró la garganta—. Quiero decir muy raras.

—Sí, lo sé.

—Mi flor ha enraizado.

El silencio llenó el teléfono.

—¿Ivena?

—Entonces consérvala, Joey. No todo el mundo puede verla.

—Sí, creo que tienes razón. ¿Quieres oír lo que descubrí?

—No ahora —contestó Ivena después de titubear—. Ven en cualquier momento y me lo explicas. Ahora tengo que irme, Joey.

—¿Estás bien, Ivena?

—Nunca he estado mejor. Nunca.

LIBRO TERCERO
EL AMANTE

*«Como un novio que se regocija por su novia,
así tu Dios se regocijará por ti».*

ISAÍAS 62.5, NVI

*«Recuerdo el amor de tu juventud,
tu cariño de novia».*

JEREMÍAS 2.2, NVI

CAPÍTULO VEINTICINCO

Tres meses más tarde

GLENN LUTZ atravesó como un toro el pasaje entre las Torres Gemelas, resollando por el esfuerzo, las manos rojas de sangre. El pasaje no tenía aire acondicionado y el calor de Atlanta al finalizar el día le ingresaba por la piel. Él se estaba sumergiendo en las hirvientes aguas de la locura y no había salvavidas a la vista. Ya no lo calmaba la furia ni la violencia que de vez en cuando propinaba a cualquier alma desprevenida que se le atravesaba. El detective Charlie Wilks había ido tres veces en el último mes, suplicándole que tomara las cosas con calma. Ahora muy bien podía esperar otra llamada, tan pronto como el detective se enterara de la paliza que acababa de administrar. Apalear al primo tercero del alcalde era algo absurdo, por lo cual tal vez Glenn no había podido contenerse.

Quizás un día azotaría al viejo Charlie… ahora haría una jugada inteligente. La relación con el tipo no era tan íntima como una vez había sido. Uno de estos días Charlie podría olvidar el pasado de ellos juntos y enviarle una pandilla de asesinos. Por eso es que Glenn se había tranquilizado. Por eso había dejado tranquilo al predicador. Por eso no había salido con una metralleta ni había atacado a Jan.

—¡Beatrice! —llamó Glenn abriendo de golpe la puerta de la oficina; ella no estaba allí; maldijo, corrió hacia el escritorio y pulsó el intercomunicador—. Beatrice, ven acá. ¡Trae una toalla!

Sostuvo las manos en alto, cuidando de no desordenar mucho. Los nudillos le brillaban de rojo; probablemente la mitad de la sangre era la suya propia.

Beatrice entró, echó una mirada a las manos de Glenn y lanzó una exclamación de desdén.

—Debería dejar esta tontería, ¿sabe? Olvídese de ella —exhortó lanzándole una toalla blanca—. Mañana tiene un almuerzo; ¿cree que la gente no le verá los nudillos pelados?

Él se limpió las manos sin contestarle. Beatrice se estaba volviendo tan osada como Charlie. La mujer se sentó en una de las sillas para visitantes junto al escritorio y analizó a Glenn de modo condescendiente, como si fuera su madre. Él se deslizó en la silla. Era una relación extraña esto de depender por completo de alguien a quien se le detesta en gran manera. Y en realidad, además de Helen, Beatrice era su amiga más querida. Qué pensamiento más horrible.

—Pero apuesto que no piensa renunciar a ella —opinó Beatrice.

—El camino de ella es mi camino.

—Ocasionalmente, es obvio, o ella no seguiría viniendo. Pero ahora está casada con otro hombre. Ha estado casada con él durante dos meses, y no veo papeles de divorcio flotando por ninguna parte. Lo ha escogido a él.

—Ella *no* lo ha escogido a él —objetó Glenn golpeando el escritorio con el puño—. ¡Él es un brujo!

—Es un hombre religioso —corrigió ella—. Y pensé que yo era la bruja.

—Es lo mismo. Nadie la pudo haber arrebatado de ese modo.

—Quizás sería mejor que ella le fuera fiel a él. Mejor para usted, es decir.

Él la miró y frunció el ceño.

Se quedaron en silencio por unos instantes, ella haciendo oscilar una pierna sobre la otra con las manos cruzadas; él meditando en una imagen mental de su puño golpeando ese rostro alargado.

—Debería conseguirse otra mujer, Glenn —sugirió Beatrice.

—Y tú deberías conseguir un poco de sentido común, Beatrice. No hay reemplazo para Helen. Sabes eso.

—¿Por qué? ¿Por algo que sucedió hace veinte años? ¿Porque entonces a usted lo llamaban Peter y lo poseyó una obsesión adolescente por ella? Ya no tiene quince años, Glenn. Y Helen ya no es la reina del baile de graduación. Yo podría encontrar una docena de chicas mejores que ella.

—¡Uf…! —resopló él y asentó ambos puños sobre el escritorio una vez; luego dos veces; le frunció el ceño—. ¿Sabes por qué hago en un solo día lo que tú nunca harás en toda una vida, Beatrice? Te diré por qué. Porque sé cómo conseguir lo que quiero, ¡y tú ni siquiera *sabes* lo que quieres! ¡Porque *estoy* obsesionado! Y tú estás poseída. *Yo* soy tu dueño. Recuerda eso.

Ella pestañeó ante el regaño.

Glenn se reclinó en la silla y cerró los ojos, furioso con Beatrice. En realidad en ocasiones sí se sentía poseído, sin poder actuar por las voces en la cabeza. Pero había sido igual por tanto tiempo como recordaba. Cuando vio por primera vez a Helen en el pasillo del colegio, por ejemplo, usando una falda color azul marino y lamiendo un chupete.

La imagen de ella danzaba sobre la cuerda en los ojos de la mente del hombre. Falda azul agitándose en lentos movimientos. *Uno, dos, amarrarse el zapato; tres, cuatro, cerrar la puerta; cinco, seis, echar una miradita furtiva, imaginar quién soy yo; eso es correcto, y aún no has visto nada.*

—Voy a sacar del apuro a Helen —anunció Glenn, cambiando la mirada hacia la pared de cristal a la izquierda.

Habían pasado dos meses y ahora era el momento. Charlie podría irse al diablo. Glenn ya había jugado bastante con las reglas del tonto.

—¿La va a sacar del apuro? ¿Y cómo va a sacar a Helen del apuro?

—Voy a darle un poco de motivación —contestó él sin mirarla.

—¿El asunto de la película?

—Sí. Pero… más.

Apenas podía ahora oír respirando a Beatrice en la quietud. Fue la manera en que él dijo *más*, pensó. Como en mucho más. Como en terriblemente mucho más. Enfrentó ahora a Beatrice, feliz de que ella se hubiera mantenido en silencio.

—Dicen que el sendero hacia el corazón de algunas mujeres atraviesa el cerebro —manifestó él en voz baja.

—¿Dicen eso?

—Yo lo digo.

—Charlie no se quedará inactivo si usted le hace daño al predicador.

—¿Quién dijo algo respecto del predicador?

Ella se acomodó en la silla, todos los noventa kilos, retorciéndose.

—Te estoy diciendo esto para que dejes de agitar la mandíbula, Beatrice —dictaminó Glenn en voz baja y sonriendo antes de que ella pudiera hacer otra pregunta—. Esto terminará pronto. Voy a forzar el asunto. Puedes cerrar la bocaza, y ser una bruja buena.

Beatrice bajó la mirada, pero no sin su acostumbrada fuerza de carácter. El poder que el hombre tenía sobre ella la había ablandado un poco, pensó él. La mujer aún permanecía en silencio.

—Pues sí, el acuerdo de la película. Quiero que el asunto de la película se haga esta semana. ¿Podemos hacer eso?

—Tal vez. Sí —respondió ella.

—No me importa qué se necesite, Beatrice. Cualquier cosa, ¿entiendes?

—Sí. Esto no parece especialmente inteligente, Glenn.

Las manos de él temblaban sobre el escritorio, pero no dijo nada.

—¿Sabe ella quién es realmente usted?

¡Cállate, Beatrice! ¡Cállate comadreja regordeta!

—No. No, no sabe nada —contestó él después de morderse los labios para tratar de no expresar con palabras los pensamientos—. Y en realidad, tampoco tú. Ni cerca.

Beatrice lo miró por cinco segundos y luego se puso de pie y salió del salón, caminando como un pato negro.

Glenn exhaló lentamente y volvió a reposar la cabeza en la silla; se le fueron los pensamientos sobre Beatrice. Fue Helen quien volvió a llenarle la mente.

Helen, quien lo había eludido por tanto tiempo. Helen, quien estaba a punto de enterarse quién era en realidad su amante. Helen, ese gusano enfermo y de doble ánimo. Helen, dulce, dulce Helen.

HELEN PUSO con cuidado la mesa de desayunar, tarareando distraídamente. Afuera las aves madrugadoras piaban y se movían en brinquitos sobre las ramas de enormes sauces. Había llovido durante la noche, dejando frío el aire y refulgentes los arbustos, despojados del polvo veraniego. Hojas sueltas flotaban en la vidriosa superficie de la piscina. *Estoy en casa*, pensó Helen. *Este es mi hogar.*

La impactó que el tono que había estado tarareando fuera del antiguo himno que Ivena entonaba a menudo: «Jesús, amor de mi alma». Letra antigua pero tono más bien pegajoso una vez que se le oye. Pensar que hace dos meses ni siquiera había oído el tono. Y ahora se hallaba aquí, revoloteando por la cocina de Jan, la cocina de ella, usando una bata rosada de casa, disponiendo cubiertos y jugo de naranja para dos.

Antes ella había oído hablar de idilios arrolladores, pero el suyo con Jan había sido un tornado. Un romance de cuento de hadas, con un libreto perfecto a excepción de la zapatilla de cristal. Hasta la boda había sido extravagante, bajo un sol resplandeciente en ese mismo jardín, el Jardín del Edén de Joey, con un ministro y alrededor de treinta testigos, exactamente cuatro semanas después del día en que Jan pidiera la mano de Helen. Y estas primeras siete semanas habían transcurrido en una confusa felicidad. Casi perfecta.

Casi.

—Buenos días, querida.

Helen se sobresaltó y volteó a mirar hacia la voz. Jan estaba a menos de un paso de ella, sonriendo cálidamente, vestido como para dejar boquiabiertos a todos, con camisa blanca almidonada y corbata roja. Un reflejo de canas le cubría los costados del ondulado cabello rubio oscuro, desordenado sobre esos brillantes ojos color avellana. Su apuesto serbio.

—¿Cómo está mi melocotoncito? —preguntó él acercándosele y besándole la frente.

Ella rió y le besó el pecho sin contestar. Él siempre era así: amoroso, ardiente y saturado de pasión por ella. El amor le brotaba por todos los poros del cuerpo. Y ella no era digna de ese amor. No ella.

—Buenos días. ¿Dormiste bien?

—Como un bebé. Sabes que sigo sin tener el sueño, ni una vez en tres meses. Veinte años con gran regularidad, y entonces entras a mi vida y se acaban los sueños. Dime ahora si no eres un regalo del mismo Dios.

—¿Qué puedo decir? Unos los tenemos y otros no. Preparé el desayuno para nosotros—anunció ella sonriendo.

Él se sentó a la cabecera de la mesa y guiñando un ojo levantó el vaso de jugo de naranja.

—Y definitivamente tú los tienes —expresó él, luego tomó un prolongado trago y bajó el vaso con obvia ceremonia y un largo suspiro—. Perfecta. Es la bebida perfecta para la ocasión.

—¿Ocasión? ¿Qué ocasión?

—Han pasado siete semanas. Siete. El número de la perfección, ¿sabes? Se dice que si tus primeras siete semanas transcurren sin ningún problema, entrarás en siete años sin un solo conflicto.

—Nunca había oído algo así —enunció ella sonriendo.

—Um. Tal vez porque yo lo inventé. Pero es un buen dicho, ¿no lo crees?

—Tú ves las cosas de modo demasiado simplista, encanto —comentó ella uniéndosele ahora en la risa a pesar de sí misma.

Encanto. Helen estaba llamando a este hombre con un término tan cautivador que súbitamente le pareció extraño, al pensar en lo que él no sabía. Pero él era eso y más. Mucho más. Un hombre perfecto. Él la estaba mirando ahora, a través de la mesa como hacía a menudo, obviamente complacido de verla. Ella fingió no notarlo, pero no pudo dejar de ruborizarse.

—¿Tienes demasiadas cosas qué hacer hoy? —preguntó Helen enfocando la conversación hacia asuntos más habituales.

—Hoy. Hoy todo es como de costumbre, pero tengo que volar a Nueva York el viernes.

—¿Otra vez? —objetó Helen pestañeando—. Solo hace tres días estuviste allí.

El corazón de ella se le aceleró ante la revelación.

—Sí, así fue. Y lo siento por tener que dejarte sola en casa otra vez tan pronto. Pero Delmont Pictures llamó anoche e insistió en que tuviéramos esta reunión. Estoy seguro que no es nada. Conoces a esta gente del cine; para ellos todo siempre es urgente —declaró él, sonriendo como si Helen debiera encontrar alguna diversión en eso; pero la mente de ella ya estaba cavilando ante la idea de tener otro fin de semana sola.

—Tal vez Ivena podría venir y quedarse el fin de semana contigo —sugirió Jan, empezando a comer el cereal.

—No. No, estaré bien —contestó Helen devolviéndole la sonrisa—. Tendré que acostumbrarme también a eso, que viene al casarse con una estrella, supongo.

Ella bromeaba.

—Tonterías —objetó él echando la cabeza hacia atrás y riendo—. Y si te casaste con una estrella, entonces yo me casé con una reina.

Ella rió con él y empezó a desayunar. *Oh, querido Jan, ¡no me dejes sola por favor!*

—Además —enunció ella—, no estoy segura que a Ivena le guste que la arranquen de su jardín por todo un fin de semana. ¿Son cosas mías o es que ella es obsesiva?

—Ella está tratando con eso, ¿no es verdad? —contestó él riendo—. ¿Sabes? Creo que desde nuestro matrimonio no he estado en el invernadero. Es más, solo he estado una o dos veces en su casa. En realidad deberíamos visitarla más a menudo.

—Ella nos visita todo el tiempo. Creo que lo prefiere así. Pero sin embargo Ivena parece haber cambiado.

—¿De qué manera?

—No sé. Siempre parece tener prisa por irse a casa. Preocupada.

—No lo he notado. Pero es que mi mente ha estado en otra mujer en los últimos meses.

—Bueno, al menos en eso tienes razón.

Los dos rieron y se dedicaron a sus desayunos.

—¿Estás bien cuando me voy, no es así, Helen? —preguntó Jan.

—Sí, por supuesto. Seguro, desde luego. ¿Por qué no estaría bien?

—¿Una mujer hermosa como tú? —dijo él riendo—. Dime si otro hombre osa incluso mirar en tu dirección mientras pasas por la calle. Lo disciplinaré, prometido. Con mi correa o con un palo.

—No seas tonto. No harías tal cosa.

Él era un hombre adorable. En momentos como este podría dejarla sin aliento con esos comentarios.

—No obstante, eres una mujer hermosa. Ten cuidado por favor.

—No te preocupes, mi siempre protector amante. Tendré cuidado —expresó Helen, y luego desvió otra vez la conversación—. ¿Estará Roald allá?

—¿En Nueva York? Tanto Roald como Karen.

—¿Karen?

—Sí, Karen.

—Entonces la volverás a ver.

—En un tema de conversación. En una reunión. Ella aún *es* la agente coordinadora en esta película, y de su desempeño depende que ganemos o perdamos una tremenda cantidad de dinero. No es que este fuera alguna vez la motivación principal de Karen.

—No, lo eras tú —comentó Helen con una sonrisa—. O tal vez era tu posición.

—Quizás. Betty me dice que ella está viendo a alguien en Nueva York. Un productor. Fue bueno que se mudara para allá.

—Bueno, de todos modos no la necesitas en tu oficina. Tienes a Betty y los demás.

—Pero la oficina está un tanto silenciosa. Roald ha estado solo dos veces allí desde...

—Desde que te casaste con la vagabunda —terminó Helen la frase.

—¡Tonterías!

—Tú sabes que así es como él lo siente. No te preocupes, estoy acostumbrada a eso.

—Y no deberías acostumbrarte a eso —emitió él sonrojándose de repente—. ¡Nunca!

—Está bien, Jan —manifestó ella sin poder evitar sonreír.

—De todos modos, tienes razón —continuó él después de exhalar—. Los otros me han apoyado mucho. Casi es como en los viejos tiempos, solo que sin Roald y Karen. Y a no ser por el flujo de dinero, nunca sabrías que ha cambiado algo. Te lo diré, Helen, nunca he visto tanto dinero. Cuando tratas en millones, el mundo cambia. Hablando de eso, tu Mustang debe estar hoy en el concesionario. ¿Debería hacer que te lo traigan?

—¿De veras?

—Es lo que pediste, ¿no es así? ¡Un convertible rojo!

—Sí.

—Entonces está aquí. Haré que Steve pase por él.

Helen lo miró con una sensación de asombro. Era difícil creer que ella poseyera de veras la mitad de lo que él tenía, lo cual era mucho ahora. Y a él no le molestaba en lo más mínimo. El Mustang era lo menos de eso. Habían pasado la primera semana en Jamaica y allí Jan empezó con los regalos, cada uno dado como si fuera solo una pequeña muestra de amor. Un collar de diamantes en una cena con langosta a la luz de velas, un par de aretes con centelleantes esmeraldas en una playa a la luz de la luna, perfumes increíblemente costosos debajo de la almohada. Una docena de otros obsequios. Pero era la casa nueva que él había concebido para ella, el castillo, solía llamarla Jan, lo que a menudo iluminaba los ojos del hombre. Una casa del doble de tamaño que esta precaria casita. Una adecuada para su novia, no sería nada menos. Ya había comprado las dieciséis hectáreas en que dentro de una semana tenían programado empezar la construcción. Hace dos meses el gasto habría sido inimaginable. Pero al oír ahora a Jan hablar al respecto, nada de menor valor estaría debajo de ellos. Aquello consumía la mayor parte de las energías de él en estos días. El libro, la película, el dinero; esos eran los frutos del amor. Y no parecía haber límites razonables para el deseo de Jan de expresar su amor. Ella era su obsesión.

Y no solo de él.

Jan miró por la ventana.

—¿Sabes? Si no fuera por todo este dinero, me pregunto si Roald habría cumplido con sus amenazas. Creo que él y sus muchachos aún están furiosos, pero el dinero los ha silenciado. No es que me esté quejando; han hecho lo posible por mantener el asunto en privado. Karen también. Pero me pregunto dónde estarían sin el dinero.

—¿Cuestionas la fe de ellos en ti?

—Yo nunca habría tenido esa clase de pensamientos, pero ahora no lo sé. No todo el mundo es tan comprensible o noble como tú, querida mía.

¿Noble? *No, Jan. Quizás yo te haya capturado el corazón, pero no soy noble.*

—El dinero es el adhesivo que nos une ahora a todos —continuó Jan—. El ministerio, la película, el libro… todo parece haberse reducido a unos cuantos millones de dólares.

—Por menos se han peleado guerras —dijo ella.

—Muy cierto. Pero creo que tanto Roald como Karen estarán fuera de nuestras vidas cuando acabe esta película. Por supuesto, no los necesitaremos, ¿de acuerdo? Ahora tenemos suficiente para vivir cómodos en nuestra nueva casa. Estaré libre para viajar a mis anchas, hablando como me gusta. Ni siquiera los rumores de ellos nos afectarán.

—Me parece bien —acotó ella, e hizo una pausa—. ¿Qué rumores?

—Rumores —contestó él parpadeando—. No son nada.

—¿Acerca de mí?

Él titubeó.

—Son acerca de mí. Cuéntame.

Jan suspiró.

—Se escribió un artículo en un importante periódico evangélico, echando sospechas sobre algún líder religioso que se habría casado con una mujer con… cómo lo dijeron ellos… moral cuestionable. ¿Ves? Eso es lo que dicen. Pero no te conocen. Y sin duda no me conocen. Además, como dije, eso no importará tan pronto como se haga la película.

El rostro de Helen se inundó de calor. ¡Eran unos necios! ¡Hipócritas! ¿Cuándo alguno de ellos se había extendido hacia ella con el amor de Cristo? Aun después de que ella orara en público pidiendo perdón en la iglesia de Jan. Y lo había hecho con total sinceridad; sin embargo, ¿se estaban volviendo ahora estos líderes sobre ella, cuestionándole abiertamente la moral? Los hombres eran unos cerdos. En la iglesia o no, era evidente que todos ellos eran iguales. Excepto Jan, por supuesto. La pellizcó la culpa.

¡Y si su esposo descubriera la verdad, ella podría cortarse las muñecas!

—Tienes razón —declaró Jan ante el silencio de Helen—. Es absurdo. No significa nada. Mírame.

Ella lo miró, sintiéndose insignificante y tonta en la mesa de él, pero lo miró. Los ojos de él estaban tristes y la boca formó una leve sonrisa.

—Debes saber una cosa, mi querida Helen. Eres más preciosa para mí que todo lo que pudiera imaginarme. ¿Comprendes? Eres todo para mí.

—Sí, lo sé —contestó ella asintiendo—. Pero es obvio que el mundo no participa de tus sentimientos. Es muy incómodo ser la mitad odiada de una celebridad conocida por el amor.

—No, no, no. No digas eso. Algunos aman mi libro; otros lo odian. No es a mí a quien aman u odian. Y solo porque unos cuantos religiosos se ofenden contigo no significa que todo el mundo te odie —expuso él y sonrió juguetonamente—. Es más, a veces creo que mi propio personal te prefiere a ti sobre mí.

—Sí, bueno esos son Betty, John y Steve. Pero juro que la gente de la iglesia...

Ella meneó la cabeza.

—Y los líderes de la iglesia no son la iglesia, Helen. Nosotros somos la iglesia. Tú y yo. La novia de Cristo. Y tú, querida mía, eres mi novia.

La sonrisa de él era contagiosa, y Helen se la devolvió. Jan aventó la servilleta sobre la mesa.

—Debo irme —manifestó; rodeó la mesa y agarró el rostro de Helen entre sus manos; estas eran manos grandes y tiernas que habían sido endurecidas por la guerra y que ahora no daban nada por sentado—. Te amo, Helen.

—Te amo, Jan.

—Más que palabras —aseveró él, y se inclinó.

Ella cerró los ojos y dejó que él la besara ligeramente en los labios.

Si solo supieras, Jan.

Él le soltó el rostro y cuando ella abrió los ojos Jan ya se hallaba en la puerta principal. Allí se volvió.

—Helen, cuando me haya ido, ten cuidado. Cuida tu corazón. No soportaría perderlo —declaró, luego sonrió y se fue sin esperar una respuesta.

Helen no estaba muy acostumbrada a orar, pero ahora lo hizo.

—Oh, querido Dios, ayúdanos. Ayúdanos por favor. Ayúdame por favor.

CAPÍTULO VEINTISÉIS

IVENA SALIÓ de su casa el viernes por la noche y aspiró una larga bocanada de aire fresco en los pulmones. Las lluvias de los últimos días habían atenuado el calor, y al ver los cielos en efervescencia, pensó que nuevamente llovería esta noche. Janjic se había vuelto a ir a alguna reunión en Nueva York. Quizás ella llamaría a Helen para preguntarle si le gustaría venir a visitarla después. La muchacha era un biberón del cielo, la niña de Jan. Y en algunas maneras también era la niña de Ivena.

La mujer cerró la puerta y pasó por los rosales en la acera. Un automóvil negro rodaba lentamente, avanzando en la misma dirección que ella, hacia el parque a tres cuadras al occidente. Un hombre la miraba distraídamente desde la ventanilla lateral. Truenos retumbaban en el distante horizonte. La brisa barría una fila de enormes y frondosos abetos a lo largo de la calle, como una ola verde. Sí, llovería pronto, pero ella quería caminar al menos unos pocos minutos.

La mente le zumbó con la conciencia de que él estaba cerca. De que Dios estaba cerca. Es más, no había estado tan cerca desde los días siguientes a la muerte de Nadia muchos años atrás. Y cuando Dios estaba cerca, al corazón humano no le iba muy bien, pensó ella. Tendía a convertirse en papilla.

Ivena regresó a mirar su pequeña casa con el invernadero oculto detrás de la elevada cerca blanca. Sin duda Dios estaba allí, extendiéndose por toda esta selva de amor de él. La mujer se detuvo y se puso de cara a la casa, tentada a regresar al jardín. A las flores y la fragancia que las paredes de cristal ya no podían contener. Las verdes enredaderas no solo se habían apoderado del jardín sino de su propio corazón, pensó Ivena. Entrar al invernadero era como ingresar al tribunal interno, al pecho de Dios. En cierta ocasión había olido las flores a una cuadra de la casa y temió que alguien hubiera entrado. Había corrido todo el trayecto solo para hallarlas bamboleándose en medio de la suave brisa que a veces atravesaba el sitio. No había podido localizar el origen de esa brisa.

Ivena se volvió y siguió su caminata; necesitaba el ejercicio.

No se podía ir muy lejos del jardín sin que la invadiera el deseo de regresar. Y había notado algo más. Estaba recordando cosas muy claramente por alguna razón. El recuerdo de la expresión del rostro de su hija cuando esa bestia

Karadzic había jalado el gatillo. El recuerdo hasta de la respiración uniforme de Nadia. Y la leve sonrisa. «Yo oí la risa», había dicho la niña.

—Oh, Padre, muéstrame tu risa —susurró Ivena en voz baja, caminando ahora envuelta en sus brazos.

¡Bum!

Ivena se estremeció. Fue un trueno, pero muy bien pudo haber sido la bala en la cabeza de Nadia.

Suspiró.

—Sabes que te amo, Padre. Pero todavía no parece correcto que te hayas llevado a Nadia delante de mí. ¿Por qué debo esperar?

Un día ella se iba a reunir con su hija y era probable que ese día no llegara tan rápido. No sería hoy. En primer lugar su cuerpo no estaba mostrando señales de deterioro. Podrían pasar otros cincuenta años antes de que causas naturales se la llevaran. En segundo lugar, debía representar un papel en este drama acerca de ella. Este juego de pasión. Sabía eso como sabía que le corría sangre por las venas, invisible pero emergiendo con vida.

Nadia había oído la risa del cielo, y el sacerdote había *reído* la risa del cielo, exactamente allí en la cruz, suplicando irse. Ahora Janjic había oído los cielos llorando.

Y luego Cristo había plantado su amor por Helen en el corazón de Janjic.

Una vez que Ivena lo entendió, supo que se hallaba en un juego de pasión. Estaban caminando por el Cantar de Salomón. El jardín de Salomón, lo más probable. Un rocío de amor desde el cielo, para el bien de los mortales que vagaban por ahí, ajenos al desesperado anhelo del Creador.

—¿Y qué de mí, Padre? ¿Cuándo oiré tan claramente?

Solo le respondieron lejanos estruendos. La mujer llegó a la entrada del parque y decidió caminar alrededor una vez antes de volver a casa, ojalá antes de que lloviera.

Este drama que se desarrollaba detrás de los ojos del hombre era algo grandioso; mucho más que la construcción de grandes ciudades o imponentes pirámides. Más grandioso que ganar guerras. Tenía una sensación de mucho más noble propósito. Como si el destino de un millón de almas dependiera del equilibrio de estas pocas vidas. De la historia de Janjic. *La danza de los muertos.* El padre Michael, Nadia, Ivena, Janjic, Helen, Glenn Lutz... ellos eran los principales actores aquí en la tierra. Y las masas vivían ajenas a la lucha, mientras se estaba decidiendo su propio destino.

Ivena no encontraba por ninguna el cómo y el porqué; solo esta vívida sensación de propósito. Pero estaba segura de algo: Este juego de pasión no había acabado. Janjic podría hacer esta película, pero aún no estaba completa la historia. Y ahora ella recibía el llamado a representar un papel mayor. Tenía el beneficio del jardín, pero por increíble que fuera, ansiaba más. Un atisbo del mismísimo cielo.

—Muéstrame, Padre. ¿No me lo puedes mostrar? Le mostraste a Nadia, al padre Michael y a Janjic. Ahora muéstrame. No me dejes a mi suerte aquí afuera en el viento.

Ivena constató que a excepción de ella no había nadie en el parque. El auto que había visto rodar se hallaba estacionado cerca de los edificios anexos a la derecha, pero no se veía a nadie. Había un viento cálido que le soplaba el cabello, llevándole el aroma de hierba recién cortada. Esto le recordó las fragancias del jardín en que Janjic y Helen se casaron. Una sonrisa le abultó las mejillas ante el recuerdo. Janjic había invitado a algunos de sus amigos más íntimos y a todos sus empleados a una fiesta con cena, explicó lo que sentía, y luego presentó a su novia.

En su mayor parte era un grupo conservador, y todos miraban boquiabiertos a la querida Helen como si ella viniera de una cultura recién descubierta. Pero Betty, la maternal dama, había ofrecido un vehemente discurso en defensa del amor, lo que acabó con las dudas de ellos, pensó Ivena. Al menos con algunas de esas dudas. Las demás se habían desvanecido lentamente en las semanas siguientes. No todos los días un hombre tan respetable como Janjic cambiaba su compromiso por otra mujer. Especialmente después de solo dos semanas.

La ceremonia había sido sencilla y sensacional. El ambiente era idílico, sí, con todas esas flores y arbustos perfectamente cuidados, pero fue ver a Janjic y a Helen juntos lo que transformó el acontecimiento en un día inolvidable. Su querido serbio sencillamente no podía dejar de mirar a su novia. Este anduvo todo el día tropezándose y sonriendo de oreja a oreja, respondiendo lentamente cuando le hablaban, muy tímido y completamente entusiasmado. Esto bastó para mantener toda la fiesta en un perpetuo resplandor. Si solo ellos supieran la verdad: que esta demostración era nada menos que un torpe intento de los mortales por contener en el corazón algunas de las células del corazón de Dios.

El amor de la pareja no se había detenido allí, por supuesto. Los dos eran inseparables. Sin embargo, a pesar del amor de Janjic, él seguía siendo humano. Tan humano como siempre y a veces más, pensó Ivena.

Y Helen… Helen era categóricamente humana.

Una sombra se movió a la izquierda e Ivena se volvió. Dos hombres se le acercaban, enormes tipos vestidos con pantalones negros de algodón, mirando algo por sobre ella. Habían aparecido más bien de repente, pensó Ivena. Un instante antes el parque estaba vacío, y ahora estos dos corrían hacia ella a grandes zancadas, al momento a menos de tres metros. ¿Cómo era posible eso? La dama siguió caminando y giró a la derecha para ver qué había captado la atención de los sujetos. Pero no había nada.

Ivena acababa de empezar a regresar cuando una mano le sujetó el rostro. ¡Habían llegado directo hacia ella!

—¡Oiga!

Su grito fue sofocado por un pedazo de tela. ¡El hombre la estaba asfixiando! *Oh, amado Dios, ¡estos tipos me están atacando!*

—¡Oiga! —volvió a gritar ella, agitando los brazos.

La voz fue completamente ahogada esta vez por la mano, pero Ivena se las arregló para golpear algo suave, y oyó un resoplido.

Un fuerte olor metálico le hizo arder los orificios de la nariz, directamente por los senos nasales. ¡La estaban drogando! La mente de Ivena comenzó a flotar. Un trueno volvió a retumbar, más fuerte esta vez, a menos que así se sintiera ser drogada. Nubarrones negros le oscurecieron la visión. Les gritó a los sujetos, pero se dio cuenta que no salía ningún sonido. Fue un lamento desde su propio mundo borroso.

Preguntó: *¿Me estoy muriendo? ¿Me estoy muriendo?*

Pero Ivena no lo supo, porque su pregunta fue a parar en una ciénaga de oscuridad. Se desplomó en los brazos de sus atacantes.

LLOVÍA A cántaros, trayendo una hora antes el crepúsculo sobre Atlanta. Helen estaba ante la puerta corrediza del patio viendo las gotas danzar furiosamente sobre la superficie de la piscina. Detrás de ella la casa yacía en tenues sombras, en silencio excepto por el apagado rugido de la lluvia. Realmente debería encender las luces, pero ahora mismo le faltaba la motivación para moverse.

Jan había salido para Nueva York. En este instante él estaría hasta la coronilla de reuniones, siendo importante. Siendo la estrella. *Te necesito, Jan. Necesito…*

¿Que necesitas qué, Helen? ¿A Jan? ¿O las sensaciones que él te provocará? Llama a Ivena.

Hizo crujir los dientes. Las ansias le habían empezado al mediodía, una confusa mezcla de deseo y horror le taponaba el pecho. Físicamente no era adicta, ella lo sabía porque había roto su adicción en esas primeras cuatro semanas de abstinencia, con la ayuda de un consejero en drogas, como lo llamaba Jan. No obstante, la mente estaba ansiando; el *corazón* parecía viciado. Ella no entendía cómo funcionaba todo eso, pero sí sabía que tenía viciada la mente. No podía romper la desesperación que le rugía por las venas. Dependencia física habría sido más fácil, pensó. Al menos con esa dependencia tendría una excusa que la gente entendería.

Pero estas ansias quizás eran peores. Le traspasaban todo el cuerpo.

Pero se trataba más que la droga. Helen quería el palacio. Ese lugar horrible, terrible y maligno. Ese lugar maravilloso. Fue entender esto lo que le hizo sentir vergüenza.

Deberías llamar a Ivena, Helen.

¡No! Helen se volvió de la puerta. Tomó su decisión en ese momento, y se le rompieron las ataduras de la desesperación. Corrió hacia el teléfono y lo agarró de la pared. Ahora era solo deseo lo que le inundaba la mente, y se sentía bien. Dios, ella había extrañado esa sensación. No, no Dios… Quitó de la mente el pensamiento.

La bruja contestó el teléfono.

—Beatrice. Soy Helen.

—¿Sí?

—¿Puedes enviar un auto?

—La moza quiere regresar, ¿no es así? ¿Y si Glenn no estuviera aquí?

—¿Está?

Silencio. La mujer obviamente quería decir no. Pero su silencio ya había contestado.

—No sabes con qué te estás ensuciando, cariño.

—Cállate, vieja bruja. Simplemente consígueme un auto. Y no te tomes todo el día.

Ella oyó algunas palabrotas dichas entre dientes. El teléfono quedó en silencio.

Helen colgó y se fue hasta la ventana, mordiéndose las uñas. El corazón le palpitaba ahora con expectativa. Llovía a mares, cubriendo el concreto con una gruesa niebla de su propia salpicadura. Esta lluvia tenebrosa era como un escudo. Lo que sucediera ahora se habría ido cuando saliera el sol.

Corrió alrededor de la casa, encendiendo luces con manos temblorosas. Se cambió rápidamente a jeans y una camiseta amarilla. Cuando el auto paró quince minutos después, Helen salió disparada de la casa, abrió de un jalón la puerta trasera del vehículo, y subió. El conductor era Buck. La muchacha se reclinó en la seguridad de la oscura cabina y respiró hondo. El delicioso aroma de humo de cigarrillo colmaba el auto.

—¿Te puedo gorronear un cigarrillo, Buck?

Sin contestar, él le pasó hacia atrás un paquete de Camel. Ella encendió un cigarrillo y aspiró el tabaco. Sobre el techo resonaba la lluvia. El humo le llenó los pulmones, y la mujer sonrió. Estaba yendo a casa, pensó. Solo para una visita, pero definitivamente estaba yendo a casa.

Diez minutos después estacionaron en el garaje de la torre y subieron por el ascensor privado; sonó una campanilla en el último piso, y Helen ingresó al paso elevado que llevaba al palacio.

—Entra —dijo Buck—. Él está esperándote.

¿Está esperando? ¡Desde luego que estaba esperando! Glenn estaría esperando de rodillas. Y Jan... Ella aplacó el pensamiento.

Se arrastró por el pasillo vacío, esperando ver a la bruja en cualquier momento. Pero Beatrice no estaba aquí para recibirla. Helen se detuvo ante la puerta de entrada e intentó tranquilizarse. Pero el pulso no tenía tranquilidad. *Esto es una locura, Helen. Esto es muerte.* Fue el último pensamiento antes de que la puerta fluctuara hacia adentro bajo la presión de su mano.

La joven entró al palacio.

Música la recibió. Un suave saxofón rítmico; el sonido de Bert Kampfort, la preferencia de Glenn en melodías sensuales. Las luces centelleaban en tonos rojos y amarillos. Era increíble creer que ella hubiera estado aquí exactamente el fin de semana pasado y aún el ambiente le cayera encima como una ola de placer perdida hace mucho tiempo. La pista de baile reflejaba lentamente rotaciones de luz claramente definidas desde la bola reflejante en lo alto.

—Helen.

¡Glenn! Ella giró sobre sí misma hacia la voz. Él estaba parado cerca del sofá debajo de la cabeza de león.

—Hola, Glenn.

Helen puso los pies adentro. El hombre usaba los pantalones blancos de poliéster, y estaba descalzo sobre la gruesa alfombra. Una camisa hawaiana amarilla le colgaba holgada en el torso. Los labios sudados estaban despegados hacia atrás en una amplia sonrisa, revelando la torcida dentadura. Esta parte de Glenn, esta maloliente e inmunda parte, no se había alojado muy bien en la memoria de ella, pero ahora salía furiosa a la superficie. La muchacha necesitaba las drogas. Estas mitigarían la repulsión.

Helen se detuvo a tres pasos de él y le vio por primera vez las sombras húmedas en las mejillas. Glenn había estado llorando. Y no era una sonrisa sino una mueca la que le contraía el rostro; las piernas le temblaban.

—¿Glenn? ¿Qué pasa? ¿Estás bien?

Él se dejó caer pesadamente en el sofá, llorando ahora abiertamente.

—¿Por qué estás llorando?

—Tú me estás matando, Helen —confesó refunfuñando a través de los chuecos dientes; y luego declaró como un niño extraviado—. No puedo soportar cuando te vas. Te extraño demasiado.

El tipo estaba enfermo, pensó ella, y no estaba segura si sentir tristeza o repulsión por él. Grandes manchas de sudor le oscurecían la camisa en las axilas y ella le olió la fetidez de los sobacos.

—Lo siento, Glenn...

Él gruñó como un cerdo y salió del sofá como un bólido en un arranque de ira. El puño la golpeó furiosamente en el plexo solar y ella se dobló sobre el brazo del hombre. Dolor le recorrió por el vientre. El puño volvió a estrellársele en la coronilla de la cabeza y entonces cayó tendida en el suelo.

—¡Me estás matando! —gritó él—. ¿No sabes eso, Helen? ¡Me estás matando aquí!

La muchacha se enrolló en una bola, tratando desesperadamente de respirar.

—¿Helen? ¿Me oyes? Contéstame —suplicó él arrodillándose sobre ella, respirando con dificultad—. ¿Estás bien, querida?

Glenn se le acercó más, de modo que el aliento le bañó el rostro a Helen, quien tomó una bocanada de aire y gimió.

Una lengua húmeda y cálida se le deslizó en la mejilla. Él la estaba lamiendo. Le lamía la cara. Ella chapaleó en una repentina urgencia de volverse y arrancarle esa lengua con los dientes. Eso significaría morir.

—Helen, mi amor, te extrañé muchísimo.

Ella pudo respirar ahora y él fingió una sonrisa.

—Glenn, cariño. Dame un poco de droga. Por favor.

—¿Quieres un poco de droga, encanto? —preguntó él, como si ella fuera su bebé.

—Sí.

—Implora.

—Por favor, Glenn —suplicó, y lo besó.

Él saltó del piso como un niño ahora.

—Te tengo una sorpresa, Helen. ¿Qué quieres primero, la droga o la sorpresa?

Ella se levantó hasta quedar de rodillas. Los ojos de Glenn centelleaban de complacencia.

—¿Tienes que preguntar? —objetó ella pasándole seductoramente un dedo por el brazo—. Sabes cuánto me gusta volar, encanto.

Glenn echó la cabeza hacia atrás y rió a carcajadas. Ella creyó que él había enloquecido. Realmente se había deschavetado. La llevó al bar de donde extrajo un montoncito de polvo y un minuto después Helen ya se sentía mejor.

—Ahora la sorpresa —insistió él con una extraña sonrisa.

—Sí, la sorpresa —gritó Helen, levantando el puño; ahora se estaba sintiendo muchísimo mejor—. Guíame, mi rey.

Los ojos de Glenn resplandecieron pícaramente y trotó hacia el apartamento. Ella lo siguió, riendo ahora entre dientes.

—¿Qué es? ¿Qué es, Glenn?

—¡Ya verás! ¡Te encantará!

El gordinflón atravesó la puerta y se paró en seco. Helen entró a tropezones y miró alrededor del apartamento.

—¿Dónde? ¿Qué es?

Los ojos de Glenn refulgieron, bien abiertos, ansiosos. Mantuvo la mirada en ella y se arrastró hasta la puerta del baño.

—¿Está aquí? —preguntó él en tono de juego, y abrió la puerta.

Helen miró adentro. Nada.

—No. Déjate de bromas, enorme zoquete.

—¿Está aquí? —volvió a inquirir él, levantando la colcha.

—Vamos, Glenn, me estás enloqueciendo. Muéstrame.

Él fue hasta el clóset, con los ojos abiertos de par en par, una enorme sonrisa le dividía el rostro.

—¿Está aquí? —repitió él la pregunta.

—¿A qué estás jugando, tonto…?

Las palabras de ella se le atoraron en la garganta. El clóset estaba abierto. Allí estaba una persona, atada como una momia y apoyada en el rincón. Una mujer.

¡Ivena!

Al principio Helen no comprendió lo que estaba viendo. ¿Por qué estaba aquí Ivena? ¿Y no era extraño que estuviera amarrada de ese modo? Los ojos de la dama se abrieron, mirándola, manando lágrimas que le humedecían la mordaza en la boca.

Un profundo entendimiento cayó lentamente sobre Helen como un flujo de lava ardiente, quemándole la mente a pesar de su estado de aletargamiento. ¡Glenn había llevado a Ivena al palacio! Y le había hecho daño, tanto como para hacerle sangrar la nariz y amoratarle el rostro.

Esos delicados ojos marrones miraban a Helen, quien sintió que el corazón se le empezaba a partir.

—¿Ivena? —exclamó con voz ronca.

—¿Te gusta mi sorpresa, Helen? —indagó Glenn, quien ya no sonreía.

—Oh, Ivena. Oh, Dios, ¡Ivena!

Helen se desplomó de rodillas. El mundo le comenzó a flotar. Quizás este era uno de esos viajes malos.

Glenn estaba riendo ahora. Él disfrutaba esto. Todo el cuerpo se le estremecía como un tazón de gelatina, y Helen consideró estrafalario todo eso. La puerta del clóset estaba cerrada ahora, y ella se preguntó qué había visto allí dentro. Soñó que Glenn había atado y amordazado a Ivena, precisamente a ella, y que la había apoyado de pie en el clóset. Santo Dios, estaba alucinando en mala forma.

Helen rió con Glenn, analizando la situación al principio. Pero cuando él aulló con humor, ella tiró la compostura por la ventana y se le unió, riendo hasta que difícilmente se podía poner de rodillas, mucho menos de pie.

El mundo entró flotando suavemente en un lugar de confusos bordes y cálidas sensaciones. Ella estaba en casa, ¿verdad que sí? Las manos levantadas sobre la cama.

Sí, Helen había vuelto a casa.

CAPÍTULO VEINTISIETE

LA TREMENDA tormenta que azotaba Atlanta se extendió también hacia la costa este y lanzó esa noche lluvia sobre Nueva York. Pero en el exquisito ambiente de la Comida Fina de Brazario, el grupo de Delmont Pictures era totalmente ajeno a esto. Aquí la luz era tenue, el aroma de café delicioso, y afables las risas. Jan agarró su cangrejo de concha suave y asintió a la aseveración de Tony Berhart de que una película estaba destinada al éxito si podía hacer llorar a las mujeres. Bueno, *La danza de los muertos* también haría llorar a la mayoría de hombres, opinó él, y eso la haría imparable. El vicepresidente de adquisiciones del estudio hizo un brindis para acentuar su punto.

—Brindemos, brindemos —concordó Roald levantando la copa en admisión.

Jan, Karen y Roald habían llegado en vuelos diferentes, todos de estados separados, y los viejos amigos se reunieron en Delmont Pictures.

Karen estaba frente a la mesa a la derecha de Jan. Tres velas rojas ardían entre ellos, emitiendo un brillo anaranjado sobre el rostro de ella, quien reía con Roald. La joven había perfeccionado el arte de socializar como pocos que Jan conociera, riendo en el momento preciso pero también sabiendo cuándo detenerse y ser escuchada.

Jan pensó otra vez en el encuentro que tuvieran solo una hora antes. Soplaba el viento cuando él llegó al restaurante, y sostuvo la puerta para una dama que se acercaba por la izquierda. Ella estaba a menos de metro y medio antes de que se reconocieran mutuamente.

Karen.

La mujer se paró en seco como si la hubieran abofeteado.

—Hola, Karen.

—Hola, Jan —contestó ella recuperándose rápidamente y pasando al lado de Jan, quien entró detrás.

—Así que aquí estamos de nuevo —comentó él—. Nos volvemos a reunir después de todo.

—Sí —respondió ella echándole una rápida mirada, y luego buscando en el vestíbulo alguna señal de sus anfitriones—. Deberían estar aquí. ¿Has visto a Roald?

—No. No, acabé de llegar. ¿Estás bien, Karen?

—¿A qué te refieres?

—Sabes a qué me refiero.

—Estoy bien, Jan. Relacionémonos sencillamente con la película. Podemos hacerlo, ¿de acuerdo?

—Sí… Oí que te estabas viendo con alguien. Me alegro.

—Yo también. No hablemos de eso ahora. Haz lo que tengas que hacer, y déjame hacer lo mío. ¿Está bien? ¿Dónde está Roald? —averiguó ella estirando el cuello para ver.

—En realidad no tuve alternativa, Karen. Comprendes eso, ¿verdad?

—No sé, Jan. ¿Y tú?

—No sé qué hayas oído, y no espero que entiendas, pero lo que sucedió entre Helen y yo estaba más allá de nosotros. Dios no ha terminado con esta historia.

—¿Y qué nos pasa al resto de nosotros, pobres almas tristes, mientras Dios concluye tu historia? Quedamos simplemente pisoteados por el bien mayor, ¿es así?

—No. Pero este amor por Helen vino del Señor. La atracción entre tú y yo se extravió de alguna manera. Sin duda ahora ves eso.

—Ah, vamos, Jan. No eches esto sobre Dios. ¿Sabes cuán ridículo se oye? ¿Me echaste por otra mujer porque Dios te dijo que lo hicieras?

—Entonces olvida cómo sucedió. ¿Éramos realmente el uno para el otro? Ya estás con otro hombre. Y yo estoy con otra mujer.

Ella dejó la búsqueda y miró a Jan a los ojos sin contestar.

—Quedamos atrapados en el frenesí de la situación —continuó Jan—. Quizás estabas tan interesada en *La danza de los muertos*, en la franquicia de Jan Jovic, como en mí.

—Quizás —respondió finalmente Karen—. ¿Y en qué convertiría eso a tu atracción por mí?

—En un fuerte encaprichamiento con la mujer que me convirtió en estrella —dijo él, y sonrió.

Se sostuvieron la mirada.

—Hace un mes te habría abofeteado por decir eso.

Roald entró entonces y eso terminó al instante la conversación.

Ahora ella lo miraba a través de la mesa, y sonreía, orgullosa de su proyecto favorito. Profesionalmente alegre de estar con el autor de *La danza de los muertos*, aunque no de ser la novia de él.

—Bueno, estoy seguro que se están preguntando por qué los convocamos a todos aquí tan repentinamente —expresó Tony—. Apreciamos su comprensión.

La mesa quedó en silencio. El ejecutivo de Delmont Pictures los miró y depositó la mirada en Jan.

—Estoy seguro que Karen les ha dicho que ha habido un cambio —anunció con una sonrisa—. Este es el modo en que nos gusta presentar cambios en el mundo del entretenimiento. Primero agasajamos y después discutimos asuntos.

Se oyeron unas risitas.

—Pero permítanme asegurarles que les encantará lo que tengo que decirles. El contrato que firmaron con Delmont Pictures permite al estudio vender los derechos de la película a nuestra discreción mientras materialmente no les afecte a ustedes. Es algo que haríamos solo si estuviéramos claros que la venta tendría sentido fiscal para todas las partes. Hemos recibido y aceptado una oferta.

¿Qué significaba eso? Jan miró a Karen.

—Ustedes están vendiendo la película. ¿Por qué? —quiso saber ella.

—Sí, estamos vendiendo la película. El trato nos garantiza una buena utilidad y les ofrece a ustedes un mejor pago. Tres millones de dólares adicionales a la finalización.

Ellos se quedaron atónitos. Fue Karen quien presionó primero por detalles.

—Perdone mi ignorancia aquí, Tony. Pero, ¿por qué?

—Se trata de un estudio recién constituido, del que estoy seguro que has oído hablar. ¿Dreamscape Pictures?

Ella asintió.

—¿Tienen esa cantidad de dinero?

—Sí. Lo importante es que quieren garantía total de que ustedes cumplirán el contrato, por lo que añadieron un incentivo de tres millones. Es obvio que se están extendiendo en este acuerdo y no se pueden dar el lujo de ninguna equivocación. Y, si ustedes quieren saberlo, creo que esa fue una jugada inteligente de parte de ellos. Esta película hará un dineral. Una empresa nueva como Dreamscape podría usar eso.

—¿Y por qué no ustedes?

—Porque diez millones en el banco siempre derrotarán a cien millones en la mesa —respondió Tony encogiendo los hombros—. Si significa algo para ustedes, voté contra el acuerdo.

—En resumidas cuentas nosotros no perdemos nada —opinó Roald, hablando por primera vez—. Y quedando iguales todas las cosas, ganamos tres millones de dólares. ¿Qué hay con la producción y la distribución? ¿Saben su negocio esos tipos?

—Tienen socios sólidos. Y con la cantidad de dinero que están poniendo en el acuerdo, ustedes pueden apostar que no se conformarán con una película casera. Ustedes tendrán lo que quieren.

—¿Qué clase de contrato? —preguntó Karen.

—Prácticamente igual al existente. Como dije, ellos sí están interesados en proteger la inversión que hicieron.

—Bien —dijo Karen asintiendo—. Entonces creo que son imperativas las felicitaciones, Tony. Nos has hecho un bien.

—¿Qué crees, Jan? —preguntó el ejecutivo mirándolo a los ojos.

—Creo que Karen tiene razón. Si ellos quieren pagarnos tres millones de dólares por lo que de todos modos ya hemos hecho, no rechazaremos su dinero. ¿Así que ahora tenemos un trato de ocho millones de dólares? ¿No es eso muchísimo dinero?

—Eso es excepcional, Jan —opinó Roald—. Y Karen tiene razón: Tony, en cuanto a nosotros has hecho muy bien. Creo que esto exige una celebración.

—Estamos celebrando, Roald —objetó Tony riendo—. ¿Es que no te das cuenta?

La reunión se convirtió entonces en una celebración, por otras dos horas, bebiendo, riendo y disfrutando los beneficios de la riqueza. En muchas maneras la noche era para Jan como la cima de una montaña. No solo que Dios le había obsequiado a Helen, parecía que le había devuelto el favor del mundo. Con Karen, Roald y *La danza de los muertos*. Todo volvería ahora a la normalidad. Y la normalidad como un millonario era algo que le empezaba a gustar. Muchísimo.

HELEN ABRIÓ los ojos y miró el reloj en la cama. Eran las diez de la mañana. Vagos recuerdos de la noche le flotaron en la mente. Había llamado a Glenn...

Helen se incorporó sobresaltada. ¡Se hallaba en el palacio! Y Jan... Jan estaba en Nueva York. Ella se dejó caer, inundada de alivio. Pero el sentimiento la abandonó en un minuto.

Rodó de espalda y gimió. Lluvia aún salpicaba en la ventana. Jan no tenía programado volver hasta el día siguiente, domingo, pero habría llamado, sin duda. Ella tendría que inventar una historia razonable para no contestar el teléfono.

¡Oh, querido Jan! ¿Qué he hecho? ¿Qué he hecho y adónde he ido a parar? Helen se puso una mano en los ojos y luchó con las olas de desesperación que le chocaban en el pecho. Uno de estos días tendría que acabar con esta locura. O quizás Glenn lo haría por ella. Se le ocurrió la idea de clamar a Dios, pero la rechazó. Este no era ningún mundo fantasioso atiborrado de visiones, mártires y un Dios que hablaba en la oscuridad. Esto no era *La danza de los muertos* de Jan. Este era el mundo real. El mundo de Glenn. Jan había crecido en una tierra totalmente distinta. Tanto Jan como Ivena... su esposo y su madre. Madre Ivena...

Ivena.

¡Ivena!

Un escalofrío le aguijoneó la columna. Helen se arrastró de la cama, entrecerrando los ojos debido a un punzante dolor de cabeza. Había imaginado ver a la querida mujer atada y amordazada. Helen abrió la puerta del clóset.

Estaba vacía. *¡Oh, gracias, Dios! ¡Gracias!* Así que lo había imaginado todo, entonces. Las drogas podrían hacer eso con mucha facilidad. Se metió al baño, se salpicó agua en el rostro y se cepilló los dientes. Tendría que ir a casa... a casa de Jan. A la casa de ella. ¡Fue una insensatez venir aquí! *Esta es la última vez.*

Dejó de cepillarse y se miró en el espejo, le brotaba espuma blanca de la boca. *Esta es la última vez, ¿entiendes? ¿Entiendes eso, Helen? Nunca más.* De repente escupió al espejo, salpicándolo con pasta dental.

—¡Me produces náuseas! —susurró y se enjuagó la boca.

Se puso los jeans azules y se escabulló del apartamento, dirigiéndose al bar y a un cigarrillo. Quizás a un trago. El enorme salón yacía en sombras, sin ninguna luz a no ser el gris de mal augurio que lograba atravesar las lejanas ventanas. Los pilares del salón se erguían como fantasmas en el silencio. Ella viró a la derecha y se dirigió al bar.

Había llegado al mostrador y se estaba inclinando por encima cuando oyó el sonido. Un suave bufido. Un gemido de viento. No, ¡un suave bufido!

Se volvió y enfrentó las sombras.

Allí había una figura, sus ojos blancos la miraban desde la penumbra.

Helen saltó, aterrada. La forma era humana, atada a una silla, amordazada. Helen no se pudo mover. Por el momento solo pudo quedarse con la mirada fija mientras el corazón le palpitaba en los oídos y aquella mujer la taladraba con esos ojos blancos.

Era Ivena. Por supuesto, era Ivena, y eso no había sido un sueño anoche. Glenn había agarrado a la mujer y...

El horror le produjo náuseas repentinas en el estómago. Se llevó la mano a la boca y trató de no perder la calma. La injusticia de esto, la maldad de esto, ¿cómo podía algún humano hacer algo así? Y entonces Helen supo que estaba mirando un espejo. No un espejo real porque era Ivena quien se hallaba atada a la silla a siete metros de distancia. Sino un espejo porque ella no estaba menos atada que Ivena. Helen se estaba mirando a sí misma y la escena la hacía verse nauseabunda. Pero a diferencia de Ivena, ella había venido aquí voluntariamente. Con deseo, como un perro hacia su propio vómito.

Un gemido brotó de la boca de Helen, quien salió a tropezones hacia delante, agarrándose el estómago con una mano. No podía interpretar la expresión de Ivena debido a la mordaza, pero tenía los ojos abiertos de par en par. Las cuerdas le presionaban la carne... el vestido rosado que usaba estaba desgarrado, Helen pudo ver eso mientras se acercaba. Y sí, tenía el rostro amoratado en mala manera.

Un nudo se le alojó a Helen en la garganta, dejando que saliera solo un ligero gemido. Lágrimas le empañaron la vista. Debía quitar esa mordaza. Llena de pánico corrió hasta donde Ivena y arrancó la tira de sábana que le habían envuelto alrededor de la boca. Debió tirar con fuerza, e Ivena hizo un gesto de dolor, pero la mordaza se soltó, dejándole al descubierto el rostro. La mujer estaba llorando con la boca abierta y los labios temblorosos.

Helen buscó los nudos que ataban a Ivena. Halló uno en la cintura y lo jaló, lloriqueando de pánico.

—¿Estás herida? ¿Te hizo daño él?

Desde luego que estaba herida.

—Deja los nudos, Helen —expresó Ivena en voz baja—. Él solo me lastimará más.

Helen tiró de las cuerdas, desesperada por liberarla.

—Helen, por favor. No lo hagas por favor.

La joven resolló en frustración y golpeó la silla con la palma de la mano. Cayó de rodillas, bajó la cabeza hasta el hombro de Ivena, y lloró amargamente.

No hablaron por todo un minuto. Se estremecieron con sollozos y se humedecieron los rostros con lágrimas, Ivena atada a la silla y Helen de rodillas a su lado. Ivena tenía razón: ella no podía desatarla; Glenn las mataría a ambas.

—Shshshshsh… —susurró Ivena, recuperándose—. Quédate tranquila, hija.

—¡Lo siento, Ivena! Lo siento mucho.

No había palabras para esto.

—Lo sé, Helen. Todo estará bien.

Helen se enderezó y miró a la mujer mayor, Aún tenía en la mano la mordaza hecha de sábana, y con ella secó cuidadosamente la cara de Ivena.

—Él es un monstruo, Ivena —enunció y se puso a llorar otra vez.

—Lo sé. Es una bestia.

—¿Cuánto tiempo has estado aquí?

—Desde ayer, me atacaron…

Ivena apartó el rostro.

Si la hubiera llamado para pasar el fin de semana como sugiriera Jan, ella estaría sana y salva, pensó Helen. *¡Yo le he hecho esto!*

Ivena pareció recuperar algo de resolución. Ajustó la barbilla y tragó saliva.

—¿Y por qué estás aquí, Helen?

¿No lo sabía Ivena? ¡Ella no había sospechado! Helen se llevó las manos al rostro y lo ocultó, totalmente avergonzada. Se apartó y lloró en silencio.

—Ven acá, hija.

Helen permaneció paralizada.

—Sí, es algo terrible. Pero ya está hecho. Ahora serás perdonada.

—¿Cómo puedes decir eso? —preguntó Helen volviéndose a Ivena—. ¿Cómo puede alguien decir eso? Mírate. Estás atada a una silla, apaleada y sangrando, ¿y me estás hablando de perdón? ¡No es justo!

—No, querida, estás equivocada. Perdonar es amar; el amor nos lleva más allá de la muerte. Debes saber algo, Helen. Debes escucharme y recordar lo que ahora te digo. ¿Estás escuchando?

Helen asintió.

—La sangre está en el mismo centro de la historia humana. El derramamiento de sangre, la entrega de sangre, el despojo de sangre. Sin derramamiento de sangre no hay perdón. Sin el derramamiento de sangre no hay *necesidad* de perdón. Todo se trata de vida y muerte, pero el sendero de la vida corre a través de la muerte. ¿Tiene esto algún sentido?

—No sé.

—El que encuentre su vida, la perderá. Si quieres vivir, debes morir. Eso fue lo que Cristo hizo. Él derramó su sangre. Parece absurdo, lo sé. Pero solo cuando decides renunciar a ti, a morir, es que entiendes el amor. Oye esto, Helen. Nunca comprenderás el amor de Cristo; nunca corresponderás al amor de Janjic a menos que mueras.

—Eso no tiene sentido.

—No. Tratar de amar sin morir no tiene sentido.

Helen miró el cuerpo de Ivena, todavía atado como un cerdo. Luchó para hacer a un lado las lágrimas.

—He oído la risa, Helen.

De repente se abrió de un golpazo la puerta a la derecha y ambas voltearon a mirar al unísono. Era Glenn, parado en la luz, las manos en las caderas, sonriendo. Caminó hacia ellas, aún vestido en esos pantalones blancos de poliéster, ahora manchados de mugre.

—Veo que encontraste tu regalo, Helen. Anoche no parecías muy interesada, así que te la empaqué aquí para ti.

Helen luchó por contener la ira, pero esta se desbordó. Ella chilló e hizo oscilar el puño derecho hacia Glenn. Él le agarró fácilmente la muñeca.

—Tranquila, princesa.

—¡Odio esto! ¡Odio esto, cerdo!

—Ten cuidado con lo que dices, ¡babosa inmunda! —exclamó Glenn retorciéndole el brazo hasta que ella hizo un gesto de dolor.

—¡Ella no significa nada para ti!

—Ella significa todo para mí. Hará un poco de magia para mí, ¿verdad que sí, vieja? —declaró él dando un empujón a Helen, quien se agarró el brazo, aún mirándolo—. Sí, lo hará.

—¿Qué esperas conseguir con esto? —inquirió Helen.

—Espero conseguir un poco de cooperación, princesa —explicó él frunciendo el labio superior de tal modo que dejó ver la enorme dentadura torcida—. Esta flacuchenta aquí me brindará alguna motivación para ti y tu predicador.

—¿Qué significa eso? —averiguó Helen, tensa.

—Significa que como te ha costado trabajo ser leal, voy a ayudarte un poco, eso es lo que significa. Ese es mi regalo para ti. Hasta podrías imaginar que es un regalo de bodas.

Glenn había entrado en aguas peligrosas con este tono, y Helen resolvió no presionarlo.

—¿Quieres saber cómo funciona esto, querida? ¿Um? ¿Instrucciones operativas? Está bien, déjame decírtelo. Primero, dejas esta flacuchenta libre en la calle. Déjala volver a su casa, o ir de compras, o a lo que sea. Tal vez primero a asearse un poco.

Él respiró hondo y anduvo de un lado al otro de modo teatral.

—Lo importante es tratar de mantener viva a la flacuchenta. Realmente un juego. Si tú y tu amigo predicador acuerdan separarse, la flaca vive. Si no, ella muere. Esa es la única regla. ¿Te gusta?

¿Separarse? ¿Glenn estaba exigiendo que Jan y ella se separaran?

—Ah, una cosa más. Tienes tres días. Algo así como una cuestión de resurrección. Si haces lo correcto, la tumba estará vacía en tres días. Siendo la tumba la casa del predicador. Vacía de ti, Helen.

Él no podía hablar en serio, desde luego. ¡Era una insensatez!

—Vamos, Glenn. No bromees. Ella no es…

—¡*No* estoy bromeando! —gritó él.

Helen se sobresaltó. El rostro de Glenn miró con el ceño fruncido, furioso.

—¡Soy tan serio como un ataque cardíaco, bebé! Tienes tres días, y si quieres que esta flacuchenta aquí sobreviva a nuestro jueguito, mejor es que pienses por ti misma.

De pronto Helen sintió débiles las rodillas. ¡Él estaba loco! Volteó a mirar a Ivena. La mujer estaba observando a Glenn, con la mirada aún suave y carente de miedo. Quizás sonriendo.

—Ahora córtale las cuerdas y déjala libre —ordenó Glenn, mostrando una sonrisa—. Hora de jugar.

Con eso dio media vuelta y salió del salón a grandes zancadas.

CAPÍTULO VEINTIOCHO

«Sufrir es una afirmación aparentemente contradictoria. Hay
indescifrable paz y satisfacción en sufrir por Cristo. Es como si
hubieras buscado incesantemente tu propósito en la vida, y ahora
lo hallaras en el lugar más inesperado: en la muerte de tu carne.
Es sin duda un momento digno para reír y danzar. Y al final
no es sufrimiento en absoluto. El apóstol Pablo recomendó que
encontráramos gozo en el sufrimiento. ¿Estaba loco?»

LA DANZA DE LOS MUERTOS, 1959

JAN SE acercó a la entrada de su casa a media tarde del lunes con una sensación de monótona familiaridad rugiéndole en la mente. Había experimentado esto antes: caminar hasta el letrero que decía *Al vivir morimos; al morir vivimos,* en una calurosa tarde de verano, rodeado de un sofocante silencio, preguntándose qué le esperaba detrás de esas puertas.

Helen no había contestado sus llamadas desde Nueva York.

Padre, debes salvarla, oró por centésima vez desde que la dejara el viernes. *Debes protegerla.* Oró así porque ella se estaba patinando... él podía sentirlo más que deducirlo. Helen estaba en una lucha por su propia vida, y el hecho de que él la hubiera dejado por tres días resonaba ahora como un cuerno en la mente de Jan. Eso lo estaba matando.

Jan abrió la puerta y entró. Las luces estaban apagadas; la casa parecía vacía.

—¡Helen! ¡Helen, querida, estoy en casa!

Dejó en el suelo el bolso con trajes y lanzó las llaves sobre la mesita de entrada.

—¡Helen! —gritó, corriendo a la cocina—. Helen, ¿estás aquí?

Solamente el repique del silencio contestó su llamada. ¿Dónde estaba ella? ¡Ivena! Debería estar con Ivena.

—Hola, Jan.

Él giró hacia el pasillo. Helen estaba en las escaleras del sótano, vestida en jeans y una camiseta blanca, tratando de sonreír y apenas consiguiéndolo. El pulso de Jan se aceleró; se acercó a ella y la tomó en los brazos. Había algo malo aquí, pero al menos era *aquí*; no en algún lugar de perversidad.

—Te extrañé, Helen —enunció; le llegó a los sentidos la almizclada fragancia de ella y cerró los ojos—. ¿Estás bien? Intenté llamar.

—Sí —contestó con voz apenas audible—. Sí, estoy bien. ¿Cómo estuvo tu viaje?

—Fantástico —respondió él dando un paso atrás—. Corrección, la reunión fue fantástica, el viaje en sí fue espantoso. Estos viajes se están volviendo más difíciles cada vez que los hago. Tal vez deberías venir conmigo la próxima vez.

—Jan, ha habido un… un problema —balbuceó ella apenas habiendo oído el último comentario de él—. Ha sucedido algo.

—¿Qué pasa? ¿Cuál es el problema?

Ella dio la vuelta y entró a la sala, sin contestar. Entonces era grave; tanto como para hacer que Helen se parara repentinamente, lo cual no sucedía tan fácilmente.

—Helen, cuéntame.

—Se trata de Ivena —confesó Helen volviéndose, y los ojos le centelleaban húmedos—. Ella está… ella no está bien.

—¿Qué quieres decir? ¿Qué ocurrió? —preguntó él lleno de pánico, tragando saliva—. ¿Qué le sucedió a Ivena, Helen?

La muchacha agachó la cabeza entre las manos y empezó a llorar. Jan se le acercó y le acarició el cabello.

—Shhh, está bien, querida. Todo estará bien. Eres más preciosa para mí que todo lo que conozco. Recuerdas eso, ¿verdad?

El comentario solo consiguió más lágrimas en ella, pensó él.

—Dime, Helen. Solo dime qué ha acontecido.

—Ella está herida, Jan.

—¿Herida? ¿Dónde? ¿Dónde está ella? —averiguó él retrocediendo asustado.

—En casa.

—Bueno… ¿Cómo resultó herida? —exigió saber él, consciente de que ahora había adoptado un tono áspero—. ¿Tuvo un accidente de auto?

Una imagen de ese ridículo escarabajo gris le resplandeció en la mente. Él le había dicho un centenar de veces que consiguiera algo más grande.

—No. La lastimaron.

—Sí, ¿pero cómo? ¿Cómo la lastimaron?

—Creo que deberías preguntarle eso.

—¿No me puedes contar? —cuestionó Jan, ahora preocupado; Helen no estaba hablando con cordura; esto era más que un accidente—. Está bien entonces, si no me quieres decir, iremos allá.

—No, Jan. Anda tú.

—¡No seas ridícula! Tú vendrás conmigo. No voy a salir de aquí sin ti.

—No. No puedo —objetó ella negando también con la cabeza, y ahora fluyéndole libremente las lágrimas—. Tienes que ir solo.

—¿Por qué? Tú eres mi esposa. ¿Cómo puedo…?

—¡Ve, Jan! Solamente ve —exclamó ella; luego cerró los ojos—. Estaré aquí cuando regreses, lo prometo. Solo ve.

Él la miró, asombrado. Algo muy malo le había ocurrido a Ivena. Eso ahora era muy evidente. La conducta de Helen no era muy clara.

—Regresaré —informó él; la besó en la mejilla y salió corriendo hacia el auto.

JAN ENCONTRÓ sin seguro la casa de Ivena y entró a toda prisa, sin pensar en tocar. Su imaginación ya había sacado ahora de él tales formalidades.

—Ivena…

Se detuvo en seco.

Ella estaba sentada en su silla café acolchonada, tarareando, sonriendo y meciéndose lentamente. La fuerte fragancia de sus rosas inundaba la sala; debió haberlas esparcido por todas partes. El aire transportaba el lejano sonido de niños riendo.

—Hola, Jan.

La cabeza de Ivena reposaba en el almohadón, por lo que no hizo esfuerzo para mirarlo.

Jan cerró la puerta detrás de él. Al principio no vio los moretones. Pero era obvia la decoloración debajo del maquillaje: negro y azul en la base de la nariz y en la mejilla derecha.

—¿Tuviste un buen viaje? —preguntó ella.

—¿Qué pasó?

—Vaya, llegamos exigiendo —expresó Ivena enderezando la cabeza—. ¿Hablaste con Helen?

—Sí.

—¿Y? ¿Qué te dijo?

—Que te habían lastimado. Eso es todo. No quiso venir. ¿Qué está pasando?

—Siéntate, Janjic —pidió ella echando la cabeza hacia atrás; él se sentó al frente—. Primero cuéntame cómo te fue en el viaje, y luego te contaré por qué me duele la cabeza.

—Mi viaje fue bueno. Nos están pagando más dinero. Ahora dejemos esta tontería y dime qué pasa.

—¿Más dinero? Santo cielo, estarás flotando en esa cosa.

—¡Ivena!

El cuerpo de ella le dolía, pero el espíritu estaba bien iluminado. Tal vez no flotaba en dinero como Janjic, pero aún así estaba flotando.

—Está bien, mi querido serbio. Tranquiliza la voz; me duele la cabeza.

—Entonces dime por qué te duele la cabeza y por qué mi esposa no quiso venir aquí conmigo.

Ivena respiró hondo y se lo contó. No todo, no aún. Le dijo cómo el gran zoquete, Glenn… cómo sus hombres la habían agarrado en el parque, usando cloroformo, creía ella. Al despertar había reconocido al hombre detrás de los temores de Helen. Nada menos que un monstruo, horrible, apestoso y no menos brutal que los peores en Bosnia. Él la había atado, escupido y aporreado con su enorme puño.

Janjic estaba para entonces fuera de su silla, con el rostro rojo.

—¡Eso es… irracional! ¡Debemos llamar a la policía! ¿Llamaste a la policía?

—Sí, Janjic. Siéntate, por favor.

—¿Y qué dijeron? —inquirió, sentándose.

—Me preguntaron si quería formular cargos.

—¿Y?

—Les dije que iba a pensarlo. Primero quería hablar contigo.

—¡Eso es absurdo! Por supuesto que quieres formular cargos. ¡Este tipo no es alguien con quién se juega!

—¿Crees que no lo sé? No fuiste el único que pasó algún tiempo en las recámaras del hombre. Pero en esto hay más de lo que ven tus ojos.

Jan alargó una mano hacia Ivena.

—¡Desde luego que hay más! Hay un monstruo que primero trató de destruir a Helen y que ahora está tratando de destruir a mi… —se interrumpió y tragó saliva—. A mi madre.

Esta era la primera vez que la llamaba así.

—Me halagas, Janjic. Y si fueras mi hijo solo podría esperar uno tan amable como tú. Pero hay más. No me estás preguntando *por qué* me agarró Glenn.

—¿Por qué?

—Como una amenaza —informó Ivena, luego se levantó lentamente de la silla y se fue cojeando hacia la cocina—. ¿Quieres algo de beber, Janjic?

—Esto tiene que ver con Helen —aseveró él siguiéndola, pero sin contestarle la pregunta.

La voz se le había endurecido.

—Mírate. Apenas puedes caminar y sin embargo estás participando en esto como si fuera alguna clase de juego. ¿Qué tiene que ver Helen con esto? —exigió saber.

Ivena se detuvo en medio de la cocina y lo enfrentó.

—Pero *es* un juego, ¿sabes? Y parece que Helen es el premio —anunció, mirándolo y agarrando dos vasos.

—¿Qué juego?

—¿Qué juego? Es el juego de la vida, una prueba para ver dónde yacen realmente las lealtades de los jugadores. Como la tentación de Cristo en el desierto: inclínate ante mí y te daré el mundo. Pero con Glenn es: «Ven a mí y extenderé mi compasión».

Ivena vertió la limonada, sabiendo que Jan aún no lograba entender.

—Ivena...

—Deja a Jan, le dijo Glenn a Helen, y dejaré vivir a esta flacuchenta —expresó ella y le pasó la bebida a Jan.

Por el momento se hizo silencio en la cocina a no ser por el sonido de esos niños que reían en la calle. Ivena sorbió un poco de la bebida y luego volvió a dirigirse a la sala, sonriendo. Ella casi había llegado a la silla cuando Jan habló.

—¿Dijo eso? ¿Dijo Glenn que te mataría si Helen no me abandona? ¿Amenazó de veras tu vida?

—Sí, Janjic. Eso dijo.

—¡Él no puede hacer eso! —exclamó Jan entrando a la sala y bajando el vaso sin beber—. ¡No puede simplemente andar lanzando esa clase de amenazas y salirse con la suya! ¡Tenemos que llamar de inmediato a la policía!

Ella se relajó en la silla y suspiró.

—¡Ivena! ¡Óyeme! ¡Esto es una locura! ¡Él no es alguien con quién bromear!

—¿Sabes? Estas últimas semanas he tenido una increíble paz. ¿Y sabes qué ha acompañado esa paz?

Jan se sentó sin responder.

—Un deseo de unirme a Cristo. De unirme a Nadia. De ver con mis propios ojos a mi Padre celestial.

—¡Pero no estás diciendo que quieras morir! ¿Es por eso que no llamaste a la policía? ¿Porque en realidad quieres que este asqueroso termine con tu vida? ¡Eso es suicidio!

—¡Por favor! —reprendió ella; él parpadeó—. No tengo deseos de morir. Dije que quisiera unirme a Cristo. No dije que quiera morir. Existe una diferencia. Hasta el apóstol Pablo afirmó que unirse a Cristo es ganancia. ¡No te burles de mi sentimiento!

—Lo siento. Pero pareces tomar esto demasiado a la ligera. Bendito Dios, ¡tu vida ha sido amenazada y te han apaleado! ¿Dio él un límite de tiempo?

—Tres días.

—¿Dijo que te matará si Helen no me deja en tres días?

—¿No estoy hablando claramente, Janjic?

—¡Es imposible! ¿Quién se cree que es ese sujeto?

—Es un hombre obsesionado con destruir tu unión con Helen. Con robar el amor de ella. Y lo está haciendo amenazando de muerte. Amor y muerte; parecen entrecruzarse con frecuencia, ¿lo has notado?

—Tal vez con demasiada frecuencia. Voy a llamar a la policía —concluyó él dirigiéndose al teléfono—. ¡Qué disparate!

—Hay más, Janjic —anunció Ivena pensando que el tono que usó hiciera detener a Jan.

Él titubeó y volvió el rostro hacia ella.

Ella lo miró, sin poder ocultar una sonrisa, deseando que él le preguntara. Él solamente la miró, aún distraído.

—Vi el campo.

—¿El campo?

—La visión.

—¿De Helen? —exclamó él con ojos abiertos de par en par y pestañeando—. ¿Oíste llanto en el cielo?

—El llanto no —dijo ella con una gran sonrisa en el rostro—. Pero oí las risas.

—¿Viste el campo de flores?

Ivena asintió.

—Cuéntame otra vez cómo se ven las flores en tu visión, Janjic.

—Blancas.

—Sí, pero descríbelas.

—Bueno, yo no estaba mirando muy de cerca… eran grandes… no sé.

Ivena se puso de pie y fue hasta el estante detrás de Jan; sacó de un florero de cristal una solitaria flor de bordes rojos, y se volvió a él.

—¿Eran como esta?

—Tal vez —contestó él dando un paso hacia ella—. Sí, en realidad creo que así eran. Esa es la misma flor que me mostraste antes, ¿verdad?

—Te mostraré —expresó Ivena tomándolo de la mano y guiándolo por la cocina, emocionada ahora—. Te gustará esto, Janjic. Te lo prometo.

—Ivena…

—Calla ahora. Verás. Sé que te gustará esto.

Ella alargó la mano hacia la puerta del invernadero e hizo una pausa, pensando que una ocasión como esa merecía una introducción. Pero no había nada que pudiera preparar a Jan, así que agarró la manija y de un empujón abrió la puerta.

Una suave brisa les dio en los rostros, agitándoles el cabello de las frentes. Ivena entró y extendió los brazos al viento, inhalando aire en los pulmones. La delicada fragancia le entró en la nariz, fuerte pero agradable. Ah, muy agradable. Ella miró los rosales y por un instante se olvidó de Janjic que entraba tras ella. Centenares de enredaderas cubrían de verde esmeralda las paredes y el techo. Miles de brillantes flores blancas con bordes rojos se bamboleaban suavemente, inclinándose con la brisa. Las hojas de las enredaderas crujían con delicadeza entre sí, llenando el salón con la cacofonía de un suave susurro. Todo abarcaba como una droga los sentidos de Ivena, quien casi podía saborear miel en el aire.

La puerta se cerró detrás de Ivena, y ella se volvió para ver a Janjic de pie con la boca y los ojos muy abiertos.

—Vienen del rosal de Nadia —anunció ella yendo hacia la planta y agitando la mano entre las hojas—. Lo viste como un injerto, pero yo no lo hice.

—¿Un injerto? —exclamó él caminando con cautela, como si al hacerlo se pudiera romper algo—. ¿Qué…? ¡Esto es asombroso, Ivena! ¿Cómo lograste hacerla crecer?

—No fui yo. Está más allá de mí. Comenzó el día en que Helen entró a nuestras vidas.

Él le lanzó una mirada, y luego miró alrededor, asombrado.

—Y hay más —continuó Ivena—. No logro encontrar de dónde viene la brisa. Creo que viene de las flores mismas.

—Soplen en mi jardín —exclamó él, citando el Cantar de los Cantares—. ¡Es imposible!

Janjic dio la vuelta hasta quedar frente a Ivena.

—¿A quién más se lo has dicho?

—Solo a Joey.

—¿Y sabías todo esto desde el principio? —preguntó él sin dejar de mirar para uno y otro lado y observar—. ¿Por qué no me dijiste? ¿Cómo creció?

Jan miró más de cerca el injerto y entonces Ivena le contó cómo creció la planta, primero a lo largo de una pared, luego otra y otra hasta que todo el invernadero quedó cubierto con enredaderas, hojas y flores.

Ella lo observó caminar por el pequeño jardín durante treinta minutos, asombrado.

—Debería ir por Helen —manifestó finalmente.

—Sí. Y ahora sabes la verdad.

—Haré cualquier cosa por conservar el amor de ella —expresó sacudiendo la cabeza—. Lo que sea.

—Entonces prométeme una cosa. Prométeme que pase lo que pase en los días venideros no te distraerás por el odio, la venganza o cualquier otra idea que se apodere de tu corazón.

Entraron a la cocina y él regresó a ver, sorprendido.

—Desde luego. Dices eso como si supieras algo que yo no sé. Y formularás cargos. Esto no cambia nada. Llamaremos inmediatamente a la policía.

—Sí, formularé cargos, pero ten en cuenta que todo esto podría volverse muy público.

—¿Público? Estamos hablando de tu seguridad, ¡por Dios! ¿Qué quieres decir?

—Ella ha vuelto a él, Jan. Más de una vez —reveló Ivena.

—¿Qué? —exclamó él quedándose helado a mitad de zancada en medio camino hacia la sala.

—Ella ha estado ya cuatro veces con Glenn. Todas en el último mes.

—¡Eso no puede ser! —expresó con el rostro pálido—. ¿Cómo es posible? ¡He estado constantemente con ella! ¡Estamos recién casados! ¿Cómo puedes decir esto?

—Glenn me lo dijo.

—¡Y él es un mentiroso!

—Helen estaba allí, Janjic. Ella acudió a Glenn la misma noche que el tipo me llevó —explicó Ivena, pensando: *Jan dejó de respirar*—. Ella me vio atada y amordazada, y me quitó la mordaza. Hablamos y estaba muy apenada. Pero estuvo allí, Janjic. Por voluntad propia.

Jan empezó a menear la cabeza y luego se detuvo. Lentamente se le llenó el rostro de sangre; el cuello le sobresalió por la furia. Un temblor se le apoderó de los labios y se levantó encolerizado.

—¿Cómo se atreve ella? —habló él en voz baja y con amargura—. ¡Le he dado todo! ¿Cómo puede siquiera pensar en volverse a revolcar con ese cerdo?

Un escalofrío de temor le recorrió a Ivena por la espalda ante el tono de Jan.

—No es muy diferente de lo que la mayoría de seres humanos hacen con Cristo. Ni es diferente de Israel volviéndole la espalda a Dios. Helen no es muy distinta de la iglesia, que un día adora en el altar y al siguiente vuelve a dirigirse torpemente hacia el pecado. Ella no está haciendo nada más de lo que tú mismo has hecho.

—¡No me importa! —gritó él con ojos vidriosos—. ¡Lo mataré!

—Janjic...

—¡No! —interrumpió, mostrando los músculos de la mandíbula—. ¡Ningún hombre le hará esto a mi esposa! ¡Ninguno! No puedo quedarme sentado mientras él hace sus juegos.

—Debes hacerlo. Janjic...

Él dio la vuelta hacia la puerta.

—¿Adónde vas?

No hubo respuesta.

Ella supo entonces que quizás no lo volvería a ver. No si iba a las torres.

—¡Janjic! ¡Por favor!

La puerta se cerró con fuerza y él desapareció.

Ivena se levantó de la silla y por la ventana del frente observó a Jan sacando el Cadillac de la entrada y salir rugiendo por la calle. Una lágrima solitaria le serpenteó a ella por el rabillo del ojo.

Padre, lo protegerás, ¿no es así? Debes hacerlo. Esto no ha acabado para él. Su historia aún no ha concluido.

¿Y qué hay con tu historia, Ivena? ¿Está completa?

—Sí, ya he terminado —contestó en voz alta—. Si me das una oportunidad me uniré a la risa allá arriba.

Ivena suspiró otra vez y se dirigió al teléfono. Debía llamar a la policía. Sí, haría eso.

CAPÍTULO VEINTINUEVE

JAN CONDUJO directo hacia las torres, con la vista nublada de rojo por la furia. Recordó que allá había sufrido una golpiza. El hecho le revoloteaba en la mente como una mosca, un tanto molestoso pero lo suficientemente pequeño como para hacerle caso omiso en este momento.

Lo que enloquecía a Jan era la imagen de Helen de nuevo escurriéndose hacia ese cerdo y metiéndose en la cama de él. O eran tres meses de imágenes, todas ocultas en una profunda represa en la mente, amontonándose hasta este día en que habían roto el dique y ahora llevaban a Jan como un lunático hacia la casa del mugriento. Hacia las Torres Gemelas de Atlanta, visibles a ocho kilómetros de distancia, levantándose contra el cielo azul.

Jan no tenía un plan; ni idea de lo que iba a hacer al arribar o de cómo llegar hasta Glenn. Solo sabía que debía enfrentar esa bestia ahora.

¿Y qué de Helen, Janjic? ¿Le darás también una golpiza?

Sí.

¡No! Oh, amado Dios, ¡no! La imagen del jardín le inundó la mente. No, nunca podría hacerle daño. Amaba desesperadamente a Helen.

Ella no estaría en este camino de no ser por Glenn. El toque maligno del tipo aún le corría a ella por las venas. Y ahora el desequilibrado había trasladado su contienda hacia Ivena. La pobre Ivena era la víctima inocente en esto, como pasara hace veinte años. Nadia había muerto entonces; de ninguna manera Jan permitiría que ahora le hicieran algún daño a su amiga.

Los pensamientos le apaleaban la mente, ocupando el espacio que debía darle a la razón. A un plan. Se dio cuenta que estaba parado en un semáforo en rojo ni a dos cuadras de las torres, y más le valía empezar a pensar acerca de lo que iría a hacer allí. Subiría hasta el último piso y llevaría con él la palanca del gato hidráulico. Eso es lo que haría.

Sonó una bocina y Jan vio que otros autos ya habían cruzado la intersección. Presionó el acelerador y salió disparado. Helen había dicho que la oficina de Glenn estaba en la segunda torre... la torre este. Pasó el primer edificio al que ya conocía y se aproximó al segundo.

Jan introdujo el Cadillac al estacionamiento subterráneo y frenó chirriando en un espacio restringido junto a los ascensores. Habían pasado veinte años desde que se concentrara en hacer daño a otro ser humano, pero el recuerdo de aquello le llegó como una oleada de adrenalina.

Resopló, abrió la cajuela y bajó del vehículo. Sacó la palanca de la caja de herramientas del auto, cerró de un portazo la cajuela y deslizó la palanca bajo la camisa. Un ayudante de estacionamiento caminaba hacia él desde la puerta de entrada. Jan corrió a los ascensores sin tener en cuenta al hombre. Uno de los tres ascensores abrió las puertas corredizas y Jan entró rápidamente. Gracias Dios por los pequeños favores. *¿Dios?*

Presionó el botón del último piso y el susurrante ascensor subió hacia la cima sin detenerse. Quizás debió haber llamado a la policía antes de salir de casa de Ivena. Pero entonces ella lo haría. De cualquier modo, la poli no parecía muy interesada en dominar a este poderoso tipo. Estos Karadzics del mundo parecían salirse con la suya muy a menudo. ¡Pero no con Helen!

Sonó la campanilla de llegada y Jan ingresó al piso trece, con los nervios tensionados. Una recepcionista levantó la vista desde su puesto detrás de un mostrador que le ocultaba todo menos la cabeza. Una enorme escultura de bronce de las Torres Gemelas colgaba en la pared detrás de ella.

—¿Le puedo ayudar?

—Sí, estoy aquí para ver a Glenn Lutz —contestó Jan acercándose al mostrador.

—¿Tiene cita?

—Sí. Sí, por supuesto que tengo cita.

La recepcionista miró a la derecha de Jan, hacia una elevada puerta de cerezo, y levantó el auricular.

Jan giró y salió a grandes zancadas hacia la puerta sin esperar que ella le permitiera entrar.

—Discúlpeme, señor. ¡Señor!

Él hizo caso omiso al llamado y se abrió paso, agarrando la palanca bajo la camisa.

Una mujer de cabello oscuro levantó repentinamente la mirada desde su escritorio. Jan abarcó el salón con una mirada. Detrás de la mujer unas amplias puertas revestidas de paneles llevaban a lo que sería la oficina del hombre. Esta entonces sería la secretaria. Una horrible tipa con nariz aguileña. Jan debía moverse mientras ella estuviera desprevenida.

—Discúlpeme —expresó ella parándose mientras él seguía adelante.

—No ahora, señorita —contestó él bruscamente.

Los ojos de ella se desorbitaron de pronto, como si lo reconociera. Y muy bien pudo haberlo hecho, pues él había estado aquí antes. Ella salió rápidamente del escritorio, impidiéndole el paso con las manos levantadas.

—¿Adónde cree usted que va?

—Fuera de mi camino —resopló él, y empujó las manos de la mujer hacia un lado.

Ella emitió un sonido chillón, protestando como una gallina. Pero Jan no estaba interesado en lo que la mujer decía. Ahora tenía la mente totalmente concentrada en atravesar esa puerta. Por tanto, no se detuvo a pensar con claridad en qué podría estar esperándole detrás de las puertas; simplemente irrumpió.

La mujer lo atacó por detrás; se le tiró encima de la espalda con un grito salvaje. Janjic se agachó instintivamente. Habían pasado veinte años desde su entrenamiento de fuerzas especiales, pero no había olvidado los reflejos. Se dejó caer en una rodilla y bajó el hombro derecho. El impulso de la mujer la envió por sobre la espalda de él y salió disparada por el aire, yendo a chocarse con fuerza en la pared. El negro moño se le había deshecho en la pelea y ahora le caía sobre las pálidas mejillas.

Jan corrió hacia las puertas y las abrió de golpe, con el corazón palpitándole ahora en la garganta. *¿Quieres una guerra, bebé? ¿Quieres amenazar a mi familia? Hoy sentirás un toque de Bosnia.*

El voluminoso cuerpo de Glenn estaba parado al otro lado del salón, junto a una pared con ventana, manos en las caderas, mirando la ciudad abajo. Se dio la vuelta, rezongando ante la súbita intromisión. Pero el rezongo desapareció al ver que se trataba de Jan. Miró estúpidamente por un momento.

El furioso Jan sacó la palanca, cerró de golpe la puerta detrás de él, la trancó, y se dirigió al escritorio a la derecha.

Aislar y reducir al mínimo. El entrenamiento le llegaba ahora como un fascinante recuerdo, amortiguando el margen de miedo. Aislar al hombre de cualquier arma potencial y reducirle al mínimo la capacidad de tomar la ofensiva.

Glenn ya se había reagrupado y ahora una malvada sonrisa le hendía el rostro.

—Así que el predicador quiere ponerse serio. ¿Es eso…?

—¡Silencio! —lo interrumpió Jan con un grito; Glenn parpadeó—. ¡Solo cállese!

El rostro del millonario enrojeció.

Jan extrajo la palanca y tanteó el escritorio con la parte trasera de las rodillas. Alargó la mano hacia los cajones detrás de él, halló el más cercano y lo abrió. Una variedad de bolígrafos y libretas se estrelló en el suelo.

—¿Aún cree que soy un predicador? Pero ahora me conoce mejor, ¿no es así? Soy el hombre al que Helen ama. Ese soy yo. ¿Pero qué era antes de convertirme en ese hombre, antes de llegar a la nación de usted? Era un asesino. ¿Cuántos hombres ha matado usted con sus propias manos, Glenn Lutz? ¿Diez? ¿Veinte? Usted es un novato.

Jan miró hacia atrás, encontró otro cajón y lo haló de un tirón. Más basura, pero no la pistola que buscaba. *Sigue hablando, Jan. Mantenlo distraído.*

—¿Cree usted que puede andar provocando terror por todas partes como si fuera el dueño del pánico? —preguntó, tirando con fuerza de otro cajón y derramando papeles en el piso de baldosas negras—. ¿Ha sentido terror alguna vez, Glenn Lutz?

El hombre estaba parado allí enorme y repulsivo, con los brazos extendidos como un pistolero. Pero la sonrisa se le había desvanecido, y la reemplazaban labios rectos. Desde esta distancia los ojos se veían como hoyos negros. El tipo era suficientemente corpulento para aplastar a Janjic. Sin duda un sujeto como este tendría una pistola de cualquier clase en el escritorio. Jan abrió de golpe un cuarto cajón, manteniendo la mirada en el hombre.

—No, ¡usted no ha sentido terror!

La respiración de Jan se hizo pesada ahora. Al ver el grueso rostro del monstruo se le llenó el estómago con repulsión. Solo quería matar al cerdo.

Los ojos de Glenn se movieron hacia el cajón que Jan acababa de abrir. De repente el tipo reaccionó de su trance. Echó los labios hacia atrás y se lanzó hacia delante como un toro al ataque.

Jan supo durante un fugaz segundo que había sido malísima idea venir aquí. Aterrorizado, abrió a ciegas el cajón detrás de él. La mano se le cerró alrededor de acero frío.

Glenn venía, rugiendo ahora, con el rostro hinchado. Furia surgía en las venas de Jan, y ahora con lo que estaba seguro que era una pistola vapuleó el rostro del hombre que se le venía encima.

Glenn siguió adelante resollando de furia, imperturbable.

Jan saltó a la izquierda en el último momento, evitando por muy poco el enorme cuerpo. Giró alrededor y asentó la palanca en el rubio cráneo del sujeto. Glenn rezongó y se dio contra el escritorio, boca abajo sobre la madera veteada. Era la primera vez que Jan golpeaba a un hombre en veinte años, y ahora el horror de eso se le filtró en los huesos.

La mente se le llenó con una fugaz imagen de sí mismo de pie con un rifle ensangrentado sobre el sacerdote.

Sin embargo, ¡este era el hombre que había ofendido a su esposa! ¡Quien ahora amenazaba con matar a Ivena! ¡El tipo invocaba una golpiza!

Jan echó la palanca hacia atrás y la volvió a blandir, golpeando esta vez la espalda del tipo. Glenn gruñó. Jan hizo girar de nuevo el hierro, ahora con todo el peso. El golpe fue a dar en el hombro con un desagradable crujido. Esto debió haber inmovilizado al monstruo.

No fue así.

Glenn resopló, se impulsó hacia atrás y se puso de pie. Enfrentó a Jan, con ojos rojos de ira, y las venas le sobresalían en el cuello. El brazo derecho le colgaba inútil, pero Glenn no pareció notarlo. Los ojos fulminaban, inyectados de sangre por sobre labios retorcidos. Gruñó y dio un paso adelante. Jan sabía que esta sería su propia muerte si no detenía al hombre.

Jan levantó la pistola y jaló el gatillo.

¡Pum! La detonación tronó en el espacio cerrado.

El brazo derecho de Glenn voló hacia atrás, como una bola atada a una cuerda. El salón cayó en una lentitud surrealista. El gordinflón pareció no percatarse del dolor, pero los ojos se le desorbitaron de la impresión.

Sí, así es, cerdo. Sí, yo tengo tu pistola y está cargada, ¿no es verdad? Esa bala te atravesó la mano, ¡la próxima te atravesará la cabeza!

—¡Quieto! —gritó Jan.

El brazo de Glenn se le derribó a un costado; la comisura derecha de la boca se le retorció. Ambos se quedaron enraizados al suelo, mirándose fijamente, Jan con la pistola extendida y Glenn con una malsana sonrisa.

—Acabas de firmar tu sentencia de muerte, ¿sabes? —amenazó Glenn.

Jan vio que la palanca había partido el hombro derecho del concejal, y que la bala le había abierto un hueco en la mano.

Glenn se miró lentamente la mano. Juzgó el daño y luego pareció aceptarlo con un parpadeo.

Ahora morirás junto con la vieja bruja —declaró levantando la mirada hacia Jan y cerrando los ojos.

—Creo que usted no entiende la situación aquí —contestó Jan bruscamente—. Mire, yo tengo la pistola. Un ligero tirón en el dedo, y usted morirá. Si al menos no intenta entender eso, entonces me veré obligado a demostrar mi resolución. ¿Estamos claros?

—Fanfarroneas demasiado para ser predicador.

Sonaron golpes en la puerta cerrada.

—Levante el teléfono y dígale a sus amigos allá afuera que nos dejen en paz —instruyó Jan.

—¡Eres carne muerta! —gritó Glenn furiosamente.

Una ola de calor bañó la espalda de Jan. Quiso dispararle al hombre en el voluminoso estómago.

—En realidad usted debería mostrar más respeto, pero obviamente no conoce el significado de la palabra, ¿no es así? —declaró Jan temblando al contenerse.

El tipo era un cerdo que no pensaría dos veces para asentar esos enormes puños en los oídos de Helen. ¡Cómo podía ella acudir a este sujeto! A Jan le tembló la mano con la pistola.

—¿No va a hacer nada de lo que le pido?

El hombre solamente lo miró.

—Levante la mano izquierda —ordenó Jan.

Glenn no se movió.

—¡Levante la mano! —gritó esta vez—. ¡Ahora!

El sujeto tuvo la audacia de quedarse allí sin sobresaltarse. Jan bajó la pistola, alineó la mira sobre la mano izquierda de Glenn, y jaló el gatillo. *¡Pum!* La bala arrancó el extremo del dedo índice. Los golpes en la puerta se intensificaron.

El rostro de Glenn palideció e inmediatamente enrojeció. Se miró el dedo y comenzó a rugir de dolor. Enredó torpemente la camisa alrededor del dedo en un intento de detener la hemorragia, pero solo consiguió empapar la prenda.

—La próxima vez será la rodilla y usará una muleta el resto de su vida —advirtió Jan—. ¿Entiende eso? Quítese la camisa.

—¿Qué?

—Dije que se quitara la camisa, zoquete. Quítesela y envuélvala en la mano. La hemorragia me distraerá.

Esta vez Glenn siguió rápidamente la orden. Dejó el fofo torso sin camisa, que de modo rudimentario envolvió en ambas manos. La blanca carne le brillaba por el sudor.

—Dígales que se callen —ordenó Jan, moviendo la pistola hacia la puerta.

—¡Cállense! —gritó Glenn a la puerta.

Los golpes cesaron.

—Bien. Ahora quiero que escuche y que lo haga con mucha atención. Usted podrá ser un hombre potentado con el poder de apalear a mujeres débiles, pero hoy este poder no se extenderá a mi mundo. Ni a mí, ni a Ivena ni a Helen. Mi esposa ha decidido aceptar mi amor y ahora usted le respetará esa decisión. No la intimidará más. ¿Entiende?

—No la intimidé para que viniera —contestó Glenn—. Todos tomamos nuestras propias decisiones.

—¡Y usted dejará de manipular las de ella! —gritó Jan.

—¿Manipular? ¿Cómo? ¿Proveyéndole un poco de motivación? Eso no es nada menos de lo que hiciste cuando te la llevaste. Tú le muestras un incentivo. Yo le muestro una vara. Al final ella toma la decisión.

—¿Cree usted que la tengo enjaulada en mi casa? Ella es libre de ir y venir según desee, y no la veo corriendo hacia usted todos los días. Se quedaría conmigo a no ser por las drogas que usted le ofrece. Y si cree que de alguna manera este inútil juego con Ivena la persuadirá a venir otra vez arrastrándose ante usted, entonces está muy equivocado. Aunque lo hiciera, ¿qué tendría usted? ¿A alguien que presionó contra su voluntad?

—Todos aplicamos presión. Hasta su Dios aplica presión. El incentivo o la vara. El cielo o el infierno.

TED DEKKER

Jan parpadeó ante la lógica del hombre. Este era un lugar extraño para discutir estos temas, Jan sosteniendo la pistola y Glenn sangrando dentro de la camisa.

—Pero el amor no se puede comprar con cielo o infierno. Se da libremente. ¿Lo *ama* ella? No. Ella me ama a mí.

—Ella te ama pero viene a mí suplicándome, ¿verdad? —objetó Glenn con los labios retorcidos en una sonrisa— Eres tan estúpido como ella. Llámalo como quieras. ¡Cuando ella está aquí me está amando!

—Con sus amenazas y su violencia no conseguirá nada.

—¡Conseguiré a Helen! —rezongó Glenn.

—No, usted ya *perdió* a Helen.

—Ella vendrá otra vez arrastrándose, no te engañes. Los dos sabemos eso. La perderás. *También* a la flacuchenta.

—¡Silencio! ¡Todo esto son tonterías! ¡Helen no volverá a usted! ¡Nunca!

—Esa decisión es de ella. Recuérdalo —respondió Glenn, y se estremeció—. Necesito un médico.

—Sí, igual que yo la última vez que salí de este edificio —señaló Jan—. ¿Cree que la policía se quedará sin hacer nada y dejará que usted amenace a quien le dé la gana? Usted no tiene propósito alguno.

—¿La policía? Entras en mi propiedad y me asaltas, ¿y crees que escaparás de la policía? Eres ingenuo, predicador. Ni siquiera sabes la verdad acerca de tu preciosa esposa.

Por primera vez Jan vio el verdadero error al venir aquí. La policía.

—Ella me ama, esa es la única verdad que necesito —objetó Jan, sin embargo había algo en el tono del hombre—. ¿Qué verdad?

—Conozco a tu precioso amor desde que era niña, ¿sabes? —declaró Glenn aún sonriendo.

¿De qué estaba hablando este tipo? ¿Conocía a *Helen*?

—Solo que entonces yo no era Glenn. Era Peter. ¿Te habló ella acerca de Peter?

¡Peter! ¡El muchacho que seguía a Helen del colegio a la casa y que le suministraba drogas a la madre! La revelación le dio vueltas a Jan en la mente. Glenn no estaba confesando; estaba poniendo el dedo en la llaga. De pronto Jan sintió náuseas, parado aquí en la torre de este individuo, participando en su juego. Él estaba más allá de esto. ¿Y qué había ganado al venir aquí? Una imagen del jardín recorrió la mente de Jan, y súbitamente quiso salir. *¡Oh Helen! Amada Helen, si solo supieras*. Pero ella no lo sabía y él no se lo diría.

—Usted es un enfermo —opinó Jan.

—¿Crees que soy enfermo? —preguntó Glenn pasándose la lengua por los labios—. ¿Qué creerás entonces cuando te diga que la madre de Helen enfermó en primera instancia porque la envenené?

El tipo sonreía de oreja a oreja, mostrando la dentadura torcida.

—¿La envenenó?

—Así es. Enfermé a la mami y luego le calmé el sufrimiento con drogas —confesó Glenn y empezó a reír; permaneciendo allí con las manos sangrantes, emocionado consigo mismo, como un loco.

Jan retrocedió, asqueado. El diablo poseía totalmente el alma de este tipo. Glenn Lutz no era menos que Karadzic, pero en un nuevo pellejo.

Era hora de irse.

—Levante el teléfono y dígale a sus hombres que despejen el pasillo de salida —ordenó Jan.

Glenn solamente sonreía con insolencia.

—¡Hágalo! —exclamó Jan haciendo oscilar la pistola.

—¿Qué pasa, predicador? No resulté ser lo que esperabas, ¿o sí?

—Solo déjenos tranquilos, ¿entiende? Si toca un solo cabello de la cabeza de Ivena, el mundo se derrumbará alrededor de usted. Se lo prometo. Ahora hábleles a sus hombres, antes de que muera desangrado.

Glenn titubeó, pero se dirigió al teléfono después de mirar la camisa empapada de sangre.

Jan salió entonces, apuntando a Glenn con la pistola. Pasó a la asistente que lo observaba con mirada fulminante, y a la que había enviado volando, y corrió hacia el ascensor. Detrás de él pudo oír a Glenn maldiciendo a la pobre mujer. Si Jan tomaba el rugido del individuo como alguna indicación, esto no había terminado. Venir aquí pudo haber sido una terrible equivocación. Acababa de destruirle la mano a un hombre.

Jovic salió rugiendo de la estructura del estacionamiento, las manos temblándole en el volante. Si, de veras, esta no había sido una idea muy brillante. Para nada.

GLENN SE dejó caer bruscamente en la silla y sostuvo las manos en alto lo mejor que pudo para mantener controlado el flujo de sangre. Era la primera vez que alguien irrumpía en su propio edificio y le exigía algo, y peor aún que le apuntara con una pistola y le lanzara horribles amenazas. Jan Jovic había alterado el equilibrio en el juego.

Por supuesto, el predicador también le había dado el poder que necesitaba con Charlie, puesto que lo había asaltado. Esto significaba guerra declarada.

—¿Dónde está el médico? —exigió saber Glenn.

—Está en camino —contestó Beatrice, poniéndose mechones sueltos de cabello detrás de las orejas—. También Charlie.

Glenn apenas la oyó debido al dolor en los brazos. No lograba impedir que estos le temblaran.

Buck apareció en la puerta.

—¿Llamó usted, señor? —inquirió, enfocando los ojos en la mano envuelta y abriéndolos de par en par—. ¿Está usted bien?

—No, no estoy bien. ¡Me dispararon!

—¿Le disparó el predicador?

Glenn no contestó, y Buck simplemente se quedó mirándolo.

—Quiero muerta a la vieja bruja —ordenó Glenn con total naturalidad.

No quiso mirar a Beatrice, quien sin duda sí lo miraba a él. No era frecuente que delante de la asistente manejara asuntos de esta naturaleza. A Beatrice le gustaba fingir que este tipo de cosas estaba por debajo de ella, aunque ambos sabían que no era así.

—Sí, señor —contestó Buck mirando a la mujer; luego inclinó inexpresivo la cabeza y salió.

—¿Tienes problemas con eso, Beatrice?

—No —respondió ella, titubeando—. Pero usted perderá su ventaja.

—Mi poder está con Dreamscape Pictures. ¡Él me pertenece! Y ahora me acaba de entregar su vida. Nuestro predicador está a punto de obtener más de lo que esperaba.

El hombro le dolía a Glenn. Las manos le ardían de dolor y un temblor le recorría los huesos.

—Encuentra al viejo. Roald. Es hora de presentarme.

CAPÍTULO TREINTA

ERAN LAS cinco de la tarde cuando Jan hizo girar el Cadillac en la entrada de su casa y apagó el motor. Conducir por la ciudad le había aclarado un poco la mente, lo suficiente como para saber que se había vuelto a poner el pellejo de guerrero sin que esto le brindara algún beneficio.

Le había disparado a Glenn Lutz. Santo cielo, ¡acababa de disparar a las manos de un hombre! Jan abrió la puerta y salió del auto.

Una oleada de ira le recorrió el pecho. Pero ahora estaba dirigida hacia Helen, no hacia Glenn. La ira le había estado quemando en la base de la columna desde el momento en que Ivena le contara de la infidelidad de Helen. Y ahora ella lo esperaba detrás de esa puerta y Jan no estaba seguro de poder cruzarla.

Al vivir morimos; al morir vivimos, rezaba el letrero sobre la puerta. *Me estás matando, Padre.* ¿Cómo podía alguien traicionarlo como lo había hecho Helen? Él la había amado en toda forma que conocía, ¡y aún así ella lo había traicionado! Era muy cierta la sugerencia de Ivena de que el rechazo que le hiciera Helen no era distinto del propio rechazo de él por Cristo, pero esto no calmaba el remolino de emociones que le azotaban la mente.

Jan sintió que un temblor se le apoderaba de los huesos. Se paró en la acera y empuñó las manos.

—¿Por qué? —susurró a través de apretados dientes.

No había dolor más grande que este dolor del rechazo, pensó. Era muerte en vida.

Le llegó una repentina imagen de Helen erguida, sonriendo de manera inocente. En el ojo de la mente, él agarraba la imagen por la garganta y la ahorcaba. La imagen luchaba brevemente, aterrada, y luego caía sin vida en manos de Jan, quien gimió y la dejó caer.

—Padre, ¡por favor! ¡Ayúdame por favor! —exclamó Jan cerrando los ojos y sacudiendo la cabeza.

Las palabras de Ivena le resonaban en la mente. *Ella no es diferente de ti, Jan.* Toda la ira, la tristeza y el horror se le enrollaron en una abrasadora bola de emoción. Cayó sobre una rodilla y miró hacia el cielo.

—Padre, perdóname. Perdóname, he pecado.

Otro pensamiento le inundó la mente. *La policía vendrá por ti, Jan.*

Lágrimas le fluían ahora libremente, bajándole a raudales por las mejillas. Levantó ambos puños por sobre la cabeza y abrió las manos.

—Oh, Dios, perdóname. Si me has implantado este amor tuyo en el corazón, entonces permite que me posea.

Jan no supo cuánto tiempo permaneció de rodillas frente a la casa antes de pararse y ser coherente consigo mismo. Acababa de saltar otra vez a un abismo allá en las torres, pensó, y no le correspondía andar merodeando debido al impacto. Pero estaba Helen... todo se trataba de ella. Él no podía seguir sin resolver esta insensatez.

Al vivir morimos; al morir vivimos. Él estaba viviendo y muriendo, y no estaba totalmente seguro de qué era qué.

LA IDA de Jan, incluso durante esas dos horas, había metido a Helen en un profundo charco de depresión. Era una extraña mezcla de vergüenza y tristeza, y de desesperación porque la sostuvieran los fuertes brazos de alguien. Los fuertes brazos de Jan. En una sola emoción las resumía todas: soledad. De aquella que se sentía como muerte en vida.

Helen se imaginó lanzándose sobre Jan cuando este regresara, pero la vergüenza le hizo rechazar la imagen. En vez de eso dejó que los minutos pasaran, yendo cien veces hasta la ventana frontal para vigilar furtivamente la llegada de él, mientras una terrible agonía se le apoderaba del corazón. Se trataba de un dolor que eclipsaba todo el placer de cientos de noches en el palacio. Querido Dios, ¡ella era una mujerzuela!

El sonido del picaporte la paralizó sobre la alfombra en el extremo opuesto de la sala. Se apoderó de ella un repentino impulso de esconderse. *Dios, ¡ayúdame!*

—Helen.

¡Ah, el sonido de la voz de Jan! *Perdóname, ¡por favor perdóname!*

Jan cerró la puerta y atravesó las sombras hacia ella, quien se estremeció. Él emergió de las tinieblas, con la mirada apagada y perdida. Pero no había ira en los ojos.

Helen estaba en el sofá. *¿Ves, Helen? ¡Él te ama profundamente! Mírale los ojos, estos flotan en amor.*

¿Cómo podía alguien atreverse a amarla con tal intensidad, sabiendo lo que él ahora ciertamente sabía? Seguro que Ivena le había contado todo. Helen sintió que las lágrimas le brotaban pero no pudo contenerlas. Dejó caer la cabeza entre los brazos y comenzó a llorar.

Jan siguió adelante, cayendo de rodillas y colocando suavemente ambos brazos alrededor de ella.

—Está bien, Helen —manifestó mientras le temblaban las manos—. Deja de llorar por favor.

La voz de él estaba tensa. Helen se desmoronó ahora, desbordándosele la tristeza que le había brotado en el pecho.

—¡Lo siento mucho! —exclamó llorando, moviendo la cabeza de lado a lado—. Lo siento muchísimo.

—Sé que lo sientes —contestó él, revelando que lo sabía todo—. Por favor, Helen. Deja de llorar por favor. ¡No puedo soportarlo!

Entonces se puso a llorar con ella. No solo a resollar sino a sollozar en voz alta y a temblar.

Ella puso un brazo sobre el hombro de Jan y cada uno ocultó el rostro en el cuello del otro, y lloraron juntos. Ninguno habló por largo rato. Para Helen el alivio del amor de él llegó como agua para un alma completamente reseca, deshidratada por la ausencia de Jan. Debido a la propia locura de ella. *¡Perdóname! Tú me has dado este hombre, este amor, ¡y yo lo he rechazado! Oh, Dios, ¡perdóname!* Ella apretó a Jan con más fuerza. *¡Nunca lo dejaré ir! Perdóname, ¡te lo ruego!*

—Te amo, Helen. Lo sabes, ¿verdad? —declaró Jan levantándole tiernamente el rostro con las manos y enjugándole las lágrimas con los pulgares—. Nunca te rechazaría. Nunca. No podría; eres mi vida. Moriría sin ti.

—Lo siento.

—Sí. Pero no más. No más lágrimas. Estamos juntos, eso es lo único que importa.

—No sé por qué regreso, Jan. Yo…

Él la apretó contra su propio hombro y se estremeció con otro sollozo.

—No, ¡no! Está bien —exclamó, abrazándola con fuerza, como un torno.

Esta era la primera vez que Helen entendía por completo el sufrimiento de Jan; que él lloraba por dentro, que luchaba para contener el dolor que lo llevaría a aniquilarla.

Asimilar esto la entumecía, dejándola perpleja mientras él intentaba controlarse. *Oh, Dios, ¿qué he hecho? ¿Qué he hecho?*

Y Helen supo entonces que sus propias lágrimas, su soledad y su dolor, eran todas por ella misma. No por Jan. *Ella* lo extrañaba. *Ella* se sentía sola. *Ella* quería recibir perdón.

Pero este hombre en sus brazos tenía las emociones enfocada en ella. Él quería consolar*la*; quería perdonar*la*. Esa era la diferencia entre ellos, pensó Helen. Un abismo tan grande como el Cañón de Colorado. El egoísmo de ella y el desinterés de él. Este era el mensaje del libro de Jan, *La danza de los muertos*. Él había muerto a una parte de sí mismo por ella. Aun ahora en los brazos femeninos moría a una parte de sí mismo por el bien de ella.

¿Y qué muerte estaba ella dispuesta a tener por él? Ni siquiera la muerte de sus propios placeres auto-gratificantes. Apretó la mandíbula y se juró entonces que nunca, nunca volvería a Glenn. ¡Nunca!

Helen besó la boca de Jan, y se enjugó las lágrimas. Él devolvió el beso y se quedaron abrazados por otro prolongado minuto.

—Helen, escúchame —dijo finalmente Jan.

—Siento muchísimo…

—No, no. Eso no. Tenemos otro problema. He cometido un error. Es posible que debamos irnos —anunció, poniéndose repentinamente de pie y corriendo hacia la cocina.

—¿Jan? —preguntó Helen sentándose—. ¿Qué error?

—Fui a las torres —contestó él de espaldas a ella—. Le disparé a Glenn Lutz.

—¿Le disparaste? —exclamó ella parándose de un salto—. ¿Mataste a Glenn?

—No. Le disparé a las manos —declaró Jan levantando de la pared el auricular y mirándola—. Te lo explicaré en el auto, pero ahora mismo creo que debemos ir por Ivena y encontrar un lugar seguro mientras resolvemos esto.

—¿Un lugar seguro? —inquirió Helen, mirándolo sorprendida.

—Sí —respondió Jan, e inmediatamente marcó el número de Ivena—. Podrías agarrar algunas cosas, pero tenemos que salir.

—¿Cuánto tiempo?

—No lo sé. Un día. Dos —contestó, luego se inclinó y se enfocó en el teléfono—. ¿Ivena? Gracias a Dios que estás bien.

¿Le había disparado Jan a Glenn en las manos? La realidad de esto la impactó estando parada en la sala, mirando en silencio la espalda de Jan mientras este hablaba con Ivena. Súbitamente se le subió un calor a la cabeza; miró hacia la puerta principal, medio esperando ver a Buck o Stark en el marco. Pero la puerta seguía cerrada. De cualquier modo, sin duda alguna Glenn los liquidaría ahora.

Helen corrió hacia la habitación, aterrada. Metió al bolso de viaje de Jan un cepillo de dientes y el tubo de pasta dental junto con otros artículos de tocador y alguna ropa interior. ¿Adónde posiblemente podrían ir?

Jan le había disparado a Glenn. ¿Sabía él qué significaba eso?

Corrió hacia la sala. Jan estaba cerrando la puerta corrediza hacia el patio trasero.

—Debemos apurarnos, Jan, ¿Tienes alguna idea de adónde ir?

—A un lugar seguro.

—¿Y dónde estaremos a salvo de Glenn? Él tiene oídos...

—Lo sé, Helen. No soy extraño al peligro. He visto mi parte.

Jan jaló rápidamente las cortinas. Le lanzó a Helen una sonrisa fugaz, la agarró de la mano, y se apuró hacia la puerta.

—Si hay peligro, probablemente será en la casa de Ivena, no aquí.

—Él dijo tres días —comentó Helen—.

La calle estaba despejada, y caminaron enérgicamente hacia el auto.

—Eso fue mientras él aún tenía buenas las dos manos. Quizás lo hice cambiar de opinión.

Helen emitió una risita nerviosa y subió al Cadillac. Pero no había humor en eso. Salieron disparados desde la casa y Helen exigió que Jan le contara exactamente lo que había acontecido en las torres.

Él lo hizo.

La joven supo entonces que alguien moriría. Eso era ahora una certeza. La única pregunta era quién.

CHARLIE WILKS estaba de pie en la oficina de Glenn, asombrado por el piso ensangrentado ante él. Glenn se hallaba flácidamente sentado en su silla, debilitado por la difícil experiencia. Sin duda esta era una escena extraña; no porque Charlie no estuviera acostumbrado a heridas de bala o charcos de sangre, sino porque la sangre era de Glenn. El hombre fuerte había recibido la visita de su similar.

Un médico al que Glenn llamaba Klowawski ya le había sujetado el hombro con un cabestrillo temporal y le había vendado las manos con blancas tiras de gaza como un boxeador. La obra de restauración se haría en la clínica, pero no hasta que Glenn se hubiera entrevistado con Charlie.

—¿Estás seguro que fue Jan Jovic quien hizo esto? —preguntó el policía—. ¿No alguien que se parezca...?

—Fue el predicador, ¡idiota! Estuvo aquí durante diez minutos apuntándome con mi propia pistola. ¿Crees que imaginé toda la situación?

Charlie miró la ensangrentada camisa que brillaba amontonada en el suelo.

—Por supuesto que no.

Alguien había intentado limpiar algo de la sangre del piso con la camisa blanca de algodón, consiguiendo solo embadurnar círculos en la baldosa. Glenn merecía esto, y por eso Charlie no sintió compasión. Pero la ley prohibía a los ciudadanos irrumpir en oficinas de personas y perforarles las manos. Jan Jovic se acababa de meter en problemas, y Glenn se aprovecharía de esta ventaja.

—Esto me da lo que necesito —informó Glenn—. Debes comprender eso.

—Sí, así es. Te da el derecho de hacer que se detenga al Sr. Jovic. Pero nada más.

—No es eso de lo que estoy hablando.

—¿Y de qué estás hablando, Glenn?

Charlie lo sabía, desde luego.

—Esto enturbia las aguas. Te da un buen resguardo.

—¿Me da un resguardo? ¿Y de qué debo resguardarme? Capturaré a tu hombre, lo meteré en la cárcel por algunos días, lo enjuiciaré como requiere la ley…

—Eso no es lo que quiero. No es suficiente.

—¿Qué entonces? ¿Lo quieres muerto?

—No —contestó Glenn con una sonrisa burlona—. No él… es demasiado valioso vivo. Acabo de pagar diez millones por su trasero. Lo necesito vivo pero también lo necesito dispuesto. La vieja bruja, por otra parte…

—¿La mujer?

—Voy a matar a la vieja y quiero que te mantengas fuera de mi camino. Ayúdame si es necesario.

Charlie aspiró hondo y soltó lentamente el aire. Esta no era la primera vez, por supuesto. Pero Glenn se estaba metiendo con personas decentes, no con la escoria con que por lo general se mezclaba.

—Te compensaré generosamente, desde luego —concluyó Glenn.

—Déjame aclarar esto —contestó Charlie sentándose en una silla para visitantes—. ¿Quieres matar a una anciana indefensa conocida por media nación como ícono del amor maternal, y quieres que yo encubra el asesinato? ¿De eso se trata?

—Sí —respondió Glenn con labios aplanados—. Eso es exactamente lo que quiero. Atrapas al predicador y me dejas tratar de cerca con él, y utilizas la distracción de todo este desorden como una pantalla de humo cuando encuentren el cadáver de la vieja.

—Hay dos clases diferentes de personas…

—¡No me importa si hay diez clases diferentes de personas! —gritó Glenn con el rostro enrojecido—. ¡Voy a matar a la vieja bruja, y te encargarás de que nadie se meta en mi camino! ¿Es mucho pedir eso? Él es un criminal, que llore a gritos. Le disparó a un hombre desarmado.

Charlie tamborileó los dedos en el apoyabrazos de la silla y frunció la boca. Se podría hacer, esto de encubrir a Glenn. Pero el asunto también podría reventar.

—Hay cincuenta mil para ti en esto —expresó Glenn—. Cien si necesitamos tu ayuda.

—¿Cincuenta? ¿Cinco-cero? —preguntó Charlie con el pulso acelerado.

—Cincuenta.

—¿Qué clase de ayuda?

—Hacerla caer en una trampa —expuso el gordinflón, e hizo oscilar una mano vendada en absolución—. No tendré nada que ver con eso.

—¿Lo harás parecer un accidente? —inquirió Charlie.

— Por supuesto.

—Está bien. Pero si esto se llega a estropear, esta discusión nunca sucedió. Recuérdalo —advirtió Charlie, y se puso de pie—. Publicaré anuncios en todas partes por el predicador; sigue adelante y crea tu pequeño accidente. Pero por amor de Dios, hazlo bien.

—Ya está hecho, amigo mío —opinó Glenn sonriendo con sus dientes chuecos—. Ya está hecho.

CAPÍTULO TREINTA Y UNO

EL MOMENTO en que entró a la calle en que estaba la casa de Ivena, Jan vio el negro Lincoln estacionado al frente. Hizo girar el volante del Cadillac y frenó a cincuenta metros de la casa.

—¿Qué estás haciendo? —exigió saber Helen—. Simplemente sigue conduciendo...

Ella vio entonces el auto y se quedó helada.

—Quédate aquí —ordenó Jan agarrando la manija y abriendo la puerta.

—Jan, espera...

Pero Jan no oyó el resto porque ya había salido corriendo hacia la casa. El Lincoln negro había estado en el estacionamiento de las torres. No tenía nada qué hacer aquí. Refunfuñó entre dientes y se desvió hacia el patio trasero de Ivena.

Una elevada cerca de madera rodeaba el patio densamente reverdecido. Hortensias púrpuras y flores blancas de gardenias sobresalían por encima de puntiagudas estacas blancas. Jan se deslizó hasta detenerse en la cerca, miró a través de dos tablillas, y al no ver más que césped vacío más allá de las enredaderas, trepó con dificultad. Cayó en cuclillas al otro lado, con el corazón palpitándole ahora en las orejas. Detrás de él se cerraba la puerta de un auto... Helen lo había seguido. Ya era demasiado tarde para detenerla.

Las paredes de cristal del invernadero estaban demasiado llenas de enredaderas como para ver más allá a esta distancia. Una constante brisa susurraba a través de las hojas en lo alto, pero aparte de eso el aire estaba en calma. Jan corrió hacia la puerta trasera.

Imágenes del cuerpo de Ivena, encogido y sangrando, le inundaron la mente. Si él tenía razón, ella estaría en el invernadero con las flores; este era una preocupación para su amiga.

Jan agarró la manija y abrió la puerta.

Ivena estaba allí en mitad del cobertizo, con el rostro levantado hacia el techo y los ojos cerrados. La brisa le soplaba hacia atrás el pelo a nivel del cuello. No demostró ninguna señal de haber oído a Jan.

Él examinó el aposento. La puerta hacia la casa estaba abierta, mostrando un oscuro interior. El asaltante, si es que lo había, estaría allá, esperando.

—Ivena —susurró él, mirando la entrada hacia la cocina.

—Hola, Janjic. Veo que volviste —habló ella en voz alta.

Él echó a andar y se llevó un dedo a la boca, pero ella no había movido la cabeza hacia él.

—Entra, Janjic.

—¡Ivena! —susurró él con aspereza—. Shhh. ¡Rápido! ¡Debes venir!

—¿Qué pasa? —preguntó ella mirándolo ahora.

—¡Ven ahora! ¡Shhh!

Jan miró a través de la puerta hacia la casa e Ivena le siguió la mirada.

—¿Qué pasa? —volvió a preguntar la mujer caminando hacia Jan rápidamente y con los ojos abiertos de par en par.

Jan no contestó. La agarró de la mano y la llevó a través de la puerta trasera. Le recorrió tal alivio por los huesos al guiarla torpemente hacia la seguridad del patio, que apenas logró notar al hombre alto que se materializaba en las sombras de la puerta interior.

Pero entonces se percató, y el corazón se le alojó firmemente en la garganta. Los músculos se le engarrotaron. El sujeto salió de las sombras, con una pistola en la mano. Detrás de Jan, Ivena le cubría totalmente la espalda.

—Janjic Jovic, dime inmediatamente qué significa esto o…

Jan se lanzó hacia atrás, contra Ivena.

Ella gritó, pero se las arregló para permanecer erguida.

¡Pum!

La detonación de la pistola sonó espantosamente fuerte en el pequeño espacio. Ivena no necesitó más aliciente. Jan le agarró con fuerza la mano, y juntos corrieron casi paso a paso hacia la cerca trasera.

Helen estaba sentada a horcajadas en la cerca.

—¡Retrocede, Helen! —gritó Jan—. ¡Regresa!

Él se dio vuelta, agarró a Ivena por la cintura, y la levantó hasta la cerca con un bufido.

—¡Agárrala!

Helen obedeció e Ivena desapareció. Jan se lanzó por encima sin esperar. Regresó a mirar a tiempo para ver al pistolero vestido de negro deslizándose hasta detenerse en la esquina del invernadero. El hombre no era idiota; afuera no podía hacer nada con una pistola ruidosa.

Jan cayó a tierra. Helen había agarrado la mano de Ivena y ya corrían hacia el auto.

Entraron al Cadillac, sin aliento y jadeando como oleadas en coro. Jan encendió el motor y puso el auto en marcha haciendo un chirriante giro en U y acelerando por la calle.

JAN SE desvió por las afueras de Atlanta como por cinco minutos antes de aflojar el pie del acelerador y conducir al Cadillac a la velocidad máxima. Necesitó diez minutos completos hasta que amainara el torrente de preguntas y explicaciones. Ivena parecía más horrorizada con el ataque de Jan en las torres que con el hecho de que un pistolero casi le metiera a ella una bala en el cráneo en su propia casa.

—Fue una estupidez, Janjic. Ahora te has puesto en peligro.

—¿Y no estaba antes en peligro? Ese sujeto es una bestia. Simplemente no podía quedarme quieto mientras un animal irrumpe violentamente en nuestras vidas.

—¿Y ahora irrumpirá con menos violencia? No lo creo.

Jan hizo rechinar los dientes pero no respondió directamente.

—¿Adónde estamos yendo? —preguntó Helen al lado de él.

—A la casa de campo de Joey —respondió Jan.

—¿El jardinero? —inquirió Helen.

—Sí. Él vive en una casita en la propiedad, bordeando los jardines.

—¿Crees que sea seguro? ¿Qué te hace pensar que los hombres de Glenn no estén ya esperando allí?

—Glenn podrá ser un monstruo, pero no es omnisciente. Nadie sabe del lugar. Está muy aislado.

—Caramba, caramba, veo que estamos en un lío, Janjic —habló Ivena desde el asiento trasero—. ¿Qué te traes ahora entre manos?

Esta reflexión era de una mujer a quien habían secuestrado y apaleado ni siquiera cuarenta y ocho horas antes.

Avanzaron rápidamente hacia el Jardín del Edén de Joey discutiendo de nuevo el aprieto en que se hallaban. Ivena tenía razón, pensó Jan: Estaban en un lío. Jan respiró hondo e hizo una oración. *Te suplico que nos muestres una salida a esta locura, Padre. Fue tu intromisión lo que la empezó.*

Pero no fue Dios quien perforó las manos de Glenn, ¿verdad? No. Al contrario, no hace mucho tiempo alguien había perforado las manos de *Dios*. Por tanto, ¿en qué convertía eso a Jan? ¿En demonio? Ahora he ahí un pensamiento.

Se acercaron a la casa de campo de Joey sin ser vistos, hasta donde Jan podía afirmar. Excesiva vegetación abarrotaba la entrada de tierra que serpenteaba a lo largo del vallado de cuatro metros que bordeaba la propiedad. Altos robles rodeaban la pequeña estructura de madera, lanzando un mal presagio en la débil luz. Un Ford Pinto amarillo se hallaba sobre un lecho cubierto de grava al lado de una casa cubierta por follaje. Sombras se deslizaban, pero más allá de ellas brillaba luz. Eran las seis de la tarde; Joey estaría en casa después de su día en el jardín.

Se apearon del auto, sin pronunciar palabra. Enredaderas se arrastraban sobre el ladrillo rojo. Verdes plantas trepadoras con grandes flores blancas. Se quedaron inmóviles mirando fijamente la escena. Las flores de Ivena cubrían el costado de la casa; Jan no podía confundirlas.

Ivena caminó hacia ellas en silencio. Tocó una flor y se dio vuelta, con ojos bien abiertos. Jan guió a Helen por los escalones. Joey abrió la puerta antes de que ellos tocaran.

—¿Jan? Caramba, Dios santo. No estaba esperando compañía.

—Perdóname, Joey. Nosotros...

—Entren, entren —pidió el hombrecito señalando con un brazo el interior de su casa—. No dije que no *deseara* compañía. Solo que no la esperaba.

Entraron y Joey cerró la puerta.

—¿Les puedo ofrecer algo de beber?

—En realidad, Joey, esta no es exactamente una visita social. Es decir sí lo es, pero no como podrías esperar. Temo que estemos en un gran problema.

—Veo que las flores se han desarrollado bien —comentó Ivena.

—Sí. Así es —contestó Joey con una sonrisa; se miraron uno al otro sin decir nada—. Bueno, bueno, siéntense por favor.

Joey se movía aprisa por la pequeña sala, enderezando almohadones marrones sobre un sofá verde de juncos y una silla que le hacía juego. Una chimenea de piedra ocupaba la mitad del espacio, pero la decoración era sorprendentemente colorida y acogedora. No en balde Joey era jardinero; propiciaba la belleza.

—Así que están metidos en algún problema —dijo él después de sentarse en la repisa de la chimenea—. Cuéntenme.

Joey escuchaba mientras ellos narraban la historia, oyéndola absorto de principio a fin. Expresándolo en voz alta, Jan había sido impactado por lo irracional del asunto. Parecía imposible esta historia de amor y horror en esta tierra de paz. Y pensar que a menos de seis kilómetros ya estaba adelantada la construcción del castillo que Jan edificaba para su esposa. Jan miró a Helen, a la luz ámbar que le brillaba en los ojos vidriosos, y pareció que una mano le oprimía el corazón. La mano de Dios, pensó él.

Joey se quedó mirándolo como si revisara para estar seguro de que fuera realmente él, Jan, el escritor que conocía. Solo pudo asentir. Pero al final Joey insistió en que aquí estarían a salvo. Al menos por un día mientras decidían qué hacer. Aunque tendrían que arreglárselas en dos alcobas. Joey ocuparía el sofá.

Les sirvió tazones de un estofado de carne de res y hablaron de una docena de opciones, ninguna de las cuales tenía sentido para Jan. La situación parecía increíble. Entrar al lugar de negocios de un hombre y dispararle no era exactamente defensa propia. Jan debía al menos contactarse con un abogado. Es más, ¿por qué no ir ahora mismo hasta la estación de policía y entregarse? Si, en realidad, ¿por qué no? Esta parecía su única opción.

—Creo que solo hay una cosa que tiene sentido —dijo finalmente Jan poniendo el tazón sobre la mesa de centro y suspirando—. No es con Helen con quien Glenn está furioso sino conmigo. Y él ha hecho una amenaza directa contra ti, Ivena. Solo hay una manera de garantizar tu seguridad.

—¿Y qué de ti?

—Escúchame por favor. Si me contactara con la policía y exigiera custodia preventiva para ti, creo que te la darían. Ya pusiste una denuncia. Ellos no te pueden hacer caso omiso ahora.

—¿Así que quieres que *me* encarcelen?

—No has hecho nada malo; no te encarcelarán.

—Pero a ti sí, Janjic. Tú atacaste a ese hombre. *Te* encarcelarán por eso.

—Tal vez. Pero entonces una cárcel podría ser el lugar más seguro para mí. Hasta que aclaren la verdad.

—La verdad es que le disparaste a un hombre —opinó Helen—. A pesar de lo que Glenn haya hecho, no pasarán eso por alto.

Todos se miraron.

—De cualquier modo enfrentaré las consecuencias. Si puedo traer aquí un detective que oiga nuestra historia al menos conseguiremos protección para Ivena. ¿Tienes alguna duda de que Glenn le hará daño a Ivena?

—No. Pero estás poniendo demasiada confianza en la policía, ¿no crees? Aquí estamos a salvo del hombre.

—¿Y cuánto tiempo crees que podemos quedarnos aquí? Tengo asuntos esperándome. Para mañana al mediodía me estarán buscando por todas partes. No tengo alternativa. En la mañana llamaré al detective que le tomó la declaración a Ivena. ¿Cómo se llama?

—Sr. Wilks —contestó Ivena—. Charlie Wilks.

—Yo no confiaría en nadie —comentó Helen—. Te lo estoy diciendo, si crees que entregarte a la policía es la manera de continuar con esto, entonces no conoces a Glenn. Él tiene conexiones. Deberías llamar a un abogado.

—Lo haré. Pero primero utilizaré mis propios contactos —objetó Jan, parándose y dirigiéndose al teléfono negro que colgaba en la pared.

—¿Quién?

—Roald —contestó Jan levantando el auricular—. Quizás mi maldispuesto amigo pueda aún sacar un truco del sombrero.

EL DETECTIVE Charlie Wilks estaba sentado al escritorio de su oficina a las nueve de la mañana del martes cuando se encendió con un molesto zumbido la tercera luz en el teléfono. Pulsó el intermitente botón.

—Wilks.

—Detective Wilks, soy Jan Jovic.

Charlie se incorporó.

—¿Jovic? —inquirió, mirando por la puerta abierta de la oficina; una docena de escritorios llenaban el espacio, ocupados por otros detectives con menor antigüedad.

—Sí. Tengo algo…

—Espere. ¿Podría usted esperar?

—Sí.

Charlie se levantó del escritorio, cerró la puerta y regresó.

—Discúlpeme por eso. ¿Dónde está usted, Sr. Jovic?

—Estoy a salvo, si es lo que quiere decir.

La voz del hombre tenía un acento extranjero. *¿A salvo?*

—Comprenda usted que mientras hablamos tengo dispuesto sobre usted un comunicado de búsqueda por radio en toda la ciudad. No estoy seguro de cuáles sean las leyes en su país, pero aquí en Estados Unidos es un crimen disparar a las manos de alguien. ¿Están las otras con usted?

—¿Las otras? —preguntó Jan titubeando por un momento.

—También sabemos que Helen y esta Ivena han desaparecido. Supongo que están con usted.

—Sí. E Ivena le reportó a usted ayer una denuncia, ¿es eso correcto?

—Por supuesto. Pero seguramente usted comprende que tengo las manos atadas a menos que tenga la oportunidad de examinar los reclamos de la señora. Mientras tanto he visto las manos del Sr. Lutz con mis propios ojos.

—Todo a su debido tiempo, mi amigo. Quiero que garantice custodia policial para Ivena y Helen. Cuando les oiga sus historias verá que es a Glenn Lutz, no a mí, a quien debería atrapar.

—Sé dónde está Glenn Lutz. Es más, hablé con él esta mañana. Por otra parte, con usted no. Usted solo está empeorando las cosas para sí mismo. Así que dígame dónde está y lo escucharé.

—Lo haré. Pero no hasta mañana por la mañana. Hasta entonces, por favor no haga de esto más de lo que sea absolutamente necesario. No soy un hombre sin influencias, Sr. Wilks. Usted puede esperar una llamada mañana.

El teléfono se cortó abruptamente.

El pulso de Charlie se aceleró. Al instante pulsó otra línea y marcó una serie de números. Quién habría imaginado que un hombre con carácter para dispararle a Glenn Lutz caería tan fácil. Sin embargo, Jovic no tenía motivos para desconfiar de la policía.

—¿Sí? —contestó en el auricular la conocida voz de su amigo.

—Hola Glenn. Tengo algunas noticias.

—¿Verdad? Por tu bien, Charlie, más vale que sean buenas.

—Mira, ¿por qué siempre eres tan hostil? —objetó Charlie reclinándose en la silla, confiado—. Él llamó.

—¿Llamó el predicador? —preguntó Glenn interrumpiéndosele la pesada respiración.

—Quiere reunirse conmigo mañana por la mañana. Ivena y Helen están con él.

—¿Dónde?

—No me lo dijo. Pero lo hará.

El sonido de la respiración de Lutz se volvió a oír en el auricular.

—Y tú me lo dirás, ¿no es así? —advirtió, seguido de algunas otras respiraciones fuertes—. ¿No es así, Charlie?

Definitivamente el tipo ese estaba enfermo.

—¿Por cien grandes? Eso es lo que dijiste que pagarías si necesitabas mi ayuda, ¿correcto? A esto llamo ayuda.

—Eso es lo que dije.

—Recibirás mi primera llamada —declaró Charlie, sonriendo—. Te daré una hora de ventaja.

—Solo llámame.

CAPÍTULO TREINTA Y DOS

ESA NOCHE los cielos vertían oscuridad sobre Atlanta, amenazando lluvia antes de que el tráfico terminara su bulliciosa actividad. Jan estacionó el Cadillac en un callejón a dos cuadras del ministerio y se bajó. Contaba con que la llamada al detective Wilks le diera un poco de tiempo. Si hubiera una patrulla policial vigilando el edificio cuando él fuera allá, esta visita podría fracasar.

Jan examinó la calle, y al no ver indicios de la policía subió a la acera. Metió las manos en los bolsillos y caminó con la cabeza agachada. Los empleados se debieron haber ido a casa a esta hora, pero siempre había la posibilidad de que lo reconociera alguien del vecindario.

Había dejado a Ivena y Helen en la casita de campo de Joey casi tres horas atrás. Había pasado por su calle, esperando conseguir una muda fresca de ropa para él y Helen, pero la patrulla de policía estacionada a lo largo de la carretera le había hecho cambiar de opinión. La casa de Ivena también estaba vigilada. Optó entonces por Woolworth. Helen tendría que conformarse con el vestido blanco que él seleccionara. Era talla cinco y la vendedora le había asegurado que era una buena talla para una mujer pequeña. No compró nada para él.

Levantó la mirada. La calle estaba descongestionada de autos. Era evidente que a la policía le preocupaban más las casas que el ministerio. O quizás no había vigilancia debido a la hora tardía.

Jan ingresó al callejón adyacente al edificio del ministerio y se dirigió a una puerta de acero.

—No me dejes plantado, Roald —susurró—. No ahora por favor.

Jan haló la manija y la puerta se abrió. Un escalofrío de alivio le bajó por la espalda. Entró al oscuro pasillo, tanteando el recorrido hasta el hueco de la escalera, y luego subió los peldaños de dos en dos. Señales rojas de salida le indicaban el camino, pero ocho pisos lo dejaron jadeante y entonces hizo una pausa en el tramo final de la escalera para recobrar el aliento.

Entró con esfuerzo a la conocida suite de la oficina. De inmediato oyó las voces y supo que Roald había tenido éxito. Jan no había visto los autos, lo cual significaba que los habían estacionado en la calle secundaria como les sugiriera.

Se abrió la puerta del salón de conferencias y Jan ingresó.

Todos estaban allí, y lo miraron al mismo tiempo. Roald, Karen y Betty. También Frank y Barney Givens. Jan le había pedido a Roald la asistencia de la junta si era posible; no sabía si Frank y Barney habían volado o si se hallaban en la ciudad. Aquí estaban dos de los cuatro. Y Betty se encontraba aquí como representante del ministerio. Los empleados querrían saber la verdad una vez que el asunto estallara, y él deseaba que recibieran esa verdad por medio de Betty.

—Buenas noches, mis amigos —saludó Jan con una ligera sonrisa.

Roald estaba a la cabecera de la larga mesa, con el ceño fruncido y los lentes posados en el extremo de la nariz; a su lado Karen se encontraba inclinada hacia atrás con los brazos cruzados. Frank y Barney se hallaban sentados imperturbables a la izquierda, y Betty sonreía cálidamente a la derecha.

—Siéntate, Jan —ordenó Roald.

—Hola, Roald. Qué alegría volverte a ver.

Una voz de cautela le susurró a Jan en la mente. Ellos no reaccionaban con la preocupación que él había imaginado. Betty sonreía, pero los demás ni siquiera eran cordiales.

—Yo tenía la impresión de haber convocado esta reunión. ¿Por qué me siento aquí como si hubiera entrado a un foso de víboras? —preguntó Jan, aún de pie.

—Oh, no, Jan —objetó Betty, y miró nerviosamente alrededor—. ¿Cómo puedes decir...?

—Tienes algo qué exponer. Expresa tu opinión —interrumpió Roald.

Jan lo miró.

—Gracias. Betty. Está bien, Roald, lo haré —manifestó halando una silla al lado de Betty y sentándose—. Gracias por venir, Frank, Barney y Karen.

Ellos asintieron con la cabeza en respuesta pero sin ofrecer ningún saludo formal.

—Por los labios rígidos de ustedes deduzco que han oído hablar del incidente de ayer.

Ninguna reacción.

—Tomaré eso como un sí. También sé que desde el principio ustedes no han entendido mi relación con Helen. No, permítanme expresarlo de otra manera: la mayoría de ustedes condenó desde el inicio mi relación con Helen. Bueno, ahora el equilibrio ha cambiado, porque me he visto obligado a hacer algunas cosas de las que no estoy orgulloso. Algo que ustedes podrían creer que empañará mi imagen. Pero si tan solo abren las mentes por unos cuantos minutos, sinceramente creo que verán las cosas de modo distinto.

Ellos permanecieron sentados mirándolo sin responder.

Jan dejó de mirar a Roald.

—Frank, hace tres meses tú, Barney y los demás de la junta me advirtieron acerca de la delicada naturaleza de mi imagen al ser portavoz de la iglesia, y diré que en aquel momento les cuestioné ese juicio. Pero ahora veo algo de verdad en esa afirmación. «A todo el que se le ha dado mucho, se le exigirá mucho», creo que esa fue la cita que usaron. Expresaron que había más intereses en juego además de mis propios asuntos. Intereses en cuanto a la iglesia. El ministerio, por ejemplo. *La danza de los muertos*. Una oportunidad de alcanzar a millones con un mensaje del amor de Dios. Ustedes querían que yo subordinara mis propios intereses por el beneficio mayor de la iglesia, ¿de acuerdo?

Los ojos de Frank titilaron.

—Bueno, ahora tal vez haya la oportunidad de que ustedes, todos ustedes —siguió diciendo Jan, y miró por sobre la mesa—, subordinen sus propios intereses por los mayores intereses de la iglesia. Por *La danza de los muertos*. Quizás ahora sea el momento de apoyarme y apoyar al ministerio, porque créanme, nadie más lo hará. Lo que han oído es cierto. Disparé a este desquiciado Glenn Lutz en las manos, con su propia pistola, pero solo porque amenazó con matar a Ivena. Solo porque es un monstruo de magnitud sobrenatural. Y si ustedes supieran realmente...

—Sabemos más de lo que crees —interrumpió Roald.

—¿Qué tratas de decir? —quiso saber Jan con una punzada de ira recorriéndole por la columna.

—¿Terminaste?

Esto no estaba resultando como lo había planeado. Había tenido la intención de presentar la situación total como la conocía. Llegó aquí confiando en que lo escucharían y en que se adherirían en su defensa. Pero Roald no parecía tener ninguna sensibilidad en el cuerpo. Lo cual dio la apariencia de estar fuera del control de Jan. Karen apenas se había movido desde que entrara el serbio. No que esperara ningún favor enorme de ella. Betty era la única que mostraba una actitud comprensiva, pero ella no poseía el poder de los otros.

—No, no he terminado. Pero es obvio que ustedes no están entendiendo mi punto aquí. ¿Por qué mejor no continúas y me dices lo que tienes en mente, Roald? —objetó él mordiéndose el labio y conteniendo una urgencia de ir hasta donde el hombre y golpearle la cabeza contra la pared.

—Bueno, lo haré. Mientras has estado ocupado escondiéndote de la policía, lo cual es lo más ridículo que he oído, nosotros hemos estado ocupados tratando de salvar tu carrera. Esto es mucho más grave de lo que comprendes, mi ingenuo amigo. Tienes algunos problemas, y ahora por asociación nosotros tenemos algunos problemas.

—¿Crees que no sé eso? ¿Qué...?

—El contrato que firmamos con Dreamscape tiene algunos problemas.

—¿El contrato? ¿Qué tiene que ver el contrato con esto? Pensé que ellos dijeron que era prácticamente igual al antiguo.

—Prácticamente. Pero no exactamente. Tiene una cláusula con relación a la moral que ha llamado nuestra atención.

—Moral. ¿Y cómo nos afecta la moral en este contrato?

—Eso depende. El contrato contiene una cláusula que da a Dreamscape el derecho de cancelarlo en caso de se llegue a cuestionar el carácter moral del personaje de la historia en cualquier momento antes de la fecha de estreno. El personaje de la historia eres tú, Jan.

La declaración cayó en la mente de Jan como una pequeña bomba, por lo que parpadeó.

—¿*Mi* integridad moral? ¿Qué significa eso? ¿Se sintieron ya ofendidos por mi equivocación de ayer? ¿O eres tú quien está haciendo más...?

—No es el disparo, ¡idiota! Por estúpido que eso fue...

—No me interrumpas por favor, Roald —se defendió Jan—. Al menos dame esa cortesía.

—Desde luego.

—Y si no es el disparo, ¿qué es entonces?

Roald no respondió. Lo hizo Frank.

—Es la mujer, Jan. Se te advirtió acerca de ella, ¿no fue así?

La mente de Jan empezó a entender, demasiado asombrado para atar cabos.

—Te advertí que ella era un peligro —continuó bruscamente Roald; Karen aún no había hablado, y simplemente se mecía en la silla con los brazos aún cruzados—. El estudio está poniendo millones sobre el tapete, produciendo una película que ve al mundo a través de un lente excepcional: el de Jan Jovic, un hombre que ha aprendido acerca del amor por medio de las brutales lecciones de la guerra. Y ahora descubren que su *héroe* está viviendo con una... una mujer indecorosa. Te dije que ella era una mala idea, ¿no es así? Yo estaba sentado exactamente aquí y opiné que esta drogadicta tuya podría arruinarlo todo. ¿Y escuchaste? No. En vez de eso resulta que te casas con ella, ¡vaya desastre!

—¡Y tú no sabes nada, Roald!

—No, desde luego que no. Por eso desde el principio hiciste caso omiso a mi advertencia. Porque no sé nada. Y tú, el noble defensor, lo sabes todo.

—Está bien, muchachos —terció Karen—. Aún estamos aquí del mismo lado.

—¿De veras? —objetó Roald—. Yo no estoy de acuerdo con que se haga esta película, con que salga este mensaje. Y francamente ya no sé de qué lado está Jan.

—Estoy del lado del amor —rebatió Jan—. Del mismo lado que estuviste en cierto momento. Esa es la esencia de mi historia.

—Bueno, ahora tu amor va a lograr que *La danza de los muertos* se cancele. Tu relación con Helen socava tu autoridad moral.

—Estamos casados, ¡por amor de Dios! —exclamó Jan sintiendo la idea como una broma pesada—. ¿Cómo podría la moral ser un problema en el matrimonio?

—Realmente debiste haberme escuchado —repuso Roald moviendo la cabeza de lado a lado—. Lo que importa es la apariencia de mal, Jan. ¿Cómo van a vender una película acerca del descubrimiento que un hombre hace de Dios y de la moralidad, si se cuestiona la moral de ese individuo? ¿No es eso lo que te dije?

—¡Y yo te estoy preguntando cómo está cuestionada mi moral?

—Porque las apariencias sí importan, Jan. ¡Y tu... *esposa* no irradia la mejor de las apariencias!

Jan tuvo deseos de golpear al hombre con el puño. Se levantó e hizo frente a la mesa de conferencias, temblando de ira.

—¿Quieres dispararme ahora como hiciste con el Sr. Lutz? —expresó Roald.

—Basta, Roald. Ya dejaste en claro tu punto —señaló Karen, y con ojos impasibles se volvió hacia Jan—. Siéntate, Jan.

Jan se obligó a volver a su asiento. Frank y Barney estaban codo a codo, como un jurado analizando el riguroso interrogatorio.

—Dreamscape nos ha puesto una condición para continuar —anunció ella—. No harán la película con un dilema de moralidad cuestionable colgándote sobre la cabeza.

—¡Eso es totalmente ridículo! Y de todos modos, ¿qué se supone que quiera decir «cuestionable»?

—Que la mujer se vaya o que se pierde la película —razonó Roald—. Eso es lo que se supone.

—¡Eso es ridículo! ¿Quieren que me divorcie? ¿Y ven eso como moral? ¡Ningún estudio podría ser tan incongruente! ¡Alguien más podría comprar los derechos de la película!

—No. No es posible. Dreamscape ya ha aclarado que no venderá los derechos. No mientras haya una relación adúltera en el asunto.

—¡*No* tengo una relación adúltera! ¿Quién podría hacer una afirmación como esa?

—No dijeron que tú estuvieras cometiendo adulterio —explicó Karen—. Ellos afirman que Helen aún se está viendo con Glenn Lutz.

Se hizo silencio en el salón. Un sudor le brotó a Jan en la frente.

—La película es acerca de mí, no de Helen. ¿Y cómo podría Dreamscape saber de Glenn?

—Estás casado con ella; eso parece malo —contestó Roald, manteniendo la mirada en Jan—. Y Dreamscape sabría acerca de Glenn porque para cualquier fin práctico, Dreamscape es Glenn.

¿Que Dreamscape era Glenn? ¿Pero cómo?

Entonces Jan lo supo. Glenn había configurado esto con un fin, y solo con un fin. ¡El hombre sería capaz de todo con tal de volver a tener a Helen!

—Así que Glenn adquiere *La danza de los muertos* por medio de Dreamscape y condiciona que a menos que yo termine mi relación con Helen, la amante *de él*, entonces no hará la película. ¿Es de eso de lo que se trata? —expuso Jan, consciente del temblor que acompañaba sus palabras, pero ya no le importó—. ¿Y no les parece extraño eso a ustedes? Este cerdo es el mismísimo diablo y ustedes no lo ven, ¿verdad? ¡Parece que tendré que demandarlo por manipular las condiciones del contrato!

—No importa cómo nos parezca, Jan —rebatió Karen—. Él pagó por los derechos de la película y firmamos un contrato que le da el derecho técnico de cancelar la película bajo estas condiciones. Y ahora que tú lo has asaltado, sin duda él tiene sus razones.

—Él me asaltó. Cuando el mundo descubra eso, Glenn no tendrá en qué apoyarse.

—Eso dices tú, pero él también tiene razones. Y es probable que demande por todo el dinero ya pagado. ¿Tengo razón, Roald?

—Sí. Así es.

—¿Así que hablaste con él, Roald? —preguntó Jan mirándolo—. ¿Conspiraste a mis espaldas con este demonio?

—Sí, hablé con él. Él me llamó. ¿Qué querías que hiciera yo? ¿Negarme a un llamado del hombre del que dependen nuestros futuros?

—Tu futuro, tal vez, pero no el mío. *Nunca* cederé ante un monstruo como Glenn.

—¿Te negarás, entonces? ¿Echarás por tierra siete millones de dólares, todo este ministerio, y todo aquello para lo que has vivido? ¿Por una asquerosa mujer?

—¡Ella *no* es una asquerosa mujer! —gritó Jan golpeando la mesa con la mano, haciendo saltar a los presentes—. ¡Ella es todo! He vivido preparándome para amarla. Y nada, ni siete millones de dólares ni cien millones de dólares, ¡nada se interpondrá entre nosotros! ¿Entiendes esto, o te lo debo estampar en la frente?

—¡Estás tirando todo a la basura! ¡Todo! —expresó Roald con el rostro rojo de ira.

—No a Helen. No me desharé de Helen. ¡*Ella* es todo! ¡Nada más importa! —exclamó Jan volviéndose a sentar y respirando entrecortadamente—. ¿Cómo pueden ustedes sentarse allí y sugerir que me divorcie de mi esposa para poder forrarse los bolsillos de dinero?

El rostro de Roald volvió a enrojecerse, y Jan pensó por un momento que podría saltar sobre la mesa y tratar de degollar al tipo ese.

—No creo que eso es lo que Roald tuviera en mente —explicó Karen con una sonrisa de disculpas—. Creo que él está sinceramente preocupado con el panorama más amplio aquí...

—¿Es eso lo que crees? —interrumpió Jan—. ¿Y qué tenías tú en mente, Karen? ¿Que de algún modo serías reivindicada en este lío?

Ella pareció como si la hubieran abofeteado y se levantó de la mesa.

—Escúchame ahora, imbécil. Antes que nada, debes saber que si fracasa este acuerdo será el acábose del ministerio. ¿Has pensado en eso? Se cancelará el libro, los viajes, todo se desvanecerá sin la película. Un millón de vidas se verán afectadas. Debes ver eso. Y el hecho de que estés viviendo o que estés casado con una mujer que tiene una aventura adúltera con otro hombre te da el derecho de divorciarte, ¿no es así? En muchos círculos sería lo único moral que se debiera hacer. Lo que Roald está sugiriendo no es irrazonable.

—Entonces tú tampoco entiendes, Karen —manifestó Jan mirándola y preguntándose qué yacía detrás de esa repentina súplica de racionalidad—. El mundo no se estimula solo con raciocinio. Este es un asunto de amor. Yo la amo. Desesperadamente. Sin duda *tú*, más que nadie, puede entender eso.

Él vio un pequeño temblor de sorpresa en los ojos de Karen. Ella no contestó.

—No siempre puedes seguir tu corazón —opinó Barney, aclarando la garganta y hablando por primera vez—. No cuando este desafía la razón. Dios proveyó de mente al hombre por una buena razón. Todos sabemos de la atracción del amor; que es ciega y llena de pasión y, sí, la razón apenas tiene una mínima posibilidad. Pero debe tenerla, ¿no ves? Todo lo bueno y decente depende de ti. No puedes simplemente dejar que tu mente siga los caprichos del corazón. Hay asuntos más grandes en juego.

—Qué palabras más hermosas de un gran amante, estoy seguro —cuestionó Jan sintiendo que le volvía a surgir ira—. Pero déjame decirte que el amor del padre Michael por Dios no nació solo de la mente. No, primero vino del corazón. Estaba desesperado por Dios y gustoso de morir por él. Tus palabras de razón dejarán sin poder al corazón.

Se volvió hacia los demás, inclinándose ahora.

—Les diré. Se me ha dado una parte muy pequeña del amor de Dios por Helen y esto hace que se me debiliten las rodillas en presencia de ella. ¿Están ustedes sugiriendo que yo enfrente a Dios y le diga que se guarde el corazón? ¿Porque un dirigente en la iglesia dijo que este corazón era *irrazonable*? ¿Es esa la posición de ustedes en este asunto?

—¡Por supuesto que no! —exclamó Frank—. ¡Te estamos diciendo que hagas lo correcto! Pero puedo ver que eres tan egoísta con este amor tuyo como para considerar qué consecuencias podría tener tu decisión en el resto de la iglesia. Esto no es simplemente acerca de ti y tus sentimientos por una mujer. Es necesario considerar los más grandes intereses de la iglesia.

—El interés mayor de la iglesia, dices. Y la iglesia es la Novia de Cristo. Por tanto, ¿cuál es el beneficio mayor para la Novia?

—¡Estás tergiversando mis palabras para ajustarlas a tu maldad! La Novia no es esta única mujer. La Novia es la iglesia, millones de personas. Es en ella en quien debes pensar.

—El amor por las masas pesa más que el amor por unos pocos, ¿no es así? ¡Entonces permítanme sugerir que Dios escogería rápidamente el verdadero amor, el amor irrefrenable y apasionado de un alma que acepte su deidad en vez del de un millón de almas que asistan a la iglesia!

—¿Estás ultrajando a la iglesia? —desafió Roald.

—No Roald, *tú* ultrajas a la iglesia. Te burlas de la Novia. Socavas el valor del amor. El universo fue creado con la esperanza de destilar una porción del verdadero amor. Y ahora sugieres que se haga caso omiso de ese amor a favor de crear una conmovedora película por una ganancia económica. Nada se comparará nunca al amor, hermano. Ni todas las maquinaciones que la mente pueda concebir, ni cien mil toros sacrificados en el Día de la Expiación. ¡Nada!

—¿Y tienes el orgullo espiritual de suponer que solo tú posees ahora el amor de Dios en el corazón? —objetó Roald con el ceño fruncido—. ¿Este amor por una mujer adúltera?

—No, no solo yo. Pero esto no es diferente al amor de Dios por una nación adúltera. Por Israel. No es diferente a su profundo amor por la iglesia. Su novia. Tú.

El dirigente no encontró nada que decir. Por un momento Jan creyó que Roald podría ver la luz. Pero después de parpadear algunas veces, el anciano apretó los dientes y echó la silla hacia atrás.

—Esto es insensato. Me cuesta aun creer que estemos pensando en tirar esto a la basura debido a una… La manera en que hablas huele a herejía —declaró el hombre y se puso de pie—. Bueno, Jan Jovic, ya te lo dije, pero te lo diré ahora por última vez. Si la mujer se queda, entonces nosotros nos vamos.

Como en el momento preciso Frank y Barney se levantaron con Roald.

—Hemos tenido suficiente de esta necedad. Supongo que nos llamaste aquí para pedirnos nuestro apoyo. Y ahora tienes nuestras condiciones. Solo espero que Dios exprese un poco de sensatez a tu corazón.

—Sí, bien podrías orar por mí, Roald. Recuerdas cómo hacer eso, ¿verdad?

Roald miró a Jan y entonces salió vociferando del salón junto con Frank y Barney.

—Bueno, *ese* fue realmente un discurso —opinó Karen exhalando aire y cruzando las piernas.

—Quizás me expresé demasiado fuerte.

—No lo creo —comentó Betty sosegadamente—. Creo que dijiste lo que debías decir. Nunca había oído palabras más maravillosas.

La bondadosa mirada de Betty llevaba una sonrisa, y Jan pensó que pedirle que asistiera fue quizás la única parte de la reunión que había salido como él la planeara.

—Gracias Betty. Eres muy amable.

—Hoy sí que no dejaste duda de dónde estás parado —expresó Karen sonriendo—. Te arriesgaste realmente esta vez, ¿no es así, Jan?

Él suspiró y cerró los ojos. ¿Qué estaba sucediendo? *Padre, ¿qué me has hecho? Me estás despojando de todo lo que me has dado.*

Y ahora Glenn estaba amenazando peor. ¿Cómo había manipulado el sujeto este increíble giro de acontecimientos? Imaginó al corpulento individuo parado ayer en su propia oficina, con las manos ensangrentadas, y ahora al verle la retorcida sonrisa el temor envolvió la mente de Jan. El hombre era capaz de cualquier cosa.

—Jan.

Abrió los ojos. Karen lo analizaba.

—Sabes que en cierto grado puedo entender lo que estás haciendo.

—¿Sí? ¿Qué estoy haciendo, Karen? *Yo* ni siquiera sé lo que estoy haciendo.

—Te estás poniendo de parte de una mujer infiel, eso es lo que estás haciendo. Y al ponerte de parte de ella estás tirando por la borda la clase de vida con que la mayoría de personas simplemente sueña.

—Tal vez —dijo Jan mirando la pizarra a la izquierda de ellos.

Las cifras de la distribución deseada de la nueva edición estaban extendidas en números blancos, aún vívidas desde la reunión de planificación durante la cual las trazaran tres semanas atrás.

—O tal vez he encontrado la clase de amor con que la mayoría de personas solo sueñan. Cualquier cosa menos sería insignificante.

—Quizás. Ese es el nivel que logro comprender. Te miro y me cuesta creer que la ames realmente de ese modo. Me deshace, ¿sabes? Pensar que pudo haber sido de mí de quien estuvieras hablando —comentó ella y miró hacia otra parte—. Lo que no puedo entender es tu tolerancia por ella cuando ella no lo merece. Que ames tanto a una mujer infiel.

Era la primera vez que hablaban con tanta franqueza acerca de Helen. Los ojos de Betty brillaban con comprensión.

—Lo siento, Karen —expresó Jan mirándola—. Yo no quería hacerte daño. Dime por favor que sabes eso.

—Tal vez —contestó ella apenas sonriendo, y eso era algo bueno.

—Lo juro, Karen. No estoy seguro ni de que yo mismo lo entienda.

—Esto podría cambiarte la vida, ¿sabes? Podrías perderlo todo.

—¿No dará el estudio un paso atrás?

—No sé. Parece una insensatez, ¿no lo crees? —opinó ella meneando la cabeza—. Todo esto está sucediendo con demasiada rapidez. No creerás de veras que Lutz le haría daño a Ivena, ¿verdad?

—¡Por supuesto que le haría daño! No conoces al tipo ese.

—Entonces deberías acudir a la policía —opinó Betty—. Heriste a un hombre que te amenazó. Quizás esta no sea la acción de un santo, pero tampoco es el fin del mundo.

—Ella tiene razón —concordó Karen—. Esa podría ser ahora tu única esperanza. *Nuestra* única esperanza; no eres el único que tienes las de perder en esto.

—Vine aquí esperando que Roald hiciera uso de su influencia. De cualquier modo, ya he dispuesto reunirme en la mañana con la policía.

—Bueno —expuso Karen levantándose, y Betty hizo lo mismo.

—¿Y si Glenn estuviera fanfarroneando? —preguntó Jan.

Karen fue hasta la puerta y encogió los hombros.

—Creo que estás haciendo lo correcto, Jan —dijo mirándolo—. Quiero que sepas eso. Tu amor por ella es algo bueno. Ahora veo eso.

—Gracias, Karen.

—Hemos salido airosos de algunos malos ratos antes —declaró ella sonriendo.

—No tan malos como este —dijo Jan.

—No, no tan malos.

Entonces ella se fue.

—Oraré por ti, hijo —ofreció Betty palmeándolo ligeramente en el hombro—. Y al final lo verás. Todo esto tendrá sentido.

—Gracias Betty.

Ella también lo dejó, ahora totalmente solo.

Jan inclinó la cabeza sobre la mesa y lloró.

CAPÍTULO TREINTA Y TRES

*«Mejor [es] el día de la muerte que el día del nacimiento. Mejor es
ir a la casa del luto que a la casa del banquete».*

ECLESIASTÉS 7.1-2, RVR60

JAN INGRESÓ el Cadillac a la atestada entrada que llevaba a la casa de campo
de Joey. Condujo lentamente, escuchando el crujido de la gravilla bajo las llantas del vehículo. *Padre, me has abandonado. Me has dado todo solamente para
quitármelo.*

No estaba el Pinto de Joey. Quizás el jardinero había salido a comprar
víveres.

Estacionó el Cadillac y caminó hacia la casa. Había llegado al primer pel-
daño cuando la puerta del porche se abrió. Era Ivena, quien lo miraba con ojos
abiertos de par en par.

—Hola, Ivena.

De pronto Joey llegó tras ella.

—Hola, Joey. Yo...

Un zumbido le estalló en la mente. Instintivamente se volvió hacia donde
debía haber estado el Pinto. Pero por supuesto que no estaba allí.

—¿Dónde está Helen?

—Janjic. Janjic, entra por favor. Estamos preocupados.

—¿Dónde está Helen? —gritó él volviéndose hacia Ivena.

—Creemos que se llevó el auto —informó Joey.

Jan cerró la boca y tragó saliva. Se quedó mirando a Ivena, quien regresó
a ver hacia atrás, con los ojos empañados por la angustia. Él quiso preguntarle
cuánto tiempo había pasado desde que Helen se fue, pero eso no importaba
para nada, ¿verdad?

No. Nada importaba realmente. Ya no. Ella se había vuelto a ir. Su novia
se había ido de nuevo.

De pronto Jan sintió tal vergüenza que creyó que estallaría en sollozos allí mismo en las gradas frontales. Se dio vuelta y salió corriendo por la senda que llevaba al jardín. Truenos resonaban en lo alto, y él siguió avanzando torpemente hacia delante, a lo largo de la cerca, y ahora se le escapaban gruñidos de la garganta. Era un gemido que no podía detener. El pecho le explotaba y él no se podía contener.

Descendió rápidamente por el jardín sin pensar adonde lo llevaban los pies; solo quería salir de este lugar, lugar de traición, de burla y de la peor clase de sufrimiento. No era lo que deseaba. Ahora solo quería morir.

—¿DEBERÍAMOS IR tras él? —preguntó Joey.

—No. Eso es algo que debe enfrentar por sí mismo —respondió Ivena mientras le brillaban las mejillas por las lágrimas.

—¿Seguro que estará bien?

—Está caminando por el infierno, amigo mío. Está muriendo por dentro. No sé lo que va a pasar. Lo que sí sé es que estamos presenciando algo casi nunca visto por el mundo en una forma tan clara. Te hace querer lanzarte al pie de la cruz y suplicar perdón.

Joey la miró con desconcierto en el rostro.

—Pronto lo comprenderás —añadió ella volviéndose hacia Joey y sonriendo—. Ahora debemos orar para que nuestro Padre visite a Janjic.

Entonces Ivena entró a la casita de campo.

HELEN SE decía que tomó la decisión por el bien de Jan. Se decía eso un centenar de veces.

En realidad ese había sido su primer pensamiento. Esa primera semilla que se le había enraizado en la mente. *Quizás puedas hacer entrar en razón a Glenn. Él te escuchará.* Había sido como al mediodía, antes de que ella tuviera realmente tiempo de considerar las posibilidades en la mente.

Para media tarde los pensamientos de Helen se habían vuelto tan tormentosos como los retumbantes cielos en lo alto. No importaba cuán arduamente intentara convencerse de lo contrario, ella sabía que en realidad deseaba volver allá. *Tenía* que volver. Y no solo para decirle a Glenn que él estaba comportándose como un bebé con relación a todo este desorden, sino porque a ella los nervios le revoloteaban en el estómago y deseaba ardientemente un poco de droga.

Avanzada la tarde un constante temblor le recorría los huesos. La posibilidad de placer se había alojado en ella y se desarrollaba a un ritmo escabroso. El raciocinio la empezó a abandonar a las cuatro de la tarde. Esta clase de preguntas: *¿Cómo podrías incluso pensar en volver a hacer esto? ¿Quién en el nombre de Dios caería tan bajo?*, se volvían absurdas rarezas, de ningún valor, pero apenas dignas de ser consideradas por ella. A las cinco había dejado por completo de reflexionar. Ya no intentó convencerse de nada y empezó a planificar el escape.

El hecho de que Joey dejara las llaves en el Pinto amarillo hacía mucho más fácil su salida. Devolvería el auto antes de que se dieran cuenta que había desaparecido. Ivena estaba afuera en el jardín hablando con Joey acerca de algunas especies nuevas de rosas; ellos no se darían cuenta aunque un meteoro chocara con la casa.

Helen sudaba copiosamente al ingresar en la estructura subterránea de estacionamientos en las torres. Casi hace dar media vuelta al auto en un destello de sensatez de último minuto; pero no lo hizo. Se paró en el concreto y de pronto sintió gran desesperación por subir al decimotercer piso.

Para decirle a Glenn que estaba comportándose como un bebé respecto de todo este lío, por supuesto.

Solo eso. Solo para interceder por Jan, alejar a Ivena del cerdo, y salvar el día. Y para tomar una pequeña inhalación. O tal vez dos.

JAN TRABÓ el pie en un pequeño arbusto que bordeaba una esquina y cayó primero de cara sobre el frío césped. Se quedó allí adormecido por unos instantes. Entonces todo salió de él en incontrolables sollozos. Permaneció allí temblando y humedeciendo el pasto con sus lágrimas.

El tiempo pareció perderse, pero en algún momento Jan se levantó del suelo y entró a un mirador bastante florido. Seguían retumbando truenos, pero ahora más lejanos.

Se dejó caer en una banca del mirador y observó las negras formas de arbustos alineados en el césped como lápidas frente a él. Poco a poco la mente ató cabos acerca de su difícil situación. Él se estaba ocultando de la policía, pero eso era lo de menos. El precio que la imprudencia extraería de él sería relativamente mínimo en comparación con lo que había perdido con la huida de Helen.

Pensó que le estaban jalando la alfombra por debajo de los pies. *La danza de los muertos* estaba encontrando la muerte. Y no de manera clemente sino con salvaje crueldad. Karen tenía razón. Todo cambiaría si se cancelaba la película. El ministerio, la notoriedad de Jan, el castillo que estaba construyendo para su novia. Todo sería quitado de un tirón… ¿dejándolo con qué?

Con su novia.

¡Ja!

¡Su novia! Jan tembló con furia en el pequeño refugio. Habló en voz alta por primera vez desde que entrara al jardín.

—Padre, te ruego que saques esto de mí. ¡No puedo vivir con esto! —exclamó; su voz llegó en un suave reproche que luego aumentó en volumen—. ¿Me oyes? ¡Odio esto! Quítala de mí. Te lo imploro. Me has dado una maldición. Ella es una maldición.

—Buenas noches.

Jan se sobresaltó al oír la voz. Un hombre estaba de pie bajo la luz de la luna, apoyado en el arco del mirador.

—Hermosa noche, ¿no es verdad?

Jan se pasó una mano por los ojos para aclararse la vista. Aquí había un hombre, alto y rubio, sonriendo como si conocer a otra persona en este jardín después del anochecer fuera un suceso cotidiano.

—¿Quién… quién es usted? —preguntó Jan—. El jardín está cerrado.

—No. Quiero decir sí, el jardín está cerrado. Pero no soy alguien de temer. Y si no te importa mi pregunta, ¿cómo entraste?

—Mi amigo es el jardinero. Él me dejó entrar

—¿Joey? —inquirió el hombre riendo en voz baja—. El buen viejo Joey. ¿Así que te trajo aquí tan tarde en la noche? Y te ves muy desesperado.

Jan se puso de pie. ¿Quién creía ser este tipo al interrogarlo de este modo?

—Creo que yo podría preguntarle lo mismo a usted. ¿Tiene permiso para estar aquí?

—Pero por supuesto. He venido a hablar contigo.

—Ah, ¿sí?

—¿Todavía la amas, Jan?

El corazón de Jan se le aceleró.

—¿Cómo sabe usted mi nombre? ¿Quién lo envió?

—Por favor. No es importante quién soy. Mi pregunta es: ¿Aún la amas?

—¿A quién?

—A Helen.

—De eso se trataba entonces. Helen.

—¿Y qué sabe usted respecto de Helen?

—Sé que ella no es más extraordinaria ni menos ordinaria que todo hombre. Que toda mujer —contestó el extraño.

La respuesta parecía absurda y volvió a hacer que Jan se preguntara quién podría ser este sujeto, que conocía a Helen y a Joey, y que hablaba tan francamente.

—Entonces usted no conoce a Helen. Nada podría estar más lejos de la verdad.

—Dime por qué es ella tan diferente.

—¿Por qué debería decirle algo a usted? —objetó Jan haciendo una pausa; luego respondió al hombre—. Ella me ha robado el corazón.

—Bueno, entonces eso la haría extraordinaria —contestó el extraño sonriendo—. ¿Y qué la hace menos?

—Me ha destrozado el corazón.

—¿Te ama ella?

—Bueno, esa es ahora la gran pregunta, ¿no es cierto? Sí, ella me ama. No, ella me odia. ¿De qué parte de la boca de ella le gustaría que viniera la respuesta? ¿Del lado que me susurra al oído a altas horas de la noche o del lado que lame de la mano de Glenn?

De repente el hombre se quedó en silencio total. Se le había nivelado la sonrisa que le curvaba los labios.

—Sí, duele, ¿no es verdad?

El tipo tragó saliva… Jan lo vio porque la luna se había abierto paso entre las nubes y ahora iluminaba el costado de un rostro definido. La manzana de Adán del desconocido se movía de arriba abajo, entonces dio la vuelta enfrentando las sombras, y se llevó un dedo a la barbilla. La ira en el corazón de Jan había desaparecido.

—Duele. No te lo discuto —expresó el extraño después de carraspear; volvió a mirar a Jan y habló con más fuerza—. Eso no la hace más o menos extraordinaria, amigo mío. De forma previsible, ella es común en su traición. Totalmente previsible.

Jan parpadeó, pero no contestó.

—Pero cómo respondas a ella podría ser ahora muchísimo menos común —siguió diciendo el hombre; sus palabras fueron dichas con delicadeza—. Podrías amarla.

—La amo.

—Así que la amas, ¿correcto? ¿La amas de verdad?

—Sí. Usted no tiene idea de cómo la he amado.

—¿No? Ella está desesperada por tu amor.

—¡Ella ni siquiera puede *aceptar* mi amor!

—No, no puede. Todavía no. Y por eso es que está tan desesperada.

Jan hizo una pausa, quitando la mirada del hombre.

—Esto es absurdo, ni siquiera sé quién es usted. ¿Y espera involucrarme ahora en esta locura sin decirme quién es? ¿Qué le da ese derecho?

—Ivena dijo una vez que Dios ha injertado su amor por Helen dentro de tu corazón. ¿Crees eso?

—¿Y cómo sabe usted que Ivena dijo eso?

—Conozco bien a Ivena. ¿Crees lo que ella declaró?

—No sé, sinceramente. Ya no sé.

—No obstante, debes tener una opinión sobre el tema. ¿Se equivocó Ivena?

—No. No, ella no se equivocó. La situación empezó de ese modo, pero eso no significa que yo aún posea alguna parte del corazón de Dios. Un hombre apenas puede vivir a tal grado.

—Un hombre apenas puede *vivir* a tal grado. Muy cierto. En algún momento tendrá que *morir* por algo. Si no ahora, entonces por una eternidad.

Jan se calló ante esas palabras, sorprendido. ¿Cuán ciertas eran esas pocas palabras? *En algún momento él tendrá que morir por algo.* Fácilmente podrían ser de su propio libro, y sin embargo pronunciadas aquí por este extraño parecían… mágicas.

—La amo, sí —expresó Jan, y se le hizo un nudo en la garganta—. Pero ella no me ama. Y temo que nunca me ame. Es demasiado. Lo único que siento ahora es arrepentimiento.

—¿Sabes que hasta el Creador estuvo lleno de arrepentimiento? —comentó el extraño sin moverse—. Este no es un sentimiento poco común. Se arrepintió de haber hecho a la humanidad, y efectivamente envió un diluvio para destruirla. Un millón de hombres, mujeres y niños se asfixiaron bajo el agua. Tu frustración no es muy exclusiva. Tal vez estés sintiendo lo mismo que Dios sintió.

—¿Está usted diciendo que Dios sintió esta ira? Eso sin duda no parece calzar con este amor que me concedió.

—Estás hecho a su imagen, ¿no es así? ¿Crees que él está más allá de la ira? Las emociones de rechazo son un sentimiento poderoso, Jan. Dios o el hombre. Y sin embargo él murió de buena gana, a pesar del rechazo. Igual lo hicieron el sacerdote y Nadia. Y otros. Así que quizás sea hora de que mueras.

—¿Morir? ¿Cómo moriría yo?

—Perdona. Ámala sin condiciones. Sube a tu cruz, amigo mío. A menos que una semilla caiga a la tierra y muera, no puede llevar fruto. De algún modo la iglesia ha olvidado las enseñanzas del Maestro.

Un zumbido susurró en la mente de Jan. Eran sus propias palabras lanzadas de nuevo al rostro.

—La enseñanza es figurativa —discutió.

—¿Es la muerte de la voluntad mucho menos dolorosa que la muerte del cuerpo? Llámala figurativa si te hace sentir cómodo, pero en realidad la muerte de la voluntad es mucho más traumática que la del cuerpo.

—Sí. Sí, usted tiene razón. En la muerte del cuerpo las terminaciones nerviosas pronto dejan de sentir. En la muerte de la voluntad el corazón no deja de sangrar tan rápidamente. Esas fueron mis propias palabras.

—Tal vez lo has olvidado —declaró el hombre—. Ahora estás probando esa misma verdad.

—*Ella* está causando mi muerte. Helen me está obligando a morir —expuso Jan.

—No más de lo que tú has causado la muerte de Cristo. Sin embargo, él no te amó menos —desafió el extraño, mientras se le dibujaba una amplia sonrisa en el rostro, y la luz de la luna le centelleaba en los ojos—. Pero vale la pena morir por los frutos del amor, mi amigo. Mil muertes.

—¿Los frutos?

—Gozo. Pero por el gozo puesto ante él, Cristo soportó la cruz. Gozo inexpresable. Un millón de ángeles besando los pies de alguien no se podría comparar con el éxtasis hallado en las tiernas palabras de un ser humano.

Jan tragó saliva. Este extraño sabía, pensó, aunque no estaba seguro por qué. Se paró y recorrió el suelo del mirador, pensando en estas palabras. Le dio la espalda al hombre y miró la redonda luna blanca. El tipo no era un amigo ordinario de Ivena, sin duda. No con esta manera de ver las cosas.

La agudeza de mi dolor ya se ha desvanecido, pensó Jan. *He hablado con este hombre por no más de unos cuantos minutos y mi corazón ya está sintiendo esperanza otra vez.*

—¿Y qué de Helen? —preguntó Jan sin voltear a mirar—. ¿Cómo aprenderá ella a amar? ¿Debe *morir* ella?

Era una manera regresiva de mirar el universo, pensó. Él siempre había comprendido que el lugar de la muerte estaba relacionado con la vida. Una semilla debe caer a la tierra y morir antes de dar vida al árbol. Pero nunca había asociado muerte con *amor*. Pero era en el amor, en la muerte del yo que requería el amor, que esto tenía el mayor sentido. El hombre no le había contestado la pregunta.

—¿Está usted sugiriendo que ella también —dijo Jan, y se volteó hacia el extraño—, debe encontrar…?

Se contuvo a mitad de frase. El hombre se había ido. Jan giró alrededor, no vio a nadie y se bajó del mirador. ¡El extraño no estaba a la vista! Había expresado su opinión y se había ido.

—Hola —llamó Jan en medio de la noche—. ¿Hay alguien allí? Hola.

Pero el jardín permaneció en silencio excepto por la propia voz de Jan.

Las palabras del extraño le resonaban en la mente. *Ella está desesperada por tu amor.*

¿Qué estaba haciendo él? Su vida entera, toda la eternidad, parecía estar nivelada por esta mujer única. Por Helen. Y él casi la había maldecido. *Oh, amada Helen. ¡Perdóname!*

Jan tomó el sendero y fue en busca de la pared oriental que ocultaba la casa de campo de Joey. Un pánico le revoloteaba en el estómago.

Oh, Padre, ¡perdóname!

EL PINTO aún estaba perdido cuando Jan se abrió paso a través del seto. Él se deslizó hasta detenerse sobre la gravilla, el corazón le palpitaba en el pecho. Quizás ella ya había regresado y había vuelto a salir.

Trepó los escalones de la casa y de un tirón abrió la puerta. Una débil lámpara resplandecía junto a la individual silla de juncos, irradiando luz sobre el rostro de Ivena.

—Todavía no ha vuelto, Janjic —anunció Ivena, quien había estado llorando, él lo pudo oír en la voz; ella fue hacia él sin esperar que cerrara la puerta, le colocó los brazos alrededor y puso la cabeza en el pecho de Jan—. Lo siento, querido. Lo siento muchísimo.

—Yo también, Ivena —contestó él poniéndole la mano en la cabeza—. Pero no estamos acabados. Hay más en esta historia. ¿No es eso lo que has estado diciendo?

—Sí —respondió ella retrocediendo y respirando fuertemente por la nariz—. He estado orando para que comprendas, Janjic.

—Y Dios ha contestado tu oración —declaró él entrando a la casa y cerrando la puerta.

—Entonces ahora me retiraré —anunció ella sonriendo.

—Y yo la esperaré.

Ivena y Joey durmieron en las habitaciones, dejándole la sala a Jan, un lindo gesto considerando las circunstancias. La noche estaba sumida en el silencio. Grillos cantaban en el bosque, pero ningún sonido de tráfico llegaba a la casa de campo. Jan sintió de repente que le regresaba el sufrimiento que antes le inundara los huesos. Cayó arrodillado bajo la luz amarilla, sintiéndose desamparado.

¿Y si Helen no volvía? Un penetrante silencio le repicó en los oídos, a alto y penetrante volumen. Empuñó las manos. ¿Cómo era posible que el extraño en el jardín supiera de este espanto que le corría a toda prisa a Jan por las venas? Esto era muerte. El corazón se le estaba desgarrando por una muerte no menos real que la del padre Michael. Al menos el sacerdote se había ido a la tumba con una sonrisa.

Apretó los dientes, tragándose un estallido de furia.

No, Janjic. Si mueres, será por amor.

Estoy muriendo por amor, y esto me está matando. Debería marcarse eso en la frente. Se puso en cuclillas, vencido por la pena. La noche le nubló la visión.

Luego se arrodilló por bastante tiempo como un bulto de arcilla, sintiéndose sin vida. Se levantó una vez y se sirvió un vaso de té, pero lo dejó lleno sobre el mesón después de probar un solo sorbo. Se dirigió a la chimenea y se deslizó a lo largo de la pared hasta quedar sentado.

El ruido le llegó entonces a los oídos. Era un ligero chirrido frente a la puerta. Jan no había oído acercarse ningún auto.

Levantó la mirada, creyendo que había sido el viento... cesaría en cualquier momento. Pero no fue así. Es más, si no se equivocaba, era el picaporte del frente que estaban empujando y manipulando. Jan se paró parcialmente, el corazón le palpitaba con fuerza.

Entonces la puerta osciló abriéndose a la noche, y Jan se paralizó. Ella estaba allí. Helen estaba allí, tambaleándose, entrando a la sala como si tratara de reconocerla.

Jan pensó en ese momento que debería gritarle. Que debería abofetearla y mandarla a freír espárragos, porque ella se quedó parada en el marco de la puerta, obviamente drogada, escabulléndosele a esa bestia.

Pero él no podía hacer tal cosa. Nunca.

Helen dio dos pasos al frente y se volvió a detener bajo el resplandor de la luna, orientándose en la oscuridad.

Jan se irguió en medio de las tinieblas y ella quedó frente a él, tal vez sin reconocerlo siquiera con exactitud.

—¿Helen?

Ella lo miró con los ojos en blanco que le brillaban en la tenue luz.

—Helen, ¿estás bien? —inquirió él dando un paso hacia ella.

La muchacha se quedó callada, aletargada.

—Helen, ¡lo siento mucho!

Él alargó la mano y se dio cuenta que ella temblaba. La levantó en vilo, sintiéndola como una muñeca de trapo. Una muñeca de trapo flácida y temblorosa, y que ahora lloriqueaba con lágrimas.

—Oh, amada mía. Lo siento —expresó él.

¿Por qué exactamente estás pidiendo perdón, Janjic? Es ella, no tú, quien ha traicionado.

Pero soy yo quien amo, se contestó a sí mismo.

Jan la llevó al sofá y la recostó.

—Duerme, amada mía. Duerme —susurró él poniéndole una manta de lana sobre el cuerpo—. Todo está bien. Estoy aquí ahora.

Se arrodilló al lado de ella y la arropó cuidadosamente con la manta. Vio las lágrimas que rodaban por la mejilla de Helen. Y por las suyas. El corazón de Jan se estaba destrozando por ella. Llorando. Igual que en el cielo, el corazón de él lloraba por ella.

Helen no le habló por bastante tiempo, pero él supo por la mirada inclinada y la boca contraída por la angustia, que ella se sentía muy avergonzada. Tanto que no podía hablar. Lo que la inmovilizaba era tanto esto como cualquier prolongada intoxicación.

Jan inclinó la cabeza en el pecho femenino y la abrazó con ternura. Lloraron juntos por largos minutos. Luego ella se irguió y hundió el rostro húmedo en el pecho de él.

—Perdóname… —susurró; un sollozo la cortó en seco.

—Shhh —la acalló él apretándola con fuerza.

—No. Estoy muy apenada —expresó ella con gemidos—. Oh, Dios, lo siento. Lo siento tanto…

Sus palabras eran suficientemente fuertes como para despertar a todos en casa.

Pero Jan no podía hablar debido al nudo en la garganta. Lo único que hizo fue llorar con ella, quien seguía gimiendo su arrepentimiento. Era la unión de los espíritus de los dos, y sabía a gloria. El fruto del amor. El extraño en el mirador tenía razón; la muerte de Jan al perdonar no era nada comparada con este gozo.

Helen se tranquilizó poco a poco, y él la mantuvo contra el pecho. Finalmente el cuerpo de ella dejó de temblar y luego la respiración cayó en un ritmo profundo y constante. Estaba dormida. Su esposa estaba dormida.

CAPÍTULO TREINTA Y CUATRO

HELEN SE atendió a sí misma la mañana siguiente, se sirvió una taza de café y miraba como si hubiera decidido permanecer oculta bajo las cobijas, de haberla dejado escoger. Felizmente las horas anteriores a la llamada telefónica de Jan a la policía estuvieron demasiado mezcladas con especulación acerca del futuro de ellos como para dar algún espacio al debacle de la noche anterior. Ahora más que nunca parecía que una reunión con el detective Charlie Wilks era la única esperanza que tenían para salvar a Jan y mantener a salvo a Ivena. Todos habían acordado una cosa: Lutz tenía que ser detenido. A pesar de cómo se sentían al respecto, prácticamente el malandrín tenía en sus manos las vidas de ellos. Y ahora que Roald y la junta se habían negado a ayudar, no les quedaba más remedio que apelar a las autoridades.

Jan hizo una tardía llamada a Bill Waldon, un abogado que el ministerio usara en una ocasión, pero Bill no era abogado defensor. Este puso a Jan en contacto con Mike Nortrop, quien sí lo era. Nortrop oyó la versión resumida de la historia y luego anunció que no podía hacer nada hasta que la policía acusara a Jan de un crimen. El momento en que sucediera esto, Nortrop estaría en la estación. Mientras tanto, ¡sí!, Jan debía entregarse. En primera instancia, esconderse había sido una idea «ridícula», dijo. Insistió en que Jan lo llamara cuando se supiera algo.

A Helen no le gustó la idea, pero Jan no veía alternativas.

Hizo la llamada.

—Con el detective Wilks, por favor.

—Un momento.

Ivena, Helen y Joey se hallaban alrededor de la mesa, observando en silencio a Jan.

—Aquí Wilks.

—Buenos días, Sr. Wilks —saludó calmadamente Jan después de respirar hondo—. Le habla Jan Jovic.

—Jan. Bien, Jan, qué bueno que haya llamado. Nos estábamos preocupando aquí. ¿Está bien todo?

—Todo está bien. ¿Listos para la reunión?

—Sí, por supuesto que estamos listos —manifestó Wilks—. He estado esperando su llamada telefónica. Simplemente dígame dónde está.

De pronto Helen se inclinó hacia delante y agitó frenéticamente la mano, susurrando palabras que Jan no lograba entender.

—Espere un segundo —anunció, cubriendo el micrófono con la mano—. ¿Qué?

—Dile que se reúna primero contigo a solas. No aquí.

—Creí que nuestro propósito era asegurar protección para Ivena —susurró él.

—Solo pídeselo. Por favor, eso no hará ningún daño —insistió ella.

—¿Aló? —dijo Jan volviendo a levantar el auricular.

—Estoy esperando, Jovic.

—Me gustaría reunirme con usted a solas —expuso—. Sin Ivena.

—¿A solas? Ese no fue el convenio.

La voz del detective se había tensado, lo que disparó una alarma en la columna de Jan; ¿por qué le importaba esto al hombre?; miró a Helen—. Es a mí a quien usted quiere.

—Hicimos un trato, Sr. Jovic. Ahora usted está echándose atrás, ¿no es así?

—¿Por qué está tan interesado en ver a Ivena? Ella no ha hecho nada.

—Esa fue *su* propuesta, señor.

—Sí, y ahora la estoy cambiando. ¿Tiene usted problema con eso?

—Sí, tengo un problema…

Jan oyó que el hombre respiraba profundamente; entonces supo que Helen tenía razón. No podía confiar en la policía. Se le acaloraron los hombros.

—Mire, Sr. Jovic, seamos razonables…

—Estoy tratando de ser razonable. Pero no entiendo la razón *suya*. ¿Qué crimen ha cometido Ivena para que usted necesite verla?

—Por favor, Jan. ¿Está bien que lo llame Jan?

—Desde luego.

—Bueno, Jan. Usted ha violado la ley, ¿entiende eso? Mientras hablamos puedo abrirle un expediente con una docena de cargos. Si no se entrega ahora como convenimos, le juro que lo encarcelaré por criminal, ¿entiende?

—Sí, pero ¿por qué *Ivena*?

—¡Porque ese fue el trato! Debo verificar la historia de ella —exclamó bruscamente el detective—. Y no creo que pueda protegerlo si no juega limpio, farsante. Glenn podrá ser la víctima esta vez, pero créame, él sabe cómo jugar en ambos lados.

—Eso parece una amenaza.

—Solo dígame dónde está usted.

—Lo volveré a llamar, detective Wilks. Adiós.

Jan puso el teléfono en la horquilla, la cabeza le zumbaba por la conversación.

—¿Qué dijo? —espetó Helen—. Se portó extraño, ¿verdad? Te advertí que el hombre estaba en manos de Glenn. ¡Lo sabía!

Jan movió la cabeza de lado a lado, incrédulo.

—¿Está entonces la policía sobornada por Glenn? —preguntó Ivena.

—Y les diré algo más —expresó Helen—. No estaremos seguros aquí para siempre.

Todos se volvieron hacia ella.

—¿Por qué? —inquirió Joey.

—Saben que estamos en el norte de la ciudad. Me siguieron hasta cierto punto antes de que los perdiera.

Se hizo silencio alrededor de la mesa de la cocina de Joey. Ninguno supo con exactitud cómo tratar con la revelación.

—Lo cual básicamente significa que estamos en un problema —comentó Jan—. Un problema muy grave. No tenemos a quién recurrir.

—¿Y Karen? —preguntó Ivena.

—Ella no tiene influencia política. Podría ayudar en una sala de tribunal, como testigo, pero no ahora con la policía. ¿Qué importa que tengamos la razón si Glenn mata a Ivena? Lo que necesitamos en este momento es protección —aseguró él, moviendo la cabeza de un lado al otro—. Me cuesta creer que esto haya resultado así. Esta es una nación libre, ¡por Dios!

—¿Puede ayudar el ministerio?

—No.

—¿Y qué tal otros amigos? Sin duda tienes amigos bien posicionados —opinó Joey.

—He estado en el país por cinco años. Aparte de Roald, Karen y su círculo solo soy un rostro efímero. ¿Y qué importa eso? Glenn posee los derechos de la película. ¡Él me posee!

—Nadie te posee, Janjic. ¿Qué es esta película? Te dije…

—La película es el futuro del ministerio, Ivena. Di lo que quieras, pero es el portal de acceso a millones de corazones. Además es un sustento.

—No si Glenn la posee.

Ella tenía razón. No podía tener más razón.

—¿Qué entonces? —preguntó Joey—. No estoy oyendo muchas opciones que tengan sentido.

Nadie contestó.

—No es seguro aquí. ¿Qué hacemos? —insistió Joey en voz baja, con los ojos bien abiertos.

Jan supo entonces lo que debían hacer. Lo había sabido en lo más profundo de su ser desde el momento en que Roald saliera anoche del salón de conferencias. Pero súbitamente lo tuvo muy claro. Miró a Helen y se preguntó cómo respondería ella.

Levantó el teléfono y pulsó un número. Los demás simplemente lo miraron. Sonó cuatro veces antes de que alguien contestara.

—¿Aló?

—¿Betty?

—¡Jan! ¿Qué está pasando Jan? La policía está…

—Gracias a Dios que estás allí. Escucha con mucho cuidado, Betty. Necesito que me oigas con mucha atención. ¿Hay alguien más allí?

—No.

—Qué bueno. Por favor, no le digas a nadie que llamé. Es muy importante, ¿me hago entender? Lo que te voy a decir tiene que permanecer absolutamente confidencial. No debes decirle nada a la policía. ¿Puedes hacer eso?

—Sí. Creo que sí.

—No, tienes que estar segura. Mi vida depende de eso.

—Sí, Jan. Puedo hacerlo.

—Bien. Necesito que hagas un par de cosas por mí. Primero debes ir a mi casa. Estará vigilada por la policía, pero no les hagas caso. Si te preguntan, diles que estás retirando mi correo como siempre has hecho cuando estoy de viaje. Si te preguntan dónde estoy, diles que me encuentro en Nueva York, por supuesto. ¿Entendido? Nueva York.

—Sí.

—Debajo de mi cama encontrarás una pequeña caja metálica. Está cerrada. Agárrala. ¿Puedes hacerlo? Debes meterla entre tu ropa —expuso él, y miró a Ivena quien había arqueado las cejas; le hizo caso omiso a su amiga.

—Sí —contestó Betty.

—Muy bien. Y necesito reunirme esta noche con algunos de los empleados. John, Lorna y Nicki. Algunos de los líderes de grupo. No en el ministerio.

—¿En mi casa?

Jan titubeó. La casa de Betty sería perfecta. Ella vivía en una pequeña granja en el costado occidental de la ciudad.

—Sí, eso sería bueno. Asegúrate que nadie lo sepa. Debo exagerar la necesidad de reserva absoluta.

—Comprendo. De veras. ¿Qué hay con Karen?

La pregunta tomó a Jan por sorpresa.

—Si está en la ciudad, quizás. Sí. Hay algo más. Necesito diez mil dólares en efectivo. Tienes que convencer a Lorna que cambie un cheque, pero hazlo discretamente. Ella podría poner algunos reparos, tú sabes cómo es…

—Puedo manejar a Lorna. ¿Estás bien? La situación no parece buena.

—Estamos bien, Betty. Te veré esta noche a las nueve. Si hay algún problema, deja por favor apagada la luz de tu porche. Así sabré que no debo entrar.

Betty le dijo que estaría orando por él, y que no se preocupara, que ella no había nacido ayer. Él sabía eso muy bien; se preguntó si había sido prudente al enviarla a casa a sacar clandestinamente su caja de seguridad bajo la nariz de la policía. Colgó y exhaló.

—¿Y qué significa eso? —quiso saber Ivena.

—Eso, Ivena, fue nuestro boleto para salir de esta confusión. Nuestra única salida ahora. Y es tu sueño hecho realidad.

JAN APAGÓ las luces del Cadillac antes de ingresar esa noche a las nueve a la larga entrada de tierra de la casa de Betty.

—La luz está encendida —anunció Helen.

La luz del porche estaba prendida.

—Eso veo —afirmó Jan, volviendo a encender las luces del vehículo y conduciendo hacia la casa de la hacienda. Una cerca blanca de estacas puntiagudas bordeaba el pequeño y bien cuidado césped. Jan reconoció los autos estacionados a lo largo de la entrada. El Fairlane azul de Karen entre ellos, montado sobre el césped a la derecha. Jan apagó el motor y se apeó.

—¿Estás seguro en cuanto a esto, Jan? —preguntó Helen, parándose ante la blanca casa de granja.

—Es la única manera —contestó Jan agarrándole la mano y besándole los nudillos.

—Él tiene razón —terció Ivena—. Parece lo adecuado.

—¿No estás segura, Helen? —inquirió Jan.

—No es por mí. Me gusta la idea, pero no soy la única saltando por un precipicio.

Jan le apretó la mano y subieron a la acera.

—A las águilas nos gustan los precipicios —bromeó él con una sonrisa.

—Entra, Jan —contestó Betty cuando Jovic tocó a la puerta.

Condujo hacia adentro a Helen e Ivena y permanecieron parados observando casi una docena de rostros conocidos, que ahora abarrotaban la sala de Betty. El silencio consumía cualquier especulación que el personal albergara respecto al propósito de la reunión.

Betty sonreía y asentía a Jan. John estaba al lado de Lorna, ambos atentos a Jan. Steve se movía nerviosamente a la izquierda. Karen se hallaba en la parte de atrás con los brazos cruzados.

—Buenas noches, amigos —saludó Jan, sonriendo.

—Buenas noches.

Helen e Ivena tomaron asientos que Betty había dispuesto frente al sofá. Jan permaneció parado detrás de su silla.

—Gracias por venir con tan poco plazo de aviso. Y gracias Betty por tener a todos aquí —expuso, y respiró hondo—. Así que seré tan breve como sea posible.

Los asistentes ya estaban pendientes de las palabras. Un grupo muy leal, tantos amigos.

—Ustedes ya conocen a mi esposa, Helen —continuó él; los presentes manifestaron una serie de reconocimientos—. La mayoría de ustedes, si no todos, estuvieron en nuestra boda.

Hizo una pausa y miró a Helen. Ella había estado incondicionalmente de acuerdo con el plan, pero ahora se sonrojó.

—Algunos de ustedes conocen las circunstancias que rodearon nuestro matrimonio. Pero hoy todos serán partícipes de un dilema que está cambiando nuestras vidas.

Continúa, Janjic. Cuéntales.

—Lo que oigan podría parecer… extraño para algunos de ustedes; incluso hasta increíble, pero escuchen bien por favor. Escuchen hasta el final por su propio bien.

Nadie se movió. Él miró a Betty y vio que ella asentía levemente con la cabeza. Ni siquiera ella sabía lo que él había venido a decirles.

—Hace veinte años un sacerdote llamado padre Michael halló un amor por Dios, y murió por ese amor. La pequeña Nadia murió por el mismo amor; todos ustedes conocen bien la historia, es *La danza de los muertos*. Ese amor me cambió la vida y me hizo conocer al Creador.

Aclaró la garganta y respiró hondamente

—Hoy día parece que ese amor también ha nacido en mí. Yo que vi morir al mártir, que vi el amor de Nadia, estoy aprendiendo del amor de ellos. Todos lo estamos haciendo, supongo. Pero sentir el amor del Padre significa algo que perfeccionará a un individuo.

Jan se quedó en silencio por unos momentos, juzgando la respuesta de los presentes. Ellos solamente lo miraban con ojos bien abiertos, ansiosos porque continuara.

—Les digo esto para ayudarles a comprender lo que diré ahora. Estoy llevando a mi novia de vuelta a Bosnia.

La sala se sintió repentinamente sin aire.

—No volveré a Estados Unidos. Ivena, Helen y yo nos vamos a vivir a Bosnia. A Sarajevo.

Se quedaron como maniquíes, inmóviles. Tal vez no entendían lo que les estaba diciendo.

—Pero… pero ¿y la película? —preguntó John.

—La película se esfumó.

Ahora los asistentes se quedaron boquiabiertos.

—¿Cómo? ¿Por qué? ¡Eso es imposible!

—No, temo que no es imposible, amigos míos. Vean, me dieron una alternativa. El productor no cree que mi matrimonio… favorezca a la película.

—Pero eso es ridículo —objetó John—. ¿Qué tiene que ver tu matrimonio con la película?

Escoge tus palabras, Janjic.

—Nada. Absolutamente nada. Y sin embargo no están de acuerdo. Parece que creen que mi personaje está en entredicho —explicó, poniendo la mano detrás de la cabeza de Helen, quien se sonrojó.

—¡Me gustaría retorcerles personalmente el cuello! —exclamó esta vez Betty.

Jan no rió.

—Créanme, entiendo el sentimiento.

—¿Pueden por tanto hacer eso? —preguntó John—. ¿Pueden insistir en eso?

—Pueden y lo han hecho.

—¿Y qué significa eso para el ministerio? —lanzó Lorna la pregunta que sin duda estaba en las mentes de todos.

—Temo que tendremos que devolver al estudio lo que nos pagaron. Significa que no nos queda otra alternativa que cerrar el ministerio.

Lamentos de indignación llegaron inmediatamente de cada rincón de la sala.

—¡No! ¡Ellos no pueden hacer eso! ¡Nunca!

Hasta Karen parecía atónita. Pero sin duda ella veía venir esto.

—¿Podemos pelear esto? —quiso saber Steve—. ¿Podemos conseguir un abogado o algo así?

Jan miró al larguirucho anciano. El ministerio se había vuelto la vida de este hombre. Helen inclinó la cabeza como si empezara a entender el precio que se estaba pagando por ella.

—Podríamos, pero me han informado que técnicamente los productores están dentro de sus derechos. Todo se resume a una decisión que debo tomar. Y ya la he tomado. El ministerio debe cerrar las puertas. Me ha llegado el momento de volver a mi patria.

—¿Y qué hay de Roald? —preguntó John—. ¿Puede hacer algo?

—En realidad creo que hasta la junta nos esté abandonando esta vez. No todos ven a la iglesia de la misma forma, y ahora la ven de modo diferente a como la veo yo.

—¡Nunca me gustó ese tipo estirado! —exclamó John.

—Por favor, amigos, entiéndanme. No quiero abandonarlos. Pero este es el llamado que Dios me ha puesto en el corazón. Mi historia no está terminada, como Ivena ha insistido desde hace algún tiempo, y el capítulo siguiente no ocurre en suelo estadounidense.

—¿Y qué pasará en Bosnia?

—Seremos libres para amarnos —explicó mirando a Helen.

Jan lo declaró de modo sencillo y firme, pero ellos no se tragaron el asunto de modo rápido y fácil. Fueron de acá para allá por otra hora completa, los empleados más francos expresaron su opinión una y otra vez, algunos discutiendo que Jan tenía razón, otros cuestionando lo que veían como una sugerencia ridícula. ¿Cómo podía cerrarse todo un ministerio porque un acuerdo resultara mal?

Al final fue Lorna, aguardando el momento oportuno la mayor parte del debate, quien una vez más hizo callar a la concurrencia. Simplemente bosquejó el estado económico del ministerio. Sin el acuerdo de la película tendrían suerte de rescindir el contrato de arrendamiento sin una acción legal. Estaban completamente quebrados. Ni hablar de la nómina de sueldos… ni siquiera la próxima este viernes. ¿Y Jan? Jan tendría que renunciar a su casa y su auto, por no mencionar que posiblemente se vería obligado a declararse insolvente. Ellos podrían perder sus empleos, pero Jan estaba perdiendo la vida.

Eso los acalló a todos.

Miraron ahora a Jan con tristeza en los ojos, entendiendo finalmente el propósito completo de la reunión. Por cinco largos años habían entregado sus vidas a *La danza de los muertos*. Ahora la danza había acabado.

Lloraron, se abrazaron y al final sonrieron. Porque Jan no podía ocultar el destello de luz que tenía en los ojos. Estaba seguro que finalmente sus amigos le habían creído: en realidad era Dios quien le había puesto esta nueva melodía en el corazón. Por tanto bailaría una nueva danza… una danza de vida, una danza de amor.

Y ahora que pensaba en esto, Jan a duras penas podía soportar quedarse un segundo más en Estados Unidos. Era hora de volver a casa.

CAPÍTULO TREINTA Y CINCO

GLENN SE sentó con las piernas cruzadas como una bestia amenazante en lo alto de su escritorio. Un dolor sordo le pulsaba de modo incesante debajo del cabestrillo que le sostenía el brazo derecho. Una sencilla venda blanca fue suficiente para el dedo en la mano izquierda, pero a veces el dolor que este le producía eclipsaba al del hombro.

Habían examinado minuciosamente los alrededores del norte de Atlanta por casi dos días sin encontrar una señal de Helen después de su desaparición. Ella había acudido a él, y eso había sido un regalo del cielo. Pero también se había ido, y luego habían perdido el rastro que él pusiera sobre ella. Peor aún, el predicador no había cumplido su promesa de reunirse con Charlie. El policía le había mostrado sus intenciones al predicador, y Glenn casi lo había decapitado por haberlo hecho.

Pero no se podían esconder eternamente. Lo mejor ahora sería matarlos a todos. De un modo u otro al menos mataría al predicador y a la flacuchenta. Y la próxima vez que le pusiera las manos encima a Helen la desfiguraría. Por lo menos.

La puerta rechinó repentinamente y entró Beatrice.

—Señor, le tengo noticias.

—Bien, dámelas. No tienes que ser tan teatral —refunfuñó él.

Ella no le hizo caso y caminó hasta la silla para visitantes. Solo habló cuando se hubo sentado y alisado la falda negra.

—Se fueron del país —comunicó.

Glenn se quedó estupefacto. ¿Qué le estaba diciendo la moza? ¿Que habían huido a Canadá? ¿O a México?

—El predicador ha endosado a un administrador la propiedad de todo para liquidación y ha sacado del país a las mujeres.

Un pánico cubrió la espalda de Glenn. *¿Se la llevó? ¿Se la ha llevado para siempre?* Se apartó del escritorio, apenas consciente del dolor que le recorría por los huesos. El teléfono cayó al suelo.

—¡No puede hacer eso! Él no puede hacer eso, ¿no es así? ¿Dónde? ¿Cuándo?

—A Yugoslavia —contestó Beatrice echándose hacia atrás—. Ayer.

—¿Yugoslavia? ¿Bosnia?

Glenn caminó rápidamente a la izquierda y luego giró sobre sí mismo a la derecha. ¡El predicador había regresado a Bosnia con Helen! ¡Imposible!

—¡Él no puede salir así no más! Me debe más de un millón de dólares. ¿No saben eso? —expresó Glenn; al hombre se le estaba dificultando la respiración y se detuvo para inhalar aire—. ¿No tiene ese imbécil de Charlie algún control en absoluto?

Lanzó una maldición. *Piensa. ¡Piensa!*

—Tenemos que detenerlos.

—Ni siquiera estoy segura de que el detective Wilks sepa lo que ha ocurrido. Recibí una llamada del hombre encargado de la liquidación. Me dijo que no nos molestáramos en demandar; ya tiene instrucciones de reunir todo lo recaudado en la venta para satisfacer la deuda con usted.

—¿Pero se fue ella con él?

—Cálmese, Glenn. No se ha acabado el mundo. Usted tiene la posibilidad de perder mucho dinero en el contrato de la película. Eso debería preocuparle más.

—¡Y tú no sabes nada, bruja! —gritó él volviéndose hacia ella y luego escupiendo bárbaramente a la derecha—. ¡La estoy perdiendo!

Beatrice no reaccionó.

—¿Están en Bosnia? —preguntó Glenn levantándose súbitamente.

—Eso es lo que...

—¡Cállate! Quizás es mejor de este modo. ¡Tendré que matarlos en Bosnia! ¡Ellos no me pueden tocar!

Pero eso no era verdad. ¡Nada *podría ser mejor de este modo!*

—¿Matarlos en Bosnia? —preguntó Beatrice echándose hacia atrás—. ¿A todos ellos?

—Si no puedo tenerla no me queda más remedio que matarla. Tú sabes eso.

Una débil sonrisa se dibujó en la boca de la mujer. Lo miró por sobre los lentes de montura de carey.

—¿A quién conoce usted en Europa oriental? —preguntó ella.

Glenn cerró los ojos y trató desesperadamente de calmarse. ¿Cómo era posible que ocurriera esto? Refunfuñó y exhaló una bocanada de aire rancio. Caminó hasta el escritorio y pasó la mano a lo largo del brillantísimo acabado. La volvería a ver, se juró para sí mismo. Viva o muerta la volvería a ver.

La mano le fue a parar junto a una libreta de apuntes. La levantó. El libro del predicador lo miraba fijamente, la roja portada se burlaba de él riendo a todo pulmón. *La danza de los muertos.* Lo levantó. Pensar que este maniático había hecho una verdadera fortuna de esta historia de muerte. Ellos no eran muy diferentes, él y el predicador. Y el otro cerdo, el que había masacrado...

Glenn se paralizó. Un escalofrío le bajó por la columna. La idea le explotó en la mente como un candente estroboscopio y de pronto se paró con la boca abierta.

—¿Glenn?

—Quiero que hagas algo, Beatrice —declaró él en tono bajo volviéndose hacia ella—. Quiero que encuentres a alguien por mí. Alguien en Bosnia.

—¿A quién? No tengo idea de cómo localizar a alguien en Bosnia —opinó ella.

Glenn sonrió mientras afianzaba la idea.

—Lo tendrás que hacer, Beatrice. Lo encontrarás. Y sabrás de él en este libro —expuso, pasándoselo con una mano temblorosa.

—¿Quién? —volvió a preguntar ella, agarrando el libro.

—Karadzic —informó Glenn—. Su nombre es Karadzic.

LIBRO CUARTO
EL AMADO

«Fuerte es el amor, como la muerte,
y tenaz la pasión, como el sepulcro.
Como llama divina
es el fuego ardiente del amor.
Ni las muchas aguas pueden apagarlo,
ni los ríos pueden extinguirlo.
Si alguien ofreciera todas sus riquezas a cambio del amor,
solo conseguiría el desprecio».

CANTAR DE LOS CANTARES 8.6-7 NVI

CAPÍTULO TREINTA Y SEIS

Sarajevo, Bosnia
Cuatro semanas después

IVENA ESTABA parada ante las tumbas donde habían enterrado los cuerpos del padre Michael y de Nadia. Miró fijamente la grabada cruz de concreto. Era la tercera visita en esas semanas desde que regresaran. La planta trepadora que había traído del jardín de Joey ya se enrollaba alrededor de las tumbas y se envolvía hasta la mitad de la cruz en un delicado abrazo. Las grandes flores blancas parecían ahora totalmente naturales, reaccionando como ella había esperado a la lluvia y el sol que les estimulaban el crecimiento.

La pequeña aldea se había desteñido con los años, ahora apenas más que una serie de vagabundos que a duras penas ganaban de la tierra y vivían en las desmoronadas casas. La elevada torre ennegrecida de la iglesia se extendía contra el cielo, un quemado telón de fondo para el extenso cementerio en que Ivena se hallaba ahora. La mayoría de pueblos habían logrado recuperarse después de las atrocidades de la guerra. La mayoría.

Algunos de los otros que habían estado allí aquel día aún visitaban el lugar con cierta frecuencia, pero no podían sostener los gastos de las tierras. Los lugareños no podían cuidar la tumba de un viejo sacerdote muerto, por horrible que fuera la historia de su muerte. La nación simplemente se encontraba poblada con cien mil historias igual de terribles.

Ivena cayó de rodillas y con ambas manos se agarró del pasto de treinta centímetros de alto. Sintió fría la tierra bajo las rodillas. *Padre, ¿estás cuidando de mi amada? ¿Sigue ella en tu compañía?*

Levantó la mirada hacia la cruz, aún manchada con la sangre descolorida del sacerdote. Los huesos de ellos estaban debajo de la tierra, pero estos mismos huesos reían allá en alguna parte. Ivena dejó que las imágenes de ese día le cruzaran ahora por la mente, y resurgieron con la mayor claridad. El rostro del sacerdote azotado y reducido por Janjic a una pulpa sangrante; su Nadia de pie sin ninguna sombra de temor mirando al rostro del comandante; la marcha de las mujeres bajo sus cruces; los gruñidos furiosos de Karadzic; el estallido de su pistola; el sacerdote colgando de esta cruz, suplicando morir. La risa del clérigo resonando por el cementerio, y después la muerte del inocente.

Una lágrima bajó poco a poco por la mejilla de Ivena.

—Te extraño, Nadia. Te extraño mucho, querida.

Sorbió por la nariz y cerró los ojos. *¿Por qué te la llevaste a ella y no a mí, Padre? ¿Por qué? Me iría ahora. ¿Qué clase de crueldad es dejarme aquí mientras a mi hija se le permite todo este regocijo? Te ruego que me lleves.*

Casi encuentra su camino hacia allá hace un mes en esas Torres Gemelas de Lutz. Pero según parece no había sido el tiempo de Dios. Ella aún no había concluido en este desierto. Sin embargo, no podía escapar a la esperanza de que su tiempo llegara pronto. Si no pasaba algo más, moriría de vieja.

Ahora vivía con su hermano en las afueras de Sarajevo, en realidad no muy lejos de su pequeña aldea. Había perdido todo en Atlanta, pero sintió más la rápida salida como una limpieza que como una pérdida. En la mente de ella esto más bien era una dicha. Janjic y Helen habían conseguido un apartamento en el centro de la ciudad donde él se había aislado para escribir. Ivena los veía ahora pasando algunos días, cuando iba a visitarlos. A todas luces Dios aún tenía firmemente agarrado el corazón de Janjic. Según parecía, el asombroso juego de Dios aún no había terminado, y saber esto hacía que Ivena añorara aun más el cielo.

Se sentó sobre las rodillas y empezó a tararear. Pensó que los estadounidenses no entendían la muerte. No estaban ansiosos por seguir los pasos de Cristo. En realidad, unirse a Cristo era una idea aterradora para la mayoría de creyentes. Ah, ellos se iban rápidamente tras las baratijas que él les lanzaba desde el cielo: autos, casas y regalos parecidos. Pero si se les hablaba acerca de unirse a Cristo más allá de la tumba, a cambio se recibían cejas fruncidas o miradas en blanco en el mejor de los casos.

Incluso Helen, después de su increíble encuentro con el amor de Cristo, aún estaba confundida. Aun después de ser receptora del amor de Jan, ella no sabía cómo retornar ese amor por la simple razón de que aún no estaba dispuesta a morir a sus propios anhelos.

El amor se encuentra en la muerte. El amor solo se encuentra en la muerte.

Habían llegado a Bosnia y todo parecía bastante bien; Helen no había vuelto a sus andadas. Pero tampoco era una mujer transformada. No en realidad. Había llegado tan lejos como el creyente promedio, suponía Ivena. No obstante, se creería que después de una muestra tan palpable de amor ella estaría luchando por estar a la altura de Jan. ¿Cuándo más en la historia Cristo había puesto en un hombre su verdadero amor por la iglesia? ¿Cuándo más una mujer había sido receptora de ese amor en manera tan exclusiva?

Ivena suspiró y abrió los ojos.

—Bueno, me uniré a ti, Padre. Llévame ahora a casa e iré con mucho gusto —manifestó y sonrió—. Te amo, Cristo. Te amo de manera entrañable. Te amo más que la vida.

El sol se estaba sumergiendo en el occidente cuando la mujer se puso de pie.

—Adiós, Nadia. Te visitaré la próxima semana.

Caminó hacia el viejo Peugeot negro de su hermano. Un sombrío silencio que solo se encuentra en el campo envolvía al pueblo. Un perro ladraba incesantemente a través de la aldea, y una gallina cacaraqueaba al oírlo.

—Ah, mi Bosnia, qué bueno es estar en casa.

Ivena subió al auto, cerró la puerta y alargó la mano hacia la llave. El débil olor a gasolina inundó la cabina. La mitad de los vehículos en Bosnia se hallaban estancados sobre sus ejes, o estaban parchados con remiendos y cables. El de Blasco no era la excepción. Al menos rodaba. Aunque fuera gasolina o cualquier otra cosa lo que causara este terrible olor a fuga de combustible, sorprendía que no explotara…

De repente una mano le tapó la boca y le tiró la cabeza hacia atrás en el asiento. La uña de Ivena se engarzó en el llavero y se partió. Ella gritó pero el sonido fue ahogado por el trapo que el perpetrador intentaba meterle por la fuerza entre los dientes. Ella mordió instintivamente con fuerza y oyó un gemido de dolor.

La fuerte mano le embutió el trapo en la boca y ella sintió que se le dificultaba la respiración. Otra mano la agarró del cabello y le echó la cabeza hacia atrás. Ella vio el escueto metal del techo y gritó desde la garganta. Negrura le cubrió los ojos… le amarraron fuertemente una venda en la cabeza.

Manos la hicieron inclinar sobre el vientre y le ataron las muñecas detrás de la espalda. Fue solo entonces, cegada y atada bocabajo, que Ivena dejó de reaccionar y de revolverse por alguna razón.

Su secuestrador se había trepado al asiento y ahora encendía el motor. El Peugeot avanzó a sacudones.

De pronto desaparecieron los sentimientos que le habían inquietado la mente durante la última hora. Otro sentimiento tomó lugar. El deseo de vivir. La desesperada esperanza de que nada le haría daño. Volvió a clamarle a Dios, pero esta vez las palabras eran diferentes.

Sálvame, Padre mío, oró. *No me dejes morir, ¡te lo suplico!*

HELEN CAMINABA descalza sobre el piso de concreto, sosteniendo una taza de té pegada al pecho. Se acercó a la ventana cuadrada en el décimo piso y miró la ciudad de Sarajevo de crecimiento desproporcionado, oscurecida por las nubes al final del día. Detrás de ella, la sala chasqueaba con el incesante tecleo de Jan.

Clac, clac, clac...

Casas cuadradas bordeaban diminutas calles en el distrito Novi Grad en que ella y Jan vivían ahora. Las lluvias frecuentes daban bastante verdor a los árboles, pero el frío que las acompañaban difícilmente podría ser el mayor contraste al sofocante calor de Atlanta. Y este no era el único contraste. Toda la existencia aquí era un enorme contraste.

Para empezar, el apartamento. Ermin, tío de Janjic, les había ofrecido el lugar por una mísera renta, mil dólares al año, pagados por adelantado desde luego. Jan había traído los diez mil dólares en efectivo y le dio tres mil a Ivena. Los restantes siete mil bastaban para vivir cómodamente en Sarajevo por un año, había dicho él. Ya habían gastado tres mil, la mayor parte en la renta y en equipar el apartamento en el último piso con comodidades que ayudaran a Helen a sentirse a gusto. Un horno tostador, muebles tapizados, una verdadera refrigeradora, alfombras para calentar los pisos. Una máquina de escribir, por supuesto. Jan volvió a ser escritor; debían tener la máquina de escribir. Para los estándares de Sarajevo les había ido bien con el lugar.

Pero esto no era Estados Unidos. Para nada. Lo que era primera clase en estas colinas haría bien en pasar por un hogar de clase media.

Este es el hogar, Helen. Este es tu nuevo hogar.

La muchacha sorbió de su té caliente. Detrás de ella Jan se hallaba en la mesa de la cocina, con un par de lentes viejos sobre la nariz. El hombre había empezado a trabajar en su nuevo libro el mismo día en que tomaran el apartamento.

Clac, clac, clac.

Veían a Ivena una o dos veces por semana, pero ella se había vuelto a adaptar a su amada patria con más facilidad que Jan, lo que no sorprendía pensando en lo que cada uno había dejado para venir aquí. Los días en que Ivena venía eran los favoritos de Helen. Ivena era ahora la familia. Además de Jan, su única familia.

Helen miró a la calle allá abajo; el trajín del mercado al otro lado de la calle era mayor por la prisa de las horas finales de ajetreo. Eso le recordó que necesitaba algunas papas para la cena. Se volvió y se recostó en el alféizar.

—¿Jan?

—¿Sí, mi amor? —contestó él sonriendo y moviendo los ojos por encima de esos ridículos lentes de montura negra.

—Creo que iré a comprar papas para la cena. Quería volver a intentar esa sopa de papas. Tal vez esta vez la logre hacer bien.

—Estuvo bien la última vez —contestó él riendo en tono bajo—. Un poco quemada, pero en mi boca estuvo deliciosamente quemada.

—No más. No solo estoy aprendiendo a cocinar, sino a cocinar comidas extranjeras. Quizás quisieras cocinar esta noche.

—Lo estás haciendo maravillosamente, querida.

Helen tomó de un sorbo el resto del té y con un tintineo depositó la taza en el mesón de baldosa. Toda superficie le parecía áspera. Si no era cemento, era baldosa. Si no era baldosa era ladrillo o madera dura. La alfombra apenas sí se conocía en esta parte del mundo. Por costoso que fuera este apartamento en Sarajevo, a ella le recordaba las obras en ejecución en su antiguo hogar.

Clac, clac, clac...

Jan estaba otra vez absorto en la máquina.

—Voy a ir entonces. ¿Necesitas algo?

Escúchame, «voy a ir entonces». Así es como un europeo diría «Estoy saliendo». Esta tierra ya la estaba cambiando.

—No se me ocurre nada —respondió Jan.

—Volveré pronto —anunció ella después de acercarse y besarle la frente.

—Haz amistades —sugirió él con una sonrisa.

—Sí, por supuesto. Todo el mundo es amigo mío.

—Estoy loco por ti, ¿sabes?

—Y yo también te amo, Jan — dijo ella sonriendo, y saliendo por la puerta sin que él lo notara.

Lo empinado de las escaleras la desanimaba a no hacer más de uno o dos recorridos diarios, y el pensamiento de que volvería con una bolsa llena de papas le hizo fruncir el ceño. Aún no habían oído hablar de ascensores en este rincón de Europa.

Helen caminaba animadamente por el mercado, manteniendo la cabeza inclinada. Una bicicleta pasó a toda velocidad, salpicando agua de la lluvia matutina sobre la acera exactamente delante de ella. Bocinas pitaban en la calle. Aquí no tocaban las bocinas, sino que pitaban, un timbre agudo esperado en autos pequeños. *Piiii, piiii.*

Clac, clac, clac...

Jan podía trabajar en ese libro durante doce horas seguidas sin tregua. Bueno, sí descansaba, en realidad cada hora. Para asfixiarla a besos y expresarle palabras de amor. Ella sonreía. Pero por lo demás solo era el libro. Ella y el libro.

En realidad era *La danza de los muertos*, pero escrito desde un nuevo punto de vista. Ivena tenía razón; la historia no había terminado, decía él. Ni siquiera se había contado bien. Así que él estaba allí, tecleando, absorto en un mundo aun más extraño que este chiflado mundo allá abajo.

Helen entró a la plaza abierta del mercado y saludó con la cabeza a una mujer que había visto comprando aquí antes. Una de las vecinas, evidentemente. Algunas de ellas hablaban inglés, pero Helen se estaba cansando de tratar de descubrir cuáles no lo hacían. Tenía que saludar con la cabeza. El techo de lata sobre ella empezaba a sonar suavemente. Volvía a llover.

El mercado estaba abarrotado a esta hora tardía. Helen pasó una tienda llena hasta arriba con montones de ropa colorida. El propietario estaba revisando algunos plásticos que había atado por detrás donde el techo de lata se abría encima. Un pequeño puesto en que vendían comida ligera preparada en el lugar inundó las fosas nasales de Helen con el aroma de empanadas friéndose.

Caminó hasta el puesto de vegetales frescos y compró cuatro papas grandes a un hombre llamado Darko. Él sonrió ampliamente e hizo un guiño, y Helen pensó en que haría un amigo como sugiriera Janjic. Quizás no lo que su esposo había imaginado.

Helen salió del mercado y cruzó la calle. Fue entonces cuando la grave voz masculina habló detrás de ella, como el ruido sordo y lejano de un trueno que le aguijoneaba el corazón.

—Discúlpeme, señorita.

Helen regresó a ver, vio al individuo alto manteniéndole el paso tres metros detrás, pero al instante descartó el comentario como mal orientado. Sin duda ella no conocía al hombre.

—¿Eres estadounidense?

Helen se detuvo. Él le estaba hablando. Y entonces se puso a su lado, era un hombre muy corpulento y robusto que usaba pantalones negros de algodón. La camisa era blanca con botones plateados y perlados, como esas camisas de vaqueros que había visto en las tiendas en su hogar de origen. Lo miró a los ojos. Eran negros, como los pantalones. Como los ojos de Glenn.

—¿Sí? —preguntó ella.

—Eres estadounidense, ¿verdad? —expresó él, mientras una sonrisa torcida le dividía las sólidas mandíbulas.

El hombre hablaba con fuerte acento, pero su inglés era bueno.

—Sí. ¿Le puedo ayudar en algo?

—Bueno, señorita, en realidad yo te iba a preguntar lo mismo. Te vi en el mercado y pensé: he aquí una mujer hermosa que parece necesitar un poco de ayuda.

—Gracias, pero creo arreglármelas con cuatro papas. De veras.

—Una estadounidense con humor —manifestó él levantando la cabeza y riendo—. Entonces sígueme la corriente. ¿Cuál es tu nombre?

—¿Mi nombre? —inquirió Helen mientras un timbre de advertencia le recorría los huesos—. ¿Y quién es usted?

—Mi nombre es Anton. ¿Ves, Anton? ¿Es ese un mal nombre? ¿Y cuál es el tuyo?

—En realidad no tengo la costumbre de dar mi nombre a extraños. Es más, debo irme.

Ella se volvió para irse. ¿Pero quería irse de veras? Se asombró al contestarse rápidamente la pregunta. No.

—No quieres hacer eso —comentó el hombre; ella le observó el rostro; dientes blancos le relucían a través de la sonrisa—. En verdad quieres conocerme. Tengo lo que estás buscando.

—¿Ah, sí, de veras? ¿Y qué es lo que estoy buscando?

—Un destino. Un lugar adonde ir. Un sitio que se perciba como el hogar; lo que te gustaría te flota en la mente.

—Lo siento —contestó ella, parpadeando—. Me debo ir.

—No. No deberías hacer eso. Eres estadounidense. Conozco una parte de Sarajevo que es muy... ¿cómo lo debería decir? Amigable con los estadounidenses. ¿Te gustaría volar, estadounidense?

¿De qué estaba hablando él?

Sabes de qué está hablando, Helen. Lo sabes, lo sabes muy bien.

—¿Cuál es tu nombre? —volvió a preguntar el hombre.

El cielo aún estaba soltando las extrañas gotas de lluvia. Casi no había transeúntes en la calles. A la izquierda de Helen un oscuro y sucio callejón subía entre dos edificios grises.

—¿Por qué me está hablando de modo tan extraño? ¿Me veo como si tuviera estampada en la frente la palabra «tonta»?

El sujeto encontró divertido el comentario.

—No. Y por eso precisamente te estoy hablando de modo extraño. Porque no eres tonta. Sabes exactamente a qué me refiero. En realidad deberías unirte a nosotros.

La sangre de Helen le bombeaba ahora con firmeza. Mil días de su pasado le gritaban por la columna. Debería dejar ahora a este tipo. Él era el mismísimo diablo... ella debía saberlo, había compartido muchas noches la cama del diablo.

Pero los pies no se le movieron. En vez de eso le hormiguearon, y había pasado bastante tiempo desde que le hormiguearan de este modo. Se humedeció los labios, y entonces esperó al instante que él no interpretara esto en ella con mucha claridad.

—¿Hay otros estadounidenses aquí?

—¿Dije eso? No. Hay otros como tú.

Ella titubeó. La respiración se le estaba dificultando ahora. *Huye, Helen, ¡huye!*

—¿Cómo sé quién es usted? —preguntó la joven, ahora ardiéndole las orejas.

—Soy Anton, y tú deberías hacerte otra pregunta; ¿cómo sé lo que sé? A menos que yo sea quien afirmo ser.

—¿Y quién es usted, Anton?

—Dime tu nombre y te diré quién soy.

—Helen —contestó ella después de carraspear.

Él sonrió ampliamente y asintió una vez con la cabeza.

—Y yo soy quien te ayudará a volar.

La muchacha tragó grueso, mirándolo a los ojos.

—¿Podría ver tu mano? —indagó Anton.

Ella abrió la mano y bajó la mirada para verla. De repente la enorme mano del hombre le agarró suavemente la suya. Helen trató de liberarla, pero el hombre la sostuvo con firmeza y ella vio que los ojos de él no eran amenazadores. Eran profundos, negros y sonrientes. Dejó que le tomara la mano. Pero él no estaba interesado en la mano; la mirada le recorrió el brazo hacia la diminuta marca cicatrizada de sus días de antaño con la aguja.

Entonces el hombre que se hacía llamar Anton hizo algo extraño. Se inclinó y besó con gran delicadeza esa pequeña cicatriz; y Helen se lo permitió. Los labios de él enviaron un estremecimiento por el brazo y la cabeza de la mujer.

De pronto en la mano del hombre apareció una tarjetita negra que Helen no supo de dónde había salido. La tomó. Posó la mirada en la de él por lo que pareció una eternidad. Entonces el sujeto dio la vuelta y salió sin decir nada más.

A Helen le pareció que había dejado de respirar. El corazón le palpitaba con fuerza en el pecho. Miró la tarjeta. Tenía una dirección, la dirección del hombre, y un sencillo mapa. El antro de perdición. Pensó que debería tirarla al suelo y pisarla.

En vez de eso se la metió al bolsillo y caminó entumecida hacia el apartamento.

HELEN SE había tranquilizado antes de entrar al apartamento, pero un hormigueo le recorría la columna y se sentía impotente de evitarlo.

—¿Hallaste las papas? —preguntó Jan sin levantar la mirada.

Él continuaba con el tecleo, llegó al final de un renglón y de un manotazo hizo retroceder el carro de la máquina de escribir. *¡Ding!* Bajó la mano y miró a su esposa. Ella sostenía en alto los cuatro grandes tubérculos.

—Harán una deliciosa sopa —declaró él y juntó las manos—. Te daré un consejo, amada mía. Usa llama baja. Podría tardar unos cuantos minutos más, pero si lo haces usaremos cucharas en vez de tenedores.

Ella refunfuñó, fingiendo estar disgustada.

—Ven acá y utilizaré un cucharón sobre ti, Jan Jovic.

El echó la cabeza hacia atrás, contento. Luego salió de la silla y caminó hacia ella.

—¿Te he dicho recientemente que eres la luz de mi mundo? —inquirió él, tomándole la cabeza entre las manos y besándole la mejilla.

Cuando él se apartó tenía fuego en los ojos. No, la pasión por ella no había perdido intensidad, ni siquiera un poco, pensó Helen.

—Te amo, Jan —expresó ella.

¿Sí? Quiero decir de veras, ¿como él te ama?

Él le guiñó un ojo y regresó a la mesa.

Helen entró a la cocina y echó las papas al fregadero para limpiarlas.

Clac, clac, clac...

El día oscureció mientras Helen preparaba la cena. Afuera los autos pitaban en medio de la noche. Adentro la sala seguía el compás del repiqueteo de Jan. Pero Helen no estaba oyendo los sonidos. Aún oía la voz del extraño, suave y tranquilizadora.

Y yo soy quien te ayudará a volar.

La tarjeta estaba en el bolsillo. ¡Dios no permita que Jan la encuentre! Ella entró al dormitorio y la puso debajo del colchón. Jan dejó el repiqueteo y Helen salió rápidamente, pero él solo estaba leyendo una página que acababa de escribir.

¿Quieres volar, Helen?

El cucharón sopero se le deslizó de la mano y le salpicó el líquido caliente en el brazo.

—¡Ay!

—¿Estás bien?

—Sí.

Escarbó con el cucharón y se reprendió. *¡Deja esta tontería! ¡Déjala! No eres una adolescente. Eres la esposa de Jan Jovic.*

Sí, ¿pero quieres volar, esposa de Jan Jovic?

Finalmente la joven arruinó la sopa. No estaba quemada, ni siquiera demasiado espesa. Pero sabía insípida, y solo hasta que Jan mencionó la sal casi al final de la comida recordó que había olvidado totalmente los condimentos. Profusamente pidió disculpas.

—Tonterías —manifestó él—. Demasiada sal es mala para el corazón. Es mucho mejor de este modo, Helen.

Ella se retiró a las nueve, dejando que Jan terminara su capítulo; pero no lograba dormir. La mente optó por cierta clase de sueño, completamente despierta pero absorta en el mundo del extraño, describiéndose para sí cada detalle de ese encuentro. Y luego la mente se le deslizó hacia el palacio de Glenn y a un montoncito de polvo, renunciando a tratar de luchar contra los pensamientos. Al contrario, los dejó correr sin control alguno por la mente, y hasta los adornó.

Fingió estar dormida cuando Jan llegó a la cama, pero en realidad mantuvo los ojos cerrados por otras dos horas. La tarjeta estaba debajo del colchón, y en un momento Helen tuvo la seguridad de que podía sentirla. ¡Y si Jan rodara hasta aquí la sentiría! Se sobresaltó y se sentó.

—¿Qué pasa? —preguntó Jan, súbitamente despierto.

Ella miró alrededor en la oscuridad.

—Nada —contestó, y se dejó caer de espaldas.

Finalmente el sueño la venció casi a medianoche. Pero aun entonces no se pudo quitar de la mente el obsesionante rostro del hombre.

¿Quieres volar, Helen?

Sí, por supuesto. No seas tonta. Me encantaría volar. Estoy ansiosa por volar.

¿Quieres morir, Helen?

Quiero volar. No quiero morir.

Quiero dormir.

CAPÍTULO TREINTA Y SIETE

JAN BAJABA muy lentamente por la avenida la tarde siguiente, estirando las piernas, silbando en medio de una suave brisa. Le había pedido a Helen que caminara con él pero ella pareció contenta de quedarse en casa. Quizás hasta un poco preocupada por quedarse en casa.

Las distracciones y los sonidos de Sarajevo le llegaban como un bálsamo delicioso y tranquilizador, igual que cada mañana, sanando heridas olvidadas por mucho tiempo. Cuando había caminado por estas calles cinco años atrás las cicatrices de la guerra aún se burlaban en cada esquina de la ciudad: edificios bombardeados y calles llenas de huecos.

Pero ahora... ahora esta ciudad desbordaba con nueva vida y habitantes ansiosos por restablecer su identidad. Había cierta insatisfacción con Tito y su gobierno, desde luego... y se hablaba de una Bosnia independiente. Y había discusiones ocasionales entre serbios y croatas, incluso musulmanes. Eso se había vuelto una prioridad de la población, un prerrequisito que la tierra parecía extraer de sus habitantes. Pero la nación no se parecía en nada a la destruida por la guerra que Jan había dejado.

—Hola, Mira —saludó, pasando por la panadería donde la regordeta panadera barría nubes de harina por la puerta—. ¿Un buen día?

Ella levantó la mirada, asombrada.

—Ah, Janjic, un caballero estuvo buscándote. Lo envié calle abajo.

—¿De veras? ¿Y tenía nombre este caballero?

—Molosov —anunció ella.

El nombre le recorrió la mente a Janjic como una rata maniática. ¿Estaba buscándolo Molosov? Así que el soldado de Sarajevo había oído hablar de su regreso. Ellos habían discutido cien veces la posibilidad, y ahora esta estaba aconteciendo.

—Um —dijo finalmente Jan.

—Haz bajar a tu esposa, y le enviaré algo especial, justo para ustedes —dijo la panadera.

—Maravilloso —contestó él riendo entre dientes.

Jan revisó la calle de arriba abajo; estaba vacía. Dejó a Mira y siguió caminando, pero ahora a paso rígido. Molosov. El nombre sonaba extraño después de tanto tiempo. Y si Molosov había oído de su regreso, ¿qué de Karadzic?

El sol estaba alto. En Atlanta él estaría sudando como un cerdo. Aquí el calor era como una sonrisa del cielo. Solo había estado un mes, pero lo sentía como un año. Había sabido de Lorna, quien la semana pasada le enviara la declaración del cierre del ministerio. Ella se las había arreglado para pagar todas las deudas y aún le habían quedado casi cinco mil dólares. Lorna quería saber qué debería él hacer con ellos.

Dáselos a Karen, le había escrito. *Ella merece eso y más.*

En cuanto a él y Helen, aún tenían cuatro mil dólares, lo cual apenas bastaba para sostenerlos durante el año. Luego verían; sinceramente él no tenía idea.

Helen quería volver a Estados Unidos, él sabía eso muy bien. Pero entonces ella era joven y esta era su primera salida del país. Se adaptaría. Él oraba para que ella se adaptara.

—Janjic.

Se volvió hacia la voz. Un hombre estaba en el borde de la acera, mirándolo. De repente en la calle pareció no haber nadie más que este hombre. Jan se detuvo y miró a la figura. Había otros caminando en su visión periférica, pero dejaron de existir con solo una mirada a este hombre.

El pulso de Janjic se aceleró. ¡Era Molosov! El soldado con quien había deambulado por Yugoslavia, buscando enemigos para matar. Uno de los soldados que habían crucificado al sacerdote.

Ahora Molosov estaba allí, sonriéndole desde la calle.

—Janjic —exclamó el hombre corriendo hacia él, y de pronto le apareció una sonrisa en el rostro—. ¿Eres tú, Janjic?

—Sí. Molosov.

El hombre estiró la mano y Janjic la agarró.

—Estás de vuelta en las calles de Sarajevo —expresó Molosov—. Oí decir que te habías ido a Estados Unidos.

—Regresé.

En cualquier otro lugar este hombre podría ser su enemigo mortal. Nunca se habían llevado bien. Pero habían pasado juntos una guerra, y ambos eran serbios. Ese era el vínculo entre ellos.

—Te ves bien —declaró Molosov dándole una palmadita en el hombro, y Jan casi pierde el equilibrio—. Has engordado un poco. Veo que Estados Unidos ha sido bondadoso contigo.

—Supongo —indicó Jan—. ¿Y tú? ¿Estás bien?

—Sí. Bien. Aún vivo. Si estás vivo en Bosnia, te va bien —opinó, riendo ante el comentario.

—¿Me estabas buscando? —preguntó Jan.

—Sí. Mi amigo en el mercado me habló de ti hace una semana, y te he estado buscando. Estoy planeando viajar a Estados Unidos —anunció orgullosamente, como si esperara afirmación inmediata por la revelación.

—¿De veras? Qué bueno. Yo no.

—Este lugar ya no es para mí —expuso Molosov sin desanimarse—. Estaba pensando que me podrías ayudar. Solamente con información, por supuesto.

Jan asintió con la cabeza, pero tenía la mente en otro lugar.

—¿Has oído de los otros? —quiso saber—. ¿Puzup, Paul?

—¿Puzup? Está muerto. Paul se fue del país, creo. A su nueva tierra, Israel.

—Eran buenos hombres.

Jan no supo por qué dijo eso. Había un poco de bondad bajo de la piel de cada persona, pero Puzup y Paul no estaban espiritualmente dotados de ella, y Jan había concluido eso en su libro.

—Y tú, Janjic, ¿tienes esposa ahora? —inquirió Molosov sacando un cigarrillo.

—Sí. Sí, estoy casado.

—¿Una dama gorda de los Estados Unidos?

—En realidad es de Estados Unidos —contestó Jan riendo con el hombre—. La mujer más encantadora que he conocido.

El amigo rió en tono bajo, complacido.

—Las mujeres estadounidenses son las mejores, ¿verdad? Bueno, déjame darte un consejo, compañero —expresó Molosov en buen humor—. Mantenla lejos de Karadzic. ¡La bestia la devorará!

Un estremecimiento le recorrió a Jan por la columna ante las palabras. Los pies se le pegaron de repente al concreto.

—¿Karadzic?

—Ustedes no fueron muy allegados —comentó el hombre ya sin reír—. Perdóname… ha pasado mucho tiempo.

—¿Está Karadzic… está aquí en Sarajevo?

—Siempre ha estado en Sarajevo.

Desde luego, Jan ya sabía que si el hombre aún estaba vivo, viviría en alguna parte cerca de Sarajevo. Pero oírlo ahora le hizo sentir un zumbido en la cabeza.

—¿Y qué ha sido de Karadzic hasta ahora?

—Igual. Trabajé para él, ¿sabes? Por tres años, hasta que ya no pude soportarle sus tonterías. Karadzic nació para matar. No le va bien sin una guerra, así que hace la suya propia.

—¿Y cómo hace eso?

—En la clandestinidad, por supuesto. Es el príncipe de las tinieblas de Sarajevo —anunció el hombre y encendió el cigarrillo.

—Así que Bosnia tiene pandilla propia, ¿no es así?

—¿Pandilla? Ah, los mafiosos estadounidenses. Sí, pero aquí todo se hace con amenazas de nacionalismo. Esto legitima el asunto, ¿ves?

—¿Pero es ilegítimo el negocio de él?

—¿Estás bromeando? —objetó Molosov mirando alrededor para asegurarse de que no los hubieran oído—. Karadzic no tiene un solo hueso legal en el cuerpo. Si estás buscando drogas en Bosnia, sus sucios dedos te tocarán en algún momento, sin duda alguna.

El calor le empezó a Jan en la coronilla y le inundó el rostro. ¡Drogas! La mente le centelleó hacia Helen. Sabía que solo era una relación, pero aun así fue empujado hasta el borde del pánico, parado allí en la acera al lado de Molosov. *Amado Dios, ¡ayúdanos!* Lo recorrió un espantoso presentimiento.

Y Helen.

—Solo mantente apartado del camino de Karadzic. O mejor, regresa a Estados Unidos; este lugar no es seguro para gente como tú y yo —informó Molosov pinchando juguetonamente a Janjic con la mano en que sostenía el cigarrillo—. Al menos si tu esposa es tan hermosa como aseguras, mantenla fuera de la vista de ese loco. Rápidamente hace feas a hermosas mujeres.

El hombre volvió a reír entre dientes.

Pero Jan no encontró nada jocoso en las palabras. En absoluto. Apenas lograba ocultar el temor. O quizás ni lo ocultaba.

—Yo… yo tengo que irme ahora —titubeó Jan y empezó a volverse.

—Espera —pidió Molosov, ya sin humor—. No fue fácil encontrarte. Tenemos mucho de qué hablar. Hablo muy en serio, Janjic. Estoy planeando ir a Estados Unidos.

—Vivo en los apartamentos al costado occidental del mercado. Último piso, 532 —comunicó Jan, y de repente pensó que lo mejor era no haber dado a conocer su dirección, y se volvió hacia su antiguo compañero—. Pero resérvate esto para ti.

—Lo haré —respondió él volviendo a sonreír—. Me dio gusto verte. Yo vivo en el extremo oriental de Novi Grad. Bienvenido de nuevo a casa.

—Sí, qué bueno —concordó Jan volviéndose otra vez y tomando la mano extendida del hombre—. Es maravilloso estar otra vez en casa.

Se fue entonces, a paso uniformemente rápido por media cuadra. Y soltó a correr al ya no ver a Molosov en la esquina.

Ella ha estado actuando de manera extraña, Janjic. Helen no ha sido la misma.

¡Tonterías! Él solo estaba uniendo increíbles hilos de coincidencia.

Ella no salió a caminar contigo, Janjic. No quiso hacerlo.

¡Cállate! ¡Estás siendo un niño!

Sin embargo, tenía que regresar para verla. Si ahora le ocurriera algo a Helen, él moriría. Se lanzaría desde la ventana y dejaría que la calle lo llevara a casa.

Jan llegó al edificio y entró al área central. Subió las escaleras de dos en dos, debiendo hacer una pausa después de cinco tramos para recobrar el aliento. El pecho le ardía cuando llegó al apartamento en el décimo piso. Irrumpió violentamente en la vivienda.

¡Ella no estaba a la vista!

—¡Helen!

La negra máquina de escribir estaba sola en la mesa.

—¡Helen! —gritó.

—Hola, Jan —contestó ella; él volteó a mirar hacia la alcoba, y la vio salir, sobresaltada—. ¿Qué pasa?

Jan dio la vuelta sobre las rodillas y resopló. *¡Gracias, Padre!*

—Nada. Nada.

—¿Por qué entonces gritabas de ese modo?

—Por nada —respondió él enderezándose, y sonriendo de oreja a oreja—. No fue nada. Subí corriendo las escaleras. Deberías intentarlo alguna vez; excelente ejercicio.

—Me asustaste —expresó ella sonriendo—. La próxima vez que decidas hacer ejercicio no entres aquí gritando, si no te importa.

—No lo haré —aseguró él, atrayéndola contra el pecho y acariciándole el cabello—. Lo prometo. No lo haré.

CAPÍTULO TREINTA Y OCHO

EL DÍA pareció seguir el compás del *repique* de la máquina de escribir de Jan, pero este se acalló al final esa tarde, cuando Jan aplaudió con satisfacción, se levantó de la mesa, y anunció orgullosamente que iba a salir. Su tío Ermin tenía un auto que deseaba venderles. Un vieja perola de tornillos, dijo Jan, pero el anciano lo había arreglado, dándole una nueva capa de pintura azul y ajustándole el carburador de tal modo que andaba de veras. Quizás tener un auto no sería mala idea. Así podrían salir al campo y ver la verdadera Bosnia. Incluso Ivena tenía acceso a un auto.

Jan avisó que estaría fuera un par de horas. El corazón de Helen ya le latía con fuerza.

La besó en la nariz, luego otra vez en la mejilla, y después de una corta pausa, de nuevo en la cabeza. Entonces salió por la puerta haciendo un guiño, dejándola sola en la cocina mientras ella le seguía con la mirada. El viejo reloj de pared, hecho de madera y con hojas de hiedra pintadas, decía que eran las cinco.

Bocinas sonaban por la ventana abierta a la derecha de Helen. Ella cerró los ojos y tragó grueso, tratando de quitarse de encima la voz que súbitamente le susurró en la mente. Después ya no le susurraba… le zumbaba, como una molesta mosca que negaba a irse.

Helen se reclinó en el mesón de la cocina. *Sabes que si sacas esa tarjeta no te detendrás. Sabes adónde irás.*

Por supuesto, ¡no iré! ¡Ir sería un suicidio! El corazón le latía con fuerza en el pecho. ¿Cómo era posible que tuviera estos pensamientos después de un mes de libertad? Eso es lo que había sido el tiempo en el raro país de Jan: libertad. Sin Glenn, sin drogas, sin ataduras. Y ahora un extraño que decía llamarse Anton salía de las sombras y le volvía a ofrecer cadenas. Qué necio el hombre al creer que podía simplemente entrar campante a la vida de ella y esperar que lo siguiera.

Helen hizo rechinar los dientes. ¡Qué necia era ella al creer que *no* lo seguiría!

—Dios, por favor…

Ahogó el débil intento de orar y dejó que la mente jugara con la tarjeta. *Si salgo ahora podría ver este lugar en el distrito Rajlovac y estar de vuelta antes de que Jan regrese. Simplemente iría hasta allí y volvería. ¿Es pecado salir a caminar?*

Pero no solo caminarás.

No seas tonta, ¡desde luego que solo caminaré! Eso es lo único que haré. Un arrebato de ansias le inundó las venas, se desprendió del mesón y se dirigió a la habitación.

¿Quieres las cadenas, Helen?

Extrajo la negra tarjeta de debajo del colchón y alisó rápidamente las cobijas. La mano le temblaba delante de los ojos. «Rajlovac», decía.

No seas tonta.

Pero de pronto le martilló en la mente el impulso de ir al menos hasta el lugar. Fue directo a la puerta frontal e ingresó al hueco de las escaleras, pensando que estaba *siendo* una tonta. Pero la columna le hormigueó al pensar en volar. Y ya se estaba odiando por haber llegado hasta aquí. ¿Por qué se atrevería aun a pensar algo así?

Suave y rápidamente bajaron los pies por las escaleras. Ella empujó la puerta de la calle y se deslizó hacia la agónica luz. Debía caminar hacia el oriente. Solo caminar.

Voces de advertencia susurraban por la mente de Helen, lanzándole inevitables razonamientos mientras los pies la transportaban al oriente. Pero a los diez minutos había rechazado a empujones la discusión, preocupada más bien con las miradas que parecían verla caminando. Solo se trataba de extraños, por supuesto, observando a la mujer occidental que caminaba enérgicamente con la cabeza agachada… ¿era evidente eso? Pero a Helen le parecía como si todo ojo se enfocara en ella. Aceleró el paso.

Las calles eran estrechas, bordeadas por macizos edificios de color habano. Rajlovac, ella había oído que en Rajlovac había dinero. Un pequeño auto convencional pasó resoplando, lanzando humo a chorros que extrañamente olía reconfortante. Las estructuras empezaban a escasear. Helen se estaba alejando de casa y debía desandar cada paso que daba, en la oscuridad.

Debería estar en casa, pelando papas para la cena de la noche, escuchando música, leyendo una novela. Siendo amada por Janjic. Helen refunfuñó y observó sus propios pies arrastrándose sobre el suelo. No, ella no quería hacer esto, pero *lo estaba* haciendo y *quería* hacerlo.

A la carrera sacó una docena de veces la tarjeta negra con el mapa bosquejado. No fue sino hasta que entró al distrito Rajlovac que empezó a pensar que venir aquí había sido una terrible equivocación. El sol se había posado sobre el horizonte occidental, proyectando largas sombras donde los edificios no se alineaban del todo. Si había dinero en Rajlovac, no se desperdiciaba en los edificios, pensó ella. Al menos no en esta sección industrial adonde la había dirigido la tarjeta. Aquí las antiguas estructuras grises aparecían desocupadas y descuidadas. De vez en cuando una ventana destrozada mostraba el oscuro y rectangular interior. Un periódico voló impulsado por el viento; el clima no había borrado la foto de la portada de un hombre que gritaba furioso. Tres individuos se hallaban al otro lado de la calle, con los brazos cruzados debido al frío, y gorras de algodón en las cabezas. Con poco interés la vieron pasar.

Deberías regresar donde Jan, Helen. ¿Cuán lejos has ido? Menos de una hora. Si regresas ahora él no se dará cuenta.

Pero los pies de la mujer siguieron caminando, avanzando hacia adelante como halados por costumbre. Directo hacia la descendente oscuridad, haciendo caso omiso al temor que ahora le bajaba por la columna. Esto no era correcto. De pronto un enorme edificio surgió al final de la calle sin salida a la que ella había entrado, siniestro contra el cielo negro como carbón.

Helen se detuvo. Este era. Quedó parada, sola sobre el asfalto mirando la oscura edificación de diez pisos. Concreto gris se elevaba a lado y lado, agrietado y marcado por años de maltrato y guerra. Oyó débilmente el sonido de un chorro de agua a lo largo de la cuneta, agua de alcantarilla a juzgar por la pestilencia. Ella dio un paso inseguro hacia delante y se volvió a detener.

Treinta metros más allá una bandera ondeaba sobre una enorme puerta; una bandera blanca curtida con un objeto negro a cada lado. Pero a esta distancia ella no lograba distinguir las formas. Respiró hondo para calmar un temblor que le recorría los huesos, y caminó hacia delante.

Tienes que dar la vuelta, Helen. Ya tuviste tu caminata. Es hora de volver a casa y preparar la cena. Ve y deja que Jan te abrace. Él hará eso, lo sabes. Él te abrazará y te amará.

Los pies de ella hicieron caso omiso de la súplica y siguieron avanzando.

Si la noche no había caído aún sobre el resto de Sarajevo, aquí había llegado primero. Helen se preguntó distraídamente si así era como se sentía caminar al interior de su propia tumba. A excepción del chorro de aguas negras, la noche estaba en silencio. Quizás ella había comprendido mal.

Un repentino escalofrío le surcó la columna. Vio que las marcas en la bandera eran calaveras. Calaveras negras ondeando en la brisa. Una figura humana vestida con tejido de lana negra apareció en la cuneta de la derecha, evidentemente muerto al mundo. Helen se detuvo por tercera vez, luchando con los gritos de advertencia que le resonaban en la cabeza. Otro cuerpo se sostenía de pie en la esquina lejana, apenas visible.

Helen se paró ante la puerta metálica y miró la pintura café, descascarándose como costras de una superficie mohosa. Un vibrante ritmo llegaba del interior del edificio, apenas audible, pero de algún modo reconfortante.

Ya no estás caminando, Helen. Ahora estás entrando. Ese no fue el trato.
Estiró una temblorosa mano al frente y empujó suavemente la puerta.
¿Quieres volar, bebé?

La puerta se abrió de inmediato, asustándola; pero no por sí sola... un hombre se hallaba en las sombras mirándola con ojos sombríos. Al principio él no dijo nada.

—¿Quién te invitó? —preguntó entonces.

—A... Anton —contestó Helen.

—Sí, desde luego —comentó el hombre mientras una débil sonrisa le surcaba el rostro—. Quién más encontraría una mujer tan hermosa. ¿Sabes lo que hacemos aquí?

El corazón de Helen perdió el ritmo. *¿Quieres volar? ¿O quieres morir? Aquí hacemos las dos cosas.*

—Sí —respondió ella, pero con un temblor en la voz.

—Entonces sígueme.

El hombre dio la vuelta y entró al edificio. Helen cruzó el umbral, con la mente lanzándole obscenidades. Pero no obstante las piernas de ella parecían controlar los movimientos, como si tuvieran mente propia. Eso era una estupidez, por supuesto; ella le estaba ordenando a las piernas que se movieran porque quería desesperadamente seguir adelante. Dentro de esta mazmorra.

El pasillo estaba muy oscuro, decorado con la misma pintura descascarada que cubría la puerta exterior. Pasaron varios cuerpos flácidos, estirados sobre el suelo. Él la condujo al hueco de una escalera donde se hizo a un lado y señaló un tramo de escalones hacia abajo. Helen levantó la mirada hacia las escaleras que ascendían a la derecha, pero el hombre señaló con el dedo índice la oscuridad del fondo.

—Abajo —informó.

La muchacha tragó grueso y comenzó a descender. La puerta se cerró ruidosamente detrás de ella, quien se volvió para darse cuenta que el hombre la había dejado. Estaba sola, rodeada de silencio. Un constante y sofocado golpeteo venía de las paredes... el sonido de fuerte música palpitante. O el sonido del propio corazón de Helen.

Bajó el pie al siguiente escalón, y luego al siguiente, hasta que los peldaños terminaron en un rellano ante otra puerta. De una sola mirada supo que aquí yacía el espíritu del edificio. Allí se hallaba Anton, detrás de esta entrada fortificada, sellada dentro de grueso concreto. Se abrió una ventanita en la puerta, dejando ver por unos segundos un par de ojos inyectados de sangre, y luego se cerró. La puerta osciló hacia adentro.

Ya está, Helen. Si entras ahora no podrás regresar a tiempo para pelar papas.
Entró y se detuvo.

Helen quedó de pie en un túnel de roca toscamente labrado detrás del edificio. Bombillas rojas y amarillas a lo largo del techo a menos de un metro de la cabeza de ella irradiaban una luz espectral por el pasaje. Concreto húmedo había debajo de los pies, curvando a la derecha como siete metros adelante. La nariz se le llenó con el polvoriento olor de moho mezclado con el de cabello quemado. Los sentidos le hormiguearon con anticipación.

—Hola, Helen.

Ella giró a la derecha donde otro túnel más pequeño abría la boca en las sombras. El hombre que decía llamarse Anton salió de la oscuridad, sonriendo con maxilar cuadrado. Ahora usaba una túnica negra sobre la camisa blanca, como alguna clase de vampiro. Luz anaranjada le centelleaba de los redondos ojos.

—No esperaba que vinieras tan rápido —manifestó alargándole una mano.

Detrás del hombre diminutas patas caminaban aprisa a lo largo del túnel. Ratas. Helen notó también que el chorro de agua era más fuerte aquí. De alguna manera esas aguas negras corrían debajo del lugar.

Ella titubeó y luego agarró la mano del tipo.

Él rió entre dientes y el sonido de la voz recorrió el pasillo.

—Te prometo que no te desilusionaré, cariño —expresó Anton besándole la mano con gruesos labios rojos—. Ven.

Ella siguió adelante con sensación de hormigueo sobre suelas entumecidas. El sonido de su propio corazón resonaba con la música apenas perceptible. El sujeto la condujo por el pasillo débilmente iluminado hacia una puerta de madera con pesados travesaños. Agarró el cerrojo de madera, le guiñó un ojo a Helen y abrió la puerta de un empujón.

—Primero tú, cariño.

Helen pasó al lado del corpulento individuo hacia un salón lleno de humo. A las fosas nasales le llegó la agradable fragancia del hachís que flotaba en el aire. Aquí las luces amarillas centellaban a través de una bruma de la droga esa, irradiando un suave brillo por el salón. El techo era bajo, aparentemente esculpido en la pura roca y apoyado por media docena de columnas. Brillantes alfombras rojas y amarillas cubrían el piso de piedra, casi de pared a pared. Gruesos cirios blancos flameaban en viejos y largos mesones de madera. Elevadas vasijas de arcilla llenas con plumas violetas y verdes se encontraban a cada lado de las columnas; platos de bronce y plata adornaban las paredes, reflejando la inmensa cantidad de titilantes llamas. Era cierta clase de arte sicodélico.

Una docena de cuerpos se reclinaban sobre almohadas y sillones rellenos, cuerpos inmóviles ante la música vibrante y poco clara, pero que miraban fijamente a Helen. Ella los observó y al instante sintió una afinidad... tenían la mirada borrosa y un lenguaje que la muchacha conocía bien.

Sintió una mano en el hombro, y giró la cabeza hasta toparse con la mirada de Anton. El sujeto sonrió débilmente pero no dijo nada. La mirada de este bajó hasta el brazo de Helen y lo recorrió ligeramente con un grueso dedo. Algo respecto del modo en que centelleaban aquellos ojos envió un estremecimiento por la columna de Helen, que quitó la mirada de él.

Una de las figuras, un hombre, se levantó y caminó lentamente hacia ella, sonriendo de manera estúpida.

—¿Cuál es su precio? —preguntó Helen.

Anton rió suavemente, pero no contestó.

El otro tipo llegó hasta ella y levantó una mano hasta tocarle la mejilla. El dedo se le sintió caliente. *Ahora estás en esto, Helen. Sea que te guste o no, estás en casa.*

—¿Quieres saber cuál es el precio? —inquirió el hombre; una enorme cicatriz le bajaba por la mejilla derecha y se le amontonaba en un nudo cuando sonreía—. Soy Kuzup. Soy tu precio, princesa.

El individuo se mordió el borde de la lengua.

Anton pareció encontrar humor en la declaración.

—Esta no se encuentra a tu alcance, Kuzup. Es demasiado rica para tu sangre.

Helen sonrió con ellos, pero la piel le hormigueaba de temor.

—Y aunque usted pudiera pagar, no estoy a la venta —declaró ella.

Ambos rieron.

—Aquí abajo todos estamos a la venta —objetó Kuzup.

Un pinchacito agitó el brazo de Helen y ella se sobresaltó. La enorme mano de Anton le tapó la boca por detrás.

—Shhhhh. Déjate llevar, princesa.

Él le había colocado una aguja en el brazo. La mano del hombre no era brusca, solo persuasiva, y la muchacha se dejó llevar.

—Shhh —siguió el sujeto acallándola, la cálida respiración le cubrió las orejas a Helen; olía a medicina—. ¿La sientes?

El calor recorrió el cuerpo de la muchacha en reconfortantes oleadas.

—Sí —susurró.

Ella no sabía qué le había dado Anton, pero la droga le aceleró el pulso. Esto era bueno. Ya estaba dentro. *Ahora estoy volando, bebé.*

Él la soltó y el salón dio vueltas. Kuzup reía en voz baja. Anton sostenía una pequeña jeringa, la cual lanzó dentro de un jarrón que estaba a la izquierda.

Helen deambuló por el piso y se acomodó en un grueso cojín. La música se le abría camino a través del cuerpo como un masaje. Le vino un sombrío pensamiento: que a Jan le gustaría esto. No verla con extraños como estos, sino sentir la euforia que le recorría ahora por los huesos.

—¿Cuánto? —oyó ella que Kuzup preguntaba.

—¿Estás hecho de oro? Porque necesitarás una montaña de oro para alcanzar lo que he ofrecido por esta.

—¡Bah!

Helen perdió interés en el balbuceo de los tipos. A la izquierda yacía acostada de espaldas una mujer, mirando alucinada el techo. Le salía moco de la nariz y por alguna razón Helen encontró algo cómica la escena. La mujer era hermosa, con cabello dorado y ojos castaños, pero había sido reducida a un estado rígido, mirando insulsamente la piedra negra que colgaba hasta abajo. ¿Sabía ella cuán ridícula se veía, sudorosa en el suelo?

¿Y tú, Helen? ¿Eres menos ridícula? Se encogió como un ovillo, sintiéndose de pronto eufórica y mareada a la vez. Como una perra cohibida, bebiendo a lengüetazos algo de vómito… qué festín más vivificante, mientras nadie lo supiera. Pero Jan estaría pronto en casa, ¿no es así? Él estaría en casa para contarle acerca del auto azul que el tío le había vendido. Ahora podrían hacer viajes románticos al campo.

Una risa aguda y estridente cortó los pensamientos de Helen. Vio a una mujer vestida de rojo con los brazos entrelazados por el cuello de Anton. Tenía el cabello largo y oscuro. Lo estaba besando en la nariz, y luego en la frente y por la mejilla, susurrando palabras a través de labios fruncidos. La dama echó la cabeza hacia atrás y rió hacia el techo. Los dos miraron a Helen, contentos consigo mismos.

—Así que ella vino sin forzarla, nuestra belleza estadounidense —dijo la mujer, en voz suficientemente alta para que Helen oyera.

Luego la mujer se volvió hacia Anton y le lamió la mejilla con una lengua húmeda. Él no hizo ninguna mueca de desagrado; solo sonreía y observaba a Helen. La dama de rojo le hablaba al hombre, poniéndole apodos diversos. Nombres que no tenían sentido para Helen.

Menos uno. Ella lo pronunció en voz baja.

Karadzic.

La extraña lo llamó Karadzic y ese nombre hizo sonar una campanilla en la profundidad de la mente de Helen. Quizás un término simpático con que Janjic la llamara alguna vez. Sí, Janjic Jovic, su amante.

Karadzic.

CAPÍTULO TREINTA Y NUEVE

HELEN HABÍA salido cuando Jan entró para anunciarle la acertada transacción con el tío Ermin: ningún dinero durante treinta días, y si el vehículo aún funcionaba tendría que pagar cien dólares mensuales durante seis meses. Era un buen negocio, dado el temor de que la ruidosa trampa mortal se desbaratara en cualquier momento.

Pero Helen no estaba en el apartamento. La emoción en el pecho de Jan tendría que esperar hasta que ella regresara del mercado. Afuera caía la oscuridad, y ella no bajaba a menudo a la calle después de la puesta del sol. Tampoco había cocinado aún.

Jan se sentó a la mesa y con desgano agarró la máquina de escribir. Estaba casi al final del libro. Un capítulo más y estaría listo para el corrector de textos. No que tuviera un corrector. No tenía editor, ni corrector, ni siquiera un lector. Pero esta vez el libro era para él… para la literatura. Era un purgante para la mente, una catarsis para el alma. Y todo se reducía a este último capítulo. Ivena tendría que vivir con la realidad de que la historia de Jan ya estaba concluida. No su vida completa, por supuesto, sino que ahora estaba concluida esta encantadora historia de amor suya, que había hallado culminación aquí de regreso en Bosnia.

Miró el montón de páginas terminadas, apiladas nítidamente al lado de la máquina de escribir. El título se extendía a lo ancho de la portada. *Cuando el cielo llora*. Era un buen nombre.

Si había una verdadera salvedad, era simplemente comprender que él no sabía qué iba a escribir en este último capítulo. Hasta este momento el libro se había escrito por sí solo. Había salido a toda prisa de la mente de Jan y a duras penas los dedos habían mantenido el paso.

Helen no ha regresado, Jan.

Se levantó de la mesa y fue hasta la ventana. El mercado cerraba a las ocho, pero ya casi no había compradores. *¿Dónde estás, querida Helen?* Jan se miró el reloj en la mano. Eran las siete y diez.

¿Y si ella se hubiera ido, Jan?

El pulso se le aceleró al pensar eso. No. Ya superamos eso. ¿Y a dónde iría? *Padre, por favor, te ruego por la seguridad de ella. Te pido que no permitas que reciba ningún daño.*

Se dio cuenta que estaba sudando a pesar de la fría brisa. Se volvió de la ventana y salió a toda prisa del apartamento. Iría al mercado y la hallaría.

Tres minutos después entraba al mercado al aire libre, acallando recuerdos que le trajeron un cuchicheo a los labios. Caminó rápidamente por la calle, buscándola con el cuello estirado; buscando el inconfundible cabello rubio de ella. *Por favor, Dios, permíteme verla.*

Pero no la veía.

Se acercó al puesto de verduras de Darko, donde debido a la hora nocturna el corpulento individuo estaba ocupado llenando cajas con calabazas.

—¿Has visto a Helen, Darko?

—No —contestó el hombre levantando la mirada—. Esta noche no.

—¿Temprano, entonces? ¿Antes de oscurecer?

—Hoy no —dijo negando con la cabeza.

—¿Estás seguro?

—Hoy no, Janjic.

—Estaba en casa hace tres horas —expresó Janjic moviendo la cabeza de lado a lado y mirando alrededor.

—No te preocupes, amigo mío. Volverá. Es una mujer hermosa. Las mujeres hermosas siempre parecen hallar distracciones en Sarajevo, ¿verdad? Pero no te preocupes, ella está perdida sin ti. Se lo he visto en los ojos.

Una voz lejana chilló en la mente de Jan. *Y si ella es hermosa, mantenla lejos de él.* Era Molosov, quien de pronto se puso a reír. El calor envolvió la espalda de Jan. Rechazó una oleada de pánico. Se volvió hacia Darko, cuya sonrisa se suavizó ante la mirada de Jan.

—¿Conoces a Molosov? —le preguntó.

—¿Molosov? Es un nombre muy común.

—Un tipo corpulento —declaró Jan con impaciencia—. Cabello café oscuro. Del lado este de Novi Grad. Estuvo aquí ayer. Confesó que tenía un amigo en el mercado.

—No.

Jan golpeó la palma en la mesa del comerciante y refunfuñó. Darko lo miró sorprendido. Jan agachó la cabeza disculpándose y salió corriendo del puesto. *Por favor, Padre. ¡No otra vez, por favor! No puedo soportarlo.*

Se detuvo en el puesto siguiente y preguntó enérgicamente por Helen y Molosov, aunque en vano. Pero esa vocecita socarrona seguía susurrando en la cabeza de Jan. Corrió por el mercado, intentando mantener el control de la razón, desesperado ahora por encontrar a Helen o a Molosov. Por supuesto que solo era una corazonada, se mantuvo diciéndose. Pero la corazonada se le asentó como un tictac en el cráneo.

Si alguien conocía a Molosov, no hablaría fácilmente. A menos que se le preguntara al mendigo en el costado occidental del mercado.

—¿Conoce usted a Molosov? Un tipo corpulento con cabello oscuro del extremo oriental de...

—Sí, sí. Desde luego que conozco a Molosov —respondió el hombre con una sonrisa en el quisquilloso rostro.

—Dígame dónde puedo localizarlo.

—No puedo...

—¿Cree usted que estoy jugando. ¡Dígamelo, amigo!

—Tal vez un poco de dinero me afloje la memoria —declaró el pordiosero apartándole la mano a Jan.

Jan metió la mano al bolsillo y sacó un puñado de billetes, sosteniéndolo frente a los ojos cada vez más abiertos del menesteroso.

—Lléveme a él y esto será suyo.

Veinte minutos después Jan estaba ante Molosov en un pequeño rancho de lata con una docena de hombres que apostaban en un juego de cartas. Una escueta bombilla los iluminaba en lo alto. A la primera mención del nombre de Karadzic, Molosov agarró del brazo a Jan y lo llevó afuera.

—¿Estás intentando hacerme matar? —exigió saber.

—¡Tengo qué saber dónde está! Tú lo sabes... ¡debes decírmelo!

—¡Baja la voz! ¿De qué se trata?

Jan le contó, pero Molosov no estaba siendo muy comunicativo. El territorio de Karadzic no era de conocimiento común. Trató una y otra vez de alejar los temores de Jan, pero el rápido movimiento en los ojos le reveló los propios temores del ex combatiente. Al final Jan necesitó los mil dólares del auto que se había metido al bolsillo para convencer al fornido soldado.

—Tómalos —expresó Jan sacando el fajo y ofreciéndoselo al hombre—. Te servirá para comprar el pasaje a Estados Unidos. Dime dónde está.

—¿Y si ella no está allá? —objetó Molosov observando el dinero y mirando nerviosamente alrededor.

—Ese es un riesgo que estoy dispuesto a tomar. ¡Rápido, amigo!

Molosov agarró los billetes y se lo dijo, jurándole no contárselo a nadie.

Jan se volvió entonces y corrió en medio de la noche, al oriente hacia Rajlovac.

¿Y si Molosov tiene razón? ¿Y si Helen no está allá? ¿Qué entonces, Jan?

Entonces lloraré de alegría.

Pero el espanto le palpitaba en el pecho. No esperaba estar llorando de alegría. Llorando, quizás, pero no de alegría.

LA CALLE sin salida a la que Molosov dirigiera a Jan estaba supremamente oscura cuando este llegó treinta minutos después. Se detuvo y se aferró las palmas al pecho como si haciéndolo pudiera calmarse el ardor en los pulmones. Su respiración era como berridos que resonaban desde las paredes de concreto.

Una bandera, había dicho Molosov. Con calaveras. Jan no lograba ver nada más que una oscuridad de mal augurio. Tambaleó hacia adelante y luego se detuvo cuando el contorno del estandarte se materializó encima de la puerta, veinticinco metros más adelante. Vio que sobre la acera yacían tres cuerpos amontonados. Otro en la cuneta, muerto o drogado.

Una imagen de Karadzic le llenó la mente, rígido y feroz, gritándole al padre Michael. Había batallado con esa imagen por veinte años hasta ahora. De repente pareció absurda la idea de que Helen estuviera allí con la bestia.

Jan siguió adelante. *Y si él es inhumano, ¿qué es Helen?*

Refunfuñó y corrió más aprisa. En la visión periférica le centelleaban luces; la guerra estaba volviéndole otra vez a la mente, y luchó contra el recuerdo. Abrió la puerta e ingresó a un pasillo oscuro. El débil ritmo de música se transportaba por las paredes. Se detuvo y entrecerró los ojos deseando ajustarlos; la respiración era demasiado lenta.

Al final del pasillo unas gradas subían a la derecha y otras descendían a la izquierda. Abajo. Con Karadzic sería abajo. Bajó lentamente los escalones y se topó con otra entrada. La música sonaba más fuerte, correspondiendo con las palpitaciones del corazón de Jan. Intentó abrir la puerta; estaba cerrada.

De pronto chirrió una ventanita, iluminándole el pecho con luz amarilla. Jan retrocedió. La puerta se abrió.

No perteneces aquí, Janjic.

No apareció nadie. Adelante había un túnel labrado en la roca, iluminado por luces de colores. Es muy probable que quien hubiera abierto la puerta estuviera detrás de ella, esperando. Jan dio un paso. La música ensordecía ahora.

En realidad no tuviste sensatez al venir aquí, Janjic.

La puerta se cerró detrás de Jan, quien giró alrededor. No logró ver a nadie. Otra puerta lo condujo a la pared detrás de la entrada, y él la examinó rápidamente. Estaba cerrada.

—¿Ha venido por su mujer el muchacho amante?

La voz resonó en la cámara y Jan se dio la vuelta. *Padre, ¡por favor! Dame fuerzas.*

—Janjic. Después de tanto tiempo el salvador ha vuelto a casa. Y para salvar a otra pobre alma, nada menos.

Esta vez no podía confundir la conocida y retumbante voz; la tenía grabada en la memoria. ¡Karadzic! *Sensatez, Jan. Contrólate.* Inhaló pausadamente y exhaló poco a poco. Se detuvo y empuñó las manos.

Oyó un leve crujido de pies que luego se detuvieron directamente frente a él. Dio un paso atrás en la oscuridad. De repente una pálida luz amarilla inundó el túnel.

La figura se erguía delante de Jan, la aparición de una pesadilla olvidada. El tipo era alto y musculoso, equilibrado en largas piernas y vestido de negro, con una malvada sonrisa dividiéndole una marcada mandíbula. Era Karadzic.

Dos urgencias diferentes impactaron la mente de Jan. La primera fue lanzarse contra el gigantesco individuo; matarlo si era posible. La segunda fue huir. Había enfrentado una vez a Karadzic y apenas vivió para contar la historia. Esta vez quizás no tendría tanta suerte.

Jan movió el pie unos centímetros y luego se quedó enraizado al suelo, tenso como la cuerda de un arco.

—Qué bueno volver a verte, amigo mío —expresó Karadzic en voz baja—. Y has venido muy rápidamente. Yo había esperado obligarte, pero ahora has saltado a mi regazo.

Jan se quedó sin habla. Solo podía mirar esta encarnación del terror. El hombre lo había atraído aquí con engaño. Había utilizado a Helen contra su voluntad para hacerlo venir, pensó.

—Usted siempre tuvo que ver con mujeres. Hace presa de los débiles porque usted mismo no es ni la mitad de hombre.

—Y tú aún tienes la lengua suelta, ¿no es así? —objetó Karadzic—. No traje aquí a tu mujer, pobre idiota. Ella vino a mí, tal vez en busca de un hombre. Puedo ver por qué te dejó.

—¡Usted miente! Ella no vino aquí por voluntad propia.

—¿No? En realidad yo había planeado atraerla con la anciana, pero no fue necesario.

¿La anciana?

De pronto un brazo tapó la boca de Jan, tirándole la cabeza hacia atrás. Él hizo retroceder el codo y fue premiado con un gemido. Una mano le golpeó los riñones, y Jan se entregó al dolor.

—¿Te gustaría tal vez ver a tu Helen?

Los brazos detrás de él le pusieron las manos en la espalda y le ataron las muñecas con una cuerda. Le embutieron un trapo en la boca, la cual taparon con una ancha cinta adhesiva. Karadzic caminó lentamente hacia él. Su antiguo comandante resollaba, con los labios separados y húmedos. Sudor le brillaba en la frente. Sin previo aviso, con el brazo asestó un golpe en la oreja de Jan, haciéndolo quejarse del dolor.

—Harías bien en recordar quién es el que manda —ostentó Karadzic en voz queda—. Siempre tuviste confusión en cuanto al poder de mando, ¿no es así?

Ahora sin sonreír, el criminal encaró a Jan. El aliento del hombre tenía el dulce aroma del licor.

—Esta vez desearás ya haber estado muerto.

Jan hizo un gesto de dolor. Karadzic lo volvió a golpear, esta vez en la mejilla.

El hombre dio la vuelta y se dirigió al túnel.

—Tráiganlo —ordenó.

Manos empujaron a Jan por detrás, y él caminó tambaleándose. Lo lanzaron rápidamente por el oscuro pasaje, hacia una puerta de acero más allá en la que Karadzic se había detenido. Entonces la puerta se abrió y Jan fue empujado con aspereza dentro del salón. Examinó el interior, respirando superficialmente, temiendo lo que pudiera ver aquí.

Una docena de pares de ojos lo miraban, inexpresivos en su estado de estupor. Cirios llameaban luz ámbar a través de la blanca neblina. La música parecía resonar en los oscuros muros de roca, como si se originara en ellos.

Entonces Jan vio el cuerpo moviéndose lentamente sobre el suelo a menos de tres metros de donde él estaba, y supo al instante que era Helen.

¡Helen!

¡Oh, amado Dios! ¿Qué has hecho?

Gritó a pesar del trapo en la boca, pero el débil sonido se perdió en el sordo golpeteo de la música. Se impulsó hacia adelante en contra de las manos que lo sostenían, luchando frenéticamente para liberarse. *Oh, querida Helen, ¿qué has hecho? ¿Qué te han hecho?* La visión se le hizo borrosa por las lágrimas y en una furia repentina se agitó violentamente de un lado al otro. Ella necesitaba ayuda, ¿no podían ver eso? Ella estaba tirada en el suelo moviéndose como un animal lisiado. ¿Qué clase de demonio le haría esto a su esposa?

Furiosos gritos se oyeron detrás de Jan y una cuerda se le enredó en el cuello. Lo arrastraron hacia atrás tensándolo contra la cuerda. La puerta se cerró de golpe y lo empujaron por el corredor. Jan tropezó y cayó torpemente de rodillas. *Ella estaba sonriendo, Janjic. Contorsionándose en éxtasis y sonriendo de placer.*

Lo pusieron de pie y lo empujaron a patadas. *Helen, ¡amada Helen! ¿Qué te han hecho?*

Le han hecho lo que merece, patético idiota. Le han dado lo que ha estado deseando todo el tiempo.

Lo obligaron a bajar por un largo túnel, y luego por otro que se bifurcaba a la derecha. El pasaje terminaba en una celda labrada en la roca sólida. A la luz de antorchas le ataron horizontalmente los brazos a una viga de treinta centímetros de ancho, sujeta con pernos al muro. Dos hombres lo dominaban mientras Karadzic observaba. Pero Jan había dejado de luchar y permitió que le jalaran las extremidades como quisieran.

Tenía la mente en Helen. Ella había vuelto a caer. La había traído tres mil kilómetros para escapar de los horrores de Glenn Lutz, y ahora se hallaba peor. Una sentencia de muerte para los dos. ¿Y por qué? ¿Porque él no la había amado lo suficiente y de verdad? ¿O porque ella misma estaba poseída por el demonio?

Las palabras de Ivena le regresaron a la mente. «Helen no es diferente de cualquier persona», había dicho ella. Pero Jan no lograba imaginarse a *cualquier* persona, mucho menos a *cada* persona haciendo esto. Y si Ivena tenía razón y este era un juego motivado por el mismísimo Dios, entonces tal vez Dios había perdido el sentido del humor.

De pronto le arrancaron la cinta adhesiva de la boca y le quitaron el trapo. Sintió que le ardían los labios.

—En realidad no debiste haber intentado detenerme hace veinte años —advirtió Karadzic—. ¿Ves lo que te costó? Todo por un viejo sacerdote y un grupo de viejas.

—He pagado por mi insubordinación —contestó Jan—. Usted me quitó cinco años.

—¿Cinco años? Ahora pagarán con tu vida.

—Mi vida. ¿Y qué espera ganar quitándome la vida? ¿No fue suficiente matar a un inocente sacerdote? ¿No satisfizo su sed de sangre volándole la cabeza de los hombros a una niña inocente?

—¡Cállate! —exclamó Karadzic; aun en la tenue luz Jan podía ver que el rostro del hombre se hinchaba enrojecido de ira—. Nunca has entendido el poder.

—La verdadera guerra es contra el diablo, Karadzic. Y parece que usted no reconoce al diablo, aunque se le arrastra lentamente por dentro. Tal vez es usted quien no entiende el poder.

Karadzic no contestó, al menos no con palabras. Los ojos le centelleaban con furia.

—Usted no tiene el valor para depositar su ira en mí, cara a cara —desafió Jan—. ¡Usted se esconde detrás de una mujer!

El comandante miró a Jan por un momento y entonces se puso una mano en los labios y sonrió.

—Así que nuestro valiente soldado peleará por la vida de su amante. Se da cuenta que la voy a matar, y ahora usará cualquier medio a su disposición para persuadirme de lo contrario —pronunció Karadzic inclinándose hacia adelante—. Déjame decirte que no me inclino tan fácilmente en humillación, Janjic.

—¿No? Pero el sacerdote lo humilló, ¿no es cierto? Usted entró a la aldea tratando de sembrar terror y en vez de eso recibió risotadas. Nunca ha podido olvidarlo, ¿verdad? ¡Todo el mundo lo mira como un cobarde!

—¡Tonterías!

—Pruébese entonces. Deje libre a la mujer.

—Y ahora el soldado intenta la manipulación. Te digo que tu mujer está aquí por decisión propia. A tu *madre*, Ivena, la tomé a la fuerza. Pero no a la querida Helen.

—¿Ivena? ¿Tiene a Ivena? ¿Qué posiblemente podría querer usted con una inocente mujer? — preguntó Jan mientras le corrían náuseas por el estómago.

—Ella era para atraer a tu amante, amigo mío. Pero ahora servirá para otro propósito.

—Usted me tiene. Suéltelas, se lo suplico. Suelte a Ivena; suelte a Helen. Karadzic rió.

—Tu Helen es demasiado valiosa para liberarla, predicador.

¿Predicador?

—Usted no tiene nada contra ella. Me tiene a mí. Le ruego que la deje ir.

—Sí, te tengo a ti, Janjic —afirmó ahora el voluminoso hombre soltando una risa ahogada—. Pero me ofrecieron cien mil dólares por la muerte del predicador *y* la amante. Esa sería tu Helen. Y tengo en mente cobrar este dinero.

¿Cien mil dólares? Jan estaba muy conmocionado como para reaccionar. Entonces comprendió todo en un instante.

¡Lutz!

De algún modo Glenn Lutz tenía el dedo puesto en esta locura.

—Lutz...

—Sí. Lutz. Veo que lo conoces.

Un gruñido se formó en el estómago de Jan y le subió hasta la garganta. Sintió la sangre caliente y espesa en las venas. Entonces perdió la razón y comenzó a gritar, pero las palabras le salieron en un desorden sin sentido. El corazón se le estaba destrozando; el corazón le rugía. Quería matar; quería morir. De repente se lanzó contra los que lo contenían, pensando que debía detener al criminal.

Karadzic le iba a matar la madre y la esposa.

Un porrazo se estrelló contra la cabeza de Jan. El puño de Karadzic. Jan se estremeció y se echó para atrás, en silencio. Una dolorosa bola se le hinchó entre las sienes.

Otro puño se le encajó en la mandíbula y estrellas le motearon la visión. Jan cayó hacia adelante y perdió la conciencia hacia la oscuridad.

CAPÍTULO CUARENTA

JAN NO podía decir si había recuperado la conciencia o si la negrura ante los ojos era aún la oscuridad de su mente. Pensó que había parpadeado algunas veces, pero ni siquiera entonces pudo estar seguro. Luego oyó irregulares jadeos al respirar y supo que se estaba oyendo a sí mismo.

Aún se hallaba atado a la viga, con las manos extendidas a lo ancho. Los hombros le dolían en gran manera y trató de quitar de ellos el peso del cuerpo. Una inmediata oleada de dolor le hizo cambiar de opinión. Se combó sobre la viga e intentó aclarar la mente.

El salón resonaba con los esfuerzos que él hacía por respirar. El sonido le produjo un escalofrío en los huesos, una sensación súbita de paramnesia que le hacía parar los pelos de la nuca.

Ya había vivido esto.

¿Cuándo?

Le llegó como un puño desde la oscuridad; ¡Se hallaba en la mazmorra de sus sueños!

Por veinte años había soñado con este mismísimo lugar... supo que era el mismo. El mismo sonido, la misma viga en la espalda, la misma oscuridad total. Los detalles se habían ido a tenebrosas profundidades durante estos últimos meses sin soñar, pero ahora salían embravecidos a la superficie. Los sueños habían sido una premonición del propio fin que él tendría.

Al final de este viaje insensato esperaba la muerte. A él se le había dado amor... un injerto del corazón de Dios, había dicho Ivena. Y ahora él se había topado con la muerte. El precio del amor era la muerte. El pecho de Jan se le tensó con desasosiego. Qué tonto había sido al traer a Helen a Bosnia. ¡A Karadzic! *Oh, amada Helen, ¡perdóname! Oh, Dios, ayúdame.*

Una suave voz le susurró en la oscuridad. *Esto solo es una sombra de lo que siento.*

Jan recobró el aliento y levantó la cabeza.

No más que un débil susurro.

¡La voz era audible! Jan contuvo la respiración y examinó las tinieblas pero no vio nada. Estaba alucinando.

¿Sientes este sufrimiento?

Tu peor sufrimiento es como un eco distante. El mío es un chillido.

¡Esto no era alucinación! ¡No podía ser! *Oh, ¡Dios mío! ¡Estás hablando! ¡Estoy oyendo la voz de Dios!* Una lágrima se le deslizó por la mejilla. Jan se calmó y escuchó el esforzado inhalar y exhalar de su respiración. No podía ver nada más que tinieblas. Entonces habló en un susurro.

—¿Y mi amor por Helen?

Una pequeña muestra. Difícilmente podrías resistir más. ¿Te gusta?

¡Entonces era cierto!

—¡Sí! Sí, ¡me gusta! ¡Me encanta!

Una vocecita comenzó a reír detrás de la otra. Un niño que reía, incapaz de contener el regocijo. Cayó como un bálsamo de satisfacción sobre Jan. Dios y este niño estaban viendo la situación de manera diferente, y no era algo triste lo que veían. De los ojos de Jan salieron lágrimas a raudales. Empezó a temblar, sofocado en estas palabras que le susurraban a la mente.

De repente el mundo le empezó a centellear de blanco, y Jan resopló. Al principio creyó que podrían ser recuerdos de la guerra, pero al instante vio que no era así. El campo de blancas flores se extendía ante él, terminando en un brillante océano color esmeralda. El cielo se abalanzaba sobre el agua lejana, en corrientes rojas, azules y anaranjadas.

Cambió los pies de posición y miró hacia abajo. Había una gruesa alfombra de pasto comprimido entre los dedos de los pies, tan copioso y exuberante que parecía agua. A tres metros empezaba el lecho de flores blancas y rojas, bamboleándose suavemente con una ligera brisa. Eran las flores del invernadero de Ivena. La agradable fragancia de brotes de rosa le inundaba la nariz.

Pero el cielo se unía con el horizonte, como una puesta de sol fotografiada a intervalos prefijados pero sin final. Jan miró la escena surrealista y se le abrió la boca. Aquello no era de este mundo. Era del otro. Y era parte del sueño de él.

Oyó una débil nota en el aire, como el canturreo distante de un vendaval. Al verlo creyó que el sonido podría estar viniendo del campo, una sola línea oscura sobre el horizonte moviéndose hacia él.

La línea se estiraba hasta donde podía ver en cada dirección. Lentamente aumentaba de tamaño, moviéndose con una velocidad cada vez mayor. Jan contuvo el aliento. Diminutas figuras emergían de la línea sin rostro. Volaban hacia él, debajo del fluyente cielo, contra la corriente, como viajando en un tsunami aéreo.

Jan retrocedió en un brusco paso y se quedó paralizado, inseguro de qué hacer. Entonces la gran cantidad de figuras estuvo sobre él, andándole a toda prisa como a treinta metros por encima de la cabeza, en silencio a no ser por un gemido aerodinámico, como un poderoso viento repentino. Jan gritó y se agachó, pensando que las figuras podrían cercenarle la cabeza. Pero estas se hallaban a más de treinta metros sobre él. Era la enorme cantidad de ellas lo que proyectaba la ilusión de proximidad.

Jan miró estupefacto. En su mayoría eran niños. Les pudo ver los cuerpos borrosos corriendo sobre él en matices azules y rojos. Súbitamente de los niños estalló un débil sonido efervescente, subiendo y bajando por las escalas, como si con ellos se movieran mágicos repiques. Solo que no se trataba de un repique sino de risas. Cien mil niños soltando risitas ahogadas, como si moverse raudamente sobre él fuera una gran broma en que se deleitaban.

En la boca de Jan se formó una sonrisa. Una risita se le escapó de los labios.

Las risas aumentaron en respuesta. Y luego Jan reía con los niños.

De repente la línea terminó, y Jan vio que los cabecillas habían girado arriba hacia al cielo, como una ola encrespándose sobre sí misma. Al volver a pasar lanzaban alaridos. Un hombre con cabello largo guiaba el vuelo, y a la derecha una figura más pequeña le agarraba la mano, chillando con convulsiones de risa; esta vez los vio con claridad. Ellos lo miraron directamente, y los ojos les centelleaban de alegría. Jan los reconoció cuando pareció tenerlos al alcance de la mano.

¡Eran el padre Michael y Nadia!

De repente Jan deseó saltar y unírseles. Estaba parado sobre los pies. Reía con ellos, exactamente allí en el cuarto de piedra; supo eso porque los hombros sentían el dolor de los zarandeos del cuerpo. Pero en la mente, en este otro mundo, él saltaba y lanzaba las manos atrevidamente hacia arriba. ¡*Debía* unírseles!

Ellos volvieron a girar, pero esta vez se detuvieron en lo alto y revolotearon como una nube que cubría el cielo. El sonido se acalló.

Jan se empujó hacia arriba, asombrado. ¿Qué estaba sucediendo?

Entonces un suave sollozo cortó el aire. Y otro, y otro hasta que el cielo gemía con el sonido del llanto. Jan dio un paso atrás, atónito. ¿Qué había ocurrido?

Bajó la mirada hacia la pradera. Y vio lo que todos ellos veían. Un cuerpo yacía sobre las flores, como a tres metros de Jan, y él lo supo. Era Helen, y el cielo lloraba por ella.

Dos emociones chocaron. Alegría y dolor. Amor y muerte.

De pronto el mundo de Jan ennegreció, y él inhaló rápidamente. Estaba otra vez en el salón oscuro. Había desaparecido la visión celestial.

ESE ERA *tu sueño, Jan. La mazmorra y luego el campo. Era esto. De algún modo has esperado este momento desde el día en que viste morir al padre Michael y a Nadia. Fuiste creado para esto. Esta es tu historia.*

—¿Dios?

La voz de Jan resonó en la cámara. Estaba hablando como si Dios estuviera de veras en el salón.

Sí, era él. Es.

—¿Dios?

Pero solamente silencio le contestó.

Una sensación de impotencia le emergió del pecho. Un anhelo por la risa, por la voz de Dios, por la fragancia de las flores en el jardín de Ivena. Pero todo eso había desaparecido, dejándole tan solo el persistente recuerdo de Helen, tendida en el césped. Ella no reía. ¿Estaría muerta?

¿Y si así fuera? ¿Y si ese fuera el significado de esta visión? Karadzic la había matado y ahora el cielo lloraba. Jan se enderezó en sus ataduras, lleno de repentino pánico. Ese instante supo lo que haría.

—¡Karadzic! —gritó; la cabeza le dolió por el esfuerzo—. ¡Karaaadzic!

Fuego le ardía en los hombros. Pero tenía que hacer esto, ¿verdad que sí? Se trataba del más delgado de los hilos, pero podría ser la única esperanza para Helen.

—¡Karaaadzic!

Un puño golpeó la puerta.

—Silencio allí.

—Dígale a Karadzic que venga. Tengo algo que decirle.

—Él no quiere nada de usted —expresó la voz después de un momento de silencio.

—¿Y si usted se equivoca? Esto significará todo para él.

Sonó un refunfuño, seguido de un prolongado período de silencio. Jan llamó dos veces más, pero el guardia no contestó.

De pronto se oyó ruido de llaves en la puerta y luego esta se abrió hacia adentro. Rayos de luz amarilla chocaron de pronto contra el cuerpo de Jan, quien levantó la cabeza.

Karadzic estaba en la entrada, haciendo sonar las llaves en la mano derecha como si fuera una cachiporra, con las piernas abiertas.

—¿Así que después de todo quieres suplicarme por tu vida? —preguntó riendo entre dientes, y la voz resonó en la cámara.

—Ya no estoy interesado en mi vida. Solamente en la de Helen.

—Entonces eres un tonto y me compadezco de ti —expresó Karadzic.

—Helen fue siempre el premio. Por eso Lutz le ofreció dinero para que ella muriera. Si él no puede tenerla, entonces la matará. Pero créame, si ese cerdo inmundo creyera por un momento que podría tenerla como de su propiedad, voluntariamente, no la mataría.

—¿Es así, joven amante? —inquirió Karadzic con los labios retorcidos en una sonrisa.

—Lutz pagaría mucho más por Helen viva. Estoy seguro de eso.

—No intentes burlarte de mí, soldado —respondió Karadzic ya con la sonrisa atenuada.

—No me tome la palabra. Pregúntele a Lutz. Si él le está pagando cien mil dólares por nuestras muertes, entonces pagará doscientos mil por el corazón de Helen. Se lo prometo.

—Y no me interesan tus promesas. ¿Crees que tu astuta lengua jugará a tu favor?

—No estoy hablando de mis promesas, estúpido —insultó Jan; los ojos de Karadzic se entrecerraron—. Le estoy diciendo lo que Lutz dirá cuando usted le hable.

—¿Y qué te hace pensar que voy a hablar con él?

—La codicia que usted tiene se encargará de eso.

—Y tu estupidez se encargará de tu muerte.

—Usted sería un idiota si no llama a Lutz. Exija el doble por el regreso voluntario de Helen y él aceptará pagarle.

—Aunque tuvieras razón, ¿cómo propones que yo obligue a la mujer a volver a Lutz? Aseguraste que él es un cerdo.

Jan recobró la compostura y se enderezó contra el travesaño. Le dolían los hombros, como si le hubieran enterrado agujas en las articulaciones.

—Convenza a Helen a que renuncie sinceramente a su amor por mí.

Decir eso produjo náuseas en Jan.

—¿Que renuncie a su amor? —inquirió el comandante mirando como un idiota—. Estás manifestando chismes de mujeres.

—Si ella renunciara a su amor, esto le quebrantaría el espíritu. Por eso el sacerdote no renunció a su amor por Cristo. ¿No ha entendido eso aún? No eran solo palabras lo que él estaba negándose a darle a usted, sino el corazón. Si Helen renuncia a su amor por mí, no podrá vivir con la vergüenza. Volverá ansiosamente a Estados Unidos. Y en Estados Unidos solo está Lutz para ella.

¿Cómo podía él siquiera expresar esas palabras? Vivir con Lutz sería de por sí una muerte. Pero entonces Dios aún podría enamorarla, ¿verdad?

Karadzic no era tonto en el arte de doblegar mentes; la guerra le había enseñado bien. Los ojos se le movieron rápidamente de atrás para adelante.

—¿Propones por consiguiente que le destroce el corazón obligándola a renunciar a ti? ¿Crees que soy tan ingenuo?

—No, usted no puede obligarla —objetó Jan respirando hondo—. Ella debe hacerlo voluntariamente. Así que lleve a cabo uno de sus juegos, Karadzic.

El que jugó con el sacerdote. Quizás así recupere la vergüenza que se le amontona en la cabeza.

Karadzic parpadeó rápidamente. Jan había tocado allí una cuerda sensible.

—Usted no puede obligarla, pero puede motivarla —continuó Jan rápidamente—. Dígale que la matará si no renuncia a su amor por mí.

Jan tragó grueso.

Karadzic se lamió los labios, entendiendo ya.

—Dígale eso, pero si ella decide morir en vez de renunciar a su amor por mí *no* la mate —siguió hablando Jan—. Suéltela. Y si ella renuncia a su amor, entonces libérela para Lutz. En uno u otro caso ella vive. De una u otra manera usted me matará.

Jan forzó una sonrisa.

—Es un juego de apuestas definitivas. Helen escoge vivir y usted se vuelve muy rico; escoge morir y usted aun así consigue su recompensa, pero no por ella. Solamente la mitad pagada por mí. Mi esposa queda libre.

—La decisión de ella de morir por ti la dejará libre —declaró Karadzic con un brillo en los ojos—. Pero la decisión de vivir la entregará a Lutz. O yo podría sencillamente matarlos a los dos y cobrar el dinero ya ofrecido.

—Usted podría.

Karadzic lo miró por varios segundos; luego salió retrocediendo del salón.

—Veremos —dijo, y desapareció.

La puerta se cerró y Jan se dejó caer en sus ataduras.

KARADZIC ENTRÓ al débilmente iluminado cuarto subterráneo y miró al corpulento estadounidense sentado con las piernas cruzadas en la silla de cuero. El hombre se puso de pie y lo enfrentó; parecía albino en la luz ámbar; muy blanco desde el cabello rubio hasta la pálida piel, este cerdo. Karadzic nunca había pensado que otro hombre pudiera hacerle bajar un escalofrío por la columna, pero Glenn Lutz sí, cada vez que viraba esos ojos negros como solía hacerlo. No le gustaba eso.

—¿Y bien? —preguntó Lutz.

—Él tiene una propuesta para ti —informó Karadzic dirigiéndose a su licorera.

—¿Sabe él que estoy aquí?

—No. Por supuesto que no. Cree que te voy a llamar.

—Él no está exactamente en posición de hacer propuestas, ¿no es así? ¿Qué es lo que propone? —exigió saber Lutz.

—Dice que me pagarás el doble por el corazón de la mujer.

Glenn respiró fuertemente en la cámara.

—No hice un viaje de treinta horas para salvar el corazón de ella. Vine a matarla. Simple y llanamente. Una vez muerta, no me importa lo que hagas con ella. Ese loco está desvariando.

—No está sugiriendo que yo le salve el corazón, sino que la haga participar en un juego —explicó Karadzic vertiendo whisky en un vaso y enfrentando al estadounidense—. El mismo juego que realicé con el sacerdote en la aldea.

Lutz miró estúpidamente. No estaba asociando las cosas.

—Te pagué por traerlos aquí. Cincuenta mil dólares estadounidenses por cada uno. Ahora voy a matar a ambos. No estoy interesado en juegos.

—¿Y si el juego te da otra vez a Helen? ¿Um? ¿Y si ella viniera a ti de manera voluntaria como tuya y solo tuya? ¿Qué pagarías por eso?

Como si fuera un fuelle viejo, Glenn inhaló y exhaló por las fosas nasales el aire viciado. Los párpados se le cayeron como persianas sobre esos ojos negros y luego los abrió repentinamente. Karadzic pensó que en algún momento el hombre había perdido parte de sí mismo.

—El tipo afirma que me pagarás doscientos mil dólares si puedo convencerla de que renuncie al amor que tiene por Janjic —continuó Karadzic—. Dice que si frente a la muerte ella renuncia al amor por él, perderá la voluntad para amarlo y volverá voluntariamente a ti.

Glenn miró a Karadzic por largo rato sin mover los ojos.

—¿Y si ella se niega? —preguntó al fin.

—Entonces la dejaremos libre. Mataremos solo a Janjic —dictaminó, y sorbió del vaso.

—Vine a matar a ambos —advirtió Glenn, pero ahora su convicción parecía moderada.

—Janjic tiene razón. El espíritu de la mujer quedará destrozado si renuncia al amor por él. Será tuya si quieres tomarla —opinó Karadzic y sonrió—. Pero de todos modos mataré al hombre. Tú la tendrás viva o muerta. Ganarás de todas formas.

—Pensé que el juego era liberarla si escogía morir.

—Esa fue la petición de Janjic. Pero si ella prefiere morir que renunciar a su patético amor por un hombre, entonces le concederemos ese deseo.

En realidad era parecido al sacerdote, ¿verdad que sí? Karadzic sintió que el pulso se le agitaba por las venas. Cierta clase de reivindicación.

—¿Y por qué debería pagarte...?

—Porque tú no podrías hacerlo —interrumpió el comandante, súbitamente irritado—. Ella nunca renunciaría a su amor si estás allí.

Él no sabía si eso era verdad o no, pero de pronto el dinero parecía muy atractivo. Y volver a realizar el juego llevaba consigo una justicia poética que empezaba a roerle el cráneo.

—De todos modos mataré a Janjic. Y te estoy ofreciendo la oportunidad de tener a tu mujer viva y dispuesta. Es decisión tuya. Cien mil por los dos muertos, o doscientos mil por Janjic muerto y Helen en tus brazos.

Glenn se volvió de él y se puso las manos en las caderas. Este tipo podría estar a punto de tratar de matarlo *a él*, pensó Karadzic. Lutz jalaría el gatillo sin pensarlo. Pero esto era Bosnia, no Estados Unidos. Aquí el estadounidense jugaría según las reglas de Karadzic. O moriría. De no ser por la promesa del dinero, el comandante ya habría matado al grasiento patán. Sería un placer ver morir al cerdo.

—Duplicaré mi pago por Helen —decidió Glenn, volviéndose—. Cien mil dólares por ella si puedes hacer que maldiga al predicador. Te pagaré nuestro acuerdo de cincuenta mil por el predicador. Eso da ciento cincuenta mil. No más.

Lo dijo todo como un hombre acostumbrado a la autoridad, y Karadzic casi le dice que se tragara su dinero. Pero no lo hizo. Más tarde podría hacer eso.

—Está bien —concordó, y se dirigió a la puerta—. Espero que cumplas tu promesa.

Lutz estaba atravesándolo con esos ojos negros cuando el comandante se volvió hacia él.

—No salgas de este cuarto —advirtió Karadzic, y se fue con un escalofrío de furia desgarrándole la columna.

Tal vez debería simplemente matarlos a todos ellos; cuando hubiera terminado esto y tuviera su dinero. Pero ahora jugaría. El pensamiento le produjo una sonrisa en los labios.

Justicia poética.

CAPÍTULO CUARENTA Y UNO

HELEN SINTIÓ manos que la movían, dándole empujones, pero la mente aún le flotaba en perezosos círculos. La habían cambiado de posición, de eso estaba segura, y ahora agarraba los hilos del mundo real. El cuarto con todas sus coloridas luces y plumas no se distinguía fácilmente de los sueños que había tenido.

Estaba de pie, o acostada de espaldas. No, de pie, con los brazos estirados a cada lado, inmóviles. Extraño. Helen cambió lentamente la posición de la cabeza y cerró los ojos debido a los débiles rayos de luz. Los cirios parecían luciérnagas que pasaban rozando a lo largo del horizonte. Gimió. Cuando se le aclararon las punzadas detrás de los ojos volvió a mirar, y logró tener un débil enfoque del salón.

Las negras paredes centelleaban con el brillo de varias docenas de velas blancas escalonadas a distintas alturas, sus llamas titilaban como bailarinas luciéndose. Un par de figuras se movían en las sombras pero ya no estaba presente la mayor parte de los otros que ella había visto. Helen trató de cambiar de pie para deshacerse de un hormigueo, pero descubrió que no podía. Inclinó la cabeza y analizó los pies desnudos. Sí, estaban desnudos. Y presionados uno al lado del otro, colgando flácidamente. Separados del suelo.

El último detalle le aclaró la mente y pestañeó. Los pies estaban atados juntos, ¡suspendidos en el aire! Los brazos… levantó rápidamente la cabeza y se miró el brazo derecho. Una soga de media pulgada de grueso estaba envuelta alrededor del antebrazo y de una viga transversal. Giró la cabeza. Tenía el brazo izquierdo atado a la misma viga.

Un escalofrío le subió por la columna. ¿Qué le estaba sucediendo? Intentó librarse de las ataduras, pero estas no cedieron, y la cabeza le dolió por el esfuerzo. Le habían rasgado los pantalones habanos de algodón desde las rodillas, dejándole desnudas las pantorrillas. El blanco de la blusa estaba manchado de mugre, y las mangas destrozadas en las axilas.

¿Qué está sucediendo?, comenzó Helen a gimotear, no porque quisiera hacerlo sino porque deseaba preguntar y nada más le salía de la boca. Con desesperación examinó el espacio y se topó con las miradas de los dos hombres, pero estos solo miraban, fijamente.

—Au... auxilio —tartamudeó, pero el grito rechinó como un juguetito patético, y entonces la muchacha comenzó a llorar en tono bajo a través de labios temblorosos—. Ayúdenme por favor.

Pero el salón estaba vacío excepto por esos dos individuos que la miraban con calma.

Helen se dio cuenta que su vida estaba a punto de acabar. Había en el aire una sensación como nunca antes había sentido. Un escalofrío cortante pero caliente, tanto que la piel le brillaba por el sudor. Se estremeció. El cuarto olía a carne podrida, pero matizada con un olor medicinal que reconoció como heroína. Maldad llenaba esta mazmorra, sombría y acechadora, pero muy viva. Y ella había venido aquí ávidamente.

El cuerpo de Helen temblaba de miedo y vergüenza. *Oh, Jan, querido Jan, ¿qué he hecho? Lo siento mucho.*

¿Cuántas veces había dicho eso?

Se mordió el labio, con tanta fuerza que sorbió el picante sabor de la sangre.

La puerta se abrió a la izquierda y una elevada figura se paró en el marco; las luces anaranjadas del pasillo la iluminaban por detrás. Karadzic.

De pronto ella supo quién era este hombre. ¡Era Karadzic! ¡*El* Karadzic! ¡Era el comandante en el libro de Jan!

Forzaron a empujones a que una mujer se le adelantara al tipo, pero esta tropezó y cayó de rodillas. Tenía desgarrado en un costado el vestido, el que parecía vagamente conocido. Los dos hombres que habían estado en el salón dieron un paso al frente y obligaron a la mujer a ponerse de pie.

Helen le vio el rostro, surcado de sangre de tal modo que parecía que le hubieran cortado irregularmente una línea. La muchacha contuvo la respiración.

¡Era Ivena! ¡Ivena estaba aquí!

—¡Ivena!

La anciana giró lentamente la cabeza y miró a Helen. Entonces los ojos se le desorbitaron y al instante se arrugaron con empatía. La boca se le separó en un silencioso llanto.

—Querida Helen... Oh, querida Helen, lo siento mucho.

Helen se volvió hacia la puerta donde Karadzic aún estaba parado en las sombras.

—¿Qué le está usted haciendo a ella? Es una anciana. Usted no puede...

—No te preocupes por mí —manifestó Ivena, ahora con suavidad en la voz.

Helen la miró. Había un brillo en los ojos de Ivena y no era por la luz de la lumbre.

—Temo por ti, querida Helen. Por tu alma, no por tu cuerpo. No permitas que se apoderen de tu alma.

Una luz blanca iluminó la mente de Helen con esa última frase, como si hubieran encendido un estroboscopio. Levantó bruscamente la cabeza.

El salón había desaparecido. La muchacha jadeó.

Un campo de flores blancas se extendía ante ella, rodeado por un brillante cielo azul.

La visión de la joven volvió rápidamente al salón, donde el voluminoso individuo, Karadzic, estaba entrando seguido por la mujer vestida de rojo. Reían como payasos.

Pero Helen permaneció aquí menos de un segundo, antes de que el mundo blanco volviera a cobrar vida como el destello de un flash. Las flores se balanceaban con delicadeza en la brisa, inclinándose ante una figura bocabajo a menos de tres metros de distancia. Helen oyó lo que parecía un niño sollozando en silencio, y rápidamente examinó el cielo surrealista. Ahora era de color turquesa y fluía como un río hacia el horizonte.

Ella bajó la mirada. La mujer en el suelo tenía puesto un vestido rosado con flores pequeñas y...

¡Era *ella*! ¡Era ella, *Helen*!

Los suaves sollozos se detuvieron por un breve segundo, dejando solo un silencio sepulcral. El mundo se había paralizado con Helen allí, parada boquiabierta, y tendida casi muerta.

Entonces empezó el grito. Cien mil voces gimieron a la vez, desesperadas en agonía. En la imaginación Helen se cubrió los oídos y se inclinó. El sonido le desgarraba los nervios como una navaja de afeitar. Estaban llorando por esa figura bocabajo. ¡Por *ella*!

—Dios, querido Dios, ¡perdóname!

Al instante Helen estuvo de vuelta en el oscuro salón, con el último grito resonándole alrededor. Karadzic y su mujer de cabello negro la miraban, ahora ya no sonreían. La habían oído.

—Dios no te puede oír, ¡tonta!

El fornido individuo vestía una túnica negra y la mujer de rojo lo agarraba del brazo. Otros dos sujetos que los habían seguido se colocaron a la derecha de Helen. Entonces Karadzic caminó hasta el centro del salón y la enfrentó.

—¿Crees que clamar a Dios te salvará? No salvó al sacerdote, y él era mejor que tú.

Los dos hombres que habían esperado cerca de la parte posterior agarraron ahora a Ivena por los brazos. La movieron bruscamente hacia el costado donde la pusieron de pie mirando a Helen. Pero el brillo en los ojos de Ivena no desaparecía.

Las velas llameaban intermitentemente. Helen se combó desde la cruz, exhalando con emoción. Pero en realidad no por la locura en este salón, ¿verdad? Era por la visión. Esta se había ido de la vista, pero el llanto aún le inundaba el corazón.

Karadzic se acercó a la muchacha, otra vez con una retorcida sonrisa. El tipo era muy alto, tanto que el rostro le llegaba al nivel del de Helen. Él levantó una gruesa mano y recorrió los dedos por la mejilla de Helen.

—Qué piel tan suave. Es una lástima, de veras —manifestó en voz muy baja, enjugando las lágrimas de la mejilla de la prisionera.

Esto surtió muy poco efecto; lágrimas frescas brotaban en silenciosos torrentes. Karadzic se le acercó más, y Helen le pudo oler el apestoso aliento.

—Hoy morirás. Sabes eso, ¿no es así? —susurró él.

Los ojos de Karadzic no estaban ahora a más de diez centímetros de los de Helen, y se movían en las órbitas escudriñando el rostro de la joven. Suavemente el hombre se pasó la gruesa lengua por sobre los dientes; sudor le brillaba en el labio superior.

—Estarás muerta en una hora. Después de que nos hayamos divertido. Pero tú misma te puedes salvar. Ahora vas a decidir si quieres seguir viva o no. ¿Entiendes?

El tipo miró a la muchacha a los ojos, esperando.

Helen asintió; una exhalación de aire se le escapó de la garganta. Temor se le extendió por todos los huesos, reemplazando a la tristeza causada por la visión. Miró por encima a Ivena, quien la contemplaba con aquel fuego en los ojos.

—Helen —susurró Karadzic; la boca del comandante hizo un pequeño sonido al separarse los labios y la lengua—. Qué nombre más hermoso. ¿Quieres seguir con vida, Helen? ¿Um? ¿Quieres regresar a tu amante?

Ella asintió. Miró por sobre el hombro de Karadzic y vio que los otros sujetos no se habían movido. El débil sonido silbante de pabilos ardiendo jugueteaba en el pensamiento de la joven. El hombre respiraba resueltamente por las fosas nasales.

—Dilo, amorcito mío. Dime que deseas permanecer con vida.

—Sí —pronunció Helen; pero le salió como un quejido.

—Sí —repitió Karadzic sonriendo—. Entonces recuerda eso, porque si no, voy a dejar que Vahda te rompa los dedos, uno por uno. Sonará muy fuerte en este salón. Creerás que te están disparando, pero solo será el fuerte sonido de tus huesos al romperse.

Entonces, en algún momento, desapareció la sonrisa del hombre.

Helen se percató de que ella ya no exhalaba.

Karadzic se volvió y retrocedió. En el cinturón tenía una pistola, grande y negra. La respiración de Helen salió en repentinos y cortos jadeos. Escalofríos le bañaban la cabeza. *¡Oh, Dios! Sálvame, por favor. ¡Haré cualquier cosa!*

Karadzic se volvió hacia la mujer, Vahda, y por un prolongado momento los dos miraron a Helen, inmóviles. Sombras titilaban con las llamas de las velas, danzándoles por los rostros.

El comandante alargó la mano hacia el guardia a la derecha y le arrebató un revólver. El corazón de Helen se le atoró en el cuello. La respiración se le acortó... estaba hiperventilando. Los ojos de Glenn eran negros. No, este era Karadzic, y sus ojos eran como huecos. ¿Por qué estaban haciendo esto? ¿Qué había hecho ella para enojarlos?

—Bueno, Helen, te trajimos aquí para matarte. Y lo vamos a hacer —declaró él en voz muy baja, de forma muy realista—. Pero ya que tu marido fue tan amable al contar mi historia al mundo y darme tanta fama, he decidido brindarte una oportunidad. Leíste el libro, ¿verdad?

Ella no respondió. No pudo.

—Bien. Entonces recordarás que le di una oportunidad al sacerdote. ¿Lo recuerdas? —manifestó Karadzic y dio un paso al frente—. Mírame, Helen.

Ella lo miró, temblando todavía.

—He aquí tu oportunidad. Es bastante sencilla. Si renuncias a tu amor por Janjic, te dejaré libre.

Ella parpadeó hacia el hombre. ¿Renunciar a su amor? ¿Por Janjic? Ella podía hacer eso fácilmente... solo eran palabras.

—¿Comprendes? Dime que no lo amas... que lo maldecirías si estuviera aquí, y te dejaré libre. ¿Entiendes?

Ella asintió impulsivamente.

No puedes renunciar a tu amor, Helen.

Por supuesto que puedo. ¡Tengo que hacerlo! Helen se negó a mirar a Ivena, pero podía sentir la mirada de la mujer.

—Muy bien.

—Usted... ¿no le hará daño a él? —inquirió Helen.

—¿Hacerle daño? ¿Qué importará, si lo rechazas? De todos modos estará muerto para ti.

La cabeza de Helen empezó a dolerle. Cerró los ojos, desesperada por despertar de esta pesadilla.

—Helen.

Ella abrió los ojos. Karadzic había levantado la pistola y se había puesto el cañón en la mejilla. El criminal inclinó la cabeza, y miró a la joven por sobre las tupidas cejas.

—Sabes lo que le sucedió al sacerdote. Sé que lo sabes. Lo maté.

Ella no se movió. El aire se sentía muy quieto.

—Pero quiero asegurarte que haré lo que digo. Quiero que sepas que cuando afirmo que voy a matar a alguien, lo mataré —advirtió, y la boca se le abrió en una leve sonrisa—. Mira a Ivena, Helen.

Helen se volvió hacia Ivena. La mujer mayor la observaba directamente con ansiedad en los ojos y una leve sonrisa en los labios. No había temor; solo esta absurda confianza que resplandecía en ella. Una fresca oleada de lágrimas brotó de los ojos de la muchacha.

Los guardias se hicieron a un lado e Ivena se puso de pie, vacilante.

—No llores por mí, Helen. El llanto es por ti —reveló Ivena.

Desde el rabillo del ojo Helen vio que Karadzic levantaba el brazo hacia Ivena. Contra la cabeza de la anciana chocó un *¡pum!*, y esta salió empujada de espaldas. El cuello de Ivena se lanzó hacia atrás. El costado de la cabeza había desaparecido. La mujer cayó al suelo como un saco de harina.

Entonces la mente de Helen empezó a explotar con pánico. Había risas, pero ella no podía quitar la mirada del cuerpo inerte de Ivena para ver de dónde venían: quizás de Karadzic y su mujer. Quizás de ella.

¡Ivena! Amado Dios, ¡Ivena estaba muerta!

Oh, Dios, ¡sálvame por favor! ¡Te ruego que me salves! ¡Por favor, por favor!

JAN SE tensionó contra las cuerdas, haciendo caso omiso al dolor en las articulaciones. Se dio cuenta que la situación había empezado. Pudo sentir la tensión en el estómago, lo que le produjo náuseas.

Querido Padre, te lo ruego, sálvala. ¡Te lo suplico!

Oyó una lejana detonación: un disparo a mucha distancia. ¿Le habían disparado a ella? Jan dejó caer la barbilla hasta el pecho y gimió con fuerza. La garganta se le llenó de bilis, y vomitó. Escupió el amargo sabor de la boca y volvió a gemir. Esto había pasado de castaño oscuro.

Karadzic haría cualquier cosa para animar a Helen a renunciar al amor, aunque esto significara hacerle daño. E Ivena, ¿qué le haría a Ivena? Pensar en ese batracio tocando a Helen hizo que se le revolviera el estómago, en realidad le hizo temblar el cuerpo en las ataduras.

Dejó colgando la cabeza y rogó a Dios para que los momentos pasaran con rapidez. Si ella renunciaba a su amor, se habría ido para siempre y Jan pensó que él también moriría sin ella. Lo cual era precisamente lo que ocurriría. Karadzic lo asesinaría.

¿Pero y si en vez de eso Helen decidía morir? Karadzic podría incumplir su promesa y matarla. Pero no había más opciones. Al menos morirían como uno: como enamorados.

Padre, no puedes permitir que ella muera. Ella es tu Israel; es tu iglesia; es tu novia.

Una imagen de los Salmos, de una gigantesca águila chillando desde el cielo para proteger a sus crías, le dio vueltas en la mente. *Tienes que acabar con esta locura, Padre. Sálvanos ahora. Me has convertido en Salomón, desesperado por la doncella; me has convertido en Oseas, amando con tu corazón. Muéstrame ahora tu mano.*

Silencio.

Jan colgaba de las ataduras, deseando morir. Apenas lograba pensar en el dolor. Si Karadzic le liberaba las manos, ¡le sacaría los ojos! El preso hizo rechinar los dientes. Golpearía duramente ese rechoncho rostro. *¿Cómo se atreve él a tocar…?*

El mundo titiló abruptamente de blanco.

¡La visión!

Risas le llegaron desde todos lados. El campo florido y estas hilarantes risas. Una oleada de alivio le envolvió el pecho, y rió súbitamente. Entonces el sentimiento le retumbó por el cuerpo y no pudo contenerlo. Era placer. ¡Placer crudo que le hervía de los huesos en burbujas de gozo!

Jan se encorvó, tanto como se lo permitieron los brazos atados, y rió. El salón resonó con los sonidos de un demente, y el prisionero no pudo evitar pensar en que finalmente había perdido la cordura. Pero a la vez comprendió que él no podía estar más cuerdo. Estaba bebiendo vida y esto lo hacía reír.

Cada fibra en el cuerpo imploraba morir en ese instante; unirse para siempre a esa risa. Rodar por el campo y viajar por el cielo azul con el padre Michael y Nadia.

La visión desapareció.

Jan parpadeó en la oscuridad. *Sabes que Nadia habló de risas, Janjic. Sabes cómo rió el padre Michael. Y luego ambos murieron. La risa precede a la muerte.*

Entonces déjame morir, Padre.

Pero salva a Helen. Te lo ruego.

HABÍAN SALIDO del salón por un rato, para dar a Helen tiempo de pensar detenidamente en la situación, había dicho la mujer. El cuerpo de Ivena yacía en un charco de sangre a la derecha de la muchacha, inmóvil e inerte con los ojos abiertos. Las velas irradiaban bamboleantes sombras a través del salón. Helen miraba con ojos bien abiertos, un brillo de sudor le resplandecía en la piel, respirando en violentas sacudidas.

Ya se había desmayado una vez, por hiperventilación, pensó. Cuando ocurrió, ella se preguntó si todo el asunto había sido un mal sueño, pero entonces vio el cadáver y empezó a llorar otra vez.

El problema era bastante sencillo. No quería renunciar a su amor por Jan. La mente le volvía a recordar la increíble amabilidad y la pasión de él.

Renunciar a su amor muy bien podría ser muerte por mérito propio. Lo menos que ocurriría es que nunca podría volver a mirarlo al rostro.

Pero entonces Helen no deseaba morir. No, nunca permitiría que ellos la mataran.

La puerta se abrió de golpe, y Karadzic entró con la mujer y dos guardias. Uno de ellos fue hasta el cadáver de Ivena y comenzó a empujarlo hacia el costado.

—¡Déjalo! —gritó el comandante.

El guardia soltó el cuerpo y se unió a su compañero a la izquierda de Helen.

Karadzic tomó posición frente a la muchacha, como un verdugo ansioso de cumplir su misión. Vahda se mordía una uña, obviamente emocionada. La miraron en silencio por un momento.

—Ahora, Helen —habló Karadzic con voz cavernosa—. Vamos a empezar a romperte los dedos. Prefiero la navaja y podríamos llegar a eso, pero Vahda me ha convencido que una mujer hará cualquier cosa por conservar los dedos.

Helen comenzó a temblar de nuevo. Los clavos en la viga que le topaban la espalda chirriaban con el temblor de la joven; un sonido espantoso que le enviaba escalofríos a las piernas.

—¡Oh, Dios! —gimió—. ¡Por favor, Dios!

—¿Dios? —exclamó Karadzic con las cejas arqueadas—. Te lo dije, Dios no está oyendo. Creo que tu Dios…

Eso fue todo lo que ella oyó. Porque el mundo le explotó otra vez. Fulguró de blanco.

¡Ella estaba de vuelta en la visión!

Solo que esta vez el campo de flores blancas flotaba en la risa de niños. Helen contuvo la respiración. Había otro sonido allí con los niños… ella lo reconoció de inmediato. ¡Era Ivena! Riendo con ellos. Histérica.

Y la figura bocabajo había desaparecido. Y eso era cómico, pensó Helen. No, eso era encantador. ¡Era perfectamente increíble! Eso era mejor que todo lo que pudo haber imaginado.

Helen oyó su propia risa, uniéndose al coro. No porque fuera muy divertido, en realidad divertido era una palabra atroz para describir esta emoción que le saltaba desde el estómago. Sintió como si la hubieran halado bruscamente de un baño de ácido y la hubieran clavado en una piscina de éxtasis. Este mundo embriagador de inmenso placer.

Este es el cielo.

—¡Basta!

La voz hizo volver bruscamente a Helen al salón.

—¡BASTA! —gritó Karadzic temblando—. ¿Crees que es divertido?

Helen reía entre dientes, colgando de la cruz, cubierta en su propio sudor y temblando como una hoja. Un momento antes había habido terror crispándole esos músculos; ahora había risa.

La escena daba vueltas en la mente de Karadzic como una broma obsesiva. Había visto esto antes. En una pequeña aldea a no mucha distancia, hace veinte años.

—¡Cállate!

Helen se contuvo y miró alrededor como una imbécil, como insegura de dónde estaba. Lo absurdo de este repentino cambio en el comportamiento de ella produjo escalofrío en los huesos de Karadzic. ¿Qué creía ella estar haciendo en el nombre de Dios?

—¡Vuelves a reír de ese modo y te meto una bala en el estómago! ¿Me oyes?

La muchacha asintió con la cabeza. Pero los ojos ya no estaban redondos y abiertos. Miraban a Karadzic con simple curiosidad. Él tendría que volver a poner temor en ella. Le rompería dos dedos, uno en cada mano. Los dedos índices.

El comandante dio un paso al frente, observando que sus propias manos aun le temblaban. Las empuñó.

—Veremos cómo te sientes después de...

—Ya tomé mi decisión —lo interrumpió ella tranquilamente.

—¿De veras? ¿La tomaste? —preguntó él, parpadeando.

—Sí.

—No tan rápido —advirtió; esto no parecía bueno—. Tengo a Janjic. ¿Sabes eso?

La inflexión en la voz del hombre se había elevado, pero no le importó.

—Usted... ¿tiene usted a Janjic? —inquirió Helen tragando saliva, y por un momento el comandante creyó que ella estallaría otra vez en lágrimas—. Yo lo amo.

—Eres una tonta —musitó Karadzic a través de dientes apretados.

—Moriré antes de renunciar a mi amor por Jan.

¡Esto era imposible!

—¡No solo morirás! Tendrás rotos todos los huesos, uno por uno, ¡pequeña cobarde!

Los ojos de Helen lo miraron fijamente. Lágrimas brotaban de cada uno, dejándole frescos rastros en las mejillas. Pero ella no pestañeaba.

—Si usted cree encontrar alguna pervertida satisfacción en hacer daño a una mujer inocente, entonces hágalo —juzgó Helen.

—¿Te crees inocente? ¿Te arrastré aquí? Mataste a tu propio amado al venir acá.

Las mejillas de ella se pandearon.

—Janjic morirá, y solo tú puedes salvarlo —continuó rápidamente Karadzic—. Renuncia a él, estúpida. ¡Solo son palabras! No seas imbécil.

—¡No! —gritó ella—. No.

Helen lloró de nuevo. Se iba a quebrantar. El rostro se le frunció de dolor. Karadzic logró presentir el cambio en ella y se animó levemente.

—Sálvate tú —expresó—. Renuncia a él.

La prisionera inhaló abruptamente y se adaptó poco a poco contra las cuerdas. Miró directo a los ojos del hombre, y este tragó saliva. Había una nueva mujer detrás de esa mirada, y era más fuerte de lo que él había creído.

—Usted sabe que no puedo hacer eso —explicó ella con calma—. Máteme. Moriré por él… eso lo debí haber adoptado hace mucho tiempo.

El temblor empezó en la cabeza de Karadzic y se le abrió paso hacia abajo hasta los talones. De no haber quedado inmovilizado en el acto, pudo haber levantado la pistola y haberle disparado a la mujer.

Vahda no estaba tan paralizada. Emitió un chillido y pasó volando a Karadzic con las uñas extendidas. Clavó los dedos en el cuello de Helen y bajaron hasta el pecho dejando rastros de sangre en la joven.

Karadzic dio un paso adelante y golpeó la cabeza de Vahda con un fuerte manotazo. La mujer cayó al suelo en mala manera.

—¡Es mía! —gritó él—. ¿Te dije que hicieras esto?

El comandante retrocedió, tratando desesperadamente de controlarse. Estaba perdiendo el control de la situación, lo único que ningún buen adalid podía permitirse. La respiración se le hizo pesada y lenta. Blancas manchas le flotaban en la vista. Vahda se puso de pie.

—Así que te crees muy lista al escoger tu muerte —expresó Karadzic enfrentando a Helen—. Pues bien, *te* mataré. Y dejaré que Vahda te rompa los huesos. Pero no morirás hasta que hayas presenciado la muerte de tu amado. ¿Te gustaría eso?

La joven no reaccionó.

—Dije: ¿te gustaría eso? —gritó él.

Ella pestañeó. Pero aparte de eso únicamente lo miró. El cuello le sangraba de mala manera debido a las uñas de Vahda.

—Traigan al prisionero —ordenó bruscamente Karadzic.

Dos guardias salieron rápidamente para ir por Janjic.

—Vahda, querida. Recuerda: este es mi juego, no el tuyo. Debes recordar eso —advirtió él; la mujer no se dio por enterada—. Por tanto ahora puedes quebrarle dos dedos, pero solo dos.

Ella se volvió hacia él con un brillo en los ojos.

—Sí, querida. Puedes. Y también las rodillas.

CAPÍTULO CUARENTA Y DOS

LO PRIMERO que vio Jan cuando los dos guardias lo arrastraron fue una mujer alta vestida de rojo y con largo cabello negro. Ella estaba frente a la pared. Vio a Karadzic a la izquierda, con una siniestra sonrisa a la luz de la vela. Entonces la mujer se hizo a un lado y él vio a Helen.

La habían atado a una gruesa cruz de madera. La cabeza le pendía a un lado, y tenía la mirada fija en el salón, inexpresiva. No lo había visto.

Había sangre en el cuello de Helen. Y las rodillas... *¡Oh, querido Dios!* Las rodillas estaban totalmente ensangrentadas. Jan se llenó entonces de pánico. Refunfuñó y se lanzó hacia adelante.

Su intento fue recompensado con un fuerte golpe en el costado de la cabeza. Cayó entre los guardias, y la imagen de Helen se le movió en la visión. Ella lo estaba mirando ahora. Lentamente a la muchacha se le formó una sonrisa en la boca. *¡Amada Helen! ¡Mi pobre Helen!*

Su esposa tenía extrañamente dislocados los dedos índices. Náusea recorrió por el estómago de Jan. Apartó la mirada de Helen y vio en las sombras un cuerpo doblado sobre sí. Era una mujer, inerte, vestida en...

¡Era Ivena! Esa era Ivena tendida en el rincón y con la cabeza ensangrentada. *¡Oh, querido Dios! ¡Amado Dios!*

Jan cerró los ojos e inclinó la cabeza. Tristeza le surgió del pecho y le brotó por los ojos como si hubieran roto una represa dentro de él. Colgaba de los brazos entre los guardias y lloraba.

—¿Te gusta lo que ves, Janjic? —preguntó tranquilamente Karadzic.

¡Cállate! ¡Cállate, demonio del infierno!

—No lo escuches, Jan. Escúchame.

¡Era la voz de Helen!

Él levantó la cabeza y parpadeó.

—¡Cállate! —gritó Karadzic.

Pero Jan estaba mirando dentro de los ojos de Helen, y vio algo en ellos. Algo nuevo. Algo que le llegaba hasta el pecho y le oprimía el corazón. Era la manera en que él se había sentido en el restaurante durante la primera cita de ellos, la misma sensación que le había debilitado las rodillas en el jardín bajo una luna llena. Era el mismo golpeteo del corazón que le martilleara en los oídos mientras revisaba la cafetera y ella se le inclinó en el hombro.

Y sin embargo venía del corazón de ella, no solo del suyo. Él pudo ver el amor en los ojos de Helen y en las líneas alrededor de los labios. Ella apenas parecía consciente de sus huesos destrozados. Estaba flotando en una nueva dimensión.

Jan comenzó a llorar, y los guardias lo sostuvieron torpemente de pie.

—Jan.

Era Helen otra vez, débil pero pronunciando su nombre. El cuerpo de Jan temblaba.

—Jan. Te amo.

Él levantó la cabeza hacia el techo y empezó a gemir en voz alta. Oleadas de alegría le inundaban los huesos.

Los guardias lo soltaron súbitamente y entonces se estrelló en el suelo. Apenas sintió la fuerza de la caída. ¡Ella lo amaba! Querido Dios, ¡Helen lo estaba amando!

Quiso levantar la mirada hacia ella y decirle que también la amaba. ¡Que daría cualquier cosa por volver a oírle pronunciar esas palabras! Que moriría por ella.

Los labios de Jan presionaron contra el piso de piedra y las lágrimas se le encharcaron. Rodó hacia el costado e intentó levantarse. No pudo. Pero debía hacerlo. Tenía que pararse, correr hacia Helen y besarle el rostro, los pies, las rodillas lastimadas, y decirle cuán terriblemente la amaba.

Karadzic estaba gritando algo. Jan abrió los ojos y vio que el hombre había colocado una pistola en la mejilla de Helen. Pero la mirada de Helen estaba puesta en Jan.

Ella pareció no importarle la pistola. Y a Jan se le ocurrió que a él tampoco. En realidad, todo parecía más bien absurdo; este hombre corpulento presionando su pistola negra contra Helen, como si con esto pudiera hacerla poner de rodillas. Estaba atada, ¿cómo podría caer de rodillas? Se hallaba amarrada a la cruz, sangrando, y sonreía.

Una carcajada escapó de los labios de Jan.

Por un prolongado e incómodo momento se hizo silencio en el salón. Karadzic y su mujer se quedaron temblando, mirando al prisionero, atolondrados. Helen miraba al interior de los ojos de Jan.

Karadzic giró repentinamente, agarró la pistola en ambas manos y apretó el gatillo. Una ensordecedora detonación resonó por el salón.

La bala destrozó el lado de Jan, quemándolo como si alguien lo hubiera aguijoneado con un hierro con que se marcan reses. Gimió y se agarró firmemente el costado.

—Amado Padre, sálvanos —susurró la voz temblorosa de Helen; la barbilla le reposaba en el pecho—. Ámanos. Déjanos oír tu risa.

—¡Silencio! —gritó Karadzic.

De repente se abrió ruidosamente la puerta y un fantasma del pasado se paró allí, enorme, blanco y con ojos desorbitados. Era Glenn. Y un momento más tarde Jan supo que era él en persona. ¡Glenn Lutz estaba *aquí*!

Helen había levantado la vista y miraba directamente a Glenn.

—Muestra tu mano. Muestra el poder de tu amor. Haznos oír tus risas. Ya hemos muerto, ahora haznos vivir.

En oración ella imploraba la risa.

Karadzic se había vuelto hacia Glenn, quien estaba boquiabierto, mirando a Helen en la cruz.

Se hizo un escalofriante silencio en el salón.

—Mátala —ordenó Glenn con voz convulsionada; de repente el rostro se le contorsionó de odio, y el hombre se paró entre Karadzic y Vahda—. Mátala.

La voz subió de tono y el gordinflón comenzó a estremecerse.

—¡Mátala! —gritó.

Karadzic permaneció pegado al suelo.

El sonido llegó como burbujeante fuente, fluyendo a raudales de la roca. Era risa. Era la misma risa de la visión. Pero esta no era de la visión. Era de Helen. Helen había levantado la cabeza y estaba riendo boquiabierta.

—¡Je, je, je, je, ja, ja, ja, ja, ja, ja!

Jan contuvo la respiración por lo repentino de la situación. Era la imagen de la portada de *La danza de los muertos*, solo aquí, pintada en Helen.

Si los nervios de Glenn no habían sufrido una crisis, lo hicieron en ese instante. El grandulón rugió e hizo oscilar un enorme puño hacia el rostro de Karadzic. Hueso dio contra hueso con un áspero golpe seco y Karadzic retrocedió tambaleándose. Como un tigre desencadenado, Glenn se abalanzó sobre Karadzic mientras este aún se hallaba fuera de equilibrio. Pero Karadzic se afirmó y los dos corpulentos hombres chocaron.

Glenn temblaba ahora como una hoja, los labios presionados y blancos por la desesperación. Con un atronador rugido quitó la pistola del control de Karadzic y saltó hacia atrás.

La risa de Helen resonaba por el salón, y Glenn apuntó la pistola hacia ella con furia ciega.

La pausa era lo que Karadzic necesitaba. Agarró otra pistola que tenía en la espalda y la niveló hacia Glenn. Pero la pistola del estadounidense ya estaba estabilizada.

Una detonación explotó en el salón. El corazón de Jan dejó de palpitar. *¡Oh, Dios!* Apretó con fuerza los ojos. *¡Oh, querido Dios!*

Risas resonaron alrededor de él. Risas de Helen. ¿En la muerte? Ella se había unido a Ivena y...

Jan abrió bruscamente los ojos y miró a Helen. Ella tenía los ojos cerrados y la boca abierta, y seguía riendo.

Entonces el enorme cuerpo de Glenn cayó, como un pedazo de carne. La cabeza rebotó en el concreto a treinta centímetros de Jan. Los ojos estaban abiertos y tenía un hoyo en la sien derecha.

Helen aún seguía riendo, aparentemente ajena a la pelea alrededor de ella. La boca estaba abierta con gozo y lágrimas le humedecían las mejillas.

Karadzic la enfrentó, la piel del criminal derramaba sudor. Dio un paso atrás y los ojos le saltaban. Jan creyó que el tipo estaba aterrado. El corpulento individuo abrió la boca en un quejido.

Jan volvió a mirar el torso de Glenn, y esta vez logró ver la negra empuñadura por debajo del hombro. ¡La pistola!

Levantó la mirada hacia Karadzic. El hombre apuntaba al frente su vacilante pistola, como si luchara contra una fuerza invisible. Ya antes habían vivido esto. Solo que esta vez no era la risa del sacerdote la que acallaría Karadzic. Esta vez era la esposa de Jan. La mente le hizo comprender esto, y creyó que se le iba a explotar el pecho. Pero Helen no dejaba de reír.

Jan estiró la mano derecha y agarró la pistola de debajo del cuerpo de Lutz, sin dejar de mirar a Karadzic, quien estaba perturbado por la condición de Helen. En cualquier instante se agitaría la pistola que el tipo tenía en la mano.

La mano de Jan agarró el acero helado. El mundo le dio vueltas. Encontró el gatillo y extrajo la pistola en un veloz movimiento. Un rugido le brotó de la garganta y levantó el arma en dirección a Karadzic. Jaló el gatillo.

¡Bum!

La bala le pegó a su antiguo comandante en alguna parte debajo de la cintura, pero Jan siguió apretando el gatillo. *¡Bum! ¡Bum! ¡Bum! ¡Bum! ¡Bum!*

Clic. La pistola estaba vacía.

Karadzic retrocedió tambaleándose, asombrado, sin haber disparado su propia arma. Miró a Jan, bamboleándose sobre sus pies. Varias manchas de rojo se le extendían sobre la camisa. Tenía retorcida la nariz y le sangraba.

El hombre cayó de bruces sobre el concreto y quedó inerte.

El salón quedó en silencio.

La mujer de Karadzic estaba pálida. Se fue en dirección a la puerta, miró por última vez la figura inerte de Karadzic y salió corriendo del salón. Uno de los guardias se fue detrás de ella, parpadeando con incredulidad.

Solo entonces, con Helen colgando de la cruz, el último guardia agazapado contra la pared del fondo, y él tendido en un charco de su propia sangre, Jan se dio cuenta que estaban vivos.

Soltó la pistola y se levanto en un codo. Vio a Helen mirándolo en silencio, e inmediatamente cayó de lado. Dolor le subió por la columna y gimió.

—Por favor, por favor —suplicó Helen mirando al restante guardia, quien aún estaba temblando—. Ayúdenos, por favor.

De repente el guardia atravesó corriendo el salón con una navaja en la mano, y el pulso de Jan lo inundó de pavor. El hombre corrió a la cruz y la navaja resplandeció. Cortó las cuerdas. Helen cayó libre. El guardia la agarró, bajándola rápidamente al suelo, y huyó del salón.

El mundo de Jan comenzó a dar vueltas. El universo había sido creado para momentos como estos, pensó. Fue un pensamiento extraño.

Jan sintió que le levantaban la cabeza y abrió los ojos. Helen se las había arreglado para arrastrarse hasta él y levantarle la cabeza en los brazos. Ella estaba sollozando.

—¡Perdóname! Lo siento mucho, Jan. Perdóname, perdóname, perdóname. Yo estaba muy equivocada. Estaba muy, pero muy equivocada.

Las palabras flotaban en el aire. Ella nunca había dicho tales cosas, pero nunca antes había sido quien ahora era. El cuerpo de Jan temblaba, pero esta vez con un gozo inenarrable. Los frutos del amor. El universo fue creado de veras para momentos como estos.

Él la miró, una tonta sonrisa se le dibujaba en el rostro.

Helen se inclinó sobre la cara de su marido, quien sintió las lágrimas calientes que le caían en la mejilla; luego los labios cálidos de ella en los suyos. Y en la nariz.

—Te amo, Janjic.

Ella lo volvió a besar, alrededor de los ojos.

—Te amo, Jan Jovic. Te amaré por siempre. Con el amor de Cristo, te amo.

Ella comenzó a llorar de nuevo y Jan perdió el conocimiento, en los brazos de un ángel. En el abrazo del verdadero amor.

CAPÍTULO CUARENTA Y TRES

Seis meses después

UNA LEVE brisa de Nueva Inglaterra se movía sobre los negros acantilados que mantenían acorralado al Océano Atlántico, y levantaba el cabello de los hombros de Helen. Ante ella, hasta donde lograba ver, olas de cresta blanca salpicaban el mar azul. Vegetación verde alfombraba las colinas en cada dirección. Era el ambiente ideal para convalecer, pensó ella. Hermoso, saludable y perfectamente pacífico.

Se hallaba sentada contra la pequeña mesa de cristal en el mirador, frente a Jan, respirando profundamente el aire salado en los pulmones. Él estaba en su silla de ruedas mirando el océano, usaba una camisa suelta de algodón y lucía asombrosamente apuesto.

La casa blanca colonial se erguía impávidamente sobre la grama a cincuenta metros detrás de ellos. Helen estaría dentro preparando la cena si no fuera por las rodillas. Pero habían contratado a Emily para que hiciera más que cuidarlos hasta que sanaran, insistía Jan. En un día tan radiante como hoy era probable que Emily les sirviera en la extensa terraza.

—Te amo, Jan —expresó Helen mirando a su esposo.

Jan se volvió hacia ella y los ojos color avellana de él reflejaban el verde del mar y sonreían en medio de sus arrugas.

—Y yo estoy loco por ti, amada mía —dijo él, entonces extendió una mano y acarició el vientre embarazado de ella—. Y por ti, Gloria.

Ya habían determinado que sería niña y que la llamarían Gloria, por la gloria que los había liberado.

—Gracias por volverme a traer —manifestó Helen sonriendo.

—¿A Estados Unidos? —objetó él riendo en voz baja—. ¿Tenía alternativa?

—Claro que sí. Pudimos haber sobresalido en Bosnia —respondió ella y miró hacia el mar—. Desde luego, no habrías obtenido el contrato del nuevo libro *Cuando el cielo llora*. Ni la película.

Ella sonrió.

—Y yo no habría tenido el lujo de vivir en paz con mi esposa y mi niña —añadió él—. Como dije: ¿tenía alternativa?

—No, supongo que no.

—Lo único que lamento es que no estés suficientemente bien para atenderme de pies y manos —expresó él sonriendo de oreja a oreja—. Una celebridad no merece menos, ¿no crees?

—Jan Jovic, ¿cómo podrías decir algo así? No te preocupes, mis rodillas están mejor durante el día. Estaré siempre a tu entera disposición antes de que te des cuenta —contestó ella, y los dos rieron.

Helen se paró y se puso detrás de él. Las flores rojas y blancas de Ivena caían en cascada sobre el techo de paja, esparciendo su agradable y aromatizada fragancia. Seis meses antes trajeron un retoño y lo plantaron a lo largo de la pared sur de la casa, y aquí en el mirador. Solamente el Jardín del Edén de Joey exhibía también la nueva especie de lirio, y allí casi se había apoderado del muro oriental del jardín botánico.

—Eres tú de quien me preocupo, amado mío —continuó Helen echando para atrás el cabello de Jan y besándolo detrás de la oreja—. No sé qué haría sin ti.

—Entonces asegurémonos de que no tengas que vivir sin mí —expresó él—. Ya viví lo peor. ¿Crees que me detendrá una perforación en el hígado?

Jan lo dijo con valor y ella sonrió.

—Bueno, prometo amar a mi soldado herido hasta el día en que yo muera —expuso Helen inclinándose y besándole la otra oreja—. Y no tengo intención de irme en algún momento cercano.

Ella colocó la cabeza sobre el cabello de él y cerró los ojos. ¿Cómo fue posible que traicionara a este hombre? El recuerdo de la traición se le asentó en el fondo de la mente como un dolor lejano: siempre allí pero incomprensible. Un insaciable amor por este hombre había reemplazado totalmente su adicción.

Los detalles de los últimos meses estaban escritos en blanco y negro para que el mundo los leyera en el nuevo libro de Jan. Ahora no era importante el hecho de que los herederos de Glenn tuvieran los derechos legales de *La danza de los muertos*. El antiguo libro de Jan no era la historia completa, sino *Cuando el cielo llora*. Él había establecido esto con claridad en la conferencia de prensa. Y como nueva propiedad no estaba bajo las limitaciones del antiguo contrato que había firmado con la compañía de Glenn.

Tampoco Roald ni el consejo podían discutir con eso. Jan había omitido elegantemente los momentos más horribles de la historia vivida. Pero no a la mujer que ellos despreciaran. No a Helen. Jan había puesto casi en cada página tanto la fealdad como la belleza de Helen. Principalmente la belleza, creía ella.

Helen le besó la coronilla de la cabeza.

—Ven acá —declaró él halándola de la mano.

Ella se acercó a la silla y se le sentó en el regazo.

—Eres todo para mí —expresó él acariciándole el mentón y mirándola profundamente a los ojos—. Eres mi esposa. Me hiciste compasivo el corazón y débiles las rodillas. ¿Crees que dejaría eso para la tumba?

—No. Pero quizás para la risa.

—Ya tengo la risa. La cargo en el corazón, y es para ti.

Helen sonrió y se inclinó hacia adelante.

—Eres muy dulce, mi príncipe —dijo, besándolo suavemente en los labios y retrocediendo luego; los ojos de él estaban encendidos de amor.

—Te amo. Más que a la vida —respondió él.

—Y yo te amo. Más que a la muerte.

Ella lo volvió a besar en los labios. No se podía contener. Este amor de ellos, este amor de Cristo, era esa clase de amor.

ACERCA DEL AUTOR

TED DEKKER es reconocido por novelas que combinan historias llenas de adrenalina con giros inesperados en la trama, personajes inolvidables e increíbles confrontaciones entre el bien y el mal. Él es el autor de la novela *Obsessed,* la serie del círculo (*Negro, Rojo, Blanco*), *Tr3s, En un instante,* la serie La canción del mártir (*La apuesta del cielo, Cuando llora el cielo* y *Trueno del cielo*). También es coautor de *Blessed Child, A Man Called Blessed* y *La casa.* Criado en las junglas de Indonesia, Ted vive actualmente con su familia en Austin, TX. Visite su sitio en www.teddekker.com.

Printed in the USA
CPSIA information can be obtained
at www.ICGtesting.com
JSHW031046131223
53743JS00008B/31

9 781602 551572